[韩天航文集] ⑭

哦，阿里郎

（电视连续剧文学剧本）

韩天航　著

新疆生产建设兵团出版社

图书在版编目（ＣＩＰ）数据

哦，阿里郎 / 韩天航著. -- 五家渠 : 新疆生产建设兵团出版社, 2020.12

ISBN 978-7-5574-1600-3

Ⅰ. ①哦… Ⅱ. ①韩… Ⅲ. ①电视文学剧本－中国－当代 Ⅳ. ①I235.2

中国版本图书馆 CIP 数据核字(2021)第 009279 号

责任编辑：刘虹利

哦，阿里郎

出版发行	新疆生产建设兵团出版社	
地 址	新疆五家渠市迎宾路 619 号	
邮 编	831300	
电 话	0994—5677185	
发 行	0994—5677048	
传 真	0994—5677519	
印 刷	北京一鑫印务有限责任公司	
开 本	710mm*1000mm　1/16	
印 张	43.25	
字 数	620 千字	
版 次	2020 年 12 月第 1 版	
印 次	2021 年 8 月第 1 次印刷	
书 号	ISBN 978-7-5574-1600-3	
定 价	98.00 元	

目　录

第一集

1.

日,内,延边农村一个叫靠山屯的地方。

一抹清晨的阳光淡淡地漂浮在葱郁的山峦间。

许应灿家。

许应灿、朴玉顺夫妇正襟危坐,金正浩低着头,但一脸的坦然。

许应灿,五十多岁,有些老相。他闷头抽了一会儿烟,突然猛敲了一通烟杆说:"说,咋回事?"

朴玉顺忙说:"老头子,好好说。"

朴玉顺,小许应灿两岁,一张典型的朝鲜族妇女随和温顺慈祥的脸。

金正浩,二十二岁,那张英俊的脸显得刚毅,爽朗和聪颖。金正浩抬头说:"爸,那姑娘说我跟她不合适。"

许应灿说:"怎么不合适? 不合适她跟你相什么亲! 你老实说,你说了什么不得体的话了?"

朴玉顺说:"老头子,瞧你这话说的,正浩哪是这样的人呐。"

许应灿说："死老太婆，用不着来你插嘴！正浩是什么样的人我不知道啊？"转头瞪着金正浩说："打说相亲起，你就别别扭扭的，你当我没看出来？正浩，我告诉你，你心里咋想的我不管，可相亲这事绝不能耽搁！男大当婚女大当嫁，到哪儿都是这个理。"

正浩想说什么，想了想又低头说："是，我知道了。"

许应灿抽了会儿烟，又气不打一处来，对朴玉顺说："那姑娘虽说是咱屯子里出了名的漂亮姑娘，可我们正浩不也要长相有长相，干起农活来是把好手吗？她凭啥看不上咱！"

朴玉顺看看正浩说："那姑娘说咱家情况太复杂，她觉得嫁到咱家来不合适……"

许应灿大声说："你看看，我说吧！正浩你到底跟人家说什么啦？"

正浩说："也没说什么，就是介绍了一下咱家的情况。"

许应灿说："你咋说的？"

正浩说："就说咱家有几口人，我是家里的老大，其他也没说什么呀。"

许应灿说："不对，你肯定说什么了，不然人家干吗要嫌弃我们？"

正浩说："爸，什么叫嫌弃，我们家又没矮人家一截。她不想嫁过来只能说明她确实不适合咱家，我也看不上她这样的人，不管她长得有多漂亮！"

许应灿说："不行，要找就得找个漂亮的！你妈年轻那会儿要是不漂亮，唱歌跳舞样样拔尖，我能看上她？"

朴玉顺白了许应灿一眼说："老头子，你瞎扯什么？"说着，转头看看正浩说："正浩，相亲这事你也别拧着，家里的情况也别说太多，娶着媳妇才是第一位的！"

许应灿说："是漂亮媳妇儿，长得难看我这里就通不过！"

正浩说："爸，漂亮脸蛋可不顶用。我是家里的老大，我要找的媳妇就是弟弟妹妹们的大嫂，光长得漂亮却不想承担家庭责任的媳妇能是好媳妇吗？"

许应灿说："那也比讨不着老婆好！我许应灿脸皮薄，可不想让屯子里的人在我背后戳戳点点。"转头厉声对朴玉顺说："老太婆，今天去开山屯，你得给我上心！别叫正浩再把事给我搅了。"

朴玉顺说："是。"

正浩急了说："爸，还要去啊？"

许应灿说："去！干吗不去？这家的姑娘也是出了名的大美人，叫什么来着？"

朴玉顺说："叫朴善姬，不但人漂亮，个性也好，能歌善舞还会女红，方圆十里没有不夸的！"

许应灿嚷嚷说："好，就她了！今儿只许成功不许失败。老太婆，你给我盯着点！"

正浩说："爸，是我相亲还是妈去相亲啊？"

许应灿说："我就是不放心你。"

正浩说："爸——"

这时，门口突然传来一个年轻姑娘的声音说："爸，妈，大哥的衣服我缝好了。"

2.

日，外，许应灿家门口。

贞玉捧着一套新衣服站在许应灿家门口。

贞玉，二十一岁，虽然穿着朴素，但仪容端庄，眉宇间透着温婉贤淑的气质。

玉顺走出门对贞玉说："哎呀呀，这么快就做好啦！连夜赶的吧？你看看，眼睛熬得红红的。"

贞玉笑笑说："妈，没什么。哥上次相亲没成，肯定是穿得太寒酸了……这次怎么也得让哥穿上新衣服呀。"

玉顺接过新衣服叹口气说："哪里是衣服的事啊，你哥他根本就没想要这事成。"

贞玉微微一怔，脸上泛过一丝复杂的表情。

3.

日,内,许应灿家。

正浩在穿新衣服,玉顺一边帮着收拾,一边忍不住说:"唉,到底是我们贞玉的手艺,看上去就是不一样。"

许应灿哼了一声说:"那是因为我们家正浩长得帅,穿啥都好看!谁要看不上咱家正浩,那就是没眼光。"

贞玉站在一边看着正浩,默默不语。

玉顺说:"可不,要不是咱家这情况,我们正浩不知道多少姑娘要抢呢。"

许应灿说:"你个臭女人,你胡说啥呢? 咱家啥情况?"

玉顺也觉着说错话了,忙说:"没啥没啥,正浩,这次见着人家善姬姑娘,别老把家底往外兜,多谈点你们俩的事。"

正浩说:"妈,我又不认识她,能有什么事好谈?"

许应灿说:"都二十多了,谈情说爱不会谈啊? 想当初你妈那会儿……"

玉顺急了,说:"老头子,你别在孩子面前胡说八道。"

许应灿说:"你个臭女人,我还没张嘴呢,怎么就胡说八道啦! 屁股痒了? 找抽呢你!"

贞玉欠欠身说:"爸,妈,哥,我先走一步,我还要赶回公社呢。"

4.

日,外,许应灿家院门口。

许应灿和玉顺把穿着新衣的正浩送到门口。

正浩说:"爸,妈,我去了。"

玉顺说:"正浩,真的不要我跟去吗?"

正浩说:"妈,要是相亲还得带着妈,我还是个男人吗? 那才会把人家姑娘吓跑呢。"

许应灿说:"你妈不跟去也行,你得保证,这次非得带个媳妇回来!"

正浩说:"爸,我说了,这事只能顺其自然。我走了。"说着大踏步地向小路上走去。

许应灿喊："你别跟我拧,快把媳妇儿整回来是正事!"

5.

日,外,靠山屯路口。

正浩远远地看见贞玉站在路口,走上前对贞玉说:"贞玉,你怎么还没去公社?"

贞玉说:"哥,你告诉我,上次相亲为啥没成?"

正浩说:"这个跟你没关系! 赶快去公社吧,昨天你就不该回来。"

贞玉说:"哥,你不告诉我也成,可我想告诉你,我希望这次相亲你也别成,以后相亲都别成!"

正浩说:"为啥?"

贞玉咬了咬嘴唇,心一横说:"哥,我们不是亲兄妹对吧?"

正浩说:"但跟亲兄妹没两样。"

贞玉固执地说:"但不是!"

正浩说:"你没头没脑到底想说什么?"

贞玉说:"哥,我想告诉你,我不想让你去相亲!"

正浩愣了一下,突然意识到什么,说:"贞玉,你在胡思乱想什么? 这是不可能的。"

贞玉说:"哥,我昨晚熬了一夜,不光是为了做你这身衣服。我在想我们的事,在想我该怎么跟你说!"

正浩说:"什么也别说,我说了,这不可能!"

贞玉说:"有什么不可能? 我们不是亲兄妹,不管我叫你多少声哥,你姓金我姓尹,我们原本就不是兄妹。你根本不需要去相亲,你可以娶我!"

6.

日,外,田野。

在山路上的正浩望着贞玉心事重重的身影远远地走在另一条小路上,他陷入沉思。

闪回:

7.

晨,外,苍翠的山峦。

六岁的正浩拿着小斧头在砍柴,额头上的汗流到眼睛周围,他用袖子擦了擦,衣服袖子上已被刮破了一个大口子,露出结实的小手臂。正浩脸上的神情明显要比同年龄的孩子要成熟得多。

远处传来急促的声音喊:"正浩——"

8.

晨,外,山路上。

东春大叔在崎岖的山路上焦急地喊:"正浩——正浩——"

东春大叔,五十几岁,下巴上留着一撮胡子,满脸焦虑地往山上张望。

9.

晨,外,山上。

正浩听到了东春大叔的喊声,正一溜烟地从一块岩石上滑下来,背后拖着一小捆柴。岩石下的一个小背架上已装了不少的柴,正浩一面把这捆柴固定在背架上,一面大声喊:"东春爷爷,我在这儿呐——"

10.

晨,外,山路上。

东春大叔看到正浩背着柴从山坡上滑下来,忙迎上去喊:"正浩,快,快回家!"

正浩奔了过来,东春大叔拽住他的手就急匆匆往屯子里走。

正浩气喘吁吁地说:"东春爷爷,怎么啦?"

东春大叔说:"快回吧!快回!"

11.

晨,外,靠山屯

山峦间,阳光驱散了蒙蒙的雾气,二十几栋茅草屋散落在山下一片碧绿的田野中。

许应灿正扶着犁吆喝着牛在田里耕作。

许应灿,三十几岁,留着小胡子,小眼睛。由于劳累,额头上已过早地刻下了几道深深的皱纹。他连着吆喝了几声,就看见他的妻子朴玉顺匆匆朝这里奔来。

她提着裙子走进地里喊:"俊男他爸,我听说春子不行了,熬不过一个时辰了。"

许应灿说:"那你还跑到我这儿来磨蹭什么! 快去看看呀。"

朴玉顺顺从地一点头应声说:"是。"说着急急地走出田头。

许应灿忙又喊住她,说:"你等等,急什么! 我话还没说完呢!"

朴玉顺说:"你不是让我赶快去吗?"

许应灿说:"你去后,要是春子走了,千万别忘了把正浩和银姬这两个孩子给我带回来!"

朴玉顺犹豫了一下说:"可我听英子说,春子已经把这两个孩子托付给英子了。"

许应灿虎着脸说:"她一个寡妇家,自己的两个孩子都快养不活了,哪有力量再抚养别的孩子? 让正浩、银姬上她家,不是受苦嘛!"

朴玉顺说:"她是想要一个儿子,我们家不是有俊男了吗?"

许应灿厉声地说:"你个女人家懂个屁! 家里多一个男孩,就是多了一根顶梁的柱子。再说,咱家俊男哪比得上正浩呀! 正浩这孩子我看准了,小小年纪就聪明懂事,身体还长得结实,会有出息的。"

朴玉顺还想说什么。

许应灿说:"你快走呀,还在这儿磨蹭什么!"

朴玉顺说:"我不在等你把话说完嘛。"

许应灿说:"臭女人,我告诉你,你要不把那两个孩子给我带回来,尤其是正浩！那我就会狠狠地打烂你的屁股！"

朴玉顺一点头顺从地说："是。"

12.

晨，外，靠山屯。

李英子家。

李英子家的对面就是许应灿家。

李英子家是一栋破旧的茅草房，屋里屋外却收拾得干干净净，利利索索。

屋里，李英子穿好衣服，把自己收拾了一下。她虽然三十不到，却显得有些老相。但那温顺秀气的脸上，在温和慈善的眉宇间隐隐透着一股坚韧刚硬的气韵。

英子对五岁的大女儿贞玉说："贞玉，你看好妹妹海玉。妈妈要到你正浩哥家去看看，听说你春子大妈快不行了。"

懂事的贞玉睁着一双漂亮的大眼睛点点头。

13.

晨，外，靠山屯。

东春大叔拉着正浩正匆匆往屯子里赶。

村口也有人在张望，一看到他们就叫："东春大叔，正浩，快呀！"

背架上的柴火压得正浩走也走不快，他索性松开东春大叔的手，卸下柴，朝村子里狂奔。

14.

晨，内，靠山屯。

春子家。

一栋茅草屋，屋子还比较大，可以看出这家过去家境还算殷实，但屋里有些凌乱，显出了一份凄凉。

屋里已有好几个人,包括一位乡村医生围坐在春子的病榻前。

正浩奔进屋喊:"妈——"

已是奄奄一息的春子用眼睛扫到儿子正浩身上。

东春大叔也匆匆走进屋。

春子看着正浩,嘴张了好一会儿,才说:"正浩,银姬……银姬呢?"

正浩转身就奔出门外。

15.

晨,外,靠山屯。

碧绿的田野。

英子和玉顺同时走在通向去春子家的小道上。

玉顺同情地看看英子,有些犹豫但还是试探着说:"英子,你真要领养正浩他们兄妹俩吗?"

英子用坚定的口气说:"这事我已经同春子说好了的!"英子突然很警觉地问:"玉顺,你问这话是什么意思?"

玉顺说:"英子,你已经有两个孩子了,现在还要再添两张嘴,你个寡妇家的,日子可怎么过?"

英子说:"这是我的事! 怎么,你们不会也想打正浩俩兄妹的主意吧?"

玉顺说:"英子,我告诉你,我们家俊男他爸,同正浩他爸生前可是很要好的兄弟。正浩他爸参军上前线时,把家可是托付给俊男他爸的。"

英子说:"我跟春子从小就是好姐妹,这你也是知道的呀!"

16.

晨,外,靠山屯。

进村口的路上。

四岁的银姬正吃力地拖着正浩撂下的背架,柴火从背架上散了一地。五岁的俊男看到了,跑来抢拾地上的柴火。

银姬喊:"这是我哥打的柴,你不能抢!"

俊男说:"你少来,地上的柴火谁捡着就归谁!"说着抱起地上的柴火就想跑。

银姬一把拽住他,俊男挣不开,威胁说:"你松手! 不松我可要打啦!"

银姬说:"不松,就是不松! 那是我哥打的柴……"

俊男突然对着银姬身后喊:"蛇,有蛇来啦!"

银姬吓得"啊"的一声向后看,俊男趁机挣脱银姬就跑,没想到和赶来的正浩碰了个正着,正浩一个扫堂腿把俊男重重摔在地上说:"叫你欺负我妹妹!"然后拉着银姬就走,说:"快回去,妈在找你呢!"

银姬说:"哥,柴火!"

正浩说:"给他吧!"

摔在地上的俊男哇地哭了起来。

17.

晨,外,靠山屯。

英子和玉顺匆匆走在路上,继续说着话。

玉顺说:"俊男他爸说,我要不把正浩银姬这两个孩子带回去,他就要把我的屁股打烂,尤其是正浩。"

英子说:"这可不行! 玉顺,你们家已经有个男孩了,可我们家一个男人也没有。你们要这样做,是不是太不讲道理了!"

18.

晨,内,靠山屯。

春子家。

英子,玉顺也赶到了。

春子朝玉顺和英子都点点头。这时正浩拉着银姬走了进来。

春子拉着银姬的手对正浩说:"正浩,照顾好妹妹……"说着,眼角渗出了一滴泪。

玉顺急忙凑上前说:"春子,两个孩子我们家会好好照顾他们的。"

英子也抢上前,说:"春子,你答应过,两个孩子归我照顾的。"

春子无力地抬眼看英子也看看玉顺,似乎想说什么,但嘴唇动了一下就闭上了眼睛。

屋里顿时响起了一片哭声。

19.

日,外,靠山屯。

村庄的天空上乌云密布,划出了几道闪电。

春子家门前。

玉顺牵着正浩和银姬的手就要往回走,英子一把拉住玉顺的衣服说:"玉顺,你不能带他们走! 这两个孩子得归我。"

玉顺说:"刚才你不是问春子了吗? 春子咋没有点头?"

英子说:"她点头了!"

玉顺说:"那我咋没见? 可她是朝我看了一眼的!"

英子说:"她也看我了,而且点头了!"

玉顺说:"我没看见!"

几个乡亲走出春子家,其中一位五十出头的东春大叔说:"春子的后事由我们协商着料理吧。"看到英子和玉顺在吵,就说:"你们俩吵什么吵! 春子的尸骨未寒,你们就要抢她的孩子,还有没有点人性!"

英子说:"东春大叔,春子这两个孩子归我抚养,这事您是知道的。"

玉顺说:"东春大叔,我要不把正浩银姬带回去,俊男他爸就会打烂我的屁股! 俊男他爸的脾气,您又不是不知道。"

东春大叔想了想,说:"这事好办,谁把春子的后事办了,这两个孩子就归谁! 正浩、银姬,你俩先跟我走!"

20.

日,外,靠山屯。

农田中的小路。

东春大叔领着正浩和银姬往村公所走。

正浩抹着泪说:"东春爷爷,我要跟妹妹回去。"

东春大叔说:"回哪儿去呀?"

正浩说:"回家去呀。我要回去陪我妈妈呀!妈妈现在一个人留在家里呢。"

东春大叔说:"你妈死了,你妈的后事你东春大爷领你们到村公所跟村长商量一下。"

英子提着裙子从后面追了上来。

英子拦住东春大叔说:"东春大叔,东春大叔,您听我说!"

东春大叔说:"英子,有话你上村公所去对村长说。"说着,领着孩子继续往前走。

英子又追了上来,说:"东春大叔,您听我说上一句行不行?"

21.

日,外,靠山屯。

春子家门口,天空中阴云密布。

玉顺站在门前,看着英子追上了东春大叔,她也想往前去追,但刚走了几步,就站住了,眼里充满了同情和不忍。最终她叹了口气,转过身往家里的方向走去。

22.

日,外,靠山屯。

田间小路上。

英子执着地又追上了东春大叔,拦住东春大叔一下子跪了下来,含着泪说:"东春大叔,我在春子跟前是发了誓的,要好好抚养这两个孩子的。"她一面说,一面从腰间掏出一个布包,打开布包,露出里面的银首饰说:"这些是我婆婆留给我的,虽也不值什么钱,但东春大叔,您就拿上,就算我为春子办后事的一份心意。"说着,眼泪从脸颊上流了下来。她紧紧拉着正浩的手,说:"东春大叔,让我们家也有个男人吧。"

东春大叔被感动了,问正浩说:"正浩,你今年多大啦?"

正浩也被英子的行为感动了,说:"我快七岁了,东春爷爷。就让我和妹妹跟着英子妈妈吧。"

东春大叔说:"是呀,六岁多了,再过十年就是个大小伙子了,就是个大男人了。"

英子一听东春大叔的话音,赶忙磕头说:"东春大叔,您开开恩吧。"

东春大叔回头看看远处春子家门前,已空无一人了,于是说:"那你就把孩子领回去吧。村长那儿,我帮你说去。可这首饰,你还是自己留着吧。以后的日子,也够你受的了。"

英子激动得满眼是泪,站起来,深深地朝东春大叔鞠了一躬说:"东春大叔,我会像亲生儿女一样管好这两个孩子的!"

东春大叔看看正浩说:"正浩,你们愿不愿意跟着英子妈妈?"

正浩说:"东春爷爷,我们愿意。妈妈生病后,英子妈妈一直在照顾我妈和我们。"

23.

日,内,靠山屯。

许应灿的家。

许应灿耕好地回家,正在喂牛。

玉顺气喘吁吁地奔了回来。

许应灿一看玉顺没带孩子回来,板着脸说:"怎么,孩子没领回来?"

玉顺委屈地说:"春子一断气,我就要领这俩孩子回来,可英子一把拉住我,怎么也不肯放,说春子是把这俩孩子托付给她的。后来东春大叔说,谁都不要争,你们两家,谁把春子的后事办了,这俩孩子就归谁家。"

许应灿说:"他真是这么说的?"

玉顺说:"等英子回来你可以问英子嘛。"

许应灿说:"你这个女人,真不会办事!你不会跟东春大叔说,她英子一个寡妇家,已经有俩孩子了,再领两个回去,怎么养?"

玉顺说:"英子说,他们家得有个男孩,家里没男人就没了主心骨!她还说,我们家已经有你和俊男了。"

许应灿说:"我说了,俊男能跟正浩比吗?俊男是我亲生儿子,但我知道,俊男比正浩差远了!你嫌我们家男人太多还是怎么着?你个臭女人,明明不会办事,还敢嘴硬!"说着,随手抄起榻上的扫帚就要动手,边说:"看我今天不打烂你的屁股!"

玉顺有些害怕,躲闪着说:"那你自己出面去跟东春大叔说呀。"

许应灿说:"这是女人跟女人之间的事,我个男人家怎么出面跟一个女人去争?我讨你这个老婆是干什么的!"

24.
日,外,靠山屯。
英子家门前。
英子领着正浩和银姬回家。贞玉高兴地领着海玉冲出屋外喊:"妈妈——"

25.
日,内,靠山屯。
许应灿家。

许应灿跟玉顺正在争吵,这时他听到对面英子家贞玉的喊声,从窗口看到英子领着正浩和银姬进了家门,顿时气得紫涨着脸,抡起扫帚柄在玉顺的屁股上狠敲了几下吼:"你看看,你看看!人家英子怎么把孩子领回家了?啊?你个臭女人,没用的东西,看我不打死你!"

26.
日,外,靠山屯。
英子家院子。

许应灿走进英子家的院子,英子忙领着孩子迎了出来。

许应灿板着脸说:"英子,我告诉你,春子家的男人,也就是正浩他爸金煦光,在参军前我和他就是好兄弟。后来他在战场上牺牲了,是我每年都去帮春子家耕地插秧收稻子,这你都是知道的! 现在春子也走了,她的这两个孩子,就是我兄弟的孩子,应该由我来抚养。你个寡妇家,跑来凑什么热闹!"

英子说:"应灿大哥,可这是春子病了的时候就托付给我了。"

许应灿说:"这话是你说的,谁能证明? 现在春子走了,你咋说都行,但我不信!"

正浩在一旁仰着脖子说:"大叔,我可以证明的,我妈妈说这话的时候我跟妹妹都在。"

许应灿说:"正浩,你多大?"

正浩说:"我快七岁了。"

许应灿说:"不过是六岁小孩子! 这话是不是英子教你的?"

正浩说:"不是的,大叔。是英子妈妈去看我妈妈的时候,我妈妈亲口说的。"

许应灿哼了一声说:"你这么个小孩子家的,说话不作数,要有个大人证明才能算! 我说英子,你就老老实实把这两个孩子给我送过来,就你这么个女人,怎么养活他们!"

英子说:"应灿大哥,你和正浩他爸的关系我也知道,正浩他爸在战场上牺牲后,你也没少照顾春子他们家。玉顺去看春子时,春子在临走前也看了玉顺一眼,她的心里想什么我也能猜出几分来。但应灿大哥,我求求你,让我来抚养他们吧! 不管咋样,咱们家得有个男人啊!"

许应灿说:"你看看,你也说实话了吧! 再说一个孩子家算什么男人呀!"

正浩说:"大叔,东春爷爷说了,再过几年,我就是个大男人了!"

许应灿说:"正浩,你不想当我儿子吗? 你爸爸和你妈妈可有这个意思的呀!"

正浩说:"可妈妈要我和妹妹跟着英子妈妈,好好听她的话,还要帮英子妈妈照顾好那两个妹妹。"

许应灿说:"英子,我不跟你啰唆,你也别自讨苦吃。好好想想,还是快点把两个孩子送到我这儿来,不然,有你后悔的时候!"

英子说:"春子这两个孩子,我能养,我也愿意养,决不会后悔!"

27.

日,外,靠山屯。

苍翠的山脚下,浓绿的田地。

一条小路连着送葬的人群。在人群中,可以看到披麻戴孝的正浩和银姬,还有英子、许应灿、玉顺和东春大叔等人。

28.

日,内,靠山屯。

田野,山峦是一片翠绿,春意盎然。

英子家。

英子把一碗打糕包在纸包里,拿着出门向许应灿家的院子走去。

29.

日,内,靠山屯。

许应灿家。

英子走进许应灿家。

许应灿正在屋里喂牛,看到英子进来很不友好地瞥了她一眼,说:"你来干什么?"

英子欠了欠身子说:"我给牛送打糕来了。"

许应灿没好气地说:"我家牛不吃你的打糕!"

英子赔笑着说:"怎么不吃,前些年不每年都吃我的打糕吗?"

许应灿说:"今年不吃了!"

英子说:"应灿大哥,你看我孤儿寡母的,耕地的事还求你帮帮忙,用用你的牛吧。"

许应灿说:"行,没问题! 只要你把正浩和银姬给我送过来。要么把正浩给我送来也行!"

英子说:"应灿大哥,你这不是为难我吗? 再说,你总不能让他们兄妹分开吧?"

许应灿说:"那就把两个都送过来呀!"

英子拿着打糕,倔强地转身就走。

玉顺看到英子伤心地走出家门,就对许应灿说:"俊男他爸,你也太狠心了,人家孤儿寡母的。"

许应灿说:"她自找! 谁叫她自不量力地跟我抢那俩孩子的呀? 你个臭女人,怎么老帮她说话!"

30.

日,内,靠山屯。

英子家。

英子搂着银姬,正浩、贞玉、海玉围坐在她身边,英子满脸愁容,眼里含着泪。

正浩说:"英子妈妈,您怎么啦?"

英子说:"没什么,就是咱家的地今年没人帮着耕了。"

正浩说:"英子妈妈,我帮您去耕吧! 我是家里的男人呀。"

英子摇摇头说:"地是要用牛去耕的,正浩你还小,怎么能去干这种活呢。"

贞玉说:"妈,俊男家不是有牛吗? 去年他爸爸不是帮咱家耕地了嘛。"

英子叹了口气说:"今年不行了。"

贞玉:"为啥?"

英子说:"他要你正浩哥去做他家儿子,妈不同意。"

正浩说:"我不做他儿子,他就不让咱们家用他家的牛了?"

英子叹口气，点了点头。

正浩一下子站起来，穿上鞋就往外走。

英子说："正浩，你这是干什么？"

正浩说："我去找大叔！"说着就冲出门。

英子喊："正浩——"

31.

日，内，靠山屯。

正浩冲进许应灿家，朝许应灿一鞠躬说："大叔，求求您，请用您的牛帮我们家耕耕地吧。"

许应灿看着正浩说："是英子让你来的吧。"

正浩说："不是，是我自己要来的。大叔，求求您了，我们一家大小有五口人呢。"

许应灿说："行，我还是那句话，你过来做我儿子，我就去帮英子家耕地。"

正浩说："大叔，那我就做您儿子吧。"说完，很郑重其事地行了一个大礼。

许应灿说："真的？"

正浩说："大叔，是真的！"

许应灿说："那你怎么还叫大叔？"

正浩犹豫了一下，说："是，爸爸。"

许应灿一脸的喜色，说："好，今天你就把你的银姬妹妹带过来，上我家来住。"

正浩说："爸爸，我愿意做您的儿子，您是我爸爸的兄弟，一直都那么照顾我们，所以我真心认大叔您做我的爸爸。但是，爸爸，我恳求您，还是让我住在英子妈妈的家里吧！"

许应灿说："为什么？"

正浩说："因为英子妈妈的家里得有个男人。"

许应灿没想到正浩会说这样的话,虽然有些不乐意,但还是被感动了。他犹豫了一下,说:"正浩,你是真的愿意当我儿子了吗?"

正浩说:"我不是已经叫您爸爸了吗? 爸爸,请帮帮儿子的忙吧! 要不,英子妈妈的地就要荒了。"

32.

日,外,靠山屯。

许应灿家门前。

许应灿正把牛从屋里牵出来,刚好玉顺领着两个孩子俊男和英花回来。玉顺看着跟在许应灿后面的正浩,有些吃惊。

许应灿得意地说:"正浩,叫妈妈。"

正浩朝玉顺深鞠一躬,说:"妈妈好,弟弟妹妹好。"

玉顺疑惑地看看正浩,又看看许应灿。

许应灿说:"正浩现在是我儿子了。"

玉顺还是有些懵,她回头看看英子家。

许应灿有些不耐烦了,说:"你这个女人,怎么就不明白! 从今天起,正浩就叫我爸爸,叫你妈妈,他就是我们的儿子了! 但英子家,他也不会离开,听懂了没有?"

玉顺这才回过神来,赞许地看着正浩,点头说:"哎,这就好!"

许应灿对俊男和英花说:"俊男、英花,叫大哥。"

英花亲切地叫了一声:"正浩大哥。"

俊男一别头说:"我才不叫他大哥呢!"

许应灿脸一板,说:"为什么?"

俊男说:"他打我!"

许应灿问正浩说:"咋回事?"

正浩说:"那是因为他做了坏事,欺负人! 当哥哥的就要教训弟弟。"

许应灿:"对,当哥哥的就该这样!"然后转头对俊男说:"做错了事,就应该受罚。好了,叫哥!"

俊男很不情愿地低声说:"哥。"

33.
日,外,靠山屯。
许应灿牵着牛朝英子家的地走去,正浩紧跟在后面。
英子飞快地追了上来,喊:"应灿大哥,你等等——"
许应灿说:"又咋的了?"
英子打开布包,拿起一团打糕塞进牛的嘴里,说:"我给牛喂点打糕。应灿大哥,真是太感谢你了。"
许应灿哼了一声说:"你不要谢我,你要谢谢我的儿子正浩! 他说,他愿意当我的儿子,可也要留在英子妈妈家里,因为你们家就他这一个男人。"
英子一把抱住正浩哭了,打糕掉了一地。
牛低下头舔吃着打糕。

34.
日,外,靠山屯。
山峦更加苍翠,田野更加浓绿,树上的知了在长一声短一声地叫着。
英子家院子。
英子正在自家菜地里忙活着,正浩在帮她。

35.
日,内,靠山屯。
英子家。
屋里只有海玉一个人在玩耍。她肚子饿了,抬头看着碗柜上的盆子,吃的东西都搁在盆子里面,盆子边紧挨着一篮鸡蛋。海玉看看屋外,想了想,把碗柜上的抽屉一层一层拉开,然后踩着抽屉一级级爬了上去。她的手终于能够着那盆了,但却看不到里面。她摸索着盆里边,想摸出点东西,但抽屉没吃住她的分量,向外滑了一下,盆子一歪,边上满满一篮鸡蛋倒了下来,海玉和鸡蛋一起摔到了地上,海玉坐在碎鸡蛋里,看着自己满身黏黏的鸡蛋黄哇的一声哭了起来。

英子奔了进来,看到满地打碎的鸡蛋,一片狼藉。海玉在大声地哭着,英子又急又气,冲上去拦腰抱着海玉。拿起笤帚狠狠地抽打海玉的屁股。海玉痛得哇哇大哭,英子一脸的痛苦,绝望,无奈和恼怒。

正浩听到海玉凄惨的哭声赶忙冲进来,赶紧护住海玉说:"妈妈,您这是干什么?"

英子指这满地的破鸡蛋,说:"你看看,你看看她闯的祸!"

海玉缩在正浩的怀里呜呜地哭着,英子也心疼了,一把扔掉了笤帚,泪水沿着脸颊流了下来,说:"这可怎么办呀,这些鸡蛋是要卖掉给你去买布的呀!"

正浩说:"妈妈,你别打妹妹了,布咱不买不就行了吗?"

英子说:"那怎么能行呢? 再过几天你就要去上学了,怎么着也该给你做身新衣服啊!"她指着正浩身上显得很短很旧的衣裳说,"你看看你这身衣服,怎么去学校呀。"

正浩说:"妈妈,没关系的,这衣服还没有破啊,还能穿的,不穿新衣服我一样能上学啊。"

英子说:"那怎么能行? 你穿这身衣服去学校,不要说我,就是你过世的亲妈妈也不会愿意的。"

正浩说:"妈妈,真的没关系,我就穿这身衣服去上学好了。"

英子说:"不行,杀了我也不能让你这么去学校!"说着,看着满脸鸡蛋黄的海玉,又是气不打一处来,一把从正浩怀里揪过海玉用手狠狠地打着海玉的屁股,海玉哭得更惨了。

正浩急了,冲过去抱住海玉,喊:"妈妈,我不上学了!"

英子吃惊地说:"你说什么?"

正浩说:"妈妈,你再这样打妹妹,我就不去上学了!"

英子气急,一巴掌打在了正浩的脸上,然后两人都呆住了。

正浩一咬牙站了起来,转身跑出了门外。

英子喊："正浩，正浩——"

36.
日，外，靠山屯。
英子家院子。

正浩从家里出来，搓了搓被打红的脸。贞玉领着银姬从外面回来，一人抱着一捆柴火。正浩走过去拿开银姬手上的柴火扔到地上，拉着银姬的手说："银姬，走！"

银姬说："哥，去哪里？"

正浩说："回咱们自己的家。"

贞玉说："正浩哥，你们家不是没人了吗？"

正浩一面拉着银姬往外走，一面说："反正我不住你们家了！"

英子冲出来一把拉住银姬对正浩说："正浩，你不能走！"说着又去抓正浩，但正浩一下子挣脱了英子的手，转身跑出了院门外，回头喊："你这样打海玉妹妹，我就是不上学了！"

第二集

1.

黄昏,外,靠山屯。

太阳悬在群山间,风在轻轻地呼叫着。

英子领着银姬在原野上喊:"正浩,快回来——妹妹你不要啦?"

银姬也哭着喊:"哥哥——"

正浩爬在一棵大树上,看着英子和银姬从树下走过。

2.

夜,外,靠山屯。

月亮在云中穿行。

英子背着银姬在往回走,她还在呼喊:"正浩,回来……"她的嗓音有些哑,还带着疲惫。

银姬趴在英子的肩头上已经睡着了,眼角还挂着泪,在睡梦中还啜泣着喃喃地说:"哥哥,我要哥哥……"

英子无奈地回头看了看银姬,手臂向上托了

托，继续呼喊着向前走。

爬在树上的正浩犹豫着，还是没应声，默默地看着英子她们远去。

3.

夜，外，靠山屯。

夜深了，山峦在月光中朦朦胧胧地显现出起伏的轮廓。

英子打着个灯笼从屋里走出来，她掩上门，朝村外走去。

夜色中传来英子嘶哑的喊声："正浩——"

4.

夜，外，靠山屯。

原野上的那棵大树。

正浩在大树上睡着了。

英子从树下走过，灯笼里微弱的烛光摇曳着，英子的嗓子已经快发不出声了，但她仍旧在努力地呼喊："正浩——"

正浩被惊醒了，他睁开眼，看着英子一脚深一脚浅地向远处走去。

英子的声音渐渐远去："正浩——"

正浩张张嘴，想要叫住英子，但最后还是没出声。

5.

凌晨，外，靠山屯。

晨曦从东方透了出来。

爬在树上的正浩突然惊醒了，他翻身坐起，看看村子，又看看夜里英子远去的地方，没有人影。正浩有些不放心，迅速从树上跳了下来，一面跑一面四处张望寻找英子的身影。

6.

晨，外，靠山屯。

原野上,英子还在呼喊:"正浩——"她的声音已经哑得都听不出她在喊什么了,走路也一瘸一拐的,灯笼也破了,明显是摔倒过。

正浩奔到离英子不远的地方,突然停下,跪在了地上。

英子走到正浩跟前,说:"起来,回家。"

正浩说:"妈妈,请原谅我吧。"

英子说:"回家。"

正浩说:"妈妈,我错了。"

英子说:"回家!"

7.

日,内,靠山屯。

英子家。

英子领着正浩进了家门,用很严厉的口吻对迎上来的贞玉她们说:"贞玉,带妹妹们出去!"

贞玉领着海玉和银姬走出门外。

英子正襟坐下,这才对正浩说:"跪下!"

正浩跪在英子面前。

英子说:"你说你错了,你知道自己错在哪儿吗?"

正浩低头说:"我不该让妈妈这么找。"

英子说:"不对,那只能说你根本不知道自己错在哪里。"

正浩抬头说:"妈妈,我……"

英子说:"你让妈妈这么找你,妈妈觉得不算个啥。只要能找到你,不要说一天一夜,就是再找两天三天也不算个啥,这些妈妈都可以原谅你。但是有一件事,妈妈绝对不会原谅也绝不饶恕你!那就是你说,你不去上学了。"

正浩说:"妈妈,我知错了。"

英子说:"你这话多伤妈妈的心你知道吗?妈妈对你真是太失望了!你怎么能说出这种话呢?一个孩子不识字,不上学,那他一生的前途不就完了吗?我现在是你妈妈,你是我儿子,让你上学是我这个当妈的责任。你要好好上学，将来争取有出息，那是你当儿子的责任！上学求知识，这是人一辈子最大最大的事情，所以妈才会打你，因为妈妈不能允许你说出这种话！"

正浩伏地低头说："妈妈，我真的知错了，我会记住的。"

英子说："不行，我必须要惩罚你，我要你一辈子都记住！"

英子起身拿出笤帚，对正浩说："站起来。"英子在正浩的小腿上用力敲了一下，说："记住了没有？"

正浩说："记住了。"

英子又打了一下，说："记住了没有？"

正浩说："记住了。"

英子咬着牙，又狠狠地敲了一下，说："记住了没有？"

正浩说："我记住了，妈妈。"

英子放下笤帚，一把抱住正浩哭了起来，说："正浩，别记恨妈妈。我这是为了尽我当妈妈的责任啊！"

正浩也搂住英子的脖子哭着说："妈妈，我知道了。我真的知道了，妈妈，谢谢您。"

英子和正浩正抱在一起哭，许应灿突然出现在了门口。

许应灿说："怎么回事？！"

8.

日，内，靠山屯。

英子家。

许应灿突然出现在门口，说："怎么回事？怎么回事？刚才我从门外看到，你在打正浩！李英子，我告诉你，正浩现在也是我儿子，你怎么能随便打？"

英子说："我是不该打正浩，但不打又不行，所以我才狠下心来打的。"

许应灿一把把正浩拽到身边来，对英子说："你说，为什么打？要是胡诌一个理由就随便打孩子，那正浩我立马就领走，住到我家去！"

正浩说："爸爸，英子妈妈打我是应该的。我是该打，因为我对英子妈妈说,我不想去上学了。"

许应灿瞪大了眼睛说:"什么?不想去上学?哪有孩子不想去上学的!这是为什么?"

英子说:"是这样,我攒了一篮子鸡蛋,本来想这两天就去集市换些钱,给孩子扯点布做身新衣裳。你看看正浩,他这身衣服怎么去学校啊?可千小心万小心,放在碗橱顶上的鸡蛋还是叫海玉全给打碎了。我心疼那些鸡蛋,就打了海玉。正浩想护着海玉,我不让,他就急了,说我再这样打妹妹,他就不去上学了。我一急,就打了他一巴掌,结果正浩跑出去了一宿,早上我才把他给找回来。他跑出去,我不怪他,可他说不上学,我就一定要教训他。"

许应灿对正浩说:"这我可没法护着你了,不肯上学的孩子就该挨打!"他回头又对英子说:"可英子啊,我说你也是,你这是何苦呢?干吗非要跟我抢着抚养这两个孩子呢?你看看你,连给孩子上学穿的新衣服都做不起,你这不是让孩子跟着你吃苦吗?"

英子说:"应灿大哥,请你不要再说这样的话了。正浩的新衣服,我一定会给他做的!我李英子,就是天塌下来,也敢顶。既然正浩做了我儿子,我是不会让他离开我的!"

许应灿说:"好,好,我不跟你说了。"说着,一转身,背着手就走了。

9.

日,内,英子家。

知了在窗外的大树上聒噪着,英子独自一人坐在家里发愁。突然,英子想起了什么,打开衣箱,从里面翻出一个布包。她把布包打开,看看里面的银首饰,想了想,毫不犹豫地把首饰包起来,塞进上衣衣襟里,转身就往外走。

正浩躲在屋门后观察着英子的动静,英子从衣箱里拿银首饰的一幕他都看在眼里。

10.

日,外,英子家院子。

英子走出门，看到正浩正坐在屋外的墙根下。

英子说："正浩，你在家看好妹妹们，妈妈出去一下，很快就回来。"

11.

日，外，田野。

英子匆匆地走在通往镇子的小路上。

12.

日，外，田野。

正浩也在田间的小路上奔跑。

不远处，可以看到在地里干活的许应灿和朴玉顺。

13.

日，外，龙井某镇。

集市上。

英子正在向路人兜售她的银首饰。

一个行人过来看看。

英子对行人说："同志，请您把这些首饰买下吧。"

行人问："多少钱？"

英子忙说："您随便给点，只要够给孩子做身衣服的钱就行。"

行人觉得有便宜可占，又看了看首饰，正准备摸兜里的钱，一个市场管理人员走了过来，喊："喂，喂！干什么呢？这个女人，你这是在干什么？私底下做金银买卖是违法的！你知道不知道？"

行人赶忙离开。

14.

日，外，龙井某集市。

集市上，一些人在围观。

市场管理人员严厉地斥责英子说:"在集市上交易金银是非法的,你知道吗?"

英子说:"同志,我只是想拿这些首饰换点钱,孩子要上学,我得给孩子做身新衣服穿呀。"

市场管理人员公事公办地说:"不行,政府三令五申,要禁止私下买卖金银,你这些银首饰是要充公的!"

英子急了,噗的一声跪了下来,说:"同志,求求您,学校要开学了,我不能让孩子穿着旧衣服去上学呀!就这点首饰,还是我过世的婆婆给留下的,要不是实在没钱,我也不会拿出来换钱呀。"

市场管理人员一看英子跪下了,也有些慌,就说:"你这是干什么呀?起来,快起来!像什么样子。"

英子急得眼泪都落了下来,围观的群众也都同情地帮着英子求情。

群众甲说:"一看这位大嫂也不是什么投机倒把的人。孩子要上学,换点钱给孩子做身新衣服,这算个啥呀!"

群众乙说:"是呀,孩子上学是件大事呀!"

群众丙说:"我把这位大嫂的首饰买下吧,大嫂你要多少钱?"

市场管理人员说:"你胡说什么,私下交易金银,卖的人受罚,买的人一样得罚!"

周围的人越聚越多,七嘴八舌地为英子求情。

市场管理人员赶忙把英子拉起来说:"行了,你别哭了!前面拐角有家银行,你去那边看看,那儿是国家专门收购金银的地方。你快走吧!今后不许再拿金银到集市上来交易。"

英子鞠躬说:"谢谢您了。我就这么点东西,以后叫我拿我也拿不出来呀。"

市场管理人员说:"那你就赶快走吧。"然后转头对着围观群众喊:"看什么看,都走吧!集市上买卖金银是非法的,这是政府的规定,我也没有办法。"

15.

日,内,龙井某镇。

银行内,一个专门收购金银的柜台。

英子把那一布包银饰放到柜台上,说:"同志,你们这儿是收购金银的吧?"

柜台里的工作人员说:"对。"说着站起身正要拿英子递过来的布包,边上突然有只手伸过来一把拍住了那包银首饰。

英子吓了一跳,紧张地回头。

玉顺站在那里,正色说:"英子,回家。"

英子说:"玉顺……"

玉顺说:"英子,这些东西是你婆婆留给你的,怎么能随便就卖掉呢?再说,这些银首饰也值不了几个钱,卖掉了可就再也拿不回来了!我们回去,正浩上学的新衣服,我来想办法。正浩不也是我们家的儿子嘛!"

16.

日,外,靠山屯。

许应灿家院子。

玉顺匆匆走进院子,从门后拿出砍柴的斧子,背上背架,然后对在屋里抽着旱烟的许应灿说:"俊男他爸,这两天你和孩子的饭自己做着凑合着吃吧。"

许应灿说:"你这是要干吗去?"

玉顺说:"我要和英子一起上山砍柴。"

许应灿说:"上山砍哪门子的柴啊!哪有女人不在家做饭给男人吃的!"

玉顺说:"正浩马上要上学了,要是连一件上学穿的衣服都没有,不是让人笑话嘛!我和英子上山砍了柴,卖了就好给正浩做身衣裳。"

许应灿说:"那不是英子的事吗?你去凑什么热闹!"

玉顺说:"正浩不也是我们家的儿子吗?他叫我们爸爸妈妈是白叫的?既然我们认了他这个儿子,就该担起做爸妈的责任。你那会儿吵吵着要把正浩领回家给你当儿子,现在人家叫你爸爸了,你总不能撒手不管了吧。"

许应灿急了,说:"你个臭女人,怎么说的话!"

这时英子背着背架拿着砍斧也走进院子,玉顺就说:"英子,咱们走!"

许应灿敲着烟杆喊:"你个臭女人,给我停下!"

玉顺说:"俊男他爸,你又要干什么?"

许应灿撂下烟杆,大步走上前抢下玉顺手中的砍斧,说:"你们女人干你们女人的活去!上山砍柴那是男人的事!我砍柴回来吃不上饭,看我不打烂你的屁股!"

英子说:"应灿大哥,我跟你一起去吧。"

许应灿说:"你跟去干什么?让人家说闲话?我说了,砍柴是我们男人的事!"然后回头对玉顺说:"我砍柴回来吃不上饭,看我怎么收拾你!"

17.

日,外,靠山屯。

浓绿的田野,日头已经偏西了。

田间小路上,许应灿背着满背架的柴火正朝着镇上走去。

18.

日,外,小镇的集市。

夕阳正在西下。

许应灿背着柴走进集市,额头上满是汗水。

19.

夜,内,靠山屯。

英子家。

英子打开门,许应灿和玉顺走了进来。

许应灿拿着两块布说:"英子,这是给正浩扯的布,就烦你辛苦一下,给孩子做身上学穿的衣服吧。"

英子感激地拿过布，打开看了一下说："应灿大哥，用不了这么多。"

许应灿说："那就给俊男也做一身，明年他也该上学了。"

英子一鞠躬说："应灿大哥，真是太谢谢你了。"

许应灿说："正浩不也是我的儿子嘛，谢什么谢呀！"

20.

夜，外，靠山屯。

英子家院门外。

英子把许应灿夫妇送出门。

许应灿看英子关了门，这才斜着眼瞪着玉顺说："臭女人，这下你可满意了吧！"

玉顺对许应灿也深鞠一躬说："俊男他爸，辛苦你了。"

21.

夜，内，靠山屯。

英子家。

夜深了，英子在煤油灯下缝着衣服。

正浩醒了，看到英子还在缝衣服，就说："妈妈，您怎么还不睡呀？"

英子说："明天一早你就要去学校了，我得把你上学穿的衣服赶做出来。"

正浩说："妈，看我给您添了多大的麻烦呀。"

英子："正浩，我去卖银首饰的事，是不是你去跟玉顺妈妈讲的？"

正浩说："是。那天您跟东春爷爷说，这是奶奶给您留下的东西。为了我，您要把奶奶留给您的东西卖掉，那我可就太对不起过世的奶奶了！所以，我就赶紧去求玉顺妈妈了。"

英子感动地说："正浩，你真是个懂事的好孩子。"

正浩摇摇头说："为了我，妈妈您，还有应灿爸爸、玉顺妈妈，都操了这么多的心。我长大了，一定要有出息，报答您，也报答应灿爸爸和玉顺妈妈！"

英子没再吭声,低头缝着衣服,一滴泪落到了衣服细密的针脚上。

22.

晨,外,靠山屯。

许应灿家院门口。

英子领着穿了一身新衣服背着书包的正浩,来到许应灿家院门前。

许应灿和玉顺夫妻忙迎了出来。

正浩朝他们一鞠躬说:"应灿爸爸,玉顺妈妈,我要上学去了,想听听爸爸妈妈的教导。"

许应灿说:"正浩,我要告诉你,你应灿爸爸没什么出息,没念过几年书,可你不一样,你亲爸爸念书比我多有文化,虽然年纪轻轻就在战场上牺牲了,但他是个烈士,是个英雄!将来,你一定要有出息,这样才能对得起你亲爸爸的在天之灵,也让你这个没出息的应灿爸爸也沾你的一点光,啊?"

正浩点头说:"是,我一定会好好念书的。"

23.

晨,外,靠山屯。

晨曦映红了翠绿的山峦,田野上闪着露珠清冽的光斑。

正浩背着书包,走在去学校的路上。

英子追上来喊:"正浩!"

正浩转身,英子从怀里小心地掏出一个布包来,打开布包,里面是一柄精致的手工小刀,还有两只铅笔。英子说:"正浩,这小刀是妈妈托人做的,你带上,削铅笔的时候要当心。"

正浩点头,说:"谢谢妈妈。"

英子又整了整正浩的衣服,上下打量了一下正浩,满意了,才说:"去吧。"

正浩朝英子鞠了一躬,大步朝通往学校的路上走去。

24.

日,外,靠山屯。

英子家院子里。

秋去冬来,春去夏至,又是一年的夏天。

正浩在院子里的小桌子上写暑假作业。许应灿看到正浩在写字,就走进院子里看。

正浩忙说:"爸爸,您好。我在做暑假作业呢。"

许应灿说:"好,好好。"然后看看正浩写的字说:"哎呀,正浩你的字写得真好看哪!"

许应灿看着正浩写字,看了一会儿,突然发现正浩手上握的是一根木杆,奇怪地说:"正浩,你怎么用木杆子写字呀?"

正浩把手摊开给许应灿看木杆头上固定住的一截很短的铅笔头说:"爸,铅笔握不住了,我在木杆子上挖了个坑,你看,"说着把铅笔头从木杆上拔了下来,又插上去,得意地说:"这样插上就又能写字了。"

许应灿摸摸正浩的头,啥也没说就出了院子。

25.

夜,内,靠山屯。

许应灿家。

玉顺在缝着俊男的衣服,说:"俊男他爸,明天一早,我跟英子约好,还得上山砍柴去。"

许应灿说:"干吗? 俊男的衣服不还是新的吗?"

玉顺说:"俊男上学的衣服是有了,可正浩要上二年级了,英子家的贞玉跟咱们俊男是同岁,也要上学了。这一来,学杂费、书本费,还有买铅笔买橡皮的钱,加在一起要好大一笔钱呢!"

许应灿抽着旱烟袋说:"是呀是呀,正浩也该买铅笔了。这孩子那么短的铅笔插在木杆上还在用呢! 可这么一大笔钱,光是砍柴卖哪够呀!"

玉顺说:"卖掉多少是多少吧。"

许应灿想了想,沉重地叹了口气说:"你们别去了。我知道你又要难为我,让我自己做饭吃,你们存心想要我饿肚子。"

玉顺说:"看你说的。可孩子上学的事也耽搁不起呀!"

许应灿说:"钱的事我去想办法,你们还是把你们女人的事给我做好了。"

玉顺说:"你有啥办法?"

许应灿说:"少啰唆,男人肚子里的主意还要你批准?"

26.

日,内,龙井某镇。

某卫生院。

一位卫生员正在给许应灿抽血。

许应灿抽完血拿着单子就要走。

卫生员说:"不忙,刚抽完血,你得稍稍休息会儿。"

许应灿说:"我得赶紧拿钱去!"

卫生员一笑说:"少不了你的。"

许应灿说:"钱拿上,心就定了!休息不休息又有啥关系啊。"

边上一个人说:"真是财迷!"

许应灿说:"呸!我财迷?这钱对我有多重要!你他妈的不知道就别再一边儿嚼舌头。"

27.

夜,内,靠山屯。

英子家。

许应灿把一叠钱放在小桌上,对英子说:"英子,这是正浩的学杂费,我们帮他付了。贞玉的呢?……"

英子说:"贞玉的有了,我攒了一筐鸡蛋,下午刚卖掉。"

许应灿说:"那行。你们也不用再去砍柴了。正浩,来!这是给你买的。"说着,从一个布包里拿出一个崭新的铅笔盒,打开里面还有三只铅笔和一块橡皮。他把铅笔盒递给正浩。

正浩接过铅笔盒兴奋地说:"爸爸,谢谢您,谢谢!"说着鞠了一躬。

许应灿说:"只要你长大能有出息,比你咋谢我都强!"

……

正浩沉思的眼睛。

28.

日,外,山路。

山下,一个几十户人家的村落展现在眼前。

结束回忆的正浩长长地舒了口气,朝着山下的村落走去。

29.

日,内,开山屯。

在一户人家里。

一位中年妇女笑容可掬地端了两杯茶来,放到桌上。正浩和一位漂亮的姑娘忙起身向中年妇女鞠躬。

中年妇女说:"坐,快坐下,你们谈吧。"说着赶紧离开了房间。

正浩有些局促地坐下。桌对面的姑娘也坐了下来,看看低着头的正浩,脸上闪出一些笑意,显得对正浩相当满意。

正浩抬起头,似乎下定了决心说:"朴善姬同志,我的情况你了解吗?"

朴善姬笑了笑说:"介绍人都跟我介绍了,说你父亲是个烈士,母亲也早就过世了,你只有一个妹妹。"

正浩说:"你知道的就这些?"

朴善姬忽闪着一双大眼睛,还是带着笑说:"是啊,怎么,她介绍的情况有什么不对吗?"

正浩说:"这些情况都是对的,但没有介绍全。我的亲生父亲是烈士,母亲也在我六岁的时候就过世了,这些都没错。我也确实只有一个亲妹妹叫银姬。可是,我父母过世后,有两个家庭收养了我,一个家里有爸爸妈妈和一个弟弟一个妹妹,另一个家里有我一个妈妈,后来在抢修水库的时候牺牲了,留下两个女儿,也是我的妹妹。而我现在是这两个家的大哥……"

朴善姬说:"你是说,这两个家你都得管?"

正浩说:"那当然,我是一个弟弟四个妹妹的大哥,还有两位老人,我不管谁管?"

朴善姬的脸一下子沉下来,坐了一会儿,她倏地站起来说:"那我们还谈什么谈呀?不谈了!凭什么要我管呀!又不是你自己的亲爸爸妈妈,也不是你的亲弟弟妹妹,拖家带口的干什么呀!我又不是找不到好男人,追我的男人多得是!"

正浩松了口气,从进屋就一直紧绷的脸也露出了笑容,他说:"对不起,我知道我不适合你。不过还是要谢谢你给了我这次机会。"

30.

日,外,靠山屯。

正浩走到山路上,看着不远处的村口,心情舒畅地向前走去。

村口有几棵大树。正浩刚走到路口,一个年轻姑娘从树后跳了出来,冲着正浩"哇——"地喊了一声。

正浩看看那姑娘说:"郑雪梅,你这是干什么?"

郑雪梅,十九岁,圆脸大眼睛,活泼开朗但又不失精明。

郑雪梅笑着说:"金正浩,你怎么一点幽默感都没有?就算没吓着你,也装装样子嘛。"

正浩说:"我装不来。"

郑雪梅说:"你这人真没劲!喂,听说你又相亲去了?"

正浩说:"对。"

郑雪梅说:"成了没?"

正浩说:"这个没必要向你汇报吧。"

郑雪梅一笑说:"那肯定是没成,你没看上人家?"

正浩说："是人家没看上我。"

郑雪梅说："怎么可能？那姑娘眼睛有问题？居然会看不上你？"

正浩说："人家姑娘看不上我就看不上呗，干吗这么说人家。对了，你在这儿干什么？"

郑雪梅一歪头说："等你啊。"

正浩莫名其妙地说："等我干什么？"

郑雪梅嬉笑着说："等你来相亲啊！"

正浩说："还相亲啊，别开玩笑了！我得赶回去，这两天为相亲的事跑东跑西的，家里一大堆农活等着呢。"说着就往村口走去。

郑雪梅抢步又拦在了正浩面前，一脸严肃地说："金正浩，我没开玩笑！你看着我。"说着，火辣辣的眼睛直视着正浩。

正浩说："干吗？"

郑雪梅说："行不行？"

正浩怔怔地看着郑雪梅，想了想，摇摇头说："不行。"

郑雪梅嘴一嘟，说："为什么？"

正浩说："我们不合适。"

郑雪梅说："哪方面不合适？说具体点！"

正浩说："你是汉族，我是朝鲜族……"

郑雪梅说："金正浩，你别瞎找理由！你忘了一句话吗？全国民族大团结，大家都是兄弟姐妹。管你是哪个民族，不都是祖国大家庭的吗？这个理由不成立！"

正浩说："可我们俩真的不合适。"

郑雪梅说："到底哪里不合适？没共同语言？个性不合？我长得不够漂亮？还是……"

正浩说："郑雪梅，你别胡搅蛮缠了。不行就是不行！"说着头也不回地朝屯子里走。

郑雪梅对着正浩的背影大声说："金正浩，你要是个男人就不要逃！我是在跟你说很严肃的话题，这关系到我一生的追求。"

金正浩停下脚步回头说:"什么追求?"

郑雪梅说:"爱情。爱情可以超越国界,超越民族,超越一切试图阻碍它的东西!"

金正浩一笑说:"可偏巧我们之间还没有爱情。"

郑雪梅说:"不,只是目前没有。也不对,应该说是你目前对我还没有爱情。可是我有! 从你的血流进我身体的那一天起,我就对你产生了爱情,它已经超越了一切,就扎根在这里。"郑雪梅指着自己的胸膛,眼睛有泪光在闪。

正浩看着郑雪梅,他似乎被触动了。

郑雪梅冲到正浩面前说:"我爱你,我要做你的女人。我在这里等了你大半天,就是为了告诉你这个! 我真的希望你能爱上我。"说着突然踮起脚在正浩的脸颊上亲了一下,转身跑开了。

正浩呆呆地看着朝远处知青集体户的茅草屋跑去的郑雪梅,不知道该说什么好。

正浩眯起眼,往事又闪现在他的眼前。

闪回:

31.

日,外,靠山屯。

路两旁是翠绿的山峦。

十七岁的正浩背着背包走在田间小路上。他身材高大结实,英俊正气的脸上充满了自信和活力。

正浩走进村口,远远地看到村里突然多了几栋大的茅屋,那就是知青住的集体户。屋前的空地上围着一群人在叫喊着显得很是热闹。

正浩忙朝人群走去。

32.

日,外,靠山屯。

苍翠的山脚下,碧绿的稻田。

犁地的牛停在稻田里,舌头舔着鼻孔。许应灿蹲在田埂上闷头抽着旱烟。英子顶着箩筐从他身边走过。

英子回头看看许应灿,忍不住说:"应灿大哥,我看你在这儿歇着,也不知道抽了几袋烟了。以前给自己干活可不是这样的呀!"

许应灿说:"英子,你少管闲事,该怎么干活,我比你清楚!"

英子说:"活儿不好好干,可到评工分的时候,你可比谁都吵得凶。"

许应灿说:"你英子行,干起活来不要命!我可不能跟你那样,累死了,儿子女儿谁来管啊?"

英子说:"我也是想要多挣几个工分,好让儿子女儿过得好一点。"

许应灿敲敲烟杆,站起来说:"哼,我干的活只要对得起我那几个工分就行!不跟你说了,刚才东春大叔通知我,小队长召集大家开会呢!"说着背着手向生产队方向走去。

英子冲着许应灿的背影喊:"干活一是要对得起自己挣的工分,也要对得起公家呀!再说正浩这两天就要回家,也要到队上来干活,咱们做大人的,总得给孩子们做点样子出来呀!"

许应灿背着手,只顾自地走了。

英子无奈地叹口气。

33.

日,外,靠山屯。

知青集体户门前。

正浩挤进人群,看到俊男正在同一位小个子的知青在摔跤。十六岁的俊男长得也很结实很英俊,但眼神总有那么点傻乎乎的。

周围的人都在喊:"蒋士群加油!许俊男加油!"

俊男稍稍一用力,就把蒋士群摔在了地上。

俊男得意地说:"连摔你们两个,你们是这个!"伸了伸小拇指。

其中有一个知青喊:"陈志宏,你上!"

陈志宏从人群中走出来，个儿不高，但很壮实，看上去既聪明又厚道。

俊男毫不在乎地一笑说："用不着比，你也是个手下败将。"

有一个知青喊："许俊男，你小心点，陈志宏可是上海知青，是上海体校摔跤队的！"

陈志宏迈开稳健的步伐，一接手，就把俊男摔了个仰面朝天。

俊男爬起来说："不算不算，我还没准备好呢你就上来了！现在正式开始，三战两胜。"

陈志宏不吭不哈地站在那儿等着俊男上来，俊男左躲右闪地看准了冲上去。陈志宏一交手又轻易地把俊男掀翻在地。

大家欢呼。

俊男急了，喊："再来！"

俊男又冲上去交手，陈志宏又轻易占了上风。俊男在失去重心时却揪住陈志宏的衣服突然扑在他肩上咬了一口。

大家惊愕。

有人喊："许俊男，你太不地道了！"

正浩看着气坏了，上去就在俊男的屁股上狠狠踹了一脚，说："你怎么能咬人呢？你《小兵张嘎》看多了是吧，摔跤也学会咬人了！人家张嘎是小孩，你多大了你！"

人群中哄笑。

陈志宏揉了揉被咬的肩膀，大度地说："没事，没事。你是……"

正浩说："我叫金正浩，是俊男的大哥。"转头又对俊男说："俊男，道歉！你真丢咱们朝鲜族人的脸。"

俊男气急败坏地说："你算什么大哥呀！就知道胳膊肘往外拐。"说着，拔腿就往家跑。

人群中发出了一片嘘声。

正浩皱紧了眉头看着俊男的背影，转头有些不悦地说："我们家俊男做错了，我已经教训他了，请你们也不要这样，毕竟他是我弟弟。"说着，他解下背包放在一边，然后走到陈志宏面前说："来，咱俩比比怎么样？"

34.

日,内,靠山屯。

生产小队队部,一个大房间里。

社员们正在开会,里面有许应灿、玉顺、英子、东春大叔等人。

许应灿正在发言,火药味十足地质问说:"我凭什么不能评一等工?"

英子站起来说:"评工是要看工作表现的,我觉得应灿大哥的表现就是不够一等工的资格。"

许应灿火了,说:"我许应灿是个堂堂正正的男劳力,你李英子现在都能评上一等工,难道我这大老爷们还不如你个娘儿们?"

东春大叔说:"英子这话是站在公家的立场上说的,我觉得没啥错。凭良心说,你许应灿干的活还真比不上个娘儿们。"

35.

日,外,靠山屯。

知青集体户门前空地。

正浩正在跟陈志宏摔跤。

两人互相试探着,都在寻找对方的破绽,陈志宏率先发力,将正浩摔倒在地。

正浩爬起来,拍了拍身上的尘土,用商量的口气说:"咱俩也来三战两胜行吗?"

陈志宏说:"来吧。"

这一次,两人僵持了很长时间,陈志宏有几次几乎要把正浩摔倒,但都被正浩化解了。弄得围观的人群惊呼一片。陈志宏突然使了个绊子,正浩晃了晃,身形一歪就势将陈志宏扳倒在地。知青们一片哗然。

陈志宏似乎也没有思想准备,愣了一下。正浩伸手想拉他,但他一摆手自己站起来说:"再来!"

第三次,正浩显得更自信了,陈志宏却有些过于小心,结果没两个回合正浩就把陈志宏摔倒在地。

知青们一片惋惜的声音。陈志宏却没在意,很大方地站起来说:"金正浩,你练过的,是吗?"

正浩说:"是,学校军训的时候,跟着解放军叔叔练的。"

陈志宏说:"看样子,教你的人也是个高手。"说着,伸出手说:"好样的,来,交个朋友!"

陈志宏边上站着个女知青,她就是郑雪梅,圆圆的脸大眼睛,显得豪爽而热情。她竖着大拇指对正浩说:"你是好样的!"

36.

日,外,靠山屯。

许应灿家院子。

许应灿坐在门口,眼睛盯着英子家,气呼呼地抽着旱烟。

俊男也气急败坏地跑进院子。他一看到许应灿就喊:"爸,正浩他是我大哥吗?"

许应灿说:"他是我认下的儿子,怎么不是你大哥?"

俊男说:"可他压根就没把我当成他弟!"

许应灿说:"怎么啦?"

俊男委屈地说:"我和那拨上海人摔跤,我摔输了,他不但不帮我,还踢我的屁股说,真丢我们朝鲜族人的脸!他这是做大哥的样子吗?"

许应灿说:"正浩回来了?"

俊男说:"是啊,背着行李回来的。"

许应灿猛抽了两口烟,气恼地抱怨说:"这娘儿俩,怎么都这德行!我可是对他们都有恩的呀!怎么能恩将仇报呢?"

37.

黄昏,内,靠山屯。

许应灿家。

英花顶着满满一盆衣服拿着棒槌从屋里走出来。已经十五岁的英花出落得非常漂亮，身材修长，匀称而且优美。

英花说："爸，哥，我洗衣服去了。"

许应灿叫住英花说："英花，你等一下！"

许应灿说："英花，今后你少跟英子家的姐妹黏糊，他们一家都是一些喂不家的狗！我许应灿这些年来帮了他们家多少忙，可到头来，她反过来还咬了我一口，愣是把我这个一等工整成了二等工！这么一来，我每个月要少拿一毛多钱呢！"

俊男说："爸说得对，还有金正浩，跟他英子妈也一个样！"

英花说："不会吧，正浩大哥不是在城里上学吗？怎么着你了？"

俊男说："哼，回来了，看我被欺负了，不但不帮我，他还踹了我一脚，说我不像个朝鲜族人，我看他才不像呢！咱们朝鲜族人是最讲情分的。"

英花对俊男的话有些将信将疑，但也不太高兴地说："爸，我知道了，不过他们怎么能这样呢？真是太过分了。"

38.

黄昏，外，靠山屯。

山下村前的小河边。

贞玉和银姬正在河边洗衣服，银姬在漂洗，贞玉把衣服铺在大石头上用棒槌捶打着。十六岁的贞玉也已长得亭亭玉立，清秀的脸显得甜美而娴静。十五岁的银姬长着一双大眼睛，圆圆的脸，一笑两个酒窝。她们看到英花顶着洗衣盆走了过来。

贞玉冲着英花笑一笑，说："英花妹妹，你来啦。"

英花不理她，也不说话，走到银姬边上手很重地把盆放下。

银姬说："英花姐，你怎么啦？"

英花像是没听到似的，蹲下身子，把衣服在水里浸湿后，就铺在石头上狠狠地捶打起来。飞溅起的水花溅到银姬身上。

银姬说："英花姐，你轻点啊！"

英花没好气地说:"没办法,衣服脏!"

贞玉说:"英花妹妹,你今天到底怎么啦? 怪怪的。"

英花说:"见怪不怪!"说着棒槌捶得更狠了,水花飞溅,银姬被弄得满身满脸都是,赶紧站了起来。

银姬说:"英花姐,你捶衣服的水都溅我身上了!"

英花说:"哦,溅到啦,那你就离我远点呗!"

银姬说:"你这是怎么说的,我只是想让你轻点嘛。"

英花说:"轻点? 轻点这衣服就捶不干净! 还是那句话,怕溅着水,就离我远点儿!"

银姬生气了,说:"凭什么让我离远点儿啊? 是我先到这儿的,是你走来挨到我这儿来的?"

英花说:"我挨到你这儿怎么啦? 我又没嫌你的脏水溅到我身上。"

银姬说:"谁嫌你啦? 你根本就是在找碴儿吵架嘛!"

贞玉说:"英花妹妹,你不要这么不讲理嘛。"

第三集

1.

黄昏,外,靠山屯。

夕阳西下,稻田里,英子还赶着牛在犁地。

正浩背着背包兴冲冲地来到稻田边,他没有看到许应灿,有些奇怪,但一看到英子就高兴地喊:"妈妈,我回来了!"

英子的脸上挂满了喜悦,说:"正浩,你怎么回来了?"

正浩说:"学校里的学生都下乡接受再教育去了,我们家在农村的,也都返乡回队上干活来了。"

英子点头笑着说:"这也好,连大上海的知识青年都到咱延边农村插队来了。"

正浩说:"我刚才已经碰上他们了。我看,他们有的比我年纪还小呢!"正浩说着,在田边卸下行李说:"妈妈,你怎么还在干活呢?"

英子说:"这是你应灿爸爸留下的一点活儿,我得帮他干完。你应灿爸爸正在跟我怄气呢!他也是,听不得一点不顺耳的话。你瞧,撂摊子了。"

正浩卷起裤腿已经走到英子跟前,说:"妈妈,我来干吧。"

正浩接过手,扶着犁,吆喝着牛,干得很熟练很利索。

英子在一边看着,满意地点了点头。

2.

黄昏,外,靠山屯。

村前的河边。

夕阳映红了河面,也映红了三个女孩的脸。

英花冷笑着说:"讲理啊?那是要跟懂道理的人去讲。跟你们家的人,那就免了吧!"

银姬气得脸通红,说:"你这话是什么意思?我们家的人怎么了?"

贞玉说:"英花妹妹,那你就把话说明白,我们家的人怎么不懂道理了?"

英花说:"懂道理的人家会知道感恩图报,我爸说了,你们家的人都是喂不家的狗!"

银姬气得一把将英花推到河里。英花也不示弱,从水里爬起来,扑向银姬,两人一起跌到河里,扭打起来。

贞玉急忙也跳下河,尽全力把两人拉开,说:"你们这是干什么!大家都是姐妹,干吗一定要这样!要说呢,我们应该是一家人!"

英花说:"谁跟你们是一家人呀!我爸年年都帮你们耕田犁地,可你们妈妈呢,害我爸爸丢了一等工!"说着,又对银姬说:"还有你哥,我哥被欺负了,你哥不帮忙还踹他一脚,骂他不是朝鲜族人,我看他才不是朝鲜族人呢!亏我们还叫他那么多年大哥,有这样的大哥吗?"

银姬又扑过去说:"不许你说我哥的坏话!"

贞玉赶忙抱住银姬,问英花说:"正浩哥回来啦?"

英花说:"我怎么知道!什么正浩哥,我爸我哥都不认他了,我也不认!"

银姬还想扑过去,在贞玉怀里拼命挣扎着说:"不认就不认,谁稀罕!我哥端你哥,我也端你!"

贞玉紧紧箍着银姬说:"英花妹妹,应灿大叔跟我妈之间到底发生什么事,我们也不知道,还有正浩哥跟俊男的事。你不能因为你爸跟你哥受了委屈就把气撒在我们身上呀!再说了,你刚才说的那话多难听啊!应灿大叔说这种话也就算了,你一个女孩子家怎么也学着说这种话呢?"

英花也觉得自己有些过了,但还是嘴硬说:"我说什么话不要你管!先去反省反省自己妈妈跟哥哥做过些什么吧!"

3.

傍晚,外,靠山屯。

落日的余晖洒在田埂上,收了工的英子和正浩牵着牛离开稻田往生产队方向走去。

4.

傍晚,外,靠山屯。

暮色降临,田边只留下一条青紫色的光带。

英子家院子,已经烧好晚饭的海玉时不时地探头张望,想看看妈妈和姐姐们怎么还没回来。

已十五岁的海玉,漂亮极了。清秀的鹅蛋脸上,似乎还稚气未脱,一双明亮美丽的小眼睛,让人着迷。

英花气哼哼地顶着洗衣盆走在前面,全身湿漉漉的。

海玉迎上去说:"英花姐,你衣服怎么湿了?"

英花没好气地说:"你还好意思问,滚一边儿去!"说着径直就走进了自家的院门。

贞玉和银姬也全身湿透着走了过来。

海玉看看贞玉和银姬,再看看英花的背影,不知道该不该问发生了什么事。

贞玉说:"妈回来了没有?"

海玉摇摇头说:"还没呢,我饭都做好一会儿了。"

银姬说:"那我哥呢?我哥回来了吗?"

海玉瞪大了眼睛说:"正浩哥回来了吗?可我没见到他呀!"

贞玉放下洗衣盆说:"这么晚了,怎么还没回来呢? 我去看看!"

海玉说:"姐,你的衣服……"海玉看看贞玉和银姬,再看看许应灿家,满脸的疑惑。

贞玉反应过来说:"哦,银姬妹妹,赶快进去换衣服! 晚上凉,冻着了怎么办。"

银姬说:"贞玉姐,那你也赶快去换一换呀!"

海玉说:"你们都进去吧,我去找妈妈。"

贞玉说:"谁也别去找,天马上就要黑了,妈妈应该就回来了。"

银姬说:"那我哥呢?"

贞玉说:"正浩哥肯定是去找妈妈了,说不准等会儿两人就一起回来了呢。"

5.

傍晚,外,靠山屯。

生产队队部。

英子把牛交给东春大叔。

正浩向东春大叔一鞠躬说:"东春爷爷,你好。"

东春大叔看看正浩说:"回乡来啦?"

正浩说:"是,回乡参加劳动来了。"

东春大叔点头说:"好啊,队上又多了个棒劳动力。你要学你英子妈妈,你英子妈妈虽说是个女人,但干活比男人还强!"又对英子说:"应灿留下的那点活儿干完啦?"

英子说:"干完了。"

东春大叔摇摇头说:"许应灿这个人哪,其他啥都好,就是私心重了点儿,心眼小了点儿。"

6.

傍晚,外,靠山屯。

天已经黑下来了，英子家院门前。

英子和正浩走到门口时，英子说："正浩，把行李给我，你到你应灿爸家里去跟你应灿爸玉顺妈打个招呼吧。"

正浩说："是。"

7.

傍晚，内，靠山屯。

许应灿家。

英花刚换好衣服，从里屋出来说："银姬那个死丫头，一下子就把我推到河里了。"

许应灿恼火地说："英子家想干什么啊？想打世界大战啊？"

轻轻的敲门声，然后听到正浩在外面喊："应灿爸爸，我是正浩。"

正在气头上的许应灿猛地拉开门说："金正浩，你来干什么！"

正浩对许应灿深鞠一躬说："爸爸，我回乡务农来了。刚回来，跟爸爸说一声。"

许应灿冷笑一声说："刚回来？那我儿子的屁股是谁踹的？"

正浩说："爸爸，我是踹了俊男一脚，因为他做事太不地道！我回来经过知青大院的时候……"

俊男插嘴说："他嫌我跟上海人摔跤摔输了，丢咱朝鲜族人的脸！"

许应灿说："你倒是说说看，俊男摔跤摔输了，怎么就丢咱朝鲜族人的脸了？"

正浩说："爸爸，您没问俊男摔跤摔输了后都干了些什么吗？"

许应灿转头问俊男说："你干了什么啦？"

俊男没吭声。

正浩说："他咬人家！输了就在人家肩上狠狠地咬了一口。"

许应灿问俊男说："是这样吗？"

俊男说："那他也不该踹我呀，多丢人啊！"

正浩说："是我踹你丢人呢，还是你输不起咬人家丢人？"说着又对许应灿说:"爸爸,我教训他,这是我这个做大哥的责任!"

许应灿面子挂不住了,说:"好,咱不说这些。还有你那个英子妈妈,愣是在生产队大会上把我的一等工捣鼓成二等工,这又算什么?"

正浩说:"爸爸,这事英子妈妈跟我说了,爸爸被降为二等工的事是生产队决定的。"

许应灿说:"可你英子妈妈也没做什么好事,她不但不帮着我说话还落井下石,在边上煽风点火的,硬说我不够一等工的资格。"

正浩说:"爸爸,我觉得我英子妈妈没有做错,她批评您只是在尽一个当公社社员的责任。"

许应灿说:"责任! 什么责任? 她李英子干好她分内的事那才是在尽责任! 管东管西管到我许应灿的头上来了,她这叫多管闲事!"

正浩说:"英子妈妈不是在多管闲事,她只是觉得爸爸您没有尽到一个公社社员的责任。田里的活干了一半就撂摊子,还是英子妈妈一直忙到天黑才帮您干完的。我认为英子妈妈说得对,人是应该有责任感的,当爸爸有爸爸的责任,当儿子有当儿子的责任,如果一个人什么责任都没有了,那他就白活在这个世上了。"

许应灿说:"你少用你英子妈的话来教训我! 她不过是个女人家,整天责任责任地挂在嘴边,她懂什么?"

正浩说:"爸爸,英子妈妈是个女人,但她的责任心绝对不比男人的差! 东春大爷还……"

许应灿打断了正浩说:"别跟我提东春大爷,一味地就知道偏袒你们! 正浩,我告诉你,从今后,你甭上门来了,我不认你这么个儿子了,你走吧!"

正浩知道这样争下去也不会有什么结果,于是一鞠躬说:"那爸爸,我告辞了。"

正浩一走,玉顺就说:"哎呀呀,哎呀呀,当初吵着闹着要人家当你儿子,怎么这会儿又不认了?"

许应灿说:"臭女人,要认你去认!"

俊男说:"爸,你做得对! 这种儿子认他干什么。"

许应灿瞪了他一眼,说:"有你这个儿子我就光彩了?摔跤输了还咬人,你真丢我们朝鲜族人的脸!"

8.

夜,内,靠山屯。

知青集体户,男生宿舍。

几个男知青正围成一圈蹲在地上吃着鸡喝着酒。陈志宏也在吃,但他吃了一块后,就放下不吃了。

其中一位知青说:"陈志宏怎么不吃啦?还有呢,吃呀。"

陈志宏说:"不吃了,这偷来的鸡,吃着心里难受还卡嗓子。"

有个胖胖的叫董强的上海知青吃得正香,说:"陈志宏,你别自命清高啦。老话讲,偷鸡摸狗,偷鸡摸狗,自古以来就是这样,你不吃白不吃!"

陈志宏说:"你到靠山屯插队,英子大妈对我们那么好,我们还要偷她家的鸡吃,良心上也过不去呀。"

有一个高个子的叫赵泉的知青边嚼边说:"良心,哼,良心能填饱肚子啊?我们来这里多长时间没沾过荤腥啦?不要说鸡了,我看见田鼠都两眼冒绿光!有的吃不错啦,还跟我们讲良心……不吃拉倒,饿不死你!"

董强突然想起什么,说:"陈志宏,我警告你啊!你不吃没关系,可不许告密!你要敢告密,我们饶不了你!"

赵泉说:"对,别看你练过摔跤,我们这么多人,压也可以把你压死!"

9.

夜,内,靠山屯。

英子家。

英子一家正围着小桌吃饭。

英子对正浩说:"正浩,你应灿爸爸说的是气话。就算他真的不认你这个儿子了,你也不能不认他这个爸。"

正浩说:"这个我知道,只是应灿爸爸不该那么说您,还那么难听地骂我们一家人。"

银姬说:"是啊,听英花那么说的时候,我的肺都快要气炸了。"

英子说:"你应灿爸爸只是嘴臭,别太放在心上。"英子沉思了一下,说:"要说呢,他还真是不该怪在你身上,这都是我惹出来的事。"

正浩说:"妈,咋会是您惹事呢?"

10.

夜,内,靠山屯。

许应灿家。

许应灿一家人也围在小桌边吃饭。

玉顺一边往上端汤,一边说:"我不管,正浩这孩子,你们不认,我认!"

许应灿也不理她,舀了一勺汤闷头喝了一口,突然生气地说:"死老太婆,这酱汤怎么做得那么难喝呀! 啊?"

玉顺说:"今天的汤,跟昨天的汤,还有前天的,大前天的,用的都是一样的酱! 一连几天都喝得有滋有味的,怎么今天就变味了?"

俊男也喝了一口,说:"爸,没有啊,跟昨天的一样啊,怎么不好喝啦?"

许应灿气得狠狠地在俊男的头上敲了一下,咬牙切齿地说:"都是你个臭小子! 我叫你以后再咬人,你个没出息的东西!"

英花也说:"哥,你真是太丢人了!"

俊男说:"死丫头,这话是你说的吗?"

许应灿又在俊男头上敲了一下说:"丢人都丢到家了,你就会在窝里横!"

11.

夜,内,靠山屯。

英子家。

海玉端上汤来,给正浩盛了一碗。

正浩舀了一勺汤喝,说:"海玉,你的厨艺越来越好了嘛! 这酱汤怎么这么好喝?"

海玉笑着说:"煮了好长时间呢,好喝就多喝一点。"

银姬插嘴说:"这汤不光是海玉妹妹煮得好,主要还是玉顺妈妈的大酱做得好!"

英子说:"是啊,你玉顺妈妈做的大酱可是咱们靠山屯出了名的。"

贞玉说:"妈,你跟玉顺妈妈那么好,怎么不跟她学学呢?"

英子说:"玉顺妈妈也是跟她婆婆学的,据说是你应灿大叔家里家传的,不传外。而且只能传给媳妇不传女儿。"

银姬说:"为什么啊? 女儿不也是家里的嘛。"

英子说:"女儿迟早要嫁出去的呀,儿媳妇才是家里人呢。"

银姬说:"还有这种说法呀! 不就是做个大酱嘛,至于这么神神秘秘的吗? 玉顺妈妈大酱做得好,我就想去学。"

贞玉说:"能行吗?"

银姬说:"这有什么不行的? 我非要去破破这规矩不可! 破了规矩不就行了?"

海玉说:"那就做他们家媳妇呗! 连规矩都不用破了。"说着,咯咯地笑了起来。

银姬噌的一下跳起来说:"海玉! 看我不撕烂你的嘴!"说着,就去追打海玉。

正浩说:"银姬,海玉妹妹在跟你开玩笑呢!"

贞玉说:"哪有这么开玩笑的,再找不到男人,也不能嫁给俊男这样的!海玉该打。"说着,也去捉海玉。

三个女孩子嬉笑着打闹成一团。突然,海玉停了下来,也不笑了,大叫了一声说:"对了!"把几个人都吓了一跳。

英子说:"怎么啦?"

海玉说:"妈,今晚我喂鸡的时候,发现少了一只鸡! 是那只特会下蛋的大黄母鸡。"

12.

夜,内,英子家。

英子拿着手电出门要去找鸡。

正浩、贞玉、银姬和海玉争着说:"妈,我们去找!"

英子说:"都别争! 贞玉、银姬,明天你们两个要下地,海玉还要在家学习,做家务。学校虽然不上课了,但你们的功课不能丢。正好你们正浩哥也回来了,有不懂的地方刚好可以问问正浩哥。找鸡的事妈妈去就行了。"

正浩说:"妈,还是我陪您去吧。"

英子笑着说:"找只鸡哪是你们男人干的事,被人看到要笑话的。这种事还是我这个老婆子去吧。"

13.

夜,内,靠山屯。

集体户男生宿舍。

那几个上海知青喝得都有些醉。

董强说:"没想到这儿的狗肉好吃,鸡肉也蛮不错的。"

赵泉说:"今日有酒今日醉,来,把剩下这点酒干完! 我们来个一醉方休。"

一直闷坐在一边的陈志宏心情烦躁地走出屋外。

14.

夜,外,靠山屯。

集体户外不远处。

陈志宏正走着,刚好碰上找鸡往回走的英子。

陈志宏说:"英子大妈,这么晚了,你才下工啊?"

英子说:"不,早下工了。我这是在找我家的鸡呢,一只很会下蛋的黄母鸡,丢了可惜呢。"

陈志宏说:"英子大妈,这么晚了上哪找去啊?"

英子说："也是啊，算了，今天不找了，明天再找吧。"

陈志宏有些吞吞吐吐地说："英子大妈，你不用找了。"

英子说："怎么，你见着啦？"

陈志宏嘴都有些笨了，说："没……不，我是觉得，为了只鸡，深更半夜地，找不着，明天还要再花时间，不值得。"

英子笑了，说："你们城里的孩子不知道，乡下会下蛋的老母鸡，可值钱着呢！家里的油盐酱醋，针头线脑，可都是靠鸡蛋换来的。"

陈志宏鼓足勇气想说些什么，可转眼看了看集体宿舍门口，又把话咽了回去。

15.

日，外，靠山屯。

碧绿的稻田。

一群人挽着裤腿弯着腰在稻田里薅草。人群里可以看到陈志宏、董强、赵泉、郑雪梅等上海知青，还有正浩、贞玉、银姬、英花也在里面。英子在认真地给一些下乡务农的学生们做示范。

陈志宏一边薅草一边悄悄走近正浩身边说："金正浩，昨晚我看到你英子妈妈找鸡找到很晚才回来，你告诉她，让她别找了。"

正浩说："为啥？"

陈志宏说："你别问了，你就让她别找了就是了。"

正浩说："不找总得有个理由吧。我英子妈妈的脾气你可能不知道，犟着呢！你要不给她个理由，她就会天天一直找下去！"

陈志宏说："可找下去没有结果还找它干吗？"

正浩说："陈志宏，你肯定知道什么！告诉我咋回事？那鸡怎么啦？"

陈志宏有点急，说："正浩，我不能再说什么了。你要知道，我是个男人，我不能出卖朋友！"

正浩说："不管是男人还是女人，出卖朋友当然不是什么光彩的事。尤其是我们朝鲜族人，出卖朋友那是最卑鄙的行为！好，我不为难你，可我也不会让我英子妈妈每天这么没结果地找下去!"

陈志宏揉揉鼻子,闷头继续薅草。

正浩一下子站了起来,大声地喊:"我们家的鸡被谁偷了? 是男人的就应该站出来承认!"

陈志宏没有防备正浩会来这么一手,正张着嘴吃惊地看着正浩。冷不丁董强突然从后面冲了上来,往陈志宏身上狠狠踹了一脚。

董强说:"陈志宏,你他妈的真不够朋友!"

陈志宏一个倒栽葱,扑进稻田里。他爬起来,抹了一把脸上的污水,说:"对,我承认,人家英子大妈对我们那么好,我们还去偷她家的鸡,干这种龌龊的事! 我他妈的真是不够朋友!"

赵泉也冲了上来,说:"好,你承认你偷了鸡,你是男人,你就不龌龊了? 他妈的我们没你这样的朋友!"说着,一拳向陈志宏打过去。

陈志宏正想伸手挡住赵泉的拳头,却被董强拦腰抱住,结结实实挨了一拳。正浩见状,也冲上去要帮陈志宏的忙,四个人在稻田里扭成了一团。

英子喊:"都给我住手!"

16.

日,外,靠山屯。

稻田。

英子站在正浩、陈志宏、董强和赵泉的面前。

正浩、陈志农、董强和赵泉全身都是湿漉漉的泥浆水,一副狼狈不堪的样子。董强觉得鼻子热乎乎的不停地有东西流下来,抹了一下看是鼻血。

英子从衣襟上撕下一根布条,拧成团给董强塞到鼻孔里,然后严厉地看了看四个人说:"都干活! 等中午收工后再来处理这件事情! 你们都是大人了,怎么能这样!"

17.

日,内,靠山屯。

英子家。

刚吃完中饭，海玉在收拾碗筷。

英子对正浩说："正浩，不管怎么说，你都应该去向董强和赵泉道歉。"

贞玉说："可是妈妈，我觉得这事正浩哥没有什么错啊，为什么要给他们道歉？"

银姬说："是啊，怎么说都是他们的错嘛！是他们偷了我们家的鸡，陈志宏站出来认错，他们恼羞成怒就动手打人，我哥帮陈志宏，那是维护正义，绝对不能道歉！"

正浩说："妈妈，我也觉得这事我没什么错。"

英子说："咋会没错？不管起因是什么，动手打架就是错！而且是在农忙的时候，你们扰乱了正常的劳动秩序，这还不是错吗？"

银姬说："那就大家都道歉，他们错得要严重得多！"

英子瞪了银姬一眼，银姬不吱声了。

英子说："再说了，为了一只鸡，你在劳动场合那么大声地喊，弄得最后大动干戈，这还不是错误吗？"

正浩说："妈妈，我知道了，是我太冲动了。"

英子叹了口气说："说起来，这些上海知青们也真是不容易。那么大老远从大城市里来到我们延边靠山屯这么个小农村，他们跟你年纪都差不多，都是在长身体的时候，生活那么苦，吃的也没啥油水，劳动强度还这么大。是啊，他们偷吃我们家的鸡是不对，但你也不能用那么粗暴的方式来解决呀。为了一只鸡，最后居然要动手打人，这是不是显得我们太小气了？我们是这样小气的人吗？"

正浩说："妈妈，你甭说了。我错了，我去道歉。"

英子说："妈跟你一起去。贞玉，咱们做的米酒好了吧？帮妈拿一坛出来，我要带上，去慰劳慰劳那些上海知青们，他们的活儿还是干得挺不错的。"

贞玉说："妈，我也跟你们去。"

18.

日,内,靠山屯。

集体户,男生宿舍。

上海知青们正在你一句我一句地争论着。

知青甲声音很大地说:"不管怎样,董强他们,都应该向英子大妈道歉!毕竟,我们偷鸡在前,怎么说都不占理。"

瘦小个知青蒋士群说:"是啊,虽然我没打架,可鸡我是吃了。所以,我觉得应该道歉。"

但知青乙说:"凭什么啊,不就是一只鸡嘛,至于把人打得这么狠吗?"

董强低头闷了半晌了,突然大声喊:"行了,都别吵了,听我说两句。"

屋里顿时安静下来。

董强说:"我被打得最狠,所以我最有权说话。"说着揉揉身上的乌青块,看看陈志宏说:"其实一开始是我没沉住气,我老怀疑陈志宏这小子会去告密,所以一看到陈志宏跟金正浩凑到一块儿就急了。其实陈志宏也没出卖我们,不然金正浩那小子就不会站起来哇啦哇啦叫了。本来是我们自己人起内讧,现在弄出那么大动静,说到根子上还是我们的错。再说了,我们偷吃了英子大妈家的鸡,还跟她儿子打架,可英子大妈呢?却没有责备我们,还批评了金正浩。回头看看我们干的事,真是把上海人的脸都丢尽了。"

赵泉说:"是啊,我们人心也是肉长的,人家怎么对我们的我们自己还不清楚吗?我提议,凡是昨晚吃过鸡的人,都应该去跟英子大妈认错道歉。"

陈志宏说:"我同意,不但要赔礼道歉,还得赔偿英子大妈家的经济损失。这里有我妈给我汇来的五元钱,我赔上。"

赵泉说:"陈志宏你少来了,你又没吃鸡!"

陈志宏说:"我吃了,吃一块也是吃,我当然要赔上。"

董强说:"要认错就得诚心,光道歉不赔偿经济损失就算不得彻底的认错。"说着,他从床底拿出个面盆,把一团零钱扔进了脸盆。

大家也纷纷把钱扔进脸盆里。

陈志宏正要把五元钱扔进去,赵泉拦住他说:"要不了那么多,拿零钱去。"

陈志宏说："这是我认错的诚意！"

19.

日，外，靠山屯。

集体户门口。

正浩走到男生宿舍门前喊："董强、赵泉，在吗？"

英子领了顶着一坛米酒的贞玉，一起跟在正浩后面。

董强、赵泉应声走了出来，陈志宏和其他上海知青也跟了出来。边上女生宿舍的女知青们听到动静又都涌到门口。

正浩朝董强和赵泉一鞠躬说："对不起，在那种场合我同你们打架。我妈已经批评我了，请你们原谅。"

董强说："应该说对不起的是我们。"这时，他看到了英子和贞玉，回头朝知青们看了一眼，然后一下跪在了英子面前，后面的知青也跪了一地。

董强说："英子大妈，太对不起了。我们偷吃了你家的鸡，可你对我们这么宽宏大量，我们发誓，以后再也不做那种偷鸡摸狗的事了。请你原谅我们！"说完，他从胸前的口袋里掏出了一个纸包双手递上说："英子大妈，这里有点钱，是我们赔给你的，请你一定要收下。"

英子笑了，说："大妈也说上句实在的话，偷鸡摸狗的事你们是不该做！我们朝鲜族人常说，男人是天，女人是地，你们都是亮堂堂的天，怎么可以做这种见不得阳光的事呢？"

赵泉说："英子大妈，我们再也不会做了，真的！"

英子说："好，不做就好！知错能改，就都是大丈夫，好男人！现在都起来吧。今天你们的活儿都干得不错，大妈带了坛自家酿的米酒来慰劳你们。有句话说，叫赏罚分明，你们跪过了，就算罚过了，你们干活干得好，大妈就要奖赏你们。还有这钱，你们拿回去，大妈是不能收的。以后想吃什么，就给大妈讲，只要我会做的，就一定给你们做。"

董强感动地呜咽起来，说："英子大妈，对不起……"

20.

日,外,靠山屯。

集体户门口。

东春大叔从小路急匆匆地赶来。

东春大叔满脸严峻地对英子说:"刚才公社来电话,说咱们公社原来修的水库质量上就有隐患,天气预报说,今晚有大雨,怕水库会出问题,要赶紧加固。我们靠山屯离水库最近,所以社里要求我们这里的劳力统统都上。英子,你带着知青们先走,我去挨家挨户通知屯里的乡亲们,随后就到!"

英子说:"是,东春大叔。你放心,我们马上出发。"

21.

夜,外,龙井某公社小水库。

大雨滂沱。

人们用背架背着沉重的石头爬上山坡,水库边上小发电机在发着电,几盏电灯在雨中闪烁。

有一个人用大喇叭在喊:"同志们,我们一定要发扬一不怕苦二不怕死的精神,尽快把水库加固好!以确保山下广大人民群众的生命安全……"

英子背着沉重的石头往山坡上爬着,许应灿也背着石头在英子身边走。

正浩和上海知青们也都背着石头上山。

许应灿对英子说:"李英子,咱们今晚就比一比,看我这个二等工比你这个一等工怎么样?我就不信我这么个大男人就比你这个女人差!你要是不敢比,或者比不过,回头就得把我这一等工重新去掰回来!"说着,许应灿加快了脚步,走在了英子前面。英子也咬咬牙,紧紧地跟了上去。

22.

夜,外,水库边。

雨越下越大。

英子和许应灿同时把石头卸在了水库边上,两人又加快脚步往回走。

23.

夜,外,水库工地。

大雨中,背着石头上山下山的人川流不息,大喇叭还在不停地鼓着劲儿。

山下,有人在往英子和许应灿的背架上装石头。

许应灿在一边催促着说:"装,再装!"

英子也说:"再装点。"

装石头的人说:"英子大妈,你要背不动的。"

英子说:"没事。"转身就往山坡上爬。许应灿很快地超过了英子好长一段。英子也想加快步伐,可有些力不从心了,腿也有些发软,脚开始打滑。

正浩远远看见,背着大石头追到了英子身边说:"妈,您少装点啊!别赶得那么急,小心摔倒。"

英子说:"你英子妈妈是知青班的班长,得做出样子来。再说,你应灿爸爸也死盯着我呢,我要不好好干,落在别人后面,今后还怎么说话呀!"

24.

夜,外,山坡上。

大雨中。

英子和正浩吃力地往山坡上爬。

英子说:"正浩,坚持住。只要一上坡,我们就胜利了。来,加把劲。"说着,脚却止不住地打滑,差点摔倒。正浩一把抓住了她。

正浩含着泪说:"妈,您千万要当心!"

英子说:"没事,你英子妈妈一辈子就是这么干过来的。"

前面许应灿也放慢了脚步,他也有些力不从心了。

英子咬紧了牙关,超了过去。

许应灿看着超过他的英子,咬了咬牙,用足力气拼着命加快了脚步。

正浩扶着英子,看看许应灿,一时不知道该怎么办好,很是为难。

25.

夜,外,水库工地。

在知青背石头的队伍里,郑雪梅吃力地往山上走,突然脚一打滑,从山坡上滑了下来。一块尖利的岩石把郑雪梅的大腿划开了一个大口子,鲜血沿着大腿不断地往外涌着。

旁边的一位女知青大声地喊:"快来人啊! 郑雪梅受伤了!"

赵泉冲了过来,也被吓蒙了,说:"好多的血,不会是血管划破了吧!"

陈志宏、正浩、英子和贞玉也都赶了过来。英子大妈从衣服上撕下一大块布紧紧扎住伤口,对正浩和陈志宏说:"快,送医院!"

正浩卸下背架,背起郑雪梅就往山下跑。

英子对陈志宏说:"陈志宏,你也去,路上两个人也好换个班。"

陈志宏说:"是。"赶紧跟着正浩往山下跑。

正浩一边背着郑雪梅一边回头喊:"妈,你少背点,别累着了! 贞玉,你看着点妈——"正浩的声音在雨幕中远去。

贞玉帮着英子重新背起石头,英子说:"行了,咱们走!"

26.

夜,外,通往公社卫生院的路上。

雨中。

正浩背着郑雪梅一路跑着,陈志宏在后面跟着。

陈志宏说:"正浩,我来吧,你歇会儿!"

正浩说:"没事,我还行! 等跑不动了你再接手。"

27.

夜,外,水库工地。

英子和许应灿还在拗着劲儿,两人争相往背架上加石头,贞玉想拦拦不住,急得想哭。

28.
夜,内,龙井红光公社。
卫生院急诊室。
护士在给正浩抽血。
护士把血袋挂在支架上,看着正浩的血液在滴管中滴落。昏迷中的郑雪梅脸色惨白,陈志宏和正浩都紧张地看着她。
郑雪梅的脸色渐渐地缓了过来,正浩和陈志宏长舒了一口气。

29.
夜,外,水库工地。
雨还在下,天已经有些蒙蒙亮了。
英子和许应灿两个仍然在较着劲儿,但两人的步履明显地放缓了下来。
英子和贞玉紧跟在许应灿的后面爬坡,背上那沉重的石头,压得他们两腿已经发软。贞玉不时地想去帮英子一把,可被英子推开了。
贞玉看着英子的脸色有些不好,实在忍不住了,说:"妈,您就歇会儿吧。"
英子说:"没事,走!"

30.
凌晨,外,红光公社。
公社卫生院门口。
正浩和陈志宏走出卫生院。
陈志宏说:"金正浩,你还是先休息一下吧,刚抽了那么多血。"
正浩摇头说:"不行,我不放心我妈,还是赶回工地吧。"

31.
凌晨,外,野外。

正浩和陈志宏一前一后在雨中奔跑。

32.

凌晨,外,水库边。

一个闪电,接着是一声霹雳。

英子和贞玉浩比许应灿早一步来到水库边上,英子笑了一下对贞玉说:"你看,我们胜利了吧。"话音刚落,腿一软就跌倒在地上,趴在地上起不来了。

雨还在哗哗地下。

许应灿也快直不起腰了,扶着边上的石头喘着气说:"看看,看看,不行了吧,逞什么能啊。"

贞玉发现英子的脸色不对,忙摸摸英子的鼻息,又贴在英子的胸口听听,脸色唰地变得惨白,大声地推着英子喊:"妈妈,妈妈,您怎么啦?"

许应灿也被吓着了,忙蹲下身子摸摸英子的鼻息,抬头喊:"卫生员,卫生员!"

卫生员背着药箱在雨中踉踉跄跄赶过来了。

卫生员俯下身贴着英子的胸口听了听,又摸了摸英子脖颈上的脉搏,神情突然变得很紧张,她掏出手电筒打开,又翻开英子的眼睛仔细看了看,喊:"大妈,英子大妈……"

卫生员绝望地看看贞玉又看看许应灿,说:"英子大妈死了。"

第四集

1.

凌晨,外,水库工地。

正浩和陈志宏气喘吁吁地奔到水库工地,两人刚停下来喘口气,突然发现一堆人围在了一起,不知道发生了什么事,两人相互看看。

陈志宏说:"又有人受伤了?"

人群中传来哭声,正浩听出是贞玉的,忙向人群中挤去,一面喊:"贞玉,是你吗?"

伏在英子妈妈身上哭泣的贞玉听到了正浩的声音,忙抬起头。

正浩看着僵直地躺在地上的英子,以为她只是晕过去了。他赶紧蹲下身想去扶英子,还对贞玉说:"我不是让你看着妈吗? 怎么让她累成这样。"

贞玉喊:"正浩哥!"

正浩抱住英子僵硬的身体,这才明白过来。

天空中响起正浩一声撕心裂肺的哭喊:"妈妈
——"

……

正浩满含着泪水的眼睛。

2.

日,外,靠山屯。

村口,天空中飘起了小雨。

正浩含着泪望着远处的集体户宿舍,耳边似乎还在响着他那时的喊声:"妈妈——"

3.

日,内,靠山屯。

许应灿家。

正浩走进门,玉顺满怀希望地迎上来说:"正浩,怎么样啦?"看看正浩的表情知道又没成,叹口气说:"怎么又黄了? 每次姑娘们看到你的照片都两眼放光,怎么就不成呢? 你到底跟人家说了些什么呀?"

正浩说:"还能说什么,介绍家里情况,爸爸妈妈,弟弟妹妹,还有我是家里的老大,实话实说啊。"

玉顺说:"你这不是自己跟自己过不去吗? 干吗一见面就给人家一个下马威呢? 这些情况以后慢慢说不就成了。"

正浩说:"那怎么行。我说妈妈,以后您要真想给我介绍对象,就应该把实际情况告诉人家。"

玉顺说:"那人家姑娘一听就得跑!"

正浩满不在乎地说:"跑就跑呗,那有啥。"

4.

日,内,靠山屯。

许应灿家。

正浩走后,玉顺抱怨说:"唉,我们为正浩的婚事操碎了心,可他却跟没事人一样。"

许应灿说:"那就再给他找一个!"

玉顺说:"他要老这么拧着干,把实话往外掏,哪个姑娘肯跟他呀!"

许应灿说:"这我不管,反正你得给我另想辙,要是今年正浩还找不着媳妇儿,成不了家,看我不打烂你的屁股!"

玉顺说:"你说得轻巧,你来想个辙试试!"

许应灿说:"做媒拉纤这事是你们女人的本分,关大老爷们啥事!"说着闷头抽烟,一脸的阴沉。

玉顺看看许应灿,叹口气说:"俊男他爸,这事也急不得呀。"

许应灿说:"不行! 这事一天不解决,压在我心里的那块大石头就甭想搬得走。"说着,突然有些哽咽。

玉顺的眼眶里也渗出了泪,说:"老头子,你的心思我知道,我知道……"

闪回:

5.

日,外,水库边的山坡上。

人们在向英子的坟冢深深地鞠躬。其中有正浩、贞玉、银姬、海玉、许应灿一家、知青们、东春大叔等人。

6.

日,内,靠山屯。

英子家。

正浩、贞玉、银姬和海玉回到家,几个人还沉浸在悲痛中,屋子里的气氛很沉闷。

英花在门外喊:"正浩哥、贞玉姐,我爸我妈让我来叫你们到我家去吃饭。我爸说了,让你们务必要去!"

贞玉听到后面一句话,猛地站起来,冲到门口一把拉开门说:"去告诉你爸,我们不会去吃你家饭的!"说完,砰的一声把门又关上了。

正浩看着满眼含泪的贞玉,想了想说:"贞玉,你别这样,这事也不能全怪应灿爸爸。"

贞玉情绪激动地说:"怎么能不怪? 都是他害的,我妈就是他害死的!"

正浩一时不知道该说什么好,只能长长地叹了口气。

7.

日,内,靠山屯。

许应灿家。

许应灿抽着旱烟坐在桌边,玉顺正往桌上端菜。

英花阴着脸进了门。

玉顺说:"怎么,不肯来?"

英花点点头。

许应灿恼了,说:"不来就不来! 英子又不是我害死的,那是她自个儿逞能逞的! 还把我当仇人了。"

玉顺说:"也难怪孩子们会这么想,这还不是你先挑起来的。"

许应灿说:"那帮小丫头们这么想随她们去,可正浩怎么也能这样想呢? 那会儿英子死的时候,他虽然啥也没说,可他那眼神,我看他都快要把我吃了! 这孩子都这么大了,就不能好好往细里想想,他英子妈的那个性,就算我不挑,她干起活来不也往死里整啊!"

玉顺说:"现在说这些有什么用,这事怎么着你都得担点责任。你个大老爷们,去跟一个女人较什么劲呀!"

许应灿说:"你个臭老太婆,你别蹬鼻子上眼啊! 拿酒去。"

8.

日,内,靠山屯。

英子家。

贞玉往篮子里装了些吃的,然后把篮子顶在头上对正浩说:"哥,我去给郑雪梅送饭。"

正浩说:"见了面向她问个好,叫她好好养伤。"

贞玉看看正浩笑了笑。

正浩说:"怎么啦?"

贞玉说:"没什么,就是觉得你越来越像当大哥的样子了。"

正浩说:"我不就是你们的大哥吗?"

贞玉说:"不是这个意思,就是觉得……"贞玉想说正浩变得稳重了,但又觉得这话不该自己说,又把话咽了回去,只是说:"我去了。"转身出了门。

正浩有些莫名其妙。

9.

日,外,原野小路。

贞玉顶着篮子走在崎岖的山路上。

10.

傍晚,内,红光公社。

公社卫生院,郑雪梅的病房。

贞玉把一碗面端到郑雪梅跟前说:"快吃吧,我哥还让我跟你带个好呢,叫你好好养伤。"

郑雪梅感动地说:"你们家出了这么大的事,还惦记着我。"

贞玉说:"至少我们还有哥哥妹妹相互照顾着,可你呢,孤孤单单一个人在医院里,我们怎么放心得下。我妈要是还在,也会天天来看你的。"

郑雪梅含着泪说:"其实,我们同宿舍的,还有其他的知青隔三岔五都会来看我。可我还是特别想你们家的人,想英子大妈,想你们,尤其是你大哥金正浩。那天要不是金正浩的血型跟我一样,我肯定就完了。医生说把我送过来的时候,我身上的血已经流掉三分之一了,要再找不到相匹配的血液补充进去,就只能眼睁睁地看着我死。"

贞玉说:"那是老天爷不让你死,才会让你跟我哥一样的血型。"

郑雪梅沉思着说:"是啊,现在我身上流着金正浩的血,这是老天给我的造化。"

11.

夜,内,靠山屯。

英子家。

正浩、贞玉、银姬和海玉围坐在小桌边正在吃晚饭。

有人轻轻推开门,是郑雪梅,她腋下夹着一个纸包,微笑着站在门口。

贞玉惊喜地说:"郑雪梅,你出院啦?"

郑雪梅说:"嗯,昨天出的院。"

正浩说:"快进来吧,伤全好了吗?"

郑雪梅一笑说:"不好能让我出院吗?"说着走了进来,朝正浩深深鞠了一躬,"谢谢你,金正浩,谢谢你救了我的命。"

正浩有些不知所措,说:"这有什么,我只是刚好碰巧了而已。要是陈志宏跟你的血型一样,他也会这么做的。"

郑雪梅说:"可我现在身上流着的是你的血。"

贞玉说:"郑雪梅,你还没吃饭吧? 来,坐下来一起吃。"

郑雪梅打开纸包,里面有几块布料。郑雪梅把布料递给贞玉说:"贞玉姐,这几块布料是我出院的时候去公社供销社买的。我不会裁衣服,也不知道买多少合适,就给你正浩哥,你,还有银姬妹妹,海玉妹妹都做身新衣服吧。"说着,不好意思地一笑,"要是能多出来的话,好不好也给我做一件? 既然我身上流着你们朝鲜族人的血,我就该是你们家的一分子。贞玉姐,给我也做件朝鲜族的衣服吧。"

海玉说:"肯定没问题!我姐做衣服可省布了,不但合身,样式也特别的好。"

银姬说:"雪梅姐,你要是穿上我们朝鲜族的衣服,一定很漂亮。到时候,人人都会把你当成我们朝鲜族的姑娘。"

贞玉想了想,接过布料说:"那我就不客气了,你快坐下来吃饭吧。"

12.

夜,外,靠山屯。

英子家院门口。

吃完晚饭,贞玉和正浩刚送郑雪梅走,看见东春大叔往他们家走来。

正浩说:"东春大叔,你来了。"

东春大叔背着手,看看贞玉说:"走吧,进屋说去。"

13.

夜,内,靠山屯。

英子家。

东春大叔对正浩、贞玉、银姬和海玉说:"你们英子妈妈在抢修水库的工地上牺牲后,公社的领导很重视。他们知道你们家的经济条件也不是很好,所以决定安排贞玉上公社机关去工作,到公社的机关食堂去当炊事员。"

贞玉说:"东春大爷,可我没作过炊事员。"

东春大叔说:"当炊事员有什么难的,你贞玉长得干净,干活又麻利,在食堂工作不就是做个饭嘛,又不复杂,每个月还有个固定工资,比在队上拿工分要强多了。"

贞玉说:"东春大爷,我不能去。家里虽然有正浩哥可以在外面顶着,可家里还有两个妹妹呢。我是当大姐的,怎么可以扔下两个妹妹不管呢。"

正浩说:"贞玉,你还是去吧。你这份工作是公社为了照顾我们才有的。银姬和海玉都大了,也很懂事,都能自己照顾自己的。而且,你不也说了,家里不是还有我顶着呢吗?"

贞玉低着头,不说话。

东春大叔说:"我知道,你是舍不得离开哥哥妹妹。可是姑娘大了,迟早要离开家的。再说了,你要学学你妈妈,不管公社把她安排到哪儿,给布置什么样的任务,她都二话不说,卷起袖子就去干,而且都干得很好!"

贞玉抬起头,说:"东春大爷,我知道了,我去。"

14.

日,外,靠山屯。

秋天,稻田已是一片金黄。

人们正在收割水稻。

正在割稻的银姬看到也来割稻的许应灿和玉顺,上前一鞠躬说:"应灿爸爸,玉顺妈妈,你们来啦。"

许应灿哼了一声算是回应了,玉顺说:"哎,还是我们银姬乖。"然后拉着银姬一起割稻。

银姬说:"玉顺妈妈,你做的大酱烧出来的酱汤真好喝。玉顺妈妈,能不能让我也跟您学学?"

许应灿说:"小丫头,不行!我们家做大酱的手艺是不外传的!"

玉顺说:"俊男他爸,你怎么能这样说话呀。银姬只是想夸我的大酱做得好,跟我们说两句客气话,又不是真的要跟我学做大酱。"

许应灿说:"想学也不能教!我们家做大酱的法子,只传媳妇不传女儿的。你现在连个女儿都不是了,谁会教你。"

银姬说:"我们朝鲜族不是家家都做大酱吗?从来没听说过做大酱的手艺只传媳妇不传女儿的。"

许应灿说:"可我们家偏偏就认这个理,因为我们家做大酱的手艺就是跟人家不一样!"

银姬一脸的尴尬,但却倔强地说:"应灿爸爸,不管你认不认我这个女儿,反正我是不会不认你们的。也不管玉顺妈妈教不教我做大酱,既然你这么说了,那我还就得学一学这个跟人家不一样的大酱。玉顺妈妈做大酱的手艺,我总有一天会学到手的!而且我非得学到手!"说着又一鞠躬,转身去割稻子了。

许应灿说:"这个李英子,带出来的孩子,脾气怎么都跟她一个样!"

15.

夜,内,靠山屯。

许应灿家。

许应灿气恼地指着英花说:"不许你去!那个公社业余演出队有什么

好的。"

英花说："我就是要去！贞玉不也去公社了吗？"

许应灿说："那不一样！人家贞玉是调到社里的机关食堂去工作，那是正儿八经的工作，是拿固定工资的。你那个演出队算啥？业余的，拿的还是工分。再说了，那种地方我是知道的，男男女女的最容易出事，要是你真有个啥，你让我的老脸往哪儿搁。"

玉顺说："俊男他爸，你看你这话都说到哪儿去了？咱家英花是那样的人吗？"

许应灿说："这叫防患于未然。我说了，不许去！老老实实在队上挣你的工分。你看看银姬、海玉，不都在地里干活吗？哪个像你这么不安分的。"

英花哭着喊："我就是要去嘛！人家说，我的舞跳得好，去了就是个台柱子……"

许应灿刚脱了鞋准备上炕，一听这话抄起鞋子就摔了过去，说："什么台柱子！你敢去我就把你打成个鞋拔子！"

16.

日，外，靠山屯。

田野已是一片浓浓的秋景，山峦上也布满了金黄的色彩。

玉顺背着稻草从地里出来。等在地头上的银姬看到玉顺忙跟了过来。

银姬欠着身子说："玉顺妈妈，什么时候能跟您学做大酱呀？"

玉顺一笑说："行啊，啥时候银姬做咱们家的儿媳妇了，我一定教你。"

银姬说："玉顺妈妈，您做大酱的手艺我一定要学会！"

玉顺说："那媳妇呢？"

银姬说："我只当您的女儿！"

玉顺看着银姬那认真的样子，笑着说："银姬，你虽然不是你英子妈妈亲生的，但你太像你的英子妈妈了。"然后在银姬耳边轻声地说："到时我会教你的。"

银姬说："谢谢玉顺妈妈。"

玉顺嘘了一声压低嗓音说:"千万别让你应灿爸爸知道。要不他又会暴跳如雷地骂:你个臭女人,看我不打烂你的屁股!"

17.

日,外,靠山屯。

稻田。

俊男和上海知青们在一起割稻子。

东春大叔在检查质量,走到俊男割稻子的这一行停了下来。俊男为了图快,稻茬割得很高。

东春大叔喊:"俊男,俊男,你是怎么割稻子的?"

俊男回头看看自己割的稻茬,不服气地说:"我割的稻子怎么啦?"

东春大叔说:"谁让你把稻茬割得那么高的?"

俊男说:"稻茬高点又怎么啦? 只要把稻穗割下来不就行了嘛。你个东春大爷呀,就会吹毛求疵,小题大做。"

气得东春大叔胡子一翘一翘的。

18.

日,外,稻田。

东春大叔把许应灿叫了过来,说:"你看看,你看看你儿子干的活。"

俊男远远地看见许应灿火冒三丈的样子,猫着腰就想开溜。许应灿赶上去,狠狠地在俊男屁股上踢了两脚,气呼呼地说:"看我不打死你这个不争气的小子!"

19.

日,外,靠山屯。

许应灿气哼哼地往家里走,走到院门口时,只见银姬飞快地从他家院子里窜出来,奔回自家的院子里。

20.

日，外，靠山屯。

许应灿家。

许应灿家门口台阶上放着两只做大酱的坛子，已经封上了口。玉顺正在擦拭坛子。

许应灿一进家门就暴跳如雷地喊："你个臭女人，我要打烂你的屁股！"

玉顺说："又怎么啦？"

许应灿说："我刚才看见银姬从我们家院子里出去，就觉着不对劲。回来一看，好嘛，你正在做大酱。你是不是把我们家做大酱的手艺教给她了？是不是！"

玉顺说："你看见我教给她啦？"

许应灿说："这不是明摆着吗？不然她跑到我们家来干什么？你说！"

玉顺说："她不是你认下的女儿么？我不也是她的玉顺妈妈吗？人家来看看我，给我请个安，有什么不可以的？"

许应灿说："就在你做大酱的时候？"

玉顺说："是啊，她来的时候，碰巧我在做大酱。"

许应灿气得冲进屋里抓出个笤帚，挥着笤帚把说："你个臭女人还敢嘴硬！"

玉顺站起来说："你把笤帚给我放下！你要再敢打，我可要还手啦！"

21.

日，外，靠山屯。

稻田。

正浩和英花都在割稻子的人群中。

英花显得有些心事重重，她看到正浩，想了想，走到正浩跟前说："正浩哥，我求你件事行吗？"

正浩说："说。"

英花说："贞玉姐去公社机关工作了？"

正浩说:"是公社的机关食堂,也不是什么好工作。其实是公社为了照顾我们,让贞玉每个月能拿上十几元的固定工资。"

英花说:"正浩哥,公社演出队想把我调去当演员。虽说也只是拿点补贴工分,但总比在这儿干活强。"

正浩说:"那不是很好吗?"

英花说:"可我爸不让我去。"

正浩说:"那为什么?"

英花说:"他说,那种地方男男女女混在一起容易出事,尤其是像我这样的姑娘家。"

正浩说:"那咱屯里不也都是男男女女的在一起干活吗? 会不会出事关键还是在自己。"

英花说:"我也是这么想的呀。"

正浩说:"那你要我帮你什么?"

英花说:"帮我劝劝我爸。"

22.

日,外,靠山屯。

许应灿家院子。

许应灿气急败坏地对玉顺说:"你要教银姬做大酱,可以,你得让她当我们家媳妇!"

玉顺说:"是呀,我也这么想来着,银姬人长得漂亮,又聪明又能干,让她当我的儿媳我还求之不得呢。可是你得看看我们家俊男能不能配得上人家!"

许应灿说:"当不成儿媳就别想学做大酱! 这手艺是我妈传给你的,你得传给儿媳妇,女儿都不能传,这是规矩!"

玉顺说:"现在都什么年月了? 你还守着这破规矩,你落后不落后呀!"

许应灿说:"我不管,反正这是我许应灿家的规矩! 你老实说,你到底教没教银姬?"

玉顺说:"教了。"

许应灿举起笤帚就要打,说:"我看你这个臭女人真是想挨揍了!"

玉顺一把夺过了笤帚,两人你拉我拽地打了起来。

23.

日,外,靠山屯。

稻田。

正浩对英花说:"现在这个时候让我帮你去说行吗? 应灿爸爸正生我的气呢。"

英花说:"正浩哥,没关系的。我爸一直很看重你的! 英子妈妈走后,我爸一直想跟你们家改善关系,其实最主要是因为你,因为他一看到我哥那个没出息的样子,他就特别看重你这个儿子。"

银姬急急忙忙朝这儿奔来说:"英花、哥,不好了,应灿爸爸跟玉顺妈妈打起来了! 快,快点啊! 打得可厉害了。"

这时,中午收工的钟声响了。

正浩说:"正好收工了,回去看看吧。"

24.

日,外,靠山屯。

许应灿家院子。

许应灿跟玉顺不打了,因为打累了。

许应灿坐在屋前的台阶上,喘着气抽着旱烟。

玉顺坐在院子里的一堆茅草堆上,整理着衣服。

两人还在你一句我一句地斗嘴。

许应灿说:"你个臭女人,你个死老太婆,我要跟你离婚!"

玉顺说:"哎哟哟,人都老成这样了,还说出这么个话来。你以为我会怕你跟我离婚呀!"

许应灿说:"离了婚,你这么个老太婆,谁还会要你!"

玉顺说:"哈,你这么个老头子就会有人要了?一大把年纪还说出这种话,你也不知道丢脸。"

25.

日,外,靠山屯。

田野间的小路上。

正浩、银姬和英花急急地走在路上。

正浩问银姬说:"应灿爸和玉顺妈怎么会打起来的?"

银姬照实说:"今天玉顺妈妈偷着教我怎么做大酱了。"

英花说:"怎么会啊!我爸说连我都不许我妈教呢。"

银姬说:"所以才偷着教的嘛。玉顺妈妈说,姑娘家多学一门手艺将来总会有用的,艺多不压身嘛。"

正浩说:"可你也真会挑时候,这会儿去凑什么热闹!"

银姬说:"应灿爸爸不让我学,我就偏要学!我就不信这世上有什么学不到的东西!"

英花若有所思地说:"银姬妹妹,你真像你英子妈妈。"

银姬说:"这不好吗?"

26.

日,外,靠山屯。

许应灿家院子。

玉顺说:"我就是教银姬做大酱了,怎么啦?就因为她是我女儿!"

许应灿说:"那你自己的女儿为啥不教?"

玉顺说:"那是英花不想学,她满心思都想着去跳舞!说起这事儿,我倒要问问你了。我女儿舞跳得好,像我年轻的时候,你当年不也是因为我舞跳得好才追我的吗?为啥到女儿这就变了?公社要英花去跳舞,女儿又想去,你凭啥不让去?"

许应灿说:"跳舞能有啥出息?你舞跳得好,不也是嫁到我家里种地干活养孩子？女人只要嫁得好就行，跳什么舞呀！哎呀呀，哎呀呀……"许应灿哼着，做了两个跳舞的动作，说："就这样，能当饭吃？能干上一辈子？平时想跳两下，就跳上两下娱乐娱乐，也就行了。那个什么宣传队，我还不知道！一天到晚想往外跑，不成野丫头了？"

英花猛地推开院门说："我就是想跳舞！"

27.

日，外，靠山屯。

许应灿家院子。

英花、正浩和银姬都进了院子。

正浩和银姬朝许应灿跟玉顺俩一鞠躬，说："爸爸、妈妈。"

许应灿说："你们跑来干什么？还嫌这儿不够乱！"

正浩说："我们来给爸妈请个安。"

许应灿一下子就跟着了火似的，蹦起来说："你们是来请什么安呀？还叫什么爸妈呀！那天我让你们来吃饭，你们为啥不来，啊？我知道你们是咋想的，你们认为你们的英子妈妈就是我害死的，对不？可你们想过没有？这些年来我许应灿是咋对你们的？你们英子妈妈的地是谁耕的？你们上学穿的衣裳是谁去砍柴换来的？你们想想，你们摸着良心好好想一想，我许应灿的心肠有没有这么狠毒！你们怎么能这样冤枉我许应灿呢？"许应灿越说越生气，喊："你们给我滚！我不要你们再叫什么爸，你们这些小杂种……"

玉顺也喊了起来，说："嗨嗨嗨，俊男他爸，你疯啦！这种话你也骂得出口！正浩他爸可是你的好兄弟呀！他们怎么就成杂种了？"

许应灿再也控制不住自己，大声喊："滚！都给我滚出去！"

正浩看到失去了理智的许应灿，犹豫了一下说："应灿爸爸，不管您怎么说，我们都不会不认您这个爸爸的。可是，您刚才说的这些话，也不像个当爸爸说的话呀！银姬，咱们先走吧。"

28.

日,内,靠山屯。

英子家。

正浩和银姬刚走进屋,玉顺也跟了进来。

玉顺说:"正浩、银姬,你们千万别计较你应灿爸爸。自从你们英子妈妈过世后,你应灿爸爸良心上也苦得很啊!整夜整夜地睡不着,所以脾气也越来越暴。他刚刚说的,其实都是他闷在心里的疙瘩,他是害怕你们一直都在怨他,不肯原谅他……"

银姬说:"玉顺妈妈,我给您添麻烦了。"

玉顺说:"添什么麻烦呢?我是真心想把做大酱的手艺教给你,也是为了你英子妈妈。说实话,我心里也一直不好受,谁叫我是许应灿的女人呢。我也是在帮他赎罪啊!"玉顺的眼睛湿润了。

正浩说:"玉顺妈妈,我们知道了。"

29.

夜,外,靠山屯。

英子家院子。

天上乌云滚滚,闪电雷声过后就是大雨。

夜深了,俊男冒雨冲到正浩家门口喊:"正浩哥,正浩哥!"

正浩拉开门问:"俊男,怎么啦?"

俊男说:"你去看看吧,我爸肚子疼得大喊大叫,我妈叫我来叫你。"

正浩赶快拿上件衣服穿上,边走边说:"跑来叫我有什么用?赶快去叫队上的卫生员啊!"

俊男说:"叫过了,已经在家里了。可卫生员也没办法,她说可能是急性阑尾炎,得赶紧送公社的卫生院。"

30.

夜,外,靠山屯。

许应灿家院门外。

正浩和俊男冒雨冲到许应灿家院门口，正浩突然想起什么，对俊男说："俊男，你快去队上借辆架子车来。"

俊男说："不用牛车吗？"

正浩说："用牛车不太慢了嘛！"

俊男说："可这么大的雨……"

正浩说："雨怕什么，救人要紧！"

31.

夜，内，靠山屯。

许应灿家。

正浩进了屋，看到许应灿脸色惨白，捂着肚子疼得满脸是汗。

卫生员说："正浩，你来得正好，快送你应灿爸爸去公社卫生院吧！送晚了，会有危险的。"

许应灿咬着牙说："叫他来干吗？ 我……不要他送！死了……都不要他管。"

玉顺气急地说："都什么时候了，你还嘴硬！"

俊男在屋外喊："正浩哥，架子车来啦！"

正浩不由分说，背起许应灿就往屋外走。许应灿还想挣脱，正浩含着泪动情地喊："爸爸，我已经失去了英子妈妈，我不想，也不能再失去你应灿爸爸呀！"

32.

夜，外，靠山屯。

农田中的小路。

闪电，雷鸣，密密匝匝的雨点随着风四处飘散。

正浩一步一滑地拉着架子车吃力地向前走，俊男在后面推。玉顺用雨衣为许应灿遮着雨。

路上泥泞湿滑,正浩几次滑倒在地。玉顺心疼地想去接把手,但正浩抹了一下满脸的泥水说:"妈妈,你还是看着点应灿爸爸,我能行!"

被雨衣遮得严严实实的许应灿已经痛得晕过去了。

33.

日,内,龙井红光公社。

公社卫生院。

病房,窗外下着小雨。

许应灿躺在床上,脸色虽然还是有些苍白,但已经比之前缓和了许多。玉顺陪护在病床边。

医生进来说:"许应灿同志,现在感觉怎么样?"

许应灿说:"伤口疼。"

医生说:"在肚子上划一刀能不疼吗?麻药的劲儿应该已经过去了,疼是正常的,不过生命可是没有危险了。你那阑尾已经穿孔了,要不是抢救及时,你的命怕是保不住了。"

玉顺说:"都是你,一开始疼的时候你逞什么英雄,死活不肯上卫生院!你看现在……悬吧?这次可全靠了正浩啊,为了赶时间,他身上摔得青一块紫一块的。"

许应灿说:"那俊男呢?"

玉顺说:"俊男那身子骨能拉得动你吗?而且他一看你疼成那样就慌了神,哪里还有个主意啊,全靠着正浩呢!这么好的儿子你不想认,死到临头了还嘴硬,什么死了也不要你管!他要真不管,你还能在这儿吗?"

许应灿说:"那你是干啥吃的?你个臭女人。"

玉顺说:"正浩心疼我这个妈,哪肯让我接手。"

许应灿闷了一会儿,说:"正浩呢?"

34.

日,内,红光公社。

公社机关食堂。

贞玉正在食堂后院挑菜。

正浩走进后院，贞玉抬头就看到了。贞玉高兴地说："正浩哥，你怎么来了？"

正浩说："昨晚上连夜送应灿爸爸到公社卫生院来了。"

贞玉说："应灿爸爸怎么啦？"

正浩说："得了急性阑尾炎，昨晚连夜动的手术。贞玉，玉顺妈妈告诉我说，自从英子妈妈走后，应灿爸爸心里也不好受，整夜整夜地睡不着觉，脾气也变得越来越坏。"

贞玉低下头，显得也有些内疚。

正浩说："贞玉，妈妈已经走了，我们不该老是这么责怪他。以前，应灿爸爸可是一直在帮我们家。"

贞玉说："正浩哥，我明白了。那我请个假，跟你一起去看他吧。他现在没有危险了吧？"

正浩点头说："嗯，医生说是没有危险了。"

贞玉说："那等我熬好鸡汤，我们再去吧。"

35.

日，内，红光公社。

公社卫生院。

正浩领着顶着篮子的贞玉走进许应灿的病房。

贞玉恭恭敬敬地朝许应灿一鞠躬说："应灿爸爸，请您原谅我。你那天让我们兄妹上你那儿吃饭，我们不应该拒绝的。我妈妈要在，也会批评我们的。"

许应灿这时再也控制不住自己的情绪，泪流满面地说："不怪你们，不怪你们呀！这事都怪我许应灿哪！"说着，放声大哭起来："英子，我对不起你啊！那天晚上，我跟你比个什么劲啊！英子——我对不住你啊！"

正浩赶紧劝着说："爸爸，您别激动，这样伤口会裂开的！"

贞玉说:"应灿爸爸,我们已经不怪您了。"然后从篮子里拿出个罐子递了上来说:"这是我给您熬的鸡汤,您一定要保重身体啊!"

许应灿说:"可是这些话我憋在心里难受啊,我真的好后悔啊……"

……

许应灿眼里闪着泪。

36.

日,内,靠山屯。

许应灿家。

许应灿抹了抹眼角上的泪,沉思了一会儿说:"俊男他妈,英花好长时间没回家了吧?"

玉顺想了想,说:"好像有半年了。"

许应灿说:"那你还不到公社看看去!"

玉顺说:"知道了,这段时间不是一直忙着正浩的婚事吗?"

许应灿哼了一声说:"忙东忙西,也没见忙出个结果来!"

玉顺说:"那能怪我吗?好了,我也不跟你争,等忙过这阵儿我就去公社,看看你那宝贝女儿都在忙啥呢?再忙也得回来看看呀,唉……"

许应灿拿着烟袋一敲鞋底说:"叨叨啥呢?做饭去!"

37.

清晨,外,靠山屯。

英子家院子。

海玉在打扫院子,十九岁的海玉长得非常秀丽。

正浩和银姬从屋里出来准备下地。

正浩对海玉说:"海玉,走吧。"

海玉说:"走哪儿?"

正浩说:"下地呀!"

海玉眼睛忽闪忽闪,看看银姬说:"今天我休息。"

银姬拉了拉正浩说:"哥,我们走。"

正浩莫名其妙,说:"干吗? 海玉怎么啦?"

银姬白了他一眼说:"问那么多干吗,我前几天不刚休息过吗?"

正浩明白了,转头对海玉说:"噢噢,那就好好休息,别干浸冷水的活啊!"

海玉说:"哥,你管得还真宽啊! 自己的事先解决了再说吧。"

正浩说:"我什么事?"

海玉说:"昨天你从开山屯回来,我可看见了啊!"

正浩说:"看见什么?"

海玉说:"郑雪梅啊!"

正浩说:"你也跑村口去了?"

海玉说:"我哪有那闲工夫! 赶巧经过……唉,可怜我贞玉姐啊! 真是瞎了眼。"

正浩说:"你姐怎么瞎眼了?"

海玉说:"我姐昨天半夜赶回来干吗? 熬一宿就为了给你做件衣服去相亲再让其他姑娘把你堵在村口? 碰上这么个没心没肺的人,她不是瞎眼了是什么?"

银姬说:"海玉,你别这么说我哥! 去相亲又不是我哥愿意的,那是……"

海玉说:"那郑雪梅呢? 她是咋回事?"

正浩说:"海玉,这事不该你管。银姬,咱们上工去。"

海玉做个鬼脸,说:"是啊,是不该我管! 我姐都管不着,哪轮得着我啊。"

38.

清晨,外,靠山屯。

英子家院门口。

正浩和银姬走出院门。

银姬看看正浩,想问些什么,突然眼角一扫,发现距离二三十米处一棵大树下,有人影一晃。银姬眉头皱了一下,说:"哥,最近咱家门口的耗子真多,一个比一个大!"

正浩一愣,顺着银姬示意的方向看去。

大树后,一个脑袋探了出来,又迅速缩了回去。

正浩大声喊:"崔明哲,你鬼鬼祟祟地干什么呢!"

崔明哲挠挠头,磨磨蹭蹭地从树后转了出来。崔明哲,与正浩同岁,个儿不高,但很壮实,长了一张娃娃脸。

崔明哲说:"正浩你说话客气点嘛,谁鬼鬼祟祟了?"

正浩说:"那你躲那儿干吗呢?"

崔明哲说:"我没躲啊,就是去上工的时候经过那儿……"说着偷偷瞄了一眼银姬,不好意思地又挠挠头,"给树浇点水嘛。"

银姬甩过脸去,一脸的不屑。

正浩说:"你这水费交得够远的!你们家离上工点儿不比这儿近啊,绕那么大个圈子就为这事儿?"

崔明哲说:"正浩,这路不就是经过你们家吗? 谁走不行啊? 我今天高兴走这里,明天再换条路走走,不行啊?"

正浩说:"行,咋不行! 可要走你就正大光明地走,别缩头缩脑跟做贼似的。"

崔明哲说:"谁跟做贼似的啦!"

第五集

1.

日,外,靠山屯。

农田。

正浩正赶着牛在耕地。

东春大叔匆匆走到地头喊:"正浩,你来一下。"

正浩应声喊:"东春爷爷,有事吗?"

东春大叔说:"你把活儿先放一放,叫上崔明哲,去趟大队部!"

2.

日,外,靠山屯。

稻田。

银姬跟大家一起在地里干活。

崔明哲蹭到银姬跟前说:"银姬,跟你说句话行不?"

银姬专心干着活,头也没抬说:"行,你说。"

崔明哲说:"不是一句,好几句呢!"

银姬说:"那就收了工再说! 或者明天再说。"

她突然反应过来,抬头横了崔明哲一眼,"这两天老看见你在我们家那边鬼鬼祟祟的,不会就是想找我说话来着?"

崔明哲说:"什么叫鬼鬼祟祟,你别也跟你哥似的,我不就是想找你单独说几句话嘛。"

银姬看看崔明哲说:"我跟你有什么话好单独说的? 你跟我哥是同学,照理说我也该叫你一声哥,可你做起事情比我哥差远了! 没听见大喇叭里叫着争分夺秒吗? 挣工分还来不及呢,哪有空听你东拉西扯的!"说着继续埋头干活,再也不理崔明哲了。

崔明哲在边上傻站了一会儿,还想说什么。

正浩在地头喊:"崔明哲,过来! 东春爷爷叫我们去趟大队部。"

3.

日,内,靠山屯。

大队部。

东春大叔拿着份通知递给正浩和崔明哲说:"你们俩都签个名,军训时间是三个月,听说是封闭式的。你们两个是代表我们靠山屯民兵排去的,给我好好干! 最好是拿个好成绩回来,千万别给我们靠山屯民兵排丢脸!"

正浩和崔明哲一起立正说:"是!"

正浩签完名把纸递给崔明哲,又问东春大叔说:"东春爷爷,我们啥时走?"

东春大叔说:"明天,一早就去公社报道。"

4.

日,外,靠山屯。

山峦上一片秋色,已收割过的稻田也是金黄一片。

英子家院子。

海玉一面在院子里晒着桔梗、沙参,一面唱着《道拉吉》。

陈志宏正从海玉家院门前走过,海玉那悦耳的歌声把他吸引住了。

透过篱笆的缝隙可以看到海玉正在剥桔梗,陈志宏推开院门说:"海玉,你的歌唱得真好听啊! 你的嗓子就像周璇的一样,是一副金嗓子。"

海玉说:"志宏哥,周璇是什么人啊?"

陈志宏说:"是过去旧上海的电影明星,也是歌星。当时人家都叫她金嗓子,我妈妈特别爱听她的歌,我们家还有她的唱片。你听过没有啊?"

海玉摇摇头。

陈志宏说:"你想不想听?"

海玉说:"想听呀! 我就喜欢听也喜欢唱好听的歌!"

陈志宏犹豫了一下,说:"我那儿倒是有周璇的唱片,可你要去我那儿听,好像有点不方便。"

海玉说:"为什么?"

陈志宏说:"海玉,你可能不知道,我现在不住在集体户里了。队上经常要我写材料翻译东西,就特地单独给我分了一间茅草屋。所以你单独一个人去,会有闲话。再说,我和你哥是好朋友。"

海玉说:"这跟你和我哥是好朋友有啥关系? 可我要真的想去听呢?"

陈志宏说:"那行吧。正浩……"可想一想还是觉得不妥,一挥手说:"算了,以后再说吧。"

5.

日,外,靠山屯。

海玉家院门前。

陈志宏走出院子,没走两步就遇见了正浩。

正浩有些奇怪,说:"志宏,你怎么在这儿?"

陈志宏说:"哦,刚去了趟你家里。"

正浩说:"找我有事吗?"

陈志宏老实地回答说:"没什么事,我只是回我房子,路过你家门口,听见海玉在唱歌来着。觉得好听就进去看了一下。正浩,你怎么现在就回来了? 已经下工了?"

正浩说:"明天我要去公社参加民兵集训,所以回来准备准备。"

陈志宏说:"哦,那你去准备吧。对了正浩,海玉的歌唱得真好,说不定会成个歌唱家呢,我走啦。"

6.

日,外,靠山屯。

海玉家院子。

正浩走进院子。

海玉看看正浩说:"哥,怎么这么早就回来啦?"

正浩说:"嗯,有点事要准备一下。海玉,刚才陈志宏来过了?"

海玉继续剥着桔梗说:"是呀。"

正浩说:"他来干吗?"

海玉说:"就来看看呗,怎么啦?"

正浩说:"海玉,你和银姬两个都大了,村子里有些男青年老是围着我们家打转,你说我这个当大哥的总得提醒你们点什么吧?"

海玉不高兴地说:"哥,这我清楚。银姬姐的事我不知道,但我自个的事,该怎么做我自己清楚。"

正浩想了想,说:"这就好。"说着进了屋。

海玉情绪一下子变得很糟,恼怒地踢了一脚边上的盆子。

7.

夜,内,靠山屯。

许应灿家。

正浩坐在许应灿和玉顺对面。

许应灿说:"队上叫你和崔明哲去军训,这是好事,你爸我脸上也有光。去吧,家里的事也别老惦记着,有我和你妈照应着呢。军训的时候,要好好干,争取训出个好成绩回来。"

正浩说:"是。"

许应灿想了想说:"还有个事,你去公社时,顺道去看看英花。这丫头半年没回家了,连个信儿都不捎! 也不知道在忙些啥。这会儿农忙,我跟你妈都抽不出空来,你就去看看吧。"

正浩说:"好,我一定去。"

玉顺说:"她要是没忙着演出,就叫她回来看看,别老叫我们心吊着,担心她有点啥事。"

许应灿说:"可不,她自个儿在外面,虽然公社那边有贞玉在,可姑娘家就是让人不放心! 你看看你这两个妹妹,人都在跟前呢,不也让人不省心? 瞧瞧屯子里那些愣头小子,整天跟苍蝇似的,想着法子往门口钻,看着就让人火大。"

玉顺说:"女孩子大了,再说咱家的几个姑娘一个比一个漂亮,招蜂引蝶那是难免的。你当年不也围着我家嗡嗡转嘛。"

许应灿眼一瞪:"死老太婆,你胡扯啥咧!"

正浩说:"这方面我会叫她们注意的。"

许应灿说:"不是注意! 得警惕,得管! 要是出了什么事,毁的是她们自己的名声! 那是一辈子的事! 就是我们做长辈的,也一样抬不起头来!"

玉顺说:"是啊,正浩,这种事情可真马虎不得。虽然她们也都叫我一声妈,可有些事我没法出面去说,毕竟我跟你们英子妈妈比,还是隔了一层。你是做大哥的,这种事情一定得放在心上。"

正浩说:"是。"

许应灿说:"话说回来,你相亲那事,可还没完呢! 我已经叫你妈去张罗了,这事没商量,等军训回来,你还是得跟姑娘见面去。"

正浩一笑说:"爸,妈,我知道了。"

8.

晨,外,田野。

正浩和崔明哲背着背包走在田野的小路上。

正浩说:"崔明哲,我有句话问你,你得老实交代。"

崔明哲说:"干吗呀?跟审犯人似的,还没开始军训呢。"

正浩说:"你老实说,你老蹭到我家门口干什么?"

崔明哲说:"谁蹭了?我不就是常经过你们家门口吗?都是上工时间,碰着不也是很正常的吗?"

正浩说:"你少胡扯!什么叫舍近求远?你要是没目的,干吗绕这么大圈子?还老跟在我和银姬后面。"

崔明哲嘀咕一句说:"谁叫你老跟银姬一起走的。"

正浩说:"你说什么?"

崔明哲赔笑着说:"没什么,我就是换条路走走,整天家里地头两点一线多单调啊。"

正浩说:"你少嬉皮笑脸的!要是我猜得没错,你是不是在打我妹的主意?"

崔明哲说:"别说得那么难听嘛。我们俩都老大不小了,我也不瞒你,我家里已经叫我相过两次亲了,全被我搅了。因为我心里早就有人了,就是你妹。"

正浩说:"银姬吗?"

崔明哲说:"对!就是银姬。"话音未落,正浩一拳就抡了上去,崔明哲被撂倒在地。

正浩说:"崔明哲,这是警告。少打银姬的主意,我这关就通不过!"

崔明哲一面从地上爬起来,一面说:"没用,现在什么时代了?就算你金正浩是大哥,你也管不着你妹的爱情。"还没等崔明哲爬起来,正浩又是一拳,崔明哲又一屁股坐在地上。

正浩说:"就你这熊样,还指望我妹看上你?你也得有点自知之明吧。"

崔明哲说:"你妹看得上看不上我,不是你这个大哥说了算的!金正浩,我告诉你,武力对我没用,爱情这种东西是刻在心里的,要是三拳两脚就被打没了,那你妹才会看不上我呢!"

正浩一笑说:"行,算你有种。可我告诉你崔明哲,打我妹的主意,想都甭想!"说着大踏步地向前走去。

崔明哲猛地爬起来追上正浩说:"既然我相中你妹了,我就会一追到底,不言放弃!"话音未落,正浩一个扫堂腿,崔明哲没提防,一个狗啃泥摔在地上。

正浩说:"就这样?"

崔明哲爬起来,呸地吐了一口泥说:"没用! 什么力量也别想把银姬从我心目中抹掉,就算你是她大哥,也别想阻止我,等着瞧!"

9.

日,外,红光公社。

公社演出队驻地。

正浩走进驻地,看到几个演员从演出厅出来,忙上前问:"请问,你们是公社演出队的吗?"

有人说:"是,有什么事?"

正浩说:"我想找许英花。"

几个人面面相觑,一位长相秀美的姑娘说:"你找许英花?"

正浩说:"是。"

那姑娘说:"你找她什么事啊?"

正浩看着她们的表情,隐隐觉得有些不对,说:"她怎么啦? 你能帮我叫她出来吗?"

那姑娘说:"她半年前就回家了,你不知道?"

正浩说:"怎么可能? 我是她大哥啊,她要是回家了我会不知道? 我找的是许英花,你没搞错吧?"

那姑娘说:"我跟许英花在演出队里是好姐妹,又是一个宿舍的,她半年前就请了长假,说不想在演出队待了,要回家去。是我把她送到路口的,怎么会搞错。"

正浩呆了呆,说:"怎么会? ……"

10.

日,外,红光公社。

公社食堂。

正浩闷头坐在贞玉对面。

贞玉说:"都怪我,她好久没上我这儿来了,我以为她们演出队忙,所以就没放在心上。"

正浩说:"可她会去哪儿呢?"

11.

晨,外,靠山屯。

海玉顶着水坛从河边打水回家。在路上,刚好遇见往队部送材料的陈志宏。

陈志宏远远地看见海玉,朝她扬了扬手。

海玉站退到路边,等到陈志宏走上来,这才行了个屈膝礼说:"志宏大哥,你上班去啊?"

陈志宏说:"昨晚连夜翻译一份材料,熬了个通宵。这不,队里赶着要呢,说是马上要送到公社去的。"

海玉说:"你好辛苦啊。两个眼睛都肿了,好多的血丝呢。"

陈志宏笑笑说:"没事,习惯了。每次队里一要材料就急得跟什么似的,恨不得你只要看上一遍,这东西也就能翻译好了。而且这次的材料还特别厚。"

海玉说:"志宏大哥,我一直想问你,你说的那个周什么,就是那个你们叫金嗓子的?"

陈志宏说:"叫周璇。"

海玉说:"她的歌真的唱得很好吗?"

陈志宏看看四下没人,压低声说:"海玉,我老实告诉你吧,她唱的歌'文革'开始时就被禁止了。我们家被抄时,我把我妈最喜欢的一个手摇唱机跟几张唱片都给藏起来了。后来支边来延边时,我又偷偷带了过来。在集体户住着的时候,我有一包行李一直没打开过,那里就藏着唱机和唱片呢。现在我一个人住了,有时候看看外面没人的时候,我才敢偷偷地听。"

海玉说:"你可真能藏啊!怪不得这个人我听都没听说过。"

陈志宏说:"是啊,一般像你这个年纪的人是不可能知道她的。我要不是我妈一直喜欢她,我也不会听到她的歌。所以海玉,那天我听到你唱歌的时候,我一下子就被吸引住了,你的嗓子真有点像周璇的嗓子。"

海玉说:"是嘛,那我倒真想听听她唱的歌了。"

陈志宏说:"海玉,我跟你正浩哥是朋友,你是他妹妹,我又很喜欢你,再说你唱歌又唱得这么好,人又懂事,所以我才告诉你的。但这件事,你可不能告诉别人!如果这事被人发现了,我就犯错误了,要被处分的。还有,你要是想听,就得到我那儿去听。可是要被别人知道或看见了,传出去又是闲话一大堆,我可不想惹什么麻烦。你明白我的意思吗?"

海玉点头说:"我明白的,志宏哥。"

陈志宏说:"那你就快回吧,顶着个水坛怪累的。"

海玉说:"习惯了,没事。志宏哥,那你走好。"突然又回头说,"志宏哥,我想听那个金嗓子的歌,那怎么办呀?"

陈志宏说:"没办法,我怕惹出麻烦来就不好了。"

海玉等陈志宏走远了,这才往回走。但此时她的眼神里多了些许心事。

12.

傍晚,内,靠山屯。

许应灿闷头抽着烟。贞玉坐在许应灿和玉顺的对面。

玉顺抹着眼泪一脸焦虑地说:"这到底是怎么一回事啊?好端端的,咋就人不见了呢?"

贞玉说:"哥走后,我赶紧又去了趟演出队,找到英花妹妹在演出队的那个小姐妹,正浩哥碰到的就是她,叫姜彩英,一直跟英花很要好,而且还是同宿舍的,她带我去看了她跟英花的宿舍,英花妹妹真的好久没在那儿住了。"

玉顺流着泪说:"那她会去哪儿了呢?"

许应灿突然冲着玉顺大声嚷嚷说:"你们干的好事!我说不让她去那个什么破演出队,你们非让她去,现在人不见了,怎么办!"

玉顺流着泪说:"女儿不见了,你冲着我发火有什么用?我要知道咋办,还要你这个老头子做什么。"

许应灿的火噌噌地往上冒,一磕烟杆抡起来就要打玉顺,说:"还反了你,我叫你嘴硬!"

贞玉慌忙拦住许应灿说:"爸,您别这样!妈这也是急的。"

许应灿指着玉顺说:"要不是你们宠着惯着,什么都依着她,那丫头能这样吗?"

玉顺哭着说:"你没宠着啊?家里最宠她的就是你了。可这跟英花不见了有啥关系啊……"

许应灿说:"咋没关系?不宠着她哪来那么大主意?说不见就不见了,没准是闯什么大祸了!"

玉顺一惊说:"啊?"

贞玉说:"应该不会,英花的那个小姐妹倒是跟我说了,说英花和演出队以前的领导好像有什么矛盾,她早就不想在演出队待了。我估计,英花妹妹从演出队出来,肯定是觉得对不住你们,所以才……"

许应灿说:"对不住?有啥对不住?她要是没闯什么祸,怎么会对不住我们?"

贞玉想了想说:"当初她吵着闹着要去演出队,现在自个儿又从演出队跑了出来,可能在你们跟前没面子,又怕挨爸的骂……"

许应灿说:"噢,跑掉就不挨骂啦?我还要打断她的腿呢!"

玉顺说:"回个家要啥面子啊,她爸也就是骂那么两句就完事了。这丫头,想那么多干吗?我们只要她过得好,没病没灾就好……"说着,泣不成声了。

许应灿说:"哭,哭个啥哭!现在当务之急是赶快去找!"

玉顺哭得更伤心了,说:"哪找去呀!正浩这会儿又不在……"

贞玉说:"是啊,哥这次军训是到正规部队里去的,说是封闭式训练,三个月不能回家。爸，妈，你们也别急。我再到公社里打听打听，看英花妹妹到底上哪儿了。要是一有消息，我就赶回来告诉你们。"

许应灿叹口气说："唉，贞玉，你是请假出来的吧？时间不早了，赶快回吧。"

贞玉说："是。"

13.

傍晚，外，靠山屯。

银姬和海玉把贞玉送到村口。

海玉说："姐，今晚就住家里吧，干吗非得连夜赶回去呀？"

贞玉说："公社食堂里忙，离不开人的。我在那儿要做得不好，可对不起咱妈。行了，你们俩回吧。这三个月里哥不在，你们俩姐妹都要好好的，别给应灿爸爸和玉顺妈妈添乱。"

银姬和海玉齐声说："知道了。"

贞玉还是有些不放心，对银姬说："银姬，你大海玉几个月，是当姐姐的，可要把家关照好。"

银姬说："是。"

14.

日，外，靠山屯。

海玉在河边洗好衣服，头上顶着盆正往回走，路上刚好碰上陈志宏。

海玉退到路边说："志宏哥，您好！"

陈志宏说："洗衣服去啦？"

海玉说："志宏哥，那个金嗓子的歌，我好想听呀，你说怎么办呢？"

陈志宏一咬牙说："那你就到我那儿去听。"

海玉说："你能不能拿到我们家来听？"

陈志宏说："那不行。我带来的那台留声机，是不能让其他人看到的。再说拿到你们家，那也太显眼了，会有麻烦的。而且，周璇的歌，现在还没让公开呢。"

海玉说:"那我就到你那儿去听。"

陈志宏说:"就你一个人来?"

海玉说:"对! 我想了,怕什么呢? 只要咱俩做得正,又没做什么见不得人的事,有什么好怕的!"

陈志宏说:"有人要说闲话怎么办?"

海玉说:"让他们说去! 我不怕。志宏哥,你怕?"

陈志宏说:"你个姑娘家都不怕,那我就更不怕了! 就像你说的,只要咱俩做得正,有人说闲话,那就让他们说去!"

15.

傍晚,内,靠山屯。

海玉家。

银姬回到家里,看到海玉顶着个篮子要出门。

海玉说:"银姬姐,饭我做好了,都在锅子里。你先吃,我出去一下。"

银姬说:"都要吃饭了,你要去哪儿?"

海玉犹豫着,没回答。

银姬说:"我问你要到哪儿去?"

海玉说:"我要给志宏大哥送点吃的。"

银姬说:"他怎么啦?"

海玉说:"他经常晚上整材料熬夜,很辛苦的。"

银姬说:"那好,我跟你一起去。"

海玉说:"你去干吗?"

银姬一本正经地说:"你一个人去,别人看见了不太好。"

海玉说:"怎么不太好啦,我妈在的时候,不也经常给那些上海知青们送吃的吗?"

银姬说:"那可不一样。妈妈在的时候,那些上海知青们都住在一起。现在志宏大哥是一个人住在一间房里。你一个人跑去给他送吃的,合适吗?

自己想想就明白了。"说着，转身就要出门。回头看看海玉不动站在那里，就说："走啊，天都快黑了。咱俩一块儿去，早去早回。"

海玉说："我同他说好的，就我一个人去。"

银姬说："那怎么能行，贞玉姐昨天还关照我呢！所以要去，只能咱俩一起去。"

海玉生气地把顶在头上的篮子狠狠地摔在地上，篮子里的一碗鸡蛋面淌了一地。

海玉跺着脚哭着说："银姬姐，我不是跟哥和你说过吗？我的事我自己知道该怎么做，用不着你们管！"

银姬说："海玉妹妹，我知道这么说你会嫌不中听，可我还是要说，你要是真知道该怎么做，就不会晚上一个人跑到单身男人宿舍去。"

海玉说："我跑去又怎么啦？我坐得直行得正，可你非要往那方面想，我有什么办法？银姬姐我告诉你，我自己的事我自己负责，用不着你操心！"

玉顺突然出现在屋门前，看着满地的面条说："银姬、海玉，你俩怎么啦？"

银姬正要解释，海玉说："银姬姐，你可不要乱说。你要乱说，从此以后这个家有我就没你，有你就没有我！"说着哭起来。

银姬说："玉顺妈妈，刚才我俩只是为了一点小事斗了两句嘴。把海玉妹妹说急了，其实没什么大事，让玉顺妈妈操心了。"

玉顺说："没事就好。你们贞玉姐在公社工作，正浩又去参加民兵培训，暂时回不了家，我跟你爸最担心就是你们俩。姑娘家磕磕碰碰免不了的，可还是应该相互忍让，你们是姐妹俩，一定得好好和睦相处。"

银姬说："是。"银姬看海玉蹲下身去收拾地上的碗筷，忙转移话题说："玉顺妈妈，这是海玉熬的汤，里面用的就是我按玉顺妈妈教的方法做的大酱，你尝尝，味儿对不对？"说着，进屋打开装汤的坛子盖，舀出小半碗酱汤递到玉顺面前。

玉顺用勺子舀了一口汤喝了两口，咂咂嘴说："嗯，就是这个味儿！银姬啊，你可真聪明，啥东西一学就会。不过银姬啊，我还是要留一句话。我传给你做大酱的手艺是看在你春子妈妈和英子妈妈的份上。尤其是你英子妈妈她的死,我一直很内疚。所以才把做大酱的手艺传给了你。这手艺虽然也不值什么钱,但毕竟也是你应灿爸爸家里守了多少年的独传的方法,你可不要轻易传给别人。"

银姬说:"玉顺妈妈,这我知道。"

玉顺说:"好了,你俩也别再吵了,快做饭吧。要不,就上我们家去吃?"

银姬说:"不啦,海玉妹妹已经把饭做好了,我们正准备吃呢。"

海玉抹了把眼泪说:"玉顺妈妈,你走好。"

16.

夜,外,解放军某驻地。

民兵训练营营地操场。

正在接受军训的正浩还在月光下练习扔手榴弹。他的脚边堆着一堆练习用的手榴弹,嘴里念念有词揣摩着要领。

负责军训的民兵培训连赵连长和红光公社排的王排长一起查岗路过操场,赵连长和王排长都是现役军人。

赵连长喊:"是谁呀!怎么还在这儿扔手榴弹呢?"

正浩立正,行了个军礼说:"报告,我是民兵培训连红光公社排二班战士金正浩!"

王排长说:"金正浩,连长在问你,怎么不睡觉还在这儿练?"

正浩说:"因为我现在是全排第二。"

赵连长问王排长说:"他这话是什么意思?"

王排长说:"他的意思就是他现在扔手榴弹的成绩在咱们排还只是第二名,他想争取得全排第一名。"

赵连长说:"他说的这个意思我怎么会不明白。我问的是为什么是全排第二,就非要破坏作息时间,晚上不睡觉在这儿练?"

王排长一时语塞。

正浩说:"报告!因为除了睡觉时间,没有其他时间能多练。不比别人练得多,怎么可能超过别人争第一。不争取第一,我咋有脸回屯里去给乡亲们交代。"

王排长说:"嘿,这家伙还一套一套的。"

赵连长说:"民兵战士金正浩!"

正浩说:"到!"

赵连长说:"我问你,是遵守纪律重要还是争第一重要?"

正浩说:"报告,同样重要!"

赵连长说:"我问你哪个更重要?"

正浩说:"报告! 我刚才回答了,同样重要!"

王排长说:"有时候守纪律比争第一更重要! 知道吗?"

正浩说:"报告,但有时争第一也可能会更重要!"

赵连长说:"金正浩!"

正浩说:"到。"

赵连长说:"我现在命令你,向后——转! 目标营房,起步跑! 给我回去休息,再这样破坏作息制度,我就停止你的军训!"

正浩跑到半路停住,回转身行了个军礼说:"是!"然后转身消失在夜幕中。

赵连长看着他的背影说:"乱弹琴!"

17.

夜,外,靠山屯。

许应灿家院子。

许应灿蹲在家门口,直勾勾地望着院门闷头抽着烟袋,满脸的焦虑与愁苦。

夜幕中,玉顺匆匆赶回家。

许应灿敲了敲烟袋,忙站起来问:"臭女人,咋这会儿才回来? 急死我了,到底打听着没有?"

玉顺喘了口气,说:"几家我都去过了,包括开山屯她姨那儿……"

许应灿说："在她那儿吗？"

玉顺摇摇头，说："英花压根儿就没去过她家，她姨说，最后一次见着英花还是去年开春来咱家的时候。"

许应灿急了，说："咋……咋回事？亲戚家她哪家都没去？"

玉顺说："可不是，这丫头到底跑哪去了呀？"

许应灿一屁股坐在门口，说："完了，肯定出事了！要不一个大活人怎的说不见就不见了呢？"他又抱怨玉顺说："我说不让她去那个演出队，你还偏要她去！你瞧瞧，女儿就这么丢了！都是你这个臭女人，还要怂恿她去，你现在就去把女儿给我找回来。要是找不回来，我非打烂你的屁股不可！"

玉顺说："现在说这些没用的话干吗，我走了，家里谁来伺候你，还有你那不上进的儿子？爷俩连个饭都不会自己张罗，还让我去找！"

许应灿说："你个臭女人，都是你惹出来的祸！所以说女人的话不能听，听女人的话就得坏事！"许应灿急得直跺脚，突然想起了什么，喊："俊男，俊男！"

俊男从屋里出来，说："爸，干吗呀那么大声，我听得见。"

许应灿说："你那个耳朵，不吼两声你不出来！明天起，你去给我找你妹去！"

俊男说："那工分呢？"

许应灿说："工分要紧还是你妹要紧啊？你个臭小子，你爸我干活一把好手你没学到手，工分倒记得挺牢。都啥时候了，还想着工分！明天我给你去队上请假，你明儿一早就给我找英花去！"

俊男苦着脸，说："爸，不是我不想找英花。现在英花野着呢，靠山屯这块小地方早就容不下她了，谁知道她跑到哪里去了。这么没着没落的，哪里找去啊？"

许应灿说："掘地三尺也要给我把她找回来！要不，我养你这个儿子干什么？吃干饭的？找不回你妹，我剥了你的皮！你个没出息的东西，什么时候能长点能耐呀你。"

18.

夜,外,某解放军驻地。

民兵训练营营房边操场上,月色朦胧。

赵连长和王排长巡夜路过操场时,远远的又看见有人在操场上练习扔手榴弹。

赵连长气得手一叉腰问:"是不是又是那个金正浩?"

王排长说:"有可能是他。"

赵连长说:"这小子,拿我的话当耳旁风啊!"

王排长说:"他是个朝鲜族同志。这次掷手榴弹考核,他得个第二,有点不服气。我听说朝鲜族男人都是这样,脾气犟得很。"

赵连长说:"脾气再犟也得守规矩!基干民兵来这里培训,不但是要提高他们的军事技术,还得培养他们部队的思想觉悟!去命令他回去休息。明天让他们班开个班务会,帮助帮助他。"

王排长说:"是。"

赵连长说:"回来。班务会也得有个主题。就让他们讨论讨论,遵守纪律跟争第一到底哪个更重要!思想问题不解决,硬性命令也不是个办法。"

王排长说:"是!"

赵连长说:"回来。明天他们的班务会,我和你都参加!"

王排长说:"是!"

19.

日,内,某解放军驻地。

营房宿舍。

民兵培训连红光公社班的人坐在大宿舍里开班务会。赵连长和王排长也参加。崔明哲也坐在里面。

张班长看看赵连长和王排长,拿出个小本本清清嗓子后说:"今天我们的班务会,讨论的是一个严肃而认真的问题,是一个带原则性方向性的问题。所以今天咱们民兵培训连赵连长和王排长在百忙之中,也特地来参加我们的班务会,大家一定要踊跃发言。好,谁先讲?"

有个姓李的民兵举手说:"我先讲两句。我们讨论的问题是遵守纪律重要还是争第一重要。这还用说吗?当然是遵守纪律更重要!因为纪律对部队来说就是生命。一个部队如果没有了纪律,那它就没有生命力了。我们的军队之所以能打胜仗,就是因为有铁的纪律!所以,金正浩同志在这个问题上应该要有清醒的认识!"

张班长点头说:"很好,李祥和同志的发言有点水平。我们虽然是基干民兵,但基干民兵应该和正规部队一样,要有铁的纪律。下面谁发言?"看看没有人举手,他把目光落在了崔明哲身上说:"崔明哲同志,你来发言吧。你同金正浩同志都是朝鲜族,又都是靠山屯派来的,你的发言应该更有说服力。"

崔明哲想了想,说:"我完全同意李祥和同志的意见。纪律就是部队的生命……"

张班长打断他的话说:"冷饭不要炒了,说点别人没说过的。"

崔明哲又想了想说:"争第一当然好,但遵守纪律就更重要。大家想一想,第一只有一个,全班也好,全排也好,全连也好,大家都争第一了,那第二、第三谁来当?总要有人得第二、第三,甚至老末的对吧?……"

正浩火了,说:"崔明哲,你这话太没出息了吧!是呀,每个人不可能都当第一,但每个人都应该争取得第一!作为一个基干民兵,应该跟正规军的战士一样,要有一不怕苦二不怕死的精神。打仗冲锋时,同样要冲上去,冲不上去还算什么基干民兵呀?所以,争取当第一的精神,同样是基干民兵不能缺少的精神!我就这么看。"

张班长说:"争第一没错,但人人你都像你似的,不遵守纪律,我们基干民兵还像什么样?"

班务会一下子炸开了锅,你一句我一句,有支持李祥和的,也有力挺金正浩的。

张班长急了,说:"一个一个地说,一个一个地说!大家听到了没有,举手发言!"

20.

日,外,解放军某部驻地。

民兵训练营营房。

赵连长和王排长从集体宿舍出来,正浩也跟着送了出来。

赵连长转身对正浩说:"金正浩同志,你要再敢破坏作息时间,晚上偷偷溜到操场去争你的第一,我可要请你回靠山屯去!都像你这样,你们这个基干民兵培训连我还怎么带呀?"

正浩说:"是!报告连长,我一定遵照你的指示,在遵守纪律的前提下去争取第一。"

赵连长一摆手说:"那就回去吧。"

正浩敬礼说:"是!"

赵连长与王排长继续往营房外走。

赵连长说:"这小伙子行!身上有股子韧劲。在部队,我就喜欢带这样的兵。"

王排长说:"连长,可这样的兵难带呀。"

赵连长说:"这样的兵带着来劲啊!温暾水一个有什么意思?"

21.

日,内,解放军某部驻地。

民兵训练营营房,集体宿舍。

班务会散了。

张班长叫住崔明哲说:"崔明哲同志,你过来。"

崔明哲说:"是。"

张班长说:"交给你一个任务,看住金正浩,不许他晚上不睡觉再去练手榴弹。一有动静你就报告我。"

崔明哲说:"是!"接着又愁眉苦脸地说:"班长,你不知道金正浩的脾气,他……"

张班长说:"你要看不住他,我就请你回靠山屯去!咱们基干民兵到这儿来可不是来较劲的,是要来接受正规部队严格训练的!这样的机会多难得呀,咱们得好好珍惜!"

崔明哲说:"是!"

22.

夜,内,解放军某部驻地。

民兵训练营营房,集体宿舍。

张班长喊:"还有五分钟就要熄灯了,该干什么赶快干。"

金正浩正埋头看书,一下子从床上翻下来,趴在地上一二三四地做起了俯卧撑。

崔明哲说:"正浩,你这是干什么?"

正浩说:"练俯卧撑呀。这样可以练臂力,练腹肌,练腿力。"

张班长说:"就这五分钟你也练呀?"

正浩边做俯卧撑边说:"张班长,你算算,一天多练五分钟,咱们培训三个月,九十天能多出多少分钟? 不算不知道,算了,你就吓一跳。"

张班长一撇嘴说:"毛病!"

23.

夜,内,靠山屯。

陈志宏住的小茅草屋。

陈志宏从一只小木箱里拿出一台手摇唱机,放在床上端详了一会儿,然后走到门口,朝海玉家的方向看。

月色朦胧,但那条弯曲的小路上没有人影。

陈志宏失望地叹了口气。

24.

凌晨,外,解放军某部驻地。

操场,东边已露出一条细细的晨曦。

正浩拉开架势,将手榴弹掷了出去。

崔明哲在对面跟着手榴弹的抛物线跑了几步,手榴弹落在了一条白线的前面。崔明哲大声地喊:"超过啦!"

正浩说:"这个不算,再来两次,全超过了才算!"

紧接着,正浩又掷了两次,手榴弹都落在了白线外。

崔明哲高兴地拎着三个手榴弹一路小跑奔了回来,说:"正浩,你现在不但是全排第一,而且是全连第一啦!"

正浩说:"真的?"

崔明哲说:"那条白线不就是全连第一的成绩嘛!"

正浩如获重释地松了口气,但又捏紧了拳头给自己鼓劲说:"好!明天开始,我就练拼刺刀,也要争取在咱们连拿第一!"

崔明哲傻了眼,说:"正浩,你没完啦!"

25.

晨,外,解放军某部驻地。

民兵训练营营房,集体宿舍门口。

正浩、崔明哲兴高采烈地回到宿舍门口。看到张班长满脸严肃地站在门口。

崔明哲老远就喊:"班长,正浩现在掷手榴弹已经是全连第一啦!"

两人走到张班长跟前,看张班长还板着脸,只好收敛了笑容。

正浩说:"班长,别这么严肃嘛。下面马上要进行的拼刺刀训练。我也要争取拿全连第一。"

张班长说:"有这样的志气当然好,但那也得遵守纪律!"

正浩说:"班长,我们保证遵守纪律!"

两人嬉笑着钻进房间。

张班长虎着脸说:"毛病!"

26.

晨,外,靠山屯。

稻田。

陈志宏朝稻田走去。

海玉追了上来,喊:"志宏哥,你也下地啊?"

陈志宏说:"今天没材料写,就下地薅草去。海玉,昨晚你咋没来? 我把唱机都收拾好了。"

海玉说:"志宏哥,对不起。昨晚我有事拖住了。"

陈志宏说:"要是有什么麻烦,就别勉强。不就听听周璇唱的歌嘛。"

海玉说:"不! 今晚我一定来。就是有人要杀我头我也来,我就喜欢听听歌嘛!"

27.

夜,内,靠山屯。

陈志宏住的小屋,夜已经很深。

陈志宏又在油灯下赶写材料,突然听到很轻的敲门声。陈志宏打开门,看到海玉顶着个篮子站在门口。

陈志宏吃惊地说:"海玉,你怎么深更半夜跑来啦?"

海玉说:"我不是说过了嘛,今晚我一定要来,就是杀我的头我也要来。下午你没下地,我知道今晚你又要写材料了,所以我特地给你送点吃的来。"

陈志宏埋怨说:"海玉,这样深更半夜来就不好了,因为这样就说不清了。"

海玉说:"说不清就说不清,反正我豁出去了。我真的很想听听那个叫周璇的人唱的歌。"

陈志宏有些担忧,又有些无奈,说:"那你快进屋吧。"

28.

夜,内,靠山屯。

陈志宏住的小屋。

陈志宏摇着一部旧式的手摇唱机,传出了周璇的《天涯歌女》那细细柔柔的歌声。海玉凝视着旋转的唱片,听得入了神。

29.

夜,外,靠山屯。

陈志宏的小屋。

夜很深了,月亮在云中穿行,静悄悄地在山峦大地上洒下一片银光。

海玉走出门外,回头对陈志宏说:"志宏大哥,她唱得真的很好听,可我觉得里面的歌词有些不健康,"笑了一下说:"什么穿在一起不分离,挺肉麻的。"

陈志宏说:"是有点不健康,毕竟那是旧社会的东西嘛。但是,就歌词而言,它也表达了男女之间的真实感情,所以也很能打动人。"

海玉说:"谢谢你,志宏大哥,我给你添麻烦了。"

陈志宏说:"海玉,以后你要来早点来,别那么深更半夜的来。"

海玉说:"是,我知道了。"

30.

夜,外,靠山屯。

集体户门口。

董强和赵泉到当地人家去喝酒,两人喝得都有些醉意,互相搀扶着脚步歪斜地回来了。董强眼尖,远远看到了海玉从陈志宏的小屋走出来,向自家的方向走去。他捅了捅赵泉。

赵泉张望了一会儿,说:"看上去,好像是海玉……"

董强张了半天嘴,说:"那个屋,是陈志宏的吧。"

赵泉说:"应该没错,是他住的那屋。"

董强说:"几点啦?我们没看错表吧,这会儿不会已经是早上了吧?"

赵泉在月光下仔细地看了看手表,说:"没错啊,十二点过五分。你看这月亮……还老高呢,怎么可能是早上。"

董强说:"这像什么话!一个姑娘家,深更半夜跑到一个单身男人的屋子里去。平时看上去,海玉不是很老实的吗?怎么也会做出这种事来?"

赵泉说:"人不可貌相啊。怎么,要不去问问那家伙?整天装得跟正人君子似的……哼哼,偷鸡不肯,去偷人家女儿倒一点都不手软。这会儿有好瞧的了。"说着,他迈着晃晃悠悠的腿就想往陈志宏的小屋那儿走。

董强一把拉住赵泉说:"等等,捉贼捉赃,捉奸捉双!人都走了这会儿去又有什么用?那小子能承认吗?"

第六集

1.

凌晨，外，野外。

正值深秋与初冬交会之际。

天空变得阴沉，风卷着零星的雪花呼呼地吹过。

英花抱着个裹得严严实实的婴儿在小路上走着。

英花的脸上显得悲伤和沉重，她在回忆……

闪回：

2.

日，内，红光公社。

公社演出队排练厅。所谓的排练厅，不过是一间稍大一点的茅草屋。

手风琴手正在拉《延边人民热爱毛主席》的音乐。

一曲舞跳完，英花和一个叫姜彩英的舞蹈演员手拉手并肩坐在了一起。显然她俩在演出队是好朋友,姜彩英长得十分清秀,就是正浩在演出队遇到的那位姑娘。

导演洪吉龙拍拍手说:"大家看到没有?这两年来,进步最快跳得最到位的就是许英花同志。姜彩英同志跳得也不错。"

洪吉龙,二十二岁,中等身材,一张聪明而英俊的脸。

英花有些不好意思,说:"洪导演,那是你指导的结果。"

姜彩英说:"我看许英花就是一块跳舞的材料,我可比不上她!"

英花用胳膊肘轻轻顶了一下姜彩英说:"去你的。"

演出队的高峻皓队长说:"好了好了,不要互相吹捧了,听了肉麻。既然许英花同志跳得最好,那就让许英花再跳一下,给大家做个示范。"

洪吉龙不愿意了,说:"高队长,这怎么叫相互吹捧呢?又怎么肉麻啦?你对我洪吉龙有意见你可以当面批评嘛,你是演出队的队长呀,是领导呀。我表扬个演员你就说肉麻,我这个导演还怎么当?"

姜彩英说:"高队长,我也说许英花跳得好,我也肉麻啊?"

高峻皓说:"你们起什么哄呀?我刚才不是说了嘛,许英花跳得好,让她再跳一遍,给大家做个示范。至于肉麻不肉麻,你洪吉龙自己心里清楚。"

洪吉龙还想说,但英花说:"高队长,洪导演,你们不要争了,我再跳一遍就是了。"

洪吉龙忍了忍,说:"起音乐。"

高峻皓说:"手风琴,起音乐听到没有!"

3.

日,内,红光公社。

公社演出队排练厅。

英花在跳着舞。那旋转着的优美的舞姿,那修长婀娜的身段,那微笑着的美丽的脸庞……高峻皓脸上虽然没什么表情,但眼睛里却闪着贪婪和欲念。

英花的舞姿也同样让洪吉龙着迷,满眼都是倾慕和爱意。

一曲终结,大家鼓掌。姜彩英拍得最起劲儿,她还有意挑衅地看着高峻皓。

英花鞠了一躬,她跳得满头是汗。

洪吉龙说:"跳得好就是跳得好。表扬一下怎么是肉麻呢。"

高峻皓说:"洪吉龙,你还有完没完啦! 好了,今天就到这儿,下班!"

英花和姜彩英搂着腰正朝排练厅外走,高峻皓说:"许英花,你留一下。"

英花和姜彩英都站住了,英花说:"高队长,什么事?"

高峻皓等人走得差不多了,说:"你今天晚上,去我那儿一趟。"

英花转头看看离开的其他人,有些怯怯地问:"就我一个吗?"

高峻浩说:"对。姜彩英你留在这儿干吗! 你走你的,我要留的是许英花。"

姜彩英看看英花,有些不情愿,但也只好离开了。

英花说:"高队长,我犯了什么错误吗?"

高峻浩说:"有没有犯错误,去了才能知道。"

英花说:"不能在这儿说吗?"

高峻皓冷着脸说:"怎么,怕我吃了你? 你单独跟洪导演排练舞蹈的时候,不也是在晚上吗?"

英花说:"可那是在排练厅里。"

高峻皓说:"少啰唆! 晚上八点半,我在办公室等你,必须准时到!"说完,大步走出排练厅。

英花独自一人在排练厅里站了好一会儿,眼里透出害怕与紧张的神色。

4.

傍晚,内,红光公社。

公社演出队宿舍。

洪吉龙在宿舍外的水龙头前洗脸,英花悄悄走了过来。

洪吉龙注意到了,说:"英花,你有事找我?"

英花咬着嘴唇想了想,终于下定决心深深地鞠了一躬说:"洪导演,请你帮帮我。"眼泪忍不住落了下来。

洪吉龙看着英花,似乎已经猜到了是什么事。

夜色渐渐暗了下来。

5.

夜,外,延边某公社。

公社机关的边上有几栋零星的小房子,演出队的办公室就在那儿。

英花走上前,犹豫了好一会儿,这才轻轻敲开高峻皓办公室的门。

6.

夜,内,延边某公社。

高峻皓办公室。

高峻皓打开门,一见是英花,一把将她拉进办公室。急不可待地关上门,抱住英花就要亲她。

英花挣扎着说:"高队长,你别这样,别这样呀!"

门砰的一声被用力踹开,洪吉龙站在了门口。

7.

夜,内,延边某公社。

演出队高峻皓办公室。

高峻皓办公室的门被洪吉龙猛地一脚踹开,高峻皓和英花都惊住了。

英花挣脱高峻皓逃出屋外。

洪吉龙愤怒地冲进屋,一拳头狠狠揍在高峻皓的脸上,把高峻皓撂倒在地上。

8.

晨,内,红光公社。

公社演出队排练厅。

洪吉龙一个人已经坐在排练厅里,闷头抽着烟。

英花也早早地到了。她看到洪吉龙便走上前去深鞠一躬说:"洪导演,对不起,给您添麻烦了。"

洪吉龙说:"这算什么麻烦。他无非就是报复我,最多就是把我从这儿赶出去呗。平常他也没少挤对我。再说了,此处不留爷,自有留爷处。我担心什么呀。"

英花说:"可是,洪导演,你要是走了,我该怎么办啊?"

洪吉龙注视着英花含泪的眼睛,动情地说:"你放心,我不会走。"

英花说:"怎么?"

洪吉龙说:"因为有你在。只要你还在这里,我就不会走。"

这时高峻皓走了进来,眼窝一块瘀青显得有些滑稽。他看到英花和洪吉龙又坐在一条长凳上,冷笑一声说:"呵,你俩来得早啊。"

其他人也陆陆续续走了进来。

其中有一个说:"高队长,你眼睛怎么肿了?"

高峻浩说:"昨晚走夜路摔了一跤。都怪我眼神不好,看错路了。好了,大家抓紧时间排练吧。我告诉大家,离到县里去会演只有一个月的时间了啊。公社领导讲了,这次会演拿不到一等奖就别回来见我们。所以大家身上的担子很重。所以,"高峻皓突然用很亲切的语气说:"洪导演,还有许英花,这次全看你们了!毛主席说,放下包袱,轻装上阵。一切为了演出成功,希望你们能有更好的表现。好了,立马开始排练吧!"

音乐响了起来。

洪吉龙看看英花,英花也看看洪吉龙,他们都对高峻皓对他们俩的这种态度感到奇怪。

姜彩英在英花的耳边说:"咦,高队长今天怎么跟换了个人似的? 对你的态度也是,怎么这么客气?"

英花小声地说:"谁知道他葫芦里卖的什么药。"

9.
夜,内,某市。

市大礼堂。

龙井各公社的文艺会演正在进行中。

英花所在的舞蹈队正在台上表演,音乐就是那首《延边人民热爱毛主席》。英花和舞蹈队员们跳得都十分的投入。

下面的观众在聚精会神地看着,不时地有人指指英花,脸上露出赞赏的表情。

台边,洪吉龙也在看,他的目光跟随着英花的舞姿,眼神里充满爱意。

高峻皓也在看着英花,但不时地也在注意洪吉龙,眼睛里透着恼怒和不甘心。

舞蹈结束,下面想起了热烈的掌声,观众们都很激动,有人甚至在高声叫好。

10.

日,外,路上。

三辆马车在田野中的土路上叮叮当当地响着。

高峻皓,洪吉龙,英花,姜彩英,还有其他演出队的成员分坐在三辆马车上,他们唱着歌,脸上洋溢着笑容。

天上飞着满天的晚霞。

每辆车上都有人捧着奖牌。

姜彩英在英花耳边说:"最近那个姓高的没再骚扰你吧?"

英花说:"没有。"

姜彩英说:"可我总觉得他不会这么善罢甘休的。"

英花说:"你怎么知道?"

姜彩英说:"感觉呗!别看他现在对你客客气气的,可是看你的眼神,我总觉得有点那个……"

11.

日,内,红光公社。

公社食堂。

贞玉正张罗着从食堂往大房子里送菜。

食堂大房子里几位领导正在给演出队的人庆功。

高峻皓举着酒杯说:"刚才公社领导表扬了大家,我也来讲两句。这次我们演出队能演出成功,拿回来好几个大奖,首先要归功于公社领导的大力支持。其次,我们要感谢演出队同志们的付出和努力。第三,这也是我特意要提到的,就是我们不能忘记导演洪吉龙同志,和我们演出队的骨干许英花同志的功劳。来,我特意要向两位同志敬一杯酒。"

洪吉龙也高兴地同高峻皓连干了几杯,英花也跟着喝了两杯。

正在端菜的贞玉在一边听着,也为英花高兴。不时地笑着朝英花点点头。

12.

夜,内,公社机关食堂。

大房间里,人已渐渐走散。

高峻皓说:"洪吉龙、许英花,你们不要走! 我们三个继续喝!"

许英花听了面有难色。

洪吉龙看看许英花,豪爽地说:"喝就喝,想喝酒我奉陪,我们来个一醉方休。不过,许英花同志就算了吧,让她回去休息。"

高峻皓说:"不行! 两个大功臣我怎么能放过呢? 要喝就一起喝,有你在,还怕我吃了她不成?"

许英花看看洪吉龙喝酒的势头,有点担心,说:"那我陪你们一起喝。不过我酒量可不够,就给你们唱支歌助助兴吧?"

高峻皓说:"行!"

13.

夜,内,红光公社。

公社机关食堂。

《阿里郎》的歌声和音乐传进厨房间。忙着洗碗的贞玉不放心,走到门口掀开厚门帘往大房间里看。

大房间里只有三个人了,高峻皓和洪吉龙还在你一杯我一杯地喝酒,气氛显得很紧张。

贞玉朝唱着歌的许英花招招手,指指墙上的钟,意思是时间已经很晚了,差不多该走了。

英花点点头。

14.

夜,内,红光公社。

公社机关食堂。

贞玉也下班了,高峻皓、洪吉龙和英花三个还坐在桌边喝酒。

英花说:"高队长,你们喝得差不多了吧? 食堂里的同志也下班了。"

高峻皓说:"行,天下没有不散的宴席,我可是喝多了,咱们散吧。"

洪吉龙说:"不,许英花你先走,我跟高队长再喝,我可还没喝够呢。"

高峻皓板下脸说:"洪吉龙,你真的跟我摽上了是不是? 那好,我就奉陪到底! 可不是现在,至于什么时候我是会另行通知的。许英花说得没错,人家食堂里的同志都下班了,散席,走人!"然后对英花说:"许英花,你先别跟洪吉龙走,你得送我回家。"

英花一愣说:"高队长,我……"

高峻皓说:"怎么,不愿意? 你也不要往歪里想,我只是喝多了,而且是你这位洪导演把我灌的。所以你好人做到底,送我回家。只是送到家门口而已,要真想进屋去,我老婆还不干呢。"

洪吉龙说:"我送!"

高峻皓说:"你喝得比我少吗? 你送我,我还怕你把我带进沟子里去呢。"

洪吉龙站起身,说:"英花送你我才不放心! 走,英花,我跟你一起送高队长到家门口。"

高峻皓冷笑一声说:"我只是让英花送,你凑什么热闹! 你可别后悔啊,当心我把你……"他把后面的话咽了进去。

15.

夜,外,红光公社。

小路上,路边有些稀疏的林带。

高峻皓、洪吉龙、英花走在小路上,弯弯的月亮在云层中时隐时现。

突然从小路边窜出三个人,二话不说,拖住洪吉龙就打。

英花刚要叫喊,高峻皓捂住她的嘴就往林子里拖。英花拼命挣扎着……

洪吉龙被那三个人打倒在地。三个人又踢又踹,把洪吉龙打得滚到林带边上。洪吉龙从雪下面摸到一根被雪压断了的枯树干,一咬牙,抓紧了这根枯树干从地上爬起来,发了疯似的朝那三个人挥去,三个人被打得哇哇乱叫。看到洪吉龙也已发了狠,不要命了,三个人也害怕了,撒腿就跑。

16.

夜,外,红光公社。

林带里。

英花被高峻皓压在地上,挣扎着对着他捂着自己嘴的手狠狠地咬了一口。高峻皓痛地喊了一声,松了手。英花接着又抓起一把土使劲扔在高峻皓的眼睛上,从他身体下面爬了起来。刚逃了两步,又被高峻皓一把抓住。

洪吉龙拿着那根枯树干,满脸是血地走了过来,大声地吼:"高峻皓,你再敢碰许英花一下试试!"

高峻皓一见那三人不见了踪影,又看到洪吉龙举着个粗棍子,心也一下虚了,放开英花也逃之夭夭了。

17.

夜,内,红光公社。

洪吉龙的房间。

浑身是伤,头上也挂彩的洪吉龙躺在床上。

英花绞着毛巾,为洪吉龙擦拭着脸上的血迹。英花一面擦着一面流着泪说:"这都是因为我……"

洪吉龙深情地握住英花的手说:"英花,为了爱你,我愿意献出我的全部,包括生命。"

英花被感动了,她依偎在洪吉龙的怀里说:"那你就把我的全部拿去吧。"

18.

日,外,红光公社。

洪吉龙单身宿舍门外。

洪吉龙背着背包,拎着旅行袋。英花低头站在他面前,两人都显得很伤感而且有些依依不舍。

洪吉龙说:"英花,我真的不想走。"

英花说:"我知道,可你妈妈非要你去,陪她去美国。她给你的信我看到了,要是你不去,你妈妈会伤心的。如果让长辈伤心,就是我们儿女的不孝,所以,你走吧,不用记挂我,只要记着我们已经爱过了,这就够了。"说着,眼泪止不住地掉下来。

洪吉龙说:"不,我还会回来的! 英花,我一定会回来,这辈子我们都要在一起,我保证!"

英花用手捂住他的嘴说:"不要保证,发誓往往都是不能应验的。你只管安心地去,我不会拖你后腿的。去那以后,好好照顾你妈,也不用再担心我这里了。高峻皓做的事情他爸爸也知道了,把他狠狠地教训了一通,演出队也不让他待了,听说是调到了公社的政宣组。"

洪吉龙说:"那个混蛋,只要他还在公社里,总归是个祸害。"

英花说："不去说他了。吉龙，我要告诉你，我这里，"她指指胸口，"永远有你。"

两人再次紧紧拥抱。

19.

日，外，红光公社。

路口。

英花含着泪依依不舍地和洪吉龙挥手告别，洪吉龙也是一步一回头，但他终于还是消失在山间的小路上了。

……

英花已是泪眼蒙眬。

20.

日，外，红光公社。

风雪中，英花满含着泪紧紧抱着婴儿，一脚深一脚浅地朝公社走去。

山下红光公社中屋舍的灯光在前面隐隐闪烁着，映着英花眼睛里闪闪的泪光。

21.

日，外，解放军某部驻地。

民兵训练营某班营房门前。

正浩对一位战士说："高大奎，你是部队复员回来的，听说你拼刺刀在部队里还拿过名次？"

高大奎说："不是听说，事实就是。"

正浩说："我能跟你比一比吗？"

高大奎说："你才练了几天呀，就敢跟我比？"

正浩说："不比咋知道差距在哪儿呢？"

22.

日,外,解放军某部驻地。

操场上。

正浩与高大奎正在比拼刺刀。两人都带着护盔,胸甲和护臂,拿着木枪。张班长,崔明哲等一些来培训的民兵们在围观。

正浩显然不是高大奎的对手。连着五六下都被高大奎击翻在地,而且每次都是重重地摔个四仰八叉。正浩每摔一次,张班长都歪个头眯着眼一副"惨不忍睹"的神情。

正浩又一次被重重地击倒。

崔明哲忍无可忍地喊:"正浩,老老实实认输吧,你跟人家高大奎差老鼻子了!"

正浩爬起来说:"不行,再来!"

高大奎说:"不来了,不在一个水平面上,没劲!"说着,摘下护盔,一面解下胸甲一面往营房方向走。

正浩也摘下护盔喊:"高大奎,你等等!"

高大奎说:"干啥?要找陪练的,挑个水平差不多的就行了。我们两个,差距太大。"

正浩说:"我承认,但是,这并不表明我们俩真的就差距很大。"

高大奎说:"呵,你小子还是不服气嘛。你想咋的?"

正浩说:"咱俩比掰手腕,你敢不敢?"

围观的民兵们跟着起哄,但明显并不看好正浩。

高大奎说:"比就比,我让你输得心服口服。"

23.

日,外,解放军某部驻地。

操场边,一群战士围着个石墩使劲地喊。

高大奎鼓足了劲要把正浩扳倒,僵持了一会儿,正浩输了。

还没等高大奎得意,正浩说:"三战两胜。"

高大奎说："三战两胜就三战两胜。就这么个狗屎水平，还想跟我比！"

这次僵持了很久，高大奎轻松的脸开始变得线条紧绷。正浩一点一点把劣势扭转直到把高大奎压倒。崔明哲欢呼。

第三次，正浩又赢了。

高大奎说："好小子，掰手腕倒是挺有劲的。"

24.

日，外，解放军某部驻地。

在回宿舍的路上。

崔明哲高兴了一会，又回过味儿来了，说："正浩，你跟人家的差距是拼刺刀，不是掰手腕！"

正浩说："这你就不懂了，就是输也要输个明白，自己到底跟人家差距在哪里。如果是力量上，那没辙，我认了！但现在我知道，我输给他，是输在技巧上而不是力量上。那我就有了方向，回去继续练，练好了再来比。"

张班长点头说："嗯，金正浩同志，我以为你只是个不服输的愣头青，没想到还很有想法嘛。好，就冲你这认识，回去好好练，没准儿你真能比过他！"

崔明哲说："那……班长，作息时间……"

张班长说："我只说回去练，可没说要破坏纪律！回去白天练。班长我也豁出来了，给你当陪练。"

正浩说："班长，有你的支持，我金正浩就非要战胜他不可！我还要在全连拿个第一，到时候回靠山屯，给乡亲们有个交代。"

张班长白了正浩一眼说："你啥意思？你拿第一的有交代，那我们没拿第一的呢？"

正浩一笑说："班长，口误，是我口误！我们红光公社班要争取拿全连第一，回去我们大家就都有交代了，对吧！"

张班长说："这还差不多。"

25.

凌晨,内,红光公社。

贞玉住的宿舍。

天刚蒙蒙亮。

英花急急地敲开贞玉的门,也不说话,低着头径直就走进屋子。

贞玉刚关上门,一回头,英花已经抱着孩子跪倒在她的面前了。

贞玉吃惊地说:"英花,这是干什么? 这孩子? ……"

英花含着泪说:"贞玉姐,救救我也救救这孩子吧!"

贞玉说:"英花,到底怎么回事呀?"

英花流着泪说:"贞玉姐,你什么都不要问,我只求你收下这孩子,这是我的女儿。"

贞玉似乎明白了什么,说:"不行! 这怎么能行? 我一个大姑娘,带着这么个孩子算什么?"

英花哭着说:"贞玉姐,我是没有办法了才来找你的。这儿只有你了,也只有你能帮我忙。还有,这孩子的父亲是谁,你也不要问,这孩子是我生的,请你也不要告诉任何人,什么人都不要告诉! 只有你知道就行了,贞玉姐,求求你了……"

贞玉说:"英花,虽然我们是姐妹,有些事我可以帮你,可这件事我没法帮! 你把孩子抱走吧,我也求求你了。"

英花说:"贞玉姐,我真的求求你了。贞玉姐,拜托您了! 我知道这样做让你很为难,但我也是没有别的路可选择了! 要不,我和孩子只能去死了!"说着,她把孩子往地上一放,站起身夺门想走。

贞玉想拦她,可英花闪电般地一把拉开门,就往外跑了出去。贞玉追了出去喊:"英花——"

英花飞快地奔跑在大雪之中,积雪上留下一串脚印。

地上的婴儿突然大声地哭了起来。

贞玉被吓着了,赶紧回身把门关上。她犹豫着,走上前抱起地上的婴儿。想了想,觉着还是不行,又打开门追了出去。

26.

凌晨,外,红光公社。

外面的风雪变大了,骤起的大风卷起大片大片的雪花。

贞玉抱着啼哭的婴儿追出门外。但此时英花早已消失在纷飞的大雪中了,只留下两行脚印也很快地也被大雪覆盖住了。

婴儿一声长一声短的啼哭声,也淹没在风雪的呼号中。

27.

日,外,解放军某部驻地。

营地操场。

雪花飘舞,正浩正在练习拼刺刀,练得满头是汗。

张班长在一边喊:"防左——刺,防右——刺,防下——刺,防左——侧击,防左——弹夹击! 好,骗左——刺右,骗右——刺下! 骗下——刺上,……"

崔明哲挂着个木枪在一边看,脸上也都是汗,显然刚刚练习过。

张班长说:"行,正浩,有进步! 但你要记住,在刺杀技术上不光是刺刀和枪托的杀伤力,还得注意腿法。脚步要稳,移动要快,出手要狠!"

崔明哲说:"班长,你们休息会儿吧。"

张班长抹抹头上的汗,说:"正浩,歇会儿吧。"

正浩说:"不! 要练,就得往死里练,练到最后没劲了,爬不起来了,那才算完! 我现在,劲头还足着呢。"

崔明哲一屁股坐在地上说:"正浩,你到底是什么材料做的? 铁板也没你这么硬啊!"

张班长也坐了下来,说:"不行,我得歇会儿。再往死里练,我这把骨头就得撂这儿了。"

28.

日,外,解放军某部驻地。

民兵训练营营房宿舍。

正浩走到某班宿舍门口,喊:"高大奎同志在吗?"

高大奎走出来,说:"呦,金正浩同志啊,手下败将,有啥事?"

正浩说:"高大奎同志,我想再跟你练练。"

高大奎说:"掰手腕?"

正浩说:"不,拼刺刀。"

高大奎一笑说:"行呀。"

正浩说:"找个没人的地方,我们单独练。"

高大奎:"啥意思? 是不是怕再输得很惨太丢面子?"

正浩说:"我是为了照顾你。"

高大奎说:"照顾我? 你没搞错吧?"

正浩说:"当然没搞错! 你想,我要被你击倒,那很正常,因为你是全连第一嘛。可要是你被我击倒,那才真是丢面子的事呢。"

高大奎说:"嚯,好大口气! 行,咱俩就再练练。"

29.

日,外,解放军某部驻地。

营地边林子旁一块偏僻的小空地上。

正浩和高大奎跟上次一样的装束,拉开架势准备对刺。

高大奎说:"开始吗?"

正浩说:"开始!"

高大奎一枪上去,就把正浩撂倒在地上。

接着第二枪,高大奎有些轻敌,反被正浩撂倒了。

之后几枪两人互有输赢。

高大奎这会儿不敢掉以轻心了,说:"好小子,有长进啊,再来!"

高大奎连着把正浩击倒了三次。

正浩摘掉头盔,朝高大奎鞠了一躬说:"高大奎同志,谢谢你。我看到了我的进步,也看到了我们之间的差距。下次咱俩再练。不过,你也不是不可战胜的。"

高大奎说:"行,小子。跟你练,有劲!"

30.

夜,内,靠山屯。

海玉家。

满地的积雪。

海玉把煮好的面条放进篮子里。

银姬说:"海玉妹妹,你要去哪儿?"

海玉用坚决的口气说:"你不要管我,我也不用你管!"

银姬说:"海玉妹妹,既然英子妈妈认了我这个女儿,我也认了英子妈妈做妈妈,那我就是你姐姐。做姐姐的当然有责任管你这个妹妹。"

海玉说:"好,那我告诉你,我要去给志宏大哥送饭去,怎么啦? 不行吗?"

银姬说:"当然不行。要送得咱俩一起去。我知道,你已经背着我深更半夜送过一回了。你想知道,我是怎么知道的吗? 就是因为别人在背后有议论,我听到了! 所以今天你要送,就得咱俩一起去。"

海玉说:"银姬姐,那我也实话告诉你吧,我喜欢上志宏大哥了,我就是要给他送饭,不用你掺和。"

银姬说:"海玉妹妹,你才十九岁呀!"

海玉说:"就十九岁,咋啦! 婚姻法上十八岁就可以结婚的。"

银姬说:"你别忘了,志宏大哥是汉族人,还是个上海人。"

海玉说:"那又咋啦? 志宏大哥拿朝鲜文写文章比正浩哥都写得好,朝鲜话就更不要说了,有的话比我们自己说的还要地道。再说,汉族人怎么啦? 上海人又怎么啦? 我告诉你,咱们屯子里的朝鲜男人,我海玉还看不上呢。我要找,就要找个大城市里的文化人!"

海玉说着就要往外走,银姬一横心,拦在了她前面。

海玉说:"让开!"

银姬说:"我不,我哥不在,贞玉姐也不在,我就是你姐,我绝对不会让你去做那种傻事!"

海玉说:"就算我是做傻事,那也是我自己的事,用不着你们来管!我告诉你金银姬,你姓金,我姓尹,我们本来就不是一家子!你要是再对我指手画脚,那你就滚回你自己的家去!这是我的家,根本就不是你的家!"

银姬气得浑身发抖,说:"海玉妹妹,我告诉你,你这话说得也太狠毒了吧?你想赶我走吗?说实话,我早就不想在这个家待了,因为我知道,这不是我的家!我明天就走!从此以后,我不会再进这个家的门!"

海玉说:"那才好呢!我也不要有人跟盯贼似的天天跟着我,防着我,管着我!你要走,我才是求之不得呢!"说着,一把将银姬推到一边去,顶着篮子出了门。

银姬想去追,但走到门口就听见海玉砰的一声把院子门给关上了。

银姬回屋坐在炕上,气得直掉眼泪。

31.

夜,外,靠山屯。

集体宿舍门口。

董强和赵泉坐在门口抽烟,远远地看见海玉顶着个篮子在小路上走。

董强说:"赵泉,是不是海玉?"

赵泉说:"肯定是,脸看不清,走路的样子绝对没错。"

董强丢下烟头站起来说:"一定又是去找陈志宏的,这会儿有好戏看了。"

赵泉说:"董强,你有毛病啊!人家爱去是人家的事,你管得着吗?"

董强用上海话说:"昨天你不还关心这事了吗?怎么今天的态度一百八十度大转弯了?"他用脚碰碰赵泉说:"好嘞,烟屁股有什么好抽的,走了。"

赵泉说:"我想了,那是人家陈志宏自己的事,咱们根本没有必要去!"

董强说:"可我就看不得这小子张狂。你晓得嘛,他陈志宏再过几天就要离开靠山屯了。你晓得他要去哪里吗?不是公社,也不是龙井市,而是州府延吉市！一步登天了！想不通这小子运气怎么这么好，不就是会翻几句朝鲜文吗？你看看，还有年纪轻轻的漂亮姑娘追着，可我们呢？在这里吃苦耐劳修着地球，没人疼没人爱，这老天也太不公平了！赵泉我跟你说，你咽得下这口气，我可咽不下去！"

32.

夜，内，靠山屯。

陈志宏住的小屋子。

陈志宏听到了敲门声后犹豫了一下，然后下决心说："海玉，是你吗？"

海玉说："志宏大哥，是我。"

陈志宏说："海玉，这么晚了，你还是回去吧。"

海玉伤心地说："志宏大哥，你怎么啦？害怕啦？我想听你的唱片。"

陈志宏说："不是我害怕，但你最好还是白天来听吧。"

海玉说："白天我要干活挣工分呢，不挣工分谁来养活我呀？志宏哥，你的态度怎么一下又变了呀？"

陈志宏说："海玉，我想了，你晚上一个人到我这儿来，对你不好！"

海玉说："我说了，我不怕！你快开门吧，我还给你送吃的呢。"

陈志宏走到门口，想开门还有些犹豫。

海玉在外面生气地说："志宏哥，你这个大男人怎么连个姑娘都不如啊？我们朝鲜族人说，天上大将军，指的就是你们男人，你这样子，算什么天上大将军呀！"

陈志宏不再犹豫了，把门打开说："海玉，我是为你担心呀，我才不怕呢！"

海玉哭了，说："志宏哥，你不知道，现在我觉得这世上，除了我贞玉姐外，你才是我最亲的人。"

陈志宏感动地看着海玉说："海玉，怎么啦？"

海玉抹泪说："不说了，面都快凉了。"

陈志宏说："你看我，快进来吧。"

33.

夜,内,靠山屯。

陈志宏住的小屋。

海玉把篮子里还冒着热气的面条端到桌上,对正在放唱片的陈志宏说:"志宏大哥,你吃。我来吧。"

陈志宏说:"没事,马上就好。"

陈志宏吃着面条,海玉坐在桌前听音乐,听着听着她开始跟着唱了起来。先是轻轻地哼,歌词记住了就开始小声地唱,而且越唱越响,越唱越投入。陈志宏听着海玉那甜美的歌声,凝视着她美丽的脸,也有些陶醉了。

突然,门被砰的一声撞开了。董强和赵泉冲了进来。

陈志宏看见他俩,蒙住了,一时间有些慌张。

董强说:"好啊,陈志宏,你居然用这种靡靡之音去毒害一个纯洁无邪的朝鲜族少女,你他妈的这是在犯罪!"

赵泉说:"陈志宏,这件事我本来不想管的,但看到这一幕,我真是不敢相信,你竟然用这种手段来毒害一个青少年的灵魂。这种事情,可以说是——是可忍孰不可忍!"

陈志宏说:"不就是放些音乐嘛,干什么要扣这么大的帽子。"

董强揪住陈志宏的领子,说:"音乐? 这也叫音乐吗? 这是毒草!"

陈志宏说:"那你们想干什么?"

赵泉说:"干什么? 把你扭送到公安局去! 揭发你,让你去坐牢。"

董强说:"先拘留,最起码也得在行政上受处分!"

海玉害怕了,求饶说:"董强哥、赵泉哥,这不关志宏哥的事,是我要听的! 志宏哥不肯,是我央求他的,要处分就处分我吧,别把志宏哥往公安局送。"

董强说:"陈志宏,我们是上海老乡。把你扭送到公安局让你吃官司,我们也不忍心。但我们警告你,你以后少在我们面前趾高气扬的。今天先给你点教训! 赵泉,把他的犯罪工具砸了,不能让他再用这种东西毒害青少年。"

陈志宏喊："不许碰！"

董强说："砸！今天这口恶气不出，你还会嚣张！"

董强和赵泉把陈志宏推到门口，瞅准机会就去砸手摇唱机，海玉想去护，被赵泉拉开。董强扑过去将唱机一把扔到地上，赵泉乘机狠狠地踹了好几脚，陈志宏再也忍不住了，像疯了一样冲上去同董强和赵泉打了起来。董强赵泉这会儿有点招架不住了，赶紧往外逃。陈志宏的脸上也是青一块紫一块的。

陈志宏追到门口，又停住了脚步。猛回头看着被砸得七零八落的唱机和散碎的唱片，心疼得几乎要落泪了。这是他费尽心机千辛万苦才保留在身边的东西，他走到唱机的残片前，半跪着沉默了许久。海玉心疼得想为他擦拭脸上的伤口，却被他轻轻地推开了。

海玉流着泪跪在陈志宏身边说："志宏哥，对不起，这都怪我……"

陈志宏一把抱住海玉失声痛哭起来。

34.

夜，内，靠山屯。

银姬坐在屋子里伤心而无奈地落着泪。

海玉的话音说："你姓金，我姓尹，我们本来就不是一家子！你要是再对我指手画脚，那你就滚回你自己的家去！这是我的家，根本就不是你的家！"

银姬抹去泪，长叹了一口气。又坐了一会儿，似乎下定了决心，站起身打开自己的小柜，拿出一块布，开始整理衣服，然后打成了一个包。

银姬走进另一个屋，在英子的灵前行了一个大礼，说："英子妈妈，谢谢您收留了我和哥哥。现在我要走了，我不能在这屋里住下去了，请您一定要原谅我。"说着，泪如雨下。

第七集

1.

凌晨,外,靠山屯。

许应灿家的院子。

银姬背着包走进院子,见玉顺正在收拾院子。

银姬朝玉顺鞠了一躬说:"玉顺妈妈,我要出去几天,特意来同您道个别。"

玉顺说:"去哪里呀?"

银姬说:"到外面去办点事情,过几天就回来了。"

玉顺说:"那好,早去早回。"

银姬说:"是。玉顺妈妈,您也代我向应灿爸爸说一声,我就不进屋了。"

玉顺点点头说:"你看,天阴阴的,要下大雪了,路上要当心点。"

银姬说:"是,我会照顾好自己的。玉顺妈妈,谢谢您教会我做大酱的手艺。用那酱熬出来的汤,真的特别的好吃。"

玉顺说:"就那么点事,别老记在心上。早去早回,别让我们担心。"

银姬说:"是。"

2.

晨,内,靠山屯。

陈志宏住的小屋。

窗外依然是灰蒙蒙的一片。

陈志宏半躺在被子上望着窗外发呆。他低头看看桌上的纸箱,里面是他小心归拢的唱机和唱片碎片。

忽然有轻轻的敲门声,陈志宏以为又是海玉,赶紧打开了门。门口站的竟是银姬,陈志宏感到有些吃惊,说:"银姬,你怎么会来的?"

背着布包的银姬说:"志宏哥,我能同你说几句话吗?"

陈志宏说:"那快进来吧。"

银姬进屋说:"志宏哥,这事我想了很久了,觉得必须要跟你说一说,所以才冒昧地过来找你。"

陈志宏说:"是海玉的事吗?"

银姬说:"是。"

陈志宏说:"银姬,你想说什么我大概能猜出些了。你放心,我跟海玉之间什么事也没有发生。"说着,陈志宏苦笑一下,看看桌上的纸箱说:"就算我过去曾经有过那方面的念头,现在也被打醒了,海玉年纪还太小,我不会也不应该往那方向的关系去发展。"

银姬说:"志宏哥,你们的事等我哥回来再说好吗? 最多再有一个月,我哥就回来了。"

陈志宏说:"银姬,你的意思我全明白,可我等不到你哥回来了。因为过几天我就要调走了,调到延吉市去。这事我没让海玉知道,也不想告诉她,就是想把这事冷下来再说。"

3.

晨,内,靠山屯。

海玉家。

海玉醒来,发现整个屋子静悄悄的。她坐在炕边,回想着昨天在陈志宏家发生的事,心绪不宁地长叹了一声,起床叠被,然后走出房间。

海玉见屋里没有银姬的影子,也没有多想,收拾收拾准备做早饭。她走到灶头前,发现上面放了一张折好的信纸,忙打开来看:

银姬的画外音说:"海玉妹妹,对不起,我还是得这么叫你,因为在我心里你应该永远是我的妹妹。我走了,因为我觉得自己很没用,实在没有办法照顾好你。虽然我一直把这里当成自己的家,但在你眼里我也许一直是个外人,所以你觉得我怎么管你都是多余的,这一点让我觉得很伤心。我想,如果我再待下去,只会让我们的关系变得更坏,更不可收拾。所以,我走了。世界这么大,我总能找到自己的生活。过些日子,等哥回来,请你让他原谅我,我没能照顾好你,也没能照顾好这个家,让他失望了。请你告诉他,等我找到合适的工作后,我会回来见他的,让他别担心。你的姐姐银姬。"

海玉的眼泪哗地一下流了出来,她奔出房间,大声喊:"银姬姐,你就是要走,也得等哥回来再走呀——你这是干吗呀!"

4.

晨,外,崎岖的山路。

一个背着包袱的身影在雪中艰难地穿行走着。她回头张望了一下,那是银姬的脸,眼中有着留恋和不舍,但更多的是那种要独立谋生的坚毅的神情。

银姬的背影消失在山路上。

5.

晨,外,靠山屯。

海玉家的院子。

海玉仰头望着天，泣不成声地跪下，说："银姬姐，对不起……"

6.

日，外，野外山林。

山上积雪皑皑，民兵训练营一连的战士们正在进行爬山的训练，大家都背着背包扛着枪往山顶上爬。

民兵们分了好几个组，正浩和高大奎被分在了一组，两人明显互相在摽着劲儿。山上有一部分地段比较陡峭，一块周围土质松软的大石头有些松动，一个民兵在攀爬时猛地一用劲，那块石头被踹了下去。

石头朝着正浩和高大奎滚了过来。

高大奎光顾着注意边上的正浩，还没等他反应过来时那石头眼看就要压到他身上了。正浩眼疾手快猛推了高大奎一把，石头从两人的当中滚了下去。由于推得太猛，正浩和高大奎都跌倒在地上。

跟在后面的崔明哲靠在一棵树上，让开了滚下山坡的大石头，擦了把汗说："好险哪！"

高大奎把手伸到正浩面前，拽他起来，朝他感激地一点头。正浩笑笑，站起来继续朝山坡上爬。高大奎紧跟了上去。

正浩没爬几步，动作就开始变得有些吃力。他的脚刚才被石头压到，这会儿疼得冷汗都下来了。

超过正浩的高大奎感觉到了什么，回头说："金正浩，你没事吧？"

正浩一笑："没事，上！"一咬牙又超了上去。

7.

日，外，野外山林。

山路上。

民兵训练营一连的战士排着队在山中行进。

正浩的脚被包扎过了，走路也一瘸一瘸的。

边上的崔明哲说："正浩，枪，还有背包给我吧，我帮你背。"

正浩说:"不用! 空着手行军像什么样子!"

高大奎一路小跑走到正浩身边说:"金正浩,怎么样? 我背你吧。"

正浩说:"你们干什么啊! 我是豆腐做的吗? 快归队去!"

8.

夜,外,延吉市。

银姬又冷又饿独自走在一条小街上,可街上都已关门闭户。

银姬终于看到前面有一家小饭店的招牌,上面写着"阿里郎饭店"。她费劲地走到门口,推门走进去。

9.

夜,内,延吉市。

阿里郎饭店。

饭店不大,一间房子里搁着三张大桌子,店里很冷清,只有一个人在吃饭。

店堂的边上就是伙房,四十多出头的饭店老板尹文河正准备熄火,三十几岁的老板娘李银姬把一碗酱汤端到客人面前。

银姬一进去,老板娘李银姬就说:"姑娘,我们要打烊了。"

银姬说:"我吃碗面就行。"

老板娘李银姬看看尹文河,尹文河点点头,又把火弄旺了。老板娘说:"吃什么面?"

银姬说:"来一碗最便宜的面吧。"

老板娘李银姬有些不悦,说:"最便宜的也得三毛钱一碗。"

银姬说:"那就来碗三毛钱的吧,您帮我弄热乎点。"

尹文河看看银姬,说:"那就给下碗温面吧,我再给你面里放点菜,两毛五就行了。"

银姬说:"那太谢谢您了。"

老板娘李银姬走到伙房说:"嗨,你怎么这样? 我们什么时候卖过两毛五一碗面的!"

尹文河说:"你看那姑娘,一看就是从农村来的,身上肯定没那么多钱。要不,干吗要最便宜的面呀?"

老板娘李银姬说:"开个饭店不赚钱,那你还开个什么劲儿啊!"

尹文河说:"你个女人家,咋一点同情心都没呢? 我是这儿的老板,我说了算!"说着探头对银姬说:"姑娘,你坐着等会儿,我给你多加点儿汤,热热地喝上暖和。"

银姬感激地说:"谢谢您大叔。"

10.

夜,内,延吉市。

阿里郎饭店。

店里那个唯一的客人已经走了,银姬吃着面,身上已经热乎了。但她吃得很慢,偷偷地流着泪。她感到茫然,她该到哪里去落脚呢?

尹文河已经熄了炉火走出伙房,他看见银姬在抹泪,猜出点了什么,上前问:"姑娘,你打哪儿来?"

银姬说:"我家在龙井的靠山屯。"

尹文河说:"叫什么名字?"

李银姬不满地瞪了尹文河一眼说:"问那么多干吗? 人家是来吃饭的,你查户口呢?"

尹文河没理她,看着银姬。

银姬看看尹文河,觉得老板看上去很和善,就说:"我叫金银姬。"

尹文河说:"哟,我们家的这位也叫银姬,不过她叫李银姬。金银姬,这么晚了,你要上哪去啊? 走亲戚?"

银姬摇摇头,她把碗里最后一口汤也喝完了,显得有些沮丧地说:"我到延吉来,是想找份工作。"

尹文河说:"找什么工作呀?"

银姬说:"啥工作都行,只要有碗饭吃就行了。"

尹文河想了想,说:"那就在我这儿干吧。但只管饭,没有工钱。"

李银姬说:"不行不行,连我都闲得没多少事干,干吗还添一张嘴呀!"

尹文河说:"你个女人懂什么!金银姬姑娘,如果你愿意,就在我这儿干。当然饭店要是生意好了,我会给你点工钱的。"

银姬说:"那好吧,谢谢大叔大婶了。"

尹文河看看银姬身上,说:"这样吧,今天晚上你先在饭店凑合一晚,明天一早再到外面找个住处,找着了就来上班。"

11.

夜,外,阿里郎饭店。

尹文河和李银姬把饭店门关张,正往家走。

李银姬生气地喊:"你个老东西,是不是看人家姑娘长得漂亮,在打什么坏主意啦?"

尹文河得意地说:"你懂什么!姑娘漂亮,就会有人来吃饭。像你这张脸,客人看了只会恶心,哪会有胃口吃饭!"

12.

日,外,解放军某部驻地。

民兵训练营营房。

高大奎来到正浩所在的宿舍前喊:"金正浩同志在吗?"

金正浩大声地回应着出来说:"在!"

高大奎看看金正浩的脚,说:"咋样?脚好点没?"

金正浩爽直地一笑说:"伤筋动骨一百天,哪能好得那么快!不过,不会影响我训练的。"

高大奎说:"金正浩,我有几句话要跟你说。走,到林子边上去说。"

13.

日,外,解放军某部驻地。

小树林边。

高大奎说："金正浩，再次谢谢你救了我的命。"

正浩说："高大奎，你别老把这事挂在嘴边。那石头又不算大，砸不死人。"

高大奎说："砸不死也是个重伤，所以还是得谢谢你。"

正浩说："叫我来到底啥事，你说！"

高大奎说："民兵培训快要结束了，过几天要开结业典礼大会，结业前我们不是还有一场大比武吗？要考核一下我们民兵培训的训练成果。金正浩，你是不是很想拿个名次？"

正浩说："那还用说，我得拿个好成绩回屯子里向乡亲们和领导汇报呢！"

高大奎说："你要想在营里拿名次，恐怕得过我这关。"

正浩说："这话咋说？"

高大奎说："连里的选拔赛上，你要是胜不了我，就肯定进不了营里的决赛，名次嘛，那就想都甭想了。"

正浩一笑说："你咋就知道我胜不了你呢？"

高大奎说："要是你没受伤，咱俩半斤八两还好拼拼，可现在……"说着，他看看正浩的脚。

正浩说："你叫我来，就为说这儿？"

高大奎说："你这脚伤跟我有关，所以选拔赛的时候，我让你，这样你就能进营里的决赛了。"

正浩说："高大奎，你看不起我。"

高大奎说："啥意思？"

正浩说："你是不是把我金正浩看成为了达到自己的目的欺骗组织欺骗自己的人了？这不是看不起我是什么？"

高大奎说："金正浩，你不要误会。"

正浩说："我知道你什么意思，想报答我是不是？要是你真看得起我，想报答我，就不该用这种手段来帮我。"

高大奎说:"你这个人怎么这么不会变通呢? 我让你,又没人知道,只要过了我这关,你就能进营里的决赛。只要进了决赛,那肯定就是有名次的。"

正浩说:"我就是不高兴做这种事! 别人让来的荣誉是虚的是假的,就算没别人知道,它还是虚的假的,永远都不会改变!"

高大奎看着正浩坚决的神情,说:"那这几天,我再帮你练练行不?"

正浩说:"这我倒可以接受。"

14.

日,外,解放军某部驻地。

操场上。

正浩和高大奎在操场上对练,两人都是满头大汗。

崔明哲在给两人当裁判,他喊:"开始!"

正浩快疾迅猛地抢先一击,先声夺人,把高大奎摞倒在地上。

高大奎迅速站起来,连着利索而且凶猛的两击,让正浩倒地了两次。

正浩镇定了一下自己,稳住步伐,晃过一枪骗过高大奎后也将他击倒在地。

崔明哲忍不住高声叫了一声说:"好!"

两个人交战了几个回合,各有胜负。

高大奎摘下护具,说:"金正浩,你小子进步真快呀。咱们选拔赛上见!"

15.

日,外,民兵培训营。

正式的选拔赛开始了,民兵们都聚在操场上进行着各连各项的选拔赛。

赵连长和王排长正在观看他们连拼刺刀的选拔赛。崔明哲、张班长,以及连队的其他民兵们都聚在一旁。

正浩和高大奎都全副武装地严阵以待。

正浩说:"高大奎,你可不能让我。你要是让我,我金正浩就不认你这个朋友了!"

高大奎说："放心，咱们硬碰硬，看谁的骨头硬！"

正浩说："好！要的就是这句。"

王排长喊："准备好了没？开始！"

16.

日，内，靠山屯。

集体户宿舍。

陈志宏走进宿舍，看到董强和赵泉窝在自己的炕上。

董强歪着脑袋瞥了一眼陈志宏，闷声说："你跑来干什么？还想干架？"

赵泉摸摸脸上的伤，说："怎么，你还没完吗？我看我们之间的事就此打住吧，我可不想再闹下去了。再说你陈志宏事情原本做得就不上路嘛，你有啥资格又跑来兴师问罪？"

陈志宏说："外面去行吗？我们出去谈。"

17.

日，外，靠山屯。

离集体宿舍不远，一片绿葱葱的稻田。

陈志宏，董强和赵泉走到田埂边。

董强说："有话就快说，想打就拉开架势，谁怕谁呀！"

陈志宏说："我要调走了。"

赵泉说："老早就晓得了，怎么啦？"

陈志宏说："只是想同你们告个别，还有呢，就是要谢谢你们。"

董强说："唱机都砸了，还要来谢谢我们，你脑子进水啦？"

陈志宏说："我来谢谢你们，是因为你们没有把这事儿张扬出去，要不，我这个调动可能就黄掉了。"

赵泉说："这倒是有可能。不过你也不要把我们看得那么小家子气，这种绝情的事我们可做不出来。大家都是上海过来的，一个炕上睡觉，一个锅里吃饭，虽然不是兄弟，但也都是老乡，要是把自个儿老乡的前程断了，你叫我们怎么有脸再在这里混啊？回去也要被人戳脊梁骨骂的。"

董强说："陈志宏，砸你的唱机我们也是一时冲动。说实话，你能离开农村，到延吉市工作，我们既为你高兴，但也很妒忌你，所以这事做得有点过，以后我们会赔你的。"

陈志宏说："这倒不用，也许唱机砸了对我反而也是件好事。只是那天我的手脚也很重，打疼你们了，请你们多包涵。还有，我想求你们件事。"

董强说："说。"

陈志宏说："就是海玉的事。其实，我跟海玉之间没你们想得那么严重。海玉很可爱，又是我好朋友金正浩的妹妹。我承认我是很喜欢她，可还没发展到男女之间谈情说爱的那种程度。再说她又那么小，什么事情都还不是很懂，所以，你们最好不要把我调走的事告诉她。"

赵泉说："那她来问，你叫我们怎么讲？"

陈志宏说："就说我回上海去了。"

董强说："什么意思？你准备同她黄啦？那多可惜呀。"

陈志宏说："还没谈呢怎么说黄啊？要真要谈的话，也要过上两年再说。小姑娘现在连爱情是什么都不知道，这种感情是不牢靠的。"

赵泉说："看不出来哦，这种事情你小子蛮拎得清的。也对呀，感情的事有时也要用理智来束缚一下，不然栽了跟头爬都爬不起来。"

陈志宏说："不管怎么说，我都要谢谢你们，这以后的事就拜托你们了。"

董强说："唱机的事你不怪我们，说明你这个人蛮大气的，我们认你这个朋友了。其实，我们同金正浩也是朋友，英子妈妈在世时，她像妈妈一样地对我们，所以，金正浩也是我们的兄弟嘛。你交代的事情我们尽量做到。只是你发达了，不要忘记我们这些狐朋狗友就行了。"

陈志宏一笑说："怎么会呢。"

18.

夜，外，靠山屯。

陈志宏的小屋前。

　　海玉顶着篮子走到屋前,看看窗户黑洞洞的,有些奇怪。走到门口,敲了两下门,喊:"志宏哥,志宏哥?"海玉的手碰到了铁锁,这才发现门是锁着的。

　　海玉抱着篮子在门口等了一会儿,没什么动静。她回转身又朝路上看看,但月光下,静悄悄的没有见到一个人的身影。

　　19.

　　夜,外,延吉市。

　　阿里郎饭店。

　　饭店关门了,尹文河在封灶头。

　　李银姬端着客人剩下大半碗的酱汤倒进泔水桶里,大声地叹了口气,银姬看在眼里。

　　银姬把桌椅板凳都收拾好,说:"大叔,大婶,我先走了。"

　　尹文河说:"好,晚上回去,路上小心点。"

　　李银姬只是白了银姬一眼,鼻子哼了一声。

　　银姬掀开门帘刚走出门,就听见李银姬说:"饭店生意这么清淡,你还要再喂一张嘴!让她走人吧。"

　　尹文河说:"过些日子看看再说吧。实在不行的话,再辞也不迟。人家连工钱都没要我们的,只不过多上一口饭嘛。"

　　银姬听着想了想,就朝自己住的地方走去。

　　20.

　　夜,外,靠山屯。

　　陈志宏的小屋前。

　　海玉又一次顶着篮子来到屋前,眼前依然是黑洞洞的窗户,冰凉的铁将军把着门。海玉不甘心,用力地敲了几下门,喊:"志宏哥!志宏哥!……"

　　四下依然是静悄悄的。海玉含着泪,满脸的沮丧。

21.

日,内,延吉市。

阿里郎饭店。

银姬顶着一坛大酱走了进来。

李银姬恼怒地说:"都几点了,怎么现在才来?"

银姬放下大酱坛,说:"大叔,大婶,这是我做的大酱,以后店里的大酱汤就由我来熬吧。"

尹文河走出伙房,说:"银姬姑娘,你也会做大酱啊?味道怎么样,我来尝尝。"

李银姬火气更大了,说:"我家里自个儿有大酱,还用得着你来做啊?多此一举!"

尹文河拿勺在银姬打开的坛子里舀了一点尝了尝,说:"嗯,不错,味道很好啊!"

银姬说:"这是我妈妈传给我的,她做的大酱在我们屯子里很有名的。拿这个大酱熬出来的汤特别地鲜。"

李银姬说:"你别吹了!我们朝鲜族家家都做大酱,我做的大酱也是我妈传给我的!我就不信,你的大酱能比我家的好到哪里去!"

尹文河说:"哎,你别说,你家传的大酱还真不如这个小姑娘做得好呢!你过来尝尝?"

李银姬说:"我不尝!让她拿走,我不稀罕!"

尹文河说:"你这个女人,心眼怎么那么小!银姬姑娘,你别往心里去。从今天开始,咱们店里的大酱汤就由你来做。"

22.

日,外,解放军某驻地。

草场。

操场上搭起了临时的主席台,两边撑起的横幅上写着:"民兵培训营结业典礼暨比武大会"。

主席台上坐着部队的首长和地方上的领导。

主席台的两边坐着培训营的民兵和解放军战士。

操场上，两个民兵正在拼刺刀。

23.

日，外，解放军某驻地。

某师比武现场，看台。

看台上的赵连长、张班长、崔明哲等人紧张地看着。

高大奎跑了过来，说："连长，金正浩只要再赢这一刺刀，他的总分就能列第一了。"

崔明哲激动地探过身来，说："真的！那……这一枪输了呢？"

高大奎说："那就是第二呗。"

崔明哲说："对正浩这种人，第二就是输了。"

24.

日，外，解放军某部驻地。

操场上，大比武的现场。

正浩正在同一名士兵在比拼刺刀。

正浩在躲闪对方的一击时，挪动步伐时突然觉得脚疼了一下，被对方看出了破绽。正浩被对方一枪击倒在地。

正浩迅速爬起来，受过伤的脚在隐隐作痛，他握拳猛砸一记大腿，镇定了一下自己的情绪。

25.

日，外，解放军某驻地。

某师比武现场，看台。

看台上的赵连长、张班长、崔明哲、高大奎等人看到正浩这状况都有些坐不住了。

张班长一下站了起来,捏着拳头喊:"金正浩,这一刺刀你一定要赢,不能输啊!"

崔明哲两手抱着拳头闭着眼说:"老天保佑,老天保佑……金正浩你一定要赢!"

在前排的赵连长、王排长早就按捺不住了,站起来鼓动着其他民兵在给金正浩加油,张班长喊得最凶。最后,崔明哲也加入了进去。

26.

日,外,解放军某驻地。

某师比武现场,操场。

正浩稳定住自己,眼神开始变得锐利,他已经把疼痛抛在了一边,大吼一声,全力一击,向对方杀了过去。对方一闪身想躲过去,却没想正浩是虚晃一枪,枪头结结实实击中了对方的肩膀。对方一个趔趄,险些栽倒,一仰身,往后退了好几大步。

金正浩赢了。

27.

日,外,解放军某驻地。

比武现场。

赵连长、王排长、张班长、高大奎、崔明哲都疯狂地欢呼起来。

金正浩脱下面罩满脸是胜利的喜悦。他朝操场外走去,刚走到操场边上,就一下跌坐在了地上。

赵连长紧张地问:"怎么回事?金正浩怎么啦?"

高大奎说:"前些日子我们野外训练的时候,他为了救我,脚被山上滚下来的石头压伤了。"

但正浩又顽强地站了起来。

28.

日,外,解放军某部驻地。

某部队大礼堂。

比武的优胜者们都带着大红花站在舞台上,地方领导和部队首长正在给他们颁奖。

一位部队首长走到金正浩跟前,亲切地握着他的手。

一旁陪同的赵连长介绍说:"他叫金正浩。"

首长说:"是朝鲜族人吧?"

正浩说:"是!"

首长说:"你呀,像我们朝鲜族的男人!世上干什么事,都得有股子韧劲儿!"

正浩说:"是,我记住了!"

29.

晨,外,靠山屯。

集体户宿舍门前。

知青们扛着农具三三两两地准备下地去,海玉守在路边。

董强和赵泉扛着农具从门里走了出来。

海玉赶忙迎过去,说:"董强哥、赵泉哥,问你们件事可以吗?"

董强打着哈欠挥挥手说:"不用问了,他回上海了。"

海玉一愣,说:"啊?"

赵泉瞪了董强一眼,说:"你是想问陈志宏去哪里了对吗?"

海玉说:"是。"

赵泉说:"陈志宏前些日子接了一封信,说上海家里出了点事,让他回去。至于他什么时候走的,我们也不晓得。"

海玉呆了呆,有些不太相信地说:"怎么会?他怎么没跟我说一声呢?"

董强说:"他干吗要跟你说呀?你又不是他什么人。"

海玉说:"可是……"

赵泉说:"海玉啊,人家家里有事,回去一趟很正常嘛。怎么,找他有事啊?"

海玉摇摇头,转身快速地往家的方向走,越走越快,然后奔了起来。

赵泉看看海玉的背影,叹了口气,说:"作孽呀。"然后对董强抱怨说:"你怎么讲话的?"

董强说:"咋啦,我说错什么话吗?"

赵泉说:"说话要讲究策略,策略懂吗?"

30.

晨,外,靠山屯。

海玉家。

海玉奔到家门口,两腿一软,就瘫倒在屋前的台阶上。她满眼是泪,想哭又哭不出来,绝望得几乎要窒息了。

31.

夜,内,延吉市。

阿里郎饭店。

小饭店里生意兴隆多了,小屋里挤满了人。

银姬端着一碗酱汤正往客人餐桌上放。有个中年男人趁机在银姬的屁股上摸了一把。

银姬回身就给那个中年男人一记耳光,说:"你的手往哪儿摸呀!"

中年客人捂着脸说:"哎呀呀!哎呀呀,你这丫头!怎么能打男人的耳光呢?"然后对着里屋喊:"老板!老板!"

32.

日,内,延吉市。

阿里郎饭店。

中年客人捂着脸喊:"老板!"

尹文河赶紧跑出来说："怎么啦？怎么啦？"

中年客人说："你们怎么做生意的？听说你们这儿的酱汤好喝我才来的,可酱汤还没喝着,你看,你看看……"说着,亮出脸上那几个红印子。

尹文河尴尬地笑着,不知道该怎么说好。

李银姬也出来了,刚才的情景,李银姬看到了,笑着说："客人,您要是喜欢喝酱汤,来十次八次我们都欢迎。可要是为了摸女人的屁股,就怕我们姑娘她不干哪！我们也坚决不能同意啊。"

餐馆里的其他客人哄笑起来。中年客人也有点不好意思,揉了揉脸说："那是因为你们店里这位银姬姑娘长得太漂亮了嘛,谁能不动心啊！"

老板娘说："动心可以,但不能动手呀,不然我们银姬姑娘就要动手啦。"

餐馆里又是一片哄笑。

中年客人低头喝了一口汤,说："嗯,酱汤是真好喝,可惜银姬姑娘的手辣了点！"

银姬说："那你就喝你的汤。下次再这样,我送你去公安局！"说着,转身进了里屋。

中年客人说："喔呦呦,摸了一下屁股就要去公安局,那谁还敢来呀？"

尹文河说："怎么会,银姬姑娘只是说说而已。酱汤好喝是吧,我再给您添一碗？算是补偿一下您挨的这记耳光吧。"

客人们又都笑起来。

中年客人一口气把酱汤喝完,咂着嘴说："果然不错,没让我白跑这十几里地。好,那就再来一份。"

33.

夜,内,延吉市。

阿里郎饭店。

饭店关门了,银姬在店堂里打扫卫生。

34.

夜,内,延吉市。

阿里郎饭店。

厨房间里。

李银姬把门帘拉上,对尹文河说:"老头子,今天就让银姬走吧。你没看见? 她在这儿光惹事!"

尹文河说:"店里生意刚好起来就把人家赶走,不太好吧?"

李银姬说:"生意好了,可她也开始要工钱了。"

尹文河说:"工钱当然得给呀! 人家给咱们做了大酱,那也是成本呀! 再说,不给她钱,她房租拿什么付呀?"

李银姬说:"上个月的工钱给了吧?"

尹文河说:"不是你给的吗?"

李银姬说:"那今天再付她一个月的工钱让她走人! 她那点活我也能干,省一个人的饭,再省一个人的工钱。我们的收入不就可以多一点嘛。"

尹文河说:"你也太抠门了! 咱们店生意好,不全仗着人家做的大酱熬的大酱汤吗? 你把人家赶走,那大酱怎么办? 大酱汤呢?"

李银姬说:"大酱让她再送呗! 大酱汤谁不会熬啊?"

尹文河说:"那不一样要付大酱的钱?"

李银姬说:"大酱能值几个钱呀? 你要不去说,我可去了!"

35.

傍晚,内,延吉市。

阿里郎饭店。

银姬收工准备回家,尹文河把银姬叫住了。

尹文河说:"银姬姑娘,这话我不知道怎么对你说好。"

银姬说:"大叔,有什么话您就直接跟我说好了。"

尹文河说:"银姬姑娘,我们要对不住你了,从今天晚上起,你就别在我们这儿当服务员了。"

银姬说："大叔，我怎么啦？"

尹文河说："你本人啥错也没有。其实我也舍不得让你走，你做的大酱，比我老婆的手艺不知道强到哪里去了。就因为用你的大酱熬的酱汤，我们店里的生意才好了起来，回头客也多了。可是，俗话说，花香了招蜂。你长得太漂亮了，店里出了好多的麻烦事，十件就有九件跟你有关。所以呢，我想过了，服务员是不能让你再当了，再这么下去，迟早有天会出事。可是大酱呢，我还是想让你送过来，毕竟，好多客人是冲着你的酱汤来的。你看怎么样？要是答应的话，大酱的钱我们会多给点的。"

银姬想了想，很干脆地说："那好吧。"

36.

夜，内，红光公社。

贞玉住的宿舍。

贞玉正在用奶瓶给婴儿喂米汤。

高峻皓敲门走了进来。

贞玉放下奶瓶，欠了欠身说："高干事。"

高峻皓说："尹贞玉同志，我到这儿来干什么，你应该知道吧？"

贞玉没说话。

高峻浩说："我再问你一遍，你抱的这孩子，是谁家的？"

贞玉摇摇头说："对不起，高干事，我不能告诉你。"

高峻皓说："你不会对我说，你不知道这孩子是谁的吧？"

贞玉说："我知道。但我不能说。"

高峻浩说："是你的孩子吗？"

贞玉说："不是。"

高峻浩说："不是你的孩子，你那么护着那个人干什么？到底谁的孩子？"

贞玉说："我不能告诉你。"

高峻浩说："那我就没办法了。现在我只能把公社领导的意见转达给你了。领导的意思是，让你就在这两天把孩子的事处理好，是谁家的就还给谁，没人家的就送人，没人收就送孤儿院。"

贞玉说："不行。"

高峻浩说："尹贞玉同志，我很严肃地告诉你，公社领导在处理这件事上是很宽容的。因为你母亲是在修公社小水库时牺牲的。只要你把这孩子是谁的告诉组织，然后处理好，你可以继续在食堂工作。如果像你现在这个态度，那是不行的！你在食堂宿舍里养这么个莫名其妙的婴儿，像什么话！你要知道，你所工作的是公社机关食堂，不要说公社的领导，就是县里、州里，甚至是省市里的领导，都经常来这里吃饭。你个姑娘家，整天背着个来路不明的孩子在领导面前晃，这影响多不好！要是上级领导问起来，你让公社的领导怎么回答？多难堪啊！你还是老实告诉我，这孩子打哪儿来的？"

贞玉说："我不能告诉你。"

高峻皓恼了，说："公社领导说了，你要不把孩子的事处理好，就只好让你离开这儿，回到你的靠山屯去！"

贞玉说："我知道了。"

第八集

1.

晨，内，红光公社。

贞玉住的宿舍。

贞玉的行李已经打包好了，简简单单只是个布包。她背好布包，环视了一下整洁的房间，这才小心地抱起婴儿，走出屋子。

2.

晨，外，红光公社。

通向靠山屯的路上，贞玉迎着晨曦走在田野中，脸上没有丝毫的沉重和留恋。她低头看看怀里的婴儿，襁褓中的婴儿还在沉睡中。

3.

日，内，靠山屯。

海玉家。

贞玉抱着孩子走进屋里，海玉正在做午饭。

海玉见到贞玉惊喜地说："姐，你怎么回来了？"

走上前突然发现贞玉怀里抱着个婴儿,吓了一跳,轻声说:"姐,这是怎么回事? 这孩子……不会是你的吧?"

贞玉说:"当然不是。"

海玉说:"那……是谁家的孩子?"

贞玉说:"你别问了。我肚子饿了,帮我盛碗饭。银姬呢?"

海玉赶紧帮贞玉盛了一碗饭,又端了份泡菜放在桌上,然后忙不迭地接过贞玉手中的孩子,在旁边站着。

贞玉吃了口饭,又问:"银姬呢? 银姬——吃饭了!"

海玉小声地说:"姐,你别叫了,银姬不在。"

贞玉说:"她上哪儿了?"

海玉说:"她走了。"

贞玉放下筷子,看着海玉。

海玉心虚,从柜子里拿出了银姬留下的纸条递给贞玉。

贞玉看完纸条,抬头盯着海玉说:"是你把她赶走的?"

海玉说:"不是! 是我们俩吵架了,她可能生气了,然后就走了。"

贞玉说:"为什么吵架?"

海玉吞吞吐吐地说:"是因为……是因为我嫌她管我管得太多了,什么都要管,连给别人送个饭她都要管。"

贞玉说:"给谁送饭?"

海玉小声地说:"给志宏哥。"

贞玉说:"谁?"

海玉心一横,声音大了起来,说:"志宏哥。他每天给队里翻译材料,经常熬夜,所以晚上我给他送了饭。"

贞玉再看看银姬的纸条,说:"你们吵架,就为这事?"

海玉像连珠炮似的说:"对,当然还不止这些。我们吵架还因为我喜欢上志宏大哥了,不对,是我看上志宏哥了! 我要给他送饭,我想单独跟他在一起,可银姬非不肯让我去,还说要去就得一起去,所以我们吵起来了……"

贞玉又惊又急又怒,一个耳光甩了过去,喊:"你是不是跟志宏哥做了见不得人的事了!"

海玉呆在那里,抱在她手上的婴儿哇地哭了起来。

贞玉赶快抱过婴儿,一面哄着,一面狠狠地对海玉说:"你说!"

海玉捂着脸说:"没有。"

贞玉说:"走,带我去找志宏哥!"

海玉的眼泪在眼眶里打转,说:"他走了。"

贞玉说:"去哪儿啦?"

海玉说:"回上海了。"

贞玉看着海玉,又看看桌上的纸条,再看着怀里的孩子,突然觉得心里堵得发慌,愣了半晌,眼泪止不住地一串串地流了下来。

4.

日,内,靠山屯。

许应灿家。

贞玉一个人走进许应灿家,朝许应灿和玉顺鞠了一躬说:"应灿爸爸,玉顺妈妈,你们好。"

许应灿一看是贞玉,忙说:"贞玉,你来得正好,我正好有事想要问你呢。就是我们家英花的事,你俩不都在公社上班嘛,你知不知道英花现在在哪儿?"

贞玉想了想,说:"我俩不在一个单位,我在机关食堂,她在演出队,而且演出队一直在外面跑,所以她的情况我真的一点都不知道。"

玉顺说:"机关食堂来的人多,总会有点英花的消息吧。"

贞玉说:"这事最好还是去问演出队的同志,他们是一个单位里的,应该比我更清楚。"

玉顺说:"我去问过了,说是请假回家了。可这快有一年时间来,我们哪见过她的人影啊!"

贞玉为难地说:"应灿爸爸、玉顺妈妈,这一年来我也只见过英花一两次,那也是七八个月前的事了。以前她就很少到我这儿来,因为演出队的任务重,大家也都忙着自己的工作。"

许应灿知道问不出什么来了,就说:"唉,算啦算啦,反正俊男已经去找了,等他的消息吧。贞玉,你是回来看看的吧?"

贞玉说:"不,这次回来我就不回去了。"

许应灿说:"为啥?"

5.

日,内,龙井市。

某家小旅馆。

许俊男像脱了缰的马卸了套的牛,在旅馆的一个小房间里自得其乐地喝着啤酒,吃着花生豆。有一个矮个儿的青年悄悄地推开门。

矮个儿青年说:"喂,小兄弟,想不想开开眼界啊?"

俊男说:"开什么眼界?"

矮个儿青年说:"跟我来,你看了就知道了。"

6.

日,内,龙井市。

某家小旅馆。

矮个儿青年把俊男领进他的房间里,从床下拉出一只箱子,箱子打开后,他小心地拿出几叠信封装的东西,俊男很专注地看着。

矮个儿青年从信封里掏出一张张照片递给俊男,说:"你看看。"

俊男拿过照片一看,原来都是些色情照片。他吓得吐了吐舌头,下意识地四下张望了一下,见没人,这才开始津津有味地翻看起来。

矮个儿青年说:"怎么样? 开眼了吧!"

7.

日,内,靠山屯。

许应灿家。

许应灿对贞玉说："咋回事？好好的公社不待着，跑回来干什么呀？你们这些孩子一个个都怎么啦？"

贞玉说："应灿爸爸，这事一时半会儿同你们也说不清楚。反正，公社里面我已经辞职不做了，回家来做点别的事吧。我这次来，主要想问玉顺妈妈关于银姬的事。"

许应灿对玉顺说："你看看，又跑了一个不是？"

玉顺说："可银姬走的时候确实跟我说了，说只是出去办点事，没几天就会回来的。"

许应灿说："没几天，都快个把月了，还没几天哪！"

玉顺说："贞玉，银姬她怎么啦？这都出门好些日子了，怎么也没了音讯呢？"

贞玉说："具体情况我也不是很清楚，所以我特地过来问问您的。"

玉顺想了想，说："不会是跟海玉闹矛盾，生气了，离家出走了吧？上次我碰见她们两个吵架，海玉把碗都摔了。"

贞玉说："我也担心这个，正浩哥又不在，他回来我怎么向正浩哥交代啊。"

许应灿说："这事我们也帮不上啥忙，光英花这事我们一家子都还焦头烂额呢！俊男也被我打发出去找英花了，这小子，也不知道打听得怎么样了？"

8.

日，内，靠山屯。

许应灿家。

贞玉已经走了，许应灿坐在那里闷头抽着旱烟。

玉顺想了想，对许应灿说："老头子，晚上我去贞玉家看看。"

许应灿说："干吗？"

玉顺说："我总觉得哪里不太对。贞玉在机关食堂里干得好好的，怎么说回来就回来了呢？工作也不要了，这不也很蹊跷吗？"

许应灿说:"你现在就去! 没事儿老在我眼前晃来晃去的,我看着也烦。还有银姬的事! 这几个丫头,最近怎么都跟着了魔似的,一个个都不省心!"

玉顺说:"是啊,海玉最近也老不见出门,偶尔见着了,也木呆呆的跟丢了魂似的。"

许应灿说:"老婆子,我跟你一起去! 不问问清楚我心里也硌得慌。"

9.

日,内,龙井市。

某家小旅馆的一个房间里。

俊男对那个矮个儿青年说:"真能赚那么多钱啊?"

矮个儿青年说:"那当然! 怎么样? 干不干? 赚了钱我们三七开,我出货,拿七分,你卖拿三分。"

俊男说:"这我不干。"

矮个儿青年说:"为啥?"

俊男说:"虽然是你出的货,可我要担风险的!"

矮个儿青年说:"那你小心点不就行了?"

俊男说:"我是说为了这三分去担那个风险不值。"

矮个儿青年说:"那你要多少?"

俊男说:"对开分,风险共担么。"

矮个儿青年说:"这你有点狮子大开口。这样吧,我再加点,你再让点,四六开!"

俊男说:"这还差不多。"

10.

日,内,靠山屯。

贞玉家。

贞玉在给孩子换尿布,海玉在边上帮忙,越帮越忙。婴儿大概被海玉碰着了,哇的一声哭了起来。

11.

日,外,靠山屯。

贞玉家的院子。

许应灿和玉顺刚走进贞玉家院子,屋里突然传来婴儿的啼哭声,老两口都吃了一惊,互相看看,急忙往屋里走。

12.

夜,内,靠山屯。

贞玉家。

抱着婴儿的贞玉一看到许应灿和玉顺两人进来,赶紧让两位老人坐下。

许应灿盯着婴儿,半晌没说话。

玉顺说:"贞玉,这孩子是怎么回事?"

贞玉说:"应灿爸爸、玉顺妈妈,这是别人请我帮忙抚养的孩子。"

许应灿说:"不是你的?"

贞玉说:"不是的。"

许应灿说:"那这孩子是谁的?"

贞玉说:"对不起,这我不能告诉你们。"

许应灿说:"是不是因为这孩子,公社机关食堂才把你辞退的?"

贞玉说:"是。"

玉顺说:"你不是说这不是你的孩子吗?"

贞玉说:"确实不是我的孩子。我的工作也不是公社给辞退的,是我主动要离开的。公社食堂的工作忙,没时间照顾这个孩子,再说我一个姑娘家带着这么个婴儿,影响的确不好。我想,我不能给领导添麻烦,就自己回来了。"

许应灿说:"这影响能好吗?谁生的孩子谁养,叫你个大姑娘养算是怎么回事!"

海玉插嘴说:"是啊,姐,为了人家的孩子把自己工作都丢了,太不值了吧。"

贞玉瞪了海玉一眼,说:"当初,这孩子的妈妈求我收下这孩子时,我死活不肯答应。但她把这孩子往我屋里一摞就跑了,我抱着孩子出去追,可她早就跑得没影了。我没办法,也总不能把孩子扔了不管呀,所以我只能收下这孩子。再说……"贞玉把后面的话咽了回去。

玉顺气愤地说:"孩子的妈妈到底是什么人啊?怎么可以丢下自己的孩子不管呢?抛弃自己的骨肉,怎么这么狠心哪!"

海玉说:"孩子的妈妈是谁,姐姐连我都不肯告诉呢。"

贞玉说:"孩子妈妈放下这孩子之前,跪在地上哭着求我不要告诉任何人。既然我把孩子收下了,也就等于答应了她,所以我不能说。"

许应灿说:"有什么不能说的!一定是自己做了丑事,养下了个野种,家里没法交代了才扔给你的。这种孩子怎么能收下来呢?她会坑你一辈子的!"

贞玉说:"事情已经这样了,坑我一辈子就坑我一辈子吧。"

许应灿说:"还给那个女人去!自己造的孽干吗要叫别人替她受罪?这算哪门子事呀!贞玉,不是我说你,扔给你你就收啦?就让那女人跑啦?你傻啊你?跟我们说,那女人是谁?你要是磨不开脸,我们去帮你还!"

贞玉说:"应灿爸爸,我不能说。要是能说,我早就说了。"

许应灿生气了,说:"有啥不能说的!我们为你着想,又不是害你,你怎么这么犟呢?难不成你真要一辈子养着这个野种?"

贞玉说:"我收下她了,我就会养她的。"

玉顺说:"可是贞玉啊,将来你又怎么嫁人呢?带着这么个不明不白的孩子,哪个男人还会要你啊?"

贞玉说:"那我就跟这孩子相依为命吧。"

13.

日,内,龙井市。

某派出所。

俊男被警察扭进派出所里。

一张桌子上,警察从俊男的背包里倒出许多色情照片。

警察说:"老实交代吧。"

俊男说:"警察同志,饶了我吧。我这是第一次呀,真的是第一次呀!"

警察说:"还不老实。什么第一次,我们都跟了你好几天了!"

14.

日,内,靠山屯。

许应灿家。

许应灿和玉顺回到家里。

许应灿闷头抽了会儿旱烟,说:"老太婆,我觉得这孩子十有八九是贞玉生的。"

玉顺说:"我看着不像! 贞玉我们打小看着长大的,她根本就不是能做出这种事情的人!"

许应灿说:"那会是谁的孩子呢? 干吗死活不肯说?"

玉顺说:"我看贞玉是菩萨心肠,想保护那孩子的亲娘呗。"

许应灿说:"丢脸! 真丢脸! 一个姑娘家带着个孩子跑回来,怎么也说不清啊! 弄得我们也跟着丢脸! 真是晦气!"

15.

日,外,田野。

一片白雪茫茫的田野,正浩和崔明哲背着背包走在回靠山屯的路上。

崔明哲说:"哎,正浩,商量件事行不?"

正浩说:"什么事?"

崔明哲说:"正浩,我现在是又激动又兴奋,甚至感到很幸福!"

正浩说:"怎么啦?"

崔明哲情绪高昂地说:"咱们先去你们家吧,我立马能见到银姬呢!"

正浩说:"你别剃头挑子一头热了。"

崔明哲说:"我这头热,她那头才会热嘛。正浩,这次民兵培训,我怎么着也帮了你不少忙呢,你可别过河拆桥!"

正浩说:"你甭蘑菇了,我老实告诉你,其他事我都能帮,唯独这种事我想帮也帮不了!银姬是我妹,可感情这东西是她自己的,她要是对你没感觉,谁掺和都不行!"

崔明哲说:"你这话不对!你是她亲哥,你爸妈过世的又早,你在她心目中的地位跟你爸没啥两样。只要你肯说句话,这事准成!"

正浩摇摇头,说:"我不掺和,成不成你自己争取。"

崔明哲说:"正浩,你这人真不够朋友!"

16.

日,内,靠山屯。

许应灿家。

队干部陪着两名警察来到许应灿家。

队干部对许应灿说:"应灿大伯,你们家俊男在龙井市犯下事了。"

许应灿惶恐地说:"犯事了?犯啥事了?"

警察甲说:"许俊男贩卖淫秽照片,已经被拘留了。我们要在你们家查一查,看看还有没有?"

许应灿和玉顺吓得一下瘫在了地上。

17.

日,内,靠山屯。

贞玉家。

婴儿在里屋睡着了,贞玉在外屋的小桌上裁剪着衣服。

村里的一个女人拿着两块布和一张纸走进贞玉家,女人说:"贞玉,又来麻烦你了。"

贞玉说:"嫂子您坐。"

女人说:"不了,上次你给我女儿做的那身衣裳,大家都说样式新,穿上后,又漂亮又合身,尤其是上面绣的那两朵花,看上去真的好精致。我女儿也说穿着特别好看,睡觉都不肯脱。这不,我们家邻居把她孩子的尺寸抄给我了,让你给整一套,价钱么,还按上次的给行不?"

贞玉说:"行啊,嫂子您这不是在帮我做宣传么,当然要给您最优惠的价钱了。"

女人说:"那行,我带了两块布,你也帮我做一身吧,尺寸你帮我量量。"

贞玉说:"好的。"

玉顺满脸是泪惶恐地跑进屋来,说:"贞玉,不好啦,你应灿爸晕过去了!"

贞玉说:"怎么会?"

玉顺说:"家里出大事啦!"

18.

日,外,靠山屯。

贞玉家院门口。

正浩和崔明哲走到院门口,崔明哲想跟着正浩往里走。

正浩说:"崔明哲,你跟来干吗? 回自个儿家去!"

崔明哲说:"我想见银姬一面。"说着就从这院子喊:"银姬! 银姬——"然后抬脚就往院子里冲。

正浩想拉住他没拽住,又气又好笑,说:"你猴急什么!"

19.

日,内,靠山屯。

许应灿家。

贞玉背着婴儿跟着玉顺走进屋里,许应灿已经醒了,正坐在地上。

许应灿一见贞玉背着婴儿,无名火就上来了。许应灿喊:"贞玉,你抱着个野孩子上我们家干什么? 你嫌我们家还不够倒霉啊!"

贞玉忙说:"喔呦,对不起应灿爸爸。"但婴儿被许应灿的喊声吓着了,哇地哭了起来。

许应灿捶胸顿足大吼大叫着说:"快把这个野种给我抱走!别给我这个家再添晦气了!女儿女儿不见了,儿子儿子犯事了,我许应灿怎么这么倒霉啊!还不把这个野种给我抱走!"

贞玉说:"是。"退出了屋外。她想了想,犹豫了一下,但还是离开了许应灿家。

玉顺又气又急,说:"是我把贞玉叫来的,看你晕过去了,想叫她来搭把手,你怎么这样啊!"

许应灿说:"我的心都烦得难受死了,一看到这小野种就更生气!"

玉顺说:"你别张嘴野种闭嘴野种的,既然贞玉收养了她,那就是贞玉的孩子。再说了,这孩子跟俊男出事有什么关系?你犯得着拿孩子说事吗?"

许应灿说:"你个臭女人,你懂个屁!晦气啊,我许应灿摊上这么些晦气的事,说不定就是这孩子冲的。"

20.

日,外,靠山屯。

贞玉家院子。

正浩和崔明哲站在院子里。

崔明哲叫:"银姬,银姬!"

正浩说:"你叫什么叫!"他推开家门也喊,"银姬!海玉!"

屋里静悄悄的。

21.

日,内,靠山屯。

贞玉家。

正浩推门进屋,看到小桌上放着没裁完的衣料,正浩愣了一下。

崔明哲探头进来,又叫:"银姬,银姬!"

正浩说:"银姬可能上工去了,海玉不知道在不在家。"

22.

日,外,靠山屯。

贞玉家院子。

贞玉有些狼狈地哄着啼哭的孩子进了院门,回头看看开着的院门,满脸的疑惑。

屋里传来正浩的声音说:"海玉,你在家吗?"

贞玉听见是正浩的声音,又惊又喜,一时愣在那里。

婴儿依然在不依不饶地哇哇哭着。

23.

日,外,靠山屯。

贞玉家。

正浩和崔明哲在屋里转了一圈没人,正在奇怪,听到屋外孩子的哭声,赶忙出了屋。

正浩看着院子当中站着的背着孩子的贞玉,也吃惊得说不出话来,半晌才说:"贞玉,你怎么……"

贞玉一头扎在正浩的胸前,激动、难过、辛酸、委屈一股脑地涌了上来,她哭着说:"哥……"

24.

日,内,靠山屯。

贞玉家。

正浩问贞玉说:"家里出什么事啦?"

贞玉流着泪说:"你走的这三个月,家里出的事一桩接着一桩,全都是大事。英花到现在也没找着,俊男又被抓到公安局去了,还有银姬……留了张条子就离家出走了,我这里也……"说着,已经泣不成声了。

25.

日,内,靠山屯。

许应灿家。

许应灿和玉顺夫妇还在为贞玉的事情吵嘴。

玉顺说:"贞玉怎么着你啦? 她收养那孩子跟你一点瓜葛也没有,你凭什么把气撒在人家头上? 俊男犯事是在龙井,俊男犯事那是他自己的错,关贞玉什么事! 看你晕倒了,我老婆子扛又扛不动你,跑去想找贞玉帮个忙,人家正接活做呢! 人家放下手里的活儿二话不说就赶来了,你倒好,三言两语就把人家骂跑了,这算哪门子事呀。"

许应灿说:"我就是不想见到她! 带个不明不白的孩子,还被公社给开除了回来。我好心帮她说话,要她把孩子还回去,你听她说的那些话,我不能告诉你们,我会养她的……我们是她什么人哪? 英子走后,我们就是她的爸她的妈! 好嘛,连我们都不肯告诉! 我们还是她爸她妈吗? 我告诉你,这孩子肯定是她自己养的! 也不知道在哪里偷了汉子养下这么个野种,没脸待在公社了,这才回来的!"

玉顺说:"你少胡扯,贞玉不是那样的人。"

许应灿说:"不是那样的人? 那孩子就是证据! 哪有为了人家的孩子,连公社里的工作都不要,跑回屯子里来的? 你看看她现在做的啥事? 给人家当裁缝,零零星星赚的那点钱,哪一点抵得上机关食堂的固定工资? 你再看她那心甘情愿的样儿,那孩子不是她的才怪了!"

26.

日,内,靠山屯。

贞玉家。

崔明哲喊:"什么! 银姬跑了?"

贞玉抹着泪说:"哥,是我没当好这个姐姐……"

正浩看着银姬留下的字条,说:"银姬跟海玉为了什么事吵?"

崔明哲在旁边沮丧地说:"那我不就见不到银姬了?"

正浩说:"我和贞玉说话呢,你插什么嘴!"

贞玉说:"这件事情要怪海玉,说起来也挺丢脸的。海玉看上了你的那个上海知青朋友陈志宏。晚上,非要去给志宏哥送饭,银姬劝她说,一个姑娘家,深更半夜一个人跑到一个小伙子住的地方,这样怕影响不好,会有人说闲话的。海玉她不听,两人就吵开了。"

正浩敲了一下大腿,说:"这事怪我,还是疏忽了!虽然我临走的时候关照过银姬,要她注意一下海玉和陈志宏的事,唉,这个银姬,也得有点耐心呀,怎么说不通就跑了呢?姐姐怎么能这么当呢?"

贞玉说:"这不能怪银姬,海玉说的那些话也太伤人心了,谁听了都会受不了的!海玉我已经教训过她了,可银姬怎么办呢?玉顺妈妈说她已经走了好些日子了。"

正浩说:"算了,先不说她了。海玉在哪呢?"

贞玉说:"这会儿在地里干活呢。因为志宏哥的事,她像丢了魂似的,我跟她也说不拢,现在中午都不回来吃饭,晚上也是天黑透了才回,随便扒拉两口饭,就回自己炕上闷头睡。连话都不想跟我说上一句。"

正浩说:"陈志宏那里怎么说?"

贞玉说:"我没见着他,海玉说他回上海了。我估计就是因为这个,海玉才会变成现在这样的,消沉得不得了。"

婴儿突然哭了起来。

贞玉忙说:"孩子准是尿了。"说着,贞玉在熟练地给孩子换尿布。

正浩说:"贞玉,你结婚了?"

贞玉说:"没有!这孩子不是我的。"

正浩说:"那是谁的?"

贞玉说:"这个,我不能说。"

正浩说:"那你为什么要带这个孩子?"

贞玉说:"没办法,孩子的妈妈扔下孩子就跑了,我只能带她,我不能看着孩子去死呀!"

正浩说:"那……"

贞玉说:"哥,你别再往下问了,问了我也不会说的。你只要知道我没结婚,这孩子也不是我的就行了。"

正浩突然想起了什么,说:"啊呀,我得赶快上应灿爸家一下。崔明哲,你快点滚回家去,别在这儿给我添乱了!"

27.

日,外,靠山屯。

贞玉家院门口。

正浩送崔明哲到院门口。崔明哲不肯出去,眼巴巴地看着正浩说:"银姬……"

正浩说:"不是说了嘛,离家出走了呀!"

崔明哲说:"我要去找她!"

正浩说:"你少来!崔明哲,我家里出了这么一大堆事,你别再来搅和了!"

崔明哲说:"可我想见银姬。"

正浩说:"我说的话你到底有没有在听啊?现在银姬在哪儿连贞玉都不知道,你上哪儿去见她?"

崔明哲垂着脑袋边走边嘟哝着说:"我要见银姬!我要去龙井,去延吉,去图们,敦化,珲春,合龙……整个延边我翻个儿个,我就不信我找不着她,我一定要见她!"离开院门时,嘴里还喊了一嗓子:"银姬!你在哪儿——"

正浩看着崔明哲的背影,觉得又好气又好笑但也让人感动,于是苦笑着摇了摇头。

28.

日,外,靠山屯。

许应灿家院子。

正浩走进院门,喊:"爸,妈,我回来啦!"

许应灿和玉顺急忙从屋里出来,看到正浩,许应灿的眼睛一红,有些说不出话来。

玉顺忙拉着正浩说："正浩，回来就好，快进屋。"

29.

日，内，靠山屯。

许应灿家。

正浩向端坐着的许应灿和玉顺行了个礼。

许应灿说："正浩啊，家里发生了好多事啊！"

正浩说："我听贞玉说了些，爸、妈，你们先别急，既然我回来了，这些事我一定会想法解决的。"

许应灿摇摇头说："可有些事……唉！英花到现在还没找到，当初我不让英花去那个什么演出队，你帮着你玉顺妈妈跑来我这里蘑菇，我老头子耳朵根子软，听了你们的怂恿，就让她去了。可现在怎么样，啊？人都没了！"

正浩说："爸，其实在军训的时候，我一直记挂着这事。我那时候就想，一回来就到队上去请假，山南海北一定要把英花妹妹找回来。"

许应灿呆了半晌，长叹一声说："算了算了，请一天假那就得损失一天的工分。你不在，我老头子急昏了头，居然叫俊男跑去找！结果你看看……找进公安局去了。"说着他气得都不知道该怎么发泄好了，咬着牙说："算了，别再找了，就当我没生这个女儿吧！"

玉顺伤心地哭了起来。

30.

日，外，田野。

崔明哲垂头丧气在小路上走着走着，他突然对着天空大声地喊："银——姬——，你在哪儿啊！我一定要找到你——！"

31.

日，内，靠山屯。

许应灿家。

许应灿气恼地说:"臭女人,哭啥哭! 都是你养的两个不肖子惹的祸!"

玉顺只是哭着不语。

许应灿被玉顺哭得心烦意乱,一拍桌子说:"正浩啊,你看看,你走了才几天? 这个家就不成样了! 英花和俊男的事不说,这银姬咋也跑了呢? 就算是俩姐妹闹别扭,斗斗嘴,也不至于说跑就跑啊! 还有贞玉,这贞玉到底是咋回事,啊?"

正浩说:"爸,贞玉的事我也没整明白,她好像有些话不方便告诉我。"

许应灿说:"不方便? 弄个没爹没娘的野种养着就方便啦? 还把这么好个工作给丢了!"

正浩低着头,他也有些弄不明白。

许应灿说:"我说了,英花的事你甭管了,就当我没这个女儿! 俊男那浑小子,是我许应灿上辈子造的孽,他捅的娄子就让他自己扛去! 正浩你就顾着眼前,就是贞玉这事! 你得给我问清楚了,这孩子哪来的? 到底谁的?"

正浩为难地说:"可贞玉她不肯说。"

许应灿说:"这由不得她! 我许应灿虽然不是她的亲爸爸,但英子过世以后,我就把她们姐妹几个当成了我的亲闺女一样看。咱屯子小,闲话传得可快着呢! 这孩子要真不是她的,她就怎么也得把这孩子还给人家,或者送给别人! 不管是什么样的理由,孩子都不能由她养着,否则她以后还怎么嫁人,人家会怎么议论她,我跟你妈这两张老脸往哪儿搁?"

玉顺停止了哭泣,说:"是啊正浩,一个大姑娘,工作丢了也就算了,不明不白弄个孩子回来养,像什么话?"

许应灿厉声说:"你是当大哥的,这种时候就得把当大哥的样子给端做出来。把事情给我问清楚了!"

玉顺说:"要好好跟贞玉说,别跟你应灿爸爸似的,还没说两句呢,就暴跳着把人轰跑了。"

正浩说:"是。爸、妈,请你们放心,我既然是当大哥的,我一定会尽这个大哥的责任的。弟弟妹妹如果犯了错,我会帮爸爸妈妈来管教他们。至于

贞玉的事,我会好好跟她谈的。可是,贞玉说,那孩子的妈妈放下孩子就跑
了,连人影都不见了!"

许应灿说:"孩子的妈妈跑了,可她妈妈没家里人嘛,为什么不还给她家
里人?我怀疑,这孩子是不是……"

正浩说:"应该不是的。爸爸,贞玉说孩子不是她的,这我相信。因为贞
玉不会做出这种事情来的!"

玉顺说:"是啊,我也觉得贞玉不是。"

许应灿说:"哼,那可保不准!她死守着那孩子干吗?非亲非故的,她做
出了那么大牺牲干吗呀?正浩,我不管你用什么方法,你一定得给我个交
代!不然,我咋向你英子妈妈交代?"

正浩说:"是。不过,爸、妈,我还是上队里去请上几天假吧,英花妹妹的
事我放不下。"

许应灿一摆手说:"这几个丫头,心气一个比一个高。俊男也不争气,早
就指望不上了。眼不见心不烦,别在这些事上费功夫了。我早说了,这个家
光靠你是不行的!目前最重要的事儿,还是得赶快给你娶个媳妇回来,所以
相亲的事不能再耽搁了!"

32.

日,内,靠山屯。

贞玉家。

婴儿已经睡着了。贞玉在缝制衣服。

正浩犹豫了一会儿,对贞玉说:"贞玉,这孩子的事,我还是想再问
问你。"

贞玉说:"正浩哥,我能告诉你的,还是那两句话。其他的,我不会也不
能再多说了。"

正浩说:"贞玉,我是你大哥,对吗?"

贞玉说:"是。"

正浩说:"过去英子妈妈想要收养我的时候说过,我们家里需要一个男

人,在咱们朝鲜族的家里,大哥就像父亲,如果父亲已经不在的话。是吧?"

贞玉说:"是。"

正浩说:"那就该告诉我。"

贞玉说:"我不能告诉任何人,就是自己的父亲在也不行。"

正浩说:"我知道你收养这个孩子会承受多大的压力。作为大哥,我想帮你分担这个压力,哪怕是知道你的苦衷究竟是什么也好呀?"

贞玉含着泪说:"正浩哥……"

正浩说:"我并不是一定要逼着你把孩子还给人家,我只想知道这孩子究竟是谁的?我也可以为她保密呀,我可以向你保证!"

贞玉含着泪,摇摇头说:"正浩哥,你别逼我,我不会说的。"

正浩说:"是什么缘由你必须得为她守着这秘密?"

贞玉说:"为我自己对她的承诺。"

33.

夜,内,靠山屯。

贞玉家。

天黑透了,干了一天活的海玉没精打采地回到了家。

海玉从锅里端出了贞玉给她留好的饭菜,坐在小桌上闷头吃着。正浩从里屋出来,海玉一见正浩,赶紧站起来,深鞠一躬说:"哥,你回来啦。"

海玉低着头,说:"哥,对不起。银姬,是我……"

正浩说:"这事我已经知道了。要说呢,这事银姬也有错,她没有尽到一个当姐姐的责任。如果真是个称职的姐姐,不管妹妹做错了什么,哪怕是再受委屈,再有理都不应该走人呀。人走了,这个姐姐的责任还怎么尽啊?"

34.

夜,外,延吉市。

银姬离开了小餐馆。刚走出门,老板娘从后面追了上来。

老板娘说:"银姬,你的工钱!"

银姬说："谢谢。"

老板娘说："银姬啊，真是对不住你，为这事我跟我那口子还吵了一架。可他说，多一事不如少一事，万一弄出点事，后悔就来不及了。"

银姬说："我知道，大婶。这些日子多谢你们的照顾。"

老板娘说："银姬啊，我想跟你商量件事，虽然说出来不太好意思。"

银姬说："您说吧。"

老板娘说："银姬，你那做大酱的手艺，能不能……"

银姬说："不能。"

老板娘说："你看你这孩子，我还没说完呢！你怎么就不能了呢？"

银姬说："大婶是想要我做大酱的手艺，是吧？"

老板娘说："是这么回事。"

银姬坚决地说："这手艺虽然不怎么值钱，但它是我家家传的手艺，不外传的！"

老板娘说："什么家传的手艺啊，大酱咱朝鲜族哪家不会做？再说又不是白学，我会给你很多报酬的。"

银姬说："家传的就是家传的，给多少报酬都不行。不过大婶，我会按时给饭店里送大酱来的，请您放心。没别的事，我先走了。"说着，微微鞠了一躬，转身大步离开了。

老板娘一脸的失望，但显然有些不甘心。

第九集

1.

夜,内,靠山屯。

贞玉家。

贞玉在灯下缝制衣服。

正浩对海玉说:"海玉,你和陈志宏的事,我听贞玉说了,但我还想听听你的想法,能告诉大哥吗?"

海玉说:"正浩哥,我没别的想法,我就是喜欢志宏哥,"海玉停了一下,鼓足勇气说:"我爱他!"

贞玉眉头一皱,说:"海玉,你才多大啊?怎么就爱呀爱呀挂在嘴边呢?"

海玉说:"我已经十九岁了,怎么就不能爱人了呢?"

正浩说:"贞玉,还是我来跟海玉说吧。"正浩想了一下,说:"海玉,那陈志宏呢?他对你有什么表示吗?"

海玉说:"没有……可是,那天晚上,他抱着我哭了!"

正浩说："他抱着你哭了？"

海玉说："对！所以我知道他是喜欢我的。"

正浩说："是男人对女人那种喜欢？"

海玉说："是！"

贞玉说："那陈志宏要回上海去怎么连告诉你一声都没有他就走了呢？"

海玉说："我想，那是因为他家里有事，走得太急所以才没告诉我的。"

贞玉说："我看不是！他只是一个大哥喜欢妹妹而已。"

海玉说："他肯定爱我，从他的眼睛里我已经看出来了！"

正浩说："那你现在打算怎么办？"

海玉说："我要到上海去找他。"

正浩说："他留地址给你了？"

海玉说："没有。"

正浩说："那你怎么去找他？"

海玉说："鼻子底下有张嘴，我可以问呀！"

贞玉说："你以为上海是靠山屯啊？走几里地就能把全屯的人家跑完。去问？你上哪儿问去啊！"

海玉说："我可以问董强哥、赵泉哥，他们不知道，我就去队上问，队上都有他们上海知青的材料的，我就不相信没有志宏哥在上海的地址。再不行，我就去公社问，一直问，我就不信问不到。"

正浩说："海玉，就算你打听到了陈志宏在上海的地址，可是，你知道上海有多远吗？去上海的路上要花多少钱吗？你有这么多钱吗？"

海玉哭了，说："正浩哥、贞玉姐，这个我知道。我每天干死干活挣的那点工分根本攒不下那么多钱，我们家经济条件又不好。可是我真的想去找志宏哥，我知道他喜欢我，我也喜欢他，我想见他，我真的很想很想见他……"

贞玉说："你哭有什么用，你想见他，可他想见你吗？如果他真的喜欢你，为什么走了不跟你说？如果真是走得太急，现在这么长时间了，也应该来封信呀？你这样哭着闹着想见他，还要去上海找他，就算我们让你去，你也找着他了。可万一人家根本就不是那回事,你该怎么办?"

海玉说:"我要去找他,就算他真的不是爱我,我也要问个清楚明白!不然,我活得太窝囊了!一辈子窝在这靠山屯里也就算了,可是,眼睁睁地看着自己喜欢的人就那么走了,连一个说法都没有,我不甘心。"她抹了把泪,脸上显出执拗的神情说:"哥、姐,我真的希望你们能答应我去找他。就算你们不答应,我还是要去找。哪怕是过草地,爬雪山,不吃不喝我都要去!"

正浩叹了口气,说:"海玉,你都把话说死了。如果你不管我们同意不同意你都要去,那你还跟我们说什么?"

海玉说:"我不是那个意思。我只是说我的想法,只想让你们同意我。真的,我求求你们了!"

贞玉说:"海玉,我也是女人,我知道女人爱上一个男人是啥滋味,但是海玉,如果只是为了爱情什么都不顾什么都不管了,那是不是也太不负责任了?"

海玉说:"姐姐,我知道你想说什么,你们说的道理我都懂,可是我顾不了也管不了那么多,我现在一心一意地只想着志宏哥,只想见到他……"

正浩和贞玉互相看看,都有些无奈。正浩说:"海玉,你说得没错,你都十九岁了,已经是个成年人了。你有自己的想法有自己的追求,这没有错,我们不会阻拦你的。但是海玉,我们希望你能知道,你现在还很年轻,生活里除了爱情,还有很多别的东西可以追求。如果眼睛里除了爱其他什么都看不到,那人会活得很盲目很危险,我和你姐姐,还有你过世的妈妈都不希望你成为这样的人。"

海玉低着头,只是流泪,不说一句话。

正浩说:"这样吧,海玉,我的探亲假还有段日子。这几天我要去崔明哲家里把腿上的伤治好,这对于我来说,是关乎部队荣誉的事情,对我的人生也是件大事。你的事情咱们先搁一搁,你也冷静下来好好想一想。等我的伤治好了,我再跟你姐商量一下,在我回部队前给你留点钱,如果那个时候你还是一定要去找陈志宏的话,那就随你的意思办吧。"

海玉激动地说:"那就太谢谢哥了!姐?"

贞玉说："这个家,是你哥做主。"

2.

夜,内,延吉市。

郊区边上的一间小屋,屋子非常的简陋。

银姬在灯下擦拭做大酱的坛子。她的周围都是大酱坛,只有窗下摆了一张小床。门那边还漏着风。

银姬擦好坛子,正准备做大酱的材料,忽然觉得有一双眼睛在门缝里偷看。

银姬飞似的拉开门,只见老板娘很尴尬地站在门口。

银姬说："大婶,您怎么可以这样呢?"

老板娘没话好说,只好干笑着说："我也是真的很想学,所以才……"

银姬说："大婶,您再这样,你们店里的大酱我就不送了!"

老板娘说："好好好,我不看了,不看了行吧? 真是的……"

3.

日,外,靠山屯。

海玉正在田里干活,崔明哲来到地头。

崔明哲说："海玉。"

海玉看看崔明哲没有说话。

崔明哲说："我是崔明哲啊。"

海玉说："我知道。"

崔明哲说："我来找你,想问问银姬的事。"

海玉说："银姬走了。"

崔明哲说："我知道,我去过你家。"

海玉说："那你找我干什么?"

崔明哲说："海玉,别那么抵触嘛。我只是想知道,银姬离开家会往哪个方向走的?"

海玉说："她走的时候我在睡觉,我怎么会知道。"说完,继续干她的活,不再理崔明哲。

崔明哲说："海玉,我不知道你是怎么看我的。但我真的很爱银姬。"

海玉说："人家银姬可不一定爱你。"

崔明哲说："她现在可能不爱我,但只要我爱她就行。"

海玉说："那不是一头热吗?"

崔明哲说："一头热有什么关系? 只有一头热起来才行呀! 而且要越来越热,越来越热,只要热到一定的程度,几百度,几千度,上万度,它就会传到那一头,那一头也会慢慢热起来的。在对待爱情的问题上,你一定要表现得勇敢,执着,也得坚韧不拔,甚至疯狂! 你知道吗? 咱们朝鲜族人的祖先,当年从图们江翻山越岭到这边来,就是有那么一股子劲儿,追求爱情也应该这样! 所以,我会要翻山越岭去找银姬,不管她在哪里。"

海玉被崔明哲的话触动了心灵,说："我后来问过别人,他们说她往延吉那边的方向去了!"

崔明哲说："谢谢你,海玉。"

4.

夜,内,靠山屯。

贞玉家。

贞玉在缝制衣服,海玉抱着孩子斗伊。

正浩过来坐在小桌边,对贞玉和海玉说："贞玉,我跟队里请了假,要出去几天。"

贞玉说："什么事?"

正浩说："去找找银姬和英花。不管找得到还是找不到,总得去找一找。"

贞玉想了想,说："对,银姬也走了好些日子了,是该去找找。"

海玉说："哥、姐,明天我也要去上海了。"

贞玉说："志宏哥的地址打听到了?"

海玉说："队上就有。"

贞玉说："海玉，你一个人去上海，姐真的不放心啊！"

海玉说："我是个大人了，有什么不放心的？现在好多农村姑娘，独自一个到上海、广州，到那些大城市里去找工作的可多了！我是到上海去找志宏哥的，你就更不用担心了。"

正浩说："海玉，你既然下了这么大的决心，那就去吧。过了十八岁，就是成年人了，每个人都有他自己的想法，也有选择自己要走的路的权利。中国有句老话，叫己所不欲，勿施于人。"

贞玉说："既然哥这么说了，我也不拦你。"说着，放下手中的活说："我给你收拾收拾行李吧。"

海玉说："我早收拾好了！"她放下斗伊，从大柜里拿出一只早已收拾好的布包。

正浩和贞玉就不再说什么了。

5.

晨，外，靠山屯。

天刚有点透亮，正浩就背着挎包出了院门。

6.

晨，外，靠山屯。

路口。

正浩走到路口，看到崔明哲也背着个挎包匆匆走在路上。

正浩喊："崔明哲，干什么去呀？"

崔明哲回过头，一看是正浩，嘿嘿一笑说："我去找银姬。"

正浩说："你去找银姬？干吗？"

崔明哲说："你说干吗？"

正浩说："我不跟你说了嘛，我们家的事你少掺和。"

崔明哲说："谁掺和啦，找银姬是我自个儿的事，她关系到我终身的幸福!"

正浩一个扫堂腿过去,居然被崔明哲躲开了。

正浩说:"哟,长进了嘛!看样子三个月军训没白待。"

崔明哲有些得意地说:"这叫吃一堑长一智。我崔明哲吃定银姬了,就是上刀山下火海,把整个延边翻个遍我也在所不惜!所以你金正浩就算是银姬的亲哥,也别想阻止我!"

正浩说:"你知道银姬在哪儿吗?"

崔明哲一愣,说:"不知道。你知道?"

正浩径直往前走,甩了一句说:"我也不知道。"

崔明哲赶紧跟上说:"那咱俩一起去找?"

正浩说:"你找你的,我找我的,别跟鼻涕虫似的跟着我。"

崔明哲生气地说:"那你把我叫住干什么?"

正浩说:"你不说要把延边翻个底朝天吗?祝你好运!"说着大踏步地向前走去。

崔明哲说:"行,金正浩,有你这话也行,我非得在你之前把银姬找出来!哼,到时候你想阻止也来不及了!"

走远的正浩头也不回地挥了挥手,意思是再见。

崔明哲站了一会儿,突然反应过来,追上正浩说:"哎,正浩,你现在去哪儿?"

正浩说:"你跟过来干什么?"

崔明哲说:"两个人的力量总比一个人强吧!一起找怎么样?"

正浩说:"你这不是浪费劳动力吗?两个人铺开来找,找到的几率应该更大你不知道?"

崔明哲说:"知道。所以我的意思是到一个地方我们再分开来找,怎么样?"

正浩说:"随你!"

7.

日，内，延吉市。

阿里郎饭店。

李银姬对尹文河说："这个金银姬，怎么大酱到现在还没送来！"

尹文河说："急什么，会送来的。这个姑娘厚道着呢。"

李银姬气狠狠地说："厚道什么呀，我那么诚心诚意请她教我做大酱的手艺，还许诺要给她很多的报酬，她死活不肯！"

尹文河说："那就是你的不厚道了，你把人家的独门秘方学得来，那她靠什么养活自个儿啊？现在，这姑娘不就是靠着这门手艺在自力更生嘛。"

李银姬说："教给我又怎么啦？我不是说要给她钱吗？再说啦，她还可以到别处卖大酱嘛。"

尹文河说："这是你的想法，人家可不这么想。"

李银姬说："所以啊，昨天晚上我到她那儿偷偷去看一下，想看看她做大酱的法儿到底跟咱们有啥不一样。"

尹文河生气了，说："你这个女人，怎么能干出这种偷偷摸摸的事呢？要是让人家发现了，那不丢死人了！"

李银姬气恼地说："是啊，结果还是被她发现了，你不知道当时她那张脸噢，恨不得把我生吃了！还哇啦哇啦叫着说，你再这样，我就不给你们送大酱了！"

尹文河说："看看，看看，说不定人家就是不送了！你个老太婆啊，你这是在砸自个饭店的生意呢。开个饭店容易吗？要不是现在的政策，我们……"

正浩和崔明哲从外面风尘仆仆走了进来，崔明哲说："老板，有饭吃吗？"

李银姬一白眼说："饭店里没饭吃你进来干什么？"

正浩一笑说："老板娘，是他说错话了，您店里有什么吃的吗？"

8.

日，内，延吉市。

阿里郎饭店。

正浩和崔明哲都饿坏了,狼吞虎咽地吃着饭。崔明哲突然说:"老板,你们这儿有没有一个叫银姬的人?"

李银姬说:"我就叫银姬,有什么事吗?"

正浩说:"不不,我们要找的银姬,是个姑娘,叫金银姬。"

李银姬没好气地说:"我们这里没有什么姑娘!你们这些男人真是的,看到漂亮的姑娘眼睛就发直,手也不听使唤,有姑娘也叫你们吓跑了。"

崔明哲说:"没有就没有嘛,发什么火呀。"他把碗里的汤喝了个底朝天,说:"老板娘,你们这里的酱汤还真好喝。"

正浩品着酱汤,感觉到什么,说:"老板娘,你们这儿的酱汤是哪位做的呀?"

李银姬说:"我做的,怎么啦?"

正浩说:"我只是觉得这酱汤的味道……算了,没什么。"说着又埋头吃了起来。

李银姬一撇嘴,嘀咕一句说:"……毛病。"

9.

日,内,延吉市。

阿里郎饭店。

李银姬正在收拾正浩和崔明哲刚才吃过饭的碗和盘子,银姬顶着个坛子就进来了。

尹文河从里屋出来,眉开眼笑地说:"哎呀呀,银姬姑娘,我真怕我那个不上路的老婆子把你给得罪了,你要是不送大酱来了,我就要让这个老太婆去你那儿给你赔罪了。"

银姬说:"大叔,您别这么说。我说好要给你们送的,怎么会食言呢。"

李银姬轻轻哼了一声,低着头把碗筷收了进去。

10.

晨，外，延吉市。

天蒙蒙亮，一个旅馆门口。

正浩和崔明哲走了出来。

正浩说："好了，分开找?"

崔明哲说："行，我找城东，你找城西，我们拉网式查找。"

11.

晨，外，延吉市。

正浩走在通往集贸市场的马路上。

有一个三十几岁的男子拉着满满一车装满大酱的坛子，正在往桥上拉，拉得满头大汗，走得很艰难。正浩一见，赶忙上去帮忙推车。

车子过了桥，那男子朝正浩点点头堆笑说："兄弟，谢谢，谢谢。"

正浩笑了笑，转身要离开，突然看见那男人拉着车正往集贸市场走，不由得心念一动。

12.

晨，外，集贸市场。

拉着几坛大酱的男人在一个摊位前卸下大酱，正往摊位上摆大酱坛，看见正浩走进集贸市场，正往四下张望。

正浩看到那男子，顺道过来帮着他卸下几坛大酱。

那男子又满脸堆笑地朝正浩点头，以示感谢。

13.

晨，外，集贸市场。

离开大酱摊位的正浩还在集贸市场里一边走一边四下张望。

14.

晨,外,集贸市场。

在集贸市场卖蔬菜的摊位前,英花正在帮着菜贩把装满蔬菜的筐子往售货台上放。有一位坐在轮椅上的五十多岁的妇女,正在挑菜。突然从妇女背后窜出个人,抢了妇女手中的钱包就跑。

坐轮椅的妇女喊:"抓小偷!我的钱包——"

英花放下手中的筐子就追了出去。

菜市场人很多,小偷跑不快,英花追上去一把抓住小偷。小偷恼羞成怒,对着英花的脸就是一拳。英花被打倒在地,但很快又扑了过去一把抱住了小偷的腿,喊:"抓小偷啊——"

顾客和治安员也都围了上来,把小偷制服了。

英花爬起来,从小偷手上夺下钱包,朝坐轮椅的妇女走去。英花的鼻子和嘴角都流着血,她掏出手绢擦了擦。英花走到坐轮椅的妇女身边,把钱包还给那妇女,然后转过身又继续搬运蔬菜。

那位坐轮椅的妇女,身材很匀称,气质也非常优雅。她看着忙碌的英花,想打开钱包拿些钱,但想了想,又把钱包关住了。等英花搬完那几筐菜后,她对英花说:"姑娘,你在这儿卖菜?"

英花说:"我只是在这里打小工,帮这些老板搬搬菜,要是老板有事,我就帮忙看看摊儿,晚上再帮他们打扫一下卫生。"

坐轮椅的妇女说:"一天能挣多少钱?"

英花说:"可以养活自己,起码是不饿肚子。"

坐轮椅的妇女又仔细地打量了一下英花,说:"你以前不是干这活的吧?"

英花不好意思地凄凉地一笑说:"是。"

坐轮椅的妇女说:"那以前你是干什么的?"

英花说:"阿姨,你有什么事吗?"

坐轮椅的妇女一笑说:"姑娘,你能不能送我回家?我家里这儿不远。"

英花说:"那我跟老板去说一下。"

15.

晨，外，集贸市场。

英花推着那妇女走出集贸市场。

正浩朝贩卖蔬菜的摊位走来，他依然在仔细地寻找着。

16.

晨，外，集贸市场。

银姬推着小车进了集贸市场，车上装着几坛大酱。

银姬走到自己的摊位上，发现她的摊位已经让人占了，而且也是大酱坛子，边上就是那个三十几岁的男子。

银姬说："金洙大哥，你占了我的摊位了。"

金洙说："银姬姑娘，你说早了，现在这摊位是我的。"

银姬说："前些日子，我不都占着这个摊位的吗？"说着，就要去移动金洙放在那里的坛子。

金洙挡住她说："你别动！我告诉你，现在不像以前那样随地摆摊没人管了。现在站摊位是要付摊位钱的，还要办经营执照。你钱交了没有？执照办了没有？你看，我的执照就办好了。所以，你赶快拉着你的坛子滚一边儿去吧。"

银姬说："要办执照的事我不知道呀。"

边上另一位摆摊卖鱼干的妇女李惠英实在是看不下去了，说："银姬，前几天工商上来人通知时，你不在。因为你们都是卖大酱的，就让金洙告诉你。可他没告诉你，他那是存心不告诉你的！因为他看你的大酱比他卖得好，他没生意了，他早就想把你挤掉了的。"

金洙说："李惠英，你不要血口喷人好不好！"

李惠英说："就是这么回事！什么血口喷人。"

银姬气得上去要移金洙的大酱坛，金洙挡住不让银姬移。李惠英也来帮银姬的忙，把银姬的一个大酱坛放到银姬挪出的一个空位上。金洙用力把银姬的大酱坛推下货台,坛子碎了,大酱溅了一地。银姬抓起大酱就往金洙的脸上摔。

金洙抹着脸上的大酱说:"好.银姬,你没交摊位费,没办执照,你就是非法经营! 走,我要拉你到工商局去! 看你还在这里撒泼。"

李惠英对银姬说:"那边城管的人来了! 银姬,你还是躲一躲吧。非法经营,是要没收你的东西的。你还是赶快去把钱交上,把执照办了,再来吧。"

银姬哭着把剩下的两坛大酱装上小车,推着小车要离开说:"金洙,你赶不走我的!"

17.

晨,外,集贸市场。

正浩从集贸市场的另一头走过来,他看见前面有人在争吵,银姬的声音传了过来。正浩加快了脚步奔去,看到了银姬的背影,正浩喊:"银姬!"

银姬回头,又惊又喜,喊:"哥——"冲向正浩。

18.

晨,内,延吉市。

金英善家。

一栋很陈旧的三层楼房。英花把那妇女推进二单元一楼的一套房子里。

英花观察了一下房子,房间不大,二室一厅,布置的朴素却很雅致,墙上挂着几幅照片,可以看出是女主人年轻时跳舞的剧照。

坐轮椅的妇女说:"自我介绍一下吧,我叫金英善,是咱们州歌舞团的舞蹈编导。你叫什么啊?"

英花说:"我叫许英花。"

金英善说:"你跳过舞是吗?"

英花说:"是,金老师,您怎么会知道?"

金英善一笑说："跳过舞的人，身段姿势还有人的气质就是跟一般的人不一样，我搞了半辈子的舞蹈，这点还会看不出来吗？"

英花有些局促地说："我以前在公社的业余演出队里待过。"

金英善说："那你怎么会跑到菜市场去打零工呢？"

英花脸一红没有回答，说："金老师，您叫我来有什么事吗？"

金英善说："你愿不愿意在我这儿当家政？"

英花犹豫了一下，说："我还是去干我的小工吧。在那儿干活比较自由。"

金英善说："在我这儿干活就不自由了？"

19.

晨，外，集贸市场。

正浩指着地上砸碎的坛子和摊了一地的大酱，对金洙说："你看这事该咋处理？"

金洙很尴尬地说："兄弟，我不知道银姬她是你的妹妹。"

正浩说："就算不是我的妹妹你也不能这么干呀。没办营业执照咱们可以补办，这又不是什么大是大非的事！你凭什么砸人家的坛子？要是我这会儿替我妹出气，砸了你的坛子，你会咋样？"

金洙又满脸堆着笑说："兄弟，我知道你是好人，你大人有大量，不会这么做的。砸碎的坛子和大酱，我赔，我赔成吗？"

正浩想了想说："赔是肯定要赔的。有件事我也得请你帮个忙。"

金洙说："你说，你说。"

正浩说："我妹的摊位，还是请你让出来吧。营业执照，我们会去补办的，可目前还是得请你照应点。虽然大家都是卖大酱的，可做生意也讲究个和气生财你说是不是？"

金洙忙点头说："是，是。"说着，就开始腾位置。

正浩帮银姬把剩下的大酱坛摆到了摊位上，对银姬说："先做你的生意吧。中午我来接你，还有话要跟你说。"然后转头对金洙说："兄弟，谢谢啦！"

金洙还是满脸堆笑说:"应该的,应该的。"

20.

日,内,延吉市。

金英善家。

金英善说:"英花,你不是在公社演出队干过吗? 你能给我跳个舞吗?"

英花犹豫了一下,还是点了点头。

金英善从唱机下的柜子里拿出一些唱片来,说:"我这里有些唱片,你看看,选一个音乐。"

英花走到金英善面前,看看唱片,挑出了一张《阿里郎》。

金英善打开唱机,放进唱片。一听到音乐,英花就显得很激动,便身不由己地跳了起来。英花跳得很投入,金英善的脸上露出了赞赏的笑容。

跳完后,金英善说:"许英花,你的舞蹈基础很好啊。在菜市场打小工,不太可惜了?"

英花说:"现在公社演出队也解散了,我总得给自己找份工作做呀。"

21.

日,外,集贸市场。

集贸市场的一个小吃摊。

正浩和银姬坐在小桌前吃着小吃。

正浩说:"不管咋说,你大海玉两个月,你总是她姐,做姐姐的怎么能把妹妹一个人撂在家里自个儿就跑了呢?"

银姬:"哥,你不知道她那时说话有多难听,我觉得那时我要还待在那屋子里,那我脸皮也太厚了。"

正浩说:"姐妹之间斗嘴怄气是常有的事,可你要真把那个家当自己家,把海玉当亲妹妹,就不会计较那么多了。当初英子妈妈可是真的把我们当亲生儿女抚养教导的。"

银姬说:"哥,其实我出来后也有些后悔,我是太冲动了点,可是要我现在回去,我又有点舍不得。"

正浩说:"怎么啦?"

银姬说:"因为我刚刚闯出点门道,我的大酱卖得又好,这会儿回去了,我觉得有点可惜。"

正浩笑了,说:"刚才还为摊位的事哭鼻子呢,这么会儿工夫就全忘了?"

银姬说:"出来闯,受点委屈有点磨难很正常的嘛。"

正浩若有所思地说:"也对,既然你现在摊位的事已经解决了,那就快把营业执照补办出来,好好干下去。出来闯一趟不容易,没必要半途而废。再说人活在这世上,就要有股子闯劲,做点事业出来。要不是家里出的那么一大摊子事,你哥我也会出来闯一闯的!"

银姬说:"哥,家里怎么啦? 什么一大摊子事啊?"

22.

日,内,延吉市。

金英善家。

金英善对英花说:"我那老伴前几年刚走了。"说着,指指一个镶着黑框的男人的照片说:"我呢,两条腿又不方便。州里要重新恢复歌舞团,要我回去,继续担任歌舞团的编导。现在跳舞是不行了,当当编导还是可以的。只怕一忙起来……唉,都怪这两条腿不争气。"

英花说:"金老师,你的腿是怎么……"

金英善苦笑了一声说:"被打断的。舞蹈演员每天练的就是这两条腿,可关键时刻最脆弱的也是它们。'文革'时,我脾气也犟,死活不肯承认自己是里通外国,结果被人狠狠砸了一棍子,没想到它们会这么脆弱,就这么罢工了,再也站不起来了……"说着,她的眼眶湿润了。

英花同情地说:"金老师,你想要我为你做些什么?"

金英善想了想,说:"一开始,只是想让你照顾一下我的起居,但看你跳了那一段舞后,我突然觉得,你就是我一直想找的人,既能照顾我的生活,又能当我事业上的帮手。英花,我一直在物色这样一个人,你愿意留在我身边成为我的助手吗?"

英花既欣喜又感动,抿紧嘴使劲点了一下头。

金英善说:"再过几个月,州歌舞团就要招考演员了。我相信你有这个实力,到时候你也去试试吧。"

23.

日,外,集贸市场。

小吃摊。

正浩说:"海玉一个人跑去了上海,为了爱情她是什么也不顾了。英花我到现在也还是没找着,俊男又被判了刑。还有你贞玉姐,突然把公社的工作给辞了,带了个来历不明的婴儿跑了回来。"说着,深深叹了口气,"唉,三个月没在家,翻天覆地呀。"

银姬说:"哥,要不我还是跟你回去吧。"

正浩拍拍银姬的肩头说:"不用,这个家有哥撑着呢。再大的事,哥都能担得起,要不我怎么当大哥呀?"

银姬说:"可是……"

正浩说:"安心闯你的天下吧。我这次出来就是为了找你跟英花的,看到你好好的,我就放心了。至于英花,我请的假还有两天,我再慢慢找,总会找到的。"

银姬含着泪说:"嗯。"

正浩抬眼看看天空,说:"海玉现在也该到上海了吧,不知道怎么样了。"

24.

日,外,上海。

火车站。

海玉背着个布包,顺着人流走出火车站。她满脸的新奇,但也有些提心吊胆和不知所措。

25.

日，外，上海。

海玉在一条马路上来回走着，看看路牌，再比对着手里的字条，再看看马路两旁，有些蒙了。

路边所有的房子都已经拆了，只有大片的空地和废墟。

海玉在向路边一位戴红袖章的老人打听，老人说："这里的住户都拆迁了，原来住的人家都搬走了。"

26.

日，外，龙井市。

正浩从一个公安局走了出来，失望地叹了口气，把照片放回到挎包里。

27.

日，外，上海。

海玉问那位红袖章老人说："您知道他们搬到什么地方去了吗？"

老人说："那怎么知道，各家搬的地方都不一样。"

海玉一脸的绝望。

28.

日，外，龙井市。

正浩走在马路上，时不时地拿着张照片钻进饭店和旅馆里，但出来的时候，满脸写着失望。

29.

日，外，上海。

海玉坐在满是废墟的路边，一见有人经过就忙站起来问，但路人大都是摇摇头就离开了。

海玉眼里都是泪水。

30.

夜,外,龙井市。

正浩走进一家小旅店,办住宿手续。他又从挎包里拿出英花的照片给服务员看,服务员摇摇头。

正浩轻轻叹了口气。

31.

夜,内,上海。

一家弄堂小旅馆。

一间很小的房间里挤着两张床。

海玉从口袋里掏出所有的钱,只有零零星星的几张票子了,海玉望着那几张票子发呆。

32.

日,外,敦化市。

正浩在敦化的集贸市场中穿行,一面在细细地寻找着,还时不时地拿出英花的照片请人辨认。

33.

日,外,上海。

海玉又来到那条两边满是废墟的马路上。戴红袖章的老人正在和一位中等个子不到三十岁的年轻人说话,老人一见海玉就把她指给那个人看。那人朝海玉走来,海玉满怀希望地看着他。

那人说:"喂,小姑娘,你每天在这里转来转去,有什么事吗?"

海玉说:"请问你以前是住这儿的吗? 在这条路的十七号,有个叫陈志宏的,你认识吗?"

那人说:"陈志宏,他不早就到延边插队去了吗? 你找他干什么?"

海玉说："他不是回上海了吗？"

那人说："没听说。你从哪儿来？"

海玉说："我就是从延边来的。"

那人说："你到这儿来就是为了找他？还是想到上海来打工？"

海玉想了想，说："我是想找他，因为上海我就认识他一个人。要是现在找不到，能在上海打工慢慢找也行。"

那人上下打量了一下海玉，说："你多大？"

海玉想了一下，说："二十了。"

那人说："噢，我看你当个服务员倒蛮合适的，你行不行啊？"

海玉说："行，我能做。"

那人说："那你跟我来吧。我叫陈志超，前面那大饭店你看到了吗？里面有个歌舞厅，我是那家歌舞厅的老板。以后你叫我陈老板就可以了。"

海玉跟着陈志超走着，听到他报自己的名字时想要问些什么，但忍住了。

陈志超边走边说："你还会些什么？"

海玉想了想，说："会唱歌，行吗？"

陈志超说："那当然可以。但唱得怎么样啊？现在三脚猫的歌手多得很！待会儿你唱给我听听再说吧，不过当个服务员那应该没问题。"

34.

日，外，图们市。

正浩从图们市的公安局里出来，手上拿着英花的照片。

35.

日，外，图们市。

正浩依旧在图们江的马路上寻找着，继续在饭店、旅馆里穿梭，打听。

36.

清晨,外,靠山屯。

贞玉背着斗伊走到许应灿家院门口,急急地对正在打扫院子的玉顺说:"玉顺妈妈,我家的小斗伊发烧了,烧得好厉害。我得带她到公社卫生院去看病。家里要是来人,您就帮我照看一下。今天有好几个顾客要来取衣服,做好的衣服,上面都贴了条子,您就给他们。还有几件没做好,您让他们再等两天。"

玉顺摸摸斗伊的额头,说:"喔唷,头真的好烫啊! 那你赶快去吧,这事耽误不得。家里有我呢。"

贞玉说:"谢谢妈妈。"一路小跑地上了路。

玉顺对正走出门的许应灿说:"贞玉对这孩子真上心哪! 也不知道这小丫头到底是谁家的孩子,碰上贞玉这样的妈妈,真是她的福分。"

许应灿鼻子一哼说:"福分? 那是她自个的孩子,还不承认,这叫作孽!"

玉顺说:"我就是不信,贞玉会做那种事。"

37.

日,外,靠山屯。

正浩背着背包,风尘仆仆地朝靠山屯走去。

38.

日,外,靠山屯。

贞玉家院子里。

院子里有两个妇女在门口等着,玉顺匆匆走进了院子。

玉顺说:"哎呀呀,对不起,叫两位久等了。贞玉不在家,一早就背着孩子到公社卫生院给孩子看病去了。两位是来取衣服的吧?"

其中一位中年妇女说:"是呀,我女儿明天要相亲去,怎么也得穿件新衣服去呀,这可是我女儿一辈子的大事啊!"

另一个年轻一点的妇女说:"明天我可是要去参加我弟弟的婚礼的。这位妈妈，请您帮我看看，我的衣服好了没有？贞玉答应我们今天上午取的。"

这时正浩推门走进院子，背着挎包满脸的疲惫。

玉顺一见，高兴地说："正浩，你回来啦！英花、银姬，找到了没？"

正浩朝玉顺一鞠躬说："妈妈，银姬我已经找着了，在延吉的集贸市场卖大酱呢。"

玉顺松了口气，说："那……英花呢？英花找着没？"

正浩摇摇头，说："几个大城市我都跑了，每个地方的公安局我也去了，还拿着英花的照片给人家看，可是……"

玉顺伤心地说："那这丫头会去哪儿了呢？是死是活都不知道……"说着，眼睛里满是泪。

正浩说："妈，您别急，等再过一阵儿，农活不太忙了，我再请假去找，总能找到的。"

第十集

1.

日,内,贞玉家。

玉顺领着两位妇女进了家门,正浩也跟着走了进来。

屋子里有些零乱,小桌上,地上都摊着正在缝制的衣服,墙边是成堆的布料。还有一些裁剪好的布料摆在了炕上,显然是活很多而且忙不过来。

正浩小心地绕过这些衣料进了里屋,然后一头倒在炕上,一会儿就睡死了过去。

年轻一点的妇女一眼看到小桌上已快完成的衣服,大声地说:"哎呀呀,这不是我的衣服吗?怎么还没好呀!"

玉顺看了看说:"这不还差几针就完了吗?我来给你缝上几针,你就可以拿走了。"

年轻妇女急了,说:"不不不,老妈妈,您可千万别动!还是等贞玉回来吧,我也不差这点时间。"

玉顺说:"你信不过我这个老太婆?"

年轻妇女说:"老妈妈,不是信不过你,就怕你一动,样式就变了。贞玉的衣服做得好,全都在细节上吃功夫。很多小地方都有人想不到的新花样。"

中年妇女看着地上说:"你看看,我要的衣服怎么刚裁好呀? 明天肯定是赶不上穿了。这个贞玉也真是,活儿忙不过来,就不要接了嘛。"

年轻妇女说:"有些活人家贞玉是不想接的,可有些人好说歹说硬要往这儿塞,说是只要你做就行,晚一点也没关系。"

中年妇女说:"你这话啥意思? 说谁呢?"

年轻妇女说:"我又没说是你说的,反正那天贞玉在给我量尺寸的时候有人说过。"

中年妇女说:"那天不就是我在场嘛,你不是在指我嘛!"

年轻妇女说:"你真要这么说了,那还怨人家贞玉干什么?"

两人你一句我一句吵着,玉顺想插嘴劝架也插不上,正在着急,突然看见贞玉背着孩子出现在门口。

玉顺说:"贞玉,你可回来了,这都快成一锅粥了。孩子咋样了? 烧退了没?"

贞玉说:"打了退烧针,吊了瓶盐水,现在好多了,烧也退了。"然后对那两位妇女说:"你们也别吵了,大姐的衣服晚上来拿。大婶,您的衣服麻烦您明天一早上来拿吧,我今天夜里一定赶出来。"

贞玉刚把孩子背到里屋,看到正浩躺在炕上熟睡着,又惊又喜,刚想叫,想了一下,又退了出来。

玉顺看到了,说:"你哥刚回来,跑了好多地方,累坏了。"说着过来抱斗伊说:"孩子我来看着吧,你忙你的。"

贞玉一笑说:"没事,妈。哥找到英花和银姬妹妹了吗?"

玉顺眼圈一红,叹口气说:"只找到了银姬,英花还是没消息。"

贞玉也安慰玉顺说:"妈,英花会找到的。银姬不是已经找到了吗?"

2.
夜,内,贞玉家。

贞玉在灯下缝制着衣服。

正浩坐在一旁吃着晚饭。

贞玉说:"哥,缓过来没?"

正浩大口大口吃着饭菜,说:"嗯,我睡了那么长时间啊,你回来干吗不叫醒我?"

贞玉一笑说:"哪里叫得醒啊? 到吃晚饭那会儿,我叫了你好几次,你就翻了个身,小家伙哭得那么大声也没能把你吵醒。"

正浩看看睡在一边的孩子,说:"贞玉,你一个人那么忙,还带着个孩子累不累?"

贞玉说:"就是因为太忙了,所以也不觉着累了。"

正浩说:"海玉来信了没?"

贞玉摇摇头,说:"还没。她走的时候我又劝她,说你先写封信去,等有回音了,再去也不迟啊,可她一点都听不进去。"

正浩想了想,一笑说:"都一个样! 崔明哲要找银姬的时候,也这个德行。人家说,爱情能让人盲目,大概就是这个理吧。"

贞玉看了看正浩,没有说话。

正浩突然想起什么,说:"呀,糟了。"

贞玉说:"怎么了?"

正浩说:"我找着银姬的事忘了跟崔明哲打招呼了,那时候光想着再加把劲把英花找着,把他给忘了。"

贞玉一笑说:"那就让他自个找吧,要是有缘分,自然会碰上的。"

3.

日,内,上海。

上海一家较大的饭店的地下室里,一间矮小的房间,阴暗,潮湿。里面摆着一张折叠床,还有一个小写字台,窗口开得很小,还只露出半扇。

虽然是白天,采光还是不好。写字台上的灯亮着,海玉正趴在桌子上写信。写了几行字后,眼泪就不住地往下落,打湿了信纸。海玉抬起头看着天花板，眼泪顺着脸颊流淌，她的心中很茫然很痛苦。

海玉的目光从天花板上收了回来，低下头含着泪继续写信。有人敲了两下门就推门走了进来。

走进来的是陈志超，他说："海玉，你还在这儿磨蹭什么！怎么连妆都还没有化？"

海玉说："陈老板，我不想做了，我想回家。"

陈志超说："海玉，你不要忘了，你跟我订的是两年的合同。合同期满，你随便走哪里去，我不拦你。合同期里，你哪都不能去。你的工资，每个月我都给你存着呢。"说着从口袋里掏出本银行存折，还在海玉面前晃了一下说："你看，以后都存在这里，一分都不会少你的。"

海玉说："我想回家。"

陈志超说："老老实实在这儿干两年，把歌给我唱好了，我陈志超不会亏待你的。"

海玉说："陈志宏姓陈，你也姓陈，可你们两个人太不一样了！"

陈志超说："陈志宏啊，你还惦记着他呢？我告诉你吧，我是陈志宏的弟弟。我当初收留你也是看在我那个老哥的面子上，所以我也没亏待你，工资开得比其他服务员都高，还单独给了你一间房。你也别不知道好歹，好好给我挣钱！没事哭着闹着想回什么家啊？那你干吗来上海呀？"

海玉说："我就是来找陈志宏的，你是他弟弟，为什么不告诉我他在哪儿？"

陈志超说："他插队落户那么多年，根本就没回来过，我告诉你什么呀？你来找他干什么？不就是想投靠他在上海找个活干吗？现在工作有了，钱也可以赚了，你还想干吗？不是我说你，海玉，有钱赚就行了，哪来的那么多事啊！"

海玉吃惊地说："陈志宏不在上海？可他同事说他回上海了呀！"

陈志超说："我是他弟弟，他回没回上海我会不知道？可就是到现在我连他的影子都没见到！他从延吉往家里写信我倒知道。"

海玉说："志宏哥在延吉？"

陈志超说:"是呀! 所以,你老老实实地在这儿把两年的歌唱完!"

海玉说:"陈志宏不在这里,那我也不要待在这里了。"

陈志超说:"待不待在这儿不是你说了算,是钞票说了算! 没钱我看你能往哪里跑。"说着转身就走。

海玉坐下来拉开抽屉,把信纸放进去。擦擦眼泪站了起来准备出门。

陈志超说:"其实海玉,你真的不会利用你的资源啊。你歌唱得那么好,脸也长得漂亮,为什么不好好利用一下自己的漂亮脸蛋呢? 只要你放下架子,钱就会大把大把往你口袋里飞了。"说着就要摸海玉的脸。

海玉想举起手甩陈志超的耳光,但陈志超把她的手抓住了,说:"你怎么敢打老板?"

海玉说:"你说这种话,还想对我非礼,我就敢打你! 你是个骗子,是个畜生! 还有你哥陈志宏,你们都是骗子!"

海玉咬着牙,忍住不哭。

4.

清晨,外,靠山屯。

贞玉家院子。

贞玉把带着女儿来拿衣服的中年妇女送出院门口。

贞玉说:"耽误您女儿穿了,真不好意思。"

中年妇女说:"不耽误不耽误。贞玉啊,你的衣服式样就是做得好,你看刚才我女儿试穿出来的样子,哎呀呀,连我看了都心动。昨天我也是急,才那么催的,你别往心里去,真是辛苦你了。"

中年妇女带着女儿高高兴兴地走了。

正浩从屋里出来说:"贞玉,快回去睡一会儿吧,熬了一夜。"

贞玉说:"活儿太多,都是急着要的。"

正浩说:"你就靠这么手工缝,多累人啊!"

贞玉说:"我倒是想添置一台缝纫机,可一是钱不够,就是钱凑齐了,也不好买呀。"

正浩说："不好买也得想办法买，这样下去，你身体要垮掉的。赶快进去休息一会儿吧。"

贞玉说："正浩哥，这么早你去哪儿？"

正浩说："我到队上去销个假，然后得下地干活去呀。"

5.

夜，内，上海。

某大饭店里的歌舞厅。

海玉在台上唱歌，台下坐着的客人听得如醉如痴。

陈志超坐在靠后的一个餐桌前，旁边一个人对陈志超说："陈老板，你本事大哦！啥地方挖来这么棵摇钱树啊？"

陈志超说："那得感谢我哥啊。这小丫头是来投靠我哥的，不用白不用。这世道，能来钱的就行，其他的，都他妈的是肥皂泡！"

6.

晨，外，靠山屯。

贞玉家院门口。

玉顺喊："正浩，快点啊！"

正浩穿着当初贞玉给他做的那身新衣服走出院门，满脸不情愿地说："妈，我真的不想去了，反正也成不了。"

玉顺说："你的婚事弄不成，你爸天天嚷嚷着要打烂我的屁股。正浩啊，不是我说你，这次你别再跟人家提咱家的这点事行不？"

7.

日，内，某屯子。

一户人家。

一位姑娘唰地站起身对正浩说："你这么个情况，还相什么亲呀！真是的！"

正浩说:"看不上就看不上呗,生什么气呀。"

姑娘说:"当然生气啦! 你这个人我是看上了,可你们那个家,我要嫁过去,不就泡进苦海里去了? 真是的!"

正浩说:"是呀,真是的。我家就这么个状况,没这个家就没我这个人,既然看不上我的家,那我也没辙啊。"

8.

夜,内,靠山屯。

贞玉家。

贞玉正在缝制衣服。

正浩走了进来。

贞玉说:"怎么,又没成吗?"

正浩说:"没法成。"

贞玉说:"咋啦?"

正浩说:"一开始都谈得挺好,等我把家里的实际情况一说,姑娘立马翻脸走人。"

贞玉说:"玉顺妈妈不是不让你说家里的情况吗?"

正浩说:"那怎么行? 这是迟早要知道的事,我们家就是这么个情况,看不上拉倒。"

贞玉说:"哥,你就不能不去相亲吗?"

正浩说:"你以为我想去啊,爸妈说了,我一天找不着媳妇儿,他们一天就睡不安稳,我能咋办?"

贞玉没有再说话,停下针线出神地看着正浩。正浩正埋头清理农具,没有察觉。

9.

夜,内,靠山屯。

贞玉家。

深夜，贞玉把斗伊哄睡着，放在床上。她回到小桌前，想继续缝制衣服，但心绪很乱，做事情显得有些心不在焉。她索性放下针线看着正浩的房间，正浩还没有睡，屋里的灯光亮着。贞玉想了又想，终于下定了决心，站了起来，向正浩的房间走去。

10.

夜，内，靠山屯。

贞玉家。

贞玉走进正浩的房间。

正浩正在炕上看书，看着贞玉的神情，感到很奇怪。

正浩说："贞玉，有事吗？"

贞玉说："哥，你娶我吧。"

正浩愣了半天，说："贞玉，我想过了，恐怕不行。"

贞玉说："为什么？咱俩不是亲兄妹，不是吗？难道你不喜欢我？"

正浩坐了起来，说："不是。"

贞玉说："那为什么？"

正浩沉默了一会儿，说："贞玉，你能告诉我，斗伊到底是谁的孩子吗？"

贞玉不响，但眼泪流了下来，她明白了，说："你怀疑斗伊是我的孩子？"

正浩说："有过这个念头，虽然我不相信。但我要娶你，就必须得知道这孩子是谁的。"

贞玉平静地说："斗伊不是我的孩子，但她是谁的孩子，我也不能告诉你。就因为这，你不肯要我，那我也没有办法。就这样，你歇着吧。"

11.

晨，外，靠山屯。

贞玉家院子。

正浩准备出门，走到院门口，贞玉从屋里追了出来。

贞玉说："正浩哥，你要去哪儿？"

正浩说:"我要去趟乡里。"

贞玉说:"去乡里干什么?"

正浩说:"去找郑雪梅。"

贞玉的脸一下就变了。

12.

晨,外,延吉市。

菜市场。

英花仍在帮着菜农搬菜。

金英善坐在轮椅上自己推着轮子来到菜市场,看到了英花。

金英善喊:"许英花,许英花!"

英花听到喊声,看是金英善,忙走上去说:"金老师,您好。"

金英善说:"许英花,前天不是说好的嘛,你昨天就该到我家来。怎么回事?"

英花说:"金老师,我想了,我还是在这儿当我的小工吧。反正,也能喂饱我自己了。"

金英善说:"许英花,你就这么点出息吧!"

英花说:"金老师,您不了解情况。"

金英善说:"你先把我送回家,我们在家里说。"

英花犹豫着。

金英善说:"许英花,快推车! 怎么,连送我回家都不肯啦? 今天你的工钱我给你!"

英花说:"金老师,我不是这意思。"

金英善说:"那就推了走!"

13.

日,内,延吉市。

金英善家。

英花说："金老师，我不是不想照顾您，也不是不想去州歌舞团。"

金英善说："那你到底有什么情况？你是个通缉犯吗？杀过人吗？"

英花说："不，不是！但……但我是个坏女人。"

金英善说："坏女人？能说说你哪儿坏吗？"

英花含着泪说："我是龙井靠山屯的人，离延吉市也不是很远。那时候我一直在公社演出队里……"英花有些说不出口。

金英善说："以你的舞蹈天分来看，你在演出队应该是表现得很好才对，是不是？"

英花说："是。"

金英善说："那你为什么离开了演出队？还跑到延吉来当小工呢？"

英花沉默了一会儿，泪水流了下来，说："金老师，那我就全告诉你吧。"

闪回：

夜，内，靠山屯。

高峻皓的办公室。

高峻皓对刚进他办公室里的英花非礼，洪吉龙踹开门闯了进来。

夜，外，靠山屯。

野外。

三个人围殴洪吉龙……

高峻皓把英花压在雪地上，受了伤的洪吉龙拿个枯树干冲了过来，高峻皓逃跑。

夜，内，靠山屯。

洪吉龙的房间。

英花依偎在洪吉龙怀里，窗外雪花飞舞。

英花流着泪说："后来他走了，走得很远，我再也没可能见到他了。这个时候,我才发现自己已经怀上了他的孩子。生下孩子后,我也没敢再在那里待了,我又没法独立养活那个孩子,只能把她送人……我是个不道德的女人,我只配在菜市场打打小工。"

金英善很同情地说:"唉,作为一个女人,要爱一个人有多难。表达了,把爱献出去了,却要独自承担起可能产生的后果。可男人呢,爱了,也得到了,就能心满意足地走人了,究竟会有什么结果他们根本不需要考虑。所以女人呀,凡事得为自己考虑考虑,绝对不能那么轻易地把爱献出去。"她又看了看已经平静下来的英花,长叹了一口气:"可是大凡恋爱中的女人,都不会去考虑自己的。"

英花说:"我不怪他,也不恨他。自己愿意的事,不管后果怎么样,都该由自己来承担的。不过,这总归是件丢人的事,所以老师……"

金英善点头说:"你肯告诉我,就说明你已经百分之百地信任我了,我会替你保密的。为了爱情牺牲自己的女人,算不得什么坏女人,更不是个不道德的女人!你不要因为这些而苛责自己,不管生活对你怎样不公,人总要活下去的,而且得活得像个人样!你就安安心心地在我这儿吧,我也不会嫌弃你的。以后有人问起,我就会说你是我的外甥女。你过去的这一切,跟考州歌舞团也没什么关系。"

14.
日,内,椿树乡(原红光公社)。
供销社办公室。
郑雪梅正在她的办公室办公。有人叫:"郑经理,有人找!"
郑雪梅看到站在办公室门口的是正浩,顿时兴奋得不得了。
郑雪梅紧紧握住正浩的手,说:"你军训结束啦?"
正浩说:"想不到我军训三个月,家里变化这么大。而且你呢,也调到乡里来了,郑雪梅,你真厉害。"
郑雪梅说:"我厉害啥,还不是靠了延吉市我爸一个老战友的关系。你能来看我,真让我高兴。"

15.

日，内，延吉市。

金英善家。

有人敲门。

英花去开门，一个留着长发，英俊而且很有风度的年轻人站在门口。那年轻人一见是个年轻美丽的姑娘开的门，不由得一愣。

英花等了一会，见来人没反应，便冷冷地问："您找谁？"

年轻人这才想到回答说："金英善老师在吗？"

金英善听到声音抬头一看说："珉基啊，快进来吧。"

李珉基一进门，向金英善鞠了一躬说："老师。"眼睛还不住地看英花。

金英善说："来，介绍一下，许英花，我的外甥女。因为我腿脚不好，我哥就让她来照顾我。英花的舞跳得很好！我想让她去考我们的歌舞团。"

李珉基说："那好啊。"

金英善对英花说："李珉基，我的学生。州歌舞团的导演，很有才华啊！"

李珉基一笑说："老师您过奖了。"

英花一听到歌舞团的导演，脸色微微变了一下。她只是朝李珉基微微欠了欠身，便走开了。

李珉基看看英花的背影，然后对金英善说："老师，团里要你去开会，特意让我来接您。"

金英善说："以后你就不用特意跑来了，打个电话就行，我有英花在照顾我呢。"

16.

日，内，椿树乡。

供销社。

一间空置的办公室，里面也有两张桌子，两条凳子。

正浩和郑雪梅面对面地坐下，两人都很兴奋。

郑雪梅凝视着正浩说:"正浩,你来是给我答复的吗?"

正浩有些不知所措,说:"对不起,但我实在是不知道该怎么给你说好。"

郑雪梅说:"有什么不好说的? 我不就跟你说了吗?"

正浩说:"可是……"

郑雪梅说:"我身子里流着你金正浩的血,所以我想做你的女人。"

正浩看着郑雪梅,郑雪梅一双火辣辣的眼睛紧紧地盯着他。正浩低头躲闪着她的目光,说:"郑雪梅,给我点时间好吗?"

郑雪梅说:"英子大妈说,你们朝鲜族的男人是顶天立地的男子汉,是天上的大将军。所以,给你时间可以,但你不能逃避我。"

正浩想了想,说:"这我知道。"

郑雪梅说:"你今天是特地来看我的?"

正浩说:"对,特地来看你的。另外,当然也想请你帮个忙。"

郑雪梅说:"让我帮什么忙呀?"

正浩说:"帮我买一台手摇缝纫机。"

郑雪梅说:"那是要凭票供应的,你有票吗?"

正浩说:"有票我还找你干吗?"

17.

日,外,延吉市。

英花推着金英善在路上走着。

李珉基走在英花边上,他不时地看看英花,搭讪着问:"许英花,你多大了?"

英花刻意跟李珉基保持一定的距离,对他的问话也不理。

金英善一笑说:"珉基,你怎么问话的? 你不知道,男人的收入姑娘的年纪那都是禁区,不能问的!"

李珉基说:"啊呀,对不起,我忘了。许英花,你以前在哪儿工作?"

英花冷着脸不答。

金英善说:"她以前一直待在农村。"

李珉基说:"老师,您不是说她舞跳得很好吗?"

金英善说:"农村姑娘就不能跳舞啦? 我也是农村长大的,这山窝窝里飞出金凤凰的事多得很呢!"

刚好遇到一个台阶,李珉基忙去用手搭轮椅的把手,想帮着推一把。还没碰着英花的手呢,英花赶紧挪开手,用胳膊把他的手挡住,然后再握住把手一使劲把轮椅推了上去。李珉基看了英花一眼,英花也没理他,继续往前走。

李珉基眉头一皱,说:"老师,我身上有刺吗?"

金英善说:"珉基,你说什么呢? 怎么啦?"

李珉基说:"那我身上装了弹簧了? 还是身上有味了? 我就那么招人烦吗?"

金英善奇怪地回头看李珉基,见李珉基不高兴地看着英花,知道他这是在跟英花说话,不由得一笑,没再回答。

英花咬了咬嘴唇,还是不说话。

18.

日,内,延吉市。

城建局。

人事科的一位干部对崔明哲说:"喂,崔明哲同志,通过考核,我们决定试用你当城管员。"

崔明哲说:"城管员是干啥的?"

人事科干部说:"就是做城市市容的管理工作,这是项新兴的工作。一个城管员得管一大片地方,而且街道的各个角落你都得去查看,一个月下来你就得跑破两双鞋,很累的,责任也很大,事儿也挺杂,怎么样?"

崔明哲说:"我不怕! 你说各个角落都得去查看,那我高兴,我就是喜欢往城里的犄角旮旯儿里钻。"

19.

夜,内,靠山屯。

贞玉家。

贞玉在灯下缝制衣服,正浩坐在了对面。

贞玉心里有些酸,说:"郑雪梅找着了?"

正浩说:"找着了。"

贞玉说:"她见着你,高兴不?"

正浩说:"是啊,兴奋得跟什么似的。"

贞玉说:"你找她……有什么事吗?"

正浩说:"在队里听说,她当了乡里供销社的副经理,我想,这会儿你买缝纫机可有门了。"

贞玉说:"你找她买缝纫机?"

正浩说:"是呀,托她买总不至于再要票吧。"

贞玉说:"她答应啦?"

正浩说:"她说她想办法,算是答应了吧。"

贞玉说:"没说点别的?"

正浩说:"说了,她说她身上流着我的血,她想做我的女人。"

贞玉的手一抖,针刺破了手指,血冒了出来。她紧紧地把手指攥进了手心里,说:"你怎么说?"

正浩没有回答,沉思了一会儿,说:"贞玉,你别生气。我还想最后问你一次,从此以后我就再也不问了。"

贞玉说:"关于斗伊的事?"

正浩说:"对。"

贞玉说:"正浩哥,我也明确地告诉你,斗伊不是我的孩子,要不,我是不会让你娶我的。我喜欢正浩哥你,不是一天两天的事,所以,无论如何我贞玉决不会做出对不起你正浩哥的事。但斗伊到底是谁的孩子,我真的不能告诉你!"

正浩看着贞玉,被她的话震动了,脸上显出复杂的表情。

贞玉含着泪说："正浩哥，我是想嫁给你，很想很想。但要是因为我不肯说出孩子是谁的你就不娶我，那我也没有办法。"说着，泪流了下来，伤心地哽咽起来。

正浩看着贞玉，心灵也被触动了。

20.

晨，外，靠山屯。

稻田。

正浩赶着牛在耕地。

东春大叔走了过来，在地头喊："正浩，你回来啦！"

正浩一鞠躬说："东春爷爷，您好。"

东春大叔说："正浩，你过来。"

正浩跑到东春大叔身边说："东春爷爷，您有事？"

东春大叔轻声地说："你回来正好，这事我又不好去问她本人。贞玉的孩子到底是咋回事？自打她带着孩子回来，屯子里就传得风风雨雨的，说啥话的都有！"

正浩说："东春爷爷，我问过她了，但她就是不肯告诉我。不过有一点是可以肯定的，就是这孩子不是贞玉的。"

东春大叔说："那会是谁的？"

正浩说："她怎么也不肯说。我想她是为了保护孩子的母亲吧。为了这个，贞玉承受了很大的压力。"

东春大叔说："说实话，你们几个孩子都是在我眼皮子底下长大的。尤其是贞玉这孩子，我知道，她是不会干出那种丢脸的事的。贞玉是个好姑娘，可是她也该想想，她现在这种状况，还怎么嫁得出去呀！为了这孩子，她会把自己的一生都耽搁的。"

正浩低头沉思了一会儿，说："东春爷爷，不会的。你放心好了。"

东春大叔说："怎么？有目标了？"

正浩说："对，会有人娶她的，而且是她想嫁的人。"

东春大叔说:"那就好。"

21.

夜,内,靠山屯。

贞玉家。

正浩回到家里。

贞玉激动得满眼含泪,说:"正浩哥,海玉来信了!"

正浩说:"是吗? 她怎么样? 信里都说些什么?"

贞玉说:"她说她找着陈志宏了。"说着把信递给了正浩。

正浩看信,海玉的声音说:"姐,我找到陈志宏了。现在我在一家歌舞厅里唱歌,收入挺高的,你放心吧。不过,我不能光唱歌,将来我还要在上海发展自己,上海有好多可以发展的地方,我会努力的。……"

22.

早上,内,靠山屯。

贞玉家。

正浩对贞玉说:"贞玉,今天我要去趟乡里。"

贞玉说:"去见郑雪梅?"

正浩说:"对,她同我说好的,今天去给消息。"

贞玉想说什么,但又把话咽了回去。只说了一句:"那你路上当心。"

23.

日,外,靠山屯。

正浩背着背架在前往乡里的路上走。

董强骑着摩托车从正浩身边路过,然后嗞地刹住了车。摩托车的后座上绑着一捆装满衣服的编织袋。

董强说:"金正浩,你军训回来啦?"

正浩说:"对,董强,你春风得意的,上哪去呀?"

董强说："金正浩，你不知道吧？我现在在延吉市开了一家服装店，生意还不错。这次我从上海带了点货回来，本来是想回到屯子里给乡亲们看看，让大家开开眼。谁知道让大家一看，他们就抢着要买，你瞧，两大捆衣服就变成这点了。还有赵泉，你记得吧？他在延吉市开了家照相馆，生意也好着呢。什么时候去我们那儿看看？"

正浩说："哈，你们都远走高飞啦？"

董强说："正浩，你也出来干吧，窝在山沟沟里能有啥出息？"

正浩说："我跟你们不一样。我的情况你也知道，应灿爸爸家的两个孩子都不在身边了，我的银姬妹妹也不知道上哪去了，还有个海玉妹妹，她倒是昨天刚来了信息，说是在上海发展得挺好，已经找着陈志宏了……"

董强吃惊地说："金……金正浩，你说什么？海玉去上海了？找着陈志宏了？"

正浩说："是呀。她信里是这么说的。"

董强说："不可能！"

正浩说："怎么？"

董强说："大前天我们还跟陈志宏见过面，现在人家是延吉市文化馆的翻译，自打他到延边来插队落户后就从来没回过上海。海玉说在上海找着陈志宏了？那不是见鬼了嘛！"

正浩脸色大变，说："董强，你没骗我吧？"

董强说："骗你是小狗！你上我的摩托车，我现在就带你去见他。"

正浩正准备上车，又想了想说："董强，今天我还有要紧事，跟人约好的。明天我去延吉市找你，你把你的地址给我抄一份。"

24.

日，内，某乡。

供销社。

正浩走进郑雪梅的办公室。

郑雪梅笑着说："财务手续办好了？"

正浩说:"办好了,看,这是提货发票。"

郑雪梅说:"正浩,你坐。我让人把缝纫机给你提出来。你在我这儿吃了中午饭再走吧。"

正浩说:"我想急着赶回去,明天一早我得赶到延吉市去。"

郑雪梅说:"去开会?"

正浩说:"不,去找陈志宏。"

郑雪梅说:"哦,你军训回来还没见到他吧? 你们都是好朋友,是该去看看他。他现在在延吉市的文化馆,干得很不错,领导上也很器重他。"

正浩说:"你见过他?"

郑雪梅说:"经常见,前两天我去延吉市开会还碰着他了呢。"

正浩咬牙切齿地说:"这个杂种!"

郑雪梅说:"怎么啦?"

25.

日,外,延吉市。

阿里郎饭店。

银姬顶着一坛大酱来到小餐馆前。这时已经是中午时分,但里面一个顾客也没有。银姬感到奇怪,上前敲了敲门。

李银姬打开了门,一脸的愁容,眼睛也红肿着。

银姬说:"老板娘,我给您送大酱来了。"

李银姬说:"银姬啊,以后你就不用再送了。"

银姬吃惊地说:"怎么啦?"

李银姬伤心地说:"尹文河生病了,前天去检查,说是癌症,活不了多长时间了。你说我哪还有心思开店啊,所以我们就把店关了。"

26.

日,内,椿树乡。

乡里的一家饭馆。

郑雪梅在请正浩吃饭。

郑雪梅说:"正浩,你还是出来吧。就在乡里,或者到延吉市里找份工作吧。我爸的那个老战友,肯定能帮上这个忙的。我也正设法往延吉市调呢,到时候我们就结婚,幸幸福福地一起过日子吧。"

正浩说:"我出来,家里一摊子怎么办呢?我可是家里的老大啊。"

郑雪梅说:"家里的老大又怎么啦?家里的老大就一定要管那么多事?你们家的情况我又不是不知道,对于银姬来说,你才算是真正的老大,那两家,其实跟你一点血缘关系都没有。"

正浩说:"应灿爸爸和玉顺妈妈,我给他们磕过头,叫他们爸爸妈妈,还有英子妈妈,从小就像亲妈妈一样待我,所以,他们的家就是我的家,他们的子女就是我的弟弟妹妹,我当然就是他们家的老大!"

郑雪梅说:"正浩,你的这种精神当然很伟大很崇高。但我并不欣赏。"

正浩说:"为什么?"

郑雪梅说:"他们两家曾经收养了你们兄妹,这不假。但英子妈妈已经过世了,收养关系实质上已经断裂了。许应灿夫妇也供你们上过学,但他们有自己的子女,应该是由他们自己的子女尽赡养义务。对于你来说,知恩图报当然很好,逢年过节去看看,时不时地给他们一些生活费,这就足够了。但要把你的整个人生都压在这上面,我看不值。"

正浩说:"什么叫作不值?雏鸟长大了,羽翼丰满了,就可以抛下养育自己的父母家庭,就可以不尽孝道不再承担做子女的责任了吗?"

郑雪梅说:"我不认为天天围着自己的父母兄妹打转就是尽子女的责任,更何况那些也不是你真正的父母兄妹。"

正浩说:"他们养育过我,他们就是我的父母,他们的子女就是我的兄妹。这是永远也改变不了的事实。郑雪梅,谢谢你这么看重我,钟情我,但我们俩不合适。我走了,谢谢你帮我买了缝纫机,也谢谢你请我吃饭。"说着,背起搁着缝纫机的背架,头也不回地走出饭馆,朝路上走去。

郑雪梅冲出来,看着正浩的背影,气得跺着脚喊:"正浩,我爱你,因为我身上流着你的血!"

正浩没有回头,郑雪梅哭了。

27.

日,外,靠山屯。

山路上。

正浩背着缝纫机在山路上爬着坡,天空中乌云密布,闪电雷声后,大雨倾盆而下。

正浩继续艰难地往山路上爬着。

只是一条很陡的石砌的小路,正浩的眼中闪现出九年前的那个晚上。

闪回:

夜,外,通向水库的山路。

雨中,正浩和英子背着石头在这条山路上往上爬,英子对正浩说:"正浩,坚持住。只要一上坡,我们就胜利了……"

……

正浩爬上了坡,想了想,朝另一条路走去。

28.

日,外,靠山屯。

雨中,山坡上的水库。

沿着干涸了的小水库再往前,几棵松树围绕着石砌的坟茔,墓碑上写着李英子的名字。

正浩在坟前磕了三个头。

正浩说:"英子妈妈,我要告诉您一件事,这件事我已经考虑很久了。虽然当中出现了一些波折,但最后我还是决定了,我知道英子妈妈您也会同意的,所以我来告诉您我的决定,因为我想得到您的祝福……"

29.

夜，内，靠山屯。

贞玉家。

浑身淋得湿透的正浩背着缝纫机走进家里。

贞玉心疼地说："这么大的雨，你可以在乡里住上一夜再回来嘛。"

正浩说："刚从乡里出来时，天还没下雨。但不管下雨没下雨，就是天塌下来，我也得回来。"

贞玉说："为啥？"

正浩说："因为我要告诉你，我决定了，我们结婚吧。"

贞玉愣愣地看着正浩，说："那孩子的事……"

正浩说："孩子的事我不会再问了。贞玉妹妹，嫁给我吧。"

贞玉说："你说的是真的？"

正浩肯定地说："嫁给我吧。"

贞玉扑进正浩怀里，泪流满面。

30.

日，内，延吉市。

银姬住的小屋。

外面的雨哗哗地下着，银姬愁苦地坐在地上看着大酱坛子，眼泪顺着腮帮子流了下来。

外面响起了敲门声。

银姬赶忙抹去泪，站起来开门。

李银姬站在门口。

银姬说："老板娘，您怎么来啦？大叔好点了吗？"

李银姬说："我能进屋吗？进屋再说吧，我想跟你商量点事。"

第十一集

1.

日,内,延吉市。

银姬的小屋。

李银姬说:"店我们是没力量开了。你大叔说,把店盘给别人吧。可想想,我们两个都舍不得。开这么个店多不容易啊,而且我们店的特色也在方圆几里有那么点小名气,尤其是我们的酱汤。过去我家里也传过我做大酱的方法,只是没有你银姬姑娘做的大酱那么地道,所以自打你来以后,我们的这酱汤就越发得出名了。生意好是一方面,其实还有很多的熟客,都是冲着我们的酱汤来的。你大叔这么一病,店也关了,真是对不住这些客人哪。"

银姬说:"是啊,老板娘,店就这样关掉真的很可惜。"

李银姬说:"银姬,我想来想去,最后还是拉下我这张老脸来找你了。"

银姬说:"老板娘,你是想让我帮忙吗?"

李银姬说:"我只怕你因为我过去干的那点事,

记恨我。"

银姬说："那事都过去了，没必要老放在心里。你要我帮什么忙，就直说吧。"

李银姬说："你大叔跟我商量了一宿，觉得你是最合适的人。如果把店转出去，以后这个店会成啥样子连我们自己都不敢想，可要是把店交给了你，至少能保证我们店的特色不会丢，说不定还会更好。我们老两口年纪大了，身边连个可靠的人都没有。银姬，你大叔一直夸你是个厚道的姑娘，你就帮我们把这个餐馆经营下去吧，每个月只要交上一点钱，算是租金，其他的就全归你了。"

银姬说："我……能行吗？"

李银姬说："咋不行？我们店里的情况你又熟，经营的那点特色又都是你拿手的。你大叔在病床上还不停地在夸你，说你心灵手巧，餐馆要是在你的手上，说不定比我们老两口开得更红火。"

银姬动心了，但她还是有些犹豫，说："老板娘，这么大的事儿，还是让我再想想吧。过两天，我再给你答复行吗？"

2.

晨，外，延吉市。

集贸市场。

金洙对银姬说："得，你就放这儿吧。我代你卖两天。"

银姬一鞠躬说："金洙大哥，谢谢您了。我明天就回来了。"

金洙说："去吧，代我向你哥问个好。"

3.

日，外，靠山屯。

贞玉家。

雨依然下得很大，大地上白茫茫雾蒙蒙的一片。

贞玉从窗口看到远处有一个人站在雨中，眺望着自己的家。贞玉心念一动,拿起门口的雨伞就要冲出门外。

正浩说:"这么大的雨,干什么去?"

贞玉说:"我看到一个人,感觉像银姬。正浩哥,我去看看是不是银姬。"说着就冲了出去。

4.

日,外,靠山屯。

田野。银姬站在雨中,远远地望着自己的家。

贞玉打着伞从院子里奔了出来。

银姬还在犹豫。

贞玉奔到银姬面前,长舒了一口气,叫了一声说:"银姬妹妹。"

银姬没有动地,她的眼睛里眼泪在打转。

贞玉轻轻搂住了银姬说:"对不起,让你受委屈了。"

银姬的眼泪哗地冲出眼眶,抱住贞玉泣不成声地说:"贞玉姐……"

正浩也从院子里走了出来,看着贞玉搂着银姬的肩向家这边走来。

5.

日,内,靠山屯。

贞玉家。

贞玉在帮银姬擦拭着湿漉漉的头发,银姬的衣服已经换过了。

银姬说:"哥,你帮我拿个主意吧。"

正浩说:"银姬,你自己有啥想法?"

银姬说:"我是想把那个饭店接下来,可是……"

正浩说:"你要真有这想法,那就接!创事业哪有不冒险的?你有技术,现在又有了这个机会,如果不把握,以后肯定会后悔的。"

贞玉说:"可银姬一个姑娘家,开饭店能行吗?别的不说,店里来来往往那么多人,招来麻烦怎么办?"

正浩说:"怕麻烦你就不用出去闯了!银姬在外面也有些日子了,待人接物应该是没问题的吧?"

银姬"嗯"了一声,说:"这个我倒不怕,就是担心一开始手忙脚乱没了方向。"

正浩说:"这有什么。哥觉得,你肯定行! 人生就像是在爬坡,磕磕绊绊打个滑的都不打紧,只要坚持住,爬上去就是胜利。英子妈妈就是这么对我说的。"

银姬说:"我没想到玉顺妈妈教我做的大酱居然能派上那么大的用场。我做的大酱卖得特别的好,用我的大酱熬的汤在饭店里也特别受欢迎。"

正浩说:"这个就是技术呀! 人要掌握了一门技术,走到哪里都能闯出自己的天地来。你做的大酱,还有你的酱汤,以后就是你店里的特色。不同的特色体现的就是创造特色的人他自己的人生价值。玉顺妈妈把这么好的技术传给了你,这门技术以后就会在你银姬的人生中展示出特色的,你要好好珍惜它。"

银姬说:"嗯。以后我要好好孝顺玉顺妈妈。你想想,这门技术她连英花姐都没传呢。"

正浩说:"银姬啊,你在外闯荡这么几个月,变得懂事多了。人不在外闯闯,就长不大啊!"

银姬灿烂地笑着,幸福地依偎在贞玉身旁,回到了家,让银姬感觉到有了依靠。

正浩说:"银姬,我要和你贞玉姐结婚了。"

银姬说:"那好啊,我也一直盼着这一天呢,贞玉姐做我的嫂子最合适了! 不过……"银姬偷偷看了里屋一眼。

正浩看看银姬,示意她不要再问下去了。

银姬会意地闭紧了嘴。

贞玉感觉到了,一笑。但笑得有些心酸和无奈。

6.

清晨,外,延吉市。

集贸市场。

穿着制服的崔明哲来到集贸市场,一面查看工作,一面四下张望着找人。他走到金洙的摊位前,看着金洙的大酱坛。

金洙满脸堆笑地说:"城管员,您好,您是新来的吧?"

崔明哲说:"你怎么一个人占着两个摊位?"

金洙忙说:"不不,这个是我的摊位,边上这个,是一位姑娘的,她有事要去办,所以我在帮她看摊。"

崔明哲点点头说:"很好啊,很有风格嘛。"

金洙说:"哪里哪里,我们这里是和气生财和气生财。"

崔明哲刚要离开,无意中瞥见银姬摊位上贴着的摊位证,上面写着银姬的名字。他一愣,说:"这摊位的那个姑娘叫什么?"

金洙指着摊位证上拉长着音说:"叫金——银——姬。"

崔明哲眼一瞪说:"你当我不识字啊?"

金洙忙说:"没有没有,那姑娘确实叫金银姬。"

崔明哲说:"多大岁数?"

金洙说:"二十左右吧,您……认识她?"

崔明哲说:"你说她有事要办,大概什么时候来?"

金洙说:"她说她明天就回来。"

崔明哲离开了金洙的摊位,一面喃喃自语说:"明天来……不会是同名同姓吧?但愿不是,不对,但愿是银姬……"

边上卖明太鱼的李惠英凑到金洙耳朵边上说:"哎,银姬认识他吗?"

金洙说:"可能吧,管你啥事?"

李惠英轻声:"我觉得不只是认识吧,你看他魂不守舍的样儿。"

金洙眼睛一瞪说:"有热闹看了是吧?臭婆娘,又想管闲事了?"

李惠英说:"呦呦呦,刚才还说和气生财呢,转眼就不认人啦!"

7.

晨,外,靠山屯。

正浩和银姬离开村口，在往大路上走。

银姬说："哥，我们先去哪儿？"

正浩说："先去找陈志宏，我得把这小子收拾了！这个混账王八蛋，我真是看错了他！"

8.

日，外，公路上。

公共汽车上。

银姬对正浩说："哥，我还是想问你，难道你真打算一辈子种地呀？"

正浩说："是个男人，当然都想干出一番事业来。但现在不急，等我看准了再说吧。"

银姬说："你跟我说的，看准了机会就要把握住，那你呢？"

正浩说："那是我的机会还没到。海玉去了上海，虽说现在到底怎么样还不清楚，但我想她也开了眼界，而且也有了在上海发展的想法。你闯到了延吉市，董强他们有开服装店的，也有开照相馆的。现在政策打开了，人的想法也打开了。我们朝鲜族人，从来就不怕到外面去闯荡，但要去闯就得闯出个名堂来，谁不想追求更美更好的生活呢？"

银姬说："是啊，所以我觉得你窝在靠山屯里真是太委屈你了。"

正浩说："有什么委屈的，既然我是家里的老大，就得尽一尽老大的责任！你说呢？"

9.

日，内，延吉市。

董强开的服装店，招牌是尚美服装店。

服装店店面不大，但里面涌满了人，生意很火。两个服务员忙得不可开交，董强在收银台收钱。

正浩和银姬挤了进去。

董强一见他们，一面忙着收钱一面招呼他们说："正浩、银姬，你们来啦，快坐快坐。"

正浩看看挤满人的店,哪有坐的地方呀。

正浩说:"你忙你的吧,只要告诉我陈志宏工作的文化馆在哪儿就行了。"

董强说:"离这儿不太远,我给你指一下路。"说着,挤了出来,他看看银姬,说:"银姬,你现在干什么呢? 到我这儿来当收银员吧。收银员可是个关键岗位,我得找个可靠的人,你我绝对放心。"

银姬说:"我有个饭店要忙。"

董强说:"你开了个饭店?"

银姬说:"现在还说不上,可一旦接手就要忙了。"

董强说:"哇,小丫头出息了嘛! 饭店在哪儿?"

银姬说:"也在延吉市,离你这儿也不是很远。"

董强说:"饭店叫什么名字?"

银姬说:"叫阿里郎饭店。"

董强说:"哦,有印象,好像不大嘛。不过听说那里的酱汤很好喝,就是一直没时间去尝尝。"

银姬说:"熬酱汤的大酱就是我做的。董强大哥,我要把店接下来,你可一定要上我的饭店来吃饭啊。"

董强说:"一定一定,银姬的饭店我是肯定要去的。你别说,现在我就很馋啦。"

正浩说:"董强,你忙你的去吧! 我们去找陈志宏。"

10.

日,外,延吉市。

集贸市场。

崔明哲直奔金洙的摊位。

金洙忙堆笑说:"城管员,您来啦?"

崔明哲说:"那个,金银姬,今天来了吗?"

金洙摇摇头说:"没有,她原本是说今天回来的,可不知道为啥没来。"

崔明哲说:"她说她干什么去了吗?"

金洙说:"哦,她说从家里出来好几个月了,想回家去看看。"

崔明哲眼睛一亮说:"她家在哪儿?"

金洙摸摸后脑勺,说:"以前听她说起过,好像……叫什么……什么山屯?"

崔明哲说:"靠山屯?"

金洙说:"对对,靠山屯。她说有事要回去跟她哥商量。"

崔明哲大喜过望,说:"她哥哥叫金正浩,对吗?"

金洙摇摇头说:"她哥我倒是见过,可叫什么我不知道。城管员,你认识他们兄妹?"

崔明哲说:"岂止是认识! 我们还是一个屯子的呢。好,我明天再来!"说着,乐颠颠地跑了。

金洙和李惠英相互看看。

李惠英说:"看吧看吧,我说的嘛。"

金洙说:"你说什么啦?"

李惠英说:"两人关系不一般啊!"

金洙瞪她一眼说:"你啥时候说过?"

11.

日,外,延吉市。

文化馆院内。

陈志宏匆匆从文化馆出来,一见正浩和银姬,高兴地喊:"正浩,是你呀!你回来啦? 银姬,你好。"

银姬一鞠躬说:"志宏哥,你好。"

正浩厉声说:"陈志宏,你站住,我想要揍你一拳。"

陈志宏以为正浩在开玩笑,说:"干吗这么严肃啊? 怎么啦?"

正浩说:"你先吃我一拳再说!"说着,上去就给了陈志宏一拳。

陈志宏后退了几步，差点摔倒在地上。陈志宏说："正浩，有话你就说呀，干吗打人呢？"

正浩说："我问你，你是不是跟海玉谈上了？"

陈志宏想了一下，说："还不能说谈上，只能说，海玉好像喜欢我。这个，银姬是知道的呀。"

正浩说："那你呢？"

陈志宏说："我当然也喜欢她。"

正浩说："那不就是谈上了吗？"

陈志宏说："可关系并没有确立呀，怎么能说谈上了呢？"

正浩说："海玉那个时候就跟我说，你抱着她哭了，是不是？"

陈志宏一愣，说："我抱住她哭了？ 没有的事！"

正浩说："什么？ 没有？ 可海玉怎么说你抱着她哭了，到底有没有这事？"

陈志宏想起来了，说："对，有。"

正浩说："你们都抱在一起了，还能说没谈上？ 你这样，我还要再给你一拳！"

银姬喊："哥！ 你冷静点。"

正浩说："陈志宏，知道我为什么要揍你吗？ 海玉为了你，一个人跑到上海去了，你知道不知道！"

陈志宏震惊地说："怎么会？ 海玉到上海去干吗？ 找我？"

正浩说："不找你，去找谁呀？"

陈志宏说："可我一直都在延吉市，她怎么会去上海找我呢？"

正浩说："你不知道？ 你这个骗子，不负责任的家伙，你明明在这里，为什么要骗海玉说你回上海去了！"

陈志宏呆在那里，明显的有些蒙。

正浩从口袋里掏出海玉的信，摔到陈志宏的脸上说："你自己看！"

陈志宏赶忙从信封里拿出信看，说："天呐！"

正浩说："你该不该挨揍，你说！"

陈志宏说："我明白了，她全是为了宽慰你们怕你们担心才这么写的。这都是我的错，我不该骗她说自己回上海了，当时我只是想让彼此冷静下来过上两年再说，我没想到海玉居然会到上海去找我……对不起，正浩，海玉她现在住在什么地方？"

正浩看陈志宏那么诚恳，也平静了下来，指着陈志宏手里的信封说："信封下面写着呢。"

陈志宏仔细看着信封说："这家饭店是家挺大的饭店啊，她怎么会在那儿？哦，是地下室，你看上面写着负一楼。我们家两年前就拆迁了，但这家饭店离我们原来住的地方不远。正浩，你不要着急。"

正浩说："我怎么不着急呀！我是她大哥，她要去上海找你，我是点了头的。万一她要出点什么事，那就是我这个大哥的责任！陈志宏，我真没想到，你居然是一个骗子！"

陈志宏说："正浩，不管你怎么说，这件事确实是我做得不对。我这就打报告请假回上海，我这么多年没回去探过亲，领导肯定会批的。一到上海我就去找海玉，把她带回来。"

正浩说："我跟你一起去！"

陈志宏说："用不着两个人都去，只要有地址在我准能找到她。你放心，一找到她我就给你发电报，怎么样？"

12.

清晨，外，延吉市。

农贸市场。

天还没大亮，银姬就推着装着几坛大酱的小车来到农贸市场。

金洙和李惠英正在自己的摊位上。

李惠英一见到银姬，忙说："银姬，昨天、前天，一直有个新来的城管员来找你。等会儿他肯定还会来的。"

金洙也说："你认识他吗？他是你什么人啊？"

银姬一愣说："不知道，这儿的城管员我不认识啊。"

李惠英说:"可他肯定认识你!他还知道你哥的名字呢。"

银姬想了想,摇摇头说:"算了,不管他了。金洙大哥,我这几坛大酱得赶快处理掉,您再帮我卖一下吧。您的劳务费,就从卖大酱的钱里面拿,好吗?"

金洙说:"银姬,你不来卖了?那营业执照不白办啦!"

银姬一笑说:"因为我要做其他生意了,这里顾不过来。"

金洙说:"那多可惜呀!你的大酱是比我卖得要好,怎么就不做了呢?"

李惠英说:"银姬呀,你看你大酱卖得这么好!哎,你另外要做的生意肯定比卖大酱强吧?要不,这么好的势头怎么舍得放弃呢?"

银姬说:"是呀,有个饭店要我去帮忙。"

李惠英啧啧地说:"果然呢!"

金洙说:"那就恭喜了银姬。要不,你这大酱的劳务费我也不收了,就算帮个忙。"

银姬说:"那怎么行呢!劳务费一定要给的。金洙大哥,这些大酱就拜托你了。"

李惠英说:"哎哟哟,你这就走啊?那……待会儿那位城管员来了咋办?"

金洙说:"是啊,他找你两天了,万一有什么急事,错过了咋办?"

银姬想了想,说:"那就让他去到银川路上的阿里郎饭店找我吧。"

13.

夜,内,靠山屯。

贞玉家。

贞玉摇着缝纫机在扎衣服。正浩坐在一边凝视着贞玉,在灯光下,贞玉显得特别的美丽。

正浩说:"这样快多了吧?"

贞玉点头笑着说:"以前两三天才能缝一件,现在再熬一夜就可以做两件。"

正浩说:"贞玉,咱俩的事是不是该跟应灿爸爸和玉顺妈妈说一下?"

贞玉说:"是啊,是该去说了。可我有点担心……"

正浩说:"怎么?"

贞玉说:"应灿爸爸不会同意我俩的婚事的。"

正浩说:"为啥?"

贞玉说:"因为斗伊。应灿爸爸特别讨厌这孩子。"

正浩说:"为什么?斗伊又乖巧又听话,长得也好看,怎么会讨厌呢?"

贞玉说:"他认为咱们家这两年那么多事,都是因为我带回来了斗伊,把晦气也带回来了。"

正浩说:"迷信!"

贞玉说:"其实应灿爸爸是在怪我,他老觉得这孩子不明不白的,所以才会那么想。"

正浩说:"不管应灿爸爸是什么态度,我都不会改变主意的。"正浩站了起来,伸出手说:"贞玉,我们走,现在就去跟爸爸妈妈说。"

贞玉想了一下,说:"好吧,反正迟早要过这一关的。"

正浩握住贞玉的手把她拉进了怀里,两人紧紧地拥抱在一起。

过了一会儿,贞玉轻轻推开正浩说:"正浩哥,我们去吧。"

14.

夜,外,靠山屯。

许应灿家。

许应灿的声音在屋子里吼:"不行!"

15.

夜,内,靠山屯。

许应灿家。

正浩和贞玉站在那里,许应灿显得很激动。

许应灿说:"正浩,你还是不是男人?你说,你说你是不是?!"

正浩说："爸爸,我和贞玉结婚,跟这个没关系吧。"

许应灿说："怎么没关系? 贞玉那孩子是谁的? 你问清楚了吗? 问清楚了吗?!"

正浩说："这件事我问过,贞玉不肯说,现在我也不想知道了。"

许应灿说："是男人就不会同这样的女人结婚!"

正浩说："爸爸!"

贞玉把嘴唇抿得紧紧地,默默地站在一边。

玉顺看不下去了,走到贞玉边上护着贞玉说："老头子,你这是干什么? 贞玉收养的孩子跟正浩要娶贞玉有什么关系? 我们贞玉哪点配不上正浩? 什么这样的女人,难听不难听呀?"

许应灿说："臭女人,你给我闭嘴! 贞玉,我再问你一声,那孩子是谁的? 是谁的? 是不是你的? 啊? 连这孩子的底细都交代不清楚,你有什么资格嫁给正浩?"

正浩说："爸! 贞玉已经说了,这孩子不是她的。她又没做错什么,凭什么就没资格嫁给我?"

许应灿说："我说没资格就是没资格,就凭你叫我一声爸!"

贞玉再也忍不住了,眼泪夺眶而出,转身冲出了门外。

玉顺喊："贞玉——"

许应灿说："让她去! 一个姑娘,要她还是个姑娘的话,为啥就不能说出这孩子的底细呢? 就算不能跟我们说,她想要嫁给正浩,那正浩就是她将来的男人,如果连自己男人都不肯说,那这个婚就不能结!"

正浩说："爸爸,贞玉也叫您一声爸爸的,您怎么可以这样说贞玉呢?"

许应灿说："我不稀罕她叫我爸爸。要真是我女儿,干出了这伤风败俗的事,我不打断她的腿,不把她赶出家门,我就不叫许应灿! 老太婆,你继续给正浩去找,我就不信了,就我们正浩这样的还找不着一个好姑娘! 介绍的时候就说他父亲是烈士母亲过世了,就一个妹妹,别把我们都扯进去!"

正浩说："爸爸,我只要贞玉,别的女人我都不要! 我也不管斗伊是谁的女儿,贞玉跟我结了婚,她就是我的女儿。"

玉顺说:"贞玉哪点比别的姑娘差了？心灵手巧,又温柔又贤淑,我看咱屯子里没一个姑娘能比得上她。再说你也没证据说那斗伊就是贞玉的女儿。这亲事我同意了,亲上加亲,有什么不好的!"

许应灿说:"滚一边儿去,你个臭女人,这事没你说话的份儿!"

玉顺说:"我是正浩的妈,怎么就没我说话的份儿啦?"

许应灿说:"你个臭女人,你个死女人,我叫你掺和……"说着脱下鞋就想打玉顺。

正浩去拦许应灿,拉住他说:"爸,你别这样。"

玉顺也不示弱,说:"你个死老头子,死心眼,老糊涂!我是当妈的,这门亲事我同意!一千个同意,一万个同意!"

16.

日,内,靠山屯。

村公所。

正浩低着头对东春大叔说:"东春爷爷,这事只能求您了。"

东春大叔气得胡子一翘一翘的,说:"这个许应灿,老了老了,还这么糊涂!好小子,爷爷支持你。跟贞玉结婚,这么好的媳妇哪找去!"

17.

日,内,延吉市。

州歌舞团办公楼。

排练厅。

一排长桌,金英善、李珉基,还有歌舞团的其他领导正坐在主考席上。

英花在跳舞,所有的主考老师都表现出赞许的神色。

李珉基悄悄对金英善说:"老师,她真是你的外甥女吗?"

金英善说:"这一点很重要吗?"

李珉基一笑说:"不,不。"

金英善说:"我知道你也二十七八了,还没对象。你是不是看上她了?"

李珉基坦率地说:"还说不上。有点好感,可就是觉得她脾气有点怪。"

金英善说:"要是没那方面的想法就别去伤害她,她现在是我特别需要的人。"

李珉基说:"老师,看你说的。我怎么会伤害一个姑娘呢? 再说了,如果爱一个人,又怎么会去伤害她呢?"

金英善说:"有时候,爱也会伤害人的。而且后果恐怕比恨还严重。"

李珉基笑笑,不以为然。

18.

日,内,延吉市。

歌舞团排练厅外的走廊。

走廊里挤满了人,歌舞团内部的工作人员,也有很多来应考的。

英花从排练厅里出来,在走廊里突然有人叫:"英花,英花!"

英花先是吓了一跳,回过头一看,原来是公社业余演出队里的好友姜彩英。英花也高兴地一把搂住姜彩英说:"彩英,你怎么也来啦?"

姜彩英说:"我也来报考州歌舞团呀! 英花,你也不讲交情,说走就走,连声招呼都不给我打。"

英花想了想说:"高峻皓不当队长后,洪导演就走了,我觉得再待在演出队也没啥意思了,也就偷偷走了,谁也没告诉。"

姜彩英说:"我也是。你走后没半个月我也跑路了,后来演出队听说也就解散了。"

排练厅里有人喊:"姜彩英!"

姜彩英一下子紧张起来,说:"呀,该我了。"

英花说:"彩英,放松点。好好跳,争取我们都考上!"

姜彩英伸出手,英花也伸出手,两人啪的一声击了一下掌,又握在了一起。姜彩英说:"好,我去了!"

19.

日，外，靠山屯。

许应灿家院门口。

已经快两岁的斗伊在自家院子里玩，看到一只母鸡带着一群小鸡在院子门口就跑了出来，母鸡带着小鸡进了许应灿家的院子，斗伊跟了进去。

许应灿喝了点闷酒走出屋外，一看见斗伊，无名火就上来了。走上去一把拎着斗伊往院门口一放，砰的一声把院门关上了。

斗伊吓得哇的一声哭了起来。

正在自家院子里晾衣服的贞玉看到了，忙跑出来抱起斗伊对着许应灿家院门说："应灿爸爸，你心里有气，冲着我发火，骂我都行，可您别拿孩子撒气呀！"

许应灿呼的打开院门说："我就是看着这个小杂种不顺眼！贞玉，我实话告诉你，我反对你跟正浩的婚事，就是因为这孩子！要是没这小杂种，你跟正浩，我一百个愿意。可自打有了这孩子，我咋想咋不顺心！"

贞玉说："应灿爸爸，不管你顺心不顺心，这事已经这样了。这孩子她妈妈硬塞给我的时候我也不想要，但孩子妈妈扔下她就跑了，我能怎么办？"

许应灿说："那就送孤儿院！不行就送别人去，哪家没孩子想要一个的，就可以往人家家里送呀！我就不信送不出去。"

贞玉说："我也这么想过呀。可孩子那么小，刚开始时是不敢送，怕她有个好歹。可时间长了就带出了感情，也就更不舍得送了。"

许应灿说："反正不能留着她，留着她我看了心里就堵得慌！"

贞玉说："应灿爸爸，我跟正浩哥一样，一直把您当父亲。你这样对待斗伊，真的太不应该了！"

许应灿说："怎么着？"

贞玉说："孩子叫我妈妈，我叫您爸爸，那孩子就应该叫您一声外公，哪有外公这样对待自己外孙女的？"

许应灿说："去去！谁是她外公？丢人现眼，你别想着法儿往我身上揽。"

玉顺走出屋,一看这状况赶紧跑过来说:"好了好了,怎么又吵上了？孩子那么小,你在那冲着她又跳又叫的像什么样子。快回屋,喝你的酒去。"

20.

日,内,延吉市。

阿里郎饭店。

小小的店堂里只有三张小桌,里面已经挤满了人。

坐着喝汤的顾客意犹未尽地咂了一声嘴,说:"啊,好喝,再来一碗。"

站在边上等座位的顾客说:"还喝啊,你都喝了两大碗了,也不怕撑破肚子。"

那位坐着的顾客说:"好喝,我就是还想喝。这饭店里的饭菜我爱吃,酱汤我也爱喝,漂亮的老板娘我也爱看。"

坐在旁边的顾客说:"什么老板娘,人家还是个姑娘呢。"

那位坐着的顾客说:"她是这儿的老板,那就得喊老板娘,什么姑娘不姑娘的。喂,漂亮的老板娘,再给我来碗酱汤！"

21.

日,外,延吉市。

阿里郎饭店门前。

店堂里坐满了人,座位边上等着人,店外也还有三个人在等着。

崔明哲急匆匆走来,看看门前的招牌就要往里进,但被人一把拉住。

22.

日,外,延吉市。

阿里郎饭店。

崔明哲正要往饭店里进,被人一把拉住。拉他的人说:"哎,外面排队！先来后到懂不懂？"

崔明哲说:"你们是干什么的？"

其中有一个说："你不废话么，这是什么地方？餐馆！来这里的都是来用餐的。"

崔明哲说："我不是，我来找人。"

有一个说："你别蒙人了，排队！"

崔明哲说："我真是来找人的。"

那位拉住他的人说："找谁？你叫，把他叫出来。"

崔明哲对着里面喊："银姬！银姬在吗？"

23.

日，内，延吉市。

阿里郎饭店。

一位女服务员朝里屋的厨房喊："银姬姐，有人找你！"

正忙得不可开交的银姬说："什么人找？"

女服务员朝门外喊："银姬姐问，是什么人找她？"

拉崔明哲的那人说："里面问呢，你是她什么人？"

崔明哲说："跟她是一个屯子里的。"

另一个说："哦，一个屯子里的人吃饭也得排队呀！"

崔明哲急了，说："我是她男人！"

女服务员听见了，赶忙朝里屋喊："银姬姐，他说他是你男人！"

银姬一听就气不打一处来，朝外说："胡扯什么！我哪来的男人？把那个占我便宜的浑蛋给我赶出去！"

另一个女服务员说："我们银姬姐连对象都没呢，哪来的男人啊！那家伙准不是好东西，打出去！"

24.

日，外，延吉市。

阿里郎饭店门口。

站在门口的三位顾客一听里面那么说，就推崔明哲，一个说："滚你的！

吹牛也不找准地方!"

一个说:"人家这儿的老板是个姑娘,连对象都没谈过,你跑来占什么便宜!"

还有一个说:"至于吗? 为了加塞儿,连人家男人都敢冒充!"

崔明哲急了,用力扒开那三个人,硬是往里闯,一面还喊:"银姬,银姬!是我呀,崔明哲!"

25.

日,内,靠山屯。

许应灿家。

屋里烟雾缭绕,东春大叔和许应灿坐在桌边,一人一根旱烟袋抽着。

东春大叔对许应灿说:"你也是,为啥就不肯答应正浩跟贞玉的婚事呢? 照理说,人家两个年轻人亲生父母都没了,要是想结婚,区公所一登记这事就成了。干吗非得经过你这道关呢? 这说明人家正浩是真正的把你当成了爸爸,这才跑来征求你的意见的。这也说明这俩孩子都是懂事理的人,尊重你是长辈,希望能得到你的祝福。你看看你这是干啥? 又拍桌子又骂人的,人家贞玉有什么不好的? 连你自己都说了,没啥缺点。"

许应灿说:"是没啥缺点,那是就她本人! 可现在,你看她带的那个孩子。"

东春大叔说:"孩子咋啦? 不就是带了个孩子嘛,这有啥啦?"

许应灿说:"这事还不严重啊? 一个大姑娘,莫名其妙领养了个孩子,没根没底不知道从哪来的,为了这孩子,好端端的工作也丢了,你说这孩子会是谁的? 啊?"

东春大叔说:"你的意思我明白,你想说,这孩子肯定是贞玉自己的。"

许应灿说:"还能是谁的? 你倒说说看,要不是自己的孩子,一个姑娘家,连人都还没嫁,谁肯牺牲这么大去养这么个孩子?"

东春大叔一笑,说:"许应灿啊,许应灿。说你老糊涂真是一点都没错。这孩子肯定不是贞玉的,这点我可以打包票。"

许应灿说:"你别听正浩瞎给你保证什么,他说的那点东西还不是贞玉教他的? 现在这小子昏了头,贞玉说啥他都信。"

东春大叔说:"这个还真不是正浩讲的,是我看的,我看明白的。"

许应灿说:"你咋看明白的?"

东春大叔说:"你说,贞玉是抱着孩子回屯来的,是不?"

许应灿说:"没错。"

东春大叔说:"那你想想,贞玉是干啥工作的?"

许应灿说:"在公社机关食堂呀?"

东春大叔说:"公社机关食堂? 食堂里人来人往多不多? 里面还有公社领导,县里的乡里的领导经常来来去去,你当那些人都是傻子啊? 要是贞玉真的怀了孩子,她大着肚子的时候就被赶回来啦! 还能等到她生下来啊? 还养了几个月才抱回来,可能吗?"

许应灿闷头抽了几口烟,想了半天,这才说:"这倒也是。"

东春大叔说:"所以说嘛,你个老糊涂。人家贞玉是个好心肠的姑娘,你家正浩就是看上她这点,才非要娶她的。再说她俩又是青梅竹马,多好的一对! 要是英子还在世的话,不知道有多高兴呢。"

26.

日,内,延吉市。

阿里郎饭店。

饭店里吃饭的高峰期已经过了,女服务员跑到里间休息去了。

崔明哲坐在桌前,店里已经没有了其他客人。

银姬板着脸,端着饭菜走出来,把碗一个个重重地放在崔明哲的面前,说:"吃吧。"

崔明哲说:"对不起啊,银姬。我刚才是真急了,说话太鲁莽了,你别生气啊。"

银姬说:"你什么时候成我的男人啦? 真是的。"

崔明哲有些尴尬,说:"那你就多包涵。"

银姬说:"没事,赶快吃吧。吃了可以上班去了。"说着,转身就要进去。

崔明哲一把拉住银姬,说:"银姬,我喜欢你。"

银姬一愣,显然还没回过神。

崔明哲说:"我爱你,我心里只有你!"

银姬看看崔明哲,没有说话。

崔明哲说:"银姬,从军训前的那一天,我就一直想着见到你该怎么对你说这句话。在部队里,除了训练学习,在空余的时间里我心里面想的都是你。本来军训回来,我在路上都想好怎么跟你说了,可你却离家出走了。自打那儿以后,我就一直在找你,就是工作后,我的心思也都在你身上。要知道,我给自己定的第一个目标就是找到你。现在这个目标终于实现了。"

银姬说:"那第二个目标呢?"

崔明哲说:"第二个目标就需要你的答复了。"

银姬说:"答复什么?"

崔明哲说:"这你心里也清楚。"

银姬说:"我不清楚。"

崔明哲急了,说:"我……我连爱你都说了,还要再说什么呀? 我希望你能嫁给我。"

银姬说:"崔明哲,不可能! 再说现在我刚刚接手这个饭店,很多事情都要忙,所以个人的事情我现在不会考虑的。"

崔明哲说:"银姬,我找了你这么久,你也该知道我的诚心呀。现在千辛万苦地找到了你,你给我的只是这么个回答吗?"

银姬说:"我就是这么想的。"

崔明哲说:"那你总也得给我点希望呀。"

银姬说:"什么希望?"

崔明哲说:"不要把话说得这么死嘛。比如你可以说让我考虑一下吧,或者像你说的现在忙,那我们以后可以慢慢再发展……"

银姬说:"那好吧,这事以后再考虑,行了吧?"

崔明哲说:"可这还是拒绝呀。"

银姬说："不是你说的吗？以后再考虑。"

崔明哲说："银姬。"

银姬说："吃不吃？不然我收走啦。"

崔明哲说："别介，我吃。那银姬，我能天天来看你吗？"

银姬说："来吃饭我不反对，但要像今天这样来捣乱，那就对不起了，当心再被打出去。"

崔明哲说："好呀，我巴不得天天来吃呢！单位里的饭菜真难吃。"

银姬说："那就赶快吃你的吧。"

崔明哲一面大口喝着酱汤，一面说："银姬，再来碗酱汤行吗？"

银姬笑了，说："玉姬，给这位客人再来碗酱汤。"

27.

日，外，延吉市。

阿里郎饭店门口。

崔明哲走出了饭店，恋恋不舍地回头看了看饭店。银姬没有送出来，但崔明哲感觉到有一双眼睛在门的那边注视着他。

崔明哲又感觉到了希望，他兴奋极了，突然在路上连着翻了几个跟斗，跳起来大声地喊："噢……希望——"

28.

夜，内，上海市。

大饭店。

从延边赶来的陈志宏走进饭店。他一进门就听到海玉的歌声，顺着歌声向里面的歌舞厅走了过去。

29.

夜，内，上海市。

大饭店里的歌舞厅。

海玉正在台上投入地唱歌。

海玉柔媚的气质,甜美的歌喉倾倒了台下的观众。

陈志超也在一边看得着了迷。一位坐在前面穿着讲究的中年人朝陈志超招了一下手,陈志超没看见。在一边的侍应生提醒了一下他,陈志超赶忙点头哈腰地走了过去。

中年人在陈志超耳边嘀咕了几句,陈志超微微一笑,点了点头,那意思是包在我身上了。

陈志宏走进歌舞厅,看到台上海玉正在唱歌。一位侍应生走了过来,想把他领到靠前的位置。陈志宏摇了摇手,就在最后一张桌子旁坐了下来。

侍应生问:"先生您要些什么?"

陈志宏说:"一杯咖啡,加奶,不放糖。"

侍应生说:"稍后。"

陈志宏凝视着台上的海玉,他被海玉那朝鲜族特有的美丽和气韵给吸引住了。海玉那动人的歌声让他恍惚间回到了当年在靠山屯插队时的情景。

30.

夜,内,上海。

歌舞厅化妆间。

陈志超说:"海玉,你到底去不去?"

海玉坚定地说:"我不去!"

陈志超说:"海玉,我告诉你,那位客人是我生意场上最重要的人物,他掌握着我这间歌舞厅的经济命脉。我决不会让你得罪我的这位客人。"

海玉说:"我不去!"

陈志超吼了一声:"海玉!"

海玉说:"我说了,陪客人的事我不干。"

陈志超的声音低了八度,说:"海玉,我没有让你去陪客人,只是去包房跟他唱上两首歌。而且全程我都在场。"

海玉说:"我不是KTV女郎,我不会陪客人唱歌,绝对不会。"

陈志超说:"你不要想歪了,他只是很欣赏你。你要知道,一旦他想出钱捧你,你会成为全上海最有名的歌星你知道吗?"

海玉说:"我不要他出钱捧我,在你这里唱歌,是因为我跟你签的那份合同。合同期满了,我就走。"

陈志超说:"那好,合同期里面,你得听我的,我让你干什么你就得干什么。马上跟我走!"

31.

夜,内,上海。

歌舞厅走廊。

陈志宏在往化妆间走,被两个人拦住了。

一个人说:"先生,你找谁?"

陈志宏说:"我找尹海玉。"

另一个人说:"对不起先生,这是化妆间,客人是不能随便进的。"

32.

夜,内,上海。

歌舞厅化妆间。

陈志超抓住海玉的胳膊就往外拖,说:"你要是敢搅我的生意,看我不打死你!"

海玉挣扎着被陈志超拖出房间。

33.

夜,内,上海。

歌舞厅。

陈志宏看到陈志超粗暴地把海玉拖出化妆间,又惊又怒,一把推开拦住他的那两个人,冲了上去。

陈志宏喊:"陈志超,你在干什么!"

陈志超一愣,脸上已经挨了陈志宏一拳。陈志超踉跄了几步,惊愕地看着陈志宏说:"哥,你怎么来了?"

陈志宏愤怒地说:"家里来信说你生意做得挺大,你就是做这种生意的吗? 你是黑社会吗?!"

海玉一见到陈志宏就扑上去哭了起来,但很快就推开了陈志宏,退到一边,抹去眼泪。

第十二集

1.

夜,内,上海。

饭店地下室,海玉的宿舍。

陈志宏环顾着海玉住的这间房间糟糕的环境,怒气又冲了上来。

陈志宏说:"陈志超,你就给海玉住这样的房间?"

陈志超说:"这已经不错了,她还有自己的房间。很多服务员都是几个人住一间房间。"

陈志宏是:"你到底是个什么样的老板啊?以前我觉得你是个蛮有同情心的人,怎么一当老板心就变黑变狠了呢?"

陈志超说:"这有什么办法,我不黑,人家比我更黑,我不狠,人家比我更狠。现在这个年头,不黑不狠,能立足能赚钱吗?"

陈志宏说:"如果是正正当当做生意,这社会怎么会没有你立足的地方。为了一点点蝇头小利,就把一个好端端的女孩子往那种地方推,你的良心呢？丢了吗？"

陈志超说："我也是没有办法呀！我已经够照顾她的了。很多人想打她的主意，都被我挡了驾，还不是看在你的面子上。"

陈志宏说："看在我的面子上？她来上海找我，你为什么不写信告诉我？"

陈志超说："本来倒是想，可我看她歌唱得那么好，给歌舞厅带来不少生意，所以就把她留下了。再说了，你跟她什么关系我又不知道，我以为她跑到上海来只是投靠你帮她找工作的，现在她工作有了，钱也赚了，通知你干吗呀？"

陈志宏说："那好，我这次来，就是要带海玉回延边的。"

陈志超叫了起来，说："那怎么行？她合同期还没到呢！"

陈志宏说："把她跟你订的合同拿来我看。"

陈志超有些犹豫，说："有什么好看的，反正唱完两年她再走人。现在，她不能走！"

陈志宏没理他，对着门外说："海玉，我们出去，你进来收拾东西，收拾完我们马上走！"

陈志超说："哥，你怎么能这样？"

陈志宏说："你的合同不用看我也知道，肯定是不平等的条款，所以这份合同根本就是无效。海玉要走，随时可以跟我走。"

海玉在门外说："可是我的工资，陈老板还扣着呢。"

陈志宏怒视着陈志超说："你还扣着海玉的工资？你把海玉当成什么？包身工吗？"

陈志超说："我只是怕小姑娘不懂事，有钱会乱花。钱我都给她存着呢，不会少她的。"

陈志宏说："拿来。"

陈志超说："什么？"

陈志宏说："海玉的工资，你给她存的工资都拿出来。"

陈志超说："阿哥啊，你也要替我考虑考虑。海玉跟我是两年的合同期，合同期满我自然会放她走，钱一分都不会少她的。可你现在就要带她走，你叫我怎么办？我这儿不少客人都是奔着听海玉的歌来的！"

陈志宏说："陈志超，我告诉你，你的这份合同是欺负海玉不懂法律，没见过世面，趁她落难的时候订的。里面的内容我不用看了，合同条款作数不作数我们先不说，单凭你克扣海玉的工资这一点，我就可以追究你的违约责任。你的这些做法，是很不道德很无耻的你知道不知道！不要跟我啰唆了，去给我拿海玉的工资，现在就去，我跟你一起去。"说着拉着陈志超走出海玉的宿舍，转头又对海玉说："海玉，收拾东西，等会儿我就来接你。"

海玉在门口望着那兄弟俩离去，站了一会儿，走进屋，坐在床上发呆，不知道自己究竟是高兴，还是迷茫。

2.

夜，内，上海。

饭店地下室，海玉的宿舍。

陈志宏一个人回到海玉的房间，手里拿着存着海玉工资的存折。

陈志宏对还坐在床上发呆的海玉说："海玉，你怎么还没有收拾啊？我们马上就要走了。"

海玉说："去哪儿？"

陈志宏说："我先给你换个地方住，休整一下。或者我带你到上海的一些地方去逛逛，我自己也好久没回来了，也想走一走看一看。然后我们一起回延边。"

海玉说："那陈老板呢？"

陈志宏说："我跟他说了，让他另外再找个歌手顶你。你不用管他了，这个混蛋，怎么做起生意后，整个人就变了呢？"

海玉说："我不跟你走。"

陈志宏吃惊地说："为什么？"

海玉说："你跟陈老板一样，也是个骗子。"

陈志宏看着海玉，脸上带着愧疚，说："海玉，我知道是我不好，我不该骗你，说我回上海了。"

海玉的含着泪说："对，你就是个骗子，是个混蛋！你当初为什么要给我听那些歌，为什么要抱住我哭？为什么不声不响就跑掉了？为什么让董强哥他们告诉我你回了上海了，为什么为什么！"海玉的最后几句话几乎是声嘶力竭喊出来的，她一肚子的委屈愤懑怨气全都爆发了出来。

陈志宏走过去，手扶着海玉的肩膀想要跟她说什么，却被海玉疯狂地推开。

海玉说："我不跟你走，我不跟你去逛什么上海，我也不跟你一起回延边。我自己能养活我自己，我不需要你可怜我，同情我，为我打抱不平。你跟你的弟弟都是一样的，你们都一样！"

陈志宏说："对不起，海玉，真的对不起……"

海玉抓住陈志宏的衣服，头抵在他的胸前，终于哇的一声哭了出来。

3.

日，内，火车上。

上海开往延边的列车车轮压着铁轨咯噔噔地响着。

卧铺车厢里。

陈志宏看着手臂支撑在小桌上望着窗外的海玉，说："海玉，吃点东西吧。上车到现在，你一点东西都没吃。"

海玉摇摇头，没有说话。

陈志宏叹口气，说："海玉，当时我那么做，完全是为了你着想。虽然我们彼此都有好感，但对于你的年纪来说，我们谈这种事我觉得还早。"

海玉说："志宏哥，你不用再解释了。我说了，我已经不想再谈这件事了。"

陈志宏说："海玉，我知道。可我不想被你看成是感情上的骗子。"

海玉说："待在上海的这些日子，我一直窝在那个地下室里，盯着那个窗口，听外面人的脚步声，心里想啊，盼啊，希望有一天我的志宏哥能找到我，把我快点从那种地方带走。可是，一直等到心灰了心冷了你都没有出现。

每次那个陈老板,就是你的弟弟,催着骂着威胁着让我上台的时候,我就拼命地跟自己说,不要哭,海玉,再熬一熬,海玉,只要熬过两年,我就可以自由了,我就可以回家了,我就能见着我的哥哥姐姐了。"

陈志宏说:"海玉……"

海玉说:"可是,真的等你出现了,看着你那么义正词严地教训着你的弟弟,我突然觉得很可笑。志宏哥,你有什么资格教训你的弟弟? 你没有欺骗过我吗? 你对我也许只是有那么一点意思,过了也就没了,可我是认真的,我把我的希望我的人生都扑在你的身上了,其他的我什么都不要了,连我的哥哥姐姐都拉不回来我。但我千辛万苦跑到上海收获了什么? 一个谎言,一句对不起,就只是这些吗?"

陈志宏的眼睛湿润了,说:"对不起……海玉,是我错了。"

海玉说:"不要再说对不起了,我已经不想再听了。一见到你的时候我就知道,我对你的爱已经没有了。"

4.
日,内,靠山屯。
贞玉家。
院子里挤满了人。
正浩和贞玉在举行婚礼。
来宾中有银姬、海玉、崔明哲、陈志宏、董强、赵泉、郑雪梅等人。
正浩和贞玉在向许应灿和玉顺行跪拜礼。
东春大叔在一边说:"许应灿,你有福啊!"
许应灿笑着点头。

5.
日,外,靠山屯。
贞玉家院子。
院子里挤满了来参加婚礼的人。

海玉走到正浩跟前说:"正浩哥,你能娶我姐,我真是太高兴了,现在我们是真正的一家人了。"

正浩说:"我们本来就是一家人呀。海玉,你同陈志宏的事怎么样了?"

海玉说:"正浩哥,这么好的日子,我们不提这事行吗?"

正浩说:"怎么啦? 接到陈志宏的电报,我跟你姐不知道有多高兴呀!我们还以为你跟陈志宏会在上海多待几天呢,没想到这么快就回来了。"

海玉说:"其实,我原本是不打算回来的。可志宏哥说你给他下了死命令,一定要把我带回来,我只好跟着他回来了。没想到一回来就赶上了你跟我姐的婚礼。"

正浩说:"海玉,情绪不对呀。昨晚你到家的时候,我就觉着你的情绪有问题。陈志宏呢,也是垂头丧气的,到底发生什么事了?"

海玉说:"哥,我这里难受。"说着指了指胸口。

正浩说:"因为陈志宏的事?"

海玉说:"在回来的车上,我就跟陈志宏说了,我说我已经不爱他了。"

正浩说:"为什么?"

海玉说:"因为他也是个骗子!"

正浩说:"那还有呢?"

海玉说:"还有除了他离开靠山屯的那段日子,再加上我去上海的那段时间,他从来就没有回来看过我,也没有找人问过我的情况。如果不是正浩哥你去找他,他也许早就忘了我的存在了。我觉得,他的心里根本就没有我。这一点,让我觉得很心寒。"

6.

日,外,靠山屯。

贞玉家院门口外。

正浩和陈志宏走到院门口。

正浩说:"陈志宏,那天在延吉市文化馆,我当众打了你,我想向你道个歉。"

陈志宏说："不，去了上海我才知道，我真的该打。"

正浩说："其实这个事我这个做大哥的也有不对的地方，那时候海玉哭着闹着求我们要去上海的时候，我没有拦住她，本身就是我的不对。现在想想这个决定做得太不妥当了。"

陈志宏说："不，是我过去的想法太单纯，我只想着自己，想着不要去触及感情那个底线，可我没想到，我的一个谎言对海玉的伤害会那么大，我更没想到，海玉对我的用情之深居然到了这个地步。海玉说得没错，我是个混蛋，我该打。"

正浩拍拍陈志宏的肩，说："你们之间感情的事，我没法插嘴。但有一点我要感谢你，海玉的身体没有受到伤害，完好地回来了。"

陈志宏摇摇头说："可她的心灵却受到创伤了，这都是因为我。正浩，有句话我没法藏在我心里了。这些年一直忙着工作，从来没有考虑过其他事情，可那天在上海，在我找到海玉的那一刻，我的内心告诉我，我终其一生要爱的女人，就是海玉。"

7.

日，外，靠山屯。

贞玉家院门外。

正浩和陈志宏站在院门外，郑雪梅在院子里看到了，也走了出来。

郑雪梅说："新郎官，你跟陈志宏躲在门外面干什么呢？"

陈志宏对正浩说："金正浩，我祝愿你和贞玉一生幸福。"

正浩说："谢谢。"

陈志宏朝郑雪梅点点头，算是打招呼，然后径自走进了院子。

郑雪梅看着陈志宏离开的背影，说："陈志宏他怎么啦？心事重重的样子。"

正浩说："跟我妹妹海玉之间发生了些误会，所以心情不太好。"

郑雪梅说："金正浩，你跟贞玉之间有爱情吗？"

正浩一愣，说："什么？"

郑雪梅说:"哦,这样问也许太唐突了。那我们换一种问法。你和贞玉结婚,是因为爱情,还是因为你说的所谓责任?"

正浩说:"你为什么认为我和贞玉结婚不是因为爱情?"

郑雪梅说:"我一直认为爱情都是自私的。如果我是个男人,我的对象领着一个不明不白的孩子,而且也问不出个底细来,我是绝对不会跟她结婚的。"

正浩说:"那只是你的想法。"

郑雪梅说:"我认为绝大部分男人都会是我这种态度。"

正浩说:"那也只是绝大部分而已。我同贞玉结婚,完全是因为我爱她,了解她,我认为她就是我心目中最完美的妻子。"

郑雪梅说:"我不这么认为。贞玉带着个孩子,不可能会有男人再要她。你娶她,是为了尽你所谓大哥的责任,照顾她跟孩子。"

正浩说:"对,也有这部分的因素。爱情和责任本来就是密不可分的,否则,还要婚姻做什么?"

郑雪梅说:"偏巧,我是个爱情至上主义者。我一直那么深地爱着你,因为我说了,我身上流着你的血。金正浩,我从来不认为爱情和责任必须挂钩。为了爱情,什么都可以牺牲,包括你所说的那些责任。这也许就是你认为我不合适你的原因吧。可我真的不甘心,好不甘心呐。但是,因为我还爱着你,所以我还是要衷心地祝你幸福。"

正浩说:"那就谢谢了。"

8.

日,外,靠山屯。

贞玉家院子。

正浩和郑雪梅走了进来,郑雪梅走到知青的那一桌,说:"正浩,到我们这桌来吧,我要敬你一杯酒。"

崔明哲在一群人当中喊:"正浩,过来! 我爷爷要你给他敬酒。"

正浩抱歉地看看郑雪梅,郑雪梅一笑说:"那你先去吧,我们这桌你可一定要来啊。"

正浩说:"我过会儿就过去。"

崔明哲又在喊:"正浩——"

正浩说:"来了来了。"

9.

日,外,靠山屯。

贞玉家院子。

正浩给崔明哲的爷爷敬完酒,崔明哲把正浩拉到一边说:"正浩,银姬的事……"

正浩说:"你不是找着银姬了吗？而且现在每天都跑她店里蹭饭吃,还想干什么？"

崔明哲说:"我每次约她,她都说忙,没空。去她那儿吃饭,十次也有八次见不着她。"

正浩说:"那你想要我干什么？"

崔明哲说:"帮我再争取点希望嘛。"

10.

日,外,靠山屯。

贞玉家院子。

银姬忙着给桌上上菜,正浩走到银姬旁边。正浩回头看看崔明哲,崔明哲一个劲儿地向正浩使眼色。

正浩对银姬说:"银姬,今天辛苦你了。"

银姬说:"今天是我哥大喜的日子,嫂子又是我最喜欢的贞玉姐姐,我高兴还来不及呢,哪里还觉着辛苦不辛苦啊。"

正浩说:"你看到崔明哲了吗？"

银姬说:"看到了,怎么啦？"

正浩说:"你跟他的事咋样了？"

银姬一看到那边崔明哲欲盖弥彰的表情,全明白了,说:"哥,这事儿你别掺和了,我有我的想法。"

正浩说:"我倒不是想掺和,只是想知道一下你们的进展。"

银姬说:"慢慢来吧,我对他又不像你跟贞玉姐,知根知底的彼此都了解,那才能共同生活到一块儿。"

正浩说:"如果老碰不上面,那怎么能了解呢?"

银姬说:"哥,我不是成心想躲他。饭店刚开张没多久,每天忙得我都停不下来,哪有时间去谈情说爱呢? 再说,我也给他希望了呀。"

正浩说:"那家伙想要更大的希望呢。"

银姬说:"那就让他自己争取吧。"

11.

日,外,靠山屯。

贞玉家院子。

斗伊追着个小皮球在玩,皮球滚到了玉顺的脚边,玉顺蹲下来捡起球。

玉顺对斗伊说:"斗伊啊,你正浩爸爸叫我妈妈,你贞玉妈妈也叫我妈妈,那你该叫我什么呢? 奶奶? 还是外婆?"

斗伊看了玉顺好一会儿,口齿不清地叫了一声:"外……婆。"

玉顺高兴地应了一声说:"哎,不管是叫哪一个,外婆都开心。来,外婆抱抱。"

玉顺把斗伊抱在怀里,仔细地打量着斗伊说:"我们斗伊真乖,斗伊真漂亮,小小的鼻子,弯弯的眉毛,大大的眼睛,肉嘟嘟的嘴……"玉顺的眼神开始变得专注起来。

12.

日,外,靠山屯。

许应灿家院子。

许应灿有点醉了,回到家小解出来,正准备再去贞玉家。迎面碰上抱着斗伊的玉顺。

许应灿说:"干什么干什么? 臭老太婆,你不会是想把这小杂种抱到我们家来吧?"

玉顺说:"老头子,你好好看看斗伊这孩子。"玉顺把斗伊往许应灿跟前凑,说:"你看看!"

许应灿说:"离我远点儿,别把这小扫帚星凑到我跟前来。"

玉顺说:"你好好看看呀。"

许应灿说:"不看不看! 你到底想干什么?"

玉顺说:"你看这嘴,你看这眼睛,还有眉毛,像不像咱家英花小时候的模样?"

许应灿噌地一下火就起来了,厉声说:"你个臭女人,你再敢烂舌头胡说八道,我就打烂你的屁股!"

13.

日,内,靠山屯。

贞玉家。

董强和赵泉正在贞玉的房间里看贞玉缝制的衣服。

董强赞叹地对贞玉说:"贞玉,这些衣服都是你设计制作的吗?"

贞玉谦和地一笑说:"哪说得上设计呀,就是把过去的一些式样稍微改动一下,这里加点东西,那里多打个褶子,有些地方绣点小花样,也就这么点东西。"

董强说:"太漂亮,太有想法了。赵泉,帮个忙。"

赵泉说:"怎么啦?"

董强说:"你不是带着照相机嘛。贞玉,你把银姬、海玉叫来。"

贞玉说:"干什么?"

董强说:"你,银姬,海玉,都穿上这些服装,让赵泉给拍下来。我把这些相片放大,挂在我的店里。贞玉,你开个服装厂吧。"

贞玉一笑说:"开服装厂? 我可没那么大能耐。"

董强说:"让正浩当厂长,这家伙身上有股子韧劲,办事又认真,绝对是当厂长的材料。你就负责设计裁剪和监督生产流程。我的商店里刚好也进了一批朝鲜服,生意还不错。但样式方面绝对不如你。你看看,这么别致的设计,改动得恰到好处,不要小看这些小地方,这才是精华。贞玉,以我的商业眼光,你的这些服装,肯定会脱销的!"

14.

日,外,靠山屯。

贞玉家院子门前。

赵泉支起了相机,贞玉、海玉、银姬都穿着贞玉缝制的服装在拍照。

赵泉突然想起什么,喊:"郑雪梅!你也穿上一件朝鲜服吧,去贞玉房间里挑一件。她穿上韩服也很漂亮。"

董强感慨说:"可惜英花不在,英花那身材,再摆出舞蹈动作,"董强显出很向往的样子用上海话说:"一只鼎!"

15.

日,内,延吉市。

州歌舞团排练厅。

李珉基正在点名,他看看钟,说:"许英花呢?怎么还没来?"

姜彩英举了一下手,说:"她早就来了,好像有什么事,又走了。"

李珉基严厉地说:"她干什么去了?"

姜彩英说:"我没问……"

英花匆匆忙忙奔了进来,喘了口气,说:"报告!"

李珉基说:"你迟到了十分钟,怎么回事?"

英花说:"对不起,金指导的舞蹈动作设计本忘了带,我回去拿,所以……"

李珉基说:"这不是理由!金指导年纪大了,记性不好。既然你负责照顾金指导,这些事情就该帮她记住!所以责任还是在你。"

英花说："是。"

李珉基说："归队！"

英花走进队伍中，站在姜彩英身边。姜彩英向她使了个眼色，意思是别太介意。英花淡淡地笑了笑。

李珉基开始训话说："同志们，从今天起，我们团就要开始排练金指导花了将近二十年的心血编的这台歌舞，这台歌舞现在暂名叫《哦，阿里郎》。团里已经定了，这台歌舞，将来是要争取到北京去演出的。这里面有好几个舞是需要领舞的，领舞的同志有A、B两个人。先暂定许英花同志为领舞A，领舞B由李淑玉同志担任。我这里说的是暂定！以后根据情况随时可能更换。现在我把这台歌舞大致的内容给大家讲一下。"

16.

夜，外，延吉市。

阿里郎饭店。

正是吃晚饭的时间，饭店里挤满了人，门口还有几个人在等着。

崔明哲下班后赶到饭店，远远地看到这个情景，也为银姬感到高兴。

17.

夜，内，延吉市。

阿里郎饭店厨房间。

崔明哲穿过饭店，探头进厨房间说："银姬，我来了。"搓搓手说："要我帮忙吗？"

银姬看看他说："那就进来吧，帮忙吃个饭。"

崔明哲说："吃饭还要帮忙啊？"

银姬说："我弄了个新品种，酱汤拌饭，你帮忙试吃一下。"

崔明哲说："酱汤往饭里拌？"

银姬说："不是，酱汤是酱汤，拌饭是拌饭。这拌饭是小时候我英子妈妈经常做的，我不过是在拌饭里加了些新东西。过来坐吧，厨房间小，也有点挤,不过比外面好点。"

崔明哲进来坐在一个简易的板凳上,一个大水缸上铺了块木板就算是餐桌了。银姬把托盘放在崔明哲面前。

崔明哲说:"哇,一看上去就让人有了食欲嘛。只是名字起得直白了点。"

银姬说:"先不要评头论足,名字原本就是随便起的,你要是有好主意尽管说出来,没准我会用呢。"

崔明哲说:"先让我吃了再说,味道越好,灵感越多。"

银姬说:"我倒很想听听你那木瓜脑袋里能有什么灵感。"

崔明哲吃了几口,又喝了几口汤,说:"嗯。"又吃几口,再喝几口汤,"嗯,嗯……"再往下吃的时候,银姬拿舀水的木勺在他脑袋上敲了一下。

银姬说:"没完啦! 到底怎么样?"

崔明哲嘴里塞着饭说:"这样好吃。"

银姬说:"什么呀,说出个道道来呀!"

崔明哲把嘴里的东西咽下,说:"我是说吃几口饭,再喝口酱汤,这样味道更好!"

银姬说:"白给你吃了,说了等于没说。"

崔明哲说:"怎么会呢,是很好吃嘛。"

银姬说:"饭菜好吃不好吃那是顾客说的话,叫你帮忙试吃,就是让你提出意见来,我好改进。"

崔明哲说:"味道是没的说了,要说改进,那就是把名字改一改嘛。"

银姬说:"改成什么?"

崔明哲说:"你看人家大饭店里,饭菜好吃不好吃是一回事,但至少名字就能把你震得头晕眼花。比如清汤里放上一根葱,那叫猛龙过江。再加一根葱,飘个丸子,那叫二龙戏珠……"

银姬说:"你少在那儿耍贫嘴,我们饭店才不要用那种华而不实的名字唬人,要实惠点的! 改什么名字,快说!"

崔明哲挠了挠头,说:"想不出来,还是叫酱汤拌饭吧。"

| 257 |

银姬的木勺随即又敲了过去。

崔明哲赶忙把头闪开说："银姬,别这样。我已经笨到家了,你再这样敲下去,我不是更笨了吗?"

服务员玉姬探头进来,说："银姬姐,有人找。"

18.

夜,内,延吉市。

阿里郎饭店。

李银姬领着三个人正在饭店大堂里。

李银姬看到银姬出来,说："银姬,快给这三位客人安排个座位吧。"

银姬为难地说："老板娘,都坐满了。"

李银姬说："所以才叫你出来想办法嘛。"

银姬说："总不能赶人家正在吃饭的客人走吧! 而且外面还等着几个客人呢。"

崔明哲走出来说："按规矩,先来后到。"

李银姬皱着眉头看看崔明哲说："你是干什么的? 说话怎么这么个口气。银姬,这是我的店,快安排客人。"

银姬说："那老板娘,您就安排吧。"

李银姬看看这个,又看看那个,也有点拉不开脸。

三个人中的一个说："既然没有位置,那我们先走吧。这饭店里的酱汤我们一定得吃。来日方长啊,急什么!"

李银姬忙鞠躬说："真是不好意思,委屈你们了。"

19.

日,内,延吉市。

州歌舞团排练厅。

英花换下排练服,背上包正准备往外走。李珉基叫住她。

英花说："导演,有事吗?"

李珉基说:"英花,你迟到了,那天当着大家的面我批评你,口气又有点重,我心里很过意不去。所以晚上我想请你吃个饭。"

英花说:"导演,谢谢你的邀请。但我还要赶回去做饭,金老师还在家等我呢。"

李珉基不太高兴,说:"许英花,看来你是成心不给我面子喽。"

英花说:"导演,你误会了。我真的不是不给你面子,照顾好金老师的起居,这也是我的一项很重要的任务。"

李珉基说:"这样吧,你先回去给老师做饭,吃完饭我们再一起去喝杯咖啡,这样总可以了吧?"

英花说:"我不想单独和您一起去喝咖啡。"

李珉基说:"为什么?"

英花说:"我对你们男人没有兴趣。"

李珉基说:"你这话是什么意思?"

英花说:"可能我的话重了一点,我只是不愿再跟男人有什么交往了。"

李珉基说:"你被男人伤害过。"

英花说:"请原谅,导演,我要回去了。"

英花迅速地离开排练厅。

李珉基有些恼怒地看着英花的背影,嘴里咕哝了一句:"什么人嘛! 看不起我是怎么的。"

20.

夜,内,靠山屯。

许应灿家。

玉顺捂着脸坐在床上,咕哝着说:"银姬也找到了,海玉也回来了,可我们家的英花呢? 我们的英花到底去哪儿了呀!"

已经睡下的许应灿坐了起来,说:"你烦不烦呐,从吃完饭到现在,一直絮絮叨叨到现在,我要睡觉了,还要闹是怎么着?"

玉顺含着泪说:"可我想我的英花!"

许应灿说："想你个头！就当她死了。"

玉顺说："老头子，我一直在想个事儿，越想越觉得肯定是这样。"

许应灿躺下拉过被子说："什么这样那样的，我要睡觉！要想关了灯你自个儿想去，别来烦我。"

玉顺说："你说，斗伊这孩子会不会是英花的？我怎么看她，都觉着像是小时候的英花。"

许应灿一把把被子掀开，说："你个烂舌头，不许胡说！我们家的英花会做出这种事情吗？"

玉顺说："人家贞玉刚把孩子带回来的时候，你不是还说贞玉干了见不得人的事了吗？怎么到女儿这儿，口风就变了呢？"

许应灿说："贞玉的事，搁着谁都会那么想！"

玉顺说："咱们自个儿把女儿宝贝得跟什么似的，左看是个好，右看也是好。可万一真的有那么回事呢？不然她干吗有家不肯回呢？"

许应灿说："你个老太婆，少在那儿胡思乱想的。"

玉顺说："你说人家的时候，一本正经跟什么似的。你忘了年轻那会儿，咱俩没结婚的时候，我不也让你……"

许应灿急了，说："你个臭女人，想事想抽风啦！"

玉顺说："老话说上梁不正下梁歪，保不准咱英花真的干出了点啥事……"

许应灿把被子蒙在了脑袋上，说："睡觉睡觉！别再给我叨叨这些烦心事。"

21.

夜，内，靠山屯。

贞玉家。

贞玉摇着缝纫机在缝制衣服，正浩抱着迷迷瞪瞪的斗伊在轻轻拍着。

贞玉轻声地说："董强说的那个事，你怎么想？"

正浩说："复员回来的那阵子，我倒是也想在外面找份工作，闯荡一下。

一个男人，总得有自己的事业。可当时家里那么一摊事，总得先把家里安置好了，才能去想想自个的事吧。谁让我是家里的老大呢。"

贞玉说："现在不都有着落了吗？海玉回来了，银姬的饭店经营得挺好，也算是有了自己的事业了。我这个老姑娘也嫁给你了，你也有了媳妇了，"说到这儿甜蜜地一笑说："你还有什么事要张罗的呢？"

正浩说："俊男再过半年就出来了，现在就是英花还没有消息。贞玉，在公社的时候，就你跟她最近，你真的不知道她去哪儿了吗？"

贞玉的手停了一下，又继续摇着缝纫机说："我倒真是不知道她跑到哪里去了。不过，总有一天会回来的。正浩，董强让我们办服装厂，你也考虑考虑吧。"

正浩想了想，说："这有什么好考虑的。你有这一身手艺，为啥不办？不过我得先把办厂的路子蹚蹚好，到时再提，怎么样？"

22.

夜，内，靠山屯。

许应灿家。

许应灿翻来覆去睡不着，他躺在被窝里瞪大了眼睛回忆着贞玉在院门口的一番话。

贞玉（画外音）说："……这孩子她妈妈硬塞给我的时候我也不想要，但孩子妈妈扔下她就跑了，我能怎么办？"

许应灿一翻身坐了起来，贞玉的话还在耳边回响。

贞玉（画外音）说："……您这样真的太不应该了！"

许应灿（画外音）说："怎么着？"

贞玉（画外音）说："孩子叫我妈妈，我叫您爸爸，那孩子就应该叫您一声外公，哪有外公这样对自己的外孙女的？"

许应灿推着玉顺说："老婆子，快起来！穿上衣服，你去趟贞玉家。"

玉顺说："老头子，你发神经啊？现在几点啦还去贞玉家？人家小两口可能早睡了。"

许应灿说:"不行,不问清楚我睡不着!"

玉顺说:"啥事?"

许应灿说:"都是你个臭女人,没事瞎联想什么? 现在弄得我都疑神疑鬼的。我非得问清楚不可,那孩子到底是不是英花的。"

玉顺叹口气,说:"咋问啊? 贞玉又不肯说……"

许应灿说:"你就问贞玉,收下这孩子时到底见过英花没有,要是见过了,这孩子搞不好真的是英花的,要是没见过,可能就不是的! 我就好睡着觉了。你这个害人的老太婆!"

23.

夜,内,靠山屯。

贞玉家。

贞玉对正浩说:"开厂子这事,董强说出来咋就那么容易呢? 当时我真是被吓着了。现在想一想,他讲的还真是一条路!"

正浩说:"这事不难! 找一个场地,雇些人手,买些设备和原料,反正董强也说了,我们做出来的衣服由他推销,这不就干起来了?"

贞玉一笑说:"你们男人,说起事情怎么都一个样呢? 好像天底下就没有办不到的事。"

门外响起敲门声,正浩赶紧去开门。

正浩说:"妈妈,您来啦。"

玉顺走了进来。

玉顺说:"都没睡啊?"

贞玉说:"活还没忙完呢。妈妈,这么晚了您怎么还没休息啊? 出了什么事吗?"

玉顺说:"贞玉,我找你问点事。"

贞玉说:"妈妈,您坐。"

玉顺说:"贞玉,你好不好告诉我,你最后一次见着英花是什么时候?"

贞玉想了想,说:"是在公社去县里参加会演的时候。"

玉顺仍不甘心,直白地说:"在收下孩子时,你见过她没有?"

贞玉一愣,随即回答说:"没有,妈妈。刚才正浩还跟我说起这事呢,我说,她迟早会回来的。你看银姬、海玉,不都已经回来了嘛。连俊男,再过半年也就能回来了呀。"

玉顺说:"贞玉,你这孩子是不是英花的?咋跟英花长得这么像呢?"

贞玉一惊,但马上一笑说:"妈,哪能呢!英花又不是这样的人。"

玉顺说:"唉,我想也是。那我走了,你们也早点歇着吧。活儿是永远也忙不完的。"

玉顺走后,正浩问贞玉说:"不是英花的?我看斗伊真的很像英花。"

贞玉含着泪伤心地说:"不是说好了不再提这件事吗?"

正浩忙点着头说:"行行,不提不提。"

24.

晨,内,延吉市。

州歌舞团排练厅。

演员们都在穿服装。

领队说:"大家注意了,导演讲了,今天是第一次穿正式服装排,主要是看看整体效果,服装都不要穿错了。"

英花打开一个布包,里面的一套服装与别的演员服装明显的不一样。个头和身材跟英花差不多的女演员李淑玉走了过来,手上也拿着个布包。

李淑玉说:"英花,这套服装今天由我穿,你穿我手上的这套。"

英花惊奇地问:"你领舞?"

李淑玉说:"怎么,不可以?"

英花说:"我没接到通知呀。"

李淑玉说:"导演通知我了,你可以问导演去。"

李珉基走了过来,大声地宣布说:"从现在起,由李淑玉领舞。她在舞蹈的技巧方面,我看,比英花同志要强。"

英花顿时就明白了。她默默地重新包好布包递给了李淑玉,拿过了李淑玉手上的布包。英花的眼里含着泪。

25.
晨，内，延吉市。
州歌舞团排练厅。
音乐响起，演员们开始跳舞。
李淑玉的领舞显然没能做好准备，但又急于想表现，跟其他演员的配合出现差错。一节音乐没完，大家的舞步就全乱了。
演员甲喊："淑玉，错啦，错啦！"
演员乙说："淑玉，你往哪儿跳啊？你那儿一出错，叫我们怎么跟啊？"
李珉基一挥手，说："重来！"
音乐再次响起，不一会儿，舞步又乱了，演员们挤成了一团。

26.
日，外，延吉市。
市歌舞团排练厅外的走廊。
演员们叽叽喳喳的吵闹声。
大厅里又响起了李珉基恼怒的声音说："先休息一刻钟！都是些木瓜脑袋！"
姜彩英推着金英善来到了排练厅。
金英善说："换领舞了？"
李珉基说："老师，我让B角李淑玉也领着试试。"
金英善说："试试也好，那跳上一遍我也看看。"

27.
日，内，延吉市。
州歌舞团排练厅。
演员们又在音乐声中起舞，跳得也都很认真。

但李淑玉被一位演员撞倒了,其他演员都乱成了一团,大家互相埋怨着。

李珉基满脸的怒容。

金英善说:"先都停下吧!李珉基,你是导演,你有权力决定谁来领舞。让李淑玉来领舞,当然也可以,淑玉跳得也是很不错的。不然也不会让她担任B角。但A角就是A角,B角就是B角,这也是不能含糊的!这样吧,让李淑玉和许英花都单独跳一下。大家都感觉感觉,这样可以吗?"

演员们立刻起劲了,大家都七嘴八舌地发出赞同的声音。

李珉基勉强地说:"那……好吧。"

28.

日,内,延吉市。

州歌舞团排练厅。

音乐中,李淑玉卖力地跳着许多高难度的动作,一段跳完已经是满头的汗。演员们小声地议论着,只有零星的几下掌声。李珉基满脸阴云。

金英善看看许英花,英花点点头。

音乐响起,英花在音乐中很快就进入了状态,她跟着音乐的节拍旋转,跳跃,舞姿轻盈而富于变化,表情生动而活泼,周围的人很快就被她的舞蹈感染了,大家跟着音乐和英花舞蹈的节奏使劲地鼓起掌来。

英花的舞蹈结束,掌声也跟着停了下来,但只一会儿,更热烈的掌声又响了起来。

李珉基的脸色变得更难看。

金英善说:"舞蹈并不只是个技巧的问题,当然技巧和基本功都很重要。但美的舞蹈是要用心和身体语言去表现去感染观众的,舞蹈的意蕴就在这里。导演,你做决定吧。排练结束后,你到我办公室来一下。"

李珉基说:"是。"

29.

日，内，延吉市。

尚美服装店。

董强的营业员把贞玉、海玉、银姬和郑雪梅穿着朝鲜服的大照片挂在了墙上。

正在店里买衣服的朝鲜族妇女都被吸引住了，大家都在赞叹。

有人说："好漂亮的姑娘好漂亮的服装啊。"

其中一个喊："老板，老板！"

董强走上去说："有什么事？"

顾客甲说："这些姑娘穿的朝鲜服你这里有卖的吗？"

董强说："有啊！"

顾客乙说："那怎么没有拿出来呀？能不能拿出来让我们看看？"

董强说："这批朝鲜服我们正在进货。你们想买的话，可以预先登记，留下地址，货到后我们会通知你们的。"

顾客甲说："那好呀，我先订上一件！什么时候可以拿？我想穿着去参加朋友的婚礼。"

董强说："这批朝鲜服制作工艺比较讲究，所以拿货周期稍微长一些，可能要等上一些时间。这样吧，要是等得及的话，就到柜台这里登记一下。"他转头对一位营业员说："小霞，你负责登记，把她们需要的尺寸都记一下。"

小霞说："好的。"

30.

日，内，延吉市。

州歌舞团排练厅。

李珉基大声地说："今天就排到这儿吧。"

演员们陆续走出排练厅。英花追上李珉基。

英花说："导演，我有句话想同你说。"

李珉基停下脚步说："请讲。"

英花说:"男人是天,女人是地。这天该怎么当,你知道吗? 要不要我这个地来教你?"英花说完扭身就走。

李珉基拉长着脸,在走廊上站了半天,然后又自嘲地苦笑了一下。

第十三集

1.

日，外，靠山屯。

在前往靠山屯的路上，董强骑着摩托车急匆匆地在公路上飞驰。

2.

日，内，靠山屯。

贞玉家。

贞玉和董强正在家里坐着，正浩匆匆忙忙赶进了屋。

正浩一见董强，好像明白了些什么，对董强说："我说海玉怎么心急火燎地把我叫回家，原来是你来啦。"

董强拿出个本子递给正浩说："你看看。"

正浩翻开来看看几页，有些莫名其妙，说："这是什么？"

董强说："这些都是预订的服装，就是贞玉做的服装，本子已经快写满了！正浩，你们不能再拖了，赶快把厂子办起来吧。"

贞玉拿过本子也翻了翻,说:"天呐,怎么这么多人要……这哪做得过来啊!"

董强说:"我店里还有个本子呢,那里肯定也写上了。你们不要低估我店里挂着的那些照片的广告效应,还有别的地方的服装店想到我这儿来批发呢,你看看,在这里。"

贞玉看看正浩,然后对董强说:"董强,你干吗那么急着把那些照片挂出来呢? 事情一下来得这么突然,我们一点思想准备都没有,而且,服装厂又不是一天两天就能办起来的呀。正浩,我现在又有点害怕了,我一个人做的时候,该怎么做自己心里都有数,一旦成批地做,万一哪里出了点纰漏,那咋整呢?"

正浩陷入了沉思。他也被这些订单弄了个措手不及。

贞玉对董强说:"董强,我还是在这儿做我的小裁缝吧。衣服一件一件地整,整坏了还赔得起,可那么多件压在我身上,我哪里承受得起呀!"

董强说:"贞玉,这可不行! 这本子里写的就是订单。到时给不了人家货,我的尚美服装店是要砸牌子的!"

正浩说:"董强,贞玉做的服装真的在你那里很受欢迎吗?"

董强说:"老天,你还担心这个啊? 这本子上白纸黑字又不是我编排出来的。这样,今天你们无论如何要到我店里去看一下,你们看到那场面就知道了。"

正浩说:"贞玉,你抱上斗伊,我们和董强去延吉。"

3.

日,内,延吉市。

州歌舞厅大楼。

金英善的办公室。

李珉基走进办公室,说:"老师。"

金英善说:"珉基,你今天这样做显得既粗暴又低能! 不像个导演做的事。我已经发觉你对许英花好像有那方面的意思，可哪有这么个做法的？"

李珉基说："对不起，老师。是我一时冲动。我好像是爱上许英花了，可是我想接近她，请她吃饭，跟她单独谈谈，她都那么冷冰冰地拒绝我，我心里有气，所以……"

金英善说："所以你就用今天这种方式来报复她？珉基，我过去一直觉得你是个很年轻又有才华的导演，今天怎么会做出这么小儿科的事情来？"

李珉基说："爱有时会变成怨恨，但怨恨里可能包含着我更深的爱。"

金英善说："你怎么好意思说出这种话来？你这是爱吗？你说的这种爱是私欲，是占有欲！它绝对不是爱！如果真正爱一个人那就应该有一种包容的心态，而不是得不到对方的爱就打击报复！珉基，你是个年轻人，有时候冲动鲁莽是难免的，但你绝不应该做出这种自私自利不道德的行为！"

李珉基说："老师，从您教我起您就从没这么骂过我。您为什么这么护着许英花？"

金英善说："不是我护着她，是你的做法太让人失望了！你是我的学生，我对你寄托的希望你不知道吗？感情上的事情决不能影响到工作，更不能假公济私！"

李珉基说："老师，以后我不会再这样了。"

金英善说："好了，你去吧。"

李珉基说："老师，我还是想问您，许英花是不是受到过什么伤害？我觉得她好像完全把自己封闭起来了。"

金英善说："是，她是受过伤害。"

李珉基说："什么样的伤害？是被男人抛弃了吗？"

金英善说："你打听这么多干什么？这都是许英花的私生活，你作为导演有必要知道吗？"

李珉基说："老师，我不是说了吗？我好像爱上她了，当然希望知道她多一点的事情呀。"

金英善说："没必要。她受的伤害就是爱的伤害，所以在一段时间内她是不会再接受别人的爱的。"

李珉基说:"爱的伤害就应该用爱来疗伤,我认为只有爱情才能让她走出阴影。"

金英善说:"你的那种做法那是爱吗? 那只能让她受到更深的伤害! 我叫你来不是跟你讨论什么爱情的,我就是要警告你,下次你再公私不分,我……"

李珉基说:"好了,老师。我错了,我再也不这样了!"

4.

日,外,靠山屯。

稻田边。

陈志宏拿着几页纸一直站在稻田边,海玉在地里薅草,根本就不理他。

陈志宏说:"海玉,你不想跟我说话没关系,就过来看一下这份资料吧。"

海玉低头忙着,不说话。

陈志宏说:"这是咱们市里青年歌手大奖赛的赛事简章和报名表,你看一看,如果愿意的话,就填一下。"

海玉说:"我不愿意。"

陈志宏说:"为什么?"

海玉说:"只要是你叫我做的,我都不愿意。"

陈志宏说:"海玉,咱们先不要把个人感情掺杂进去好不好? 这是多好的一次机会呀! 这种全国性的比赛,几年才有一次。现在只是市里的选拔赛,我去现场听过,基本上那些来参加比赛的歌手,没有一个能有你这样的实力的。我觉得你可以晋级到州里,省里,最后甚至可以到北京去参加全国的决赛。"

海玉说:"你不用说得那么天花乱坠,你们的大上海我也已经见识过了,没什么了不起! 现在,凡是你说的话,我都不想听。"

陈志宏有些着急又有些无奈,说:"海玉,再过几天可就要报名截止了。"

海玉说:"跟我没关系。"

陈志宏急了,径直走到海玉面前,把那几页纸塞进海玉的手中说:"你就看一看，好不好？"

海玉啪的一下把纸扔回到陈志宏胸前说："不好！陈志宏，我说了，你就是个骗子，骗子的话我不信！"

5.

日，内，延吉市。

阿里郎饭店。

吃饭的时间还没到，就有三个人就进了店，东看看，西望望。

服务员玉姬不明白怎么回事，进去把银姬叫了出来。

银姬一看那几位客人，正是前一天晚上李银姬带来的三位客人。银姬说："几位客人，你们是来吃饭的吗？"

其中一个就说："先看看房子，等会儿再吃饭。"

银姬吃惊地说："看房子？ 这儿只是个饭店，又不是旅馆，看什么房子呀？"

其中有个人说："这事跟你没关系，是我们跟你们老板和老板娘之间的事。等会儿吃饭时，你就好好做几碗酱汤给我们端上来，让我们尝尝。"

银姬说："是。"但仍是一脸的疑惑。

6.

日，内，延吉市。

尚美服装店。

董强领着正浩和贞玉走进服装店，就看到一群朝鲜族妇女拥在照片前看着，还在叽叽喳喳地议论着。

其中有一个长得很秀气的年轻妇女看到了董强，大声地说："老板，你的货到底什么时候到呀？ 我都等了一个多星期了！ 当时我说给你点订金你死活都不肯收，你不会是在糊弄我们吧？"

董强说："货我已经订了，可我也跟你们说过，这批朝鲜服做工很好，所以服装的制作周期有点长。你不是说没关系，你可以等嘛。"

那位妇女噘着嘴说:“可等的时间也太长点了吧。”

董强说:“快了快了,很快就会来的,再耐心等等吧。”

另一个眼尖的妇女看到贞玉说:“嗨,你不就是那个照片上的姑娘吗?那个……是不是你呀?”

贞玉忙点头说:“是。”

那个秀气的姑娘说:“老板,你不是说货没到嘛,为什么她就有的穿啊?”

董强说:“她穿的这件是样服,样服就是在服装厂里做样子的。”

秀气的姑娘说:“那就把样服卖给我吧!”

7.

日,内,延吉市。

阿里郎饭店。

三位客人在吃着拌饭,喝着酱汤,不时地交头接耳在商议着什么。

银姬在厨房间向外看着,心里隐隐有些不安。

8.

日,内,延吉市。

尚美服装店。

服装店堆放服装的仓库。

正浩、贞玉、董强在里面商议。

董强说:“情况你们都看到了噢,现在怎么办?”

贞玉说:“董强,真是对不起,这么大的责任,我怕担不了。”

9.

日,内,延吉市。

阿里郎饭店。

那三个人终于走了,银姬从厨房间走出来,帮着服务员收拾桌子。

服务员玉姬问银姬说:“银姬姐,那三个人到底是来干什么呀?怎么我老觉着有些神神道道的?"

服务员丽香说:"他们指定要喝银姬姐的酱汤,那肯定是慕名而来的嘛。说不定是哪家大饭店的老总啊什么的,想挖银姬姐过去。"

玉姬说:"要是真的只是挖银姬姐,干吗还看房子啊?"

银姬说:"你们别瞎猜了,应该是跟老板娘有点关系。"

丽香说:"呀,不会是老板娘把饭店给卖了吧?"

李银姬走进饭店。

银姬看着李银姬说:"老板娘,你是不是把饭店卖了?"

李银姬有些心虚,说:"银姬,我们也是没有办法。你大叔那病就是个烧钱的炉子,塞多少钱都不够使的呀。"

银姬:"那你至少要告诉我一声啊。"

李银姬说:"现在还没定下来呢,人家看得中看不中还不知道呢。"

银姬说:"你把饭店卖掉了,我们怎么办?"

李银姬说:"我不是说还没定下来嘛,那些客人来过了吗?"

银姬说:"是。"

李银姬:"什么时候走的?"

银姬说:"刚走没一会儿。"

李银姬调转屁股就往外跑。

银姬气恼地看着李银姬的背影,说:"这个老板娘,怎么老干这种事!"

10.

日,内,延吉市。

尚美服装店后门仓库。

董强气恼地看着正浩说:"金正浩,现在就看你的了。你要是再打退堂鼓啊,那我董强的脸面,信誉就全丢在这延吉市了!"

贞玉看着正浩,那意思是你得考虑清楚。正浩没说话。

董强急了,说:"金正浩,你快急死我了。你以前不是这么婆婆妈妈的呀!我都快火烧屁股了,你怎么到现在连一句话也不肯说呢?"

正浩说:"先去吃饭吧。我肚子饿了,都跑了一天了,斗伊也该饿了。银姬的饭店不是离这儿不远吗? 走吧,我们去她那儿吃。"

11.

傍晚,外,延吉市。

阿里郎饭店。

饭店的生意很兴旺,店堂里又加了一张小桌子,里面的人就挤得更满了。

董强、正浩、贞玉抱着斗伊站在饭店门口,看着那么多的客人,都在为银姬感到高兴。

董强说:"小丫头很行的嘛! 把个饭店经营得有声有色的啊。"

银姬见了他们,高兴地说:"哥、嫂子、董强哥,你们来啦! 店里都挤满了怎么办? 要不,我再端张桌子出来,你们在外面吃? 外面挺凉快的。"

正浩说:"行,我帮你去搬。"

12.

夜,外,延吉市。

阿里郎饭店。

正浩端了张桌子,支在店门外。银姬在摆凳子。

正浩说:"银姬,崔明哲现在还来吗?"

银姬说:"那家伙天天晚上都来,跟上班似的,准点就到。"说着往街口看了一眼说,"你看,说曹操曹操到,那不就来了。"

崔明哲正朝这儿走来,看见正浩他们,高兴地挥了挥手,加快了脚步。

正浩说:"银姬,弄几个菜,我们几个喝口酒。"

董强说:"金正浩,我可没心思喝酒。"

正浩说:"喝了酒再说。天塌不下来,有我们几个人顶着呢。"

崔明哲跑过来,说:"今天什么日子? 夫妻俩出来串门啊? 董强,怎么苦着个脸?"

董强叹了口气。

正浩说："不就是几件衣服嘛，来，喝酒喝酒。明哲，坐。"

13.

夜，外，延吉市。

正浩喝了几口酒，看着饭店里面热闹的情景对贞玉说："贞玉，你看，银姬的饭店开得多兴旺啊。"

贞玉说："我知道你话里的意思。服装厂我不是不想开，只是事情得一步一步做。一下子这么多衣服压上来，我根本就没把握。更何况开服装厂又不是说你想开马上就能开起来的，办厂子的地方，资金还有很多的手续要办吧，这些都得慢慢来呀。"

董强说："你慢慢来不要紧，我这里可是火烧屁股了。那么多的顾客跑来问我要衣服，你叫我怎么办？去跳布尔哈通河啊？"

贞玉说："谁叫你这么急就把那些照片挂上去呢？"

董强说："可我也没想到订货的人会那么火爆。现在已经这样了，你总不能一个劲地往后退吧。"

正浩说："其实办厂子的手续和材料都不成问题，我是复员军人，办很多事情比较方便。"

崔明哲说："工商那边我有些熟人，我可以帮上忙。"

正浩说："对了，明哲，你当城管员的，市里比较熟悉。帮我找个地方怎么样？"

崔明哲说："要什么样的？"

正浩说："当然是租金便宜点，交通便利点，水电设施齐全的。"

崔明哲说："多大？"

正浩说："能装上十几个人和十几台缝纫机，最好是个仓库，堆货物什么的比较方便。"

崔明哲说："没问题。我们城建局边上好像就有个仓库，不过废了很久，水电什么的我去想办法，然后找些环卫工人帮你打扫打扫，一两天里就能用。"

贞玉看着正浩说:"正浩,你真的打算办厂啊?"

正浩说:"既然订单都有了。人家万事俱备只欠东风,现在是东风吹来了,我们得赶快把场子办起来。这么好的机会,哪去找呀!"

董强说:"金正浩,这话我爱听。"

正浩说:"明哲,那个仓库你帮我去联系一下。等会儿吃完饭,最好我们先去考察一下,看看是不是合适。"

崔明哲说:"行。"

正浩说:"我明天回去就去开证明,想办法把办厂的相关手续都弄齐全了,不过这需要时间。"

董强说:"你可以先把设备和人力弄起来,手续可以慢慢办,先斩后奏嘛。现在政府鼓励私人办厂,可以解决就业问题呀!"

正浩说:"也是啊,你那里的货催得紧。"

董强说:"对啊,最好给我个期限,什么时候第一批货能出来?"

正浩想了想,说:"半个月吧,半个月后给你交货。"

董强一拍桌子说:"你说话算数?"

正浩说:"我金正浩什么时候说话不算数?"

14.

夜,内,延吉市。

阿里郎饭店。

正浩他们已经离开了,银姬的饭店也打烊了。

银姬正准备关门,李银姬出现在饭店门口,神情有些忐忑不安地走了进来。

银姬看了看她,没好气地说:"怎么,饭店卖掉了?"

李银姬说:"嗯,其实……"

银姬说:"怎么啦?"

李银姬噗的一声跪在地上说:"银姬,其实我不但把这饭店卖了,我还把你也卖了。"

银姬吃惊地说:"把我也卖了? 你这话是什么意思?"

李银姬说:"他们说,我这个房子我这个店都值不了几个钱,要买的话,就得连做酱汤的技术一起卖给他们,我也就同意了。"

银姬一时气得说不出话来,镇定了一下说:"老板娘,你太可笑了。"

李银姬说:"银姬你听我说啊,他们答应我了,每个月会给你开很高的工资的。"

银姬说:"老板娘,你不觉得你做的这件事很不道德吗? 你把我当成了什么? 你家的私有财产啊? 对不起,老板娘,你的这个饭店我不经营了,我还给你。现在我就收拾我的东西,再去农贸市场卖我的大酱!"

李银姬一把拖住银姬哭着哀求说:"银姬,我真的是没有办法呀! 我老头子的病急需要钱,那些人对我的房子根本没兴趣,他们说,就算把房子卖了也要拆掉,有你做酱汤的技术,他们才有兴趣投资,在这里盖个大酒店。他们还答应,把你留下来当个领班。"

银姬说:"老板娘,以前我就告诉过你,我做大酱的手艺是我们家传的,是我的妈妈传给我的。不要说什么领班,就是金山银山拿来,我也不会卖!"

李银姬老板娘:"银姬啊,你要知道,那真的是一大笔钱哪! 我和你大叔这辈子都没见过这么多钱。只要你答应了,我们会分给你你应得的那部分的。"

银姬说:"老板娘,你没听懂我说的吗? 你要钱,可以,这个月的营业额全都在那个抽屉里,钥匙给你,你自己拿。可是你要想从我这里拿走做大酱汤的技术,对不起,不可能!"

15.

夜,外,延吉市。

正浩、贞玉、崔明哲离开了一间破旧的仓库。

崔明哲说:"旧是旧了点,不过它够宽敞的了。怎么样? 符合你的要求吗?"

正浩说:"目前来说足够用了。那后面的事就拜托你了,租金方面你去帮我谈,最好我再来的时候,这里就能用了。"

崔明哲一笑说:"小意思,谁叫我是你候补的妹夫呢。"

贞玉说:"银姬已经同意啦?"

崔明哲说:"嘿嘿……还在努力。"

贞玉说:"那你可不能图嘴上痛快,我听说你第一次到银姬店里,说是她男人结果被打了出来,有没有这回事?"

崔明哲说:"好事不出门,坏事传千里啊,怎么这事你也知道?"

贞玉说:"是银姬告诉我们的,那事把她气得够呛。"

崔明哲说:"不过,现在银姬对我好多了。"

正浩说:"哦? 希望又有了?"

崔明哲说:"希望很大呀!"

正浩笑了笑,对贞玉说:"我们去趟文化馆吧。"

贞玉说:"干什么?"

正浩说:"找陈志宏帮个忙。"

16.

夜,内,延吉市。

文化馆宿舍。

在陈志宏的房间里。

陈志宏说:"在报上登广告倒是没什么问题,不过这是要收费的。"

正浩说:"所以才来找你呀,能不能帮忙说一说,少收一点?"

陈志宏说:"报社的副主编跟我很熟,也是个上海知青,我跟他去商量商量。"

正浩说:"那太好了,不过我要得很急,最好明天就能登出来。"

陈志宏说:"那我今天晚上就去找他,可你们要这么多缝纫工干什么?"

正浩说:"办服装厂呀!"

陈志宏说:"这么说,你也准备大干一场了喽?"

正浩一笑说："时机到了嘛，不干不行了呀。"

陈志宏想了想，从抽屉里拿出一张报名表格递给正浩说："正浩，你帮我把这个给海玉好吗？"

正浩看了看表格，说："这是好事啊，你干吗自己不给她呢？"

陈志宏苦笑一声说："我给了，她看都不看又扔回给我了，她说我是个骗子她不相信我。可我觉得放弃这次机会实在太可惜了，所以我还是帮她报了名。这份表格你带回去让她填一下，到时候我再补进去。"

正浩说："她要是还不愿意呢？"

陈志宏说："那就要看你这个哥哥怎么做思想工作了。刨去个人感情不说，我认为海玉她绝对有这个实力能进全国决赛的。"

17.

日，外，延吉市。

阿里郎饭店不远处。

崔明哲匆匆往阿里郎饭店走，发现银姬一个人站在不远处的街角，崔明哲赶紧跑了过去。

崔明哲看看饭店，又看看银姬，说："银姬，今天怎么啦？ 怎么这么空闲，饭店今天没开吗？"

银姬说："太累了，想给自己放一天假。"

崔明哲说："说这话可真不像你呢？"

银姬说："我什么样？"

崔明哲说："整天干劲十足，恨不得把每分每秒都抢到手。"

银姬说："你瞎说，我哪有这样啊！"

崔明哲说："在屯子里的时候你就是，我参军去的前一天，铆足了劲儿想跟你套上话，结果你跟我说啥你还记得吗？"

银姬摇摇头。

崔明哲学着银姬说："没看我正忙着呢嘛！ 大喇叭里叫着争分夺秒你没听到吗？ 有话要么收工了说，要么就烂在肚子里不要说！ 没看见我在挣工分吗?"

银姬扑哧一声笑了出来,说:"我是那样的吗? 学得一点都不像。"

崔明哲说:"你跟我说的每一句话我可都记着呢。不过话说回来,银姬,你店没开,我今天的晚饭会不会泡汤啊?"

银姬说:"明哲哥,今天我请你吃饭吧。"

崔明哲说:"好啊,要试吃什么? 又创造出什么新品种了吗?"

银姬说:"不是试吃,是真的请你吃饭。"

崔明哲说:"真的?"

银姬说:"我们往前走走,你推荐个地方吧。"

崔明哲说:"哎呀呀,风向不对! 银姬,有什么事吗?"

18.

日,内,靠山屯。

贞玉家。

贞玉在缝制衣服,正浩正趴在桌上列出需要的材料和设备,计算需要的资金。他看着贞玉眉头紧锁,心绪不宁的样子,不由得一乐。

贞玉看了他一眼,说:"笑啥?"

正浩说:"我突然想起参加军训的事。为了出成绩,我就跑去找一个叫高大奎的民兵去比拼刺刀。他在部队待过,在我们民兵培训营可是数一数二的! 你知道结果怎么样?"

贞玉说:"别跟我说你赢了噢?"

正浩说:"当然是输了,我俩拼了十个回合,结果我每次都被他击倒,弄得后来我们班长眼睛都不肯张开了。"

贞玉说:"为啥?"

正浩说:"惨不忍睹呗。"

贞玉一笑说:"那你还比什么劲啊。"

正浩说:"输是输了,可我还是不服气。我就用跟他比掰手腕,结果,他掰倒我一次,我掰倒他两次,我赢了。这说明啥? 说明我拼刺刀输给他,不是输在力量上，而是输在技术上。于是我练啊练啊，我们班长和崔明哲也帮着我一起练。半个月以后，我又跑去找他比试。"

贞玉说："这次赢了？"

正浩说："又输了。"

贞玉又笑了，她知道正浩是在卖关子。

正浩说："战了十个回合，他击倒了我八次，我击倒了他两次，这说明什么？我进步了！我也有击倒他的时候。这时我看到了希望，我又练啊练，练得一躺下就再也不想爬起来。一个多月后，我又去找他比，这次连我们连长都跑去看了。结果呢，我击倒了他五次，他也击倒了我五次。"

贞玉听得入了神。

正浩说："后来，民兵培训典礼的比武大会上，我得了优胜奖。一位师长亲自给我颁的奖。你知道那师长对我说什么吗？那师长说：金正浩，你很顽强，像我们朝鲜族人！"

贞玉说："什么叫像我们朝鲜族人？你不就是朝鲜族人嘛。"

正浩说："这你就不知道了，那个师长他也是朝鲜族叫李承俊。他那么说，是在夸我呢。"

贞玉说："你跟我说这些，是啥意思？"

正浩说："我觉得吧，世上的事你只要想办，总是有希望的，办服装厂也是这样。"

贞玉说："可我还是觉得没什么把握。"

正浩说："究竟是什么没把握呢？有没有具体点的？"

贞玉想了想，说："我自己一个人做的时候，什么地方该收，什么地方可以放，心里都有数。可要教别人做，总怕自己说不清，万一别人做坏了，这不是损失大了吗？"

正浩说："我们招工就尽量招熟练工。你不就担心质量问题吗？这有什么，慢慢解决呀！很多东西一开始磨合的时候总会出现一些问题，一发现就解决掉不就行了？开始的时候有点损失也没什么，成批的东西做出来都会有些损耗嘛。等后面慢慢大家都熟悉了，质量不就上去了？"

贞玉说:"那倒也是。"

正浩说:"其他的呢? 还有什么都说出来,我们一一解决。"

贞玉又笑了笑说:"其他的就不是我的事了,我主要就是担心制作衣服方面的事。"

正浩说:"那其他事就是我管理的范围了?"

贞玉说:"你不是厂长吗?"

正浩说:"现在我只是你一个人的厂长,你就为难地叫着没把握了,等工人一招进来,你可不要再说这种话了。"

贞玉说:"有你在,没把握的事情都会变得有希望,不是吗?"

正浩说:"哎,这才是我老婆说的话。其余的事情就全权包在你老公身上吧。"

19.

夜,内,靠山屯。

贞玉家。

海玉无精打采地走进屋,贞玉已经做好了饭,正在摆碗筷。

海玉说:"姐,我回来了。"

贞玉说:"赶快洗洗手,吃饭吧。"

海玉说:"姐夫呢? 没在家吗?"

贞玉说:"出去办点事,可能回来很晚。他叫我们自己吃,不要管他了。"

海玉应了一声,洗了手,坐在饭桌上,毫无食欲地扒拉着饭。

贞玉进里屋拿出个大信封放在海玉边上。

海玉拿起信封看了看,上面什么也没写。她疑惑地看看贞玉说:"姐,这是什么?"

贞玉说:"你自己看啊。"

海玉从信封里拿出几页纸,是青年歌手大奖赛的简章和报名表格。海玉把纸塞回到信封里说:"我不要这东西。"

贞玉说:"怎么啦?"

海玉说："这是陈志宏给你的吧,他的东西我不要。"

贞玉说："这是从文化馆拿来的,跟陈志宏没关系。"

海玉说："我不信。"

贞玉说："信不信随你,但这个青年歌手大奖赛确实跟陈志宏没什么关系,因为那是市里举办的赛事,又不是陈志宏办的。"

海玉说："姐,可这份东西不是陈志宏拿来的吗? 你干吗要拿一个骗子的东西呀。"

贞玉说："你左一个骗子,又一个骗子的,你倒是说说,陈志宏骗你什么啦?"

海玉说："他骗我说回上海了,结果害得我在上海吃了那么多苦头。"

贞玉说："那他有没有跟你说,海玉,我到上海去了,你来找我吧。他说过吗?"

海玉摇摇头。

贞玉说："你去上海的事上,有一大半的责任应该由你自己负!"

海玉说："可要不是他撒谎说他回了上海,我会去找他吗?"

贞玉说："那当初我跟你姐夫劝你,说让你先写封信去核实一下,你为什么不肯? 就差这点时间吗?"

海玉说："可我在上海过的什么日子你们知道吗? 还有他的那个弟弟,我恨死他们一家人了!"

贞玉说："他的弟弟人品不好,那是他弟弟的事。陈志宏一听说你在上海,马上丢下自己手上的工作就跑去上海找你,他弟弟欺负你,陈志宏不是已经教训他了吗? 而且还帮你把一年多的工资给要了回来,一路上拼命地向你道歉,你还要人家怎么样啊?"

海玉哭着说："我就是没办法原谅他。"

贞玉说："原谅不原谅他,爱不爱他,这都是你的事,我也不想多说。但就做人而言,很多时候首先应该反省反省自己,再去质问人家做得对不对。"

海玉说："那你们到底要我怎么做呢?"

贞玉说："就这一次的事来说,人家是好心告诉你这个机会,这个大奖赛,几年才办这么一次,而且是全国性的,多好的一个机会呀!你不好好把握,本来就很可惜,还要把责任怪到人家陈志宏身上,然后自己又痛苦得要命,你这是何苦呢?"

海玉哭着不说话。

贞玉说:"你不相信陈志宏,那我跟你姐夫呢?我们也会骗你吗?好了,别再固执了,今天晚上把这份报名表填好。明天我和你姐夫就要去延吉了,我们要去办服装厂,你跟我们一起去。"

海玉说:"我去干吗?"

贞玉说:"你一个人在家里我们照顾不到你。去了延吉,你一方面帮我照看照看斗伊,另一方面……去文化馆。"

海玉说:"还是让我去找陈志宏呀!"

贞玉说:"不是去找陈志宏,是人家陈志宏有心,特意帮你找了一位教音乐的老师,给你补补声乐课。"

海玉说:"什么声乐课啊?是教唱歌的吗?"

贞玉说:"说是什么练换气啊、发声啊……这种专业词,我也不懂。反正是对你唱歌有好处的。"

海玉没再说话,但看得出来她已经动心了。

20.

日,外,靠山屯。

许应灿家院门口。

正浩、背着斗伊的贞玉、海玉在同许应灿和玉顺告别。

许应灿说:"正浩,敢走出家门闯天下的男人都是好男人。我许应灿不行,大半辈子窝在家里头,不是个好男人。但我们的先人们,都是个顶个的好男人。要不哪有我们延边朝鲜族的今天啊!到了延吉后,好好干,勇敢地闯,打出个天下我们都会为你高兴的。"

正浩说:"是。"

许应灿说:"只是有件事你得帮我上上心,英花的下落,抽空一定得帮我打听一下。"

正浩说:"是,我知道了。"

玉顺看着贞玉背上的斗伊说:"贞玉,把斗伊留下吧,带着个孩子会妨碍你们的。"

许应灿瞪了玉顺一眼。

贞玉说:"没事,妈妈。还是我们自己带吧,海玉也跟我们一起去呢,而且斗伊我也带惯了,不在身边反而会不习惯的。"

21.

日,内,延吉市。

旧仓库。

正浩在粉刷墙面,两个木工在安窗户。

董强骑着摩托车来了。他走进来看了看环境,对正浩说:"金正浩,进展很快的嘛。"

浑身沾满灰浆的正浩说:"不快不行啊,不都立下军令状了吗?"

董强说:"我听说你买机器的钱不够?"

正浩说:"你消息怎么这么灵通?"

董强说:"嗨,你也不想想你托谁买机器的,郑雪梅跟我说的。"

正浩说:"还差一半。"

董强说:"我借你,你用服装抵,怎么样?"

正浩说:"行啊。"

董强说:"不过我话说到前头啊,我们上海人有一句话,叫亲兄弟明算账。所以经济上的事咱们公事公办。"

正浩说:"用我们的话说,能清账的朋友才做得长。董强,谢谢你的支持。"

董强说:"互惠互利,彼此彼此。"

22.

日,内,延吉市。

文化馆。

尹东旭弹着钢琴,海玉在唱,陈志宏远远地坐在边上听。

尹东旭,三十多岁,瘦瘦的,留着个长发。脾气有些躁。

海玉一段唱完,尹东旭在钢琴上哗啦了一下,说:"毛坯,完全是个毛坯!但自然条件确实很不错。行,"他大声地对坐得远远的陈志宏说:"这个学生我收了!"

陈志宏微笑着点点头。

尹东旭对海玉说:"我尹东旭脾气很糟糕,爱骂人。你要是承受不了,就早点打退堂鼓。"

海玉一鞠躬说:"请尹老师严格要求,我一定好好学。"

23.

日,内,延吉市。

粉刷一新,安装了新门窗的旧仓库已经是焕然一新。

屋子里,扎缝纫机的声音响成一片。十几个女工正在缝制衣服。

贞玉从裁剪台走下来,检查女工们缝制的质量。

贞玉拿着一件衣服对一位女工说:"权善玉,你看,你的这几条针迹都走斜了,把它拆了重新扎。"

权善玉说:"衣服都快好了,这里拆掉的话,这一整片都得重新扎,下次我注意点不就行了?"

贞玉说:"不行,拆了重扎。谁要是在质量上马虎,那我只好请她走人。拜托大家了。"

24.

日,内,延吉市。

尚美服装店。

正浩拍着一堆摞得整整齐齐的衣服对董强说："董老板，收货。"

董强拍了拍正浩的肩，说："金厂长，辛苦了。"

两人相视一笑。

正浩指了指墙上的照片说："上面这些服装，就是按预定的那些服装样式做的。下面有几件，是贞玉设计的新样式，你先卖卖看，受欢迎我们就生产。"

董强审视着服装说："样式肯定没问题，做工也不错，蛮好的。金正浩，咱们就这样好好干吧！美好的前景正在等着我们呢！"

正浩说："做报告啊！"

25.

日，外，延吉市。

尚美服装店。

崔明哲在街上匆匆往服装店走去，一边走一边愤恨地自言自语："无耻，可恶！可恼！……"

正浩从店里出来，跟崔明哲撞个满怀。

崔明哲说："可恨！"

正浩说："崔明哲，你干什么呢？什么可恼可恨的？"

崔明哲说："正浩，我正找你呢，他们说你在董强这儿。走，赶快跟我走！"

正浩说："怎么啦？"

崔明哲说："银姬那儿出事了！"

26.

日，内，延吉市。

银姬租住的小屋。

银姬坐在床上，一面看着窗外，一面气恼地抹着眼泪。

正浩说："那个老板娘到底把饭店卖掉了没有？"

银姬说："还没。因为那些人说了，除非连我做酱汤的技术一起卖，他们才肯买她的饭店，否则，光买这房子没有任何意义。"

崔明哲说："那就别理她嘛！你不同意，老板娘就没法出手卖房子，那你还怕什么？"

银姬说："可她整天跑来缠，又是哭又是跪的，饭店生意都没法做了。"

崔明哲说："那就搬走！这有什么，大不了再找个门面，咱挪个地儿东山再起。反正你银姬手上有做酱汤的技术，还怕啥？"

银姬说："你说得倒轻巧！在这里，店面是现成的，除了固定的客人，还有很多顾客都是慕名来的。而且过去的老板老板娘经营了那么长时间，我又做了这么些时间，整个局面早就打开了，名气也做出去了。如果要换个地方，所有的一切都得重新再来，这样没一两年根本就下不来的。而且能不能有现在这样的局面还不好说呢。"

正浩说："是啊，银姬的酱汤技术和现有的顾客群，这些都是这个饭店的无形资产。那些想要买这饭店和银姬的酱汤技术的人，就是看中这一点，所以才要两个一起买的。如果我们搬走了，就意味着顾客这个资源就流失了，要想重新聚集起来，是需要时间的。更何况另外找房子，这也需要资金的。我和贞玉开服装厂，银姬把她的积蓄都给我们了，哪里还有多余的钱再去租房子呢。"

崔明哲说："那现在怎么办？"

正浩说："说实话，现在我也没什么主意。银姬，你打算卖你的酱汤技术吗？"

银姬说："绝不！不要说玉顺妈妈当初叮嘱过我，就算她没说，我也不会卖的。你不是说了吗？能做出自己特色的人，特色就是他的价值。我要是把自己的特色卖了，那不就是把自己的价值也出卖了吗？"

正浩笑了笑，赞许地拍了拍银姬的肩说："银姬，先不着急。咱们看上几天再说，但是要做好两手准备。实在不行的话，那么我们就再找个地方另开张！"

崔明哲说："正浩说得没错，真要另找地方我来负责！"

27.

晨,外,延吉市。

农贸市场。

东春大叔从一辆运菜的手扶拖拉机上下来,对司机说:"谢谢啦,捎我这么长的一截路。"

送菜的司机说:"大叔,走好。"

28.

晨,外,延吉市。

农贸市场附近的菜市场。

英花拎着兜在买菜。东春大叔穿过菜市场,迎面碰上英花。

东春大叔一把拉住英花说:"嗨,你不是英花吗? 你爸跟你妈找你找得急死啦! ……"

英花慌慌张张地一鞠躬说:"大爷,您认错人啦!"说着转身就跑。

东春大叔追了几步,英花跑得快,转眼就不见了。

29.

晨,内,延吉市。

金英善家。

英花匆匆走进家门。

金英善说:"英花,怎么啦? 慌慌张张的。"

英花说:"金老师,没什么。"她话音刚落,从窗口就看见东春大叔朝他们家走来。

英花盯着窗外的东春大叔看,但没想到东春大叔径直走到她们家的门口了。

英花说:"金老师,您千万别给那个大爷开门。"

这时敲门声响了起来。

30.

晨,内,延吉市。

金英善家。

东春大叔在门外敲着门喊:"英善,开门。我是二舅呀!"

金英善笑着对英花说:"是我二舅,英花快开门。"

英花傻眼了,愣在那儿不知该怎么办。

金英善说:"英花,快开门呀。"

英花只好打开门,然后迅速地躲到了门背后。

金英善笑着迎上前说:"二舅,你怎么来啦?"

东春大叔说:"都好些年没上延吉来了,这次正好上城里办点事,顺道来看看你。"

英花趁他们俩说话的时候想要溜出去。

金英善说:"许英花,快过来见见我二舅。二舅,这段时间都是英花在这里照顾我。"

英花知道躲不掉了,忙朝东春大叔深鞠一躬说:"东春爷爷,您好。"

东春大叔生气地说:"你不就是英花吗?刚才你干吗不承认呢?"

第十四集

1.
日,外,延吉市。
阿里郎饭店门前大街。
正浩走到饭店门前,原先热闹非凡的小饭馆突然变得十分的冷清和萧条。
正浩在门口站了一会儿,想了想,叹了口气。

2.
日,内,阿里郎饭店。
正浩轻轻推开门,只见李银姬孤零零的一个人坐在房间里落泪。
李银姬抬头看了正浩一眼,说:"饭店关门了,没饭!"
正浩走进屋说:"老板娘,我是金银姬的哥哥。"
李银姬没好气地说:"你来干什么?你这个妹妹有什么了不起的,不就是会做个大酱嘛!把我们这笔买卖就这么给搅黄了!今后的日子我们怎么过呀!"说着又哭了起来。

3.

日,内,延吉市。

金英善家。

英花跪在东春大叔面前,流着泪。

东春大叔说:"起来吧。你把孩子塞给贞玉,你倒是轻松了,可你不是把贞玉给害了吗?"

英花站起来,抹了把泪说:"我要是把孩子带回家,我爸的脾气您又不是不知道。他会打死我的,就算打不死,他也会把我赶出家门,那样的话孩子跟着我不是更要受苦了吗?我那也是没办法。只有贞玉姐才能好好带这孩子,贞玉姐是我的恩人,我一辈子都不会忘记的,我会报答她的。"

东春大叔叹口气,轻轻摇摇头说:"贞玉真是个好姑娘啊。她个姑娘家,带着个孩子有多辛苦你知道吗?好好的一份工作给丢了不说,还招了多少白眼,背后里被人指指戳戳,闲言碎语不断。不说别的,你那个老爹啊,就当着贞玉的面儿骂她,愣说孩子是贞玉的,到现在都不肯让孩子进你们家的门。要不是正浩娶了她,贞玉这辈子肯定是找不着婆家了。"

英花哽咽着说:"我知道对不起贞玉姐,可我那时真的是走投无路了。东春爷爷我求求您,这事我告诉您了,但您千万别告诉我爸爸妈妈还有别人。要不,我爸会找到我这儿来大吵大闹的,我今后的日子还怎么过呀!"

东春大叔说:"既然知道有这样的下场,那当初你干吗要做这种事呀?我现在就想揍你一顿,你也丢了我们屯子里人的脸你知道不知道!"

4.

日,内,延吉市。

阿里郎饭店。

正浩对李银姬说:"老板娘,会做大酱确实是没什么了不起的。我听说老板娘你自己也会做大酱嘛。"

李银姬说:"是啊,过去饭店里的酱汤都是我做的大酱熬的。味道虽然不如你妹做的,可也不见得就差啊。"

正浩说:"那好,老板娘你可以卖自己做大酱的技术啊。为什么一定要卖银姬的呢?"

李银姬说:"我倒是想卖,人家也得肯要啊！要买饭店的人,指定说就要他们喝过的那种酱汤的技术,我有什么办法。"

正浩说:"没办法你就卖银姬熬酱汤的技术,那你有没有想过,那技术是银姬的不是你的,你凭什么拿人家的技术去卖钱呢?"

李银姬说:"我又不是不给她钱,我还跟人家说好了,店卖给他们以后,一定要把银姬留下来,每月多发点工资。人家答应得多爽快,还说要给银姬当个领班做呢！可银姬就是不买账,你说说,我哪点亏待她了?"

正浩说:"这不是亏待不亏待的事,技术是银姬的,她不想卖,你不能强买,现在银姬走了,店也关了,老板娘,你不觉得得不偿失吗?"

李银姬说:"我怎么知道会是这样呢？人家开那么高的价钱,是谁谁都会动心的呀！再说了,我家老头子那病,整天躺在床上起都起不来,每天吃的那药堆在床头都跟小山似的,看病,买药,吃饭……那不都得花钱嘛,不卖饭店,你让我到哪儿去筹钱啊?"

正浩说:"那他们给你开多少钱?"

5.

日,内,延吉市。

金英善家。

东春大叔说:"当然,今天你把这事告诉我了,我干吗要告诉别人？这又不是什么光彩的事！这事,贞玉也一个字没往外漏。就是正浩问她,她都不说。她情愿黄了同正浩的婚事,她都不肯说。"

英花感动又伤心地说:"那时,我就是这么求她的。"

东春大叔说:"那你这辈子都不去见你爸爸妈妈了吗？不去认那孩子了?"

英花说:"我要去见的,那要等我在事业上有了出息后,那样我才有脸回家去见我爸妈。现在我跟着金老师在学舞蹈,她要把自己积累的东西毫无保留地教给我,希望我能光大我们朝鲜族的舞蹈。东春爷爷,请您相信我,我会好好学的,不会给屯子里的人丢脸的。"

东春大叔看看坐在轮椅上的金英善。

金英善也已经是眼里含着泪。她擦拭了一下眼角的泪,说:"二舅,英花这孩子悟性好,会有出息的。这件事,你暂时为她保密吧,以后怎么处理让她自己办吧。这些日子我们歌舞团正在排新的舞蹈,任务很重的,英花又是领舞的。我编排设计的这个舞蹈还想让英花帮着为它出新呢!所以二舅,您千万别让她分心了。"

6.

日,内,延吉市。

阿里郎饭店。

李银姬说:"他们说,多给三千!"

正浩说:"就这么点钱?"

李银姬说:"这还少啊?"

正浩说:"就为了这点钱,你就把我妹妹卖了。老板娘,你真的觉着我妹妹跟你的店就值这点钱吗?"

李银姬哭着说:"你不知道!开这么个小饭店,谁知道什么时候才能赚上这么多钱。人家一下子说给我那么多钱,我都恨不得赶快把这些都给人家,可谁知道,现在两头都空了!银姬走了,这做酱汤的人没了,人家饭店也不要了……今后我可怎么办呐?"

正浩说:"人心不足蛇吞象!"

李银姬索性放声大哭,拍着大腿说:"我好后悔哟……以前,银姬每个月交上来的钱怎么着也够我跟老头子过日子的了,是我见钱眼开,想要一下子拿上一大笔钱,现在可好了,什么都没有了呀……啊!"李银姬突然抓住正浩的胳膊说:"对了,你不是说你是银姬的哥哥吗?我求求你,让银姬再回来吧!我再也不会做那样的蠢事了,我求求你了……"

7.

日,内,延吉市。

州歌舞团排练厅。

门前走廊。

英花推着金英善往排练厅走。

金英善说:"英花,李珉基最近对你的态度怎么样?"

英花说:"他没有再为难我。大概是看在老师您的面子上吧。"

金英善说:"那次换领舞的事,我狠狠地批评了他。他是我的学生,我比较了解他。这个人身心有些孤傲,他请你吃饭你拒绝了,他可能有些受不了。其实这个人很有才,人也不错。千万不要因为这件事,把你和他的关系搞僵了。你们两个,都是团里的骨干。咱们歌舞团的事业要兴旺起来,靠的只有一个,就是人才。没有人才,什么事都搞不成的。"

英花说:"我记住了。"

8.

日,内,延吉市。

文化馆。

尹东旭弹着钢琴,海玉在唱。

尹东旭生气地一拍琴键,说:"怎么又唱错了!"

海玉怯怯地一鞠躬说:"尹老师,对不起,我再来一遍吧。"

尹东旭说:"唱歌要用心! 不要光用嘴。"

海玉说:"知道了。"

9.

夜,外,延吉市。

街道。

银姬和崔明哲走在街道上。

崔明哲说:"银姬,别再为老板娘的事情生气了,你不理她,她不也拿你没招嘛。"

银姬说:"我饭店不开了。"

崔明哲说:"为什么？饭店干吗不开？我们换个地方不就行了？明天，我就去帮你找个地方。"

银姬说:"开不开饭店是我自己的事,你上的是哪门子劲儿呀？"

崔明哲说:"想帮你嘛。"

银姬说:"我不要你帮。饭店我再也不开了,你也不用天天来找我了,该干什么干什么去吧。我走了。"

崔明哲说:"可是……"

银姬烦躁地说:"你这个人怎么这么烦！我说了,我一个人走,我不要人可怜我同情我！"

崔明哲站在那里看着银姬的背影,又紧跑几步追上银姬说:"银姬,我知道你心情不好,你拿我出气没关系,可是银姬,有句话我还是想跟你说。饭店没了这不是事儿,可一个人的上进心没了那才真是垮了。我这么说不是同情你或可怜你,爱一个人不是整天爱你爱你挂在嘴边才叫爱,能一起同甘苦共患难那才是真的爱。我帮你是真的想和你在一起,一起度过这个难关。"

银姬说:"你说谁的上进心没了？"

崔明哲说:"你不是说再也不开饭店了吗？"

银姬说:"不开饭店上进心就没了？不开店我还会干别的呀,我又不是说什么都不做了。"

崔明哲说:"那你准备做什么？有我能帮上忙的吗?"

银姬说:"做大酱卖!"

崔明哲呆了呆,说:"这个……我不会,不过我可以学嘛。"

银姬说:"你想学我也不会教的!"

崔明哲说:"那我……"

银姬说:"你什么也别干！也别跟着我。"

10.

日,外,延吉市。

银姬住的小屋。

李银姬来到银姬的小屋前喊:"银姬,银姬!"然后又上去敲敲门。

11.

日,内,延吉市。

银姬住的小屋。

银姬在擦拭做大酱的坛子,听到外面李银姬的叫声,看了看门口没有理会继续做她的事。

外面的敲门声不停,李银姬还在叫:"银姬,银姬?"

银姬坐不住了,站起来走向门口。

12.

日,内,延吉市。

文化馆。

海玉的宿舍。

海玉打开门,看是陈志宏给她打饭送来了。

海玉的情绪有些低落。

陈志宏说:"海玉,吃饭吧。"

海玉说:"志宏哥,你不要天天给我送饭了,这样我会过意不去的。"

陈志宏说:"你那时不也经常给我送饭吗?"

海玉说:"我是女人,给你送饭是应该的。可你是男人,怎么能给我送饭呢? 这不是倒过来了吗?"

陈志宏一笑说:"我们上海人可不讲这个。上海男人在家干家务的人多得是。来,快趁热吃吧。"

海玉说:"志宏哥,谢谢你。"

陈志宏说:"你跟着尹老师,学得怎么样?"

海玉愁苦地摇摇头说:"志宏哥,我不想学了。"

陈志宏说:"怎么回事?"

13.

日,外,延吉市。

银姬住的小屋。

银姬拉开门,没好气地说:"你还来干什么? 我都说了我的大酱技术不卖。不卖不卖,就是不卖!"

李银姬说:"银姬姑娘,对不起,真是对不起了。我在这里向你赔罪行不行?"说着向银姬一鞠躬。

银姬说:"你这是干什么?"

李银姬说:"刚才你哥哥去店里来找我了。"

银姬说:"我哥? 他去找你干吗?"

李银姬说:"银姬,你跟我回去吧。自打你走了,我这饭店也开不成了。那些说要买我饭店的人一看酱汤技术买不成了,就死活不肯再买我的饭店了,我现在是竹篮打水一场空……我真的是后悔呀!"说着,李银姬的眼泪滴滴答答落了下来。

银姬说:"现在后悔,晚了! 我要是跟你回饭店,谁知道你哪天又碰上个大买主,脑子一热再把我卖给人家,对不起,这事吃一次亏就够本了,我不想再来第二次。"说完就要关门。

李银姬赶紧上前一步拦着银姬说:"不会了不会了! 房子我再也不会卖了! 你哥已经说过我了,他说我是人心不足蛇吞象。"

银姬说:"本来就是!"

李银姬说:"银姬,你哥他已经教导我了,我也真知道错了,你就大人大量再原谅我一次吧。这个饭店只能由你开,没有你,这家饭店也活不下去了。银姬,你就当可怜我们家老头子吧,他躺在病床上那样子,你要是不答应,我跟老头子后半辈子还有什么指望了呢……"

银姬看李银姬哭得那么伤心,咬了咬嘴唇说:"你先回吧,这事容我想想再给你答复。"

李银姬说："银姬，我真是诚心诚意来求你的。原本我是没脸再见你了，是你哥说我要是真的知错就应该当面来跟你道歉，只要好好说，你是会答应回来帮我们的。我这才厚着脸皮上你这儿来了。"

银姬说："我知道了，考虑好我会给你答复的。等会儿我要出门卖大酱呢，老板娘你先回吧。"

14.

日，内，延吉市。

文化馆，海玉宿舍里。

海玉吃着饭委屈地说："尹老师的脾气也太坏了，动不动就发火，他咚咚咚一敲琴键我就紧张。"

陈志宏说："这有什么好紧张的？"

海玉说："你不知道他说话的那口气，怎么唱的？怎么唱的！就好像我是个榆木疙瘩怎么敲都不通似的。"

陈志宏说："怎么会呢，尹老师一直跟我说，你是很有培养前途的，是块好坯子。"

海玉说："我一点都感觉不到他是这么想的。他每次一这么敲键盘我就紧张，一说话我就害怕，一紧张一害怕，他之前说的什么我就全忘了，结果就唱错，一唱错他就又敲……"

陈志宏说："这就叫恶性循环嘛。其实你不用这么紧张的，放松些，唱好了不就行了？"

海玉说："志宏哥，我让你失望了。"

陈志宏说："不会的，比赛还没开始呢。继续努力，我会给你鼓劲的！"

海玉看着陈志宏热情的脸，勉强笑了笑说："那好吧。"

15.

晨，外，延吉市。

银姬住的小屋。

天下着大雨,东方刚刚有点蒙蒙亮。

崔明哲来到银姬的房门前喊:"银姬,银姬!"

银姬打开门,看着穿着雨衣推着小车的崔明哲有些发愣,说:"明哲哥,你这是干什么?"

崔明哲满脸的雨水,笑呵呵地说:"我帮你把大酱坛推到农贸市场去呀,这个我总能帮你干吧。"

银姬说:"明哲哥,你先进屋吧,赶快进来!"

16.

晨,内,延吉市。

银姬住的小屋。

雨很大,崔明哲虽然穿了雨衣,但还是被淋得够呛。

银姬有些心疼了,去拿了块干毛巾说:"快把雨衣脱掉,擦一擦。"

崔明哲说:"不了,等会推大酱去农贸市场不还是会被淋着的吗?"

银姬说:"叫你脱掉你就脱嘛!淋出病了怎么办?"说着一边帮崔明哲把雨衣脱掉一边说:"大酱昨晚农贸市场的金洙大哥帮我拿去卖了。他说我的大酱好卖,开张快,以后他都会到我这里来拿货的。所以我就不用去农贸市场摆摊了。"

崔明哲呆呆地看着银姬,有些沮丧。

银姬说:"发什么愣啊?快擦擦。"

崔明哲接过毛巾没头没脑地乱擦一通。

银姬抢过毛巾说:"你这是干吗?我擦大酱坛子也没你这么用劲呀。"

银姬拿着毛巾轻轻擦拭着崔明哲脸上的雨水,美丽的脸上露出一点少有的温情。崔明哲盯着银姬看。银姬注意到了,觉得有些不好意思,把毛巾拍到崔明哲胸前说:"自己擦!"

崔明哲抓住银姬的手说:"银姬,你知道我追了你这么些年,今天能让我问你句话吗?"

银姬抽回手，说："等饭店开了，你再问吧。"

崔明哲一愣，说："你不是说再也不……"他看看银姬，又高兴起来，"那就是说，我又可以天天来看你了对吗？"

银姬说："行啊，你想什么时候来就什么时候来，只要不耽误你的工作就可以了。"

崔明哲说："太好了，饭店开在哪儿？地方选好了吗？"

银姬说："老地方，阿里郎。"

17.

日，内，延吉市。

阿里郎饭店。

饭店里坐着正浩、银姬、崔明哲和李银姬。

银姬说："哥，我不要！"

崔明哲说："是啊，正浩，这样我们也太亏了吧！李银姬把银姬做酱汤的技术和饭店一起打包卖给人家，人家给的是这个数。噢，现在我们就买她一个房子还给她那么多钱啊？"

正浩说："银姬，你那个时候离家出走，那是在落难的时候，老板和老板娘收留了你，给了你一份工作，到现在才有了这个机会自己开饭店。现在是老板和老板娘困难的时候，我们是不是应该也帮人家一把？老话说，与人为善，退一步，海阔天空，你说对不对？"

银姬说："那我们一时也拿不出这么多钱呐。"

正浩说："这几个月服装厂的效益很好，开厂的时候借你的钱我连本带利都还给你，然后哥再给你一些，这不就凑齐了？"

崔明哲说："要不要我也出点儿？"

银姬说："明哲哥，你不要来瞎掺和。"

崔明哲说："算我入股不行吗？"

银姬说："算了吧，就你那点工资，平时也就够你多买几包烟的。你这个人又喜欢胡交朋友，哪里存的下钱啊？"

崔明哲说:"能拿出多少是多少嘛。"

正浩说:"这个你们自己慢慢商量吧。"然后对李银姬说:"这样你还有什么想法?"

李银姬有些不相信地说:"你们是说,按人家给的价钱给我?"

正浩说:"是这样。你想要的不就是这个数吗?"

李银姬激动地跪在了地上说:"谢谢你们,谢谢你们!"说着就要磕头。

正浩忙拉起她说:"老板娘,你把饭店卖给我们,这是要订合同的,而且还要去公证处公证一下。"

李银姬说:"就照你们说的办,怎么样都行。"

18.

日,内,延吉市。

文化馆练歌房。

尹东旭用手指狠狠地敲着琴键喊:"海玉,又错了,又错了! 你是个猪脑子啊? 怎么就记不住呢? 练歌你就好好地练歌,其他事情一概给我从脑子里踢出去!"

海玉说:"尹老师,我真的没有想其他事。我只是……只是一唱到那个地方就有点慌,一慌就唱错了。"

尹东旭说:"慌什么慌? 要用心唱! 唱歌是要发自肺腑,"尹东旭指着自己的胸腔,"从这儿发音,这儿! 如果只是张张嘴就能唱歌的话,那满大街都是歌唱家了。重来! 我尹东旭的时间是有限的,不可能光泡在你海玉一个人的身上! 再来一遍,再唱不好就走人!"

海玉越发紧张了,结果又唱错了。

尹东旭的手指从琴键上拿开,挥了挥手说:"你走吧,我不教了。"

海玉再也受不了了,哭着冲出了练歌房。

19.

日,内,延吉市。

文化馆海玉的宿舍。

海玉在收拾东西。

外面乌云密布，不一会儿雨滴重重地落在窗玻璃上。

海玉眼里的泪哗哗地流了下来。

20.

日，内，文化馆。

陈志宏正在对尹东旭发火说："你是老师，耐心点不行吗？海玉真要走了，我跟你没完！"说着就往门外走，走到门口，觉得还不够，回过头又说："你要我翻译的那些资料，我一个也不会给你翻！"

尹东旭说："你放心，不会跑的。有这样的机会，你就是拿棍子打她也不肯走的。"

陈志宏说："那是你的想法，不是海玉的！"

21.

日，内，延吉市。

文化馆海玉宿舍。

陈志宏正在看海玉留下的字条。

海玉的声音说："志宏哥，我回靠山屯去了。"

陈志宏捏紧了字条往外跑。

外面的雨下得很大。

22.

日，外，延吉市。

长途汽车站。

正浩和陈志宏在雨中向长途汽车站奔来。

雨下得正紧，海玉准备上车。

正浩和陈志宏都大声地喊："海玉——"

正浩和陈志宏奔到海玉跟前,喘着粗气。

正浩说:"陈志宏,我先跟海玉谈。等我说完了,你再跟她说吧。"

陈志宏已经说不出话来了,喘着气点点头走到了一边。

正浩厉声对海玉说:"海玉,刚才陈志宏把你的情况跟我说了,他是怕说服不了你,留不下你,才特地把我叫来了。因为他非常非常希望你能留下来继续练歌,不要放弃这次比赛的机会。"

海玉说:"哥,可是……"

正浩说:"没什么可是! 海玉,我告诉你,我金正浩最看不起那种一遇到困难遇到挫折就打退堂鼓的人! 你要走,你可以走。但你只要上了车,你海玉就不是我金正浩的妹妹了! 这就是我这个当大哥的态度!"然后他朝陈志宏喊:"陈志宏,现在你们谈。"

23.

日,外,延吉市。

长途汽车站附近的屋檐下。

陈志宏走到海玉跟前,说:"海玉,我一直以为你是个单纯热情的姑娘,可现在你真的让我有点琢磨不透了。那时你想唱歌想听歌,半夜三更就会往我那儿跑,全然不顾人家会说什么会怎么看你。你一说要去上海找我,也不打听打听情况就往上海跑,热情高涨得不得了。可现在,给你请了专业老师,让你参加州里的青年歌手选拔赛,然后争取去长春,去北京! 这事真的摆在你面前了,你怎么又退缩了呢?"

海玉说:"我是想唱歌,我也想学好,可我学到现在,根本就看不到希望! 在尹老师眼里,我根本就不是唱歌的材料! 他老说用心去唱用心去唱,可我真的不知道怎么才叫用心去唱。"

陈志宏说:"他的脾气就是那样,一天不骂人嗓子就痒。一开始他也给你打招呼来着,你不要把这些话看得太重,放松一些不行吗?"

海玉说:"我不知道你说的放松该怎么去做,我每次去练歌房都像是去刑场。尹老师的手指头在键盘上咚咚一敲,我就像是被子弹打穿了一样难受,每天神经紧张得都快要崩溃了你知道吗?"

陈志宏说:"海玉,有句话虽然俗了点但它说的确实有道理,吃得苦中苦,方为人上人。你一个人在上海的时候,那么糟糕的环境你都忍受了,现在有那么好的条件,那么好的机会,你应该珍惜才是啊。"

海玉摇摇头说:"在上海吃的苦是身体上的,但在这里我受不了的是心里的苦。我觉得我已经很努力了,可是每次都会被否定掉,这才更伤心。就算我参加了比赛,获了奖,那又能怎么样? 能当上有名的歌唱家吗?"

陈志宏:"歌唱家当然不是人人都能当的,但你有这个潜质,如果你努力了奋斗了,最后因为种种原因没有争取上,那也没什么。至少你在享受这个过程,你在这个过程中能得到很多你在人生中所需要的东西。"

海玉说:"我能得到什么呢? 除了一次一次的伤心难过,还有什么? 我真的不想学了,我想回家,回我的靠山屯。"海玉眼中含着泪,深情地说:"志宏哥,你要是也能回你的那个小屋子住该多好啊,那样,我每天晚上又可以给你送饭了……"

陈志宏也深情地对海玉说:"海玉,我也想回到那间小屋去,等到夜里……我放着音乐,你唱着歌,我听着你的歌声吃着热腾腾的面条,那些日子,那些美好的记忆我永世都不会忘记的。但是海玉,现在只想着重新再回到那个时代是不可能的了,我们现在的生活一样可以重温那段感情,我不是个善于表达的人,可那时产生的那份情感我一直保存着,珍藏着,"陈志宏指了指胸口,"在这里。"

海玉说:"志宏哥……"

陈志宏说:"我今天特地把你正浩哥也叫来,就一个目的,留下来! 为你的这次难得的机会,也是为了我。海玉,我爱你……"

海玉把头靠在了陈志宏的胸口。

陈志宏搂住了海玉说:"海玉,你要是还爱着我的话,就跟我回去吧。人生的每一条路,都不会那么一帆风顺的。"

海玉点了点头,眼里的泪水顺着脸颊流了下来,这是幸福的泪。

在不远处站着的正浩把脸转向了别处,脸上洋溢着笑容。

24.

晨,内,延吉市。

阿里郎饭店。

天刚蒙蒙亮,银姬来到饭店,发现饭店已经开着门了。她吃了一惊,赶紧走进饭店,店堂里桌椅板凳都已经擦拭干净,地面也打扫干净了。银姬满面狐疑正要往厨房间走,崔明哲从里面走了出来。

崔明哲一见银姬,一笑说:"来啦,我是赶着上班前来的。厨房间我大致弄了一下,你看看要是哪里不满意就再抹一抹吧。"

银姬说:"明哲哥,在咱们朝鲜族的男人里,恐怕再也找不到像你这样的男人了。"

崔明哲有些不好意思,说:"我是个男人,一心想帮自己心爱的女人做点事,可往大里帮,你又不肯,那就只好拣点小事干了。"

银姬说:"其实真的没必要,这些都不是男人该干的事。"

崔明哲说:"只要是能帮你的,什么事我都愿意干。你要我怎样做你才肯接受我呢? 把心掏出来?"

银姬摇摇头说:"你的心我已经看到了,可是我……"

崔明哲说:"我知道,你的饭店重新开张,肯定又要忙了,哪里有时间再来谈情说爱。没关系,我可以等,只要你再给我点希望就可以了。"

银姬说:"你要什么样的希望呢?"

崔明哲说:"比如我诚心诚意想帮你的时候,别把我推得远远的。"

银姬说:"好的,我知道了。"

崔明哲说:"那我就上班去啦,下班后我再来。"崔明哲刚走到门口又被银姬叫住。

银姬说:"明哲哥,你把工作辞了好不好?"

崔明哲说:"我干得好好的为什么要辞职?"

银姬说:"我们一起经营这个店。"

崔明哲笑了,说:"银姬,我只是说要帮你的忙,可没说要给你打工哦!"

银姬说:"你没听懂吗?我是说我——们——一——起,经营这个饭店!"

崔明哲说:"你同意我入股了?"

银姬突然有些生气,说:"崔明哲,你真的好笨呀!"然后一转身就要往厨房间走。

崔明哲这才反应过来了,冲过去一把抓住了银姬说:"银姬,你同意啦?"

银姬说:"同意什么?"

崔明哲说:"同意嫁给我啦?"

银姬说:"你又没说要我嫁给你,我同意什么呀?"

崔明哲单腿跪了下来说:"银姬,嫁给我吧,让我的目标变成现实。"

银姬看着崔明哲,微笑着点了点头。

崔明哲站起来一把抱住了银姬说:"银姬,我好幸福啊!"抱了一会儿,他又想起了什么,看着银姬,"不过工作我可不能辞,不然的第二个目标只能算实现一半儿。"

银姬说:"为啥?"

崔明哲说:"我给自己订的第一个目标是找到你,第二个目标找一份好工作,有一个幸福美满的家庭。要是工作没了,那不是只实现一半嘛。"

银姬说:"帮我一起经营饭店难道不是工作?"

崔明哲说:"那可不算,帮忙可以,要是在你饭店里工作那不是靠女人养活了吗?绝对不行!"

银姬一笑说:"是我们的饭店!"

25.

夜,内,延吉市。

州剧院。

舞台上彩排刚结束。

州歌舞团方团长说:"下面请州委常委,宣传部李部长讲话。"

李部长说:"刚才看了彩排,真的很好。不但传承了我们朝鲜族传统歌舞的特点,又有了新的创意,好的开拓。真的很好,我向大家表示祝贺。"

大家鼓掌。

李部长说:"这台歌舞,主要由我们的舞蹈家金英善老师创意编排的,我也向她表示感谢。"

坐在轮椅上的金英善谦虚地摆摆手,笑笑。

李部长说:"当然,导演也是很有才华的,许多地方处理得很到位。另外,领舞的许英花同志,跳得可以说是出神入化。其他的同志也都跳得很好,给人一种美的享受。真的很感谢大家。只要我们再做些努力,把它改得更好更完善一些,我们就争取去北京啊!"

大家热烈鼓掌。

26.

夜,内,延吉市。

州剧院。

演员们陆陆续续离开剧院。

英花推着金英善的轮椅也往外走。

李珉基叫住英花说:"老师,许英花,为了今天的演出成功,我想请你们吃饭。"

金英善说:"珉基,你是想请许英花吧。"

李珉基说:"不,是请你们俩吃饭。刚才领导提了些意见,我想跟你们探讨一下。"

金英善说:"领导的意见明天我跟团里的领导一起研究,今天就免了吧。要吃饭就吃饭,不要整这么个理由。而且刚才彩排前,英花怕我饿着,已经给我备了些吃的,我都吃过了还去吃什么呀? 你要是想邀请许英花,就直接问她的意见,别把我这个老太婆拉上。"

李珉基看看英花说:"许英花,可以给我一个机会吗?"

27.

夜,内,延吉市。

州剧院。

英花说:"虽然这样做很失礼,但我还是要拒绝你,因为从来没有同一个男人单独在什么饭店吃过饭。真是对不起了,导演。"

李珉基说:"在你眼里,男人就这么可怕吗?"

英花说:"导演,我没有说男人可怕,我只是不想和男人交往。"

李珉基说:"怎么可能不交往? 我是导演,你是领舞,可两人之间哪怕是正常的交流你都会排斥! 我真搞不懂,到底是什么刺激过你? 一有人接近就跟刺猬似的缩成一团。"

金英善说:"好了好了。珉基,既然英花不愿意去,你也就不用破费了。男人大度点,别那么小家子气,跟灌了火药似的。英花,我们回吧!"

英花朝李珉基欠了欠身,推着金英善走出了门。

李珉基的脸拉得老长。

28.

日,内,延吉市。

五年后。

正浩和贞玉的服装厂的厂房虽然还是个大平房,但比以前要宽敞漂亮多了。

门口挂着的牌子上写着:"浩玉民族服装厂"。

贞玉急急地把自己打扮好,然后牵着七岁的斗伊对办公桌前忙碌的正浩说:"正浩,你快点呀! 海玉双胞胎儿子今天四岁生日,前几次生日我们都没去,这次再不去是怎么也说不过去的。"

正浩说:"天呐,天呐,这么大的事怎么都忘得一干二净的了,走走走!"

贞玉说:"换衣服呀! 你得穿正装,我听妹夫的电话里说,他已经把应灿爸爸和玉顺妈妈都接过来了。"

正浩说:"是啊,这么大的事能不把他们二老接过来吗? 可我们什么时候能给孩子过……"正浩把话又咽了下去。

但这已经让贞玉的脸色顿时变得有些灰。

29.

日,内,延吉市。

阿里郎饭店。

阿里郎饭店如今已是两层楼面了,外观和里面的装修都是传统的朝鲜族式样。

银姬穿着朝鲜族服装,背着一个不到周岁的女儿彩妍,还牵着一个三岁的女儿秀妍对着屋里面喊:"明哲,你到底去不去呀?"

崔明哲也穿着朝鲜族的服装走了出来,说:"怎么不去? 这不来了嘛。"他看看两个女儿,感慨起来,"你看看人家海玉,要么不生,一生就是咚咚两个大胖小子,现在都四岁了。唉,老婆啊,你是咚一个女儿,然后,咚,又是个女儿。别看你饭店经营得好,生孩子的水平比起海玉可差远了。"

银姬说:"是我没水平还是你没水平啊? 你去问问大大去,一问不就知道了?"

30.

日,内,延吉市。

陈志宏和海玉家,一套两室一厅的房子。房间里面已挤满了人。

海玉指着挂在墙上的照片对许应灿和玉顺说:"爸,妈,这是我在州里得了一等奖的时候照的,这是省里得二等奖照的,这张是参加全国比赛,得了优秀奖时照的。"

许应灿和玉顺不住地点头说:"好,好!"

许应灿说:"我听屯子里的人说,你在城里开了个歌舞厅? 是干啥的?"

海玉一笑说:"是我跟我老师尹东旭合伙开的,里面就是唱歌跳舞休闲娱乐的。还有一家乐器行,是我老师在管,歌舞厅主要是我管。"

许应灿说:"嗯,三个姑娘都有出息。贞玉跟着正浩开服装厂,银姬开饭店,海玉开歌舞厅,都不错。可,唉……"脸一下变阴了,他想到了英花。

陈志宏从厨房出来,围着围裙,拿着锅铲探出头来说:"爸爸妈妈,你不知道,正是因为海玉得的那些奖,所以好多人都想来听她唱歌,歌舞厅现在的生意火得很呢!"

许应灿看着陈志宏的围裙和锅铲,有些奇怪地说:"陈志宏,你这是干啥?"

陈志宏说:"爸爸妈妈好容易来一趟,我总得做点拿手菜呀。"

许应灿的脸一下子拉得老长,说:"海玉,你太不像话! 怎么教男人钻厨房呢?"

海玉也有些不自然,说:"志宏他喜欢做……"

许应灿说:"丢我们朝鲜族女人的脸! 男人的衬衣熨得不平,是丢女人的脸不是丢男人的脸。家里钻厨房的是男人,那女人的脸就丢尽了!"

玉顺轻声说:"海玉,快,快换回来。"

海玉走到陈志宏面前,拉拉他的袖子示意他赶快解下围裙。

陈志宏说:"爸爸,在我们上海……"

许应灿说:"这儿是延边不是上海! 海玉,你再不把志宏从厨房换出来,那孩子的生日酒我不喝了,老太婆,走人!"

海玉赶紧对陈志宏说:"叫你换你就换嘛。"

31.

日,内,延吉市。

陈志宏家。

正浩领着斗伊和贞玉走进门,看到赵泉正在给海玉两个胖嘟嘟的双胞胎儿子文熙和文俊照相。

贞玉一合双手说:"啊呀,这两个孩子多可爱呀!"

许应灿把正浩拉到一边说:"正浩,你们为啥不生呀? 斗伊再好那也是人家的,你们得自己生一个!"

玉顺也在一边说:"是呀,是呀。"

正浩笑了笑,有些尴尬。

许应灿压低了声音问:"是你的问题呢还是贞玉的问题?"

正浩说:"我们还没到医院去检查过。"

许应灿说:"那就快去检查去! 你看看,都有了! 而且都是俩! 怎么就你一个当大哥的没有?"

32.

日,内,延吉市。

陈志宏家。

男女双方同桌而坐。

许应灿看看桌上的菜,说:"豆腐呢? 怎么没有豆腐? 酒桌上怎么能没有豆腐!"

海玉说:"志宏,我不是提醒你要准备好豆腐吗? 爸爸是离了豆腐就不能活的。"

陈志宏说:"不好意思,一忙就忘了,我现在就去买。"

海玉在厨房忙,两个儿子都拉着陈志宏。

许应灿说:"这事女人就该想到去买,怎么怪上男人了!"

正浩说:"爸,他们身边都有小孩,还是我去买吧。"

33.

日,外,延吉市。

街道。

正浩看看附近没什么副食品店,一伸手,拦了一部出租车。

司机问:"去哪儿?"

正浩说:"离这最近的豆腐店。"

司机笑了,说:"行。"

第十五集

1.

日，内，延吉市。

陈志宏家。

正浩端着豆腐推门进来。

正浩说："刚出屉的，还热着呢。"

贞玉说："怎么这么快呀？"

正浩说："叫了个出租。"

贞玉说："买块豆腐还叫出租？"

正浩说："这又怎么啦？爸想吃豆腐，叫个出租去买块豆腐有什么大惊小怪的。"

许应灿高兴坏了，说："好！这就是男人！"

2.

日，内，延吉市。

陈志宏家。

酒席上，正浩问许应灿说："爸，俊男呢？怎么没来？"

许应灿说："看家！"

正浩说:"也该让他出来走走。"

许应灿说:"跑出来又惹事,再管上他几年再说!"

正浩说:"俊男也老大不小了,应该会懂些事了。"

许应灿想了想说:"正浩,要不让他到你的服装厂弄个什么事做做?老在家待着也不是个事儿。唉,这个没出息的东西,难不成要操心他一辈子!"

正浩说:"我就怕管不住他。"

许应灿说:"有什么管不住的,你是当大哥的,该打打,该骂骂!小时候你不就是这样管的吗?"

正浩说:"我打他你不心疼?"

许应灿说:"小时候你打他我心疼过吗?你当大哥的不就是为他好吗?正因为你打得太少,结果才做出这丢人的事!"

3.

日,内,延吉市。

陈志宏家门口。

有个从靠山屯来的中年人急急地敲着陈志宏家的门。

陈志宏打开门,中年人问:"金正浩呢?在不在你家?"

陈志宏点头说:"在。"回头喊:"正浩,有人找!"

正浩走出来对那人说:"什么事?"

中年人说:"东春大叔怕是不行了,他非要见你,说有件要紧的事告诉你,你赶快跟我走一趟吧!"

4.

日,内,靠山屯。

东春大叔家。

已是奄奄一息的东春大叔拉住正浩的手说:"正浩,有件事我一定得告诉你,就是英花的事。要是我死了,英花又不肯回来,谁来告诉你啊……"

哦,阿里郎
O,ALILANG

5.

夜,内,延吉市。

正浩家,服装厂边上的一间平房。

夜已经很深了,贞玉仍在裁剪着衣服。她看看挂在墙上的钟,已过了零点,她再看看窗外,没有什么动静。贞玉低头继续裁剪衣服。

时钟过了一点多的时候,门外响起了脚步声,正浩推门走进来,满脸的凝重。

贞玉说:"东春爷爷他……"

正浩说:"走了。"

正浩心情沉重地走到贞玉边上,看看贞玉,又看看床上睡得很熟的斗伊。他把贞玉紧紧地搂在了怀里。

贞玉说:"东春爷爷叫你去干什么?"

正浩说:"他感到自己要走了,说很想再见我一面。"

贞玉说:"就这事?"

正浩说:"对,东春爷爷在世时,帮了咱们家好多的忙,我该给他送送行。"说着,把贞玉抱得更紧了。

贞玉说:"正浩,你今天怎么啦?"

正浩说:"我今天心里特别地难过,可我又感到我特别地喜欢你,特别地爱你。"

贞玉说:"很晚了,赶快睡吧。"

正浩说:"不,我就要这样抱住你……"

贞玉和正浩依偎了一会儿,还是忍不住说:"正浩,过几天,我们去趟医院吧。"

正浩说:"怎么?"

贞玉说:"我们都去检查一下,我想要我们的孩子。"

正浩说:"我也很想很想啊!要不,明天我们就去。"

6.

日,内,延吉市。

尚美服装店。

正浩和贞玉将一批货送到店里。

董强对正浩和贞玉说:"正浩、贞玉,你们厂的服装现在不大好销啊。"

正浩说:"怎么? 服装有什么问题了吗?"

董强摇头说:"服装本身没什么问题,过去你们的样式比较新,有特点,这都是人家没有的。可现在,你们的新样式一出来,就有人跟着学,做,样子几乎一模一样,放在一起根本就分不出来! 可价钱呢,比你们的便宜将近一半。相同质量的东西,人家当然是挑便宜的买了。你们等一下……"说着从柜台里翻出一件衣服来,然后从衣架上拿下一件放在一起,"看看,看看,一模一样,就是商标不同。"

贞玉看了看说:"我也奇怪,有时候我刚把样式改进了一下,厂里才出了一小批货,结果没几天满大街都是这样式。"

正浩沉吟了一下说:"董强,你说说看该怎么办?"

董强手一摊说:"我也没有办法。反正从今天开始,我没法从你们的厂里要这么多的货了。"

贞玉说:"那工人们不是没事干了吗?"

董强无奈地说:"这个应该是你厂长的职责范围,金正浩,你们只能自己想办法了。"

7.

日,内,延吉市。

医院。

医生办公室。

医生问贞玉说:"你小时候是不是受过伤或者得过什么病?"

贞玉想了想,点了点头说:"听我妈妈说,很小的时候生过一场大病。"

医生做了个手势,意思就是这就没有办法了。

贞玉捂着脸哭起来。

8.
日,内,延吉市。
医院走廊上。
医生对正浩说:"卵巢发育不全,排卵也有问题。"
正浩说:"没法治吗?"
医生说:"目前还没有。不过可以领养一个嘛。"
正浩说:"我们已经有了!而且我们很相爱,这就够了。"
医生宽慰正浩说:"那当然。在人生中,夫妻恩爱是最重要的。"

9.
晨,外,延吉市。
金英善住的楼前街道。
英花推着坐在轮椅上的金英善走出门。
正浩远远地看清是英花时,有些激动地举起手想要叫喊,但很快就把手放下了。他还没有想好,只能默默地看着她们消失在前面街道的拐角处。

10.
日,内,延吉市。
陈志宏家。
海玉对陈志宏说:"你能回上海去,你干吗不去呢?你看,"海玉抖着信说:"你家里什么手续都给你办好了,你只要打着铺盖走人就行了,还有什么可犹豫的呢?"
陈志宏为难地说:"我现在在延边干得好好的,领导对我又那么器重,而且现在正是发挥我才能的时候,我回上海去干什么?"
海玉说:"那你也要为我想想呀。"
陈志宏说:"怎么,你想去上海?"

海玉说："对,我想去。我想当个上海人!"

陈志宏说："你不是去过了吗?还吃了不少苦,为这事你那会儿不是把我恨得要死吗?"

海玉说："那时是那时,现在是现在!现在就是吃苦我也想去。因为是跟着你一起回上海!"

陈志宏说："这是为什么?"

海玉说："我不知道为什么,就像那时候我也弄不清楚自己为什么爱你爱成那样,为了你我恨不得把命搭上!但有一点我很清楚,我看上你就因为你是个大城市里来的有知识有文化的人。"

11.

晨,内,延吉市。

正浩家。

贞玉捂着脸在伤心地哭。

正浩烦躁地说："你别哭了行不行?"

贞玉说："正浩哥,我们离婚吧。"

正浩有些赌气说："可以呀,我也想离呀!我不能就这样没有自己的儿子自己的女儿呀!看着别人抱着自己的孩子说说笑笑,我心里是啥滋味我会不知道吗?"

贞玉愣住了,呆呆地看着正浩。

正浩说："说话呀?"

贞玉说："你……真的想离婚?"

正浩说："不是你吵着要离吗?好啊,离就离吧。"

贞玉说："我只是不想拖累你。"

正浩说："你要是觉得这就是拖累,那就离,光哭有什么用!"

贞玉说："正浩哥,你真的想要个亲生孩子吗?"

正浩说："谁不想啊?哪怕是个女儿都行呀!"

贞玉说："那咱们就离婚吧。"

正浩说:"行!"

贞玉说:"不过正浩哥,我有个要求。"

正浩说:"说!"

贞玉说:"咱俩能不能离婚不离家?"

正浩说:"什么意思?"

贞玉说:"离婚可以,你也能同别的女人再结婚生孩子。可是,我还是只有你一个男人,你也还要来爱我。"

正浩大声地说:"那还离哪门子的婚呀! 你把我金正浩当什么人啦? 金歪浩啊!"

有人敲门。

正浩气呼呼地拉开门,门外站着俊男。

俊男一鞠躬说:"哥,爸爸叫我来找你。"然后看看屋子里正在抹眼泪的贞玉,又一鞠躬说:"嫂子好。"

贞玉忙擦干眼泪,有些不情愿地说:"快进来坐吧。"

正浩知道贞玉讨厌俊男,忙说:"我带他到厂里去吧。"

12.

晨,外,延吉市。

通往服装厂的路上。

正浩带着俊男朝工厂走去。

俊男问:"哥,嫂子怎么啦?"

正浩说:"没什么。"

俊男说:"你们吵架了?"

正浩说:"没有,就是说到一些烦心事。女人嘛,动不动就哭鼻子,我最怕的就是女人的眼泪。"

俊男说:"什么烦心事呀?"

正浩看了俊男一眼,说:"也没什么大事,就是提到了英花,伤心了。"

俊男说:"哥,你知道我英花妹妹在哪儿了吗?"

正浩说："不知道。"

13.

晨,外,延吉市。

阿里郎饭店门口。

李银姬走到饭店附近,犹豫了半天终于还是走到门口来。

玉姬叫："银姬姐,有人找你!"

银姬走出门,一看是李银姬,忙客气地说："是老板娘啊,好久没见了,最近好吗?"

李银姬说："还……凑合。"

银姬说："您找我有事?"

李银姬觉得难以启齿,但还是吞吞吐吐地说："……钱……"

银姬说："老板娘,我该付给您的钱一分没少全都付清了呀?"

李银姬说："可尹文河这老头,死又死不了,活着连床都下不来,他又离不了我。我要能脱身,就让我在你饭店里打打工,也可以挣点钱。可现在什么收入都没有,你给的那些钱早就见底了,要不是没办法,我也不会这么厚脸皮再来找你……"

银姬同情地叹了口气,想了想说："那这样吧,你每个月到我这里来领点生活费吧。我也给不多,能糊口就可以了,行吗? 我最近也比较紧张,因为要贷款装修新饭店呢。"

李银姬鞠了一躬说："谢谢,谢谢!"

银姬说："这个月的今晚来拿吧,这会儿饭店还没开张呢。"

14.

晨,内,延吉市。

阿里郎饭店。

崔明哲生气地对银姬说："给什么给呀! 以前她是咋对你的? 差点就把你卖掉! 买下这个饭店的时候,也是你老哥给做的主,给了她那么多钱,怎么现在还要啊？真是贪得无厌！"

银姬说："话也不能这样说，我哥也说了，这饭店的基础不还是人家先打下来的吗？我们买下这饭店其实也省了我们不少的成本呢。俗话说，吃水不忘挖井人。再说，我当初流落到这儿，也是他们好心收留了我。"

崔明哲说："哼！那还不是因为你长得漂亮，还会整一手的好酱汤。"

银姬说："看你说的，哪有这回事！他们收留我的时候，根本就不知道我会做大酱，熬酱汤。其实原来店里卖的是老板娘自己家里的酱汤。要说是因为我长得漂亮才收留我，那才是大错特错，为了这个漂亮，我还丢了工作呢。"

崔明哲说："咋回事？"

银姬说："怕我惹事呗。不过要不是丢了服务员的工作，我也不会跑去农贸市场卖大酱去，那你也就不会找上我了。给人家点钱吧，积德做好事不会有错的。"

崔明哲说："哈，那倒也是噢！不过你也真是个菩萨心肠。好了，我赶快去工地看看，"崔明哲看看表，"离上班还有点时间。"

银姬说："看你两头跑的，要不，你还是把工作辞了吧。"

崔明哲说："不行！我还是那句话，男人怎么也不能叫女人养着，那叫什么？吃软饭的！男人最丢脸的就是吃软饭！"

15.

日，内，延吉市。

歌舞团排练厅。

演员们正在排练，李珉基坐在一边看着。

英花在领舞，其他演员还没上场。姜彩英认真地看着英花的舞蹈动作，不时地学两个动作。

李淑玉在一边看到后，不满地撇撇嘴。领舞的音乐一结束，其他演员跟着上场。

李珉基拍拍手说："行了，就排到这儿吧。大家都很辛苦，但去长春演出的日子越来越近了,大家还要再加把劲儿!今天英花跳得很到位,李淑玉也不错。好,就这样。"

大家开始换衣服,李珉基离开了排练厅。

李淑玉对姜彩英说:"姜彩英,你也想领舞啊?"

姜彩英说:"没有呀!"

李淑玉说:"那你学什么学呀?"

姜彩英说:"锻炼自己有什么不好的?"

李淑玉说:"那也要看看自己的条件。我告诉你,在这个歌舞团,有资格领舞的,第一个是我,第二个才是许英花呢!至于让我担任这个舞蹈的B角,其中的原因,谁都清楚。至于你嘛,就是排到第十个,也挨不上你!"

英花听到了,只是看了李淑玉一眼。

李淑玉走后,英花对姜彩英说:"彩英,怎么啦?"

姜彩英说:"英花,耽搁你几分钟可以吗?"

英花一笑说:"什么事,你说吧。我们是好朋友,你干吗说话那么见外啊?"

姜彩英说:"你领舞的动作真的很漂亮,我一直在偷偷学,可总觉得哪里不像,你帮我看看好吗?这些年来,我一直想让自己有长进,也能像你一样,能领个舞什么的。"

英花说:"那有什么不行的?"

16.

晨,外,延吉市。

一个建筑工地,正在建设的是阿里郎饭店。后面是一处松林苍翠的山坡,边上还有一个小型的湖泊。

崔明哲赶到工地,看到平日里繁忙的工地现在只有三个人蹲在一边儿抽烟。

崔明哲有些奇怪,问其中一个人说:"姜京焕,你们的人呢?怎么到这个时候还不上工啊?"

姜京焕说:"怎么上工? 工钱都拿不到了,谁还肯干啊?"

崔明哲说:"不是所有的工程款都已经拨给你们张经理了吗?"

姜京焕说:"我已经半个月没见着张经理了。上次去找他,他手下一个人说,他已经跑了。"

崔明哲大吃一惊,说:"怎么可能? 没道理呀! 张经理是我最好的一个朋友介绍给我的!"

姜京焕冷笑一声说:"这年头,有钱才是硬道理,最坑人的就是朋友!"

崔明哲的心有些慌了,说:"我……我找他去!"

17.

日,外,延吉市。

浩玉服装厂门前。

正浩领着俊男来到服装厂门口,看到陈志宏正在门口等他。陈志宏的脸色不太好,显得很烦躁,他一看到正浩忙迎了上来。

正浩说:"志宏,怎么啦?"

陈志宏说:"我没办法了,只能找你帮我拿主意了。"

正浩说:"那你先去我办公室,我把俊男安排一下就来。"

18.

日,内,延吉市。

浩玉服装厂。

陈志宏烦闷地抽着烟,看到正浩进来,陈志宏说:"我刚才进来看很多工人没活干,厂里情况不好吗?"

正浩摇摇头说:"目前的状况是有些糟。生产的服装不太好销。"

陈志宏说:"为什么?"

正浩说:"贞玉辛辛苦苦设计的新样式,我们刚生产出来,仿冒的产品也跟着出来了,价格比我们的低好多。"

陈志宏说:"那就生产人家没法仿冒的东西。就是说,人家在技术上一时达不到的东西。"

正浩点点头说:"对呀,我这两天也一直在考虑这件事。"

陈志宏又开始苦着个脸,点上一支烟抽。

正浩看看烟灰缸,又看看陈志宏说:"有什么烦心事你就快说,不然干吗要一大早跑我这儿来?"

陈志宏说:"海玉想回上海。"

正浩说:"那就回呗。最近我听说咱们延边有很多上海知青都根据政策返城了。"

陈志宏说:"可我不想回呀!"

正浩说:"为什么?上海那么好,为啥不回?要是我,我就回!能到上海去再闯荡一番,那有多带劲啊!"

陈志宏说:"可我的情况不一样!你想想,我研究的是朝鲜族文化,我在这儿的工作是朝鲜文的翻译,我娶的老婆是朝鲜族女人,我本人都已经成了大半个朝鲜族人了,我回上海干什么?回去能对口的工作顶多就是窝在学校里当个老师,有什么意思?返城政策一下来家里就给我来过信,可是我考虑了很久,最后的决心还是不回!我的用武之地是在这儿,我的人生价值只有在这儿才能体现。你说说,我跑回上海去干什么?"

正浩说:"说得也有理!"

陈志宏叹口气说:"可家里来的那封信被海玉看到了,她现在吵着闹着要回上海。"

正浩说:"你想让我帮忙劝劝她?"

陈志宏说:"对,现在只有你这个大哥出马了,不然她天天跟我闹。"

19.

日,内,延吉市。

浩玉服装厂。

董强火急火燎地冲进办公室。

董强一见陈志宏也在,说:"哈,陈志宏你怎么在这儿?"

陈志宏说:"有点家务事,跟大舅子聊聊。"

董强说:"哦,大舅子,忘了你们是一家人了噢。"

陈志宏说:"董强,你回不回上海?"

董强说:"我在这儿生意做得好好的,回上海干吗?"

陈志宏对正浩说:"瞧,又是一个不回的。"

正浩说:"董强,你急吼吼地跑来什么事啊?"

董强一瞪眼说:"找你当然是生意上的事,还能有什么事?"

陈志宏说:"正浩,那你们谈,我先走喽。"

正浩说:"好,我晚上去你家。"

董强看陈志宏走了,对正浩说:"金正浩,我说你这家伙也真够呛!"

正浩说:"怎么啦?"

董强说:"噢,厂里工人没活干你倒一点都不急,坐在这儿跟姜太公似的,还有闲情操心操心家务事。你这个厂是我怂恿你办起来的,我急得跟什么似的到处给你找活做,唉,这真是皇帝不急急太监。"

正浩说:"谁说我不急。我把我弟弟叫来,就是想让他跑跑供销,推销推销产品呀。"

董强说:"就是那个许俊男啊? 他能行啊?"

正浩说:"行不行总得让他试试再说吧。不让他做怎么知道他行不行呢?"

董强说:"随你吧,反正行不行都是你的事。我给你找了一些活,就看你行不行了。"

正浩说:"什么样的活?"

董强说:"咱们州歌舞团要定做一批演出服装,他们也是慕名,找到我店里来了。这批货我是自说自话帮你接下来了,做不做?"

正浩说:"怎么能不做呢? 董强,谢谢你啦。现在生意都讲财气生财,和气生财,义气生财。你是既有财气又有义气,肯定会越来越发达。"

董强说:"怎么? 我没和气啊?"

正浩说:"差点。"

董强嘴一撇,一挥手就往屋外走,说:"不跟你啰唆了。明天到我店里来,我带你去签合同。"

20.

日,内,延吉市。

某公安局办公室。

崔明哲急得满头大汗,一面跟办案警察做笔录,一面不停地用袖子擦汗。

做笔录的办案警察说:"这类型的案件目前倒真是不少,当然了,你这个案子,我们会尽力去帮你侦破的。但这需要时间,而且我们办案人员的人手也太少,不过只要一有消息,我们会及时通知你们的。"

崔明哲一鞠躬说:"那就拜托你们了。这里面的大部分钱,都是我们跟银行贷款的呀!"

办案人员说:"这个事你们也应该吸取教训。这么大一笔钱,你们怎么能一下子就给人家呢?"

崔明哲擦着汗说:"因为是熟人,所以……"

办案人员说:"再熟的熟人也不行呀!朋友骗朋友的事,现在还少吗?"

21.

日,内,延吉市。

阿里郎饭店。

银姬的小账房里。

银姬狠狠地甩了崔明哲一巴掌。

崔明哲捂着脸说:"你这个女人疯了,怎么能扇你男人的耳光哪!"

22.

日,内,延吉市。

阿里郎饭店。

银姬的小账房里。

银姬说："你看你做的是个什么事啊！"说着坐在椅子上大声地哭起来。

银姬越哭越伤心，崔明哲也慌了心疼了，说："我去找，我一定去把这个该杀的张经理找出来，成不？"

银姬说："你上哪儿去找啊？"

崔明哲说："天上地下，水里土里，只要能藏人的地方我都去找！你我都能找着，还怕找不着他吗？"

银姬说："等你找着了，人家早把钱挥霍光了，结果不还一样！"

崔明哲说："那事情已经这样了，你叫我怎么办？要不，你杀了我吧。"

银姬说："杀了你又有什么用！钱能回来吗？"

崔明哲说："钱倒是回不来，只能让你解解气。"

银姬说："我倒是想解气呀，可杀了你，我两个孩子怎么办？她们上哪儿去找亲爸爸去呀……"

屋外有人喊："银姬姐，农贸市场有人送明太鱼来啦！"

银姬一抹眼泪对崔明哲说："去上你的班去！天塌下来总也要人去顶呀。"

崔明哲说："谁顶呀？"

银姬说："我呀！让你去顶你有这能耐吗？"

崔明哲一脸的沮丧。

23.

夜，内，延吉市。

陈志宏家。

海玉正给那对双胞胎儿子端饭吃。

正浩敲门进来。

正浩羡慕地看着那两个孩子说："志宏、海玉，你们这两个小子真可爱啊！"

海玉说："姐夫，你跟我姐咋不要孩子呀？"

正浩说:"我们不是有孩子了嘛。"

陈志宏说:"正浩,你们俩中间是不是其中一个有点问题呀,到医院去查一查吧。结婚这么些年了,怎么会没有呢?"

海玉说:"是啊,不管咋说,总得自己有一个嘛。"

陈志宏说:"孔老夫子讲,不孝有三,无后为大。"

正浩说:"你的儒学倒学得好,我可不信奉这一套。"

陈志宏说:"我研究你们朝鲜族文化时,发现你们有些方面的儒家思想传统比我们汉族还浓。"

正浩不悦地说:"不说这个了,说说你们的事吧。"

24.

夜,内,延吉市。

阿里郎饭店。

在银姬的小账房里,崔明哲垂着头。

银姬说:"有消息没?"

崔明哲摇摇头说:"肯定是卷款逃走了,跑的连影子都没了。"

银姬说:"那时候你干吗要把款子全打给他?"

崔明哲说:"他那时候说前面的工程款一直没收回来,资金周转不灵,希望我多打点款子算是帮他一个忙嘛。而且我朋友也在一边拍胸脯打保票了。"

银姬说:"你也太讲哥们义气了,结果怎么样?吃大亏了吧?"

崔明哲说:"男人就得讲哥们义气嘛。不讲哥们义气的男人那还算是男人吗?"

银姬说:"那也得将心比心!你是男人,那你那帮酒肉朋友呢?他们做得像男人吗?你去,把你那个拍胸脯打保票的朋友找来!"

崔明哲说:"干吗?"

银姬说:"他不是打了保票了吗?让他把钱吐出来!"

崔明哲说:"你不是为难人家嘛。他跟我一样拿国家工资吃公家饭,哪来那么多钱？"

银姬说："那他凭什么打保票啊？他跟姓张的经理什么关系？让他去把那个张经理找出来！"

崔明哲说："我问过他了，他说那个张经理也是别人介绍给他的，一起喝过几次酒，只觉得这人的酒品不错，出手挺豪爽，其实那家伙的底细他也不太清楚。"

银姬说："酒品，酒品！你看看你交的这帮朋友，不是酒肉朋友是什么？简直恶心人！"

外面有人喊："银姬姐，那个李银姬来了，她说是你让她来的。"

崔明哲说："她又来干什么？"

银姬说："来拿钱。"

崔明哲说："什么钱？"

银姬说："我答应每月给她一点生活费的。"

崔明哲说："我们都要倾家荡产了，哪有钱给她！"

银姬说："这个饭店不还在吗？不还有进账吗？我答应给人家的钱就得给，就是借钱也得给，人就得这么做！"

25.

夜，内，延吉市。

陈志宏家。

正浩说："海玉，你不用埋怨志宏把我找来，不管你们有没有决定要回上海，我这个做大哥的，都应该来过问一下。"

海玉说："你们谁来都没用，我决定了的事你们谁也别想把我拉回来。"

陈志宏说："海玉，我怎么不想回上海呢？上海是我的故乡，我是喝上海黄浦江的水长大的，我父母兄弟又都在上海。现在我有回上海的机会，我怎么不考虑回呢？但人不能光凭这份感情去做事，有时候也得理智点。"

海玉说："我没法理智！我就想跟你一起回上海。我老实跟你说，我看上你这个上海人，就是想有朝一日可以跟你回上海，当个上海人，也能到上海去发展。"

正浩说："海玉,你不是去过一次了吗? 去了一次吃的苦头还不够吗?"

海玉说："那是因为这个骗子骗了我!"

陈志宏说："我怎么又成骗子了?"

海玉说："再说,我本不想回来,我就不信我海玉在上海待不下去! 可他是打着你的旗号硬要拉我回来的。"

陈志宏说："你那时候不是说想回家的吗?"

海玉说："谁待在那种环境都会想家的呀! 可现在不一样了,我海玉已经不是那个不谙世事傻呵呵的小丫头了,你陈志宏是我的合法丈夫,是我孩子的爸! 我们可以正儿八经地去上海了,我就要跟着你陈志宏回上海去!"

陈志宏说："问题是我回上海去干什么? 我的事业,我的专业,我从事的工作,只能在这儿,在延边,在你们朝鲜族人聚集的地方。我这条鱼已经在延边这个海里游得很自在了,我很理智,我不回!"

海玉说："陈志宏,你这个男人好没志气呀! 你们汉族人不也有句话嘛,叫好男儿志在四方。你回上海就不能有自己的事业了吗?"然后转头看着正浩说："哥,那时候我要去上海你们都反对,只有崔明哲支持我。他跟我讲我们的祖先是怎么到延边来的,他说我身上就有祖先的那股子劲儿。要是当初我们的祖先没有去追求新生活的精神,能有我们延边朝鲜族的今天吗? 我就不信我们回上海后,就闯不出一条路来。我要回上海,打死我我也要回上海! 陈志宏我告诉你,你就是跟我离婚了,我也要背着两个孩子回上海! 你父母可以不认我这个朝鲜族媳妇,但不能不认他们的这两个孙子吧?"

陈志宏看看正浩。

正浩咽了口唾沫,站起来拍拍屁股说："这事你们俩自己解决吧,我是没辙了。但海玉我告诉你,要是不回上海,那就在这儿好好过。陈志宏在文化馆的那份工作做得也挺好,你海玉的歌舞厅的生意也很兴隆。"

海玉说："歌舞厅那是尹老师开的。我也只是帮着管理管理。对我来说,也不见得有多大前途。"

正浩说："所以呀,如果你们要是真回上海,那先把这对双双暂时留在我们这儿，贞玉是他们的亲大姨，会照顾好这对双双的。等你们在上海安顿好了，再把这对双双接回去。我就这话，走了！"

陈志宏闷了半晌，说："海玉，我们回去住的地方也没有呀！我们家原来的房子早就拆迁了。我父母跟我妹妹住在一起，房子本来就小，现在是我父母，我妹妹妹夫，再加上他们的孩子住在一起，我们怎么挤进去？我弟弟是有钱，房子大，可他也不会让我们住啊！就算是肯，住上一天两天没什么问题，等到第三天就会像扫垃圾一样把我们扫地出门的。"

海玉说："那就租房子住！活人还能让尿憋死？"

26.

夜，外，延吉市。

阿里郎饭店门口。

银姬把一小叠钱交给李银姬。

李银姬鞠躬说："银姬姑娘，真是太谢谢你了。"

崔明哲气呼呼地跟出来说："李银姬大嫂，你以后再也不要来要钱了！我们都快破产了你知道不知道。"

银姬说："崔明哲，你这是干什么？"

崔明哲说："我就看不得这样的！银姬，你这是在打肿脸充胖子，火上浇油，雪上加霜，又在漏屋上捅窟窿。她那里根本是个填不满的坑，你拼命往里面扔钱，有回报吗？"

银姬说："我不要回报，我在回报人家。你呢？崔明哲，你凭啥说人家？那窟窿是你捅的，你自己能填吗？那还不是得由我金银姬来填？"

崔明哲不吭声了，眼巴巴地看着银姬。

银姬说："所以你就闭上你的嘴！我知道我该怎么做人！"

崔明哲说："我还是你男人吗？说这样的话！"

银姬说："你当然是我男人，但是个帮倒忙的男人！"

27.

夜,内,延吉市。

正浩家。

正浩推门进屋。贞玉正在裁剪衣服样式。

正浩搓着手说:"海玉那对双双真是太可爱了。"

贞玉说:"你去海玉家了?"

正浩说:"海玉吵着要去上海,陈志宏不肯回上海。这真是延边人爱上了上海,上海人爱上了延边,还真是奇了怪了。"

贞玉说:"你去劝海玉了?"

正浩说:"我哪劝得住她呀! 海玉上次的事你忘了? 我们俩加上都没把她拉回来。"

贞玉说:"那也得劝呀。要是陈志宏不想走,她去干什么? 上次吃的苦头还不够吗?"

正浩说:"是啊,我也这么说了,没用,她是铁了心地想去。再说了,这个事也没法劝。我要说海玉错了,那不也有好些各个地方的人到上海去的,难道他们都错了? 要是我说陈志宏错了,那现在留在延边的上海知青都错了? 所以想留的留,想走的走,人本来就是这么流动着的,所以也就没个什么对与错。"

贞玉想了想,也没有再说话。

正浩说:"不过我也把话留给他们了,要是不走,那就好好过日子,别再三天两头为这事闹。要是真想走,那就把那对双双留下,让他们自己去上海打拼,等稳定了再回来接。"

贞玉看了看正浩,说:"正浩,你真的很想很想要自己的孩子吗?"

正浩说:"不想那是假的,你想让我说假话吗?"

贞玉流泪了,说:"可我做不到。正浩,你看到底该怎么办好?"

正浩说:"贞玉,我没有强迫你一定要做到。再说,我们已经有孩子了,那孩子虽说是英花的,但也就像自己的一样了。"

贞玉大惊,说:"你怎么知道斗伊是英花的?"

正浩沉默了一会儿,叹口气说:"是东春爷爷临死前告诉我的。那天他把我叫去,就是为了讲英花的事。他说英花把孩子交给你了。"

贞玉说:"天呐! 正浩,你不会把这事告诉应灿爸和玉顺妈还有别人吧?"

正浩说:"我是这样的人吗? 英花住在哪里,东春爷爷也告诉我了。这件事,只有让英花她自己决定应该怎么做。"

贞玉又想起了什么,含羞一笑说:"怪不得你那天回来对我那么温柔。"

正浩一把把贞玉拉了过来,紧紧地搂在怀里说:"没有自己亲生的孩子我是很痛苦。但没有你,我会更痛苦。像你这样的好女人,我还能上哪儿去找啊!"说着,眼里闪着泪光。

贞玉咬着正浩的肩头,紧紧地搂着正浩的脖子,热泪止不住地滚落下来……

28.

夜,内,延吉市。

正浩和贞玉已经睡下了。

贞玉翻来覆去睡不着,看看正浩也还没睡,就问:"正浩,东春爷爷没告诉你英花在哪儿吗?"

正浩说:"讲了,我也去了。远远地看到是英花,可我没去跟她见面。"

贞玉说:"为什么?"

正浩说:"当时我真想叫住她,但忍住了。你想,见了面,我能跟她说什么? 而且你为她保密保到现在,我真要去见她,怎么也得先跟你说一声吧。再说,只要我见了她,她的,还有我们的生活都会被打乱。她以后该怎么办呢? 回不回靠山屯去见爸爸妈妈? 见了爸爸妈妈又该怎么说? 这孩子呢? 我们该怎么办? 还给她还是继续帮她养着? 没这孩子你怎么办? 现在孩子也大了,有自己的想法了,她会怎么想? 这些都没想好我怎么能去见她呢?"

贞玉说:"这样说起来还是不见面的好。斗伊我是不会还给她的! 她英花也没资格再要回去。当时,她把孩子扔给我头也不回就跑了,心也太狠了！现在我们把孩子养这么大了,感情那么深,离不开了,她要是想把孩子要回去我绝对不答应。"贞玉抱住正浩动情地说:"再说了,我们不会有孩子了,你又不肯跟我离婚。正浩,我们要能有自己的孩子该多好……"

正浩说:"贞玉,我们不要再提这件事情了。只要我们俩在一起很幸福,这就够了。"

贞玉说:"只要你不离开我,只要你不离开,我就很幸福……"

第十六集

1.

日，内，延吉市。

浩玉服装厂。

正浩办公室。

俊男把一个装满服装的鼓鼓囊囊的背包袋背到肩上说："哥，那我走了。"

正浩说："能坐车的地方尽量坐车。城里别去，那里的商店都有咱们厂里的服装，到乡里镇里屯里多跑跑。"

俊男说："哥，我知道了。"

正浩说："别贪吃贪玩，更不能做违法的事。"

俊男说："哥，用不着你提醒。自从进到那庙里，吃的东西拉出的屎都没一点臭味。那样的日子我可不愿再去过了。"

正浩说："那你走吧，自己要照顾好自己。"

电话铃响，正浩接电话。

电话是董强打来的，董强说："金正浩，今天你们自己去市歌舞团吧。去找导演，他叫李珉基。本来这事是他们团朴副团长管的,但朴副团长开会去了。你跟贞玉一起去,服装上的事贞玉比你懂。我实在是走不开,就不陪你们去了。只要你们把这次演出服做好了,以后他们团里的演出服就都会让你们做的。虽然说不是大批量的单子,但至少很稳定,而且州歌舞团的招牌你们也是知道的,所以这样的机遇你们一定要抓住。"

正浩不耐烦了,说:"好了好了,我知道了。你这个人怎么这样啰唆,怪不得人家要叫你董啰唆。"

2.

日,内,延吉市。

歌舞团排练厅。

英花为姜彩英纠正了几个动作后说:"彩英,你进步得也好快呀!"

姜彩英说:"谢谢你,英花。"

两人又开始换衣服。

姜彩英说:"英花,我发觉李导演看你的眼神跟别人不一样,你就没有感觉到?"

英花说:"彩英,你能不能不跟我说这种事?"

姜彩英说:"怎么啦?"

英花说:"因为我不爱听!"

姜彩英说:"好,我不说了! 你先走吧,我自己再练习练习。"

3.

日,内,延吉市。

州歌舞团。

在一间较大的办公室里。

李珉基说:"那就这样,希望你们按合同规定的时间按质按量交服装。服装最后定稿的样式你们过两天派人来拿吧。"

贞玉说:"我自己来取。"

李珉基说："那更好。毕竟纸面上的跟实际操作的东西是有差异的，细节上有什么问题，希望我们能及早沟通，这对大家都有好处。"

正浩和贞玉站起身，正浩说："李导演，你留步，我们先告辞了。"

4.

日，内，延吉市。

州歌舞团。

排练厅通向办公室的走廊。

英花从排练厅出来，正往办公室方向走。

正浩和贞玉走出办公室的门口。

正浩，贞玉和英花打了个照面，双方都愣在那里。

相互对视了很久，贞玉终于开口了，说："英花，你还好吗？"

悲喜交加的英花再也控制不住自己，冲上去抱住贞玉，流着泪轻轻地但很酸楚地叫了一声："贞玉姐……"

5.

日，内，延吉市。

文化馆。

陈志宏办公室。

陈志宏在读一封信，一位老妇人的声音说："志宏儿，你就这么舍不得你的延边，舍不得你的工作吗？连你的老爸和我这个老妈都不要了吗？还有你的弟弟妹妹也盼你回来。许多原先去延边支边的上海知青都回来了，你也回来吧。你要不回来，老妈我就去延边找你去！"

陈志宏揉揉鼻子，眼睛也有些湿润。他耳边响起了海玉的话说："陈志宏我告诉你，你就是跟我离婚了，我也要带着两个孩子回上海！你父母可以不认我这个朝鲜族媳妇，但不能不认他们的这两个孙子吧？"

陈志宏长叹一口气，放下信，环顾一下办公室的四周。他虽然还是矛盾重重，但也似乎无奈地下了决心说："那就回上海吧……"

6.

日,内,延吉市。

州歌舞团。

从办公室里走出来的李珉基也有些吃惊地看着抱在一起的英花和贞玉。李珉基问正浩说:"你们,同许英花认识吗?"

正浩说:"许英花是我妹妹。"

李珉基一愣说:"你不是姓金吗?"

正浩说:"是,不过她的父亲我叫爸爸,所以许英花跟我的亲妹妹没什么区别。"

英花松开贞玉,抹去眼泪对李珉基说:"金正浩是我们家大哥,这位是我贞玉姐姐。导演,我请会儿假行吗? 我们有好几年没见面了。"

7.

日,内,延吉市。

州歌舞团的一间空房子里。

英花说:"我爸爸妈妈还好吗?"

正浩说:"好不好自己回去见一见不就全知道了?"

英花沉默了一会儿说:"我没脸去见他们。那时候爸爸不让我去演出队就是担心会出这样的事,可我死活吵着要去。结果,事情真的弄成这样,我怎么还有脸回去?"

正浩说:"那你就一辈子不再见你爸妈了?"

英花无语,又流泪了。

正浩说:"英花,你的事不是贞玉告诉我的,而是东春爷爷告诉我的,你知道吗?"

英花看看贞玉,流着泪没说话。

正浩说:"东春爷爷过世了,他临死的时候给我说他不想把这个秘密带到坟墓里去。因为贞玉不肯透半点口风给我,哪怕是不跟我结婚都不肯说出你的这个秘密。东春爷爷不想让你一直这么下去,他说哪有女儿为自己做错了事一辈子不再见爸爸妈妈呢？这不是要让老人牵挂一辈子吗？"

英花说："我也很想家，也很想回去看看我爸我妈。但我好害怕，我实在不知道回去后，该怎么去跟爸爸妈妈说。"

正浩说："英花，我也去见过你，看着你推着一位坐轮椅的老人从屋里出来。看见你们走在路上的样子，我真想叫住你。你爸爸身体也不好，妈妈天天操持家务，他们一直也牵挂着你。有时我也真想把你住的地址告诉你爸爸妈妈，让他们来找你，但我……"

英花急了，说："哥，你千万别这样！我爸那脾气你也知道，他要闹起来可没个边，你要我还怎么活呀！这事以后再说吧！"

正浩对英花说："那你这辈子就永远不见你爸爸妈妈了？永远不回家了？"

英花含着泪说："咋不想见？我每天都想着回家，可回家了，见着爸爸妈妈了，你叫我说什么好？"

正浩想了想，说："不说那孩子的事不就行了。其他的你自己看着说，想说就说，不想说的就不说。你不就是因为那孩子的事觉得丢脸吗？爸爸妈妈要生气也只是因为那孩子的事。孩子的事不说，只说其他的理由，爸爸妈妈都会原谅你的。"

英花含着泪点点头。想了想说："贞玉姐，我那女儿怎么样了？"

贞玉说："她叫斗伊，已经上小学一年级了。跟你一样，舞跳得特别好，在班级里也是个跳舞尖子，六一儿童节还上台表演了。"

英花说："能让我见见吗？"

贞玉说："能。但见你以后，让她叫你什么？"

英花说："叫二姨吧，还能叫什么？孩子的事，我不想让别的什么人知道。"

贞玉说："这孩子你就再也不认了？"

英花说："就让她永远做你们的孩子吧。正浩哥、贞玉姐，让你们受累了。我英花对不起你们，我给你们鞠个躬吧。"说着，站起来，朝正浩和贞玉鞠了个躬。

正浩也站起来说:"英花,尽快回家去看看吧。爸爸心里老挂着你,妈妈一提到你也是满眼的泪。别再让两个老人为你牵肠挂肚的了。"

英花说:"是。"

8.

日,内,延吉市。

陈志宏家。

中午陈志宏回到家里,海玉已经把中午饭做好了。

陈志宏把信往饭桌上一放,说:"我妈来信了。"

海玉说:"说什么了?"

陈志宏说:"让我回上海。"

海玉说:"那你还不回?"

陈志宏说:"回,回! 这下你称心如意了吧?"

海玉高兴地说:"真的?"

陈志宏说:"今天上午,我已经把辞职报告写好递给赵馆长了。"

海玉朝陈志宏鞠了一躬说:"志宏哥,谢谢你。"

陈志宏说:"海玉,我真不明白,回上海对你就这么重要?"

海玉说:"我就想当个上海人,怎么啦?"

9.

晨,内,延吉市。

银姬家。

天刚蒙蒙亮。

银姬把崔明哲推醒说:"明哲,起来!"

崔明哲睡眼惺忪地睁开眼不满地说:"干什么呀,星期天也不让人睡个懒觉!"

银姬说:"现在是睡懒觉的时候吗? 起来! 帮我把大酱坛子搁到小车上,我要送到农贸市场去!"

崔明哲说:"昨天酒喝多了,现在还头疼呢。"

银姬说:"现在你是天天灌那么多马尿,干什么呀!"

崔明哲说:"你也歇上半天嘛。"

银姬说:"我可歇不成! 你捅下这么大个窟窿,我不得一点一点地往里补呀!"

10.

晨,内,延吉市。

正浩家。

正浩起床,从柜子里拿出运动衣。

贞玉说:"俊男让他干什么? 你想好没有?"

正浩一边穿衣一边说:"我让他带上衣服,到乡里屯里去推销了。要不积压那么多衣服怎么办?"

贞玉说:"让他去推销衣服啊,你放心? 我可怎么也不放心!"

正浩说:"说实话,我也不放心。可让他干什么你能放心呢? 总不能养在厂里,什么活都不让他干? 再说,他出来后的这些年,听说在屯子里干活干得还不错。"

贞玉说:"那是应灿爸管着他呢。"

正浩说:"那也不能这样管他一辈子。我答应爸爸让他到厂里干一份活的,既然让他干,就该放手叫他去干,不过是几件衣服的事,亏了也就亏了。只要能让他学门本事,能自己养活自己,我们也就做了件积德的事了。就这样吧,我去跑步了。"

11.

晨,外,延吉市。

布尔哈通河边集贸市场附近。

正浩沿着河边在跑步。

银姬胸前挂着一岁多的彩妍,拉着板车,车上装着几坛大酱,正沿着河边往集贸市场走。迎面碰上正在跑步的正浩。

银姬抹去满头的汗,喊了一声说:"哥。"

正浩有些诧异地说:"银姬,你这是干什么?"

银姬说:"去卖大酱呀。"

正浩说:"饭店不开啦?"

银姬说:"饭店开着了呀。你前几天不刚去吃过饭吗? 现在想再卖点大酱,好多赚点钱。"

正浩说:"你这不太累了吗? 好了,赚钱也不能不要命呀!"

银姬含着泪说:"哥,你不知道,我们拉下大饥荒了。"

正浩说:"怎么啦?"

12.

日,外,靠山屯。

许应灿家院门前。

英花看到了自家的院子,顿时激动得满眼是泪。她三步并着两步走到院门前,透过篱笆墙,看到玉顺正在院子里晒红辣椒。英花犹豫了一下,推门走了进去。

13.

日,外,靠山屯。

许应灿家院子。

英花走进院子,喊了一声:"妈。"

玉顺一时没有回过神来,愣了一会儿。

英花说:"妈,是我,我是英花。"

玉顺明白过来了,冲上去抱住英花大哭起来,说:"英花呀,你跑到哪里去了呀?"然后喊:"老头子,老头子! 英花回来了!"

许应灿提溜着旱烟匆匆从屋里出来。

许应灿先是很激动的,但脸色又变了,接着就狂怒起来。

　　许应灿在墙上狠狠地敲了敲烟杆说："这么些年，你干什么去了？为什么不回家？连个信都不捎一个，你心里还有没有这个家！你是不是干下什么丢人的事了？所以不敢回家！啊？"

　　玉顺说："老头子，你这是干什么呀！女儿刚回家，你就这么往女儿身上泼脏水啊！"

　　许应灿说："那还不进家！你个死丫头，没见过你这么当女儿的！"

14.

日，内，靠山屯。

许应灿家。

　　英花说："爸爸妈妈，我先给你们磕个头吧。这么些年，让你们为我担心了。"说完，跪下磕了三个头。

　　玉顺说："英花，这么些年，你到底跑哪儿去了？"

　　英花说："爸爸妈妈，这些年，我一直在跟一位叫金英善的老师在学舞蹈。在'文革'的时候，她的双腿被弄残了，我一方面照顾她的生活，一方面跟她学舞蹈。她是我们州歌舞团的艺术指导，后来她把我介绍进州歌舞团了。她很器重我，现在我还是她的助手呢。"

　　许应灿说："那你为什么不回趟家？"

　　英花说："爸，我不是回来了嘛。"

　　许应灿说："我是说，这么些年为什么不回家！啊？过年过节总可以回来一次吧？起码可以捎个信来吧？延吉市离家又不远！"

15.

日，内，延吉市。

阿里郎饭店。

在银姬的小账房里。

　　正浩对银姬说："银姬，你发生了这么大的事情，为啥不告诉我一声？"

　　银姬说："哥，我原本呢是想告诉你的，但又想，说了又有什么用呢？反而会增加你的负担。自己家发生的事,总该由自己来承担。"

正浩说:"话虽是这么说,但这个世界上,有兄弟,有姐妹,有朋友。要是什么事都自己扛着,那要这么多兄弟姐妹朋友干什么? 不就是因为我们生存的这个世界上相互有个支撑有个依靠吗? 你不把这事告诉我,那在你的心中岂不是没有我这个哥哥了?"

银姬说:"哥,对不起,这事是我的不是。"

正浩说:"好了,崔明哲那小子呢? 惹了那么大的祸还跟没事人似的到处喝酒吗?"

银姬说:"上午还在呢,这会儿不知道跑哪去了。哥,其实他也没喝那么多酒。"

正浩说:"那小子我还不知道? 这事肯定是他在酒桌上应下的。一喝酒,什么事都会胡乱答应,一拍胸脯说,没事儿! 你兄弟我还能不相信吗?"

银姬哧的一声笑了说:"在酒桌上他就爱讲这样的话。"

正浩叹了口气说:"我们朝鲜族的男人哪,都太讲哥们义气了,灌上一壶酒后,尤其是这样。"

16.
日,内,靠山屯。
许应灿家。

许应灿的心情好了许多,吸着旱烟说:"英花,你正浩哥和贞玉姐结婚了,这事你知道吗?"

英花说:"我在延吉市见到他俩了。团里的活儿真的太忙,我那金老师一步也离不开人。我没能来见爸爸妈妈,没捎信回来,是我的不是。我给爸爸妈妈赔罪了。"说着,又深鞠了一躬。

玉顺说:"回来了就好。英花,前些年,贞玉抱回来一个女孩子,你知道这孩子是谁的吗? 那孩子长得特别像你小时候。"

许应灿突然坐直了说:"你妈非说是你的,是你的吗?"

17.

日,内,靠山屯。

许应灿家。

许应灿问英花说:"你说呀,是你的吗?"

英花窘了一下,但马上说:"我们在延吉见面时,贞玉姐说她抱养了一个女孩子,叫斗伊,现在都上小学了。但孩子怎么会是我的呢?爸、妈,我还没结婚呢。"

许应灿说:"你看看,你看看,我就说不是的吧!我的女儿怎么会做出这种丢脸的事呢?哪像你,说什么我事先不就让你……"

玉顺急了,忙抢话说:"老不死的!怎么能在女儿跟前说这种话。"

许应灿说:"什么?你敢骂我老不死的?你活腻味了!你再骂个试试?瞧我不打烂你的屁股!"

18.

日,内,延吉市。

阿里郎饭店。

正浩对银姬说:"陈志宏和海玉要回上海了。明天晚上,我们全家就在你饭店里聚一聚,给陈志宏、海玉送送行。我让英花、俊男都来。这样,我们全家总算又团聚了一次。"

银姬惊喜地说:"英花姐找到了?"

正浩说:"找到了。现在就在州歌舞团呢。"

银姬说:"哥,你可真行。"

正浩说:"这不就是家里老大该做的事吗?明天一早我就去靠山屯把应灿爸爸和玉顺妈妈接过来。"

这时,崔明哲喝得醉醺醺地走了进来。

银姬抱怨说:"明哲,你怎么又喝酒?大白天的喝什么酒啊!"

崔明哲说:"朋友们摆的饭局,请我去我不去那可不礼貌。我是陪领导去的,领导让我帮他喝,我能不喝吗?"

银姬说:"那也不该喝那么多呀!"

崔明哲说:"心里烦,所以我就多喝了两口。"

正浩说:"明哲,我问你,那个卷你钱的家伙叫什么名字?"

崔明哲醉得东倒西歪地说:"叫,叫,张……记不得了。"说着,倒在一把椅子上呼噜起来。

正浩说:"银姬,给我拿碗水来。"

银姬说:"热水?"

正浩说:"凉水。"

银姬说:"哥,你要凉水干什么?"

正浩说:"让他清醒清醒。"

银姬说:"哥,你可不要把他弄感冒了。"

正浩说:"哥的话你没听见吗?"

银姬说:"是。"

19.

日,内,延吉市。

文化馆。

陈志宏的办公室。

赵馆长对陈志宏说:"志宏啊,我们真舍不得你走啊。可你是要回上海,不让你走又似乎有点不太讲情理。"

陈志宏说:"其实我也不想走,我总觉得这儿更需要我。"

有个白发苍苍的老头匆匆进来说:"陈志宏,怎么? 我听说你要回上海?"

陈志宏说:"是。"

老头说:"陈志宏,你不能走啊! 你这一走,对我们延边损失就太大了。别的不说,我卢永吉正在写的一本六十万字的朝鲜族百年历史的书,就指望你能翻译成汉文出版呢。"

陈志宏说:"卢老您写好了,我回上海后,同样可以帮你翻的。"

卢永吉摇着头说："不方便，这样太不方便了。"

20.

日，内，延吉市。

阿里郎饭店。

银姬的小账房里。

正浩端着碗凉水，先是用手指往崔明哲脸上洒了些，但崔明哲还在呼噜，气得正浩把一碗水全泼了崔明哲的脸上。

银姬在一边心疼地说："哥——"

正浩说："你别管，对待这小子就该这样！"

崔明哲这下醒了，说："正浩，你这是干什么呀？"

正浩说："我问你，卷你钱的那家伙叫什么名字？"

崔明哲说："叫张完山。"

正浩说："是延边人吗？"

崔明哲说："他说他是龙井的，他的公司是在龙井注册的。"

正浩说："你去找过没有？"

崔明哲说："我托人去找过，说是找不着。"

正浩说："那你为什么自己不去找？"

崔明哲说："我每天都要上班呀，怎么找？而且我也已经给公安上报了案了。"

正浩说："这种骗钱的事现在太多，公安上别的事都忙不过来。你把这家伙的情况再给我讲讲，就是挖地三尺，我也要把这家伙找出来。像这样的坏人，决不能放过他！"

21.

日，内，延吉市。

文化馆。

陈志宏办公室门前。

陈志宏同赵馆长、卢永吉握手告别。

赵馆长说:"陈志宏,我再讲一句,随时都欢迎你回来。"

卢永吉说:"小陈,我们不会忘记你的。真希望你还能回来。"

陈志宏走了几步突然站住了,然后又回转身,走回办公室,推门看看。

赵馆长说:"陈志宏,你?……"

陈志宏含着泪依依不舍地说:"这间办公室我待了这么些年,我还想再看上一眼。"

22.

晨,内,延吉市。

正浩家。

正浩放下电话,急急地穿上衣服说:"贞玉,我要赶到龙井去,听说那个张完山就在龙井。"

贞玉说:"可斗伊正在发着烧呢。"

正浩说:"你带她上医院去看呀。"

贞玉说:"那厂里的事谁管? 今天还要到歌舞团去取演出服的样式。"

正浩说:"让俊男去取吧。"

贞玉说:"你明天去龙井不行吗?"

正浩说:"不行! 这家伙要是又跑了,我再到哪儿去找?"

23.

日,内,延吉市。

州歌舞团。

某间办公室。

一位工作人员把演出服样式摊在一张大纸上,衣服上面贴着各式花纹的金边银丝。工作人员把纸卷起来,叠好,交给俊男说:"本来我们想做好后再交给你们的,但我们的服装师住院动手术了,这些天出不了院。时间太紧,不能再等了! 你就这样拿去吧,千万拿好,别丢东西了。"

俊男接过服装样式说:"放心吧,丢不了。"

24.

日,内,延吉市。

州歌舞团。

通往排练厅的走廊。

俊男从办公室出来,又摊开纸小心地把服装样子叠了叠,然后夹在胳肢窝里。他是为了不让东西掉下来,但一条金边还是从纸里挂了出来,他也没发现。

俊男低着头在走廊上往楼梯走去,从另一个房间里出来正往排练厅走的英花刚好同他擦肩而过。英花突然愣了一下,再回头看看,俊男已拐进楼道下了楼。

俊男推门出去,大门一闪,把那条挂出来的金边带到了门里的楼道口,风又把它吹进了楼道里面。

25.

日,内,延吉市。

州歌舞团。

排练厅。

英花正在教姜彩英跳舞,英花不时地纠正着姜彩英的动作。

英花说:"彩英,你进步的真快呀! 完全可以领舞了。"

姜彩英说:"那还不是你教得好。"

李珉基走了进来,说:"你们还在练啊。"然后对英花说:"许英花,你有空吗?"

英花说:"导演,有事吗?"

李珉基诚恳地说:"想单独同你聊聊。许英花,请你别拒绝我,行吗?"

姜彩英悄悄走出了排练厅,临走时,给英花递了个眼色,意思是说你就同导演谈谈吧。

26.

日,内,延吉市。

某咖啡厅,此时咖啡厅里顾客稀少。

正浩和陈志宏相对坐在一张小桌旁。

陈志宏说:"正浩,谢谢你今晚做了这样的安排,把全家都聚在一起为我们送行。我现在把你叫出来,请你喝杯咖啡,也有话想和你单独谈谈。"

正浩说:"我很少进咖啡馆,因为我这个人不爱赶这种时髦。"

陈志宏想了想说:"所以我特地请你出来时髦一下。"说着看了正浩一眼,心情显得很沉重,"正浩,我坦率地告诉你,我真的不想回上海。"

正浩说:"陈志宏,你怎么啦?别人因为可以回上海,一个个兴高采烈得跟什么似的,你怎么这么消沉啊?"

陈志宏说:"每个人的情况都不一样。我在这儿有我的事业!可会上海去后,我能干什么?而且我还要告诉你,我回上海,很可能要同海玉办离婚。"

正浩说:"这为什么?"

陈志宏说:"因为上海的政策是,像我这样来延边支边的回去后可以落户,但必须是独身的,结过婚的不行。"

正浩说:"你告诉海玉了没有?"

陈志宏说:"告诉了呀。可海玉说,那就先办离婚呗,等你落上户口后我们再复婚嘛,反正我们得回上海。我真没法理解她,只要能跟我回上海,怎么做都行。我真怀疑她上次去上海后中了什么邪了。"

27.

日,内,延吉市。

州歌舞团的排练厅。

李珉基对英花说:"许英花,今晚我想请你吃个饭。"

英花说:"今晚不行,今晚我有事。"

李珉基不说话，看着英花。

英花忙说："我不是有意推脱，是真的有事。我有个妹妹要同她丈夫一起回上海，我们全家要聚一聚为他们饯行。"

李珉基说："许英花，你为什么要这么封闭自己呢？是什么人伤害你，让你的心灵受到这么重的创伤？"

英花说："没有什么人伤害过我。"

李珉基："不对，我好像觉得你同姜彩英外很少跟人交往，尤其是同男性。"

英花说："导演，我知道你的意思，你也托金老师跟我提起过，但我可以明确地回答你，你别在我身上费心了。"

李珉基说："我就不明白，为什么一提到这种问题你就会变得很尖锐很冷淡？那次是我不对，我的行为伤害了你，我已经向你道歉了。英花，请你别这样，我真的太爱你了，爱得已经无法自拔。我可以坦白地告诉你，我有过一个爱人，相处了六年，但她离我而去。我也曾下过决心，再也不找了。可我一见到你，尤其是在舞蹈中的你，这种爱又在我心中萌动了。我发觉，那时我下的所谓的决心，其实是在自欺欺人。英花，你就这么看不上我吗？"

英花说："不是我看不上你，你是个很有才华的人。我也曾经爱过一个很有才华的男人。"

李珉基说："是不是那个男人伤害了你？"

英花说："他没有伤害过我，我仍然爱他！"

李珉基说："可我从来没见过有什么男人来找过你呀，他在这儿吗？"

英花说："不，不在这里。他待的地方离这儿太远了，可能我这辈子都不会再见到他了。"

李珉基说："为了一个可能这辈子都再也见不到的人，你就这样拒绝所有其他的男人？"

英花说："我也不知道。但我现在不想跟男人交往。"

李珉基说："我有希望吗？"

英花说："导演，我再说一遍，你就别在我身上费心了。你在我身上，寻找不到希望的。"说着,朝李珉基欠了欠身,走出排练厅。

28.

日,内,延吉市。

州歌舞团走廊。

英花独自在走廊上走着,眼里含着一汪伤感的泪。

29.

日,内,延吉市。

咖啡馆。

陈志宏说:"正浩,我实话对你说吧。我人还没走,心已经留在这儿了。回上海对我来说,肯定是困难重重。"

正浩说:"夸大了吧。"

陈志宏说:"可能比我想象的困难还要大。我到上海后第一就是工作不好找。可除了把朝鲜文译成汉语,再把汉语译成朝鲜文外,其他的我一无所长,在上海能有哪个单位会需要我这种人?第二是得租房子住。第三是要是我的户口暂时落不上,我的两个孩子的户口也就落不到,将来他们的入托上学都成问题。可能还会遇到更多意想不到的困难。所以我越想越觉得可怕,越想心情也变得越沉重。真的,我的心里充满了惆怅。"

正浩说:"陈志宏,我说你这个男人怎么这么婆婆妈妈的呀?既然你已经决定了,要回上海,那就别想那么多呀!不是有句老话嘛,船到桥头自会直,车到山前必有路。况且我也说了,不行的话,你把你的双双给我们留下,或者留一个也行。等你们到上海安顿好了再来接。被困难吓倒的男人,就算不得好男人!我就不信,你到上海后就会活不下去。"

陈志宏说:"活当然活得下去。但要活出人生的意义和价值来,就不那么容易了。"

正浩说:"你这话也不是没道理。当然,实在不行的话,你就回来,这里不也是你们的家嘛。但你首先得去活,活一阵子再说!"

30.

夜,内,延吉市。

阿里郎饭店。

二楼,几张桌子拼成了个大台子,大家热热闹闹地坐在一起。许应灿和玉顺坐在中间。

许应灿对海玉说:"海玉,你这个女人不像话。干吗要逼着男人回上海呀!上海就那么好?延边就那么差?人家陈志宏决心扎根延边,就是你这个女人拖后腿!"

海玉说:"爸爸,您说的话当然有道理。但我想回上海也不见得错。人总得开开眼界,到外面的世界去闯荡闯荡。老待在一个地方,人活着也没啥意思嘛。男人是这样,女人不也是这样嘛。"

许应灿说:"你说这些话,倒真是有几分像你们英子妈妈。她那身上还真是有那么一股子劲儿。要是你们英子妈妈活到现在……好了,不说了。喝酒喝酒!"

31.

夜,内,延吉市。

阿里郎饭店。

俊男端着一杯酒来到许应灿跟前。

俊男说:"爸爸,我敬您一杯酒。您不争气的儿子让您操心了。"

许应灿说:"你就是让我操心了。到现在我还是对你不放心呢!正浩,俊男在你这儿怎么样?你这个当哥的要好好管教管教他。"

正浩说:"爸,俊男在我厂里干得不错。前些日子让他到乡里屯里推销服装,带出去的服装全推销出去了。本来他今天又想下去,我说,今晚全家聚会给陈志宏和海玉送行,你也过来喝杯酒吧。"

许应灿说:"那好,既然你表现得好,这杯酒我就喝!要是表现得不好,别说我不喝你这杯酒,我还要赏你一巴掌!"

32.

夜,内,延吉市。

阿里郎饭店。

英花走上二楼。

贞玉拉着斗伊到英花跟前说:"英花,你看看我的女儿长得怎么样?爸爸妈妈都说长得像你。"然后对斗伊说:"斗伊,叫二姨。"

斗伊看看英花喊:"二姨。"

英花强忍着眼泪微笑着说:"真乖。"然后紧紧抱住斗伊,"你看,二姨真粗心,跑来啥也没买,连个见面礼都拿不出手。"说着,眼泪掉了下来。

贞玉说:"这么多孩子,你哪里买得过来呀。来看看,这两个是崔明哲和银姬的女儿,大的叫崔秀妍,小的叫崔彩妍。再看看这对双双,虎头虎脑的,是陈志宏和海玉的孩子,名字都很雅,哥哥叫陈文俊,弟弟叫陈文熙。"

英花激动地将每个孩子都抱了抱。

英花说:"爸爸、妈妈,你们真是子孙满堂了。"

许应灿说:"你什么时候结婚呀? 也生个外孙给你妈妈抱抱。"

英花说:"爸、妈,我现在还不考虑。"

玉顺说:"年龄也不小了,还不考虑?"

贞玉说:"妈,英花妹妹是跳舞的,一结婚,生了孩子身材就跳不成舞了。"

许应灿说:"那为了跳舞,也不能一辈子不结婚呀。"

正浩说:"人都到齐了,快都就座吧。"

33.

夜,内,延吉市。

阿里郎饭店。

正浩和陈志宏两人在银姬的小账房里。

陈志宏说:"正浩,咱们俩可是挑担,也是兄弟。你一定要讲实话,你们两个到底为什么到现在还不要孩子?"

正浩说："贞玉不能生。"

陈志宏说："什么原因？"

正浩说："好像她小时候得过一场病。医生说卵巢发育不全，排卵也有问题。就目前来说，这辈子不可能再生育了。唉，此生一大遗憾呀。贞玉刚开始接受不了，闹着要跟我离婚，让我再找一个。我说，找个生孩子的女人容易，但找个真正的爱人难。这个婚不能离！"

陈志宏说："正浩，我的双双过继给你一个吧。"

正浩说："海玉同意吗？"

陈志宏说："贞玉和海玉是亲姐妹，姐姐不会生育，当妹妹的，我想会愿意的。"

正浩说："你这是真心话？"

陈志宏说："当然是真心话！"

正浩说："那太好了，我们有了个女儿，现在要是再有个儿子，那就是儿女双全了，我这辈子活得不要太踏实哦！谢谢你，志宏妹夫。"

陈志宏说："等我跟海玉商量后，会给你个准信的。"他压低了声音，"还有正浩，其实我叫你进来是想告诉你件事。今天我收到我妈的一封信。她说，让我和海玉办完离婚手续，一个人回上海去。等我办完落户手续后再说其他事。这封信，我没给海玉看。……"

银姬推开门说："哥，你俩躲在这儿干什么呀？快上去！"

34.

夜，内，延吉市。

阿里郎饭店。许应灿对崔明哲喊："明哲，你过来。"

崔明哲立即走到许应灿跟前，鞠了一躬说："爸爸，您好。"

许应灿狠狠地在崔明哲脑袋上敲了一下说："你这家伙！"

崔明哲说："爸爸，您这是干吗？"

许应灿说："你就是欠揍！人家说，酒杯一端，政策放宽。你端酒杯，政策就能宽到把自家的钱往人家兜里装，啊？"

崔明哲说:"爸爸,这也不能全怪我呀。"

许应灿说:"嘿,你这小子!不怪你怪谁?难道还能怪到银姬身上?"

崔明哲说:"得怪那个张经理的心眼太坏!要是遇到个好人,哪会有这样的事呀!"

许应灿说:"你少往别人身上扯!要天底下都是好人还要公安局干什么?唉,说起来也真是奇怪了,你和正浩都从一个部队培训出来的,你怎么会是这么个熊样?你看看我们家正浩,这个家全是他在撑着呢!"

正浩上楼来说:"爸,你别再怪明哲了。那个张经理我已经摸着他的道了,他跑不了的。总有一天我会逮着他的,除非他从这个地球上消失了。"

许应灿对崔明哲说:"听到没有,听到没有?这才是个男人样!"

第十七集

1.

夜，内，延吉市。

阿里郎饭店。

大家热热闹闹地喝着酒。

许应灿高兴地喝得有点多了，兴致也越来越浓。

许应灿说："海玉，助助兴！唱个歌，你不是得了个全国……什么奖？"

海玉说："全国优秀歌手奖。"

陈志宏说："唱一个吧，就唱那个《道拉吉》。"

许应灿说："快唱快唱！你到了上海后，我们可就再也听不你的歌声了。"说着，却伤感起来，眼泪在眼睛里转了转。

玉顺注意到了，捅了捅他说："老头子，眼圈儿红啦。"

许应灿眼一瞪，说："臭女人，要你管！"

海玉站在桌边唱着《道拉吉》，大家一起鼓着掌。

正浩说:"英花,跳一个!"

英花说:"好!"站起身和着音乐节拍开始跳。

斗伊对贞玉说:"妈,我想跟二姨一起跳。"

贞玉说:"快去。"

斗伊欢快地奔到英花身边,跟着她一起跳。两人的长相动作都像极了。

玉顺看着着了迷,想起了什么,眼里也渗出了泪花。

正浩和贞玉看着,满脸的沉思状。

2.

夜,内,延吉市。

阿里郎饭店。

筵席散了。

陈志宏对正浩说:"正浩,刚才我已经跟海玉说了,海玉举双手赞成!就把文熙过继给你们吧。"

站在边上的海玉点点头。

正浩立即把贞玉拉到身边说:"贞玉,志宏和海玉商量好了,要把文熙过继给我们当儿子。"

贞玉对海玉说:"海玉,真的?"

海玉说:"姐,你的事志宏给我讲了。我当然赞同志宏的想法。志宏说,找个别人的,还不如找个跟自己亲的。"然后贴着贞玉的耳朵讲,"按政策,我们还可以再生一胎的呀。"

他们走下楼,正浩拥抱陈志宏说:"志宏,去上海后,怎么也得顶住活下去,要活得像个男人!但我也说了,实在不行,就赶快回来,不要弄得太狼狈了再灰溜溜地回来。大丈夫,能屈能伸,活出点男人的味道来!"

陈志宏说:"我知道了。"

正浩说:"贞玉,回家再备上一些菜和酒。"

贞玉说:"怎么,还要喝?"

正浩说:"没过瘾!今天我要跟志宏喝个痛快。"

崔明哲听到了,说:"让我也陪陪志宏嘛。"

正浩说:"哪里有酒就往哪凑! 酒是你的命啊?"

陈志宏说:"让他来吧。咱们兄弟仨今晚要喝个痛快!"

3.

日,内,延吉市。

尹文河李银姬家,在一间昏暗的平房里。

尹文河躺在床上哼哼,说:"你去吧,再碰碰运气。说不定银姬发慈悲,又能再给上一点。"

李银姬说:"我不去了。"

尹文河说:"去试试,不肯给再说嘛。"

李银姬说:"上次银姬的老公说他们的饭店都快要倒了,我们还怎么好意思再去问人家要钱呢?"

尹文河说:"那咱们吃什么呀?"

李银姬说:"我去要饭去! 我看路上桥下那些要饭的,一天下来也能整不少钱呢。糊个口总能行。"

尹文河说:"你不怕丢脸,我还怕呢!"

李银姬说:"都穷成这份了,还怕什么丢脸呀!"

尹文河说:"不行,你去要饭我就一头撞死在这儿。"

李银姬说:"你说得轻巧,你倒是撞撞看呀? 连翻个身都要我帮忙,你哪有那个力气去撞脑袋。"

尹文河说:"那就饿死,反正不许你去要饭。"

李银姬说:"我才不想就这么跟你一起饿死呢!"

外面银姬的声音在喊:"老板娘——你在吗?"

李银姬打开门,银姬走进尹文河家。

李银姬说:"银姬姑娘,你来啦?"

银姬说:"大叔,您好点没有?"

尹文河沮丧地说:"我这病就这么拖着,我真想早点死,可就是不死!"

银姬说："大叔您千万别这么说。慢慢治，会好的。"

李银姬说："银姬姑娘，你有事吗？"

银姬说："我以为这两天大婶会到我那儿取钱去呢。可……我这就给您拿来了。"

李银姬说："银姬姑娘，这钱我们不能要了。你们自己都落下这么大的亏空，我的脸皮再厚，也不能再拿你的钱了！你们该给我们的钱早就给完了。"

银姬说："大婶，想当初我孤苦伶仃一个人跑到延吉市来，在最苦最难的时候是你们收留了我，给了我了一碗饭吃，我才在延吉站住了脚。大叔发现我的大酱比你们店里原来的味道要好，立马就改用我的大酱来熬酱汤，这才有了我今天的发展。再说我现在的这个饭店，原本就是你们打下的根基，我怎么能忘本呢？现在我们虽然有些困难，遭下了亏空，可再难，饭店每天总还是有收入的……收下吧，只要我还有口饭吃，总不能让你们饿着。做人本来就该有恩必报，世上人人都能这样才好。这些钱你们就收下吧。"银姬把钱搁到小桌上，"大婶，只要我的饭店没关门，每个月您还是上我那儿去拿吧。"

李银姬感动地噗的一声跪下说："银姬姑娘，谢谢，谢谢你。"

银姬赶紧扶起李银姬说："大婶，您别这样我受不起。做人积德总比损人的好。"

4.

日，内，龙井市。

龙井某饭店。

张完山正和两个女人在饭店里的一间小雅座里喝酒取乐。

正浩推门站在了门口。

正浩笑容可掬一副有求于人的样子，说："请问，你们哪一位是张完山经理？"

张完山一看觉得这人准是找他办什么事，于是蛮横地说："你这个人怎么这么不懂礼貌呀？连个门都不敲！我就是，你有什么事吗？"

正浩又问了一句："您就是张完山经理吗？"

张完山说："对！我就是，找我什么事？"

正浩顿时板下脸，冲上去一把揪住张完山的衣领说："我找的就是你！"

张完山慌了，说："你……你要干什么？"

正浩对那两个女人说："你们出去！"

两个女人一看势头不对，赶忙跑了出去。

张完山说："你是谁？"

正浩说："我叫金正浩，是阿里郎饭店老板金银姬的哥哥。崔明哲是我的妹夫，知道了吧？"

张完山说："你怎么找到我的？"

正浩说："我找你找了快两个月了！俗话说，逃得了初一逃不过十五，只要你活在这世上，总有能找着你的一天。把钱老老实实给我还出来！"

张完山一副早见过这阵势的嘴脸，冷笑一声说："钱我花了，没了。老实告诉你，要钱没有，烂命一条，想要拿走。"

正浩说："要赖是不是？那好，现在世上不有那么一句话，叫人怕不要脸的，但不要脸的怕不要命的。"说着，正浩狠狠地给了张完山一拳，"你不是说烂命一条吗？好，今天我就要了你的命！"

张完山被一拳打在了墙角上，说："你打死我，你也别想活！"

正浩说："刚才我已经说了，不要脸的怕不要命的。我今天就要打死你这个不要脸的，我这条命也就豁出去了。给社会上铲掉一条蛀虫，我这命豁出去也值了。"正浩把他拖起来又是一拳，张完山撞在了桌子上，地上一片狼藉。

正浩走过去，拎起张完山又是一拳，张完山看正浩没一点收手的架势，真的被吓着了，赶紧跪下磕头说："大哥，大哥，我还钱，我一定还钱！"

5.

日，内，延吉市。

州歌舞团。

一间办公室里。

桌子上堆着一大堆叠得好好的服装,其中有一套摊开在桌子上。

贞玉、英花、李珉基,已出院的服装师金顺姬、副团长梁基铉围着桌子站着。

金顺姬生气地说:"这条金边是前两天搞卫生大扫除的时候,保洁员从楼梯后面的通道里拣出来的。这肯定是你们厂来拿服装样子时掉的。而且这短袄的贴边,你们也改掉了,没有按我要求的设计做。所以我的意见是这批服装全部重做! 损失当然是你们服装厂来负责!"

梁团长补充说:"根据合同,你们还得赔偿我们的损失。"

贞玉说:"短袄的这个边是我改的,因为原先的那个太亮了点,穿上后腰就显得大了,不好看。这条金边也是,镶在裙子边上反而不好看,现在这样,我觉得很好。"

金顺姬说:"你是服装师还是我是? 做错了就承认,还找什么理由呀! 重做!"

贞玉力争说:"做好后,许英花穿过,真的比原来的要好。"

许英花在边上说:"顺姬姐,我穿过了,真的很好。"

李珉基说:"让演员们都穿上试试,如果效果可以,就不要再让人家重做了。"

金顺姬说:"到底是一家人呀,全都一个鼻孔出气。英花,我知道你跟这家服装厂是什么关系,我告诉你,私人关系是私人关系,工作是工作,别在里面瞎搅和!"

李珉基说:"你的话当然不错,但试一下效果,也不是不可以呀。"

金顺姬冷笑一声说:"导演,我知道你在追求英花。虽然你李导演在我们团里是个举足轻重的人物,但你可不能以公徇私! 反正我的意见是这批服装全部重做! 梁团长,你看着办吧!"

梁团长对贞玉说:"合同上你们厂的法人代表是金正浩,是你们厂长吧? 那就请你们的厂长来谈。"

6.

日，内，延吉市。

阿里郎饭店。

银姬的小账房里坐着正浩、银姬和崔明哲。

金正浩把一张支票递给银姬说："我去银行查过，这笔钱还在，你们赶快去取回来。"

银姬感动地说："哥，谢谢你。"

正浩对崔明哲说："男人讲义气是没错，但也要看对方是谁，你跟无赖去讲义气，人家不骗你骗谁？你这家伙再喝酒误事，当心我把你脑袋给拧了。"

崔明哲说："你拧了我的脑袋，你妹妹就成寡妇了。"

银姬说："我可以再找一个。"

崔明哲说："那两个孩子呢？亲爸爸就只能有一个吧！再说了，你上哪儿去找我这么一个对你忠心耿耿的人呀！"

贞玉匆匆推开门，看到正浩说："正浩，我到处在找你！"

正浩说："出什么事了？脸色这么难看。"

贞玉快要哭出来了，说："你快去吧，如果歌舞团一定要重做那批服装的话，那我们可就要破产了！"

正浩说："到底是什么事？"

贞玉说："就是州歌舞团那批服装，说没有完全按他们的设计去做，按合同要我们全部重做，还要我们赔偿损失！"

7.

日，内，延吉市。

浩玉服装厂。

正浩走进办公室。

一直在焦急等待着的贞玉迎上去问："这么快就去过歌舞团了？"

正浩说："去过了。"

贞玉说："怎么样了？你没同他们理论理论吗？"

正浩铁青着脸说:"还理论什么? 全是我们的错,理在人家那一方!"

贞玉说:"那怎么办? 那些服装的面料全是韩国进口的,很贵的。"

正浩说:"我要到外贸公司去一趟。"

贞玉说:"干什么?"

正浩说:"去找郑雪梅。"

贞玉说:"找她干什么?"

正浩说:"你说干什么? 当然是让她帮我们想办法,从韩国进做这些服装的面料呀!"

贞玉说:"正浩,你等一等听我说嘛。我觉得我们做的这些服装要比他们原先设计的要好! 穿上后更漂亮! 其实我给她们改了几个地方,他们都没有看出来。而且他们的导演李珉基也是这么感觉的。我们再跟他们商量商量好不好?"

正浩说:"这话你还好意思说! 真是乡下女人的见识! 你自己设计的服装自己做了卖可以,你爱怎么改就怎么改去! 可人家是演出服,人家有自己的服装设计师,要你逞什么能啊!"

贞玉不服地说:"我改动后的服装,就是比他们原先要漂亮! 不信你可以去问英花去!"

正浩说:"英花再说好也没用! 因为英花是我们的妹妹!"

贞玉说:"可人家导演也说好。"

正浩说:"贞玉,你脑子少根筋啊? 为这事人家团里的服装设计师把话说得够难听了! 人家团里的领导说,立即重做! 而且必须在一个星期里交货,不然的话,按合同罚款。人家马上就要有重大的演出活动的!"

贞玉急得哭了,说:"这批服装本来成本就高,再重做的话,我们以前赚的钱不全赔光了。"

正浩生气地说:"这都是你自作聪明闯下的祸! 你这个女人呐。"

贞玉也恼了,说:"你嫌弃我了是不是? 又不会生孩子,又闯下了这么大的祸。你嫌弃我就离婚好了呀! 你去找郑雪梅去呀! 你快去找呀!"

正浩说:"我就去找! 我现在就去找!"说完,气恼地摔门而去。

贞玉一下子坐在地板上哭起来。

8.

日，外，上海。

上海火车站。

陈志宏扛着行李拎着旅行包下了火车，牵着文俊的海玉跟着走下火车。

来火车站接他们的只有陈志宏母亲一人。她一看一个女人领着孩子跟陈志宏下了火车，脸色就很不好看。

陈志宏忙拉着海玉对陈母说："海玉，这是妈妈。"

海玉忙鞠躬说："妈妈，您好。"然后把文俊拉了过来说："文俊，叫奶奶。"

文俊稚声说："奶奶。"

陈母也没有去抱，只是点着头敷衍着说："好，好，真乖。"接着把陈志宏拉到一边低声说："不是让你一个人先回来的吗？"

陈志宏说："妈，只让我一个人回来我就不回了！"

陈志宏扛着行李往车站外走，海玉问陈志宏说："妈怎么啦？好像不欢迎我？"

陈志宏说："回去再说吧。"

海玉说："不欢迎我，我也要来！上海又不是你们家的上海！"

陈志宏问陈母说："姆妈，阿爸怎么没来？"

陈母叹了口气大声地说："前两天你阿爸中风了，瘫在床上不能动了。"然后看了海玉一眼，意思是你跟来凑什么热闹。

海玉似乎没听懂陈母的言外之意，只顾在一旁逗着文俊说："文俊，我们回到上海了，回到爸爸的家乡了，我们文俊也要做上海人了！"

陈母气得脸都白了。

9.

日，内，延吉市。

延吉市外贸公司。

副总经理办公室。

郑雪梅推门走进办公室说:"高总,你找我?"

高峻皓高兴地招着手说:"郑雪梅,快进来坐。"

现在的高峻皓比当演出队队长时要显得成熟些了,不过,看女人的眼睛还是有些色眯眯的。

高峻皓离开座位,给郑雪梅倒了一杯水说:"郑雪梅,我要祝贺你呀。"

郑雪梅笑着接过茶杯说:"谢谢高总,你祝贺我什么呀?"

高峻皓说:"已经决定提你当公司营销科的科长,不该祝贺你吗?任命明天就宣布。"

郑雪梅高兴地说:"那就谢谢公司领导的关照。"然后用关切的语气问高峻皓,"高总,你爱人的病好点了没?上次我托人从上海带来的药还管用吗?"

高峻皓说:"药是好药,但也只能缓解一下而已。"说着叹了口气。

郑雪梅说:"要不要我再帮忙去买一些药来?"

高峻皓摇了摇手说:"现在她就是待在医院里熬日子,算了,就这样吧。你们营销科是归到我这儿管的,你可要好好干,多请示汇报啊。"

郑雪梅说:"我会的。"

楼下有人喊:"郑雪梅,有人找你!"

10.

日,外,延吉市。

外贸公司办公大楼。

郑雪梅走出大楼,看到正浩正在门口等她。

郑雪梅一看是正浩就激动起来,喊:"正浩,是你啊!无事不登三宝殿,你找我肯定有事!你呀,没事从来不想到我,正浩,不是我说你,你这个人太薄情了!"

正浩说:"郑雪梅,平时大家不都忙嘛。"

郑雪梅说:"忙,忙得连打电话的工夫都没有?找我什么事?说吧,只要我能做的，我都会尽力而为的。我可不会像你这么薄情。"

正浩说："你这么一说，我倒不好意思求你了。"

郑雪梅说："正浩，我说了，我身上流着你的血呢！只要是你开口，我都会帮你去做的，说吧。"

11.

日，内，上海。

陈母家。

陈母把陈志宏拉进一间卧室里，把门关上，气狠狠地说："志宏，我不是让你一个人回来的吗？"

陈志宏说："姆妈，为了回上海落户，让我跟老婆离婚，再把孩子丢在一边，这么不负责任的事情，我做不到！"

陈母气恼地说："我要你一个人回来，就可以跟我和你阿爸住一个屋，只要打个地铺就可以了。可你看看，你把一家子都搬回来，怎么住呀？"

陈志宏说："姆妈，我本来是不想回来的，可是你非要我回来。还威胁我要到延边来接我回来。"

陈母说："你是从上海出去的呀，能回上海为什么不回上海？人家削尖了脑袋想挤进上海来都办不到！而且我都打听过了，到延边支边的上海知青，大都回来了。想要回上海落户，当然是要做出点牺牲的喽。"

陈志宏说："姆妈，牺牲老婆孩子，我可牺牲不起。"

陈母说："那你准备怎么办？客厅里打个地铺睡一两个晚上可以，长久下去可不行。"

陈志宏说："我们明天就去找房子，先租个房子住，住下来再讲。"

陈母说："去延边时，你犟头犟脑一定要去，怎么劝都不听！现在回来了，还是什么都不肯听我的，你就等着吃苦吧！"

12.

日，内，延吉市。

州歌舞团。

一间有里外间的空房间里。

正浩对英花说:"英花,你把这两件衣服都穿一下,让我看看行吗?"

英花说:"好。"

英花到里面换了衣服出来,先穿着样服走了一圈,再穿着贞玉改过的服装走了出来。

英花说:"哥,我觉得还是嫂子改过的穿着感觉比较好。"

正浩点点头,说:"我也这么觉得。"

英花说:"那要不我们再去说说?"

正浩说:"不用说了,不管你嫂子衣服改好了还是改坏了,我们不占理。还是要按人家的要求办,全部拿回去重做。"

英花:"那你们不是亏大了! 我觉得顺姬姐是有点嫉妒嫂子改过的样式比她的要好,所以存心刁难你们。"

正浩说:"不管是不是刁难,损失再大我们也得重做。没有经过人家的同意就擅自改人家的东西,本身就是对人家的不尊重。合同定下就是定了规矩,在这个市场上,不按规矩办事就得吃苦头。唉,花钱买教训吧。"

13.

日,内,浩玉服装厂。

正浩把那一大捆服装背回到办公室。

俊男匆匆地走进来,俊男说:"哥,我带出去的那些服装又在屯子里卖掉了,钱我都交给财务上了。"

正浩说:"俊男,你做得越来越好了,为厂里出了大力了。"

俊男看看那些演出服装,感觉到了什么,说:"哥,我是不是又闯祸了?"

许应灿突然闯了进来,骂道:"你当然又闯祸了! 你这小子,看我不打死你!"

说着拿着烟杆就往俊男头上身上敲,正浩赶紧上前拦住许应灿抢过下烟杆说:"爸,您先坐,有话好好说。"

正浩扶着许应灿坐下,贞玉给许应灿端了杯茶。俊男垂头丧气地站在那里。

正浩对许应灿说:"爸,你怎么来了?"

许应灿说:"我上英花那儿走了一趟,原本想看看她在歌舞团都干些啥,没承想就听说这浑小子又在这里闯祸了。"说着指着俊男的鼻子,"你个不争气的东西,闯了什么祸,你自己说!"

俊男嗫嚅着嘴,连他自己也搞不清楚到底发生了什么事。

贞玉说:"其实,是俊男去拿歌舞团设计的样式时,丢了一条金边。就因为少了条金边,我老觉得这服装好像少了点什么,所以就自说自话做了些改动。要是那金边还在的话,我也就照着人家的样子做了,也就没那些事了。"

许应灿气又上来了,脱下鞋子又往俊男的头上和屁股上乱打一通说:"我打死你个没出息的东西! 我打死你,打死你!"

正浩忙上去把许应灿手上的鞋子夺了下来说:"爸,您别打了! 俊男在厂里表现很不错的,帮厂里推销服装推销得很好。"

许应灿说:"就像贞玉说的,英花也说,他干下的事,让厂里损失了很大一笔钱。正浩,你别再为他说好话了,我把这没出息的东西带回去吧,还是让他好好在屯子里下农田干农活来得踏实。"

俊男说:"爸,我不想回去!"

许应灿一扬手还要打,说:"闭上你个死嘴,这边没你说话的份儿!"

正浩说:"爸,按理说呢,回屯子里下农田干农活也没错。可俊男现在在厂里跑销售,也跑出经验来了,而且下面乡里屯子里的销售点他都熟了,找个新手,又得重新熟悉。再说了,找个可靠的人也不那么容易。让俊男跟着您回屯子多可惜呀。"

许应灿说:"我一直就怕他在这里给你添麻烦,增加你的负担。我知道,你这个当大哥的担着多大的担子,你又是个厂长,管着几十号人,多不容易啊!"

正浩说:"爸,您千万别这么说。其实大家也都是各忙各的,我也没什么担子。不管当大哥还是当厂长,所做的都只是我应尽的责任。"

俊男说:"哥,你还是让我留在厂里吧!以后我干事小心点就是了。"

许应灿说:"小心点?一捅就是个大娄子,谁还敢派你干事!"

正浩说:"爸,也不能这么说,谁能保证自己办事情从来不出纰漏呢?俊男要真是跟你走了,厂里还有这么多积压的服装,让谁去推销呢!爸,您听我一次,您也打过俊男了,这事儿就算完了吧。您老别再生气了。"

俊男哭了,说:"爸,您以后别再动不动就打我了,我都这么大了,还老挨打老挨骂,我还怎么见人啊?"

正浩说:"爸,俊男说得也是啊。像俊男这年纪,早该结婚当爸了,您以后也给他留点面子吧。"

许应灿似乎也消些气了,指着俊男说:"就你这没出息的样儿,打你到老都不为过!唉,我许应灿前生做了什么孽,怎么会生下这么个儿子来!"

正浩说:"爸,他会慢慢有出息的。"

许应灿说:"老天保佑,真能让我看到这一天。"

14.

夜,内,延吉市。

正浩家。

贞玉已哄两个孩子睡着了。

正浩回到家,贞玉说:"爸送走了?"

正浩说:"嗯,刚好有回屯子里的车,爸搭了个便车走了。"

贞玉说:"正浩,请你原谅我好吗?今天我不该跟你发脾气,我知道我错了。"

正浩趴到床上,亲了亲睡熟了的文熙,说:"这孩子真的太可爱了,现在是我儿子了,哈哈,是我金正浩的儿子了!"

贞玉:"正浩,我跟你说话呢,你没听见吗?"

正浩说:"我不也跟你发火了吗,你道什么歉呢?贞玉,咱们现在得适应这个社会,适应这个市场经济。订了合同,咱们就得按合同办。人家把衣服样式交给你,你就得老老实实按人家的样式做。人家设计的样式再难看,你也不能随便改。这可不像咱们在屯子里，姐妹们说说笑笑衣服咋整都行，只要好看就成。如今是合同订在那儿了，你就得照它定的条款去做，这本身就是件很严肃的事。只有严格的按合同办事，客户才会满意，我们才有了信誉。信誉放在那儿了，人家才放心给你做，才能有更多的生意。可你要不按章程做，别人不信任你，那你的信誉就没了，那不什么都完了?"

贞玉说:"我知道了。那面料的事? ……"

正浩说:"明天我就跟郑雪梅去趟图们江,到口岸上去看看。这次,谁也别怨,咱们是花钱买教训,也值啊!"他亲了亲文熙说,"哈,儿子,不知道你兄弟文俊怎么样了? 陈志宏和海玉应该已经到上海了吧。"

15.
夜,内,上海。
陈母家。
狭小的客厅里铺着一张地铺,海玉已拍着文俊睡着了。陈志宏从陈母的卧室里出来,脱下衣服准备睡觉。

海玉轻声地问陈志宏说:"你跟妈在谈什么? 谈了那么长时间。"

陈志宏说:"一些家里的事。海玉,我们明天就去找房子吧。"

海玉说:"好! 志宏,你不怨我吧?"

陈志宏说:"我干吗要怨你?"

海玉说:"是我硬逼你来上海的。"

陈志宏说:"既来之则安之。"他坐在床边沉思着,"来都来了,再难也总得活下去! 临走的前一天晚上,正浩就是这么跟我说的。"

海玉说:"做个男人不就该这样嘛! 我正浩哥就是这样的男人。"

陈志宏说:"我不是?"

海玉一笑说:"刚才你不是说了吗? 再难也得活下去! 这就是一个男人该说的话。谢谢你,志宏,因为你刚才说了这样的话了。"

陈志宏熄了灯躺下,海玉一下子抱住陈志宏,在他的脸上热热地亲了一下。

16.

夜,内,图们市。

某宾馆。

郑雪梅和正浩走在客房走廊上。

郑雪梅说:"啊,终于跑完了,手续也办妥了,明天一早把货提上就万事大吉了!"

正浩说:"真是辛苦你了,陪我跑了一天。"

郑雪梅在她的房间门口停下脚步,说:"怎么样,肯不肯赏光到我房里喝杯酒?"

17.

夜,内,图们江某宾馆。

郑雪梅的房间。

郑雪梅打开几包熟菜说:"正浩,今天我高兴,办事办得挺顺的,喝白酒吧。"

正浩说:"我只喝白酒,其他酒我从来不喝,因为没劲。"

18.

夜,内,图们江某宾馆。

郑雪梅住的房间。

郑雪梅酒量也好,一杯接着一杯地跟正浩碰着喝,两人都有几分醉。

郑雪梅说:"正浩,你跟我讲实话,你和贞玉结合后幸福不幸福?"

正浩说:"怎么不幸福?我俩情投意合的。当然,任何婚姻都不是十全十美的,因为世上不可能存在十全十美的事情。"

郑雪梅说:"就是说,你们的婚姻还有点缺陷?"

正浩说:"当然有些遗憾的地方。"

郑雪梅说:"是什么,能告诉我吗?"

正浩说:"我不会告诉你的。因为这是我和她之间的私事,与别人没有任何关系。"

郑雪梅说："那她存在的缺陷，我是不是可以弥补？"

正浩说："我和她夫妻之间的事，你怎么弥补？"

郑雪梅说："你不知道我一直爱着你吗？"

正浩说："那也没法弥补。"

郑雪梅突然把一杯酒一口喝完，说："可我知道我该怎么弥补。"说着冲上去，一把抱住正浩，狂吻起正浩来。趁着酒性的正浩也吻着郑雪梅，但正浩突然感觉到什么，一下把郑雪梅推开了。

郑雪梅被推开后，先是愣了一下，但突然喊："正浩，你是个混蛋！"

正浩酒醒了，抹了一下嘴说："郑雪梅，你说对了，我是个混蛋！"

郑雪梅气恼地哭了，说："你这个没良心的东西！"

正浩说："郑雪梅，人活在这世上，不能只顾奔着一时的感情和感觉走。人类社会总还有个道德底线，越过了这个底线就不好了，我金正浩就是这么认为的。我回我的房间去了。明天早上你要还愿意陪我一起去提货，我就很感谢你，如果你不愿意的话，你把手续给我，我自己去。总之，我非常感谢你的帮助。"

郑雪梅看着正浩，慢慢地冷静下来了，说："还是我陪你去吧，他们不认识你。"

正浩说："雪梅，我们还是很好的朋友，我们都有一个我们一辈子都不会忘记的英子妈妈。以后不要再这样，我们不该做出连英子妈妈都会反感的事。"

郑雪梅也觉得自己的感情过于冲动了，含着泪点点头。

19.

夜，内，延吉市。

正浩家。

正浩回到家里，贞玉已经拍着孩子睡下了。

贞玉说："回来啦。"

正浩说:"面料拉回来了,明天赶紧给人家做吧。"正浩看着贞玉,心中有一种愧疚感,于是走到贞玉跟前,抱住了贞玉想要亲她。

贞玉轻轻地把正浩推开,说:"正浩,你身上有股女人的味道。"

正浩说:"我知道你的意思,你觉得我身上有郑雪梅的味道是不是?"

贞玉说:"是。"

正浩想了想说:"好吧,那我就坦白告诉你,我身上就是有股她的味道。"

贞玉像是被烫了一下似的说:"你,真的跟她好上啦?"

正浩说:"贞玉,昨天晚上我和她一起喝酒了,我们还接了吻。但我可以坦诚地告诉你,我把她推开了。我跟她说,人活在这世上,不能光凭着一时感情冲动跟着那种感觉走,我们都有个道德底线,越过了这个底线就不好了。然后我就离开了房间。事情就是这样,信不信由你,该怎么办,也由你。为这事,我一直懊悔到现在。"

贞玉呼地站起来哭着喊:"金正浩,你这个笨蛋! 为什么要告诉我这个?为什么!"

正浩说:"我必须要告诉你,我不想对你隐瞒任何事情。"

贞玉歇斯底里喊:"可我受不了,我受不了!"

文熙被吵醒了,哇的一声哭了起来。

贞玉转身就往屋外奔,正浩想去抱孩子,又想去拉贞玉,贞玉一下子挣脱了,冲了出去。

正浩赶紧抱起哇哇大哭的文熙,狼狈不堪地哄着孩子。他越想越恼火,狠狠地抽了自己两个嘴巴。

文熙哭得更狠了。

20.

深夜,内,延吉市。

正浩家。

正浩把再次进入梦乡的文熙轻轻地放到床上,看了一会儿,轻手轻脚地走出卧室。

客厅里没有贞玉的踪影，正浩轻轻叹了口气，打开门走出屋子。

21.

深夜，外，延吉市。

正浩家门口。

正浩站在门外轻声地呼唤："贞玉，贞玉——我知道你在这儿，贞玉，贞……"

一个人影突然从夜色中闪了出来，从背后抱住正浩。还没等正浩反应过来，贞玉又松开手，雨点般的拳头打在正浩的身上。

正浩转过身紧紧抱住贞玉说："贞玉，我发誓，以后再也不会发生这种事了。"

贞玉流着泪抱住正浩说："正浩，正浩，我不能离开你，离开你，我就会死的……"

正浩抚摸着贞玉的背，眼里也渗出了泪花。

22.

日，内，上海市。

陈志宏和海玉领着文俊搬进一条弄堂里的一栋石库门房里。这栋石库门显得很陈旧，他们租的那间房前有一个天井。他们往里搬时，已住在里面的两户人家都有人跑出来看。一个叫玉林哥，长得清瘦，三十左右，但性格却比较粗暴。另一个叫阿青嫂，有些富态，为人热情。

陈志宏在往屋子里搬东西，玉林哥和阿青嫂都来帮忙。

玉林一面搬东西一面说："陈志宏，我告诉你，到上海你就要懂得上海人的规矩。你要是什么地方不晓得，我可以告诉你。"

陈志宏说："我也是上海人。我在上海出生时，你大概还没有出生呢。"

玉林说："你看，你这话就不懂经了！你们这些插兄虽说出生在上海，但在外面混了这么多年，上海人的味道全没有了，可以说起码有一半没有了。"

阿青嫂说："好唻，好唻，玉林哥。对上海出去的这些插兄我是充满同情的。陈志宏,回上海来就好! 玉林哥这个人有点吹毛求疵,什么上海人的规矩,上海人也是人,哪有什么特别的规矩啦!"

玉林不悦地说:"阿青嫂,话怎么能这么说呢! 上海人当然有上海人的规矩喽,要不哪能叫上海人呢?"

阿青嫂说:"好唻好唻,现在是邻居们相互多多关照就可以了。"

海玉一鞠躬说:"那就请多多关照了。"

23.

夜,内,延吉市。

正浩家。

贞玉对正浩说:"今天下午,董强来拿货,我叫他把那批报废的衣服拿走了,能卖多少是多少吧,放到他店里处理掉还能收回点款子。"

正浩说:"不,贞玉,这批衣服不忙处理! 明天一早赶快去拿回来。"

贞玉说:"干吗? 损失那么大,能挽回来点是一点嘛。"

正浩说:"贞玉,我实话告诉你吧,你做的这批衣服,我让英花穿给我看过,我的感觉跟你跟英花是一样的,你改动过的是比他们团里的那位服装设计师设计的那套服装效果要好。"

贞玉眼睛一亮,说:"真的? 你真的这么觉着?"

正浩说:"效果好是好,可合同就是合同,人家不认可结果还是一样的。"

贞玉说:"那你不等于白说嘛。"

正浩说:"可是他们团长不认可,服装设计师不认可,并不等于这批服装就这么报废了,更不能就这么轻易地处理掉。"

贞玉说:"那还能怎么办?"

正浩说:"交给我吧。我要让这批服装发挥出它们特有的作用!"

贞玉说:"啥作用?"

24.

夜,内,上海市。

陈志宏和海玉住的房间,是一间大约八九平方米的小屋。

海玉端了一盆洗脚水放在陈志宏的脚下。

海玉说:"明天,你不陪我到你弟弟那儿去了?"

陈志宏脱鞋洗脚说:"海玉,你知道我弟弟为什么不到车站来接我吗?"

海玉说:"因为那时候你打了他一拳?"

陈志宏摇摇头说:"我告诉你,在延边咱们朝鲜族里,当哥的永远是当哥的。可在上海就不全是这样了,你要有钱他要没钱,那你永远是他哥。但你要没钱他要有钱,他就不一定把你当哥看,有时甚至连孙子都不如。我不想去看他的脸色,我弟弟陈志超那副德行,你又不是没领教过。"

海玉说:"你暂时没工作,得慢慢找。但我得先有份工作做呀! 这总比没有工作好,而且这份工作又是现存的。"

陈志宏说:"那是好几年前的事了,现在这年头,皇历一天一个样。你明天先去他那儿看看,行就做,不行就回来,千万别求他,你现在是他嫂子。"

海玉说:"这我知道,可不管咋说,我是要在人家手下混饭吃的,总不能横着跟人家说话吧。他毕竟是你弟弟,现在我虽然是他嫂子,但求人家时,总不能也摆出一副做嫂子的架子吧?"

陈志宏说:"但人不能低下高贵的头!"

海玉说:"你看你这话说得多书生气。"

文俊也在一边学着说:"人不能低下高贵的头!"

陈志宏和海玉都笑了。海玉在文俊脸上亲了一下,说:"乖儿子,睡觉去。"

25.

日,内,上海市。

某饭店歌舞厅。

陈志超办公室。

陈志超抽着烟漫不经心地对海玉说:"海玉,你现在是我嫂子了,这个面子当然不能不给。但亲兄弟明算账,有些话我也得给你明说。"

海玉说:"你说吧,我听着呢。"

陈志超说:"到歌舞厅来唱歌的吃的是青春饭。歌手嘛,越年轻越漂亮唱的越好就越吃香。年轻漂亮那是首要条件,得吸引人的眼球,越能吸引眼球的就越好,你明白我的意思吗?"

海玉说:"可我唱歌要比以前好多了,我还得过全国青歌赛的优秀歌手奖。"

陈志超说:"那不能说明什么。我说了,首要是年轻漂亮!可你海玉已经不是当年的你了。"

海玉说:"你的意思是我不适合在你这里唱了?"

陈志超耸了耸肩,说:"你不用这么急着下结论嘛。我的意思是,你可以在我这里唱,但不能拿像以前那么多的报酬了。"

海玉说:"那你准备给多少?"

陈志超说:"以前的三分之一。"

海玉说:"以前那份工资放到那时候也许很高,但搁到现在就已经很低了。你还要再降到三分之一……"

陈志超一笑,靠在老板椅上摊开手说:"如果嫌少的话,那就算了,我也无能为力。"

海玉想了想说:"那好吧,我回去跟你哥商量一下。"

陈志超说:"海玉,哦,嫂子,我的话不会伤你自尊心吧? 不过,我可以保证,我的门随时向你敞开,只要你肯拿我现在给你开的这份工资。"

26.

日,内,延吉市。

尚美服装店。

董强点着正浩的鼻子说:"我知道你们家贞玉能干,做出的服装样式漂亮,可你们怎么能干出这种事来呢? 人家是专业服装设计师,你家贞玉再有这方面的才能,也不能跟人家专业上的别苗头呀! 你看看,这么好的料子,就这么报废了? 啧……太可惜啦! 演出服装嘛,普通家庭买有点夸张了,给影楼？……也不合适，普通身材怎么能穿得上去！这怎么处理呢？"

　　正浩说："董强，你别头疼了！我是来把这批服装拿回去的。"

　　董强说："干吗？在我这里能处理掉多少是多少呗，总比打水漂强吧。"

　　正浩说："董强，我告诉你，不是我护着我老婆，我觉得这批服装贞玉改的就是比那个什么专业的服装设计师强！我没打算把这批服装报废，我拿回去还有用！"

　　董强说："还能干吗用？"

　　正浩说："给我老婆争面子用！"

第十八集

1.

日,内,延吉市。

州歌舞团。

正浩坐在李珉基办公室里。

正浩说:"导演,我想把那批服装无偿地送给你们歌舞团,因为那批服装对你们来说还可以用。我那天看英花穿上后,效果也是很好的。"

李珉基说:"那你这是何苦呢? 那批服装式样,做工都相当好。说实话,我更喜欢你们改造过的这批服装,可这事是团里领导做了决定,你也看出来了吧,我真是无能为力。所以,我觉得你们完全可以把这批服装处理掉,多少总还能弥补一点损失。"

正浩摇摇头说:"就这么随随便便处理掉太可惜了。因为这些服装完全可以当你们的演出服用,所以我决定无偿送给你们歌舞团了。我只有一个要求,就是你们有正式演出时,能不能把这些服装也穿一下,展示一下。其实做服装的人跟画家一样,看到自己的作品能被展示出来,那种心情你应该明白。可要是辛辛苦苦把作品磨出来了，却被丢弃了，或贱价处理了，那该有多落寞啊。"

李珉基点了点头，说："金厂长，你的意思我明白了。展示这些服装也就是在展示你们厂，展示你们这些制作服装的人的价值。"

正浩一笑说："谢谢导演你理解我们的心意。"

李珉基说："好，这事我帮你去办。说真的，你的这种想法太有远见了，要用我们搞艺术的人的说法，就是很具张力！"

正浩说："那就麻烦你了。"

李珉基说："没什么麻烦的，白送的东西谁会拒绝呢？我想团领导肯定会接受的。"

正浩说："谢谢。"

李珉基说："应该是我们要好好谢谢你。金厂长，你是许英花的哥哥是吧？"

正浩说："对，她的大哥。"

李珉基说："可你们不是亲兄妹。"

正浩说："不是，但跟亲的没什么差别。"

李珉基说："我很想了解许英花，也很想了解许英花的家庭，你能跟我谈谈吗？"

2.

日，内，上海市。

某饭店歌舞厅。

海玉敲门走进陈志超的办公室。

陈志超说："嫂子，跟我哥商量好了没有？"

海玉说："商量好了。"

陈志超说："接受我的条件了？海玉，我还得把话说在前头，想到我这儿来唱歌的漂亮的年轻姑娘有的是，要不是看在我哥的面子上，我是不会让你在我这儿唱的。"

海玉说:"你哥不让我在你这儿唱了,我来就是想告诉你一声。"

陈志超感到有些意外,说:"怎么会？嫌我给的钱少？"

海玉说:"你哥说,如果很勉强的话,那就算了。你不是说了吗？亲兄弟明算账。毕竟你是在做生意,妨碍兄弟你赚钱的事,咱们不能做。不过,陈志超,你要是看在我是你嫂子的面子上呢,能不能今天晚上让我唱一个场次？不要你的钱,我只是想唱一唱,练练嗓子,过过瘾。"

陈志超愣了半天,说:"可以可以。但……不过……那你就来唱吧。算我招待你,让我哥也一起来吧,啊？"

海玉说:"谢谢你。"

3.

日,内,延吉市。

州歌舞团。

李珉基办公室。

正浩说:"所以我就成了这个家的老大,英花自然也就像我的亲妹妹一样。"

李珉基说:"听上去挺感人的。按咱们朝鲜族的习俗,家里的老大,身上的担子可不轻啊！自己也得做出很大的牺牲。"

正浩说:"习惯了,也就没感到有什么多大的担子。"

李珉基说:"那正浩大哥,这样叫你可以吗？"

正浩说:"听起来确实有点怪,你为什么想要了解英花和她的家庭呢？你在追求她吗？"

李珉基说:"是,自从许英花进了我们歌舞团,不,应该是在金英善老师家,我第一眼看到她时,就被她吸引住了。可每次我想要接近她,想要跟她交流沟通想要表达我自己的时候,她都会像躲避瘟疫一样的躲开我,要么就是用很重很重的话来刺伤我,想让我死心。我一直在想,她是不是曾经受过伤害,或者是家境不好,对不起,这仅仅只是我自己在那里瞎想,我也不知道为什么,虽然她一直就这么拒我以千里之外,可我就这么一厢情愿地陷进去了，不能自拔。听你这么一说，我觉得她的家庭应该是幸福的，难道真是什么人让她受过伤害？而且伤害得还很重？"

正浩说："这个我也不是很清楚，因为有好几年她都一个人漂泊在外，没有跟我们联系。只是最近，才刚刚找到她，她说她一直在跟着一位老师学舞蹈。"

李珉基说："对，许英花就住在她家，就是我刚才说的金英善老师。我们是同一个老师，她是我们团的艺术指导，不过明年就要退休了，许英花一直在照顾她的起居，所以每次我想请她吃饭，或者喝杯咖啡都被她用要照顾老师的借口给推掉了。"

正浩说："你给我说这些，希望我做些什么呢？"

李珉基说："我也不知道为什么跟你讲这么多，只是因为你是许英花的大哥吧，所以我就忍不住把心里话跟你说了。因为我没法同许英花交流，她一直把自己的心封闭得严严实实的，让我感到我的追求很彷徨，可我是真心爱着她的。"

正浩说："如果你真心爱她，而且现在也没有改变心意，那就一直爱下去。"

李珉基说："可这爱到目前为止都只是单方面的，就像是舞蹈，爱情原本应该是双人舞，可她一直沉寂在阴影里，让我一个人在那里跳得筋疲力尽，她却无动于衷。"

正浩说："我虽然是她的大哥，但感情上的事我没法介入，实在也说不出更好的主意。我只能说，你要真爱，就持续下去，就算她是块冰，也总有融化的时候。好了，我告辞了。"

4.

夜，内，上海。

某饭店歌舞厅。

主持人拿着话筒说："下面给大家献歌的是尹海玉女士，她的朝鲜族民歌唱得特别好，是全国青歌赛优秀奖的获得者，大家欢迎。"

经过精心穿着打扮的海玉款款走上了台。海玉身上那种成熟的少妇的特有的美丽气质,让坐在台下的陈志超也有些惊呆了。

海玉用她甜美的歌喉唱了一首《哦,阿里郎》。

下面掌声雷动,有人喊:"好!唱得好!"

还有些人喊:"再来一首!"

有个很有气质的中年人跳上台,给海玉献上了一束花。

5.

日,外,延吉市。

市中心广场,

广场上,在一座建筑的前面,临时搭起了一个很大的舞台。舞台上拉着一条横幅:"延边图们江边贸洽谈会"。

下面的贵宾席已是座无虚席。在来宾席上,郑雪梅正在把穿着西装笑容可掬的董强介绍给从韩国来的洪吉龙夫妇。

郑雪梅说:"洪吉龙董事长,这位是他的太太李恩淑女士,他们在韩国的首尔有一家专做服装生意的大公司。"

董强说:"幸会幸会,我是咱们延吉市尚美服装公司的总经理,董强。现在专门经营朝鲜族的传统服装。"

洪吉龙同董强握手说:"董先生不是我们朝鲜族人吧?"

董强说:"我是上海人,在延边插队落户,现在是个彻头彻尾的延边人了。"

郑雪梅说:"正浩怎么没来?"

董强说:"他妹妹金银姬新的饭店要开业,正在那儿帮忙呢。我来了也就代表他了,他们厂的业务,不都是我在掺和着吗?"

6.

日,外,延吉市。

阿里郎新饭店,是一座很有朝鲜族风格的三层楼建筑。

新饭店开张,新饭店的门前挤满了来宾。

正浩正帮着银姬张罗。

正浩问银姬说:"明哲呢? 他今天怎么着也该请一天假呀? 该他帮忙的时候怎么连影子都见不着?"

银姬叹口气说:"他昨晚又喝多了。哥,你们男人就不能少喝口酒吗?"

正浩说:"你别棒打一片啊! 男人哪有不喝酒的。就是喝了酒别误事就行了。不过崔明哲这样的喝法是有点问题,什么时候真得好好教训一下他了。"

说着,宿酒未醒的崔明哲两腿发软地来了。

银姬说:"哥,你看呀!"

7.

日,外,延吉市。

图洽会的临时舞台。

州歌舞团的演员们正往舞台上走。临时舞台边上的台阶的落差比较高,穿着演出服的演员们往上走时都有些困难。李珉基就先爬上舞台,再把演员一个个拉上来。轮到英花往上走时,英花突然把手缩了回去,结果重心没把握好,脚踩了个空,脚脖子猛地崴了一下。英花"啊"了一声,气得李珉基一把把她拖了上来,说:"你怎么回事? 我手上长刺了吗?"

英花忙说:"对不起导演,我想我自己能上去。"

李珉基说:"别啰唆了,看看脚怎么样?"

英花稍稍把裤腿往上拉了拉,脚脖子已经肿了起来。

李珉基说:"你看看,都这样了! 等会儿你怎么跳? 有两个舞蹈你还是领舞呢!"

英花说:"我能跳的。"

8.

日,外,延吉市。

市中心广场。

来宾席上。

董强问洪吉龙说:"洪先生的汉语说得很好嘛!你一直都住在韩国吗?"

洪吉龙一笑说:"其实我也是延边人,生在延边长在延边。后来,为了继承我外公在美国的事业,同我母亲一起去了美国。前些年,我外公去世后,我和我母亲就把生意着重放在了韩国,毕竟是母语国家,更方便些。"

董强说:"哦,洪先生的经历很曲折啊!"

洪吉龙感慨地说:"是啊,大起大落,生离死别,都经历过了。这次回来,看看延边的变化,觉得延边的发展也很好,有机会我也想把重点放到这边来发展。毕竟,我身上有着很重的延边情结啊。"

9.

日,外,延吉市。

阿里郎新饭店。

正浩对崔明哲说:"明哲,你不知道银姬的新饭店今天开张吗?干什么昨天晚上喝那么多酒?"

崔明哲带着醉意说:"我今天去把我的工作辞了!从今天起我就彻底自由了。"

银姬吃惊地说:"以前我那么多次要你辞职你都不干,说是男人要有自己的事业!怎么今天突然就把工作给辞了呢?"

崔明哲说:"我也想要有我的事业,我也想当老板,我也想做个能我说了算的人!"

银姬说:"那你想要的事业到底是什么?而且你把工作辞掉,昨晚怎么不跟我商量一下?"

崔明哲说:"男人的事业,男人的决定,男人要做的事情,还要你们女人批准吗?!"

正浩说:"那也得通个气,这么大的事,怎么能不跟银姬商量呢?"

崔明哲说:"正浩,你别总帮着你妹妹说话!我崔明哲也是个男人,也是

个有自己主见的人！我辞职为了谁？啊？这个饭店，今天开张了不是？那
……旧的那个呢？那个老饭店谁去管呀？银姬两头跑，能管得过来吗？再
说了，城管那工作，越干越没劲！累嘛累得要死，工资就那么一点点，不干
了！我想经营那个老饭店，也想当当老板！风光风光。"

10.

日，外，延吉市。

图洽会的临时舞台。

李珉基看着英花那红肿的脚脖子，气恼地说："我真搞不懂，你到底在想
什么？现在这舞还怎么跳？你又是领舞，你说怎么办？"

英花知错地说："对不起，导演。"

李珉基说："对不起对不起，你除了这句还会什么？拉你一下又怎么啦？
会把你拉到火坑里去吗？你看看台下，州领导，市领导，还有那么多外宾，企
业界，文化界，都是有头有脸的人！你叫我怎么办？"

英花小声地说："导演，我能跳的，真的……"

李珉基说："别逞能了！我还怕你砸场子呢！"

英花的眼泪在眼圈里打转。

李珉基缓和了一下口气说："英花，我伸出去的手不会缩回来，不管你接
受不接受。我对你的感情也不会缩回来，不管你躲避到什么时候！"

英花说："我怕的就是这个，因为我不能接受。导演，你去爱别的女人
吧，我真的不值得你爱。"

有人喊："导演，英花不能领舞了，那让谁领舞呀？"

李珉基说："当然是李淑玉，还能是谁？"

李淑玉在那边喊："我才不干呢！现在想到我了？谁爱领舞谁领去，别
把我拉上！这个B角我早就说不当了！"

李珉基气得两眼直冒火，看着英花说："今天要砸场了！你啊！"

英花也感到内疚了，怯怯地说："导演，实在不行，就让姜彩英领舞吧。
其实她跳得跟我一样好。"

李珉基叹了口气说："那只能这样了。英花,算我求求你了好不好? 以后别再这样了,多耽误事啊!"

英花说:"对不起,导演,我以后再也……"

11.

日,外,延吉市。

图洽会临时舞台。

演出开始。

《哦,阿里郎》的音乐响起。优美的音乐和舞蹈吸引着台下来参加边洽会的来宾们。

姜彩英在领舞,她穿的就是经贞玉改良的服装。由于姜彩英的舞蹈动作都是跟着英花学的,所以她的一招一式特别得像英花。

洪吉龙看着姜彩英的舞蹈,他认出姜彩英来了,而姜彩英的动作和韵味使他想起了英花。

闪回:

夜,内,洪吉龙住的小屋。

英花小心地为洪吉龙擦拭伤口……

英花和洪吉龙紧紧拥抱在一起,英花说:"你就把我拿去吧……"

台上的舞蹈随着音乐变得很热烈。

洪吉龙的眼里闪烁着泪花,他用手指轻轻抹去。

郑雪梅看到了轻声问:"洪董事长?"

洪吉龙说:"舞蹈和音乐都太感人了,还有那服装,样式做工都这么美。"

12.

日,外,延吉市。

市中心广场。

临时舞台后的停车场。

英花坐在一辆歌舞团的大巴里。音乐声从车窗外面飘了进来,她也在回忆,眼中也闪着泪花。

李珉基走进大巴车,手上拿着一包伤湿止痛膏。李珉基说:"我刚才到附近药店里买的,你先贴上吧。"说着就要动手给英花贴。

英花说:"导演,谢谢你,我自己来吧。"

李珉基说:"让我来帮你就不行吗?"

英花看着李珉基,他虽然是板着个脸,但眼里的关切和浓浓的爱意让她的心弦有些颤动。

李珉基动情地说:"英花,就让我来帮你,行吗?"

英花低下头,慢慢伸出了那只受伤的脚。

13.

日,外,延吉市。

市中心广场。

舞台前的来宾席。

来宾们在热烈鼓掌。

洪吉龙一面鼓掌一面问董强说:"你们歌舞团的服装都是哪里做的?"

董强在一边说:"跟我们尚美公司联营的一家服装厂,浩玉服装厂。服装厂虽然不大,但却是我们延吉市唯一的一家专业制作韩服的服装厂。"

14.

夜,内,延吉市。

阿里郎新饭店。

在一个雅间里,正浩和崔明哲、俊男,还有几个男人在一起喝酒。一位漂亮的女服务员进来上菜,她蹲下身子,从崔明哲身边正把菜搁在小桌上,已经喝得几分醉的崔明哲突然搂着那女服务员亲了一下。

女服务员羞红了脸生气地说:"崔老板,请你放尊重点好不好!"

俊男在一边傻呵呵地笑。

正浩拍了一下桌子说:"明哲,你这是干什么!"

崔明哲说:"开个玩笑嘛,大家也都刺激刺激,多喝两口酒。再说了,男人哪有不闻腥的? 你金正浩能保证,除了贞玉,你就没有闻过别的脸?"

正浩生气地上去拧住明哲的耳朵说:"崔明哲,我让你再胡说。"

崔明哲被正浩拧得龇牙咧嘴地说:"不说了,不说了,正浩你……你饶了我吧。"

正浩说:"我真后悔把银姬嫁给你!"

崔明哲捂着耳朵哭丧着脸说:"开个玩笑嘛,何必那么认真。"

正浩说:"这种玩笑也是随便开的吗? 我警告你,你别把俊男给我带坏了!"

15.

夜,内,延吉市。

阿里郎新饭店。

董强匆匆赶来。

银姬迎上来说:"董强大哥,你怎么到现在才来?"

董强说:"来晚了,对不起,对不起。正浩呢?"

银姬指着一个雅间说:"我哥在里面呢,你快进去吧。"

正浩正气恼地从雅间里出来。

董强一把拉住正浩,激动地说:"正浩,你放的长线,吊上一条大鱼了!"

16.

夜,内,上海。

陈志宏家。

海玉有些兴奋地对陈志宏说:"我唱了几首朝鲜歌,又唱了几首时下流行的歌,那场面,都快炸锅了。"

陈志宏说:"真的很受欢迎吗?"

海玉说："反正鼓掌声特别地热烈,不停地有人喊,再来一个,再来一个!"

陈志宏说："志超说什么了?"

海玉说："嗯,我临走的时候,他倒是想说什么来着,不过最后还是没说出口。"

陈志宏说："海玉,我找到份工作了,还是这儿的居委会帮着介绍的。"

海玉说："什么工作?"

陈志宏叹口气说："给一家工厂看大门,工资也不高,但有工作总比没工作好。托儿所我也找到了,但托儿费挺吓人的。"

海玉说："多少?"

陈志宏说："比我一个月的工资还高两百元钱。"

海玉说："那还不如你在家带孩子呢。"

陈志宏说："看大门,工资低,不够托儿费的,那我也得去干! 让我在家带孩子,你养活我? 用你们朝鲜族的话来说,我还是个男人吗?"

17.

夜,内,延吉市。

阿里郎新饭店。

手臂上别着黑布的李银姬来到新饭店,银姬说："大婶,你来啦。我还怕你不会来呢。"

李银姬说："银姬姑娘,我怎么也得来呀。一呢,是祝贺你们饭店开张,二呢,要来谢谢你给我钱,体体面面地送走了我那个老头子,三呢,我想求你,能让我在你们饭店做一份工作吗? 我不能再让你每个月白给我钱养活我了。银姬姑娘,你真是我的恩人呐。"说着,就要跪下磕头。

银姬赶忙拉住李银姬说："大婶,你千万别这样! 我受不起。"

18.

夜,内,延吉市。

阿里郎新饭店。

正浩推开一间雅座的门,对银姬说:"银姬,你给我再弄些酒和菜来,我要跟董强好好地喝。"

19.

夜,内,延吉市。

阿里郎新饭店。

一个雅间。

正浩为董强倒上酒。

董强说:"他们不但看了你们给州歌舞团做的服装,还特意到我公司里去看了你们以前做的服装,赞不绝口。他们要给我们订很大一份订单,但有一个要求,就是我们服装上所有的绣花都是手工绣的,质量不统一,他们要求全部采用电脑绣花。"

正浩说:"电脑绣花?那是需要电脑绣花机呀!目前国内根本就没有,我上哪儿搞去啊?"

董强说:"他们韩国有,而且他们也说了,如果你需要的话,他们可以帮忙给你牵线。"

正浩说:"我在一些专业杂志上看过介绍,这种机器价钱很厉害,我怕资金上承担不起。你也知道,为州歌舞团定做那批服装,我们厂亏了好几万。"

董强说:"跟你现在这批订单比起来,那几万算什么?正浩,看不出你这个当兵的还真是有些商业头脑啊!那时你把这些服装从我店里拿回去,我还真有些想不通,不就是想为老婆争回个面子嘛,为这争口气损失那么大一笔钱,太不值了!"

正浩一笑说:"也不只是为了争口气,我只是想让这些服装的价值能真正体现出来。"

董强说:"好!所以没想到你是放长线钓大鱼嘛!好,下一步该怎么走?"

正浩说:"一台机器好几十万哪!你让我从哪儿凑这么多钱去啊?"

董强说："不用！现在你厂子的规模小，只要先弄台二手货就行。"

正浩说："二手的，要多少钱？"

董强说："那位韩国商人告诉我，折合人民币大概十五万就够了。"

正浩想了想，说："可让我把家底掏空，最多也就能凑出个七八万块钱。"

董强说："余下的我借给你，但利息要收的，按银行利息算就行了。"

正浩说："行，就这么办！君子一言，驷马难追！"

13.

日，内，上海。

陈志宏家。

陈志超敲开陈志宏租住的那栋石库门的房门间，问："请问，这里有没有刚从延边过来叫陈志宏的一家人？他的女人是个朝鲜族，叫尹海玉的？"

正在收拾房间的海玉听到了，出来说："我在这儿呢。"

陈志超走过天井来到屋里，海玉搬出一只板凳让陈志超坐。

陈志超没有坐，只是站着说："海玉嫂子，我哥呢？"

海玉说："上班去了。"

陈志超说："我哥这么快就找到工作啦？是什么工作？"

海玉说："给工厂看大门。"

陈志超说："那太可惜了。我哥应该是个做学问的人，怎么能让他看大门呢？"

海玉说："你哥做的学问在我们延边用得上，可在上海，用不上。"

陈志超想了想说："那也没办法呀。这世上的事就是这样，顾得了这头就顾不上那头，有得必有失嘛。回上海总比在延边好，要不你们干吗回上海呢？是吧？不过住在这样的地方，也太艰难了点。"

海玉说："也凑合了。你哥说既然回上海了，再艰难总要活下去。你是来找你哥的吗？"

陈志超说："不，来找你。"

海玉说："找我？找我干吗？"

陈志超说:"嫂子,你是揣着明白装糊涂吗?"

海玉说:"昨晚上我就是要求唱几首歌,你也说算是招待我了,这事不已经完了嘛,还有什么问题吗?"

陈志超说:"海玉,你也别把我当傻子,上海人叫戆大。你昨晚在我那儿唱,明摆着就是在跟我叫板,是要让我看看你的价值。你还是嫌我给你的钱少了。"

海玉说:"主要是你太看不起人了,我只是要争一口气。我们朝鲜族人也是很看重自己的面子的。"

陈志超说:"海玉嫂子,我今天特意登门,无非也是想道个歉,请你每晚还是上我那儿去唱。工资么,还是以前的数。"

海玉说:"不唱了。"

陈志超说:"嫂子,一家人嘛,不要那么怄气。这样吧,我再给你加两成。现在物价也涨了不少,加两成是应该的,对吧? 现在年轻漂亮的歌手,也还拿不到这个价钱呢。"

14.

日,内,韩国首尔。

某写字楼。洪吉龙的服装公司。

洪吉龙的董事长办公室。

洪吉龙对正浩和董强说:"你们也知道,东南亚这边的经济最近出现了危机,我们公司的服装销售上也遇到了些困难。越是在这种时候,就更需要新的产品来打开局面。你们厂制作的韩服,在样式上就有新的创意。但在面料上,希望还能更讲究一些,这样才能把档次提得更高一些。这次我们的合作,对我们的双方都是一次机遇。"

董强说:"所以我和金厂长克服了很多困难,这才赶到你们韩国来的。"

正浩说:"我们想尽快把机器买回去,越快越好! 中国不是有句老话嘛,机不可失,时不再来。希望洪董事长能帮我们一把。"

洪吉龙说:"机器我已经帮你们联系好了,一起去看看吧。"

15.

日,内,韩国首尔。

某服装厂,工厂里冷冷清清,显然已经停业。

一间小车间里,一架电脑绣花机正在运转,绣花机里退出一块绣好的花布,厂主李钟镐熟练地将绣好的花布上的线头去掉,然后拿给正浩和董强看。洪吉龙站在一边。

正浩看着布上的绣花,脸上顿时现出了掩饰不住的喜色,他对董强说:"每次贞玉设计出来的新产品,别人就模仿,我们挡都挡不住。现在可好了,这么复杂的花样,这么小,这台机器都能原封不动地展示出来。有了这机器,他们想模仿可就没那么容易了,要抢生意也不是那么好抢得了。"

董强说:"是啊,光绣花这道工序,你就能省下多少人工? 而且用省下来的钱再把面料的档次提高,人家就是想模仿也得算算成本了! 唉,早就该弄上这么一台机器了,要不,生意也不会像现在这么狼狈。"

厂主李钟镐说:"这台机器我们虽然用了几年了,可一直保养得很好。要不是目前韩国经济不景气,这台机器我们也不想转让。但现在没办法,银行追着屁股后面要账,只能卖给你们吧。但价钱绝对不能再便宜了,你们就按之前我跟洪董事长说好的价钱给吧。把钱付了,明天一早你们就可以来搬机器。"

16.

日,内,延吉市。

州歌舞团排练厅。

排练一结束李珉基就叫住英花。

李珉基说:"英花,脚腕好点没有?"

英花说:"你给的药贴上去后就好多了,这几天已经消肿了,不碍事了。"

李珉基说:"中午一起吃个饭吧,我有话要问你。"

英花犹豫了一会儿,看看李珉基深情款款又满怀期待的眼神,心灵上也被拨动了,于是轻声地说:"好吧。"

17.
日,内,延吉市。
某饭店的一间小雅座。
李珉基想为英花倒酒,英花婉拒说:"我喝饮料吧。"
李珉基说:"你不会喝酒?"
英花说:"不,只是不大喝。"
李珉基说:"今天不能破例吗?"
英花又犹豫了一下,把遮住酒杯的手拿开了。
李珉基给英花倒上,又准备给自己倒,但英花忙接过酒瓶为李珉基也倒上了酒,朝鲜族人的这点礼节,英花也很自然地遵守。
李珉基说:"英花,你上次说你配不上我,这话是什么意思?"
英花说:"你不了解我,但我了解我自己,我清楚自己是怎样一个人,所以我才这么说。"
李珉基说:"我不明白你为什么要这样说自己。我曾经跟你的金正浩大哥谈起过你,了解了一些你的情况,我没有觉得你的家庭有什么配不上我的地方。如果你说这句话源自你的内心,那么你能不能敞开心扉说明你不能接受我的理由?"
英花说:"我刚才已经说过了。"
李珉基说:"我不想听这种似是而非的话,这话本身就矛盾重重。什么叫配不上?配不上什么?我们又不是生活在帝王将相的戏剧里,我也不是什么富甲一方的纨绔子弟,为什么要把自己放在低人一等的位置呢?如果说你有过感情生活,我也跟你坦陈了我有过相处了六年的爱人,我们在感情上的经历上是对等的呀!"
英花说:"这不一样!你可以从失去爱人的阴影下走出来,可我不行。一只雁它失去了翅膀,它就已经不是完整的雁了,它命中注定就只能孤苦伶仃一辈子。女人也是这样!一个不完整的女人,她也只能孤独地度过一生。"

李珉基说:"为什么要这样比喻？大雁的翅膀不是女人的爱情！你所谓的不完整我不清楚它到底是什么,但有一点,一个男人,一个爱你的男人,他有责任把这不完整帮你弥补起来,让你拥有幸福的生活。"

英花说:"这种不完整根本就不能弥补,就像大雁的翅膀没有办法再长出来一样！"

李珉基说:"那你能告诉我,你究竟是哪里不完整呢?"

英花含着泪摇摇头。

李珉基说:"我觉得我这段感情走得好累,大部分时间都是我一个人在唱独角戏。英花,我想问你一句,你对我真的是无动于衷吗?"

英花说:"导演,我没法回答你。我只想说,请你不要再在我身上费心了好吗?"

李珉基说:"我没办法放弃,走得再累我也得走下去！每次看到你,每看到你一次我都跟自己说,这就是我要爱的女人,我一定要让她幸福！"

18.

夜,内,上海。

某饭店歌舞厅。

海玉正感情投入地在唱歌,她没有注意到六个穿着暴露的姑娘在她后面翩翩起舞。当她一回头看到那些动作很放浪的姑娘时,吓了一跳,再也唱不下去了,忙鞠了一躬说:"对不起,我等会儿再为大家唱,请原谅！"

海玉跑下后台,陈志超追上来问:"海玉,你这是怎么回事?"

海玉说:"志超兄弟,我们排练时,姑娘们不是这样穿的呀。"

陈志超说:"排练时当然不穿,但上台时就得这样穿！"

海玉说:"我是个女人,看着都心慌,这不是在搞色情表演嘛。"

陈志超说:"你真是少见多怪。现在许多歌舞厅都上这类节目,为的就是吸引观众的眼球嘛！"

海玉说:"这我不能唱,我不能混在这些穿得这么露的姑娘们中间。她们不羞,我可臊死了! 对不起,我不唱了。"说着走去化妆间换衣服去了。

陈志超用上海话骂了一句:"出呐,假正经!"

19.

日,内,韩国首尔。

某服装厂。

正浩和董强带着几个短工和一辆货车来到那家服装厂准备拿机器。但机器边上站着一个女人正和李钟镐在争吵。

那个女人一见正浩他们,就说:"这架绣花机是我的,跟李钟镐没关系,你们不能拿!"

正浩问李钟镐说:"怎么回事? 我们钱都付给你了。"

李钟镐说:"这个是我妻子,叫朴英焕。"

朴英焕说:"我是他前妻,我们已经离婚了! 这台机器是我的财产。"

李钟镐说:"可人家已经把钱付给我了。"

朴英焕说:"那就更不能拿走了!"

李钟镐说:"英焕,机器先让人家拿走,咱们之间财产上的事咱俩之后再解决行不行?"

朴英焕说:"不行! 机器是我的,谁都不许拿走!"

20.

日,内,韩国首尔。

一家小旅馆。

正浩和董强在吃午饭,饭菜要得很简单。

董强说:"韩国的饭菜真他妈的贵,这一顿够我们在延吉吃好几顿了!"

正浩说:"现在怎么办? 机器拿不走,怎么会出这种事呢?"

董强说:"正浩,我们是不是上当受骗了?"

正浩说:"不太像。我觉得那个李钟镐是想把机器卖给我们的。会不会他跟他女人婚是离了,可在财产分割上有什么争执?"

董强说:"反正我们不能再在这里耗了。机器算了,不要了! 赶快把钱拿回来吧。这种事情扯不清楚的,万一弄到后来,机器拿不上,钱也弄不回来,那我可真是连死在这儿的心都有了!"

正浩说:"没那么严重! 要那机器,一定得把机器弄回去! 要不我们跑韩国来干吗来啦? 这样吧,我们再去找找洪吉龙。"

21.

日,内,韩国首尔。

某服装厂。

正浩、董强、洪吉龙和李钟镐来到厂里,朴英焕就守在机器旁。

朴英焕说:"你们来多少人都没用,机器不准拿走!"

李钟镐说:"你这个女人怎么蛮不讲理呢? 不是说了吗,钱我已经拿到了,机器让人家拿走,回头我们再商量钱怎么分。"

朴英焕说:"不行! 机器是我的,我不卖!"

李钟镐说:"你这个女人……"说着扬起手就想打,被正浩拦住了。

朴英焕说:"有本事你就把我打死,只要我不死,这机器谁也不能动!"

李钟镐说:"这个女人死脑筋,跟她说道理说不通的! 要不,我把钱退给你们吧?"

董强马上说:"行,那就退钱。"

正浩说:"不行! 我们到韩国来,就是来买这台机器的。要不我们费那么大劲儿跑到你们韩国来干吗?"

洪吉龙:"金正浩先生说得对,没有这台机器,我们之间合作的那份订单可就没法完成了。"

朴英焕说:"那是你们的事,反正机器谁也别想拿走!"

正浩说:"你和李钟镐先生之间的事是你们之间的私事,我们管不了。但机器的钱我们已经付了。做买卖就得讲信用! 今天,你们俩再商量一下,明天早上,我们再来拿! 这机器我们拿定了,因为机器的钱我们已经付过了。不行的话,我们就去找你们的总统去! 我们来韩国不是随随便便来的!"

朴英焕说:"找我们总统?"

洪吉龙说:"你没听金正浩先生说吗? 他们不是随随便便就能到韩国的。"

朴英焕揉了揉鼻子,有点弄不清是不是这么回事了。

22.

夜,内,韩国首尔。

某旅馆。

正浩和董强住的房间。两人在喝酒,小桌上放着两包熟食。

董强说:"正浩,人家都答应还钱了,你干吗还不依不饶的? 这台机器买不成,咱们让洪吉龙再找一台不就行了?"

正浩说:"董强,哪有这么容易? 这台机器成色性能都很好,价钱已经是我们能负担得起的价钱了,再找一台成色好价钱跟它一样便宜的,哪找去? 再说了,就算能找到,这也需要时间啊! 你也说了,这里吃饭住宿什么都贵,住一天就是一天的花销,我们耗不起的。"

董强说:"那就不要机器了,我们回去! 等洪吉龙再找着一台了我们再来。"

正浩说:"不行! 这台机器对我们厂意味着什么你知道吗? 是新的生命力! 是新的生命的开始。科技是第一生产力,这机器也就是我们厂的第一生产力。"

董强说:"可机器要实在拿不上呢?"

正浩说:"一定要拿上! 拿不上,我真找他们总统去! 拿不上机器我哪怕是露宿街头也要待在这儿不能走,什么时候拿上机器就什么时候回国!"

23.

夜,内,延吉市。

金英善家。

刚吃过晚饭，英花收拾好桌子。

金英善说："英花，你来，我要好好地跟你谈一谈了。"

英花说："老师，怎么这么严肃啊。"

金英善叹口气说："确实是件很严肃的问题，为这事我考虑了很久。今天才下定了决心。如果再不痛下狠心解决这件事，我会愧疚一辈子的。"

英花说："老师，是什么事情？"

金英善说："离开我吧，英花。"

英花惊愕地看着金英善说："老师……"

金英善说："英花，你老这样下去是不行的！你还年轻，你不能把以后的日子都耗费在我这个老太婆身上。离开我，去结婚，去组个家庭！"

英花说："老师，我的情况你都知道的。现在我不想结婚，我也不想要家庭，因为这些事情对我没有任何意义。"

金英善说："那以后呢？难道你要独身一辈子？"

英花说："这也没有什么不好啊。我可以陪着您，跟您在一起，现在这样不是挺好的吗？"

金英善说："不！不是这样的。你的那种情况，是女人都有可能遇到。但你不能因为过去的一段感情就把自己的一生都变成殉葬品！我也是个女人，我知道女人这么孤独地过一辈子究竟是个什么滋味。人哪，在该为人夫成人妇时，就该为人夫成人妇；在该为人父或为人母时就该为人父或为人母。要不，你的人生就是个不完整的人生。"

英花说："老师，您不也是一个人这么生活过来的吗？"

金英善摇头说："我跟你不一样，我有过家庭，也有过爱我的丈夫。我最最懊悔的一件事就是当时为了我钟爱的舞蹈不肯生个孩子，虽然两个人的生活很幸福，但他过早的离去确实对我的打击很大，然后又是这两条腿……英花啊，这么些年我一个人在孤独中煎熬着，这时我才真正体会到有一个爱你的人是多么幸福呀，有一个完整的家庭是多么温馨啊！"

英花的眼睛里含着泪水说："老师，我就这样守着你一辈子。"

金英善说:"一辈子!你把多大一块石头压在了我身上,如果我真的耽误了你一辈子,我就是个自私自利的老太婆!"

英花说:"老师,可是我没有办法去接受别人,去组成一个完整的家庭。"

金英善说:"事在人为,英花。我知道这些年李珉基一直在追求你,如果你实在不能接受他的话,就去找一个你爱的男人。男人是天,女人就该有个天!"

24.

早上,内,韩国首尔。

某旅馆。

正浩和董强住的房间。

董强说:"正浩,别的我不想多说了,反正我们不能再在韩国这么干耗着了。国内我还有那么多生意上的事。既然李钟镐答应把钱还给我们,那我们拿上钱马上回!损失的这些差旅费就当我们到韩国来旅游一次。"

正浩说:"机器拿不到手,我是不走的。要走你先走。"

董强说:"正浩,我觉得你这个人真他妈犟啊!脑子怎么不转弯呢?"

正浩说:"我们俩脑子谁不转弯啊?我一晚上脑子都在转着怎么把机器拿到手,你倒好,一根筋就往回退。"

董强说:"谁一根筋啦!山不转水转,我是想着把钱拿到转回去,谁跟你似的,一根筋地往前冲!"

正浩说:"好好好,我们俩都转!你不是怕机器拿不到手,钱也拿不回来吗?既然现在李钟镐答应把钱还给我们了,你就去拿钱。我去找那个叫朴英焕的女人。"

董强说:"干吗?"

正浩说:"我要再跟她蘑菇蘑菇。你拿到钱后马上到她那儿去找我。"

25.

日,内,韩国首尔。

某服装厂。

朴英焕在机器旁打了个地铺，就在那儿守着。

正浩走到她跟前说："我已经把机器钱付了，这机器就是我的了，我得拿走。"

朴英焕说："这是我的机器，你就不能拿走！"

正浩说："那我就要找你们总统去！我说了，我能到你们韩国来也不是随随便便能来的。这机器我已经买下了，我拿走是合法的！你们韩国也是个讲道理的地方，是个有法律的国家，你们的政府会保护我的利益的。必要的时候，我也会请你们的警察来保障我的利益。"

朴英焕心里也有些慌，犹豫了一下说："这机器是我的，我没拿到钱！"

正浩说："要是把钱给你了呢？"

朴英焕想了想说："你只要把一半机器的钱给到我手里，你们就可以把机器拿走。"

正浩说："说定了？"

朴英焕说："我们韩国人当然说话算数。"

正浩说："好，那我就在这儿等一等，我们还有个人，就到你丈夫那儿拿钱去了。"

26.

日，内，延吉市。

老阿里郎饭店。

崔明哲同几个男女在老饭店里最大一间包房里喝着酒。崔明哲身边还歪着个女人。

李银姬的头往里探了一下，崔明哲看到了。

27.

日，内，延吉市。

老阿里郎饭店。

崔明哲走出包房叫住李银姬说:"李银姬,你来干什么?"

李银姬说:"银姬叫我过来看一下。"

崔明哲:"有什么好看的? 是银姬让你当密探来了吧?"

李银姬说:"姑爷,你怎么能这么说呢?"

崔明哲:"谁是你姑爷?"

李银姬说:"那我该怎么叫呢?"

崔明哲说:"我是这儿的老板,你就得叫我崔老板!"

李银姬说:"是,崔老板。这儿没我的事了吧?"

崔明哲说:"你走吧。但我在这儿招待朋友的事儿,你不许跟银姬多嘴!"

李银姬说:"是,崔老板。"

28.

日,内,韩国首尔。

某服装厂。

李钟镐匆匆走了进来,看到正浩和朴英焕正坐在机器边上说话。

李钟镐说:"金正浩先生,你还坐在这儿干吗?"

正浩说:"我在等我的同伴呀。"

李钟镐说:"我已经把钱还给董强先生了呀! 我刚跟他在银行办完手续,就赶过来了。"

正浩说:"他人呢?"

李钟镐说:"可能回旅馆了吧,他说他今天就要回国。"

正浩说:"这家伙!"飞快地冲出屋子。

第十九集

1.

日,内,延吉市。

新阿里郎饭店。

李银姬对银姬说:"在跟几个朋友一起喝酒呢。"

银姬说:"现在这个时候喝什么酒啊?"

李银姬说:"还搂着个女人哪!啊哟哟,真了不得。"

银姬说:"真是这样?"

李银姬说:"啊哟,我可不骗你!不信你自己看看去,不过,你可别说是我说的啊!"

2.

日,内,韩国首尔。

董强正在房间里收拾东西。

正浩推门进房间说:"董强,你这是干啥?"

董强说:"回国呀。"

正浩说:"机器没拿到呢怎么回国?"

董强说:"钱不是拿上了嘛! 回吧,别担那个风险了。"

正浩说:"你把钱给我。"

董强说:"干吗? 这里面有一部分钱是我的。"

正浩说:"全是我的! 你借我的那部分我都已经给你打了借条了! 所以这钱还是我的,我去拿机器去!"

董强说:"我不能跟着你去冒这个险!"

正浩火了,说:"董强,你的风险意识太差了! 做生意哪有不担风险的? 现在这笔钱是我的,有什么风险我来担!"

董强说:"钱能拿回来就已经是万幸了,干吗再去担这个风险呢?"

正浩说:"我已经说服那个朴英焕了,她是怕我们把机器拿走,她老公不给她钱! 因为这财产是他俩的,现在他们离婚了,财产分割上两个人有分歧。我答应把一半钱交到她手上,她就同意让我们拿机器。"

董强说:"真的?"

正浩说:"我骗你是小狗! 我说董强,我拜托你好不好,你别老在关键时刻掉链子!"

董强说:"行行行,那就快走吧。"

3.

日,内,韩国首尔。

某服装厂。

李钟镐正在骂朴英焕,说:"你这个女人,怎么死脑筋呢? 好容易把机器卖掉了,还完银行的债还有结余,剩下的钱我分给你不就完了! 你干吗不让人家拿机器?"

朴英焕说:"机器是属于我们两个人的,可你把钱拿上了,我怎么知道你拿完钱会不会跑啊! 留下一屁股债我找谁去?"

李钟镐说:"我跑,我跑到哪儿去? 银行是吃干饭的,能让我跑? 再说了,离婚书是签了,可财产分割还没完呢! 现在经济不景气,服装厂是开不成了,这房子有没有人要还不知道呢。就这么个机器还能找到买家处理掉,好赶快换成现金还账。现在好了，你把人家赶跑了，这台机器还有什么用？搁在这儿就是一堆废铜烂铁！本来我们两个人还能分到点钱，现在看看，就是把这机器一砍两半，也就是两堆废铁的价！你这个女人，我怎么离了婚才发现，你的心眼怎么那么小？撒泼耍赖，丢尽了韩国人的脸！"

朴英焕也有些后悔，说："那你说怎么办？"

正浩和董强这时正好奔了进来。

4.

日，外，韩国首尔。

仁川码头。

正浩和董强与洪吉龙看着机器已装箱，并吊到了轮船上，这才从码头出来。

正浩握住洪吉龙的手说："董事长，谢谢你的帮忙。"

洪吉龙说："那也是我的事啊。希望你们能按合同尽快交货。"

正浩说："是。"

5.

夜，内，延吉市。

金英善家。

英花回到家里。

金英善说："英花，从明天起你就搬到歌舞团的集体宿舍去住吧。"

英花说："老师，您要赶我走？"

金英善说："我不赶你不行啊。如果因为我耽误了你这辈子，我就是在造孽啊！"

英花说："要是我走了，谁来照顾你啊？"

金英善说："我已经找了个年轻的保姆，明天一早她就会来。英花，听我的话，找个男人结婚吧，不要为了过去的那段感情自己折磨自己，惩罚自己。什么事过去了就过去了，别老是生活在自己制造的阴影里。人活在这世上能让自己幸福有什么不好？每个人都有权利去享受自己的幸福。"

英花说："老师，可我不想走，我还想跟着您学很多东西。"

金英善说："不行！你必须走！"金英善强忍着泪，"我已经耽搁你太久了，英花。你为我做的，已经远远超过我能给予你的。你现在，已经是国家舞蹈家协会的会员了，你是个舞蹈家了！你的成就在很多地方已经超越我了，我早就没什么可以教给你的了。英花，听话，走出去！去找寻你自己的生活。找个男人，成个家，然后再来看我。"

英花看着金英善深情而毅然决然的脸，咬了咬嘴唇哭了，她说："老师，我真舍不得离开你。"

6.

晨，内，延吉市。

老阿里郎饭店。

银姬匆匆上了二楼，推开小房间的门。

崔明哲还躺在床上，只是睁开醉意蒙眬的睡眼看了银姬一眼。

银姬说："晚上为什么不回家睡？"

崔明哲气恼地说："你每天都忙到三更半夜才回家，我回家睡有什么意思！"

银姬说："我也想早点回家，可饭店的事这么多，我总得把事忙完了才能回家呀！"

崔明哲说："我这里不也忙吗？"

银姬说："我知道你在忙什么，整天跟一帮狗男女在这儿喝酒。你看看这饭店的生意，收入还不到以前的一半！把这个饭店关掉吧。"

崔明哲说："什么狗男女？是不是李银姬那个烂舌头在你跟前说什么了？"

银姬说："昨天中午我就想过来的。后来一想，还是给你留个面子吧。要不我门一推，你搂着个女人，你我都下不了台！"

崔明哲说："这个饭店不能关！我咋说也是这个饭店的老板，这就是我的社会地位。一个男人混在世上连个啥地位都没有,不也丢你的脸吗?"

7.

晨,内,延吉市。

金英善家。

英花一晚上没睡,早早地就起床坐在那里沉思。她听到金英善起来的声音,忙走出自己房间。

英花对金英善说:"老师,我听你的劝告,今天就搬到歌舞团的集体宿舍去住。我打扰你的日子也够长的了。"

金英善拉住英花的手说:"英花,我也舍不得你走啊。要赶你走,我下了多大的决心啊! 你是个聪明善良的孩子,来我们拥抱一下吧。"金英善张开了双臂。

英花的眼泪涌了出来,她弯下腰,同金英善拥抱在一起,两个人都哭了。

英花说:"老师,今天早晨,让我再推您去散一次步吧。"

8.

晨,外,延吉市。

布尔哈通河桥上。

英花推着轮椅走上桥顶。早上风很大,英花想帮金英善把围巾围上,刚松开手去拿围巾,小车突然被风吹得向桥下滑了下去。英花想抓没有抓住,拼命奔着去追。金英善坐在轮椅上一时也吓蒙了,她闭上了眼睛任小车飞快地向桥下滑去。

正沿着河边晨跑的李珉基刚好正迎面跑来,他在桥下看到正往下滑的金英善的轮椅,第一个反应就是用身体去挡。可轮椅的冲劲太大了,一下子把李珉基撞翻在地,还从他腿上压了过去。李珉基紧紧抓住了轮椅的底部,英花也赶到了。

轮椅虽然停住了,李珉基却怎么也爬不起来,他的腿被撞折了。

9.

日,内,延吉市。

州歌舞团。

正浩走进州歌舞团大楼,刚好迎面碰上英花。

英花说:"哥,你怎么来啦?"

正浩说:"我来找你们导演,我要好好谢谢他,他可帮了我一个大忙了!"

英花的眼泪在眼圈里打转,说:"他不在这儿。"

正浩说:"他在哪儿?"

英花说:"他住院了,都是因为我……"

10.

日,外,延吉市。

出租车上。

英花和正浩坐在车里。正浩身边放着几样去看病人买的礼物。

英花说:"哥,金老师已经不让我住在她家了。"

正浩说:"为什么?"

英花说:"她说她不能再耽搁我了,让我找个爱人,结婚,成家。"

正浩说:"对! 她说得没错! 你是该结婚成家了。英花,你不能老生活在过去的阴影里。过去的已经过去了,以你的条件,找个爱你的人应该是没有任何问题的。而且眼前就有一个,就是李珉基。他有一次跟我谈了很多,看得出他是真的很爱你,可你干吗不要人家呢? 不喜欢他?"

英花摇摇头。

正浩说:"那是为什么?"

英花沉默着,没有回答。

11.

日,外,延吉市。

某医院。

正浩和英花在门口下了车。两人在往医院大楼走的路上，正浩突然想起了什么，他停下脚步，把英花拉到一个僻静的地方。正浩说："英花，有件事在我心里憋了好长时间了，一直想问你，你能告诉我吗？"

英花说："哥，什么事？"

正浩说："斗伊的亲生父亲是什么人？"

英花说："哥，他已经不在这儿了，他去美国了。"

正浩说："不管他是不是去美国了，我要知道这个人的名字，他是怎么当上斗伊的爸爸的。"

英花犹豫了一下，但看到正浩不达目的决不罢休的眼神，只好叹了口气说："哥，那人叫什么我不会说的。但我可以告诉你他姓洪，是我们公社演出队的导演。那时候，演出队的队长老是想占我便宜，都是他在帮我挡着。我很感激他，也欣赏他，渐渐地就跟他产生了感情。哥，这事是我主动的，不能怪他。"

正浩说："不管是谁主动，他都是个不负责任的男人！一个姑娘家，把什么都给了他，还怀上了他的孩子，他就这么一拍屁股走人啦？跑得连影子都没了！"

英花说："哥，他不知道有这个孩子，我也不恨他。"

正浩说："我最恨的就是那种不负责任的男人。他干的这事，给你，给贞玉，给我们一家人造成了多大的麻烦！我要有机会见到他，我非狠狠揍他一顿！干了坏事的人，就是该受到惩罚！"

英花说："哥，不可能有这种机会的，他应该还在美国呢。"

正浩说："走吧，我们得去看李珉基了，我觉得这个人真的不错，比你为他牺牲那么多的男人强百倍呢！"

英花说："哥，我跟你说实话吧。在我生斗伊的时候，我下决心再也不结婚不生孩子了，所以，我就结扎了。"

正浩吃惊地说："什么！你这是何苦呢？"

英花说："我那时只想把感情的事抛在一边，一辈子只为舞蹈活着。"

正浩说："英花，你做事情为什么一定要走极端呢？"

英花流泪说:"已经这样了。现在我已经是个不完整的女人了,我怎么能接受他的爱呢?"

正浩说:"你啊!那就把一切全都告诉李珉基,所有的一切!如果那时他还是要你,义无反顾要娶你,那你就嫁!人一辈子能遇见个真爱你的人不容易,千万别错过了。你对他没反感吧?"

英花摇摇头说:"没有。其实我心里也早就对他有了感情,可我觉得自己配不上他,因为我已经是个不完整的女人了,嫁给他不是在害他吗?"

正浩说:"感情这种东西还是要讲究一个缘分,缘分尽了就不要再纠缠在那段感情中了。现在有幸福的希望干吗不去争取呢?如果李珉基真的能够接受你的全部,那就是你们的缘分到了。"

12.

日,内,延吉市。

某医院。

李珉基的病房。

正浩握住李珉基的手说:"再次谢谢你,你的帮忙,让我的服装厂获得了生机。"

李珉基说:"其实要感谢的是你们,是你们的服装给我们的舞蹈增添了色彩。你们厂的损失,我会跟团长商量商量,想办法给你们弥补的。哪有为我们增光的事反而让你们受损失的理。这也是歪打正着,其实更说明一个道理,是金子总会闪光的。只要是好的东西,不会永远埋没的。正浩大哥,你是个很有眼光的人。"

正浩说:"好好养伤。英花,你要好好照顾你们的导演。要说呢,他也是因为你的过失才受的伤,好在金英善老师平安无事。"

13.

日,内,延吉市。

某医院。

英花送正浩到医院门口。

英花说:"哥,你走好。"

正浩说:"你别磨蹭了,赶快把该说的都告诉人家。人家那样对你,你也该用真诚回报人家。把心彻底敞开了,把所有的一切都告诉他!如果他还要娶你的话,那说明他是真心爱你,这样你和他才不会留下遗憾。不要再畏首畏尾了,我都替你着急。"

英花点头说:"是。"

14.

日,内,延吉市。

某医院,李珉基的病房。

两人都沉默了一会儿。

英花说:"我说了,我配不上你,现在你明白了吧?导演,以你的条件,你可以找一个更好的,更适合你的女人。而我就是那只断了翅膀的大雁,已经是残缺了的不完整的女人了,我不值得你这么爱我追求我。"

李珉基说:"我明白你为什么要把这些都告诉我,我也知道你说的不完整对于女人或者对于家庭意味着什么。可是英花,你知道吗?在你不停地拒绝我刺伤我的那段日子里,我想象的情况比你说的还要糟糕。可是,就算那样,我还是没有放弃追求你,为什么?那是因为,在我眼里,你永远是一个完美的女人,你仍然是一只能够振翼高飞的大雁。"

英花摇摇头,说:"你还是不明白,我……"

李珉基说:"不,我明白自己要做什么。英花,把你的手伸给我好吗?"

英花犹豫了一下,慢慢地伸出手。李珉基握住英花的手,将它贴到自己的脸上,深情地说:"英花,嫁给我吧。"

英花眼里涌出了泪花,凝视着李珉基。

李珉基说:"英花,相信我,我会给你幸福的。"

英花的泪水顺着脸颊流了下来,她将自己慢慢地靠近李珉基。

李珉基抱住英花,眼里也闪着泪光说:"英花,我们组成的家庭,会比世上任何一个美满的家庭更完美,更幸福!"

15.

晨,内,延吉市。

老阿里郎饭店。

崔明哲一睁开眼,银姬又站在他的床前。

崔明哲说:"银姬,你每天这么一大早就来,你累不累呀?"

银姬说:"我愿意!"

崔明哲说:"你就这么不放心我?"

银姬说:"从明天起,我就让李银姬大婶过来帮你,而且,隔上几天我也会过来看看。"

崔明哲说:"在我身边安个包打听?"

银姬说:"你不看看你把个饭店管成啥样子了?我说让你把饭店关了,你不愿意,说男人要有个身份。好,我就给你个身份,但你得让李银姬大婶过来帮忙。不然的话,饭店倒了,你想要的这个身份一样也要不上!"

崔明哲说:"不止这些吧。我知道你还担心什么!还不是担心我会……"

银姬说:"对!没错。我是个女人,我当然担心自己的男人会干出那种不检点的事!现在社会上不有那么一句话吗?男人一有钱就变坏。我怕的就是这个!"

16.

夜,内,上海。

陈志宏家。

卢永吉老头腋下夹着用报纸包着的一厚叠稿子走进陈志宏住的那栋石库门房子。

卢永吉走进来问正在水龙头下洗东西的中年妇女阿青嫂说:"请问,陈志宏先生是不是住这儿?"

阿青嫂用嘴努了一下，陈志宏听到声音忙出来，一看是卢永吉就高兴地说："啊呀，是卢老啊！你怎么来啦？"

卢永吉走进陈志宏那窄小的房间，海玉正在给文俊喂饭，海玉忙让座说："卢老师啊，快请坐。"

卢永吉把报纸包好的稿子放在桌上说："我是特意从延吉赶到这儿来的。你这地方好难找啊，光门牌号就把我搞得晕头转向，我找了整整一下午。"

陈志宏说："老式里弄房就是这样，转弯抹角的地方多，门牌号就比较难找。您还没吃饭吧？海玉，给卢老弄点饭。"

卢永吉说："不，我吃过了。我是按照你给赵馆长写信的地址，我就这么东转西转转地肚子也饿了，天也黑了，心想吃了饭再找吧。结果在街口上那家小饭馆里问了一下才知道你们这里还分什么甲弄乙弄，这才摸着你住的地儿。陈志宏啊，"卢永吉拍拍那沓稿子，"这是我十几年的心血，当中还丢过一稿，所以拖到现在才整完的书稿，朝鲜文译成汉文的事就拜托你了。"

陈志宏说："卢老，你就为这事专程来的上海？"

卢永吉说："没办法，我想来想去，只有你了！你翻译的文章我知道，你是最能忠实体现我们朝鲜文原意的翻译，所以我的书稿只想由你来翻译。所以无论如何我得跑一趟上海。"

陈志宏说："我在延吉时就答应过你，您一完成我就帮您翻。那您就把书稿留下吧。"

卢永吉说："这我就放心了。不过陈志宏，你住在这儿也太挤了，哪有你在延吉的住房条件好呀！你在文化馆已经评上高级职称了，又会有更大面积的住房分给你的。你干吗一定要来上海呀？"

天井里，阿青嫂突然跟玉林哥吵了起来。

阿青嫂说："我还没有洗好嘞，你稍微等等就来不及啦？"

玉林说："我已经等了半个多钟头了，你要洗到什么时候去呀！这水龙头又不是你一家的嘞，我不过是接点水呀……"

陈志宏忙把门和窗户关好。

卢永吉说："这么吵,你怎么工作呀?"

陈志宏说："目前上海正在大量改造老的住房,以后会好起来的。再说,我这是临时租的房子,也没法讲究。要想租好一点大一点的房子,那要好多钱,我也租不起。"

卢永吉摇摇头,长叹了一口气。

17.

晨,内,延吉市。

某医院。

李珉基病房。

英花正把一束鲜花插在床头柜的花瓶里。

李珉基深情地看着英花。

英花被看得有些不好意思,坐下来说："导演,你怎么盯着人看个没完呢?"

李珉基把手伸过来拉住英花的手说："英花,你知道我在想什么?"

英花说："想什么?"

李珉基说："我们两个人现在终于可以跳双人舞了。我就这样拉住你的手抱住你旋转,不停地旋转,一直转下去。"

英花笑了,说："那会转晕的。"

李德基说："那才好呢,一直转到天旋地转,转到让我们觉得这世上只有我们两人……"

这时有人推开门,小保姆推着金英善走了进来。

金英善说："哎呀不好意思,打扰你们的二人世界了。"

英花赶忙把手抽了回来,站起身鞠躬说："老师,您来了。"

李珉基也一欠身说："老师您好。"

金英善笑着说："哎,松开干什么? 这样手拉着手气氛多好呀!"

英花不好意思地笑了笑,走过去从小保姆手里接过轮椅推到李珉基的病床前说："老师,那天把您吓着了吧?"

金英善一挥手说："不碍事，就是有点蒙，还真以为自己就此交代了呢。"然后看看李珉基，"怎么样？"

李珉基说："医生说恢复得很好，过两天就可以出院了。"

金英善："什么呀，我问你俩的事怎么样？"

李珉基一笑说："我要娶她，她同意了。"

金英善长舒了一口气，说："人生好奇怪哟，有失必有得。两件不相干的事，却成因果了。"

李珉基说："老师，谢谢您。"

金英善说："谢我什么呀？把英花赶出门？还是桥上上演的那幕过山车？你们的事原本就是水到渠成，是你这么多年持之以恒的爱修成的正果。我那一下子，也就是起了个推波助澜的作用，根本谈不上个谢字。"

英花说："不，老师，如果不是您对我的开导，我是不会迈出这一步的。我还是给您鞠一躬吧。"

金英善说："英花，看来我把你赶出门是做对了，有时候做事情就是要痛下狠心啊！"金英善看看李珉基再看看英花，脸上露出了浓浓的笑意，"唉，生活啊，怎么突然变得这么美好啊！"

18.

日，内，上海。

陈志宏家。

卢永吉说："陈志宏，我今天就要回去了。于公于私，我都想跟你好好谈一谈，劝你一句，回去吧！你现在的这个状况实在是不适合你。回延边去，延边人民尤其是延边的文化人都太需要你了。"

海玉紧张地看着陈志宏。

陈志宏说："卢老，我既然来了，就不会回去了。别人能生存下来，我陈志宏为什么就生存不下来呢？"

卢永吉说："可你在延吉的条件，要比这儿好多了。"

陈志宏说："我会努力改变我的生存条件的。"

卢永吉说:"不光是生存条件! 我是说,最主要的是你在延边可以活得像条龙,可在这儿,你只能是条虫。我是从你的自身价值来考量的,我完全是出于好心。"

陈志宏说:"卢老,谢谢你的好心。我既然来上海了,我就不会再离开上海的。"

海玉说:"志宏,我要上班去了。"然后对卢永吉说,"卢老师,你就跟志宏聊聊吧,我要出门了。"

19.

夜,内,上海。

某饭店歌舞厅。

海玉走进歌舞厅,发觉里面冷冷清清的。

海玉走进化妆间,两个女歌手和一个男歌手脸色阴沉,坐在凳子上聊着天。

其中一个女歌手甲看到海玉进来,说:"海玉姐,这几天可能唱不成了。"

海玉说:"怎么啦?"

女歌手乙说:"陈老板下午就被公安叫去问话去了,到现在还没有回来呢。"

海玉说:"准是跳那光腿舞的事。我劝他不要演这种节目,他就是不听。"

男歌手说:"还不光是穿的露一点跳舞的事,还听说有别的事呢。"

海玉说:"还有什么事?"

女歌手甲说:"还能有什么,肯定是暗地里搞色情服务呗。"

20.

日,外,延吉市。

浩玉服装厂。

一辆大卡车停在了厂房门口,正浩打开门从副驾驶座跳了下来。

贞玉高兴地迎了上去，说："运来了？"

正浩点点头说："来看看吧，咱们厂的第一生产力。"

一些工人都好奇地从厂子里出来看，俊男也从厂子里跑了出来。

正浩爬上卡车，拍拍车上长长的大木箱说："这个机器真的很神奇。花样可以复制很多份儿，所有的布就这样放在里面，嗒嗒嗒一会儿，花样就全绣好了！比人手绣得还要好看还要精致，而且一下子好几件同时就都绣出来了。"

贞玉在下面看着，脸上笑得很灿烂。

正浩看着俊男在人堆里张望着，便叫他说："俊男，去找一部起吊机，我们想办法把机器弄进厂子里去。"

俊男说："好嘞。"

21.

日，内，延吉市。

浩玉服装厂。

服装厂的一排窗户被卸开了，起吊机把绣花机吊了起来正往窗户这边运。

俊男在厂房里喊着："左，往左！哎……右一点，好。往前，进……再进一点。"

绣花机一点点被运进窗户，一些工人也围在边上七嘴八舌地在指挥，俊男恼了，大声地喊："行了！你们别吵了！"

起重机的司机听俊男喊行了，以为已经运到了位置，就把木箱往下放。结果木箱的一个角被窗户边挂了一下，嗵的一声重重地摔在了地上，所有的人都蒙住了。

22.

日，内，延吉市。

浩玉服装厂。

装着电脑绣花机的木箱重重地摔到了地上,所有的人都蒙了。

俊男呆呆地看着长木箱。

正浩从外面奔了进来,说:"咋回事? 怎么会摔下来的?!"

俊男哭丧着脸说:"我没让他放呀。"

贞玉在一边气恼急了,说:"俊男哥,你就干不成一件有成色的事!"

23.

日,内,延吉市。

浩玉服装厂。

正浩插上电源,打开机器,机器响了一会儿,却没有运转。正浩重新检查了一遍,机器还是不转,正浩急得满头大汗。

贞玉说:"机器是坏的?"

正浩说:"装箱前我们试过的呀,运转得好好的。是不是运输的时候出的问题?"

贞玉说:"不会是刚才摔的那一下给震坏了? 我觉得那一下撞得挺重的。"

正浩说:"都有可能,我再试一遍。"

正浩从头到尾有检查了一遍,试着又打开开关,还是不转。

贞玉气得直跺脚,说:"正浩,以后你别再让俊男干事了行不行? 他是干一件坏一件,什么东西都不能沾他的手。"

正浩说:"是不是刚才摔的那一下弄坏的还说不上呢,你先别急着下结论行不行。就算是,那又能怎么样呢? 我摊上了这么个弟弟,从小就没让家里省心过。但你也不能一棍子把他打死呀,至少他在外面推销服装推销的还不错吧? 而且刚才那一下子也不能全怪他。"

贞玉说:"好了好了,我不跟你争。现在机器怎么办? 花了十五万,千辛万苦弄回来,不就这样变成一堆废铜烂铁了吗?"

正浩擦着汗说:"我去找董强来看看,在那儿开机时,他也操作过一遍。"

24.

日,内,延吉市。

浩玉服装厂。

董强也试了一遍,机器还是不转。

董强掏出手绢擦了擦手说:"正浩,我们很可能又上当受骗了。这机器说不定本来就是坏的,他们想办法摆置摆置,能让它先动起来,骗过我们就行了。我可以肯定地说,你这十五万算是打水漂了。"

正浩说:"董强你干吗非把人家都看得那么坏呀?说不定机器就是刚才摔一下摔坏的呢。"

董强说:"正浩,你真是太善良太天真了。现在机器不转是事实吧?一堆废铜烂铁。有句话说,害人之心不可有,防人之心不可无。当初钱拿回来我叫你别再买了,你死活不听,现在怎么样?"

正浩想了想说:"不,我不相信那夫妻俩会骗我。而且是洪吉龙做的中间人,他也没理由去帮着人家骗我们!我再去趟韩国,去请人家懂的人来看,到底是啥原因。如果世上所有人都这么坏,那这个世界还能存在吗?坏人是有,但不是全部!骗人的事是有,但不是全世界的人都在骗人。"

25.

日,内,上海。

上海某机械厂。

大门口的门房间里。

陈志宏正坐在一张破旧的写字台前埋头翻译着卢永吉的书稿。

厂行政科的邢科长用指关节敲了敲窗玻璃。

陈志宏忙抬头,看到是邢科长,赶紧站起来说:"邢科长,您有事?"

邢科长严肃地说:"陈志宏,你在干什么?"

陈志宏说:"是延边的一位老学者送来的书稿,他让我帮忙翻译成汉语。"

邢科长说:"这儿是门房间,你的责任是看门,不是翻译间让你翻译书稿的!"

陈志宏忙说:"好好,邢科长我知道了。"一团忙乱地把书稿收了起来。

邢科长说:"门房间责任重大,也关系到全厂的安全呢。要不我们付工资用个人干什么?"

陈志宏说:"是! 是!"

26.

夜,内,上海。

陈志宏家。

海玉回到家里。

陈志宏正在给文俊用木盆洗澡,看看海玉说:"怎么样?"

海玉说:"还关着门呢。但听说志超已经出来了。唉,你弟的胆子也太大了。他要这样干下去,迟早有一天要出事的。我说我在延吉市也经营一家歌舞厅,从来不搞这些歪门邪道,只是开发一些新项目,生意一样兴旺。可他说,你这种经营,太没有前瞻性了。现在人们最感兴趣的是什么? 一个是钱,一个是性。"

有人敲了敲门,陈志超把头探了进来。

陈志宏说:"是你啊,进来吧。"

海玉忙递一只凳子给陈志超说:"快坐吧。"

陈志超坐下,脸灰灰的。

陈志宏问:"怎么样啦?"

陈志超说:"吊销经营许可证。而且饭店也不让我再承包这家歌舞厅了。公安上还罚了我一大笔款子,这几年苦心经营的那点赚头,基本上都被罚空了。哥,我现在也跟你一样,是个无业游民了。"

陈志宏说:"你别把我往你那堆里扎,我好歹还是个看门的,算哪门子无业游民啊?"

陈志超说:"歌舞厅开不成了,那海玉怎么办呢?"

海玉说:"歌唱不成,我还可以弄份其他事情做做嘛。来上海时,原本就是打算好吃苦的。"

陈志超叹了口气，从口袋里掏出一小叠钱放在桌子上。

海玉说："你这是干什么？"

陈志超说："阿哥，虽然我这次被公安罚了一大笔款，饭碗也丢掉了。但海玉这个月的工资我还得给。总不能让嫂子这么白唱二十几天，别的歌手的工资我也给结了。生意是我做砸的，总不能让别人也跟着我受损失。再说，瘦死的骆驼比马大呀，剩下的那点积蓄也够我撑一阵子了。"

海玉说："志超，那就谢谢你了。"

陈志超说："我知道你们现在也很艰难。阿哥，不是我说你，我听海玉说你们在延吉也算是有身份有地位的人，你们在那边生活过得蛮惬意的，跑到上海来做啥？"

陈志宏说："是姆妈硬要我们回来的。"

陈志超说："姆妈她是个家庭妇女，懂啥呀？上海现在也慢慢开始变成有钱人蹲的地方了。没有钱，你千万别在上海待，尤其是像你这样没有户口，除了啃书本又没啥别的本事，寻不到一个好工作，你待在上海简直就是受罪。"

陈志宏说："志超，你今后做什么？"

陈志超说："还没想好。反正歌舞厅我是干不了了，太难把握，一滑边搞不好就栽进去。政策一会儿松一会儿紧，摸不透。所以海玉，对不起了，你也只好另找出路了。"

27.

日，内，韩国首尔。

李钟镐家。

李钟镐把洪吉龙和正浩迎进家。

李钟镐说："金正浩先生，你又到这里来有什么事吗？机器没运到？还是出了什么问题？"

正浩说："运是运到了，可不知道为什么打开后机器不运转。"

李钟镐说:"这个可不管我的事,运走的时候绝对是好好的,这个你也试过了,董事长也能作证对吧?"

正浩说:"李钟镐先生,我绝对没有怪罪你的意思。我只是专程请你帮我们去看看。"

李钟镐说:"去中国?"

正浩说:"对。"

李钟镐说:"这个……买卖合同里没有这一条吧。"

洪吉龙说:"金正浩先生的意思是,他请你去中国,让你看看机器不运转的原因在哪里,你去中国的所有费用都由他承担。"

正浩说:"只要能把机器修好,我还要陪你到我们延边的长白山去旅游,还可以到北京去玩一圈。所以麻烦你跟我走一趟吧。机器不运转,那我们买你的机器搁置在那里就是一堆废铁,对我们的损失很大,希望你能理解,也希望你能帮助我们。"

洪吉龙说:"我知道你最近也是闲着没什么事,就当是去中国旅游,顺便帮他们看看机器,怎么样?"

李钟镐高兴地说:"那行,那行!"

28.

日,内,上海。

某机械厂门房间。

趁没人时,陈志宏仍在偷偷地翻译书稿,但还是被邢科长发现了。

邢科长拉开那张破旧的办公桌抽屉时,发现了书稿和陈志宏翻译的稿子。邢科长说:"陈志宏,这是怎么回事?"

陈志宏没敢吭声。

邢科长说:"陈志宏,我知道你家里的经济状况比较困难,想翻译点东西,再挣点钱。但门房的工资虽然不高,可责任重大你不知道吗?"

陈志宏说:"邢科长,我翻译这些书稿只是尽义务,没有钱的。"

邢科长说:"那你还干它做什么? 而且又是在工作时间。陈志宏,你再让我发现,我就要请你卷铺盖了！这次我还是放你一马吧,你是个知青,我也很同情你,但你这个月的奖金只能全部扣除了。"

29.

日,内,延吉市。

浩玉服装厂。

李钟镐在机器旁摆弄了一阵后,电门一打开,机器运转起来了。

正浩、贞玉、董强、俊男,以及其他工人的脸上都绽开了笑容,欢呼声响彻整个厂房。

一个个精美的花样在绣花机器的针脚下显现出来。

30.

日,外,长白山。

正浩领着李钟镐在山上领略着长白山的美景。

31.

日,外,北京市。

天安门前。

正浩在给李钟镐拍照。

李钟镐满脸的兴奋,对正浩说:"金正浩先生,你是个说话算数的人!"

正浩说:"我是个做生意的人,诚信比什么都重要。要不,你以后还能相信我吗?"

李钟镐敬佩地点点头。

32.

日,内,延吉市。

浩玉服装厂。

大车间。

工人们在缝纫机旁缝纫衣服。贞玉来回走着,检查着质量。

33.

日,内,延吉市。

浩玉服装厂。

成衣车间。

贞玉认认真真仔仔细细地检查着每一件衣服和裙子的质量,凡是她认为不合格的,都扔到了一个纸箱子里。

董强进来,看了一会儿。高兴地对贞玉说:"贞玉,高兴不高兴?"

贞玉这才注意到董强,说:"高兴什么?"

董强说:"你设计的韩服已经打到国外去了呀!"

贞玉一笑说:"当然高兴啦。不过,最高兴的是那台绣花机。正浩说,就是这台机器改变了我们厂的面貌。"

董强说:"是啊,所以你老公天天把科技是第一生产力挂在嘴边,算是他找对方向了。"

贞玉扑哧一笑,随手把一件衣服扔进了纸箱里。

董强说:"贞玉,这些衣服是……"

贞玉说:"哦,是次品。"

董强拿起一件翻看了半天,说:"次在哪儿? 我怎么没看出来?"

贞玉指了指说:"那儿,走边的针脚弯了。"

董强说:"不会吧,这也算次品?"

贞玉说:"正浩说了,这是我们服装厂第一批出口韩国的产品,是去打牌子的。所以质量上绝对不能有一点点马虎。"

董强说:"怪不得要让你当质检员。可是……这么一点毛病,除非你这个老法师才看得出来,就这样被刷下来了? 太可惜了吧!"

贞玉说:"这就是质量。正浩说,我们出去的每一件产品,不能在生产工艺上让人挑出一点毛病,每一件衣服都应该是优良品。"

董强说:"贞玉,你还真是生活在你家正浩的天空下啊! 他说的每句话都当圣旨。"

贞玉说："男人本来就是天啊！再说了，质量上严格要求也没什么不好嘛。毕竟这些服装就是我们厂的脸面呀！正浩还说了，人家外国人检查质量严格得让你有点受不了，衣服上只要拉出来一点线头，那就是次品！不要说是针脚弯了。与其是让人家外国人挑出毛病，还不如咱自个儿先挑出来！不然，丢的是咱们自己的脸。"

34.

日，内，延吉市。

浩玉服装厂。

成衣车间。

正浩拿起一件幼童穿的女式小袄给边上的董强看，可爱的款式，优质的面料和上面精致的绣花都让两人欣喜不已。

旁边还有一些熨烫完毕的成衣正等待装箱。

正浩和董强相互看看，两人击掌，满脸的喜悦。

第二十集

1.

晨,内,延吉市。

菜市场。

银姬带着玉姬的姑娘在采购。

有一位工人推着一辆三轮车在后面跟着,三轮车上放着几个筐子。

银姬和玉姬来到卖海参的摊位前,银姬挑挑拣拣地挑得很仔细。银姬说:"玉姬啊,你要记住,最好的海参是长三到五公分的。你再看看,这些海参都带刺吧? 每只海参刺在十九到二十一之间的最好,这样的海参做葱烧海参是最好的。但符合这种规格的海参不多,所以每次少买点,宁少毋滥,要不砸了牌子就不合算了。"

玉姬在一边点头说:"银姬姐,你懂得真多。"

银姬说:"让你担任饭店的采购,责任很重呢。"

玉姬:"我一定好好跟你学。"

她们走到卖猪肉的柜台前。银姬拿起一块切成长条的肉仔细看,边对玉姬说:"看见这块肉的色泽了吧？ 如果是陈肉，肉的颜色就发暗，做出来的锅包肉味道就会走掉。"

肉摊老板说："我这肉可是新鲜的，一大早刚从屠宰场出来的！"

银姬一笑说："我没说这是陈肉，我告诉我的这位妹妹，老板这里的肉是最新鲜的肉。称上二十斤吧。"

肉铺老板高兴地点头说："是。"

2.

晨，外，延吉市。

菜市场门口。

三轮车上的箩筐里已经装满了采购来的各种菜。

银姬对玉姬和推着三轮车的店员说："你们先回饭店去，我还要到老店里去看看。"

玉姬说："是。银姬姐，跟着你真长学问。"

银姬说："我再带你两天，以后你就要自己独立操作了。"

玉姬说："是，我会用心做的。"

银姬点头说："快回吧。"

3.

晨，外，延吉市。

老阿里郎饭店。

银姬快步走到饭店门前时，看到一个漂亮女人匆匆从饭店里走出来。她迎面看到银姬，神色立刻显得有些慌乱，匆忙拐进一条小路一会儿就消失了。

银姬看看饭店的二楼，三步并作两步进了饭店。

4.

晨，内，延吉市。

老阿里郎饭店。

银姬奔上楼,猛地推开那间小账房的门。

崔明哲正在穿衣服,看了看银姬说:"你怎么又来了?"

银姬说:"刚才出去的女人是谁?"

崔明哲说:"什么女人?哪来的女人?"

银姬说:"我刚才看见有个女人从饭店走出去。"

崔明哲说:"银姬,你是不是太劳累了?"

银姬说:"什么意思?"

崔明哲说:"两眼昏花了吧!这儿哪有什么女人呀,等一会儿倒真是有个老女人要来。"

银姬说:"谁?"

崔明哲说:"李银姬啊,你派到我身边的密探呀。"

银姬想了想说:"行,崔明哲。今天这个女人从你的嘴巴上溜走了,我再问也没用。可今后你别让我真的撞见了。"

崔明哲说:"从今天起,我回家去睡你总可以放心了吧?"

银姬说:"那好,晚上我让李银姬大婶留下看店吧。"

崔明哲说:"连自己的老公都不相信,你是个什么女人?"

银姬说:"女人最不放心的就是自己的老公,别的男人我才不管呢!有什么放心不放心的?"

崔明哲说:"我下去了。"说着就要从银姬身边往下走。

银姬拦住他说:"扣子。"

崔明哲说:"什么?"

银姬说:"扣子系错了。"说完转身走出了房间。

5.

日,外,延吉市。

浩玉服装厂。

正浩对董强说:"董强,这下你可以放心了吧?"

董强说:"正浩,你别挖苦我。反正我还是那句话,防人之心不可无,没错!"

正浩说:"这话当然没错。可咱们中国也有句老话,不入虎穴焉得虎子,一点风险都不担,那啥事也办不成!"

这时郑雪梅奔进厂里来。

郑雪梅说:"丹东那边的船已经联系好了,你们赶快发货吧。"

正浩说:"稍等等,这不在装车吗?"

董强说:"郑雪梅,听说你要结婚了?"

郑雪梅说:"没错。我再拖下去,不就成了没人要的老姑娘了?"

董强说:"你不是没人要,是你心界太高! 最后就拖成这样。"

郑雪梅说:"你别说我,你自己也快点找一个吧!"

董强说:"哼,我才不会随便找呢! 我要找就得找一个比海玉还漂亮的朝鲜族姑娘。"

正浩在一边问郑雪梅说:"跟谁结婚?"

郑雪梅说:"外贸公司的高峻皓。"

正浩说:"他不是有爱人吗?"

郑雪梅说:"去年死了。"

董强说:"听说还留了个十一二岁的儿子?"

郑雪梅说:"对。"

正浩说:"你……"

郑雪梅说:"怎么啦? 你金正浩又不肯要我。找不到我爱的,那我就找个有地位的爱我的,气死你!"

正浩说:"郑雪梅,你不觉得这样太委屈你自己了吗?"

郑雪梅说:"可我愿意!"

6.

日,内,上海。

陈志宏家。

海玉雇了一辆黄鱼车,拉回来一车的坛坛罐罐,然后穿过天井往家里搬。

阿青嫂看见了,就说:"海玉,你买这么多坛坛罐罐做什么呀?"

海玉说:"我准备腌一些我们朝鲜族的泡菜。"

阿青嫂说:"腌这么多,你们两口子要吃到什么时候呀?"

海玉说:"不是自己吃,自己吃哪里吃得了这么多呀!主要是去卖,上海的开销太大。"

阿青嫂说:"你不是在歌舞厅唱歌吗?听说你唱歌唱得老好的。"

海玉说:"不唱了,我唱的那家歌舞厅出事情了。"

阿青嫂说:"是呀,不唱也好,那种地方不是什么干净的地方。"

7.

傍晚,内,上海。

陈志宏住的那栋石库门房。

海玉让黄鱼车拉回一大堆白菜、萝卜、卷心菜之类可以用来腌泡菜的蔬菜。

海玉正忙着开始腌菜,陈志宏背着文俊下班回来了。

海玉说:"志宏,我得赶快把菜腌起来,要不明天菜都蔫了。晚饭你自己做着吃吧。"

陈志宏说:"那好。"

正在水龙头下洗菜的玉林说:"海玉,我听阿青嫂说,你要腌你们朝鲜族的酸菜,准备拿出去卖是吧?"

海玉说:"是。"

玉林说:"你腌菜卖我管不了,但腌菜的这些坛坛罐罐可不能摆在天井里。"

海玉说:"那搁到哪儿?"

玉林说:"那我可管不了,只是不许放在天井里。天井是我们这几家的公共面积,谁都不能任意占用!"

海玉听了后,发愁了,但她仍继续腌菜。

玉林还在一边说："你们来我就说了，要想做上海人，就要懂得做上海人的规矩。"

8.

日，内，靠山屯。

许应灿家。

英花领着李珉基走进家门，带着大大小小好多礼品。

英花朝许应灿和玉顺深鞠了一躬说："爸爸，妈妈，我回来了。"

许应灿指指李珉基说："这是谁呀？"

玉顺说："老头子，有你这么问话的吗？"

英花说："爸爸，妈妈，这是我们歌舞团的导演，叫李珉基。"

许应灿点点头说："哦，你们歌舞团的导演。坐吧，快坐。"

玉顺也高兴地说："导演，您请坐。"

李珉基对英花说："英花，我们一起给爸爸妈妈磕个头吧。"

许应灿说："慢，慢！怎……怎么磕头？爸爸妈妈？英花，咋回事？你们导演咋啦？"

英花低头说："爸，妈，我和珉基要结婚了。"

李珉基说："我跟英花已经领了结婚证了。只是婚礼什么时候举行，特地来征求二老意见。"

许应灿和玉顺都愣在那里了。

英花说："爸，妈，我们再过一个月，要到北京去参加全国的舞蹈大赛。等比赛回来就正式举行婚礼。所以我和珉基先把结婚证领了。"

许应灿说："你们结婚证已经领了？"

英花说："领了。所以珉基就是你们的女婿了。"

许应灿拿烟杆指指英花和李珉基，半天说不出话。他突然把烟杆咚的一声砸在桌子上，大吼一声说："滚出去！"

玉顺吓了一跳，李珉基也很吃惊。

英花说："爸，您别发火嘛，听我说……"

许应灿说:"我不听!都给我滚,我就当没你这个女儿!"

玉顺急了,说:"老头子,你这是干啥?女儿要结婚了,这是喜事啊!你不是天天都在叨叨怕女儿嫁不出去吗?"

李珉基说:"爸爸,我同英花结婚,确实仓促了点。但您听我解释……"

许应灿说:"解释个屁!你们把我当什么啦,啊?我许应灿上辈子欠了你什么啦?养你这么个女儿,养了二十年,突然一天不见了,一走就是好儿年,是死是活都没个信儿!弄得两个老的跟丢了魂似的到处找。好容易回来了,见着了,心想可以过两天舒心日子了,又说什么要跳舞不想结婚不要孩子,我们两个又整天提心吊胆担心你以后咋办。这才多阵儿工夫,不吭不哈又拉回个男人说你要结婚了,结婚证都领了!我们是谁?你爸你妈!订婚还没订呢,结婚证就领了?我们……我们没死!你凭啥自作主张,啊?"

英花哭了,说:"爸、妈,我不是成心不让你们知道的。我只是不想再让你们操心我的事。"

许应灿说:"不操心?操心得还少吗?按规矩,你得先把这个男人带到家里让我们看看,得爸妈同意了再会会亲家,然后订婚,然后再领结婚证,然后再热热闹闹办个婚礼。人我才刚刚见着,你们已经把结婚证都领了,你们眼里还有没有我们,有没有?"

英花说:"这都是我的主意,我不想办什么订婚,因为我们有很重的演出任务,是要上北京去参加比赛!另外,我们也不想办什么结婚典礼这种仪式。只要跟我爱的男人在一起就够了,要那些虚的俗套干什么呢?爸、妈,我知道一开始没带珉基来见你们是我的不对,因为我想不管你们同意不同意我都要跟他结婚的,所以……"

许应灿说:"行,既然没我们同意你们一样要结婚,那就当没我们吧。走,你们走!"

玉顺也说:"英花,你怎么可以这样呢?你们要结婚,我们高兴都来不及,又怎么会不同意呢?你这么做太伤我们的心了。"

英花噗的一声跪下了,哭着说:"爸、妈,你们别这样好不好?"

李珉基也跪下了,说:"爸爸、妈妈,这件事情是我们考虑不周,请你们原谅我们吧。"

玉顺说："你们为什么不想办订婚、结婚典礼的仪式呢?"

英花说："我不想那么多人挤在一起,让别人指指点点的,我受不了!"

玉顺说："人人都是这么过来的,有什么受不了的呢?"

英花说："我就是受不了!"

9.

日,内,上海。

陈志宏住的石库门房。

海玉把腌好的菜一坛一坛往家端。那拥挤的小房间已经无法再往里面挤坛子了,因为连走路的道都没了。还有几坛腌菜只能在家门口搁着,海玉正在发愁,阿青嫂从自家屋走进天井。

阿青嫂说："海玉,你菜腌好啦?"

海玉说："腌好了。阿青嫂,要不你尝尝看?"海玉说着从坛子里抓出一把递给阿青嫂。

阿青嫂只从海玉手里面拉出一点点,放到嘴里尝了尝说："喔哟,味道老好呃。比外面卖的韩国泡菜味道还要好。"

海玉说："那你拿回去吃吧。"

阿青嫂说："这怎么好意思啦?"

海玉说："这点青菜萝卜能值几个钱呀,拿点吧,晚上叫你们家里人也尝尝。"

阿青嫂说："那多不好意思呀,那就谢谢啰。"

海玉说："阿青嫂,我就把这几坛子放在家门口了,你要吃自己拿。"

阿青嫂说："搁着吧,没事的。你是放在自家门口,又不是放在天井里。"

10.

日,内,靠山屯。

玉顺说："英花,你们这样做,跟你正浩哥商量过没有?"

英花摇摇头,说:"没有。可我们俩的事正浩哥他知道。"

许应灿说:"你要觉得我们这儿远,懒得跑来跟我们打照面,可你正浩哥就在延吉,他是你大哥,可你连正浩哥都没去跟他商量,那你眼里还有没有长辈啊?"

玉顺说:"老头子,你还在气头上,你别说,让我来说。"玉顺转头看看英花和李珉基,叹了口气,"不管怎么说,这事你们做得肯定不对。结婚那么大的事,跟谁都不商量就自己做了主张,轮着哪家的父母都不会乐意的。你们俩现在就回延吉去,找你们的正浩哥商量商量,到底该咋办,商量好了再来。"

许应灿说:"对!正浩说咋办就咋办。要是正浩不点头,你们的婚事我不认!"许应灿气哼哼地要进里屋,一眼看到英花他们带来的那些礼品,火又噌噌地往上冲,走上前把那些礼品统统拾起来扔到院子里说:"眼里没爸没妈的人,你们的东西我们不要!"

英花跪在那里落泪,李珉基很尴尬很沮丧地对英花说:"英花,那我们先回去吧。"

11.

日,外,靠山屯。

许应灿家院子里。

许应灿闷着头蹲在门口抽旱烟。

玉顺在收拾散了满地的礼品,嘴里嘟哝着说:"有气也不能冲着东西撒呀,你看看!人家说天不打送礼的人,你那架势,我还真是怕你那旱烟袋冲着女儿就砸过去了。"

许应灿说:"哎哎哎,你手轻点,那盒子快散架了,东西都要掉出来啦!要搁着以前,我早往她脑袋上砸了。现在她也老大不小了,还带个男人回来,总得给她留点面子。"

玉顺说:"你那是叫留面子啊?你看咱女婿那张脸,涨得跟猪肝似的。女儿不懂事也是咱女儿,哪有连女婿一起骂的?"

许应灿说:"谁承认他是我女婿了!那个死丫头不懂事,找个男人也不懂礼数吗?"

玉顺说:"现在的城里结婚都讲究个新事新办,有集体婚礼的,也有旅游结婚的,年轻人有他们自己的想法,你何苦非要在这事上为难他们呢?"

许应灿说:"咋叫为难了?咱们就这么一个女儿。儿子嘛不争气,搞不好一辈子都找不着媳妇儿。原指望这个女儿能给咱们争个脸面,风风光光办一回,她倒好,来个先斩后奏,我能答应吗?"

玉顺说:"不还没正式结婚吗?"

许应灿说:"结婚证领了,那就是结婚了!现在年轻人把结婚证叫什么?叫通行证!只要领了结婚证,就可以一起在床上睡了。"

玉顺说:"看你说得多难听!那要是正浩答应了呢?"

许应灿说:"不可能!正浩绝对不会答应的。"

12.

日,内,延吉市。

州歌舞团排练厅。

坐在轮椅上的金英善和坐在她边上的李珉基看着演员们正在跳着的舞蹈,英花在领舞。

金英善满意地点点头,对李珉基说:"英花跳出我所需要的味儿来了。"

李珉基说:"她的悟性真的很好,跳舞也是需要天赋的。"

音乐结束了。金英善朝大家鼓了鼓掌,说:"大家真的跳得很好,我很满意。不过呢,这个舞蹈要拿到北京去参加比赛,还需要再做一些修改。我把修改方案已经交给导演了。你们再过两天就要去北京了,所以,大家再加把劲儿,再努把力,争取拿个大奖回来!"

大家鼓掌。

13.

日,内,延吉市。

州歌舞团排练厅外走廊。

小保姆金香在排练厅门口候着。

李珉基和英花把金英善推到门口,金香接过轮椅。

金英善说:"你们继续排你们的。有金香送我回家呢。"

英花说:"那老师您走好。"

李珉基说:"老师,明天见。"

金香推着金英善在走廊上走,李珉基和英花都回排练厅去了。

金英善低着头,渐渐的她身体蜷曲起来,双手使劲儿顶着腹部。

金香说:"奶奶,您怎么啦?"

金英善的额头上布满了豆大的汗珠,她咬着牙说:"金香,去医院……"

14.

晨,外,延吉市。

菜市场。

银姬和玉姬带着一位员工在市场里采购。

银姬走进一家豆腐坊里对玉姬说:"这家豆腐坊是我们饭店定点的豆腐坊。"

一位五十几岁的妇女迎了上来。

银姬说:"崔大姐你好。这是我们饭店的采购,叫玉姬。今后就是她来了。"

崔大姐说:"那好。金老板,最近我们的豆腐你还满意吗?"

银姬说:"我正要跟你说这事呢。最近你们的豆腐有点老。"

崔大姐说:"是吧? 我们这里过去的那个老师傅走掉了,换了个新人,可能经验不够。"

银姬说:"那你告诉他,卤水再少点,豆腐就会更嫩点,味道也会更好些的。"

崔大姐说:"那行,我让他试试。"

15.

晨,内,上海。

陈志宏,海玉刚起床,就听见玉林在门口叫:"陈志宏,你出来!"

陈志宏走出房间说:"玉林哥,什么事?"

玉林说:"我不是跟你们家海玉讲了吗?腌咸菜卖我管不着,但这坛坛罐罐的不允许放在天井里。"

海玉忙出来说:"玉林哥,对不起,家里实在搁不下了。这几个坛子暂时在门口放两天,谢谢你了。"

玉林说:"不行!大家都这么做,那天井不成了储藏室了?那还怎么洗衣洗菜啊?赶快搬到家里去!不然的话,我就要采取行动了。"

阿青嫂从屋子里跑出来说:"玉林哥,你就让他们搁两天吧,人家做点小生意不容易。"

玉林说:"不行!这个头不能开!这头一开,将来大家都这么做,过不了两天,这天井就成战场了。"

陈志宏说:"海玉,把这四个坛子拿回家里去!"

海玉说:"那往哪儿搁呀?"

陈志宏说:"往床上搁!"

16.

晨,外,延吉市。

菜市场。

银姬和玉姬走进一家米肠店。

米肠店老板卞大姐迎出来说:"金老板,你来啦。前两天送过去的米肠怎么样啊?"

银姬说:"卞大姐,今天我就是特意来告诉你呢,前些日子的米肠,猪血放少了。这样鲜味香味都欠了点,另外,又稍微咸了点。"

卞大姐说:"哎呀,我知道了。等我改进后再给你送去吧。"

银姬和玉姬走出米肠店,银姬说:"采购回来的菜要经常跟厨师沟通,如果哪个品种发现问题就要及时同原料商沟通,这样才能保证饭店里的菜品质量上不会下滑。"

玉姬说:"是。"

银姬忽然发现崔明哲在她眼前一闪就过去了。银姬赶紧追了上去,追到菜市场门口,似乎看到崔明哲拉着一个女人消失在人群里。

跟上来的玉姬问:"银姬姐,怎么啦?"

银姬说:"没什么,可能是我两眼昏花了,哼。咱们回吧。"

玉姬看银姬突然变得情绪低落,关切地说:"银姬姐,你看到谁啦? 脸色怎么那么难看?"

银姬叹口气说:"我大概是看错人了吧。玉姬,为什么男人跟男人就是不一样呢?"

玉姬一笑说:"男人就是男人,有什么不一样的?"

银姬说:"像我哥那样的男人,既顾着事业又顾着家庭,做人也是顶天立地。可有的男人,女人在辛辛苦苦闯事业,每天顾着家里还要赚钱,他倒好,没事总能给你捅出点事儿来,还想着法儿找乐子。"

玉姬说:"像银姬姐大哥的那种男人是个稀罕物! 大部分男人啊,都是你说的后一种那样的。"

银姬说:"你还没结婚呢,怎么知道?"

玉姬说:"没吃过猪肉还没见过猪跑吗? 现在不有好些男人都这么说,人生不寻点乐子,那这人生过得还有啥意思?"

银姬说:"你都从哪儿听来的?"

玉姬说:"饭店里呀! 酒桌上听到的还少吗?"

银姬说:"那你可别找这样的男人。"

玉姬说:"真要摊上了,那也是没办法的事。谁让男人天生就是天,女人生来就是地呢。"

银姬摇摇头说:"你还没当媳妇呢,怎么当媳妇的思想准备倒有了?"

17.

日,内,延吉市。

某医院。

金英善的病房。

金英善躺在病床上,金香坐在病床边。

医生走进来说:"金英善同志,能不能请你的亲属来一下?"

金英善说:"我这这儿只有两个亲人,都是我的学生,其他就没有了。有什么事吗?"

医生说:"那能不能请他们来一下?"

金英善说:"有什么事,你就直接跟我说! 我那两个学生,有重要的任务要完成,我不想打扰他们。"然后看看金香说:"金香你先出去一下好吗?"

金香点点头,走出病房。

金英善说:"好,医生您说吧。"

医生说:"你真的没别的亲属了?"

金英善淡淡一笑说:"医生,你怎么婆婆妈妈的? 是不是我老太婆已经活到头了? 这有什么啦? 是人就总有这么一天的! 什么话你就直接告诉我好了。"

18.

日,内,延吉市。

正浩家。

英花、李珉基和正浩面对面坐着。

李珉基说:"正浩大哥,这件事就只有求你帮忙了。"

正浩说:"这件事确实是你们做得不对,怪不得爸妈生气。"

英花说:"哥,爸的脾气我知道,要是知道我要结婚,他恨不能张罗得全屯人都知道。可我不想这样做,我只想安安静静的,自家人知道就行了。"

正浩说:"你有没有认真地为爸爸妈妈考虑过? 你的那些事情,家里只有我们几个知道,爸妈什么情况都不知道,你让他们不张扬,可能吗? 我跟贞玉,银姬和明哲,海玉和志宏,哪一个婚礼不是办得热热闹闹的? 现在轮到爸妈的亲生女儿了,静悄悄的,一点动静都没有,你叫爸妈的面子往哪儿搁? 而且屯子里人就更会说闲话了你说是不是?"

英花说:"哥,我真的不想搞这个排场,我……"

正浩说:"英花,不管怎么说,这都是你人生的第一次,也许是唯一一次的婚礼。不要说做爸妈的不愿意委屈自己的女儿,我这个做大哥的要是不帮你操办这个婚事,那我这个老大有多失责啊! 你知道爸妈为什么让你们来找我吗? 其实就是要考验考验我这个大哥是不是一碗水端平了! 所以无论如何,你们的婚礼一定要办,而且要办得像像样样轰轰烈烈的!"

李珉基看看英花说:"英花,听正浩大哥的吧。我们没征得父母同意就领了结婚证,这本身就是对长辈的不尊重。如果在结婚典礼这种事情上再不顺着他们的意的话,我怕……他们真的不肯接受我这个女婿。"

正浩说:"这态度才对! 英花,现在就看你了,你说个话吧。"

英花不吭声,眼睛里含着泪。

正浩叹了口气,说:"英花,你的心思我们都理解。可是爸妈的心情你能理解吗? 我们做事情不能只考虑自己,因为我们不是只生活在自己的圈子里。再说了,英花,别再看低自己了。只要李珉基不嫌弃,以前的事就是个零,我们从零开始,这有什么不好的? 办个婚礼吧,让大哥帮你操办。现在国家发展了,我们延边也发展了,经济条件允许我们能把婚礼办得更好,只要别太铺张太浪费不就行了? 让爸妈高兴一下吧,啊?"

李珉基也恳求地看着英花说:"英花。"

英花看看李珉基,再看看正浩,终于点了点头。

正浩和李珉基都舒了口气。

正浩说:"那好,我明天就去把爸妈接来。李珉基,你父母在延吉吗?"看李珉基摇头,正浩说,"那你就去把父母接来,先让两对亲家见个面,这个程序一定要走,不然就是不尊重长辈。亲家碰头以后,我们再商量,按我们朝鲜族的风俗办个像模像样的婚礼!"

李珉基说:"是。"

19.

傍晚,外,延吉市。

州歌舞团大楼门前。

英花和李珉基赶到大楼前,看见金香正站在门口焦急地等着他们。

英花说:"金香,怎么啦?"

20.

傍晚,内,延吉市。

某医院。

金英善的病房。

英花和李珉基站在病床前。

金英善一笑说:"我就知道金香这个小丫头肯定是去找你们了。人老啦,消化系统出了点问题,有点消极怠工了!医生已经给我开过药了,他说我最近不太注意休息,所以才会造成什么功能性紊乱之类的这种毛病,让我住院就是为了要我强制性休息。唉,我真想回排练厅再看你们跳舞啊!"

英花说:"老师,您最近是太辛苦了!每次都要陪我们熬那么晚,您年纪大了,一定要多注意休息呀。"

金英善说:"是啊,我是该休息休息了。可你们不能松懈呀!别忘了,再过两天你们就要上北京去了!晚上你们不还要加班吗?"

李珉基说:"老师,您没事,我们才能放心地去呀。"

金英善说:"你看我像有事的人吗?金香是小题大做了,赶快回去吧!"

英花说:"那老师,您好好养病,等我们从北京一回来,就来看您。"

金英善说:"行,最好捧个奖杯回来!"

21.

夜,内,上海。

陈志宏家。

屋里摆的坛坛罐罐已经没有插足的地方了,连一张吃饭的桌子上也搁着两个坛子。

陈志宏把电灯往下拉一拉,说:"这让我怎么工作呀?"

海玉去把桌子上的坛子搬开,抱在身上,看看拥挤的小屋里真是没地方可搁了。

陈志宏说:"快挪掉呀! 我得抓紧时间把卢老的书翻译出来,现在就晚上这么点时间可以用了。"

海玉说:"好,好,我马上腾,我马上腾。"想了想,还是把坛子拿到门外的墙角边上放下了,然后又往外抱出了两个。这才腾开位置,让陈志宏可以坐下来做事了。

陈志宏在埋头翻译书稿,海玉给他倒了杯茶。海玉坐在床沿上,看着睡熟的文俊,看看满地的坛子,再看看挤满东西的小屋,长叹了口气说:"我们这是过的什么日子呀?"

陈志宏说:"这日子不是你要来过的吗?"

海玉说:"对! 我就想来上海,想当个上海人! 但不是当个过这种日子的上海人。可能,我们来得还不是时候。"

陈志宏说:"海玉,面对现实吧! 现实是很残酷的,它不会像你想象的那么美好。"

22.

晨,内,延吉市。

浩玉服装厂。

成品车间。

贞玉仍在一件一件仔细地检查着服装的质量。

几声雷声过后,屋外开始下起大雨来。

正浩走了进来,身上淋了些雨,贞玉忙过来帮他擦。

正浩说:"不合格的服装很多吗?"

贞玉说:"已经快有两箱了。"

正浩说:"让工人们操作的时候再严谨些。你这里也不要放松。跟国外做生意,信誉是第一位的,尤其是质量方面,一点小差错都不能漏。"

贞玉说:"这我知道,不过这些次品怎么办? 就当处理品便宜点给别人吧。"

正浩说:"绝对不行! 现在延边也开放了,很多外国人都会在我们这里的商店购物,万一给他们买到这些处理品拿回去,那不是砸我们自己的牌子吗?"

贞玉说:"那咋办?"

正浩说:"一律销毁!"

贞玉说:"销毁啊! 太浪费了吧?"

正浩说:"为了信誉,这样做值! 信誉有时是用钱买不来的。丧失了信誉也就丢了市场。贞玉,咱们千万别做这种傻事。"

贞玉点点头。

正浩说:"贞玉,我今天要回趟靠山屯。"

贞玉说:"下着大雨呢。"

正浩说:"那也得去! 你知道吗? 英花和李珉基就要结婚了。他们说从北京参加完舞蹈大赛,回来就举办婚礼。"

贞玉说:"真的! 可她怎么没告诉我们呢?"

正浩说:"她连爸妈都没告诉就跑去跟李珉基领了结婚证。"

贞玉说:"啊? 英花怎么能这样呢? 应灿爸爸要气死了。"

正浩说:"是啊,英花领着李珉基回去见爸妈,结果被赶出来了。刚才我给英花做了一下思想工作,到时候,我们先把爸妈接过来,跟李珉基的父母见个面。等他俩从北京回来后就办婚礼,办得热热闹闹的,让老爸老妈的脸面也光彩光彩!"

23.

晨,内,上海。

陈志宏住的那栋石库门房。

陈志宏正在门口的天井里刷牙。玉林跑出来说:"陈志宏,你们怎么那么不自觉呢?"

陈志宏说:"怎么啦?"

玉林说:"我不是跟你们说过了吗?坛坛罐罐的东西不要搁在天井里,天井是我们公共的,不是你们家的。私自占用公共使用的场地是不是太自私了。"

陈志宏说:"我去上班以后,这些坛子就搁进去了,现在我们人都在家里,屋子里没地方放,所以才暂时搁到门口的。再说了,我只是搁在我自家的门口,又没放到天井里。"

玉林说:"不管是什么理由,只要你搁在你家以外的空间,就是占用了公用的场地。"

海玉也忙出来说:"我们就搁几天好吗?"

玉林说:"行了行了,你们这种人我清楚,今天搁几天明天搁几天后天再搁几天,有个完吗?告诉你,公共场所,一天都不能搁!"

阿青嫂跑出来说:"玉林哥,不要这么斤斤计较嘛。这天井是我们三家用的,海玉把这几个坛子搁在门外,我是同意的。人家就做这么点小生意,不容易。"

玉林说:"陈志宏,不是我不讲情面。你自家里怎么放东西我管不着,但公共场所就是公共场所,任何人不能私自占用!这是个原则问题。大家都往天井里乱放东西那这个公共场所就不存在了,到时候就有吵不完的架,打不完的仗。所以我丑话说到前头,赶快把这几个坛子搬回家去。"

24.

晨,内,延吉市。

浩玉服装厂。

成衣车间。

董强匆匆走进成衣间,对贞玉说:"贞玉,韩国那批货快完成了吧?"

贞玉说:"第一批是快完成了,可第二批的订单已经来了,要得更紧。怎么啦?"

董强说："我不是把厂里出口到韩国的那几种服装做样品挂在店里吗？尤其是你改进过的那几样男装，要的人特别的多。那个在龙井开服装商场的姜经理你还记得吧，那家伙非要把我店里的几件样品都拿走。你这儿能不能给我融出几件？我先把他打发掉。"

贞玉笑着说："一件都融不出来。"

董强看到搁在一边的那两个大纸箱，眼睛一亮说："把这个处理给我怎么样？"

贞玉说："董强哥，你不是知道的嘛，这些服装都是我挑出来有点毛病的。"

董强说："你那哪是挑啊，你是在拿放大镜找！"

贞玉说："可那些确实是有毛病的。"

董强说："所以说是处理给我嘛。"

贞玉摇摇头说："不行，正浩说了，这些是不合格品，要销毁的。"

董强说："这个正浩，脑子是不是有毛病啊？这么好好的服装干吗要销毁？又不是毛病大得没办法了，作为等外品我都觉得可惜了！不行，真是奢侈加浪费，我拿走了！"

贞玉说："董强哥，你别拿，正浩回来要骂我的。"

董强说："他要问起来你就全推到我身上好了。"

贞玉说："不行啊，这是从我手里出去的，他不找我找谁呀？"

董强说："贞玉啊，我也是没办法了。人家姜经理还在店里等着我呢，我跟他是老关系户了，不能怠慢人家。"

贞玉说："董强哥，你别为难我，真的不行。"

董强说："这样好吧贞玉，我不拿去卖，我就挂在店里做样板，店里的样品我让姜经理拿走。行不行？"

贞玉说："真的不卖？"

董强说："肯定不卖！我你还不放心吗？"说着，抱起一只箱子一溜烟地走了。

贞玉看拦不住，只好喊："董强哥，千万别卖啊！"

25.

早上,内,上海。

陈志宏住的石库门房。

玉林说:"陈志宏、海玉,你们不把这几个坛子搬回家去,我就要采取行动了!"

陈志宏说:"怎么,想像'文革'一样搞打砸抢啊?"

玉林说:"对你们这种不自觉的人,就得采取行动。"

海玉说:"好了,好了,我搬回家去。无非把铺盖拉开,搁在床上。"

陈志宏一把拉住海玉说:"不要搬!我看他敢采取什么行动!"

玉林冲上去把两个坛子踢翻,两个装满腌菜的坛子滚倒在自来水龙头边的水泥埂子上,碎了,腌菜水流了一地,腌菜也散落在地上。

陈志宏怒火中烧,上去就给了玉林一拳,把玉林打翻在地。玉林爬起来,也踢了陈志宏一脚。两人你一拳我一脚打了起来。

阿青嫂害怕了,说:"喔哟,大家好好讲嘛,哪能打起来了呀!"

海玉也喊:"好了,不要打了呀!我求求你们了!"

26.

傍晚,内,延吉市。

浩玉服装厂。

天仍在下雨。

正浩走进成衣间。

贞玉说:"爸妈接过来啦?"

正浩说:"嗯,现在在银姬那儿,英花和李珉基上北京参加舞蹈大赛去了。让爸妈在延吉住上几天,再陪他们把延吉好好逛一逛。延吉这两年变化可大着呢。"

贞玉说:"正浩,刚才董强来过了,非把那一箱次品衣拿走了,说是要当成样板挂在店里。"

正浩说:"他店里不是挂着几件了吗?"

贞玉说："他说那几件样衣被龙井的姜经理拿走了。"

正浩想了想，说："贞玉，你上当了。哪有把次品衣服当样板挂在店里的？这个董强，我找他去！贞玉你也是，做事情怎么不动动脑子呢！"

贞玉委屈地说："我没答应，是他硬拿走的！我总不能跟他抢吧。"

正浩说："干吗抢呀，你就揍他！"

贞玉说："你说什么呀，我个女人家能这么野蛮吗？正浩，你有时也蛮不讲理的！"

正浩说："不跟你说了，我去找他去！"

27.

傍晚，内，延吉市。

尚美服装店。

正浩冒雨冲进店里就喊："董强，你给我出来！"

董强从里间走出来说："怎么啦，怎么啦？"

正浩说："你拿走的衣服呢？"

董强说："龙井的姜经理已经拿走了。"

正浩说："那些是次品你不知道吗？"

董强说："知道呀，我也跟他说了。他来来回回翻看了半天也没挑出啥毛病，就算看出来的，也都是小的可以忽略的小问题。他说没关系，就拿走了。"

正浩说："给我追回来去！"

董强说："干吗呀！这么点小毛病你就吵吵着要销毁，值得吗？"

正浩说："值！我就要我厂里出去的东西一点毛病都没有！不然就是砸我自己的牌子！"

董强说："那我叫他当等外品卖行不行？"

正浩说："不行！赶快给我追回来，你这个奸商，只知道赚钱！"

董强说："不赚钱我喝西北风啊！小题大做。"

正浩说："什么叫小题大做！不合格的产品不能拿出去卖，这是我金正浩的原则！质量就是信誉,信誉就是生命,你不知道吗?"

28.

傍晚,外,延吉市。

尚美服装店门口的街道。

天已经黑了下来,雨越下越密。

正浩在拦出租车,雨很大,等了半天没有空车。

董强在一边气恼地说:"干吗这么火急火燎的要去龙井?我给他打过电话了,明天我们再拿不行吗?"

正浩说:"不行,我不信任你们。赶快把那批服装追回来,我心里才踏实。"

董强说:"雨那么大,车子又叫不到,等叫到了去龙井的长途车早就没了。"

正浩正好拦住一部空车,开门坐上去说:"上来,去了再说。"

29.

傍晚,内,延吉市。

出租车内。

董强说:"刚才姜经理电话里说的你不也听到了?他说就是挂在店里当样服,不会卖的。"

正浩说:"就是因为他这样说,我才更不信任你们!样服挂几件就行了,哪有十几件都挂的?董强不是我说你,无商不奸,无商不奸,你现在也成了奸商了!"

董强说:"哼!你不也在里面吗?"

正浩说:"但我不奸,我重的是信誉!这信誉对于我们这种踏实的人有多重要。做食品的做药品的如果不重质量不讲信誉就会害死人,毁了整个行业。做工程的做机械的要不讲质量,大桥垮了大坝毁了机器开动不起来最后是什么下场你又不是没见识过。我们做服装的要不讲质量不讲信誉,往小里说人家会嫌弃你不买你的衣服，往大里就说是鱼目混珠搅乱市场丢了自己的人格国格！"

董强说："好了好了，不就几件衣服嘛，都扯到人格国格了！人家叫我董啰唆，我看你金正浩一牵涉到这种问题，啰唆得比谁都狠。"

正浩说："对于你这种奸商，我就是要在你耳边敲警钟，一直敲到你醒为止！"

第二十一集

1.

傍晚,内,上海。

石库门房。

天井里,居委会张主任正在调解陈志宏和玉林的打架事件。陈志宏和玉林都还鼻青脸肿的。

张主任说:"好了,该说的我都说了,双方都道个歉吧。住在一栋房子里,要互谅互让才对嘛。陈志宏,你和女人在延边插队那么些年,现在回来了,我们是很同情的。你女人想做点小生意我们居委会也支持的,但是像你们这样做腌菜卖,一是要上工商部门申请个营业执照,二呢,还要到卫生部门去办个卫生许可证。再说了,这里房子这么小,你们自己做点吃不要紧……"

阿青嫂在边上插嘴说:"海玉做的酸菜老好吃的呀。"

玉林说:"好吃不好吃,要你多什么嘴!"

阿青嫂说:"是老好吃的呀!"

张主任说:"但是你们这样小的房子做,实在是做不开，而且卫生条件也太差。真要做，得另外找地方做。"

陈志宏说："张主任，居委会能不能给帮个忙？"

张主任说："我们尽力而为吧。"

2.

傍晚，内，延吉市。

车站。

雨还在淅淅沥沥地下。

出租车赶到长途汽车站。

正浩和董强从出租车上下来，匆匆走进车站。

正浩问售票员说："去龙井的车还有吗？"

售票员说："最后一班车刚开出。明天最早去龙井的班车是早上五点。"

董强说："看，我说的吧！回，明天再来吧。"

正浩说："不回了，直接叫个出租去！"

董强说："金正浩，你脑子有病啊？"

正浩说："我脑子没病。我清楚得很。明天一早去，你有那么自觉吗？我还得早早去叫你，耽误时间，现在就走！你早上拿走的衣服，我还怕他今天就卖掉了呢！万一真卖掉了，明天怎么追回来？"

董强看看正浩，无奈地叹口气，说："好，舍命陪君子。你这个倔根头，走走走！"

3.

夜，外，公路上。

雨还在下。

正浩和董强坐在出租车里，两人都在打瞌睡。

4.

夜，内，龙井市。

某服装店。

服装店已经打烊了,姜经理挺不情愿地把那堆衣服整理好放在了正浩面前。

董强说:"姜经理,你也别苦着个脸。我在延吉已经被他骂得很惨啦,不但骂我是奸商,还得连夜冒雨跑到你这来,我才是冤大头呢。"

正浩问姜经理说:"这批衣服你拿了多少件?"

姜经理说:"一共十六件。不过这里只有十四件……"

正浩说:"你卖掉了两件?"

姜经理说:"是你们打电话来以前卖掉的,其他的一放下电话我就收起来了,不然卖掉的就不止一件了。我回来刚把样服挂上,一对韩国来旅游的夫妻俩就看中了,非要买,而且出了很高的价钱呢!他们说,料子是我们韩国的料子,但样式我们在韩国还没见过,所以非要买。"

正浩说:"是哪两件?"

姜经理指着其中两件的样式说:"这件,和这件。一个男式一个女式,正好配套。"

正浩冲着董强说:"董强,今天不是看在我们是朋友的份上,我非要揍扁你不可!"然后又转向姜经理,"那两个韩国人呢?"

姜经理说:"那我哪会知道。"

正浩说:"赶快找,去把那两套衣服要回来!"

姜经理说:"到哪儿找去呀?"

正浩吼着说:"旅馆!龙井不就这么几家涉外旅馆吗?去找啊!"

姜经理为难地说:"这……"

董强说:"去找,去找!叫你们店里的人加个班,跟我们一起去找。要是找不到,这个金正浩会把我吃了的。"

正浩说:"电话有吗?"

姜经理说:"在这里。"

董强:"干吗?电话里能打听到吗?"

正浩瞪了他一眼,拨通电话说:"贞玉,你给我找两套衣服,要是没有现成的,就连夜给我赶出两套来!"

5.

夜,内,龙井市。

一家比较高档的宾馆。

那对韩国夫妻正在厅堂里喝咖啡。

姜经理走了过去,打了个招呼,然后告诉正浩和董强说:"买衣服的就是这两位。"

韩国男人说:"有什么事吗?"

6.

夜,内,龙井市。

宾馆。

韩国女人把服装交到了正浩手里。

正浩松了口气说:"实在对不起,这两套服装在做工上都有点毛病。正品明天一早就会给你们送来。"

韩国女人点头说:"你们做事好认真哪。"

7.

夜,内,龙井市。

街道上。

正浩对董强和姜经理说:"姜经理,明天早上就只好再麻烦你一趟了。"

姜经理说:"放心好了,你那里衣服一到,我就会给他们送去的。"然后看看董强,有些感慨,"我今天算是见识到了,你那会儿说跟你合作的金厂长认真起来能气死牛,我看不但能气死牛,连熊都能气死!"

董强说:"跟他合作那么多年,他那股子倔劲儿,真是让人既生气又佩服。不过说老实话,总有一天我会被你气死! 现在怎么办? 回去,还是住一晚上?"

8.

晨,内,延吉市。

正浩家。

贞玉把吃饭的小桌端了上来,对许应灿和玉顺说:"爸、妈,吃早饭吧。"

许应灿问贞玉说:"正浩呢,是不是昨晚一晚上没回来?"

贞玉说:"正浩昨天夜里去了龙井,说是有两套不合格的衣服被一对韩国夫妻俩买走了,他去追回来。昨晚上打电话给我的时候已经很晚了,可能就住在那儿了。"

许应灿点头说:"认真点好。要是不合格的东西拿到韩国去了,穿出去被人看出来,那可是丢我们自己的脸。"

斗伊和文熙也都起床了,斗伊拉着文熙走了出来,叫了一声说:"爷爷、奶奶,早上好。"

许应灿和玉顺都答应着,眉开眼笑。

玉顺对斗伊说:"斗伊,来,坐到奶奶身边来。"

许应灿一把拉过文熙,用下巴的白胡子去扎文熙的脸,文熙一边躲一边笑,把许应灿乐的。

玉顺搂着斗伊说:"贞玉,斗伊怎么越长越像英花了呢?"

贞玉说:"妈,这不是很好吗? 英花多漂亮啊。"

许应灿对玉顺说:"你个臭嘴! 英花现在可是要结婚的人了。你这话要是给她们导演听到了,人家会怎么想? 再这么乱说,看我不打烂你的屁股!"

斗伊害怕许应灿,搂住玉顺的脖子怯怯地看着许应灿。

文熙张着大眼睛说:"爷爷,你干吗要打烂奶奶的屁股呀?"

玉顺说:"当着孩子的面,怎么还说这么难听的话! 你就不能管住你那张嘴吗?"

贞玉一笑说:"爸、妈,英花和李珉基他们到北京去演出了,你们就在这儿住些日子,在市里好好玩上几天。等英花和李珉基从北京一回来就给他们举办婚礼。英花的婚礼就全由正浩和我来操办。正浩说了,英花的婚礼一定要比我们所有的人都办得好,要热热闹闹风风光光地把英花嫁出去。

我跟正浩结婚那会儿家里穷,爸妈还把婚礼给我们办得那么好。现在我们条件好了,怎么也得把英花妹妹的婚事办得更好,要让爸爸妈妈脸上有光彩!"

许应灿说:"还是正浩懂得我的心事。唉,就正浩才像我的亲儿子啊!"说着,感慨起来,眼睛也湿润了。

贞玉想起了什么,又进房间拿出两套衣服,放在许应灿和玉顺面前说:"这两身衣服是我给爸妈做的,待会儿你们试试看合身不合身,不合适的地方我今晚就改。刚好明天是老人节,爸妈就穿上新衣服,我陪你们上帽儿山去吧?"

玉顺说:"喔哟,真漂亮啊,那么鲜亮的颜色我怎么好意思穿嘛。"

许应灿说:"穿,干吗不穿?越是老头老太就越是要穿得鲜亮点,老来俏嘛!"

玉顺看了许应灿一眼,说:"哎哟哟,这话从你嘴里蹦出来倒吓人一跳呢!什么时候这么开化了?"

贞玉说:"以前爸妈为我们上学时穿的新衣服操了多少心,现在有那么好的料子那么多颜色,怎么着也得给你们整两件好看衣裳穿呀!妈,您就穿上吧。等英花婚礼的时候,我再给你们做身更漂亮的!"

玉顺说:"是啊,当初给你们扯几块布料做新衣裳那可是费老鼻子劲儿了!尤其是你应灿爸,那会儿还偷偷跑到……"

许应灿瞪了玉顺一眼说:"陈谷子烂麻子的事,抖搂出来干吗!要穿就穿,哪那么多话!"

玉顺一笑说:"好,豁出去了,明儿就穿!"

许应灿对贞玉说,"正浩不在,你就忙你厂里的事去吧。我们俩还没到七老八十呢,走得动!帽儿山我们老两口自己去得了。"

9.
日,外,延吉市。
阳光明媚,山峦叠翠。

老人节里,帽儿山上五彩缤纷。许多穿着鲜艳的传统服装的老人在山上成双入对,携手登山。

许应灿和玉顺也走在其中,脸上洋溢着幸福和满足的神情。

10.

日,内,北京市。

某剧院大舞台。

延边州歌舞团的舞蹈演员们刚熟悉完舞台,席地而坐。

李珉基说:"今晚我们就要参加比赛了。我再强调一下,这个舞蹈是我们金英善老师花了几十年的心血编出来的。既传承了我们朝鲜族舞蹈的传统特色,又有新的创意,为我们朝鲜族的舞蹈迈出了新的一步。所以大家……"

11.

日,内,延吉市。

某医院。

金英善病房。

朴副团长坐在病床边,还有两位歌舞团的同志也立在一旁。

病床上的金英善已极其虚弱,她示意金香从枕头下抽出一个很大的本子交给朴副团长。

金英善说:"我可能熬不过今晚了。等英花,珉基他们从北京回来,你帮我把这个本子交给他们,里面还有封信……"

朴副团长接过大本子,上面有几个朝文写的字,译成汉文,就是《千年阿里郎》。

12.

夜,内,北京市。

某剧院大舞台。

舞蹈大赛正在举行。

观众们被舞台上英花等人的舞蹈《哦,阿里郎》深深地吸引着,被英花那优美热烈洒脱的旋转感染着,跟随者音乐的节拍开始鼓掌,整个剧院达到了忘我的境界,台上台下融入了一体。

13.
夜,内,延吉市。
某医院。
金英善的病房。
金英善似乎感觉到了来自遥远舞台上的呼应,她的脸上呈现出了微笑。

14.
夜,内,北京市。
某剧院大舞台。
舞台上正在进行颁奖仪式。
英花和李珉基捧着奖杯和获奖证书。
英花兴奋而激动地把奖杯高高地举起。
观众席上掌声雷动。

15.
夜,内,延吉市。
某医院。
金英善的病房。
护士拉起白床单,缓缓地遮住了金英善含笑的脸。
朴副团长和其他两位同志站在一旁眼含着泪水,金香已经泣不成声了。

16.
夜,内,延吉市。

新阿里郎饭店。

店里灯火辉煌,客人络绎不绝。

银姬笑容可掬地招呼着客人说:"张局长您来啦?这边请。""杨总您好,今天几位?""哦,是王董事长啊,好几天没见了。"……

突然大厅里有人吵起来了,银姬忙赶过去。

有一位胖顾客明显的带一点醉意,在跟服务员吵吵说:"我要的是凉面,你干吗给我拿温面?"

服务员说:"您刚才点的就是温面啊。"

胖顾客说:"可后来我改叫凉面了,你长耳朵了没有!"

服务员怯生生地看看银姬。

银姬微笑着一鞠躬说:"对不起,可能店里声音比较吵,服务员没听见。"然后对服务员说,"顾客就是上帝,没听过这样的话吗?赶快去换!"

服务员赶紧把面端走了。

银姬让服务员拿了壶大麦茶,她亲自为胖顾客倒上说:"真是对不起,得让您再等一会儿了。"

17.

夜,外,延吉市。

夜已经很深了,街道上静悄悄的,银姬匆匆往家里赶。

18.

夜,内,延吉市。

银姬家。

银姬推门一看,两个孩子睡着了。崔明哲坐在小桌边喝酒,桌子上一样菜都没有。

银姬说:"喝酒怎么不弄点菜呀?这样空喝酒会伤胃的。"

崔明哲说:"你每天都这么晚回来,谁给我弄菜呀!"

银姬说:"你自己不会做点吗?"

崔明哲说："女人的事，男人做不来！"

银姬匆匆走进厨房间弄了两个菜端到桌子上说："我去给你撕点明太鱼。再喝上两杯，就早点睡吧。"

崔明哲说："从明天起，我还是回我的店里去睡。"

银姬说："为啥？"

崔明哲说："你天天都这么晚回来，我在家里睡有什么意思，当保姆啊！"

银姬说："明哲，你老实告诉我，经常跟你在一起的那个女人是干什么的？"

崔明哲说："什么女人？跟我在一起的除了你就是李银姬那个老女人。白天看李银姬那张老脸，晚上候到深更半夜还要看你这张黑脸，这日子过得真没劲！"

银姬说："那你想咋办？饭店不开了？"

崔明哲说："我不知道。反正这种生活特别的没劲！一点人生的乐趣都没有！"

19.

日，内，延吉市。

金英善的追悼会现场。

所有的歌舞团成员都肃穆而立，有的人还发出低低的啜泣。金香捧着金英善留下的大本子站在朴副团长身旁。

英花和李珉基恭恭敬敬地捧着奖杯奖状走到金英善的遗像前。英花一下子跪下了，满脸是泪。李珉基也跪下了，他们一起把奖杯奖状摆在了金英善的灵位前。

朴副团长从金香手里接过本子递到英花的手中。英花打开本子，里面有一封信。李珉基打开了金英善的信。

金英善的声音说："珉基、英花，这是我在《哦，阿里郎》舞蹈的基础上重新编排的一组歌舞，叫《千年阿里郎》吧。这里就是我一生心血的总结了。因为时间不够了，有很多不成熟的地方，就交给你们来改进，完善它吧。我们朝鲜族的舞蹈要一代一代传下去,但光继承以前的传统不行,还要有创新,有发展,这样才能赋予它生命力。我等不到你们回来了,这组《千年阿里郎》的歌舞就拜托你们了!老师不能参加你们的婚礼了,但我祝你们白头偕老,永远幸福美满……"

李珉基和英花捧着《千年阿里郎》的创作本和金英善写给他们的信,望着金英善的遗像,全都泪流满面。

李珉基说:"老师,您放心吧。我和英花会跟您一样,献身我们朝鲜族的舞蹈事业的!"

20.

日,外,上海。

海玉推着一辆罩着玻璃罩的小车,里面装满了许多盆各色腌菜推进了菜市场。小车上挂着营业执照和卫生许可证。

海玉把车一停下,就吸引了好几个人围上来买腌菜。

顾客甲说:"你的腌菜老好吃的,前几天买回去,我们老公赞不绝口的。说是见到你出来就再买点回去。"

顾客乙说:"是呀是呀,我买回去,我们家上初中的儿子每天早上喝粥都要我拿点出来,一碟子还不够,三下两下就吃光了。"

海玉说:"那就谢谢你们了。"

21.

日,外,上海。

菜市场。

三个小混混荡了过来,在一边看着海玉指指点点。

混混甲说:"喂,阿坤,你看到了哦吃,这个女人好面熟呢!是不是在海马歌舞厅唱朝鲜歌的那个?"

混混乙说:"哎,真的喏。哪能卖起腌菜啦?"

混混丙说:"喏,喏,勿晓得了哦!海马歌舞厅因为搞色情服务老早就被封掉了。"

混混甲说:"弄得不好,咯这女人也有份。听人家说还是个朝鲜女人,蛮漂亮的。"

混混乙说:"这么近距离看,是蛮好看的。"

混混丙说:"哪能,撩撩她去,你们敢哦?"

22.

日,外,上海。

菜市场。

忙了一阵后,海玉这边的顾客渐渐少了些。

三个混混围上去。

混混甲说:"阿姐,你不在歌厅唱歌啦?"

海玉看看混混甲,不认识。有些吃不准怎么回事,说:"是不唱了。"

混混乙说:"不唱多可惜呀!卖咸菜有什么意思啦?"

混混丙说:"前头那条马路上有卡拉OK厅呢,陪我们去唱唱歌来。"

海玉说:"对不起,我这里忙着呢,我还要卖腌菜。"

三个混混挤在海玉身边,这个蹭一把,那个凑过来,有些动手动脚的。

混混乙说:"咸菜我们都包啦!阿姐,陪我们去玩玩吧。"

混混甲把脸往海玉脸上凑,海玉一个耳光过去,说:"你们这些流氓,我要叫警察啦!"然后叫:"警察!保安!"

混混丙说:"他妈的教你叫!"说着,就把小车推倒了,哐当一声,玻璃罩打碎了。三个混混拔脚就溜,一转眼逃得无影无踪。

菜市场摆摊的几个男女围了过来。

有的人骂:"这帮小赤佬!耍流氓。"

有的说:"快来帮忙收拾吧,碎玻璃扎着人可就不好了。"

有人对海玉说:"以后碰到这样的人,你躲远点啊!你要给他们吃耳光,你自己也落不着好。"

海玉哭着说:"他们惹上来的,我往哪儿躲呀!"

23.

日,内,延吉市。

新阿里郎饭店。

店里正在为英花和李珉基举行隆重的婚礼。许应灿和玉顺,李珉基的父母在接受来宾的贺喜,赵泉在忙着给新人拍照。婚礼上还有很多熟悉的面孔,正浩、贞玉、银姬、崔明哲、董强、姜彩英,还有市歌舞团的很多演员。

许应灿和玉顺正在接受英花和李珉基的跪拜,许应灿和玉顺激动得满眼是泪。

接着是跪拜李珉基的父母。

欢乐的婚礼热闹非常。

姜彩英和几个歌舞团的演员随着音乐在大厅中间跳起了舞,斗伊也跟着姜彩英跳,来宾们都围在一起鼓掌。

董强盯着正在跳舞的姜彩英,看得有些发呆。正浩走到他跟前说话他都没有发觉。

正浩看看董强,又看看姜彩英,那胳膊肘顶顶董强,喊了一声说:"喂。"

董强一看是正浩,有些不好意思地掩饰说:"这姑娘跳得真好。"

正浩说:"长得也漂亮,比海玉漂亮吧?"

董强一愣,说:"这跟海玉有什么关系?"

正浩说:"你不是要个比海玉还漂亮的朝鲜族姑娘吗?"

董强说:"我那是跟陈志宏在别苗头呢,他运气那么好,我哪里别得过他。"

正浩说:"你现在也不错呀!生意做得那么红火,也该找个结婚对象了吧。"

董强说:"宁缺毋滥,这是我择偶的标准。"

正浩说:"这个姑娘还不行吗?长得漂亮身材又好还是咱们州歌舞团的。"

董强说:"条件那么好,肯定早就有对象了吧。"

正浩说:"倒也是,那我去给你打听打听。"

24.

日，内，延吉市。

新阿里郎饭店。

正浩走到英花身边悄悄地问："英花，这个跳舞的姑娘叫什么？你熟吗？"

英花说："姜彩英，在红光公社演出队时我跟她就是好姐妹，现在还是最好的朋友。"

正浩说："结婚了吗？"

英花一笑说："老姑娘了。高不成低不就的，现在也成老大难了。"突然感觉到了什么，问正浩，"哥，你打听这个干什么？"

正浩说："我想看你董强哥有没有希望。"

英花说："董强哥看上她啦？"

正浩说："有那么点意思。他这么多年尽忙活他的生意了，择偶条件又高，说什么要么不找要找就得比海玉还漂亮。"

英花说："为什么要比海玉漂亮？"

正浩说："他是在嫉妒陈志宏呢！可惜我没再多一个妹妹，不然的话，倒是可以考虑他。这家伙做生意脑子虽然有点那个，但对老婆应该是没得说。"

英花说："哥，他又没结过婚，你怎么知道他会对老婆好啊？"

正浩说："我听说上海男人都对老婆很好的，你看陈志宏对海玉怎么样？好得简直不像个男人了。"

25.

日，外，延吉市。

新阿里郎饭店。

正浩和董强跑到饭店外面在抽烟。

董强说："怎么样？"

正浩说："什么怎么样？"

董强说:"你这个人! 你不是说去打听了吗? 吊我胃口啊!"

正浩说:"哦,那姑娘没结婚也没对象,同英花是好姐妹。"

董强说:"哦。"

正浩说:"哦什么?"

董强说:"我知道了呀。"

正浩说:"你这个人到底正常不正常?"

董强说:"我怎么不正常啦?"

正浩说:"男人爱女人,天经地义。你看你现在的这反应,哦,完啦? 对女人没反应那不是不正常是什么?"

董强说:"那你要我怎么反应?"

正浩说:"好容易碰到个合适的对象,当然是说,能见个面吗?"

董强说:"那就见个面呗。"

正浩说:"嘿,你这个家伙!"

26.

夜,内,上海。

陈志宏家。

陈志宏把电灯往下拉了拉,开始译书稿。

海玉在哄文俊睡觉。她问文俊说:"文俊,等你长大了想干什么呀?"

文俊说:"开飞机,开轮船,还想当解放军。"

海玉说:"不考大学啦?"

文俊说:"还要考大学。"

海玉说:"对! 长大后,好好读书。将来考大学我们就考上海的大学,要风风光光地到上海来。"

陈志宏说:"海玉,你怎么啦? 怎么突然说这种话,今天你情绪有些反常啊。"

海玉说:"今天挺倒霉的。"

陈志宏说:"遇到什么事了?"

海玉说："进菜市场摔了一跤，把玻璃柜上的玻璃全摔碎了，买卖也没有做成。把玻璃柜拿去修一修就是大半天，而且还要了不少钱。你们上海人害起人来连眼皮都不眨一眨。"

陈志宏说："那以后走路就小心点，你们早点睡吧。"

海玉说："你也不要熬夜熬得太晚了。每晚都这样整下去，白天又那么早上班，又不是二十几岁年轻那会儿，身体怎么吃得消啊。"

陈志宏说："这有什么办法，人家卢老花了十几年心血写的书，肯定是盼着快点译出来，早点出版呀。"

海玉说："可将来又没有报酬。"

陈志宏说："对！不但将来没有报酬，现在还要倒贴，稿纸，精力，时间，生命……但这里同样有我的价值。人的价值不是全都可以用钱来衡量的！"

海玉说："声音那么大干什么呀？孩子快睡着了。我也就是那么随便一说嘛，干吗发火呀。算了，你也别生气，我知道我又说错话了。"

27.

夜，内，延吉市。

银姬家。

深夜，银姬回到了家，看到两个孩子都睡了，崔明哲却不见踪影，他没有回家。

银姬坐在小桌旁，满脸的疲惫和烦闷。

28.

晨，内，延吉市。

老阿里郎饭店。

天还没亮，银姬匆匆赶到饭店，她上楼，用力推开那小账房的门。

床上睡着崔明哲和一个女人。猛地惊醒的崔明哲和那女人看到门口站着的银姬，两个人都吓坏了。

银姬厉声说："起来！"然后把门砰地关上。

银姬气呼呼地坐在一张餐桌边的椅子上。

过一会,女人穿好衣服从房间里出来了。朝银姬一鞠躬,想说什么又张不开嘴。

银姬说:"走你的! 这儿没你什么事,丢人!"

那女人一低头匆匆下楼走了。

银姬喊:"崔明哲,出来! 有胆量做没胆子出来吗? 猫在那小屋里等死啊!"

崔明哲这才拉开小门说:"我等什么死啊? 被你逮着了又怎么啦! 你能把我怎么样?"

银姬流泪说:"我又能把你怎么样? 我只能做我自己能做的事,离婚!"

29.

夜,内,延吉市。

英花、李珉基的新房。

两人亲热地拥在床上。

李珉基搂着英花说:"英花,你感到幸福吗?"

英花点点头。

李珉基说:"我也是因为觉得太幸福了所以才问你的。"

英花笑了,紧紧地搂住李珉基。

李珉基说:"英花……"话到嘴边又没往下说。

英花说:"嗯?"

李珉基说:"还想问你件事。"

英花说:"什么事?"

李珉基说:"我怕你会伤心。"

英花说:"你说吧。"

李珉基说:"那个孩子,就是你送掉的那个,是男孩还是女孩?"

英花说:"是女孩。"她看看李珉基,"你问这个干什么?"

李珉基说:"我想让我们的家庭成为一个完整的家。"

英花一怔，看着李珉基。

李珉基解释说："我们把孩子要回来好吗？父亲，母亲，女儿，这样，不就是个完整的家了吗？"

英花沉默了一会儿，说："你还是……很在意。"

李珉基说："不，英花。我们没有自己的孩子我并不在意，但我想那女孩既然是你的孩子，你的亲生骨肉，我们干吗不把她领回来呢？"

英花思考了好久，含着泪说："不，我不能……"

李珉基说："为什么？"

30.

夜，内，上海。

夜已经很深了。陈志宏收拾好桌子准备上床睡觉，刚走到床边，突然觉得腹部剧烈地疼痛起来，他一个趔趄摔倒在床边，捂住腹部，疼得满头的冷汗。

海玉听到动静，赶忙起来下了床说："志宏，你怎么啦？"

文俊也被惊醒了，大声地哭起来。

陈志宏想说什么，可是他疼得牙关紧咬，什么也说不出来。

海玉吓坏了，跑到门口喊："阿青嫂——阿青嫂——"

阿青嫂和玉林都从屋里奔了出来，看见海玉站在门口急得满眼是泪，忙跑进屋。

阿青嫂一看蜷在地上的陈志宏，赶忙说："啊哟，不得了啦，快送医院呀。"

穿着背心裤衩的玉林对海玉说："站在那里干什么？快去叫出租！"说着，把陈志宏捞到肩上就往屋外背。

阿青嫂赶紧去哄哇哇哭的文俊，把小家伙也抱了起来。

31.

夜，内，延吉市。

银姬家。

银姬回到家里。

保姆正在小桌旁打瞌睡。一看银姬回来了,说:"你回来啦?那我就回家去了。"

银姬说:"你回吧,辛苦你了。"

保姆走后,银姬脱衣服准备睡觉。

崔明哲醉醺醺地开门晃了进来。进来后就冲进厨房间,把液化气罐打开。液化气刺啦一声往外喷。

银姬喊:"你这是干什么!"

崔明哲说:"金银姬,你要离婚可以呀,那今晚咱们就死在一块儿!"

液化气还在往外喷,银姬冲上去把液化气关掉,两个孩子吓醒了。

崔明哲把银姬拉开,又去开液化气的阀门。

银姬拉着两个孩子就要往门外跑。崔明哲用身体把门顶住。

银姬也发狠了,死命把崔明哲拉开,再用力一推,崔明哲倒在地上。醉醺醺的崔明哲竟躺在地上打起呼噜来。银姬带着孩子刚跑出门口,想了想,把孩子松开又折回到房里,赶紧把液化气关上。

崔明哲已在地上已醉得像死猪一样了。

32.

夜,内,上海。

某医院。

阿青嫂和玉林从医院里出来。

夜空中繁星闪烁。

阿青嫂说:"玉林哥啊,你今天怎么这么大的力道呀?"

玉林说:"你不要讲,我也没想到能把他背到弄堂口,要是出租车晚来一点,我就吃不消了。"

阿青嫂说:"不管哪能,你今天表现不错。"

玉林说:"阿青嫂,喏,这点你就不懂了。前些日子我跟陈志宏他吵,那时他占用了我们的公用面积，这是绝对不允许的。今天背他上医院，那是因为要救死扶伤，见死不救是不道德的。做人一定要讲究原则，咯这道理我是最清楚了。"

33.
夜，内，延吉市。
英花家。
英花因为之前的话题，变得有些沉默。

李珉基说："英花，咱俩已经是夫妻了，你把自己最不愿说的事都告诉我了，为什么一说到孩子的事，你就那么敏感呢？"

英花拭去眼角的泪说："那时候，我在公社的演出队，当时演出队的队长老是打我的主意。我们编舞的导演叫洪吉龙，他一直在保护我，渐渐的，我就爱上他了。我知道，他也爱我。有一天晚上，我们队长叫了几个人把他拦住痛打了一顿，还把我拖到林带里……后来不知道怎的，洪吉龙把那一帮人都打跑了，把我救了下来。就是这天夜里，我决定把我所有的一切都给了他。可没过多久，他就收到了他妈妈的来信，叫他去美国。他不想走，可他妈妈一封信一封信地催他，信上说得越来越伤心，我看他那痛苦的样子，就说，你走吧，我们爱过了，这就够了，你不需要因为我去伤你妈妈的心，还要丢掉这次去美国的机会。后来，他就走了。他走了以后我突然发现自己可能怀孕了。那时候我不是很确定，所以没有在意，可又过了三个月后，那孩子在肚子里动了，这我才害怕起来，我想去死，可我舍不得我爸妈，舍不得这个孩子。我就撒了个谎，离开了演出队，往山里面跑，想着听天由命吧，要是老天惩罚我，就把我和孩子一起拿走吧。可老天可怜我，让一位老大娘收留了我，还把孩子生了下来。孩子生下来没几天，我怕人家来查，就偷偷离开了当地的那个小卫生院，把孩子送人了……"

闪回：

凌晨，外，红光公社。

英花奔出贞玉宿舍门外。

贞玉抱着孩子追出门外喊:"英花,英花……"

英花跑出了很远,大雪中已经看不到贞玉了,但仍然能听到一点贞玉的声音。英花回头望,满眼的泪。……

英花已经是泣不成声了,但在英花的叙述中,始终没有提到贞玉的名字。她说:"我知道,我这样做很自私,可我没有办法……带着孩子,我什么也做不了,我的父母会恨死我,如果再也不能跳舞,我宁可去死!我把孩子交给这人,是因为我信任她,我知道她会为我守着这秘密,而且也会对孩子好,把孩子抚养长大……"

李珉基说:"那人是谁呢?"

英花摇头说:"我不能告诉你。为了这孩子,她吃了不少苦头,还差点连婚都结不成。现在孩子在她那里,有人疼有人爱,你叫我把孩子要回来,你让我怎么开这个口呢?"

34.

夜,外,延吉市。

深夜里,昏暗静谧的街道。

银姬领着两个孩子秀妍和彩妍在街道上狂奔,孩子们只穿着睡觉时穿的衣服。

35.

夜,内,延吉市。

正浩家,卧房里。

正浩搂着文熙,贞玉挨着斗伊睡得正熟。

外面响起了咚咚咚的敲门声,又响又急。

银姬带着哭腔的声音喊:"哥,哥!快开门!"

正浩忙跳起来,跑去开门。

36.

夜,内,延吉市。

正浩家。

正浩刚打开门,银姬领着秀妍和彩妍冲了进来。

贞玉也起来了,看着两个孩子害怕得瑟瑟发抖,赶忙拿着毯子给她们裹上搂着进了里屋。

银姬哭着说:"哥,崔明哲要害死我们啊!"

第二十二集

1.

夜,内,上海。

某医院。

海玉抱着文俊守在陈志宏的病床边。

护士为陈志宏挂上吊针。

医生在边上说:"急性胆囊炎,目前没生命危险,但一定要注意休息。"

海玉哭了。

陈志宏宽慰她说:"医生不是说了嘛,没什么的。"

海玉说:"都怪我,结婚这几年,你连感冒都没得过。我知道,你在这里不称心,就拼命地工作折磨自己,结果把身体整垮了。"

陈志宏说:"都已经回上海来了,什么也不要说了,啊?"

海玉点点头。

2.

夜,内,延吉市。

英花家。

李珉基说:"你这么一说,我大致已经猜着那人是谁了。英花,你说的那个人是不是正浩大哥的爱人贞玉? 孩子是斗伊对不对?"

英花迟疑了一下,点了点头。

李珉基说:"怪不得结婚那天斗伊跟着姜彩英跳舞的时候,那长相,舞姿,还有气质都那么像你。"

英花说:"是斗伊没错。可是珉基,我们不能把孩子要回来。"

李珉基说:"为什么? 你正浩大哥他们自己不也有孩子吗? 还是个男孩。"

英花摇摇头说:"那不是我大哥的亲生孩子,他是我海玉妹妹的孩子,他们家有一对双胞胎,小的过继给了正浩哥,大的他们带到上海去了。"

李珉基说:"他们为什么要收养两个孩子? 难道……"

英花说:"我也怀疑我哥和贞玉姐可能有谁不能生孩子。所以珉基,我们别再说这事了好吗? 我是不会去把孩子要回来的。因为我已经很对不起贞玉姐了。"

李珉基说:"可他们已经有两个孩子了呀。我们总不能去过继别人的孩子呀? 我们自己有孩子,干吗还要过继别人的孩子呢?"

英花说:"你为什么一定要把孩子要回来呢? 我们不是很幸福吗?"

李珉基说:"可是我希望你能更幸福,有爱你的丈夫,还有自己的孩子,这样我们的家不是更完整更完美了吗?"

英花说:"珉基,我也想我的女儿呀。斗伊是我的亲生女儿,一见到她我就想把她抱在怀里,听到她叫我二姨的时候我心比刀割了还痛。可是又能怎样呢? 你让我怎么开得了这个口!"

李珉基说:"我觉得正浩大哥是个通情达理的人,他会同意我们把孩子领回来的。"

英花说:"珉基,我求你了,别再说这件事了行不行?"

3.

夜,内,延吉市。

正浩家。

贞玉已经带着秀妍和彩妍进里屋去睡了。

正浩和银姬坐在外屋。

银姬已经哭成了个泪人,说:"他这样,连一点夫妻、孩子的情分都没有了,我还怎么跟他过呀! 哥,我要跟他离婚!"

正浩说:"离婚的事先搁一搁,那崔明哲他人呢?"

银姬说:"瘫在地上睡呢,醉得跟死猪似的。"

正浩说:"液化气还开着吗?"

银姬说:"我又跑回去关掉了,打开窗户才出的门。"

正浩进里屋穿上衣服对贞玉轻声说:"你们先睡,我跟银姬去一趟。"然后出来说:"银姬,我们走。"

4.

夜,内,延吉市。

英花家。

英花对李珉基说:"跟我哥一起做生意的那个上海人董强你记得吗?"

李珉基说:"嗯,有印象。你大哥的厂当时不是他推荐给我们的吗?"

英花说:"我哥想叫我们帮忙撮合一下他和彩英的事。"

李珉基说:"怎么撮合? 彩英她知道吗?"

英花说:"不知道,所以我哥才叫我们撮合的嘛。先介绍他们认识,然后再看。"

李珉基说:"认识了以后呢? 我们俩是在同一个单位,我追着你死缠烂打你都没动心,那个上海人长得又一般,两人又不是天天在一起,能好上吗?"

英花说:"到最后我不还是被你追上了吗? 那个董强,过去也是在我们靠山屯插队的,很能干,脑子也比较活。就是择偶条件高了点,一定要是朝鲜族的姑娘,还要漂亮的。不过我哥说,上海人对老婆都很好,我的海玉妹妹不就嫁了个上海人,听说我妹夫陈志宏在孩子生日那天亲自下厨烧菜,被我爸狠骂了一顿呢,说他不像个男人。可陈志宏说,我们上海男人都是这样的。"

李珉基说:"真的吗? 挺有意思。"

英花说:"彩英跟我同岁,是该找一个了。再不找就真成老姑娘没人要了。有一个心疼她的老公也不错啊,更何况那个董强经济基础也不错,我觉得他们俩应该会成的。"

李珉基说:"那行吧,我们先安排他们俩见个面。"

5.

夜,内,延吉市。

银姬家。

银姬打开门,正浩和银姬一起走进去。

崔明哲还四仰八叉躺在地板上呼呼大睡。

正浩踢了踢崔明哲喊:"喂,崔明哲,崔明哲!"

有一脚踢得狠了点,崔明哲翻了个身,又睡着了。

银姬端了一盆冷水,一下泼到崔明哲身上,说:"你个杀人犯,我让你再睡!"

崔明哲被激醒了,全身湿得像个落汤鸡,他坐起身喊:"你们这是干什么?!"

6.

夜,内,延吉市。

银姬家。

浑身被浇得湿透的崔明哲沮丧着脸坐在地上。

银姬拿了一身干净衣服扔给崔明哲,往里屋指了指。

7.

夜,内,延吉市。

银姬家。

换了干净衣服的崔明哲从里屋走了出来,看看正浩。

正浩说:"崔明哲,我真后悔当初把没一脚把你扫到沟里去!"

崔明哲说:"这能怪我吗?"

正浩说:"不怪你怪谁?怪银姬?"

崔明哲说:"现在她整天光忙她饭店的事,把我推得远远的,我哪还像是她老公呀!"

银姬说:"崔明哲,什么叫恶人先告状我今天真是见识到了。我以前不也这样吗?甚至比现在还忙!你不也一个劲儿地追我吗?那时干吗就不抱怨啦?再说,你呢?你不也很忙嘛。上班的时候整天忙着跟一帮狐朋狗友吃喝玩乐,现在更忙了,放着饭店的事不管,除了拿自己开的饭店请客吃饭,还四处留情呢!不管腥的臭的一股脑地往自个儿床上端。不先说说自己嘴馋,反倒怪起别人来。"

崔明哲说:"银姬,你瞎说什么呀!什么时候我腥的臭的一起端啦,就这么一个!"

正浩说:"一个还不够啊?你还想要几个呀!"

银姬很坚决地对正浩说:"哥,我要离婚!我宁可一辈子再也不要男人,也不能把我三分之二的时间浪费在这种人身上。"

崔明哲说:"我不离婚。"

银姬不理崔明哲,对正浩说:"哥,你不是说过吗?人生要活得有价值。我现在被这个人拖累着,整天为防着他偷鸡摸狗费心劳神,我还怎么把心思放在饭店的经营上,还怎么实现我的人生价值?我一定要跟他离婚。"

崔明哲大声地说:"银姬,我不离!你没听到吗?那时候我追你,花多大的劲儿呀!"

银姬说:"嗓门大并不代表你有理。我说了,我不能再跟你过这种日子了!明天就去办离婚手续。"

崔明哲急了,对正浩说:"正浩,我不要离婚!离了孩子怎么办?我还是秀妍和彩妍俩孩子的爸爸呢。"

银姬说:"你还想得到这点啊?你开液化气的时候,孩子在哪儿?在你脑子里吗?!"

崔明哲低下脑袋不吭声了。

正浩说:"银姬,先缓一缓,离婚的事以后再说。反正这小子现在还活着,没啥事我们先走吧。你跟孩子先住我那儿去,让他一个人过段时间,好好反省一下。"说着打开门,拉着银姬走出门。正浩临出门时又回头看了一眼崔明哲说,"崔明哲,你小子等着,有我收拾你的时候!你个兔崽子!"

8.

日,内,上海。

某医院。

陈志宏的病房。

陈母在病房里看望陈志宏,床边放着一兜水果。

陈母说:"志宏,你为啥不肯跟海玉办离婚手续呢?我不是跟你说了嘛,先办个离婚手续,把你的户口落上,以后还可以再复婚嘛。"

陈志宏说:"姆妈,我不能这样做!为了落个上海户口,就跟自己心爱的女人办离婚,哪怕就是假离婚,我也不能做。"

陈母说:"那你回上海来做啥?"

陈志宏说:"我不想回上海的呀,是你硬逼着我回上海的嘛。你说我不回上海你就要到延边去死。"

陈母说:"你是从上海出去的,能回上海为啥不回上海?有多少人想到上海来都来不了。"

陈志宏说:"姆妈,人跟人是不一样的。不是人人从上海出去,人人就都得回上海,有些人不回上海也有不回上海的理由。不错,我是从上海支边到延边去的。可你知道不知道,去了延边后,我的生命,我的情感,我的学识,我的人生价值已经深深地融进延边这块土地上了。我整个人也融进延边朝鲜族的兄弟姐妹中了。我的妻子是朝鲜族人,我现在朝鲜话说得可能比上海话都要好,我写的朝鲜文文章比不少朝鲜族同志写得都要好。我觉得,我就是一道桥,横跨了朝鲜族跟汉族之间的生活和文化。在那里,我生活得很兴奋很充实很自在,那儿更像是我的家,我的归宿。我觉得我像块金子,金灿灿地闪着光,很多单位都抢着要我,说我是那里最紧缺的人才。延边确实有好多人回了上海,有的还抛家弃子,也可能他们认为这么做真的很值,可我不一样,我回到上海,就是一粒沙子,跑到哪里都没有价值,可有可无。我觉得我回上海后,我感到好失落啊!"

陈母看看陈志宏,表情复杂地说:"志宏啊,也许真的是姆妈错了。那你是不是还想回延边去?"

陈志宏苦笑一声说:"既然回来了,我就不走了。能不能在上海落户我无所谓,但我是绝对不会跟海玉离婚的,假离婚也不行! 姆妈,我能在上海活下去的。"

陈母长叹了一声,从口袋里摸出一小叠钱放在床上说:"先用着吧。"

陈志宏说:"姆妈,我不要!"

陈母含着泪说:"你已经伤透姆妈的心了,你就给姆妈一点点宽慰吧。"

9.

日,外,延吉市。

浩玉服装厂。

服装仓库门前。

正浩、俊男和两个工人正在往大卡车里装箱。

董强来了,在边上等了一会儿,然后朝正浩招手。

正浩走上前去说:"你要的服装不是昨天就给你送去了吗?"

董强说:"我找你不是服装的事。"

正浩说:"那还有啥事?"

董强挥挥手还跳了两下,他原本是模仿跳舞,不过他的姿势很难看,一点都看不出是在跳舞。

正浩看得莫名其妙,说:"什么意思?"

董强说:"金正浩,你他妈装什么糊涂呀!"

正浩说:"我不是装糊涂,我真是不知道你指的是什么事。"

董强急了,说:"你把我的火点起来了,你就不管啦? 你算什么朋友啊!"

正浩说:"董强,这些天我真的是太忙,韩国那边一个劲儿地催货,我妹妹银姬家又出了点事,你明说行不行?"

董强说:"那个跳舞的……"

正浩说:"啊,你指的是姜彩英的事,对吧,怎么啦?"

董强说:"什么时候见面!"

正浩说:"英花那边还没给我回话呢。"

董强气恼地说:"那就不见了,这么难!"

正浩说:"董强,你几十年都等下来了,就这么几天你就等不及啦?"

董强说:"就是因为等了几十年了,所以现在一天都不想等了。金正浩,够不够朋友? 我就全拜托你啦!"

正浩想了想,看看已装好箱的卡车,又看看俊男,说:"这样吧,本来我想押车去丹东的,那这次就让俊男押车走吧。我留下来专门为你办这件事。车一走,我就给你去办,怎么样?"

10.

日,内,上海。

陈志宏家。

陈志宏已出院,但还躺在床上。工厂行政科的邢科长和一位科员坐在床边的凳子上。

邢科长拿着个信封说:"我们厂知道你经济上很困难,这些钱是厂里补助给你的,还有我们科里同志每人也都捐助了一点钱。钱不多,总也是个心意,你就收下吧。"

陈志宏说:"邢科长,谢谢厂里,谢谢同志们。"

邢科长说:"我们走了。好好养病吧。大门,我们临时找了个人替你几天。你争取早日康复上班。最近厂里和同志们对你看大门还是很满意的。"

陈志宏想起来送。

邢科长忙按住他说："躺着吧,别起来了。"

陈志宏说："海玉,你代我送送邢科长。"

11.

下午,内,陈志宏家。

海玉送完邢科长他们回来。她看看搁在床头上的那个装钱的信封,心情很沉重,两滴泪水从眼角挂了下来。

陈志宏说："你怎么啦?"

海玉说："志宏,我们回去吧。"

陈志宏说："回哪儿?"

海玉说："回延边。我细想过了,你应该是延边的人。"

陈志宏说："我讲过了,既然我们已经来上海了,我决不再回去了!好马不吃回头草。"

海玉说："不,陈志宏,你该回延边去。你跟我不一样,我虽然出生在延边,但我想来上海的,我想做个上海人。以后,我还要来上海!可我不能让你陪着我作牺牲。"

陈志宏说："我绝不做生存的弱者,再难我也要生存下去。已经快四点钟了,你去接文俊吧。我想歇会儿。"

12.

日,内,延吉市。

李珉基办公室。

正浩、英花和李珉基在办公室里坐着。

李珉基笑着说："相亲见面是最难堪的。得另外想办法让他俩见面,起码搞得戏剧化一点。要是他俩有缘分呢,就会很自然地走到一块儿,要是没缘分呢,吵一架也就完了。"

正浩说:"你是导演嘛,听你的!"

英花一笑说:"吵一架也不见得没缘分,开始时咱俩不也吵过吗? 不是有句话常说,不打不相识嘛。"

李珉基说:"反正见面不要那么傻乎乎的,一张桌子两杯茶,大眼瞪小眼。"

正浩也笑了,说:"这场面我可经历过好几次,手也不会放,话也不会说,那时尴尬的劲儿过了好久都还会从床上笑翻。"

李珉基说:"那好,这出戏就由我来导了。"

13.

日,内,延吉市。

州歌舞团。

李珉基和英花把正浩送到门口。

正浩说:"你们回吧,董强是我十几年的朋友了,这次可真的拜托你们了。"

李珉基说:"那得让董老板要配合好。"

正浩说:"我知道,现在我就找董强去。"

李珉基说:"那行,让他们明天见吧。要是见面成了,我就朝你脱一下帽,要是没戏了,我就朝你挥挥手。"

正浩说:"行啊,但最好是成功。那我先走了。"

正浩转身要走,李珉基突然又叫住正浩说:"正浩大哥!"

正浩回头看着李珉基。李珉基想了想,终于下定决心说:"我们有件事想……"

英花忙打断李珉基说:"哥,没事,你走好。"

正浩离开了。李珉基看看英花:"为什么不让我说?"

英花说:"珉基,我不是说了吗? 我们不要再提这件事了,这样做实在太过分了。"

李珉基说:"我们要回的是自己的亲生女儿,这有什么过分的?"

英花说:"女儿刚出生没几天就把她硬塞给了贞玉姐,现在女儿已经是贞玉姐的女儿,她一直在尽心尽力养育我的女儿,我这个没尽过一天母亲责任的人有什么资格去要回她?"

李珉基说:"正因为你之前没有尽过母亲的责任,所以我们现在要想办法弥补她。"

英花说:"弥补不一定非得要回女儿呀!珉基,你别再纠缠这件事了,我求你了。"

14.

日,内,延吉市。

某咖啡馆。

李珉基、英花、姜彩英三人坐在靠门边的一张桌子前,三人正在喝咖啡。

姜彩英端起咖啡刚想喝,董强匆匆走了进来,一不小心就撞在了姜彩英坐着的椅子靠背上,姜彩英端着的咖啡溅了一身。

董强说:"啊哟,对不起,实在对不起!"

英花说:"嗨,这不是董强哥董老板吗?"

李珉基忙站起来同董强说:"董老板,你怎么来啦?"

董强说:"刚从上海提来一批货,忙了好一阵,所以想来喝杯咖啡,歇口气。姜彩英小姐,真是对不起,你看衣服都溅上了怎么办?"

姜彩英正忙着擦身上的咖啡渍,头也不抬说:"没关系,我回去洗一下就好。"突然反应到什么,抬头看着董强问:"你怎么知道我名字?"

董强说:"我们见过的呀,在英花和导演的婚礼上见过,你的舞跳得真是好极了。"

姜彩英还是没想起来,只是下意识地说:"噢,好像有点印象。"

英花又提醒说:"他是尚美服装店的老板呀!"

姜彩英说:"哦,尚美服装店呀,我经常去的,里面的服装都很有品位的。你们新的店面我也去过,装修得好大好气派呢。"

英花说:"是啊,要说卖咱们朝鲜族的服装,尚美可是最大最多最好的。"

姜彩英说:"我知道,你婚礼上我穿的那身就是在尚美买的。"

董强说:"对了,我店里刚好进了一批上海来的品牌服装,要是彩英小姐不介意的话,现在去我店里挑上一套,算是我赔偿给你的好不好?"

姜彩英说:"那怎么好意思呢?"

董强说:"英花,你也来吧。导演也一起来,帮忙参考一下。"

英花高兴地说:"好,我看中的你要给我打折哦!"

董强说:"成本价给你。怎么样?是喝完咖啡去还是现在去?"

英花看看姜彩英说:"彩英你看呢?"

姜彩英站起身说:"那就现在走吧。"

15.

日,外,延吉市。

某咖啡馆。

李珉基、英花、董强、姜彩英一起走出了咖啡馆。

英花勾着李珉基的胳膊走到了前头,姜彩英只好和董强走在了一起。

董强一伸胳膊,说:"彩英小姐,我可以为你效劳吗?"

姜彩英笑着点点头。

董强勾上了姜彩英的胳膊。

正浩在附近街道的拐角远远看着,李珉基一高兴,冲着正浩挥了挥手,意思是成了。但在那边的正浩一愣。李珉基想想不对,赶紧又举了一下帽子。

姜彩英走在后面很是奇怪,说:"导演,怎么啦?"

李珉基忙说:"没事,没事,遇上熟人了。"

正浩又见李珉基举了一下帽子,这才一脸的满足状高兴地拍拍屁股,回去了。

16.

夜,内,延吉市。

银姬家。

家里是一片狼藉。

崔明哲坐在小桌旁沮丧地喝着闷酒,桌上也没有菜。他打开冰箱,冰箱里空空如也。他又回到小桌旁,猛地喝几口酒,扯开嗓子唱了几句,然后一仰脖把最后一口酒倒进喉咙里,站了起来,摇摇晃晃走出了门。

17.

夜,外,延吉市。

新阿里郎饭店。

饭店门前灯火辉煌,服务员们川流不息,饭店里几乎是座无虚席。

银姬刚刚把市领导领来的外商送出门外。

银姬一鞠躬说:"张副市长,钱部长,希望你们能满意。"

张副市长说:"金银姬,你们店里的饭菜已经成了我们延吉的招牌了。外国客人都吃得很满意。希望你们能保持住特色,也要勇于发展创新,啊?"

钱部长说:"是呀,饮食文化也能体现我们的地域特色嘛,继续努力!"

银姬说:"谢谢领导们的鼓励,我们会努力的。"

客人们陆续上了车,银姬一直等车开走了才折回饭店来。一回头,她就看见崔明哲正失魂落魄地站在不远处。

18.

夜,外,延吉市。

新阿里郎饭店。

崔明哲看着银姬走进饭店,思绪万千。他想了想,叹口气正打算要离开,玉姬朝他走来。

玉姬还没走到崔明哲跟前呢,就闻到一股浓烈的酒味。她说:"明哲哥,你怎么又喝那么多酒啊?"

崔明哲别过头去,不吭声。

玉姬说:"明哲哥,银姬姐让我问你,你饭吃了没?"

崔明哲摇摇头。

玉姬说："那你就跟我来吧。"

19.

夜，内，延吉市。

新阿里郎饭店。

在饭店里的一个小房间里。

崔明哲盘腿坐在一张小桌前。不一会儿玉姬端来一钵汤和一钵饭放在崔明哲的面前说："这是酱汤和拌饭，你先吃着，不够你再叫我。银姬姐说了，你要没饭吃，随时都可以来吃。"

崔明哲说："玉姬，你让银姬过来一下行吗？我有话跟她讲。"

玉姬说："银姬姐说了，你只管吃，见面就不用了。"

崔明哲说："为啥？"

玉姬叹口气说："因为她不想再见你也不想再跟你说一个字儿。"

崔明哲说："那你帮我问问银姬行不？那边那家饭店还是让我去管吧。"

玉姬说："这个银姬姐也说了，那边饭店不用你操心了，李银姬大婶管得好着呢。"玉姬看崔明哲失望的样子似乎有些不忍，说："明哲哥，我不知道银姬姐为啥那么生你的气，但我猜你做的那事肯定是让银姬姐气得够呛。为了操心这两个饭店还有你们这个家，银姬姐真的很不容易。明哲哥，你要是帮不上忙也就算了，可你真的不该那么伤银姬姐的心。赶快吃吧，不然饭跟汤就凉了，我先出去了。"

崔明哲闷了一会，拿起勺开始吃饭。他喝一口酱汤，再吃一口拌饭。

崔明哲的眼睛里渗出了泪水，他的心里跟翻江倒海似的，难过，愧疚，懊悔一起涌了上来，眼泪滴滴答答落进了饭钵里，他把泪和拌饭酱汤一起咽进了肚子里。

20.

夜，内，延吉市。

正浩家。

贞玉在客厅里挂了几件男女服装。

贞玉小声对里屋刚把文熙哄睡着的正浩说:"正浩,来看!"

正浩走出来仔细欣赏着这些服装说:"你设计的?"

贞玉点了点头。

正浩一把搂住贞玉在她脸颊上亲了一下说:"我老婆真能干,你是个天才!"

贞玉含羞一笑,说:"是你老婆也不能这么夸呀。"

正浩说:"贞玉,我有个想法。等这批货发掉以后,韩国那边的货款一到,我就给你办个服装展示会!把你设计的所有的咱们朝鲜族的服装统统展示出来。"

贞玉说:"我才不办这种展示会呢,白花钱!"

有人砰砰砰地敲门。

贞玉打开门,崔明哲闪了进来,噗的一声跪在正浩的跟前。

崔明哲说:"正浩,你帮帮我。我不想跟银姬离婚,我也不能跟银姬离婚。你看在我们两个孩子的份上,也看在你我这么多年交情的份上,我求你了。"

正浩说:"崔明哲,你别在我面前做出这副可怜相。起来,别给我们男人丢脸!"

崔明哲说:"我不起来,除非你答应帮我。"

正浩提高嗓门说:"你少给我耍无赖!"

贞玉吓坏了,说:"正浩,轻点,把孩子们吵醒了!"说着把崔明哲拉起来说:"你也是,你跟别的女人好上的时候有想着银姬跟孩子们吗? 现在这副样子,有啥用啊?"

崔明哲说:"嫂子,你帮我说说嘛。我错了,我以后再不犯了,我发誓!我保证,这还不行吗?"

贞玉说:"有的男人不发誓不保证,他的话人人都信! 可有的人却是一辈子让女人不放心。明哲,女人最揪心的就是男人对自己不忠,因为女人一旦结了婚,就把自己全都给了男人,一点都不保留。女人的要求不高,只要自己的男人渴了饿了困了的时候第一个想到的是自己。男人要是能忙着搞自己的事业,女人都恨不能把自己变成他的左膀右臂去帮他! 就算你不想做别的,你也不能变着法儿地弄点出格的事来拖银姬的后腿呀! 你这么做已经伤透了银姬的心了你知道吗?"

崔明哲说:"我知道,所以我才来找你们呀。我想帮银姬,我想当她的左膀右臂去帮她,可是她不要我……"

正浩说:"早干吗去了? 那时候你辞职的时候不是豪言壮语说要搞自己的事业吗? 搞到哪儿去了? 跟别的女人搞到床上去了! 我告诉你啊,崔明哲,我要不是看在我们两个在部队里跌打滚爬的份上,那天就想把你打个半死!"

崔明哲说:"要是把我打个半死能让银姬原谅我,我也值了! 正浩,你一定得帮我。"

21.

日,外,延边。

某小镇。

俊男来到一家小服装店前,店主忙迎了出来。

俊男一鞠躬说:"李老板,您好。我的货款您能给我了吧?"

李老板说:"早给你预备好了。不过有两件衣服一直没卖掉,你看你是拿回去呢? 还是留在我这儿便宜一点处理掉?"

俊男说:"那就便宜一点处理掉吧。辛苦您了。"

李老板说:"这次你怎么没有带货来?"

俊男说:"这次我是押车到丹东去的。有批货要发到韩国去,事情办好了,我就顺路过来把以前的货款收一收。您要要货,我下次给您送来。"

李老板说:"那就辛苦你了。来,这是货款,你数数对不对?"

22.

夜,内,延边某市。

某旅馆。

一个小单间里。

俊男数着钱。然后把大约三万多元钱整好,塞进一只半大的信封里,又在信封上写上了一些字,然后放进一只小箱子里。

有人敲门。

俊男忙把小箱子收起来,喊:"进来。"

推门进来的是一位姑娘,稍有姿色。

姑娘说:"先生,您好。"

俊男说:"有事吗?"

姑娘说:"先生,晚上你要不要服务?"

俊男一愣说:"什么服务?"突然反应过来了,一挥手,"走走走!"

姑娘说:"先生,你一个人住在旅馆里多寂寞呀。"

俊男说:"走走走!"

姑娘说:"我要偏不走呢?"

俊男说:"那我就去叫警察!"

姑娘突然捂着肚子喊:"喔哟,疼死我啦。"

俊男说:"别装了,快走!"

姑娘一屁股坐在地上说:"大哥,帮帮我,我肚子真的疼死了。"

说着在地上打起滚来。

俊男有些吃不准,忙上去说:"真的疼? 要不我送你去医院?"说着拿手去碰碰姑娘,想拉她起来。没想到姑娘一把搂住俊男的脖子把他拉到身上,然后去咬俊男的嘴。俊男想挣开。

姑娘说:"你要是再挣我可就喊了,说你强奸我! ……"

俊男一时吓傻了。

……

23.

晨,内,延边某市。

某旅馆。

俊男住的小单间。

俊男醒来,发现睡在身边的姑娘不见了。他忙打开床头柜,装钱的小箱子也不在了。

俊男哇的一声哭了起来说:"我的钱啊! 这可咋办呀……"

24.

夜,内,延吉市。

新阿里郎饭店。

在一个小雅间里,正浩和银姬在谈话。

银姬说:"哥,你别说了。要真说起来,当初你就不该把他那照片夹在你信里寄来!"

正浩说:"我也很后悔这事。哥知道自己在你心目中的分量,这么做给你给他都造成了一个错觉,好像我赞同这件事似的。但话说回来,那时候这小子追你追得很执着的,说明他真是实心实意爱你的。"

银姬说:"那时就是因为他那么实心眼才感动了我,这才答应嫁给他的。谁知道会是现在这个样子。"

正浩说:"既然已成事实了,你们又有了两个孩子。一个家拆散很容易,离婚书上一签字,你们俩就各奔东西了,可孩子怎么办? 最后受伤害最深的是秀妍和彩妍这两个孩子呀。"

银姬说:"哥,可我怎么也咽不下这口气啊!"

正浩说:"那哥给你出气! 我早就想揍这小子了。"

银姬说:"哥,我不想你为了我的事去跟他打架。"

正浩说:"怎么,心疼他?"

银姬说:"才不呢! 我是怕你伤着。那家伙喝了酒发起狠来谁知道会发生什么事。"

正浩说："这你就别管了。我要揍他,他就得老老实实挨我揍! 不过话说到前头,只要帮你出了这口恶气,离婚的事你就别再提了。再给他一个机会,不只是为了孩子。明哲这个人我知道,他也不是坏到头上长疮脚下流脓的那种人。他最大的毛病是自己管不住自己,给他一个教训,然后再看。"

银姬说："那你要给我狠狠地揍! 往死里揍,揍得他这辈子都忘不了!"

正浩说："那可不行,要真是伤着了,你哥我可就犯法了。咱得有个尺度,行不?"

银姬说："哥,那你看着办吧。"

正浩说："好,包在我身上了。不过银姬,哥还有件事要你帮忙。"

银姬说："哥,你说。"

正浩说："等会儿董强要领着女朋友来你这儿请我跟英花夫妻俩吃饭,你帮我安排的好一点。"

银姬一笑说："董强大哥已经有女朋友啦? 多阵儿的事儿?"

正浩说："刚谈了不久。她女朋友你见过,就是在英花婚礼上跳舞的那个,是英花他们歌舞团的,叫姜彩英。"

银姬说："那也是我们朝鲜族的姑娘喽? 这下董强大哥可如愿了。"

正浩说："你猜董强为啥一定要像陈志宏那样非娶个咱们朝鲜族的姑娘?"

银姬说："看着志宏大哥跟海玉那么好眼红呗。"

正浩说："不止这个。他说我们朝鲜族女人对男人特别好,而上海男人呢,也是出了名的对老婆好的人。所以上海男人跟朝鲜族女人的结合,那就是最佳组合!"

银姬笑着说："要知道这样,当初我也该找个上海鸭子。"

25.

夜,内,延边某市。

一家私人小诊所。

俊男扣好裤子。

一个穿着白大褂的医生模样的人对俊男说："你这是性病，知道吧？现在已经开始往外排脓了。再不治你就会丧失生育能力的。"

俊男哭丧着脸说："那咋治呀？"

穿白大褂的人说："在我这儿打针呀。在我这儿打上三针保管就好了。"

俊男说："打一针多少钱？"

穿白大褂的人说："四百一针。"

俊男倒抽一口冷气说："我现在没钱。"

穿白大褂的人说："那你有多少钱？"

俊男摸口袋，零零星星掏出了几张票子说："就这么多，全在这儿了。"

穿白大褂的撇了撇嘴说："嵌牙缝都不够，滚你的吧！"

26.

夜，内，延吉市。

新阿里郎饭店。

穿着朝鲜服的董强挽着同样也穿着朝鲜族服装的姜彩英一起走进饭店。

银姬迎上去笑着说："董强大哥，你穿上咱们朝鲜族的服装连我都认不出你来啦！"

董强说："怎么样？"

银姬说："太帅了！"

董强说："有首歌叫《月亮代表我的心》，我这身服装就代表了我的心。"然后对姜彩英说："怎么样？满意吧？"

姜彩英甜蜜地一笑说："去你的！"

正浩笑着说："董强，我原来以为你对女人很不会来事，可现在看看，也很有两把刷子嘛。"

银姬说："那快进屋吧。"

英花和李珉基也走进了饭店。银姬刚想迎上去，眼睛突然瞄到了远远站在灯光下的崔明哲。她轻轻拉了拉正浩说："哥，你瞧那边。"

正浩也看到崔明哲了,远远地站在那儿想进又不敢进的可怜样。正浩叹口气,大步朝崔明哲走去。

27.

夜,外,延吉市。

新阿里郎饭店门前。

正浩走到崔明哲跟前,看了看崔明哲。崔明哲也看看正浩。

正浩说:"走!"

崔明哲说:"走哪?"

正浩说:"跟我一起吃饭去呀,还能去哪儿?"

崔明哲说:"我还能跟你们一起吃饭啊?"

崔明哲说:"你跟银姬离婚了没有?"

崔明哲说:"没有,我不离!"

正浩说:"那你还是我的妹夫。就是离了,你也还是我的朋友,为什么不能在一起吃饭?"

崔明哲感动地说:"正浩……"

28.

夜,内,新阿里郎饭店。

一间雅座。

正浩拉着崔明哲进了雅间,对董强说:"董强,没经过你的同意,我把我妹夫也叫上了啊。"

董强说:"正浩,看你说的。我和彩英的事,你立的是头功。你要想叫谁来吃饭,我还能说什么吗?快叫明哲坐吧。"

姜彩英疑惑地看着董强说:"董强,咱俩不是自己认识的吗?跟正浩哥有啥关系?"

李珉基说:"你俩当然是自己认识的。只不过后来董强征求了一下正浩的意见,正浩表示了坚决的支持。其实呢,两个人能不能相爱,那全是缘分。

咱们中国不是有句老话吗?叫无缘相见不相识,有缘千里来相逢。"

姜彩英对董强说:"董强,咱俩的事还要征求正浩哥的同意啊?"

董强说:"彩英,你知道我跟正浩是啥关系?生死之交!婚姻是人生的大事,能不征求一下好朋友的意见吗?"然后对正浩说:"贞玉呢?不是说她也来的吗?你在我跟前可不能搞男尊女卑噢!我们上海人可是历来主张女士优先的。"

正浩说:"她把厂里的事处理完就会来。你别再我跟前宣扬你们上海小男人的优秀品质,用这些来讨好彩英啊!"

董强说:"正浩,你说这话就不够朋友了。"

李珉基说:"正浩哥,你这话就说错了。在女人跟前能屈能伸,那不是小男人,那是真正的大男人!"

正浩说:"狗屁!"

贞玉推门进来,说:"啊呀,我来晚了。董强哥,对不起啊。"

董强说:"贞玉,快坐吧。我们正在批评正浩的大男子主义呢。"

贞玉坐下笑笑说:"你们可别这么批评他,要不是他身上的那种大男子主义,我还不爱他呢!我就爱他身上那十足的男人气。"

正浩说:"听见了吧?男人身上没点男子气那还算什么男人嘛!"

大家笑。

贞玉悄悄对正浩说:"这批货都快赶完了,怎么俊男还没回来啊?"

29.

夜,外,延边某市。

俊男在一条没什么行人的街上游荡着。他满脸的沮丧和痛苦,眼神也是一片茫然。

俊男靠在一根电线杆上哭了。接着狠狠地甩了自己两个嘴巴,心里骂自己说:"许俊男啊,你好没出息啊!……"说着,哭起来了。

这时有一个人朝他走来,看着他说:"喂,你哭什么?"

30.

夜,内,延吉市。

新阿里郎饭店。

贞玉担心地对正浩说:"正浩,俊男不会出事吧?"

正浩说:"不会的。他单独押车去丹东又不是第一次,再说他回来的路上要顺道去几个地方收货款,这也需要时间嘛。别老提这事了,今天大家高兴,工作的事先放一边儿。"

贞玉说:"是。"

董强说:"俊男真要出什么事,我可要担责任了。"

正浩说:"你担什么责任啊?"

董强说:"你不是为我的事才让俊男押车走的吗?"

正浩说:"让他单个出去干事又不是一次两次,哪能动不动就出事的呢。收货款要跑好几个地方呢,肯定是为这事耽搁了。咱们喝酒!"

31.

夜,内,延边某市。

在市郊的一个小房子里。

有几个人正喊着吼着地打着牌。

俊男饿坏了,三口两口地把饭扒完。然后被人引到一个胖子面前。

那个三角眼留着小胡子的胖子对俊男说:"你想在我这儿干活吗?"

俊男点点头。

小胡子说:"那你得跟我签个合同,干上三年才能拿工钱。"

俊男说:"工钱不给我,我吃饭咋办?"

小胡子说:"吃饭,穿衣,住宿,我全包了,但工钱要三年后才能拿。你要是半当中不干了,那你还得赔偿我的损失!"

俊男说:"可干吗要三年后才拿工钱啊?"

小胡子说:"哼,泥瓦活儿你会干吗?"

俊男摇摇头。

小胡子说："不会我就得培训你，培训是要收钱的，钱你有吗？"

俊男摇摇头。

小胡子说："这不结了？我培训完你，你有技术了，一拍屁股走人了，我找谁去要培训费？"

俊男说："那你从工资里扣嘛。"

小胡子说："那不成！万一你当中跑掉，我的损失找谁补去？"

俊男说："可三年太长了，我不干。"

小胡子冷笑一声说："你当我这儿是澡堂子啊？溜一圈，沾点水，拔脚就走啊？美得你！饭钱！"

那几个打牌的家伙都停了下来，开始往这里聚。

俊男害怕了，说："我……我另外去找工作，我还你。"

小胡子说："现在就给！"

俊男说："我……我现在没钱。"

小胡子说："没钱？"说着一拍桌子上的合同，"那就给我签！"

俊男看看围上来的那几个凶神恶煞似的人，蔫了。

第二十三集

1.

夜,内,延吉市。

新阿里郎饭店。

银姬亲自端菜走进雅间,她没注意到坐在靠门边那个位置上的崔明哲,上菜的时候正好站在崔明哲边上。

崔明哲一把抓住了银姬的裙子。

银姬一看是崔明哲,脑子一热,啪的一巴掌甩了过去。

所有人都怔住了。

正浩站了起来说:"银姬,你这是干什么!"

银姬知道自己有点过了,也不说话,满脸的怒容。

崔明哲说:"正浩,你别怪银姬,要是她这一巴掌能解气,那我愿意挨。"

正浩说:"崔明哲,你有点出息好不好? 别在这给朝鲜族男人丢脸!"

崔明哲哭了,说:"我已经丢脸丢到家了,只要银姬不跟我离婚,我什么都愿意做!"

席间的一些人并不知道发生过什么事,也不知道该怎么劝。

董强说:"明哲,你别哭啊,我们上海小男人也没像你这样在大庭广众下一把鼻涕一把眼泪的。"

贞玉说:"银姬呀,你怎么也得给你男人留点面子呀。"

正浩想了想,说:"银姬,明哲,你们给我出来!"然后对董强他们说:"你们先喝着,我们去去就来。"

2.

夜,内,延吉市。

新阿里郎饭店。

贞玉和英花一起朝洗手间走去。

英花说:"姐,银姬跟明哲他们怎么啦? 为什么要离婚?"

贞玉说:"崔明哲有外遇了。"

英花说:"啊?"

贞玉说:"而且被银姬逮个正着。"

英花说:"真看不出,明哲怎么会是这种人?"

贞玉说:"别管他们了,正浩会处理好这事的。"

英花说:"哦。姐,斗伊还好吧?"

贞玉说:"好着呢。学习成绩在班里是数一数二的,舞也跳得特别的好,他们班主任特宠着她,有时候我都怕老师把她给宠坏了。"

英花说:"文熙也很好吧?"

贞玉说:"嗯,现在都有自己的想法了。而且讲的尽是一些大人们平时讲的话,从他嘴里讲出来就特别的有意思。"

英花看着贞玉说起孩子来那幸福的神情,犹豫了一会儿,鼓足勇气说:"姐,能不能让斗伊到我那儿去住上些日子? 我现在也有家了。"

贞玉看着英花,看了好一会儿,看得英花有些发慌。

英花说:"姐,你怎么啦?"

贞玉说:"你想把斗伊要回去?"

英花赶忙辩解说:"不是,姐,我没想把斗伊要回去,我只是想接她到我那儿住上几天。"

贞玉说:"平白无故为什么要接斗伊去你那儿住?"

英花说:"我只是……"

贞玉说:"英花,需要我提醒你吗? 斗伊现在是我和正浩的亲生女儿。当初你把她扔给我的时候,眼睛眨也不眨就跑了,那会儿你想到现在了吗? 我一个姑娘家带着斗伊,东家跑西家问,想着咋把这孩子肚子填饱养活的时候,你在哪儿呢? 你想到孩子了吗? 英花,在你把斗伊扔给我的那一刻起,我就是她的母亲了! 难道不是这样吗?"

英花含着泪说:"姐,对不起……"

贞玉的语气缓和了一下,说:"英花,你说你现在有家了,那你就赶快要一个自己的孩子呀。"

英花说:"姐,你不知道,在生下斗伊的那一刻,我就结扎了。"

贞玉呆了,说:"这为什么呀?"

英花说:"我那个时候以为自己一辈子都可以不结婚不要孩子的。"

贞玉说:"你怎么这样糊涂啊! 英花,你告诉我这个不就是想把斗伊要回去吗?"

英花流着泪不说话。

贞玉说:"不可能,我绝对不会把斗伊还给你的!"

英花说:"姐,我知道了。我不会再提这事了。"

3.

夜,内,延吉市。

新阿里郎饭店。

在一间空的雅间里。

正浩问银姬和崔明哲说:"说吧,你们的事到底咋办?"

崔明哲说:"我不离婚!"

银姬说："你说不离就不离啦？崔明哲我告诉你，我决不会再跟你这种人一起过日子了！"

崔明哲说："银姬，我改，我一定改！我再也不犯了还不行吗？"

银姬说："你不要光嘴巴说得好听，有些错可以改，有些错就得一辈子背着！"

崔明哲说："那你到底要我咋办吗？"

正浩捋了一下头发说："怎么又回去了呢？好啦！别吵了。明哲，光说改不行，你得接受惩罚！"

崔明哲说："行，我受罚！银姬，正浩，你们说吧，怎么惩罚我？"

银姬说："哥，给我狠狠地揍他！"

崔明哲想了想，把皮裤带解了下来交给正浩，然后往一张小桌子上一趴，说："你们就惩罚我吧！狠狠地抽我屁股好了。"

正浩拿着皮带看看银姬。

银姬一咬牙说："哥，你给我狠狠地打！崔明哲这个该死的家伙，就该这么挨打！"

正浩在崔明哲的屁股上狠狠地抽了一下。

崔明哲喔哟了一声，说："打！再打，狠狠地打！"

正浩又抽了一下，崔明哲咬紧了牙根说："再打，再打呀！"

正浩看看银姬，有点不想再抽了，说："行了，饶了他吧。这会儿他倒像个男人！"

崔明哲说："再抽呀，正浩。再抽呀，过二不过三嘛。"

正浩正准备再抽，银姬抓住正浩的手臂说："哥，你抽得太狠了。"

正浩把皮带往地上一扔说："起来吧，银姬舍不得了。"

崔明哲爬起来说："银姬，咱不离婚了好吗？"

银姬说："不是已经罚过了吗？"

崔明哲说："那……今晚你就回家吧。"

银姬说："不行。婚可以不离，但是我现在还不想跟你一起过。"

崔明哲说："为啥？"

银姬说:"恶心!"

4.

夜,内,延吉市。

新阿里郎饭店。

正浩和崔明哲朝喝酒的房间走去。

正浩说:"怎么样?"

崔明哲说:"正浩,你肯定把跟高大奎拼刺刀的劲儿都使出来了吧?"

正浩说:"那你屁股就烂了! 我已经手下留情了。不过你表现不错,没丢我们男人的脸。"

崔明哲说:"可银姬还不肯跟我回去,那怎么办? 你应该再抽我几下,银姬就会可怜我了,说不定今晚就跟我回去了。"

正浩想了想,说:"分开一段时间也好。等她气消了,她会回去的。崔明哲,你现在反正也没事干,给你分派个任务吧。"

崔明哲说:"你说。"

正浩说:"你去趟上海,帮我看看陈志宏和海玉到底怎么样了,差旅费我报销。"

崔明哲说:"志宏他们怎么啦?"

正浩说:"昨天在文化馆门口,我遇到卢永吉老师,他对我说,金正浩,你能不能让陈志宏回到延边来? 我说为啥? 他说,因为志宏他在上海活得像条虫,可他在咱延边,活得可是条龙啊。"

崔明哲说:"你不怕我到上海这个花花世界去又犯错?"

正浩说:"你就这么个记性?"

崔明哲说:"开个玩笑嘛,我哪还敢啊! 现在屁股疼得像火烧。"

正浩说:"这会儿你还有心情开玩笑,说明我那两下打得还不够狠。"

崔明哲说:"别,我错了行不?"

正浩和崔明哲走进喝酒的房间,两人一落座,董强就问:"你们的事解决啦?"

正浩说："暂时算是吧，以观后效！"说着满满倒了一杯酒给崔明哲，"明哲，这是我的赔罪酒。我没权利抽你，是我代银姬抽的。但我还是要赔个罪，我手下得重了点。"

崔明哲说："那是我活该。后天我就去上海。你让银姬放心，我崔明哲永远不会再犯了。要不，我真的太对不起银姬了。"说着，一口把那一满杯喝了。

5.
夜，内，上海。
陈志宏家。
灯下，陈志宏继续翻译着书稿。
天气闷热，陈志宏热得满头是汗。文俊光着身子已在床上睡着了。
海玉为陈志宏扇着扇子，不时地用毛巾为他擦汗。
海玉说："志宏，你病刚好，天气又这么热，你就早一点休息吧。"
陈志宏说："想睡你先睡吧，我不睡。"
海玉说："这书稿又不是一天两天能翻译完的。注意身体那是最重要的。"
陈志宏说："好了，你先睡好了。人家卢永吉老师，老远地把书稿亲自送到上海来让我翻译，这是对我的信任，对我的器重，也是对我最大的褒奖。所以我怎么也得把他的书尽快地翻译出来！"
海玉说："志宏，那我们还是回延边去吧。当时，我逼你来上海，我是错了。不是我不想来上海，到现在我还是想当个上海人。但我时机弄错了，我们不该条件还没成熟就匆匆来了。还有，我没有仔细地考虑你不肯来上海的理由，现在我理解了你为什么不肯来上海。"
陈志宏说："海玉，你不要再说了。既然来了，我不会再回去的。就是死，我也死在上海！"
海玉突然跪了下来，说："志宏，我还要告诉你一件事。所以我们得赶紧回延边去。"

陈志宏说:"什么事?"

海玉说:"我又怀孕了。"

陈志宏如五雷轰顶,说:"什么? 那赶快去做掉他!"

海玉摇摇头说:"不行了,已经四个月了。"

陈志宏说:"天哪!"

6.

夜,内,延吉市。

新阿里郎饭店。

正浩、董强、英花、李珉基、姜彩英、崔明哲、贞玉还在喝酒,大家喝得都有些醉。

正浩说:"贞玉,你唱一个,助个兴吧。"

贞玉说:"嗨,我唱得不好。要是海玉在,那该多好啊,她唱得好。"

正浩说:"别啰唆,现在海玉又不在。你唱得也很好,你是我老婆,我能不知道?"

贞玉说:"好,我唱。"想了想,用筷子敲着桌边唱起了《道拉吉》。

董强说:"彩英,英花,你们跳!"

英花和姜彩英也都跳起舞来。

贞玉的歌声也很优美,英花和姜彩英的舞蹈也让在场的人看得如醉如痴。

董强趁着酒性对正浩、李珉基和崔明哲说:"找老婆,就得找朝鲜族的女人做老婆。正浩、李珉基,我真的要谢谢你们啊! 来,喝酒! 干杯!"

姜彩英突然不跳了,生气地说:"董强,我走了。"

董强忙说:"大家喝得正高兴呢,你干吗要走呀?"

姜彩英说:"你们在我的事情上,肯定玩了什么花样,我可能上当了!"

7.

夜,内,上海。

陈志宏家。

陈志宏忙把海玉扶起来说："海玉，要说错应该是我的错，怎么能怪你呢？快起来，躺下。你别给我扇了，我给你扇吧。"他从海玉手上夺过扇子，让海玉躺下，开始给海玉扇着扇子，"不能做掉，那就生吧。说不定是个女儿呢，跟你一样漂亮呢。"

海玉一下搂住陈志宏的脖子哭了。说："志宏，你真能体贴人。我嫁给你是嫁对了。你还是译你的书吧，我来给你扇。给我嘛，我来给你扇，这样我心里才会好过些。"海玉又夺回扇子，给陈志宏扇。

陈志宏继续伏在桌上译书稿。

陈志宏说："海玉，好长时间没听你唱了，唱支歌吧。"

海玉说："唱什么？"

陈志宏说："《道拉吉》呀，就是我听到你唱这首《道拉吉》时我爱上了你。"

海玉轻轻地唱起了《道拉吉》。陈志宏眼前出现了青翠的山峦，弯弯曲曲的河流，碧绿的稻田，那错落在森林中的山村……他又看到海玉顶着篮子走在月光中的小路上，到他那间小屋送饭来。

陈志宏深情地看看海玉，然后摸了摸海玉的脸说："海玉，我爱你……"

海玉依偎进陈志宏的怀里，说："志宏哥，我也是……"

8.

夜，内，延吉市。

新阿里郎饭店。

姜彩英就要往外走，英花赶忙去拉住她。

英花说："彩英，你和董强哥的事，我们又有什么花样好玩的？无非是在你们见面的事上，珉基安排了一下。你和董强哥是自己对上眼的，后来也是你们自愿相互往来的嘛。"

正浩说："珉基只是给我举了一下帽子。不过当时我真的很高兴，不但为董强高兴，也为你高兴。我们朝鲜族姑娘，找个上海男人，真的很幸福呢，我身边就有个例子,海玉和陈志宏,相亲相爱,生活得甭提多和睦了。"

英花说:"这点我可以作证。"

崔明哲说:"我也可以作证。"

银姬刚好也进来送酒说:"我也可以作证。"

李珉基说:"彩英,要走你走吧。怎么见面我可以导演,可爱情本身却勉强不了的。"

正浩说:"彩英,机不可失,时不再来。你要是真对董强有意思,为了这点小事走了,那不是太可惜啦? 董强,我们磨了半天嘴皮子,你怎么没话的啊?"

董强说:"我没别的话说,除了彩英,我谁都不要!"

姜彩英有些感动了,慢慢又走回董强身边说:"董强哥,除了你,我也谁都不要。"

崔明哲大声喊:"干杯!"

正浩在崔明哲的屁股上狠狠地拍了一下,崔明哲疼得喔哟了一声说:"正浩,我屁股已经被你抽得皮开肉绽了,你还打啊。"

9.

日,外,延边某市。

在市郊的一个建筑工地上。

俊男在一伙人当中干活。

由于有病,俊男在拎灰浆时显得很吃力,走路也有些慢。

一个包工头模样的人喊:"许俊男,你是怎么干活的! 玩女人有劲儿,干活就没劲啦?"

小服装店老板李玄和刚好从工地上走过,他听见有人喊许俊男,便忙往工地上看。李玄和一眼看到了许俊男,感到十分的吃惊,就往工地里边走边喊:"许老板,许老板?"

有两个人突然挡住了李玄和,说:"你干什么! 现在这儿是干活的时候,不许会客的! 许俊男,继续干你的活!"

　　许俊男也看到了李玄和,想说些什么,但什么也说不出来。因为他不知道该说什么好,他恨死了自己,一失足就成了现在这个样子。他也不再理睬李玄和,继续干自己的活。

　　李玄和想了想,又看看拦住自己的两个凶煞恶相的人,也只好走了。

　　10.

　　日,内,延吉市。

　　浩玉服装厂。

　　正浩的办公室里。

　　贞玉对正浩说:"正浩,我对俊男真的是没信心,他肯定又出事了。你不该让他押车走,更不该让他顺道去收款。"

　　正浩说:"让他押车,没错。因为他已经押过几次车了。让他顺道去收款,也没错!因为服装是他去推销的,款当然该他去收回来。这些年,他干的不是都挺好的吗?"

　　贞玉说:"可这次,他到现在还没回来呀!都快一个多月了。我看还是把他养在厂里吧,哪怕是在车间里打扫打扫卫生也行。每次他一外出,我就提心吊胆的,就怕会出什么事。"

　　正浩说:"要出事,养在厂里一样会出事!他是个男人,把他这么白白养在厂里,那不就把他毁了吗?"

　　贞玉说:"放出去,要是出了事,那才是毁了他呢。"

　　正浩说:"他是人,不是条狗!哪有把人养在家里不放出去的!不在外面闯荡的人,永远也长不大!明天我不是押货去丹东吗?回来我顺路去找他!"

　　11.

　　日,内,延吉市。

　　某小学。

　　在一间大教室里,小学歌舞队的小演员们排好队正在听老师讲话,斗伊站在舞蹈队的前排。老师身边站着李珉基。

老师说:"同学们,我们很快就要参加全市小学生的舞蹈大赛了。所以,今天我们特意请来了州歌舞团的舞蹈导演李珉基老师来给我们作指导,大家欢迎!"

小学生们很兴奋,热烈地鼓掌。

12.
日,内,学校。
大教室里。
在优雅动人的音乐中,学生们在认真地跳着舞。

李珉基在一边看着,斗伊开始领舞了,她的舞蹈跳得好极了,而且对音乐和舞蹈的理解非常到位。李珉基看着直点头,心里暗暗说:"这孩子我得要回来,她是英花的亲生女儿,也应该是我的女儿。"

13.
夜,内,延吉市。
英花家。
李珉基躺在床上看着天花板想事情,英花走进卧室。

李珉基说:"今天我被请到小学去辅导小学生们的舞蹈,在那儿见到斗伊了。她天生就是块跳舞的料!英花,我们一定要把她要回来,她会有大出息的。"

英花默默地梳着头,不说话。

李珉基说:"英花,你怎么啦?把斗伊要回来,我们就是个完整的家了,这不好吗?"

英花说:"珉基,你就打消这念头吧。我还是那句话,我没资格去要孩子。就算去要了,贞玉也不会同意的。我也不该开这样的口。当初我把孩子扔给贞玉时,我就丧失了一个做母亲的资格。"

李珉基说:"可事实摆在这里,你就是斗伊的亲生母亲!我要找正浩哥说去,正浩哥是个通情达理的人。"

英花说:"再通情达理也不会把自己的孩子拱手送给别人。珉基,我不会再去提,你也别去。只要看到我的女儿好好活着并且成长得很优秀,这就够了。谁让我生她就抛弃了她,自己种下的苦果自己吃!只要我一个人痛苦就够了,干吗要把贞玉姐和正浩哥一起拖进这痛苦中呢?"

李珉基说:"可我多想我们有一个好好的完整的家啊!"

14.

夜,内,延吉市。

正浩家。

银姬从饭店回到正浩家,打开门看到正浩、贞玉、秀妍和彩妍都坐在客厅里。

秀妍和彩妍喊:"妈,你回来了。"

银姬有些奇怪,说:"哥、嫂子,今天是怎么了?斗伊和文熙呢?"

贞玉说:"都睡了。"

银姬看看秀妍和彩妍,再看看正浩。

正浩说:"银姬,回家去吧。"

银姬说:"我不回去。"

正浩说:"崔明哲去上海了,你回去吧。"

银姬说:"他到上海干什么去?"

正浩说:"我让他去看看海玉和陈志宏,看他们在上海过得咋样。"

银姬说:"哥,你操的心真多。"

正浩说:"所以你能不能别让我再操心了?既然答应不跟崔明哲离婚了,那就回去,等明哲回来就一起好好过日子吧。"

贞玉说:"银姬,你哥说得对。"

正浩说:"东西贞玉已经帮你收拾好了。走,我送你们回去。"

15.

日,内,延边某市。

小镇某服装店。

正浩走进服装店,李玄和迎了上去。

正浩说:"李玄和老板,你好。"

李玄和忙打招呼说:"金正浩老板,你好。"

正浩说:"许俊男到你这儿来过没有?"

李玄和忙把正浩拉进店里说:"我正想找个机会去延吉告诉你这件事呢。"

16.

日,外,上海。

陈志宏住的石库门房门前。

海玉推着卖腌菜的小车正准备走。

阿青嫂从屋里出来说:"海玉,你的腰怎么粗啦?"

海玉不好意思地笑笑。

阿青嫂说:"又怀孕啦?"

海玉点点头。

阿青嫂表情严肃地说:"海玉,像你们家这样的经济条件,哪能再生呀?"

海玉说:"我们不想生了,可……"

阿青嫂说:"怎么啦?"

海玉说:"已经四个月了。"

阿青嫂说:"海玉,我是里弄居委会的小组长,关于计划生育的事,我可能要过问一下了。你先去做生意吧,回来再说。"

17.

日,外,延边某市。

李玄和领正浩来到郊外的一个建筑工地上。李玄和指了指,正浩看到了正在干活的俊男。

俊男也看到了正浩,感到又亲切又惊喜又害怕。一下子愣在那儿了。

正浩朝俊男走去,有几个人一下子围了上来,其中一个说:"我们这儿是重要的建筑工地,闲人免进!"

正浩想发作,但一下又明白是怎么回事了。于是停住脚步严厉地对许俊男喊:"俊男,你老老实实地给我在这儿待着,好好干活!哪儿都不许去,听到没有!"然后转身走出了工地。

18.

日,外,延边某市。

建筑工地附近。

正浩走出工地,走到等在工地外的李玄和跟前说:"李玄和老板,你领我去你们这儿的公安局好吗?"

19.

日,内,延边某市。

市公安局。

正浩走进公安局,问里面的工作人员说:"警察同志,请问你们局长在吗?"

工作人员说:"我们高局长正在开会,你有什么事吗?"

正浩想了想,说:"这事我想找你们局长说。"

工作人员说:"我不是告诉你了吗? 我们高局长正在开会,有什么事就跟我说。"

正浩固执地说:"那我就等。"

工作人员说:"会可能要开一天呢。"

正浩说:"中午总要吃饭吧? 我就等到中午吃饭时再找他。"

这时会议室的门突然开了,高大奎端着个茶杯走出会议室。

正浩看到高大奎一下愣住了,但又高兴地猛地做了一个拼刺刀的动作。

吓得那个工作人员以为正浩想对高大奎动武,上去就抱住正浩。正浩挣开那个工作人员,又有两个要扑过来。正浩朝高大奎喊:"高大奎,你他妈不认识我了?"

高大奎猛看到正浩做拼刺刀的动作也吓了一跳,但一看,立马认出了正浩。他惊喜地喊:"金正浩,他妈的哪股风儿把你吹到这里来啦?"

正浩和高大奎像久别重逢的亲人一样,热烈地拥抱在一起。

旁边那两个人把被正浩挣倒在地的工作人员拉了起来。工作人员说:"原来你认识我们高局长啊!"

20.

日,外,延边某市。

正浩和高大奎坐在一辆警车里。

高大奎说:"金正浩,这次把你弟弟领出来就行了,先不惊动他们。已经有人揭发这家建筑公司可能涉黑,我们也已经组织人员在侦查了。"

正浩点头说:"好吧。"

21.

日,外,延边某市。

市郊建筑工地。

正浩,高大奎和两名警察朝建筑工地走去。

俊男一看到正浩领着警察来了,吓得不顾一切地冲出工地,朝山上跑去。有人想去拦他也拦不住。

正浩喊:"俊男,你别跑啊!"说着,也穿过了工地,往山上去追俊男。高大奎也跟着一起去追。

22.

日,外,延边某市。

建筑工地后边的山上。

俊男在山上的树林里乱穿，但他还是跑不过正浩，被正浩像老鹰抓小鸡一样，一把就给抓住了。

俊男噗的跪倒在地上，磕头如捣蒜似的说："哥，别抓我进公安局，别抓我进公安局啊，我再也不敢了，我再也不敢了呀！……"

正浩说："俊男，你起来！到底是怎么回事，跟哥讲清楚。"

高大奎也气喘吁吁地赶到了。

23.

日，外，延边某市。

山上树林里。

正浩、高大奎坐在草地上，抽着烟。

俊男把事情讲完后，说："哥，给我也抽支烟吧。哥，这种事我以后再也不会干了。我是被那个女的强迫的。"

正浩给了俊男一巴掌说："这种事女的怎么强迫你啊！认识还这么不深刻。"

俊男委屈地说："我就是被她强迫的。不过我以后再也不这样做了。哥，求你相信我。"

高大奎想起了什么，突然笑了起来，说："你别说，正浩，你弟说的是真的。这段时间我们正在扫黄打黑，前段时间收网收进来一个女人，搞不好就是他说的那个。许俊男，你的货款是不是塞在一个信封里，信封上写着货款，许俊男，外面还有个小盒子？"

许俊男说："是！"

高大奎说："里面有多少钱？"

许俊男说："三万七千六百八十五元。"

高大奎说："没那么多了，只有两万多元钱了。回去认一认，看看是不是你的。"

俊男哭丧着脸说："哥，我这病咋办呀？"

正浩说："回延吉后，第一件事就是送你去医院治病。许俊男啊许俊男，你这家伙也够倒霉的。大奎,我们就直接回了,谢谢你的帮助。"

高大奎说:"怎么,现在就走,不够朋友了吧?这么些年不见,怎么也得喝上口酒再走啊!到时我用车送你。从我这儿去延吉,也只不过两个多小时的路嘛。"

24.

傍晚,内,上海。

陈志宏住的石库门房。

阿青嫂在天井里的水龙头下洗菜,玉林也在一边刮鱼鳞。

玉林说:"该放一马的要放一马。人家户口又不在上海,应该说跟你不搭界。"

阿青嫂说:"玉林哥,你这话就说错了。计划生育是全国一盘棋,也是国家的一桩头等大事。作为里弄小组长,这件事不管是不行的。"

玉林说:"我听海玉说,她是朝鲜族,在她们延边是可以生第二胎的。"

阿青嫂说:"我今天上午到居委会去问过了,在上海就是少数民族也不许生第二胎的,各地的政策不一样的。"

玉林说:"但人家的户口不在上海。"

阿青嫂说:"但人住在上海呀,那就得按上海的政策办。"

玉林说:"你管得了人家吗?"

阿青嫂说:"我当然要管。他们要生可以的,回延边生去。这事吃好晚饭,等他们人回来了,我就去找他们谈。"

25.

夜,内,延吉市。

正浩家。

贞玉把饭菜放好,对正浩说:"俊男这事做得真恶心!我都不想见他了。"

正浩说:"我也不想为他说情。你要说他傻吧,他有时又不傻。这次去收账,把收来的每一笔钱都在信封上记得清清楚楚的,还计上总数,还在信封上写上自己的名字。但你要说他不傻吧,他的脑子也真不够用的,有些事也不往深里想一想,那次贩卖淫秽图片也好,这次嫖娼也好,这种事能做吗?可他偏偏就去做了。"

贞玉说:"他干的这些事,都是最恶心最让人看不起的事!"

正浩说:"但有什么办法呢? 他偏偏就做了。那次在牢里关了三年,这次又染上了脏病,但你总不能杀了他吧? 总还得让他有口饭吃吧。"

贞玉说:"正浩,算我求你,你别让他再到厂里来做了,我不想见这种人。"

正浩说:"可他毕竟是我们的弟弟呀。不看我的面子,总还要看应灿爸和玉顺妈的面子呀。两个老人都老了。"

贞玉说:"每个月给他一些钱,别再让他干什么活了。"

正浩说:"等他把病治好了再说吧。"

贞玉说:"反正厂里是不能再用他了,让他回靠山屯去吧。"

正浩说:"你别唠叨了行不? 这事我说了算!"

贞玉说:"你要是还让他进厂里,那咱俩就离婚。"

正浩说:"贞玉,气话谁都会说。我可以说,行,咱们现在就去离! 那时候你又会哭着闹着去寻死,干吗呀! 你能不能把俊男犯了错,就看成是你自己的亲弟弟犯了错,行不行!"

贞玉哭了,说:"可他做的事,有多恶心啊! 就是亲弟弟我也不想再见他。"

26.

夜,内,上海。

陈志宏住的石库门房。

崔明哲拎着旅行包,向正在水龙头下洗东西的玉林打听说:"请问,有一个叫陈志宏的,是不是住在这里?"

玉林马上喊:"陈志宏,有人找!"

陈志宏、海玉走出到门口一看是崔明哲,惊喜得不得了。

陈志宏说:"崔明哲,你怎么来了?"

崔明哲说:"是正浩让我来看看你们的。"

27.

夜,内,上海。

海玉说:"明哲哥,你怎么可以干出这种事呢?"

崔明哲说:"银姬说男人一有钱就变坏,那时候我也真是昏了头,当了老板就不知道自己姓什么了。事情出了以后,正浩在我屁股上狠狠抽了两皮带,抽的我皮开肉绽的,到现在坐在凳子上屁股还有些疼呢。"

海玉说:"那离婚的事呢?"

崔明哲说:"那两皮带也不是白挨的呀,之后她倒是不提离婚的事了,可到现在还是不肯再跟我住在一起。"

海玉说:"要我是银姬,我也不肯啊!男人最靠不住了。"陈志宏看看海玉,海玉一笑说:"我老公除外。"

崔明哲说:"能不能再住到一起,以后再说吧。但婚我是绝对不离的!当初我追银姬的时候,正是花了九牛二虎之力才追上的,哪能轻易地就离婚呢?"

陈志宏说:"你啊,就是做人太随便。把什么都不当一回事。这次吸取教训了吧?"

崔明哲说:"再也不敢犯了。陈志宏,你也要从我身上吸取教训。说老实话,这种错误是男人最容易犯的。"

海玉说:"你少来!我们志宏可不像你。"

崔明哲说:"对了,陈志宏,你知道不知道,董强也找了一个咱们朝鲜族的姑娘,是州歌舞团的,比海玉还漂亮呢。"

陈志宏一笑说:"在我眼里,我老婆才是最漂亮的。"

崔明哲羡慕地说:"怪不得那姑娘会那么说,说上海男人是天下最好的男人,知道怎么疼自己媳妇。"

这时阿青嫂敲敲门推门进来说："陈志宏、海玉，你们都在啊，有件事我要同你们好好谈一谈。"

陈志宏说："我这里有客人。"

阿青嫂说："不要紧的。反正计划生育的事是全国的一件大事，不能再拖，现在我就代表居委会找你们谈。"

28.

夜，内，延吉市。

正浩家。

正浩说："贞玉，你为什么要对俊男这么严苛呢？宽容一点不好吗？"

贞玉说："怎么宽容啊？你看他犯的这种事，还染上了脏病，说出去我都感到丢人。要是厂里的工人知道了，我们的脸往哪儿搁？干吗不让他回靠山屯呢？"

正浩说："那你说说，应灿爸会是什么反应？万一把他打死了，或者老爷子气出个好歹来，我们怎么交代？"

贞玉说："那他就不该做这种事！"

正浩说："已经做了怎么办呢？我是这个家的老大，总不能把他扔在那儿不管吧？"

贞玉说："你是什么老大呀？你这个老大是自己愣往自个儿身上安的。"

正浩说："贞玉，别人这么说是因为他们不知道状况，你这么说就是你的不对！在你妈和应灿爸玉顺妈收留我跟银姬时，我就是这个家的老大了！怎么叫我自己愣往自个儿身上安的呢？这是历史形成的，你就得认账！我就得这么看。还有贞玉，你不要忘了，当初要不是我把这个老大安在自个儿头上，我那时相亲早就成了，也就不会有你贞玉和我的事！"

29.

夜，内，上海。

陈志宏家。

阿青嫂说:"在上海生当然也可以,但你们得到延边去办个准生证,拿到这里来。如果我对这件事不管不问,那我就失职了,不配当里弄小组长了。"

陈志宏说:"阿青嫂,准生证我们一时拿不回来怎么办?"

阿青嫂说:"那你们只有回延边去生去。这计划生育的事就得按政策办,一点也含糊不得。"

30.

夜,内,上海。

陈志宏家。

崔明哲说:"陈志宏、海玉,我真的有点想不通。在延吉两室一厅的房子住得好好的,干吗非得跑这儿来?你看这窝小的⋯⋯这不受罪吗?还有这里这天气,热得让人都透不过气来。你看看,看看我身上的汗,下了火车没一会儿呢,就跟落汤鸡似的了。要不是正浩给派的这任务,我一下车就立马想买火车票回去了。而且海玉,你身孕已经四个月啦?都这样了,他们还要赶你?你们过的这是啥日子嘛!"

陈志宏说:"不管啥日子,是我们自己愿意来过的,没人强迫我们!"

崔明哲说:"你就一直这样不回去?"

陈志宏说:"对!九头牛你都甭想拉我回去!"

海玉说:"志宏,想想阿青嫂都这么说了,那我们就回延边去生吧。"

陈志宏说:"要去你去,我是不去!反正上海是我的家,我就要在这里扎根。要说呢,我的根原本就在上海嘛。"

31.

日,内,延吉市。

斗伊所在的小学。

李珉基在大教室里辅导完学生们的舞蹈,对斗伊说:"斗伊,你能上我家去一次吗?"

斗伊说:"二姨父,有事吗?"

李珉基说:"你舞领得很好,但还需要再提高一点,我想让你二姨再单独给你辅导一下。"

斗伊说:"好,但我得跟爸爸妈妈说一声。"

李珉基说:"那我给你妈妈打个电话。"

32.

日,内,延吉市。

浩玉服装厂。

厂长办公室。

贞玉在接电话说:"还是让斗伊回家吧,不能为了跳舞而耽误学业啊。"

正浩走进办公室,说:"什么事?"

贞玉说:"李珉基想让斗伊去他家。"

正浩说:"去他家干吗?"

贞玉说:"说是让英花辅导斗伊跳舞。"

正浩说:"那你干吗不同意?"

贞玉说:"我当然不能同意呀! 我不是跟你说过了嘛,英花想把斗伊要回去。"

正浩说:"把斗伊要回去,那当然不行。但去他们家,让英花辅导辅导斗伊跳舞,这应该没什么吧?"

贞玉说:"他们打的是什么主意,我会不知道? 反正我是不会同意的。"

正浩说:"贞玉,你的肚量也太小了。"

贞玉说:"正浩,不是我肚量小,是他们的做法太过分了。我在斗伊身上花的心血,你还不清楚吗?"

33.

夜,内,延吉市。

某咖啡馆。

正浩走进咖啡馆,李珉基迎了上来。

李珉基说："正浩哥，坐。"

正浩说："珉基，大家都很忙，你怎么有闲情请我喝咖啡？"

李珉基说："醉翁之意不在酒，我是有话要跟你单独谈。"

正浩说："什么事？"

李珉基单刀直入地说："斗伊的事。"

正浩说："斗伊的什么事？"

李珉基说："斗伊是英花的亲生女儿，我和英花希望斗伊能回到我们身边来。"

正浩说："你们把斗伊看成什么了？小姑娘玩的洋娃娃吗？不要的时候就丢到一边儿，想要了再拿回来？"

李珉基说："不，正因为当初英花没办法亲自抚养她，所以现在才想尽一个母亲的责任。"

正浩说："李珉基，我实话告诉你吧，不可能。虽然英花也是我妹妹，她当时的遭遇我也很同情。但你有没有想过，她当时抛弃孩子的行为，很自私很不道德！"

李珉基说："可她当时确实是没办法……"

正浩说："这不是抛弃孩子的理由！贞玉当时还是个姑娘，有一份很好的工作。就因为收养斗伊，她丢了工作，抱着孩子回到靠山屯。一个姑娘家，抱着一个没来历的婴儿，你认为她在屯子里的日子会好过吗？有多少人对着她指指点点，脏水臭水往她身上泼！你能想象得到吗？"

李珉基说："我知道嫂子当时是受了不少委屈。"

正浩说："她为了保护孩子的妈，一个字都不肯透这孩子是谁的，从哪儿来的。连英花的亲生父亲，应灿爸爸都不能理解，当着她的面数落她骂她。我爱贞玉，贞玉也很爱我。但就是因为她领养了这个孩子，我差点就没跟她结婚。所以李珉基，你也好，英花也好，你们都扪心自问一下，你们有没有资格跟贞玉提把孩子要回去的事。"

李珉基说："正浩哥，你听我说。"

正浩说："我不听！"

李珉基说："求你听我把话讲完好不好？在我爱上英花并且决定要跟她结婚时，英花就坦率地对我说，她已经是个不完整的女人了。现在我们结婚了，我说我要你幸福，我要让我们的家庭完整起来。现在只要斗伊回来，我们这个家庭也就完整了。正浩哥，你们不是也有个儿子吗？你们少了斗伊，你们的家还是完整的。可我们少了斗伊，我们的家就不那么完整了。我和英花那么希望能有个完整的家，况且斗伊又是英花的亲生女儿。"

正浩说："李珉基，你和英花不要只想自己，请你们也想想别人！斗伊是物件吗？随便摆在哪个家里的摆设吗？斗伊是贞玉和我的女儿，就是我们心头上的一块肉。你把她割走了，我们这个家里就在流血，你明白吗？"

李珉基说："可是长痛不如短痛，所以……"

正浩说："李珉基！你不觉得你这个要求太自私了吗？现在我可以郑重地回答你，不行！"

第二十四集

1.

日,内,延吉市。

浩玉服装厂。

俊男推门进了办公室,看到只有贞玉在。

俊男说:"嫂子,我哥呢?"

贞玉说:"俊男,你来得正好,我正要找你呢。"

俊男说:"嫂子,我的病好了,可以去推销服装了。"

贞玉说:"现在我们出口的服装都出口到韩国去了,以前积压的那些服装也销得差不多了。所以俊男,这儿没什么活可以让你干了,你回靠山屯去吧。爸妈呢年纪也大了,你也好照顾照顾他们。"

俊男哭丧着脸说:"嫂子,你不让我做了?"

贞玉说:"不是不让你做,是没法让你做。我得考虑我们厂子的形象!"

俊男说:"嫂子,我知道我做了件很丢脸的事。"

贞玉说:"回靠山屯去吧。经济上有困难,上我这儿拿吧。"

俊男说："可这钱我怎么拿呀。不干活白拿钱,这事我做不来。嫂子,还是给我个活干吧。"

贞玉说："回靠山屯去干农活,不也一样吗?"

2.

日,外,公路。

公共汽车上,俊男抱着个包,呆呆地望着窗外,眼神一片茫然。

3.

日,内,延吉市。

浩玉服装厂。

正浩在冲着贞玉发火说："贞玉,如果俊男出了什么事,我就跟你离婚!"

贞玉哭着说："许俊男到底是你什么人哪? 你要这么死拽着他不放。"

正浩厉声说："他是我弟弟! 就算他不是我弟,只是个厂里的职工,那我也会拉他一把。拯救一个失足的人,那也是一个人做人应有的社会责任!"

4.

傍晚,外,靠山屯。

公路上。

俊男下了公共汽车,朝靠山屯走去。他满脸的沮丧和绝望,走走停停,后来索性就在路边的石头上坐了下来。

正浩骑着摩托车赶了过来,摩托车的后座上捆着一个装满服装的编织袋。

正浩在俊男身边停了下来。

俊男站起来说："哥。"

正浩说："你不回家去,坐在这路边干啥呀?"

俊男说："嫂子说厂里不要我了,我回家咋跟爸妈说呀。我想我还是去死吧。"

正浩说:"要死你早就该去死了,还用得着今天吗?说这些话有什么用!你嫂子做得不对,我已经说过你嫂子了。但你确实不该犯这种错。"

俊男说:"杀了我,我也不敢再犯了。染上这种病,你不知道有多痛苦。哥,你这是来干啥?"

正浩说:"我要来告诉你,你还是干你以前的活,推销服装。我跟你嫂子说,俊男推销产品的活儿干得不错嘛,现在又是熟门熟路的有经验了,继续让他干吧。这也是一个人的价值嘛。你嫂子看我这么坚持,也就同意了。你瞧,我把服装都给你带来了。"

俊男说:"哥,谢谢你。我许俊男给你添了多少麻烦呀。"

正浩说:"谁让我成了你哥呢?回家后,啥话也别说了,只说推销服装,路过这儿回家看看爸妈。"

俊男说:"哥,你不回去了?"

正浩说:"我不回去了。厂里的活儿忙。再说我们这样回去,又会引出爸妈的许多话,反而麻烦。我走了,你回吧。"

正浩把编织袋交给俊男,然后调转车头,一溜烟地走了。

俊男感动得满眼是泪,他背上编织袋,看看远去的正浩,朝正浩深深地鞠了一躬。

5.

夜,内,延吉市。

英花家。

李珉基对英花说:"我觉得这事,你哥跟你嫂子有点蛮不讲理。当初你把孩子给贞玉,那也是迫不得已啊。"

英花说:"珉基,我不是说了嘛,你别再打这个主意了,也别再跑去找正浩哥和贞玉嫂子提这事了。"

李珉基慷慨激昂地喊:"我只是想要一个完整的家,这很过分吗?"

6.

夜,内,上海。

陈志宏家。

崔明哲买了两样玩具,交到文俊手里。

海玉说:"快谢谢姨父。"

文俊说:"谢谢姨父。"

崔明哲说:"志宏、海玉,我明天就回延边去。上海这热呀,我一天都待不下去了,人像是在蒸笼里蒸似的。"

陈志宏说:"那明天我请个假送你。"

崔明哲说:"这倒用不着。我还是想问你们一下,你到底怎么打算的?"

陈志宏说:"什么怎么打算?"

崔明哲说:"是回延边还是留在上海。"

陈志宏说:"当然是留在上海了,再回延边去干什么?"

海玉哀求说:"志宏,回去吧。以后等条件许可了,我们再回上海吧。"

陈志宏说:"不回! 我们要是回去,人家还以为我们是在上海混不下去,又被赶回来的。我可丢不起这个脸!"

阿青嫂在外面喊:"里面有人哦? 我进来了噢。"

阿青嫂推门进屋。

陈志宏说:"阿青嫂,又有啥事体啊?"

阿青嫂说:"你们到底怎么打算的? 我想落实一下,好向居委会汇报呀。"

陈志宏说:"什么怎么打算?"

阿青嫂说:"生孩子的事情呀。"

陈志宏说:"这事我们不是知道了嘛!"

阿青嫂说:"光知道有什么用呀,还要有行动的。"

陈志宏说:"要什么行动?"

海玉说:"我们回延边生。"

阿青嫂说:"咯好,咯好!"

陈志宏说:"要回你回,我不回!"

7.

日,内,延吉市。

正浩家。

正浩对崔明哲说:"都这种情况了,他们干吗还不回延边来?"

崔明哲说:"正浩,当初你在这件事上,站错了队!"

正浩说:"怎么站错队了?"

崔明哲说:"当初是海玉吵着要去上海,陈志宏坚决不肯回。结果你站到了海玉那边儿,那陈志宏也只好就范了。"

正浩说:"当时我觉得陈志宏回上海没错呀,他是从上海支边来延边的嘛。那么多上海知青都回去了,他当然也该回去呀。再说了,上海毕竟是个大城市,发展的空间肯定比咱延边要大嘛。"

崔明哲说:"大什么大!你没看他住的那房子,一个天井三家人用,一间屋子仨人进去就挤得慌了。还有,陈志宏现在在干什么你知道吗? 在一家厂里看大门! 开什么玩笑,人家陈志宏在咱们这儿好歹也是个研究朝鲜族文化的学者,跑到上海去看大门。要是他过去的那些同事见着了,不寒碜死了!"

正浩说:"怎么会? 在那边就找不着一份像样的工作吗?"

崔明哲说:"也能找,可那得要上海户口。但要户口就得跟海玉离婚,陈志宏不干,说假离婚也不行。这么有情有义的男人,就在那儿憋屈死,我都看不下去了。"

正浩陷入了沉思。

崔明哲说:"还有上海那鬼天气,热得让人脑袋发昏,蚊子多得能咬死人,你看我这腿,上面被蚊子咬的疤都有一百多了! 可陈志宏在那样的环境里还在帮卢老先生翻译书稿,整天熬夜。唉……"

正浩说:"你不要说了,你说得对,当初我是站错队了。人跟人是不一样的,陈志宏就该待在我们延边,在这儿他才能是条龙。我就不该让他回上海,我去接他回来!"

8.
夜,内,延吉市。
英花家。
英花和李珉基为了斗伊的事争了起来。
英花说:"珉基,你为什么一定要把孩子要回来呢? 你也看到了,现在孩子生活得很幸福很快乐,这就够了呀,我已经心满意足了,我不想要回来这个孩子行不行?"
李珉基说:"那为什么我半夜醒来,看着你偷偷落泪? 你想孩子,你一直在挂念她,你根本就放不下她! 对不对?"
英花说:"可我们不能太自私了呀。正浩哥说得对,为了这孩子,贞玉姐顶了多大的压力,吃了多少苦头。我们这样做有多伤她你知道吗?"
李珉基说:"可我不能让你这样伤心下去。斗伊这孩子我越来越喜欢了,一想到她是你的亲生女儿,我就觉得,我们就该有这样一个女儿。"
英花含着泪说:"珉基,不要再提这件事了,没有希望的事情还说它干什么?"
李珉基说:"不,我们要争取。"
英花说:"我说了,正浩哥和贞玉姐他们不会答应的。你不是已经碰过钉子了吗?"
李珉基说:"我不管,一次不行,我就去说第二次,两次不行就第三次,再不行我就一直说下去! 当初我追你的时候,你哥也说过,要爱就一直爱下去,哪怕是块冰也会融化的。斗伊这事也一样,只要心诚,总能说得通的。"
英花说:"可这样太伤他们了。"
李珉基说:"他们对孩子的养育之恩,我们会记住的。但不能因为这个,就割断了你跟亲生女儿的血缘关系。他们已经有个男孩了,干吗非要把斗伊留在身边呢? 这样对我们不公平你知道吗,不公平!"

9.

夜,内,延吉市。

正浩家。

正浩对崔明哲说:"还没回家吧?"

崔明哲说:"我一下火车就奔你这儿来了。我一路上都在想,你还是快点把他们接回来吧。尤其是海玉,不能再拖了,肚子都这么大了,人家上海居委会非不让他们在上海生,说,要生就回延边去生……"

正浩说:"好了好了,快回吧。你去上海的那天,我就把银姬赶回家去住了。"

崔明哲高兴地说:"好,我马上回。"刚把脚迈出门,又有些担心地问:"她不会不让我进家门吧?"

正浩说:"我已经跟她说好了,叫她不要再跟你闹了。你呢,也不能再犯错了。"

崔明哲说:"你那两皮带,抽得我皮开肉绽的,我哪敢再犯呀!"

10.

夜,内,延吉市。

某咖啡馆。

正浩有些不耐烦地坐下来说:"李珉基,我跟你说,如果你找我来,还是斗伊那事,我没工夫再听你叨叨,我立马走人。"

李珉基说:"我今天不说斗伊的事,我想跟正浩大哥你讨论讨论责任的问题。"

正浩看着李珉基,他倒真想听听李珉基说的所谓责任究竟是什么。

李珉基说:"正浩哥,你跟我说过,英花的爸爸认你做他的儿子,你就是这个家的老大,对吗?"

正浩说:"对。"

李珉基说:"作为这个家的大哥,我真的很佩服你,也很敬重你。你为了弟弟妹妹牺牲了很多也操心了很多。但是大哥,为什么你就不能把这碗水端平了? 让所有的弟弟妹妹都能过上幸福的生活? 在处理银姬的事也好,海玉的事也好,大哥你都很会为妹妹考虑,处理事情也很公正,你说,这是你做大哥的责任。可是,为什么到英花这里,你处理的方式就变味了呢? 英花是斗伊的亲生妈妈,这是割不断的血缘关系呀! 就算她年轻的时候不懂事,做错了事,不该抛弃自己的亲生女儿,但你不能以剥夺她做母亲的权利来惩罚她吧? 这样是不是太残忍了? 我知道,贞玉嫂子当年收养斗伊吃了不少苦,也受了不少累,她的大恩大德我们感激涕零没齿难忘的! 可如果就是因为贞玉她是你的妻子,你就毫无立场地拒绝我们,阻止我们那一点点渴望幸福的要求,那是不是你这个做大哥的偏心了呢? 大哥,我们是一家人,一家人是不是更多的应该为对方考虑呢? 我李珉基跟英花结婚,她的过去的一切我都不在乎,我只有这么一个祈求,让我和英花的家庭变得完整起来,让我们能跟你们一样拥有一个真正幸福的家。行吗? 大哥?"

11.

夜,内,延吉市。

银姬家。

银姬轻轻推门,秀妍和彩妍就迎了上来。

银姬说:"你们怎么还没睡呀?"

秀妍说:"妈,爸回来了! 看,爸从上海给我们买了好多东西!"

彩妍说:"妈,你看我的这个布娃娃,好漂亮呢,快看快看,眼睛还会动呢!"

银姬对崔明哲说:"明哲,辛苦你了。"

崔明哲跪着,手撑在地上垂着头说:"银姬,请原谅你男人做的错事吧。我已经受到惩罚了,我再也不愿受这样的惩罚了。"说着抬起头,眼泪汪汪地说:"我在上海,看到陈志宏和海玉两个,日子过得那么艰难,但还是那么恩爱。我呢? 是身在福中不知福,我现在真正知道,你银姬在我心目中有多重要,多珍贵。"

银姬被感动了,含着泪说:"你想喝点酒吗?"

崔明哲点了点头。

银姬说:"那我去给你弄几个菜去。秀妍,彩妍,你们先跟爸爸玩。"

12.

夜,内,上海。

陈志宏家。

海玉正在给文俊在一个木盆子里洗澡,陈志宏汗流浃背地伏在桌上翻译书稿。

海玉说:"文俊,别调皮,洗好澡上床再玩你的玩具。"然后对陈志宏说,"志宏,阿青嫂又来过了。我看这事怎么不能再拖了,我的身子也开始变得越来越沉了。"

陈志宏说:"不理她!"

海玉说:"不理她怎么行啊? 不理她她就会天天来说的,反正只隔着个天井,一跨步就到家门口了。我们来这儿,人家还是蛮照顾我们的。尤其是你住院的那几天,不但帮忙接送文俊,有时候文俊的晚饭都是在她那儿吃的。昨天她还说呢,海玉,你不会为难我阿青嫂吧?"

陈志宏说:"你这样叨唠个没完,我这书稿还怎么译啊!"

海玉说:"我们回吧。"

陈志宏说:"我不回! 我就这么逃回去,不丢人现眼吗? 要回,你回吧!"

海玉说:"光我回,你不回,我怎么放心得下呀。"

陈志宏说:"反正我是不回!"

13.

夜,内,延吉市。

正浩家。

正浩对贞玉说:"贞玉,你把手上的活儿先放一放,我有话想跟你说。"

贞玉说:"你说吧。"

正浩说:"明天我要去趟上海。"

贞玉说:"干吗?"

正浩说:"海玉又怀上了,上海那边计划生育工作抓得很紧的,不让在上海生。"

贞玉说:"我们少数民族不是可以生两胎的吗?"

正浩说:"上海不一样。再说,他们的户口也不在上海。要生就得到延边来。就是在延边生,我去问过了,因为没有事先申报,可能也得罚点款。"正浩叹了口气说:"还有陈志宏那小子,白天在工厂看大门,晚上在家里熬夜翻译书稿。日子过得很不如意,还大病了一场。"

贞玉说:"当初你就不该支持我妹妹去上海。其实,陈志宏当时坚持不回上海,他讲得很有理。"

正浩说:"行了,你也别马后炮了。我这就到上海改正错误去。"

贞玉说:"那你就去吧。路上当心点,厂里的事我会操心的。"

正浩说:"这是一件事,还有件事,我走之前必须得跟你谈谈。"

14.

夜,内,上海。

陈志宏家。

海玉让文俊睡下,文俊抱着崔明哲给他买的小汽车,睡着了。

海玉说:"好吧,我跟文俊回延边去。我不逼你了,上次我逼你来上海就错了。不过我还是那句话,上海我一定还要来的。"

陈志宏说:"文俊就留在上海,跟我在一起吧,你带着不方便。"

海玉说:"你白天上班,晚上译书稿,怎么带文俊?"

陈志宏说:"每天一早不是我送文俊上幼儿园,晚上我下班去接回来的吗?还是我带吧。"

海玉说:"那吃饭呢?洗澡洗衣服买菜烧饭这些你忙得过来吗?我不走了!我把这孩子引产引掉。"

陈志宏说:"引产是有生命危险的。在延边你是朝鲜族,允许生两胎的。干吗要去引产呀!"

海玉说:"那文俊你得让我带走!"

15.

夜,内,延吉市。

正浩家。

正浩说:"李珉基已经找我好几次了,为斗伊的事。"

贞玉说:"斗伊跟他有什么关系?"

正浩说:"英花现在是他老婆,怎么跟他没关系?"

贞玉说:"他们要怎么样? 还是想把斗伊要走?"

正浩说:"贞玉,你要处在英花的位置你会怎样?"

贞玉说:"那你呢?"

正浩说:"我要处在李珉基的地位,我也想要回来。因为每个家庭有了你有了我就想要个孩子,这样就是个完整的家了。要不,我们干吗要过继海玉的孩子呀? 英花不是已经告诉过我们,她不会再生育了。"

贞玉说:"我不!"

正浩说:"贞玉,你不同意,我不但能理解你,而且依然尊重你的意见。但李珉基跟我说的话里,有两句确实触动了我的心。他说,你们已经有了文熙,就算斗伊离开你们,还是个完整的家。可我们这个家,现在却缺了一大块儿,如果有了斗伊,不也是个完整的家了吗? 我和英花多想有个完整的家啊! 他说大哥,让我们也有一个完整幸福的家吧。"

贞玉说:"对,他们是完整了,可我呢? 我跟斗伊相依为命的时候,我把全部的身心都扑在她身上了! 英花她有吗? 她就没抚养过孩子一天!"

正浩说:"那也是她的亲生女儿,这个你没法改变! 贞玉,我觉得你有些变了。我们的事业做大了,服装的销量越来越大,外面的订单也越来越多,可你怎么越来越计较个人的利益得失了呢? 俊男的事我不说了,英花这件事你也有点这种味道。"

贞玉说:"对,我没有你那么宽大的胸怀,还有你那做老大的责任我也理解不了,我就是一个小女人,我追求自己幸福美满的生活不对吗?"

正浩说:"我没有说不对。我们不是一直都在追求幸福美满的生活吗?可是贞玉,我跟你说说过去的贞玉。那个贞玉带着斗伊一起生活,根本就不在乎人家怎么说你怎么看你。甚至我用结婚的事向你施压的时候,你情愿不跟我结婚也不愿透露这孩子的妈妈是谁。你为什么这么做?你不就是为了保护英花吗?你知道那时候一个姑娘未婚先孕会遭多大难,就是应灿爸爸也不会放过她的。贞玉,那个时候的你,我打心眼儿里佩服,你在我心目中有多崇高你知道吗?但现在,我不这么看了。我觉得你自私了,渺小了,开始只为自己活着了。你不理解我,就是因为你不再为别人考虑了。光想着自己幸福的人,不见得就能求得幸福,而与别人同享幸福的人,才可能会有真正的幸福。我把话就说到这儿,你自己想去。"

贞玉低下头,不再说话。

16.

日,内,延吉市。

州歌舞团的排练厅。

演员们正在排练舞蹈。李珉基生气地拍着手喊:"停! 大家休息吧,许英花、姜彩英,你们俩是怎么领的舞?"

姜彩英说:"我们怎么啦?"

李珉基说:"你们俩都到我办公室里来一下。"

17.

日,内,延吉市。

州歌舞团办公楼。

李珉基办公室。

李珉基对英花和姜彩英说:"你们两个都怎么啦? 连动作都会忘,更谈不上动作中的乐感和韵味了。姜彩英,你先说。"

姜彩英说:"导演不好意思,昨晚我陪着董强她的朋友们一起喝酒了,到现在头还痛着呢。"

李珉基说:"喝多了?"

姜彩英不好意思地点点头。

李珉基说:"咱们现在排的这台歌舞,是要在州里举办的春节晚会上演的。你们都是领舞的,千万别丢脸丢到台上了。彩英,你谈恋爱我当然支持,但……"

姜彩英忙说:"好了好了,导演,我知道了,下次我一定注意。"

李珉基说:"条件成熟了,就赶快结婚。你这样的年纪还拖什么!彩英,你先走吧。"

姜彩英站起来说:"我还想多跳两年舞呢,生了孩子就跳不成舞了。"说着就走出办公室。

李珉基看看英花说:"英花……"

英花含着泪说:"都怪你呀,老是跟我提斗伊的事,弄得我整夜整夜地睡不着觉。明知道是不可能的事,可在梦里就好像真的一样,一醒来就什么都没了。我怎么定得下心来跳舞呢?"

李珉基说:"斗伊会回到我们身边来的,我相信。正浩哥是通情达理的人,谈过几次话我就越发觉得他肯定能说服贞玉嫂子的。"

英花说:"珉基,你别再给我虚假的希望了。你也说过,这几次你跟正浩哥谈的时候他根本就没松口。"

李珉基说:"可上次谈话的时候,我感觉到了,我从他的眼神里能看得出来他心动了。英花,这事有我来操心,你还是要专心跳好舞。我是导演,你又是舞蹈队的队长。再说,我们现在还有重任在肩,当初老师留给我们的《千年阿里郎》,我们不是在改进和完善吗?目前排的这个,就是这个舞蹈的开端,我们不应该因为那些私人的感情影响了工作。"

英花点头说:"珉基,我知道了。"

18.

夜,内,上海。

陈志宏家。

闪电伴着雷声，外面雨下得很紧。

陈志宏伏在桌上译书稿。文俊坐在床上玩玩具。海玉一边整理衣服一边想心事。

海玉把一件衣服叠了一半，突然停住了，看着陈志宏说："志宏，我想了，你要不回，我也不回了。"

陈志宏说："你怎么又变卦了？"

海玉含着泪说："把你一个人留在这儿，我不放心。"

陈志宏说："有什么不放心的，我这儿不是还有我爸，我妈，还有个弟弟嘛。"

海玉说："你爸瘫在床上，你妈得照顾爸爸，哪里还有时间顾得上你。你弟弟更不要说了，那次歌舞厅出事后，他也只是上家来了那么一趟，以后哪儿还见得到他的人影啊？你要不走，我也不能走！"

陈志宏气恼地说："海玉，你有完没完啊！"

海玉哭着说："我就是放心不下你！"

在雨声中有人咚咚地敲着门。

玉林的声音说："啥人啊？怎么敲的门！"

正浩的声音说："啊哟，对不起，我找陈志宏。"

海玉听到正浩的声音，说："志宏，是正浩哥！"

海玉的声音刚落，正浩拎着个旅行包冲了进来，他已经被淋得像个落汤鸡了。

19.

夜，内，延吉市。

正浩家。

贞玉已安排文熙睡下了，斗伊做完功课在边上看着贞玉埋头剪着服装的式样。

斗伊说："妈，上次二姨帮我辅导过以后，老师说我进步可大了，说我的动作规范多了。"

贞玉说:"那好呀。"

斗伊说:"可上次二姨父叫我上他家去,你为什么不让我去呀?二姨二姨父待我可好了,尤其是二姨!"

贞玉说:"怎么个好法?"

斗伊想了想,说:"我也说不来。不过二姨跟我可亲了,教我跳舞的时候,特有耐心,一个动作一个动作地给我纠正,还手把手地教。二姨父也是,二姨教我跳舞,他就去给我买饮料买吃的,看到我跳得好的时候比二姨还高兴呢。"

贞玉看了看斗伊,又思考了一会儿说:"你愿意去二姨家住吗?"

斗伊说:"我还没上她家去住过呢,你不是不让我去住吗?我好些同学可羡慕我了,说二姨是我们州歌舞团里有名的舞蹈家。"

20.

夜,内,上海。

陈志宏家。

已换好衣服的正浩说:"临走的时候明哲叫我做好思想准备,说上海的天就是个闷罐子,站着不动就淌汗。可我一下车,闷罐子没见识着,一场雨倒是浇了个透心凉。"看到文俊眨巴着大眼睛看着他,高兴地一把举起文俊说:"哎呀,真是一个模子出来的,就是瘦点儿!看到文俊就想起文熙,现在是一天不见,就特别地想。"

陈志宏说:"文熙好吗?"

正浩说:"能不好吗?你不是研究我们朝鲜族的文化吗?重男轻女,根深蒂固,真是没治了。而且我……"说着把话又咽了下去。

海玉说:"姐夫,你别把话说到一半又咽回去,让人家眼巴巴地等着下一句。"

正浩叹口气,说:"你们知道斗伊是被人丢弃的,但现在人家又想把她要回去。"

海玉说:"那怎么能成呢?我姐为了养斗伊,吃了多少苦啊!"

正浩说:"不还回去吧,人家那边也挺可怜的,她生完斗伊就再也不能生孩子了。"

海玉说："那她当初干吗要把孩子丢掉呢？"

正浩说："人家也有不得已的苦衷嘛。所以，我们只能也只有文熙这么一个孩子了。"

海玉说："我姐肯定不会答应。"

正浩说："不答应又能怎么样呢？反正我把情况跟你姐说了，怎么决定还是看你姐自己吧。"正浩把文俊举得高高的，逗得文俊笑个不停。

陈志宏说："正浩，你出差来上海吗？"

正浩说："是。"

海玉说："姐夫，你们生意都做到上海来啦？"

正浩说："不是生意上的事，是关乎咱延边人的大事！"

陈志宏说："什么大事？"

正浩说："就一件事，把快要生孩子的延边人海玉和延边人民非常需要的人才陈志宏同志一起接回去。"

陈志宏说："我不回去！"

正浩说："为什么？"

陈志宏说："我是个懦夫吗？我是个在上海生存不下去的人吗？上海是我出生的地方，我就是死也死在上海了。你把海玉接回去吧！她现在应该回去。"

海玉说："你不回，我也不回！"

21.

夜，内，延吉市。

正浩家。

贞玉对斗伊说："你二姨辅导你的是什么舞？跳一个给妈看看。"

斗伊说："妈，那我去开录音机。"

贞玉说："你把磁带拿来，妈帮你开。"

斗伊挑出来一盘磁带，贞玉打开了一架当时刚在国内流行的磁带录音机,斗伊随着音乐跳了起来,那是《哦,阿里郎》的乐曲。

斗伊在跳舞。

贞玉偷偷抹去了眼角渗出的泪。

22.

夜,内,上海。

陈志宏家。

正浩对陈志宏说:"没人说你是因为在上海生存不下去了才回延边的。是你自个儿在瞎想!我大老远跑这儿来接你,是因为你陈志宏放在这里是一种浪费,浪费人才资源,那就是世上最大的浪费!你知道吗?"

陈志宏说:"怎么浪费啦?"

正浩说:"我原先以为,你陈志宏跟别的上海知青没什么两样,都是上海出来的,都是因为当时的社会需要才到我们延边来的。后来,政策一下来,很多上海知青都返回上海了,为什么呢?不就是图个更好的发展吗?有什么错?所以我支持你回上海,心想着上海毕竟是个大城市,发展的空间会更大更广。可是我错了,我真的错了。人跟人是不一样的。你跟我,你跟海玉,你跟那些兴高采烈回上海的知青们不一样!你的朝鲜话说的跟我一样溜,你的朝鲜文写得比我正浩写得还要好,你把朝鲜族的文章翻译成汉文,连汉族作家都赞扬你!就冲着这一点,你跟我们大家都不一样,这就是你的价值!那时候海玉吵着要到上海来,你不同意,你坚持要留在延边,你是对的,因为你看到了你自身的价值,而我正浩没有,所以我站错了队儿,支持了海玉。"

海玉说:"我想来上海可没什么错,只不过时机没选对,条件还没具备就匆匆来了。这是我的错!志宏,我们回吧,你应该回延边去,你得回去成为一条龙!"

陈志宏说:"我不会回去的!"

正浩说:"陈志宏,你怎么跟我正浩一样倔啊!"

陈志宏说:"没错,我就是跟你学的!"

正浩说："那好，海玉，你跟我先回去。"

海玉说："我不回。志宏不回，我怎么回呀？"

正浩说："为了你肚子里的孩子，你一定得跟我回！别理他，让他留在上海好了。"

海玉说："我不。"

正浩说："海玉，我告诉你，只要你跟我回去后，不出几天，他也会乖乖地回去的。他离不开你。你别看他说话像个大男人，其实他骨子里还是个他妈的上海小男人，儿女情长得很！"

23.

夜，内，上海。

陈志宏家。

正浩说："那就这样定了。明天我就去买车票。海玉、文俊和你肚子里的小宝贝跟我一起回延边。陈志宏你就留在上海吧。"

陈志宏说："好吧，就这样。正浩，你也别威逼利诱，我是不会跟你走的。"

窗外，雨还在下。

24.

夜，内，延吉市。

正浩家。

斗伊跳完舞。

贞玉笑着说："唔，跳得是比以前进步多了。"然后想了想，长叹了一口气，似乎下了什么决心似的说："斗伊，你想到二姨家去住几天吗？"

斗伊说："干吗，你不是不让我去二姨家吗？"

贞玉说："妈不是不让你去，主要是怕你这样来回跑，会耽误功课的。你要是住在二姨家，就用不着来回跑了，舞也学了，功课也耽误不了，不好吗？"

斗伊说："可我想爸爸妈妈了怎么办呢？"

贞玉说:"那就再回来呀。"

斗伊说:"那我就去住几天吧。"

25.

傍晚,外,上海。

天色昏暗,雨仍在淅淅沥沥地下着。

陈志宏住的石库门房附近的小街道上。

正浩把两只旅行包放进出租车的后备厢里,海玉抱着文俊钻进了出租车。

正浩对陈志宏说:"志宏,那我们走了,你多保重。"

海玉含着泪朝陈志宏挥了挥手。

陈志宏此时也很伤感,说:"路上当心。"

阿青嫂和玉林也站在弄堂口送。

正浩钻进车里,把门砰地关上。出租车渐渐消失在雨幕中。

26.

傍晚,外,上海。

陈志宏家的石库门房。

陈志宏仍站在弄堂口,淋在雨中。

阿青嫂和玉林正要往回走。

阿青嫂说:"志宏兄弟,真勿好意思,把你们夫妻暂时拆散了。"

玉林叹口气说:"唉,你们插青的命运苦啊。阿青嫂,你也太狠心点了。"

阿青嫂说:"我也没有办法呀。计划生育的政策放在那儿呢。"

27.

夜,内,延吉市。

英花家。

贞玉敲开英花家的门。

英花打开门看到贞玉,身边还站着斗伊,感到有些吃惊。

英花说:"贞玉姐,你怎么来啦?"

贞玉说:"你不是想辅导斗伊跳舞吗? 所以我把她领来了。"

英花说:"那快进屋呀! 珉基,我贞玉姐领着斗伊来了。"英花激动地连嗓音都变了。

李珉基奔到门口,兴奋地说:"那快请进,请进呀!"

28.

夜,内,上海。

陈志宏家。

陈志宏坐在灯下,准备译书稿。但他总觉得房间里空荡荡的,一时没了感觉。他看看身边的床,海玉的话音和文俊的笑声似乎还在那里回响,可人已经不在这里了。他一脸的惆怅。

陈志宏没有心思工作了,他双手托着后脑勺,想起心事来。

闪回:

日,外,靠山屯。

陈志宏走过海玉家的小院门口,海玉正在院子里收拾桔梗唱着《道拉吉》……

陈志宏开始有些恍惚,他感觉海玉抱着文俊坐在床边又在唱《道拉吉》。

陈志宏的眼前闪出了延边的青山绿水。

陈志宏的眼里渗出泪水。

陈志宏也轻轻地哼起了《道拉吉》,唱得很难听却很动情……

29.

夜,内,延吉市。

英花家。

贞玉对英花和李珉基说:"那就这样,让斗伊在你们家住几天。打扰你们了。英花,你出来一下,我有话要对你说。斗伊,你在二姨家要好好听话,啊?"

斗伊说:"妈,我知道了,你放心吧。"

30.

夜,外,延吉市。

英花家门前。

贞玉对英花说:"你和李珉基的心事正浩都告诉我了。我一开始不肯答应,因为我觉得很亏,在我为孩子付出这么多以后,从来没有尽过一点责任的孩子的亲妈居然跟我说,要把孩子要回去。我接受不了,我觉得你们真的很自私,你没经过我同意就把孩子扔给我的时候伤过我一次,现在又要伤一次,而且伤得更狠!"

英花低着头说:"姐,对不起……"

贞玉说:"为这事我甚至都有点儿恨正浩,因为他是我的丈夫,斗伊的爸爸,他居然还帮你们说话,这让我想不通。可是正浩的一番话把我给点醒了,他对我说,贞玉,过去的你不是这样的。你为了斗伊的妈妈,为了给她保密不惜牺牲自己一辈子的幸福。可现在,你为了把斗伊留在身边,却要牺牲孩子的妈妈英花一家人的幸福,你变得自私和渺小了。是,他说的对。我在骂你们自私的时候,其实我自己已经变得很自私了。我只想到自己的幸福,结果因为斤斤计较不停地抱怨,也开始变得不那么幸福了。我不是崇高的人,我也还不到你正浩哥那么高的高度。但有一句话我是听进去了,人只有跟大家一起分享幸福,才可能会得到真正的幸福。这话真的很有道理啊!所以,我把斗伊还给你。"

英花激动地眼泪哗得流了下来,说:"那……正浩哥呢?"

贞玉说:"他到上海去了。这件事我可以做主,不是什么事都得让男人做主的。不过,把斗伊还给你们,也是正浩的意思。"

英花跪了下来,说:"贞玉姐……"

第二十五集

1.

夜,内,上海。

陈志宏家。

窗外的雨仍在不紧不慢地下着。

陈志宏含着泪一遍遍地唱着《道拉吉》。

有人轻轻地推开门,走了进来。陈志宏猛地一回头,看到的是正浩。

陈志宏说:"咦?你没有走啊?"

正浩说:"你不走,我能走吗?"

陈志宏说:"那海玉跟文俊呢?"

正浩说:"走了。你放心,到车上有服务员会精心照顾的。下车后,贞玉会去接的,我已经给她发电报了。"

陈志宏说:"我要是一直不走呢?"

正浩说:"那我就天天跟你磨。我就不信我磨不过你?陈志宏,你不热爱我们的延边啦?"

陈志宏突然发作起来,说:"谁说我不热爱?当初我不肯回上海,我不是给你说过吗?在我支边到延边的那一刻起,我陈志宏就同延边朝鲜族的同胞融在一起了！从东春大叔到英子妈妈,从你到贞玉,英花都像亲人一样。我娶的妻子就是贞玉的妹妹海玉！我就是带着这种情感学习和研究你们朝鲜族的语言文学的。在我生活在延边的这些年里,我已经热爱上了延边的每一座山,每一棵树,每一条河,每一棵草！我把我的情感和生命都抛在了延边这块土地上了,我怎么会对延边没感情呢？可以说,我一天都不想离开延边！"

正浩说:"那你为什么不肯跟我回延边啊？"

陈志宏说:"你让我怎么回呀？"

2.

夜,外,延吉市。

英花家门口。

贞玉拉起英花。英花一下紧紧地抱住贞玉说:"贞玉姐,我对不起你,给你造成那么大的伤害。我真的太自私了,以后我会做牛做马报答你的!"

贞玉轻轻推开英花说:"英花,对不起,我没告诉斗伊说你是她的妈妈。"

英花说:"那……"

贞玉说:"我想告诉,可我开不了这个口。斗伊现在懂事了,她有自己的想法。要是她问起根由来,我怎么回答她呢？我的嘴很笨,想了好久还是不知道该怎么跟她说。英花,我能做的,就只有把斗伊交给你们,让她住在你家里,你来告诉她吧。我想这样更好,毕竟你是她的亲妈妈呀。好了,我得回去了。文熙,我托在别人家里呢。"

3.

夜,外,上海。

陈志宏住的石库门房。

雨飘洒在弄堂的石库门房群中。

一个邮差骑着自行车停在了陈志宏家的石库门房前喊:"陈志宏,电报!"

4.

夜，内，陈志宏家。

正浩对陈志宏说："你不是到上海来要落户口的吗？怎么没有落？"

陈志宏说："按上海现在的政策，知青回沪落户要单身才行，结过婚的是不允许落户的。所以我妈要我先同海玉办离婚，等我落了户后再同海玉复婚，但我没有同意。"

正浩说："为什么？"

陈志宏说："因为我爱海玉，哪怕是这种假离婚，我也不忍心。"

正浩说："看来当初海玉那么疯狂地追你没追错，我为海玉感到高兴。但你现在就这么忍心离开海玉，哪怕是一段时间？而且还让海玉一个人在延边生你的孩子？"

门外的邮差再喊："陈志宏，电报！"

5.

夜，内，陈志宏家。

陈志宏从外面拿了电报回来。

正浩说："是延吉市文化馆的赵馆长打来的吧？"

陈志宏说："对，你怎么知道？"

正浩说："因为是我让他打的。"

陈志宏打开电报，赵馆长的声音说："陈志宏同志，市文化局的领导让我告诉你，欢迎你回来。你走后，对我们的工作损失太大，我们需要你。你的住房我们还很好地留着呢。"

陈志宏的手在发抖，激动得热泪盈眶。

正浩说："怎么？你顾虑的不就是这个吗？还不想回吗？"

陈志宏突然用双拳擂着桌子喊："我怎么不想回呀！我刚才不是都说了吗？正浩，我告诉你，我天天都恨不得一步就跨回延边，把我的灵魂和肉体都融进延边的山山水水中。今天海玉这么一走，把我的魂也牵走了。我现在真想马上就飞回延边去。"

正浩说:"那明天,我和你就飞回延边去。说不定,我们在延吉火车站还能接上海玉和文俊呢。"

泪流满面的陈志宏紧紧地拥抱正浩说:"正浩!我知道你会来拉我一把的。我现在就去我妈家,同我妈告别去!"

正浩说:"陈志宏,我跟你一起去。你别忘了,我和你可是真正的挑担啊!"

6.

夜,内,上海。

陈母家。

陈志宏的父亲躺在床上,陈母坐在床边上。

陈志宏和正浩坐在两只方凳上,床头柜上放着一大堆的礼品,显然是正浩送的。

陈母含着泪说:"既然你婚也不肯离,户口也落不上,现在海玉又大肚子了,不回延边去怎么办?是呀,当初我就不该逼你回上海来。其实,我这也是做母亲的一颗心呀!……那你就回延边去吧。"

陈志宏俯身对躺在床上的父亲说:"阿爸,我要回延边去了,你自己多保重噢!"

7.

日,外,天空。

飞往延边的飞机上。

窗外白云,蓝天。

正浩和陈志宏坐在飞机上。

陈志宏满脸的轻松,显得兴奋和激动。

飞机在云中穿行……

8.

日,外,延吉市。

正浩、贞玉、陈志宏站在月台上。

列车停住了。

海玉牵着文俊的手从车上下来。

文俊扑向陈志宏喊:"爸爸——"

陈志宏一把抱住文俊。

海玉惊喜地对正浩说:"姐夫,你真的把志宏揪回来啦!"

正浩说:"我不是对你说了嘛。你放心地走,我不把陈志宏揪回延边来,我就不叫金正浩!"

贞玉和海玉紧紧地拥抱。

9.

夜,内,延吉市。

正浩家。

正浩对贞玉说:"斗伊呢? 怎么到现在还没回家。"

贞玉说:"正浩,你去上海后,我就把斗伊送到英花家了。"

正浩说:"你也太急了,要送,怎么也得等我回来再送嘛。"

贞玉说:"这次我得主动点,不能让你看着我渺小了。"

正浩说:"贞玉,你做得对。你想,就是送还英花,斗伊不还得叫我们爸爸妈妈嘛,不吃亏。而英花看到自己的亲生女儿回到身边,那是多幸福的事啊。她会非常感谢你的。就像李珉基说的那样,他们就有了一个完整的家。如果不还给他们,英花嘴上当然说不出什么来,但心里会有怨恨的,李珉基也会有想法。所以,送还则两和,不送就会两伤,是吧?"

贞玉说:"我是女人嘛,头发长见识短,哪有你的肚量呀。要不为啥说男人是天呢?"

正浩说:"你是怎么跟斗伊说的?"

贞玉说:"说什么?"

正浩说:"英花是她亲妈的事?"

贞玉说:"我没讲。"

正浩说:"为啥?"

贞玉说:"你说怎么讲? 斗伊又不是刚满一岁,我指着英花跟她说,叫妈妈,这就完了。现在的斗伊都上小学三年级了,什么事情都好问个为什么,我话到嘴边却不知道该怎么说。没办法,我把斗伊交给英花,就对英花说,这事我没法讲,你自己跟孩子说吧。"

这时门外斗伊在喊:"爸爸妈妈开门呀,我回来啦!"

贞玉忙去开门,门口站着英花和斗伊。

斗伊一看到正浩,就扑向正浩说:"爸,你从上海回来啦,我好想你哎!"

贞玉用疑惑的眼神看看英花,英花说:"姐,到里屋说吧。"

10.

夜,内,延吉市。

阿里郎歌舞厅。

海玉走进歌舞厅,有一位女服务员就高兴地喊:"海玉经理回来啦!"

尹东旭听到喊声也从他的经理室走出来,他紧紧握住海玉的手说:"海玉,你不知道你走后,我有多艰难,我正准备把这歌舞厅关门,专门经营我的乐器行算了。"

海玉说:"我走时不是让你再找嘛,你一个人顾两头怎么行呢?"

尹东旭说:"怎么没找? 可找了几个都不行! 要么不懂行,要么吃里爬外,好难啊! 生意也越来越差,所以我就想,关门算了。"

海玉指了指肚子说:"你看,我现在怎么来管? 等我生完孩子,再来歌舞厅上班吧。"

尹东旭说:"那你一定得来噢!"

11.

夜,内,延吉市。

正浩家。

在里屋,正浩、英花和贞玉坐在那里说话。

英花说:"正浩哥、贞玉姐,我没告诉斗伊我是她的亲妈妈。"

贞玉说:"这是为什么?"

英花说:"斗伊真是个聪明伶俐的孩子,贞玉姐说得对,她现在已经能独立思考问题了,而且也有自己的想法。所以,我和贞玉姐一样,没法开这个口。姐,你不想说,是因为你怕说出来孩子会对我有看法。我还没结婚的时候生下她,这毕竟在常人看来是件很丢脸的事。我要说了,她又会怎么看我?不但她会对我有看法,在她的心灵上也会留下很重的创伤。我和珉基商量来商量去,都觉得不能说也没法说。"

正浩说:"当初你们那么执着地想要孩子回去,孩子到身边了却没想到还有这一茬儿来。是啊,我不是说了嘛,斗伊不是个物件,想摆在哪儿就能摆在那儿的。有时候知道了真相对孩子反而是一种伤害,会影响她健康成长的。虽然她有独立思考的能力了,可她毕竟还小,想问题不会那么深刻。你当时的做法也许我们这些大人们可以理解,但对她来说,她能看到的只有面上的东西,她会想自己的妈妈怎么能这样子,自己原来是个私生女,这种想法对于一个孩子来说太可怕了!我们都只考虑到自己的想法,差一点忽略了孩子的想法了。"

英花说:"是,我跟珉基也反思了一下自己,觉得我们太急了,太为自己考虑了。"

正浩说:"还好,还好。我们也许出发点是好的,可差点酿成了大错。就这样吧,斗伊还是留在我和贞玉这儿,时不时地,到你那儿去住几天。这事儿,只能等她长大以后,时机成熟了再告诉她。"

英花点点头说:"只能这样。正浩哥、贞玉姐。我总是这么给你们添麻烦。"

正浩说:"谁让你是应灿爸的女儿我妹妹呢?"

英花含着泪的眼睛望着正浩感激地说:"哥……"

12.

日,内,延吉市。

浩玉服装厂。

董强走进正浩办公室说:"金正浩,你能不能再帮帮我?"

正浩说:"又怎么啦?"

董强说:"我和彩英年纪都不算小了吧?"

正浩说:"那是,你看我们家斗伊都多大了,已经上三年级了。"

董强说:"是呀!可彩英到现在还不肯跟我结婚。"

正浩说:"为啥?"

董强说:"她说还想再跳上几年舞。结了婚,生了孩子,体型变了就跳不成舞了。"

正浩为难了,说:"这我没办法,我又不能去强迫彩英跟你结婚。她又不是我妹妹,就算是,这种事情我也管不了啊!这个,只能由你自己好好地说服她才行。对不起,这个忙我帮不上。"

董强说:"金正浩,你帮忙就帮到底嘛。"

正浩说:"那你叫我咋帮忙嘛!"

董强说:"那我今天就坐在你这儿了。"

正浩说:"干吗?"

董强说:"向你学呗。"

正浩笑了,说:"董强,我问你,你是不是一定要跟姜彩英结婚,永不变心了?"

董强说:"这还用说吗?"

正浩说:"那你想,我们在靠山屯种过水稻是吧?"

董强说:"这跟种水稻有啥关系?"

正浩说:"道理是一样的。种水稻我们得播种,育苗,插秧,田管,一直到水稻成熟,也就能收割收获了。爱情不也是这样的吗?"

董强琢磨了一会儿,笑着说:"我懂了。"接着拍拍屁股走了。

13.

日,内,延吉市。

夏去。秋来,山峦又是一片黄金般的灿烂。

浩玉服装厂。

正浩办公室。

董强兴高采烈地来到正浩办公室,把一张结婚请柬搁到正浩的办公桌上,喜滋滋地说:"十月一号结婚,谨请光临。"

正浩说:"彩英同意啦?"

董强:"现在她不同意也得同意呀。"

正浩说:"你瞧,只要时机成熟,不就水到渠成了吗?"

董强说:"是呀,全靠你的指导呀。"

正浩说:"我指导你什么啦?"

董强说:"你不是说这事就像在靠山屯种水稻一样,得播种,育苗,插秧,田管,最后成熟了才能收割吗?"

正浩说:"是啊。"

董强说:"我就按你说的做的呗。瞧,成了。"

正浩抓抓头皮说:"不明白。"

董强在正浩耳边轻声地说:"有什么不明白的? 她肚子里有了。"

正浩说:"该死! 你就这么理解的啊?"

董强说:"金正浩,你这个家伙大大的坏,狡猾狡猾的!"

正浩说:"董强,我可什么也没教你噢。"

董强说:"行,我明白了,你什么也没教,行了吧?"

14.

日,内,延吉市。

新阿里郎饭店。

饭店又要办喜事了,里里外外一片忙碌。

崔明哲跟一名工人挥着糕杵在用力地一槌一槌地砸着打糕。

工人说:"崔老板,想不到你也会这么有劲。"

崔明哲说:"你以为我只会喝酒啊？我在部队锻炼过,那苦可不是白吃的。"

工人说:"崔老板,你可真的变了。像个二当家的。"

崔明哲说:"什么二当家的,大当家！不信你去问问你们银姬老板。问问这个店里,她是老大还是我是老大。"

工人笑着说:"那她当然说你是老大,你是这个家的天嘛。不过……"

崔明哲说:"不过什么?"

工人说:"不过在店里,你这个老大还是得听银姬老板指挥。你瞧,里里外外都得她操心。"

崔明哲说:"指挥是指挥,当家是当家。指挥和当家可不是一回事,知道吗?"

15.

日,内,延吉市。

新阿里郎饭店。

李银姬匆匆找到银姬说:"银姬老板,新鲜松茸到现在还没送到,后堂于师傅已经催了几次了。"

银姬说:"那让明哲跑一趟吧。"

李银姬说:"这你得去跟他说。"

银姬一笑说:"当然我去说。让你去吩咐,他会不高兴的。毕竟他是我老公嘛。"

16.

日,内,延吉市。

新阿里郎饭店。

银姬看到崔明哲打糕打得满头是汗,笑着用毛巾为崔明哲擦拭额头上的汗说:"明哲,新鲜的松茸还没送到,马上就要用了,你就辛苦跑一趟吧。"

崔明哲爽快地说："得令！"

工人笑了。

崔明哲穿上衣服说："女人是地，天靠着地，这个世界才像个世界嘛。"说着高高兴兴地奔出店外。

银姬看着崔明哲的背影，笑了。

17.

日，内，延吉市。

新阿里郎饭店。

来宾越来越多。除了新郎董强和新娘姜彩英，正浩和贞玉带着斗伊，文熙，英花和李珉基夫妇，陈志宏和海玉腆着大肚子带着文俊也都在现场。

老乡见老乡，显得格外亲切。董强和陈志宏两人紧紧地拥抱。

董强说："陈志宏，不是我说你，你就根本不该回上海！你回上海做啥？像我，就不回上海去做生意，为啥？因为我会讲朝鲜语，跟韩国人交流起来方便，这儿离韩国又近。你看，我现在同韩国人的生意越做越大。人活在这世上，要扬长避短。你是个朝文翻译，又是研究朝鲜文化的学者，你回上海，那是扬短避长，划不来。"

正浩说："志宏不是回来了吗？就你高明！"

董强说："高明说不上，但起码有自知之明，绝不会盲目地随大流。"

有个工人奔进饭店，对银姬说："银姬老板，崔老板跟松茸店的老板打起来了，快去看看吧。"

正浩说："银姬，你在这儿招呼吧，我去看看。"

银姬叹口气说："唉，这个人怎么这么不让人省心。"

18.

日，内，延吉市。

某卖松茸的店。

松茸店老板拖住崔明哲的摩托车说："崔老板，你听我说呀。下一次，下一次我再也不会那么干的。”

崔明哲说：“这种事哪能还有下一次呀！把昨天剩下的松茸跟今天摘的混在一起给我，亏你想得出！松茸过了二十四小时，就没法吃了，你这点都不懂?”

松茸店老板说：“是我一时昏了头，我错了。崔老板，我们是老主顾了嘛。”

崔明哲说：“老主顾就能这么干?”

松茸店老板说：“因为今天的量不多了，你们又是办婚宴的，凑合凑合不就过去了? 我少收你们一点钱行不?”

崔明哲说：“那你就把我们饭店的牌子给砸了！ 就冲你这句话，刚才我给你的那一拳还是轻的。我是要你记住，做生意的人诚信是最重要的牌子，要是你自己给砸了，那就什么都完了!”

正浩从出租车上下来。

19.

日，内，延吉市。

新阿里郎饭店。

崔明哲匆匆回到饭店，把新鲜的松茸交给工人送进厨房。

银姬叫住崔明哲说：“明哲，你来一下。”

崔明哲擦了擦头上的汗说：“我自作主张换了一家松茸店进货，而且还把时间耽搁了，你不会怪我吧。”

银姬猛地在崔明哲脸上亲了一下说：“当家的，这事你做主吧!”

崔明哲傻呵呵地一笑说：“金指挥，你全知道啦?”

银姬说：“我哥回来都跟我说了。明哲，没想到你这么重视饭店的招牌。”

崔明哲说：“你是地，我是天，咱们就是这饭店的天和地，招牌砸了咱们不就垮了吗?”

20.

日，内，延吉市。

新阿里郎饭店。

婚礼在大厅里举行得很热烈。

司仪说："下面请我们的歌唱家海玉女士献歌一首。"

海玉唱起了《哦，阿里郎》这首歌。

在热烈欢快但又庄重的音乐和海玉甜美悠扬的歌声中，英花轻轻地推了斗伊一下。斗伊跳进大厅中间跳起舞来。

大家跟着节拍热烈地鼓掌。

斗伊在旋转，旋得轻盈而热烈。

董强和姜彩英那幸福的脸。

斗伊在旋转……

正浩、贞玉、英花、李珉基、银姬、崔明哲、海玉、陈志宏等人欢笑的脸。

斗伊在旋转……

人们欢快的掌声越来越热烈。

斗伊在旋转，旋得优美而动情。

岁月在斗伊的旋转中飞逝，斗伊已是个二十岁的大姑娘了，十几年的光阴就这么一闪而过……

21.

日，外，延吉市。

十几年后的延吉市市中心广场。

图洽会的临时舞台就搭建在广场。舞台上方挂着大幅的横幅："热烈庆祝本届图洽会隆重开幕"。

州歌舞团在台上表演歌舞。

已二十岁的斗伊在舞台上旋转着。舞台下的嘉宾席里有正浩、郑雪梅和洪吉龙等人。

长大后的斗伊长得明艳可人，她的舞姿优美，动作轻灵，身上抖出的满是乐感。洪吉龙看得着迷了。他又回忆起二十年前,英花在公社演出队跳舞的情形。那段岁月经过了这么长的时间,不但没有从他的记忆中抹去,反而变得越来越清晰,他与英花的那段交往深深地铭刻在他的心中。

舞蹈结束了,洪吉龙仍然沉浸在回忆中。

洪吉龙深深地叹了口气,想了想对身边的正浩说:"金正浩先生,这些年来,我到延边做生意,一直在找一个人,可找了这么久,到现在还没有找到。"

正浩说:"那他是延边哪里的人?叫什么名字?也许我可以帮你打听到。"

洪吉龙说:"她是龙井人,她出来的那个乡村叫靠山屯……"

郑雪梅插话说:"靠山屯啊,那你可找对人了!金正浩就是土生土长的靠山屯人。我呢,严格地讲,也是从靠山屯出来的。"

洪吉龙说:"是吗?那太好了!不过听说她二十年前就从那儿离开了,再也没回去过。"

正浩说:"能告诉我他的名字吗?"

洪吉龙说:"她叫许英花。"

正浩唰地一下站了起来,发觉自己有些失态,赶忙又坐下了。

郑雪梅说:"洪吉龙先生,这事你怎么不早一点问金正浩呢?你知道许英花是金正浩什么人吗?"

正浩拉了一把郑雪梅,表情有些严肃地问洪吉龙说:"洪吉龙先生,我可以知道你是怎么认识许英花的吗?"

洪吉龙说:"二十几年前,我还是个毛头小子,在那个公社业余演出队当导演。英花是我们演出队的台柱,舞跳得特别好。唉,正浩先生,我跟你说实话吧,我跟她还有过一段恋情呢。要不是我当时不得已离开了延边去了美国,也许我们会……"

郑雪梅说:"是嘛,没想到洪吉龙先生在延边还有一段浪漫史呢!金正浩,你妹妹……"郑雪梅发现正浩的脸变得铁青,就把话咽了回去,"金正浩,你怎么啦?"

洪吉龙吃惊地说:"正浩先生,许英花是你妹妹?"

正浩板着脸很严肃地对洪吉龙说："洪吉龙先生，这么多年，我也一直在找一个人你知道吗？"

洪吉龙说："找什么人？我能帮上忙吗？"

正浩说："他叫洪吉龙，就是在我妹妹的演出队当过导演的家伙。"

洪吉龙一愣，说："你找我？"

正浩说："对！现在我终于知道他叫什么了，过去问英花她只说那人姓洪，跑去美国了！"

洪吉龙说："可是，你找我？……"

正浩说："我找你就是想跟你之间要了结一桩公案。"

洪吉龙更加惊讶了，说："公案？难道……英花死了？"

郑雪梅已经听出点味了，忙说："没有！洪吉龙先生，英花活得好好的。喏，台上表演的是我们州歌舞团，演出的歌舞就是英花排的，她就是这个歌舞团的艺术指导。"她提醒正浩说，"正浩，你别乱来！洪吉龙先生是我的客户，他也是我们外贸公司请来的尊贵客人！"

正浩说："雪梅，你别管！这件事我憋了十几年了。"

22.

日，外，延吉市。

市某街边公园。

正浩和洪吉龙走进一块绿草坪中。

正浩说："洪吉龙先生，咱俩在生意上合作了很多年，而且合作得很好，对吧？"

洪吉龙说："对，我们两家生意都做得不错，金正浩先生的服装厂现在是延吉最大的民族服装厂了，我们公司在韩国市场的占有率比过去提高百分之七的份额，这就是证明。"

正浩说："这是因为我们两家都讲诚信对吧？"

洪吉龙说："不错。"

正浩说："那现在，我们虽然不是谈生意，但也得讲诚信，行吗？"

洪吉龙说:"行。但我有个条件,谈完后,你就领我去见许英花行吗?"

正浩说:"那要看看你是不是有诚信了。洪吉龙,你应该知道我的脾气,有些躁,你要有思想准备。那我就要问话了。"

洪吉龙说:"我明白,你问吧。"

正浩说:"那个时候,就是在公社演出队的时候,你和英花是真心相爱的对吧?"

洪吉龙说:"是。"

正浩说:"那你对她做了什么?"

洪吉龙还没反应过来,说:"没做什么呀!"

正浩说:"真的没做什么?"

洪吉龙说:"真的没做什么,我发誓!"

正浩一拳冲了上去,洪吉龙倒退了几步,仰倒在地。

洪吉龙在地上坐起来说:"金正浩先生,你怎么能打人哪?"

正浩说:"我告诉过你,我这个人的脾气有点躁。你对英花没做什么,她的孩子是怎么来的? 难道她是跟别的什么姓洪的人生的? 英花是那种坏女人吗?"

洪吉龙说:"什么? 她……有孩子了?"

正浩说:"是谁的?"

洪吉龙反应过来了,说:"是,是我的,那肯定是我的!"

正浩说:"刚才你那一拳是不是该揍?"

洪吉龙说:"是,该揍,我该揍!"洪吉龙还是没从刚才的震惊中走出来,他待了一会儿,看着正浩说:"那孩子,是儿子还是女儿?"

正浩说:"女儿!"

洪吉龙从地上迅速爬起来,抓住正浩激动地说:"金正浩先生,请你一定要领我去见英花! 我知道我做的是什么事情,你要还是不解气,你可以再打我几拳。"

正浩说:"对不起,刚才我那一拳打重了。你看,你的脸都肿了,你毕竟是我们的客人。"

　　洪吉龙说:"没关系,没关系,我是该打! 但你现在一定得让我见到英花。"

　　正浩说:"见英花不难,她就在州歌舞团。但我必须告诉你,她已经结婚了,爱人是歌舞团的导演,两人现在过得很幸福。"

　　洪吉龙说:"金正浩先生,我明白你的意思,我也是有妻室有女儿的人了,我不会去做破坏她幸福的事情,请让我见她吧。"

　　23.

　　日,外,延吉市。

　　州歌舞团所在大楼的门前。

　　正浩开车载着洪吉龙到了大楼门前。

　　正浩打开手机说:"出来吧。……对,有事。……好,我们等你。"说完,收起手机走下了车。

　　洪吉龙想下车,但他太激动了,不得不又坐回座位镇定自己的情绪。

　　不一会儿,英花从楼里走出来,叫了声正浩说:"哥,有事吗?"

　　正浩说:"有个人想见你,我把他带来了。"

　　洪吉龙努力抑制住自己激动的心情,从车上下来。

　　英花看着洪吉龙,洪吉龙也看着英花,两人都认出了对方。英花几乎难以自制,想冲过去,但她很快就控制住了自己。

　　英花说:"你是洪吉龙?"

　　洪吉龙说:"许英花,是我。"

　　正浩说:"英花,这位洪先生是从韩国来的,是我生意上的合作伙伴。我今天才知道,他就是你说的那个姓洪的导演。你看看洪先生的脸。"

　　英花这才注意到洪吉龙的眼角有一块红肿瘀青,说:"怎么啦?"

　　正浩说:"是我打的。不管你有没有这个想法,但这一拳攒在我心里已经有十几个年头了。因为作为一个男人,应该知道自己当时做下的事有可能产生的后果。"

　　洪吉龙说:"正浩先生,你打得对。"

正浩说:"我下手重了,再次说一声对不起。州里正在开图洽会,我还有事,先走一步了。你们聊吧。"

正浩钻进车里,开车走了。

24.

日,内,延吉市。

州歌舞团附近的咖啡馆。

洪吉龙和英花相对而坐,两人似乎都有很多话要说,但又都不知道该如何开口。

英花掏出手机说:"洪吉龙,你要不要见见我的爱人?"

洪吉龙赶忙说:"不用。"他看着英花收起了手机,深有感触地说,"许英花,刚才在车上我就在想,一切都过去了,你也已成了家,我呢,也有了妻室,而且还有一个二十一岁的女儿。过去的就让它过去吧。"

英花说:"既然这样,你又何必跑这一趟? 不见面不是更好吗?"

洪吉龙说:"我想见你,因为我想知道你生活得到底好不好? 还有,我今天才知道,我还有个女儿。正浩先生就是因为这个才狠狠地打了我一拳的。英花,我对你造成的伤害,我在这里向你道歉了。"说着站起来深深地鞠了一躬。

英花说:"既然已经过去了,也没有道歉的必要了。这种事情,也不单单只是你一个人的责任。"

洪吉龙说:"英花,你能告诉我,我们的女儿在哪儿? 我能见见她吗?"

英花说:"正浩哥说,你们在参加图洽会是吗?"

洪吉龙说:"是。刚刚就在开幕式上,我才知道你的下落还有你和正浩先生的关系。"

英花说:"那你的女儿,你已经见过她了。"

洪吉龙说:"在哪儿?"

英花说:"开幕式上的歌舞演出你看了吗?"

洪吉龙说:"看了。"

英花说:"难道你没有在舞台上看到什么熟悉的人吗?"

洪吉龙一愣,他突然想起那个旋转着的领舞的姑娘,说:"难道……"

英花说:"就是那个领舞的姑娘。"

洪吉龙说:"天哪,怪不得我看着她在跳舞的时候,就好像看到你在跳。"

英花说:"但她还不知道我是她的妈妈。"

洪吉龙:"为什么?"

英花说:"在她生下来的第三天,我就把她抱给别人了。就是说,我抛弃了她,为了我自己的生存。我不用解释,你也会明白。"

洪吉龙含着泪点点头,说:"我完全能理解。"

英花说:"所以她也不可能认你。"

洪吉龙说:"你能告诉我她现在的父母是谁吗?"

英花说:"她现在的父亲就是金正浩。"

洪吉龙愕然。

25.

日,外,延吉市。

咖啡厅门口。

英花对洪吉龙说:"今晚你去歌舞剧院看演出吧,再看看你女儿跳舞。"说着递给他两张票,"这原本是给我哥他们准备的,你先拿着吧。"

洪吉龙说:"谢谢。"

英花说:"洪吉龙,我觉得咱俩今天就这么见次面就可以了,你也看到我生活过得很好,女儿在哪里你也在知道了,那么以后就不用再见面了。因为已经没有再见面的必要了,你也说了,过去的已经都过去了。"

洪吉龙点头说:"好吧,我尊重你的意见。但我也留句话,有什么需要我帮忙的,你还应该来找我。"

英花说:"好,那就这样吧。我哥那一拳真不该打你,我再次代他向你道歉。"

洪吉龙说:"不,我让你受了这么多的苦,金正浩先生这一拳打得对!"

26.

夜,内,延吉市。

市歌舞剧院。

州歌舞团正在演出《千年阿里郎》。

斗伊在领舞。

观众席上,洪吉龙和洪敏儿正在观看演出。

斗伊富于感染力的舞蹈和表演深深地打动着观众,洪吉龙更是激动不已,心里在说:"她就是我的女儿吗?"

27.

夜,内,延吉市。

市歌舞剧院。

一双眼睛一直在关注着台下的观众席。

舞台的一侧,英花在幕后注视着观众席上的洪吉龙,她看到洪吉龙在擦着眼泪,感慨地叹了口气。

28.

夜,内,延吉市。

市歌舞剧院。

台后的化妆间。

英花正在帮斗伊卸妆。

有人送进来两只很大的花篮。

送花篮的人说:"这两只花篮是送给金斗伊小姐的。"

斗伊和英花都看了看花篮上的缎带。一条上面写着"祝金斗伊小姐演出圆满成功,洪吉龙",另一只花篮的缎带上写着"斗伊小姐,你跳得太棒了!高灿宇"。

英花看了看洪吉龙的名字,凝视了一会儿,叹了口气。

斗伊说:"二姨,这位洪吉龙先生你认识?"

英花说："是你爸爸在韩国的生意伙伴。这位高灿宇先生我可不认识，你认识？"

斗伊点点头。

英花说："是个小伙子？"

斗伊说："刚认识的。因为吵过架，他送花篮来可能就是为了表示歉意。"

英花"噢"了一声。

斗伊看着花篮，思绪一下子飞到几天前的那个周末。

闪回：

29.

日，外，图们江。

漂流点码头。

漂流木筏上，已有八九个人站着或者坐在木筏上。

斗伊和歌舞团的朋友林晓买了两包吃的东西走上木筏。她俩刚走到木筏中间，突然赶来三个小伙子奔着跳上木筏。由于跳得太猛，木筏颠簸起来，林晓因为背对着那几个小伙子没提防，结果失去了平衡。斗伊一把抓住林晓，两包吃的都落在了木筏上，颠簸的木筏有水渗了上来，吃的东西被浸湿了。林晓心疼地想把吃的东西赶紧捡起来，可其中一位小伙跳得幅度太大，也没把握住平衡，就又在木筏上往前冲着跳了几步，木筏晃了两下，吃的东西全被浸透了。

林晓气坏了，转过头就喊："哪个家伙跐瘸啦，蹦什么蹦啊？想要往高里蹿就蹦极去！在这儿逞什么能啊！"

其中一个小伙子说："哇，你吃了饯药啦？我看你蹦得比我们还高呢。"

众人笑。

斗伊听不下去了，说："你们怎么回事？做错事了就该道歉，要什么贫嘴呢！"

一个小伙子说："我们就是上来急了点，也用不着骂人腿瘸呀？"

斗伊说："先开口骂你们是我们不对,但事情的起因是什么是不是也应该追究一下?"

林晓气哼哼地指着被水浸透的那两包吃的说："对呀,你们要是没干坏事,我会骂你们吗?"

那个小伙子说："那就对不起了,我们道歉行了吧。"然后低声跟同伴们嘀咕了一句,"一拨小女人,这么点小事还要斤斤计较。"

斗伊听见了,说："没有诚意的道歉我们不接受。我们是小女人,可斤斤计较的不只是我们小女人,面前这几个虎背熊腰的大男人不也在斤斤计较吗?"

那个小伙子说："我们怎么斤斤计较了? 到目前为止唠唠叨叨的不都是你们吗?"

斗伊说："我们是当着面唠叨,可有些男人只会在私底下碎嘴。"

那个小伙子说："你说谁呢? 干吗呀,不就两包吃的嘛,值得这么不依不饶的吗? 我赔给你行了吧!"

林晓说："怎么赔呀? 都离岸那么老远了,就只会嘴上说……"

林晓的话音未落,那个小伙子嗵的一声已经跳进水里了,把大家都吓一跳。

他的一个同伴忙喊："高灿宇,你真跳啊! 到终点再给她们买不行吗?"

这时的水不深,只没到高灿宇腿部,他挥了挥手,意思是没事,就蹚着水往岸边奔去。

斗伊这下有些不好意思了,忙对撑木筏的人说："大叔,您等一下他好吗?"

30.

日,外,图们江。

木筏还停留在原地,高灿宇抱着更多的食品蹚着水上了木筏。他的裤腿已经被水浸湿了。

高灿宇把那堆食品统统塞到斗伊的怀里说："赔你的,对不起了。"说完转身要回到同伴身边。

林晓在一边眉开眼笑地说:"谢谢你啦!"

斗伊拉住高灿宇说:"这么多我们吃不了,请你拿走一些吧。"

高灿宇一笑说:"这些都是你们女人爱吃的,我们不太爱吃零食。"说着就走回到同伴旁边。

高灿宇的一个同伴不满地捅了捅他,说:"灿宇,多好的机会呀,干吗错过?"

高灿宇莫名其妙地说:"什么多好的机会? 启东你说什么呀!"

另一个同伴说:"你没注意吗? 两个大美女哎!"

高灿宇这才开始偷偷注意坐在那里说说笑笑的斗伊和林晓,两个人曼妙的身材和相貌确实很出众。尤其是斗伊优雅的气质,与众不同的美丽脸庞,他被深深地吸引住了。

31.

日,外,图们江。

江两岸风景如画,木筏在水中漂流着。

江面上水雾蒙蒙,大家都坐在小凳子上观看着两岸的景色,有的在照相,有的在摄像。

林晓和斗伊在互相拍照片。

两人商量了一会儿,斗伊向高灿宇他们走来。

斗伊叫高灿宇说:"高灿宇。"

高灿宇应了一声,回头看是斗伊一愣。

斗伊拿着相机说:"你能帮我们拍张合影吗?"

……

斗伊从抽屉里拿出一张照片出神地看着里面的自己。

英花注意到了,拿过照片看着说:"呦,这是什么时候拍的呀?"

斗伊一笑说:"就是上个周末跟林晓去图们江拍的。"

英花说:"就你们两个人? 那这照片谁拍的呀?"

第二十六集

1.

夜,内,延吉市。

市歌舞剧院。

台后的化妆间。

英花在门口等着斗伊,斗伊把放着照片的抽屉缓缓关上,朝英花走去。

斗伊关上灯,把房门轻轻阖上。

闪回:

2.

日,外,图们江上。

漂流筏上。

高灿宇接过斗伊递来的照相机,说:"行,没问题。不过你怎么知道我的名字?"

斗伊说:"刚才你跳下水的时候你朋友叫了你的名字了。"

高灿宇说:"哦,是嘛。那我来帮你们拍吧。"

高灿宇帮斗伊和林晓拍了几张照片,把相机还给斗伊时说:"可以请教一下你们的名字吗?"

林晓抢着回答说:"我叫林晓,她叫金斗伊。谢谢你买的那些吃的!"

高灿宇的两位朋友凑了过来,一个高个儿的说:"我叫张启东,他叫朴承俊,我们都是高灿宇的同事兼好朋友。"

林晓说:"你们很奇怪呢? 我们又没问你们姓什么叫什么,干吗要告诉我们你们的名字啊?"

朴承俊说:"哎,自我介绍了以后大家不就熟悉了吗? 然后我们可以一起玩啊,人多了多热闹啊!"

林晓看看朴承俊说:"你不是说我比你蹦得还高吗? 怎么这会儿又要一起玩了?"

朴承俊说:"那是因为你先挑起来的嘛,说我们灿宇像瘸子。"

张启东说:"虽然你们是女人,可也不要那么小肚鸡肠嘛。刚才大家都有不对的地方,道个歉不就过去了? 再说了,我们灿宇不是还给你们买了那么多吃的补偿你们了嘛。"

高灿宇说:"我们也没别的意思,大家出来玩,结个伴不是热闹些吗? 要想再合影的话,我们随时可以效劳啊。金斗伊,你说呢?"

金斗伊和林晓相互看看,林晓轻声说:"斗伊,你觉得他们几个可靠吗?"

斗伊小声回答说:"不是很吃得准,不过吃人家的嘴软,你刚才吃了那么多人家买的东西,就这样拒绝好像不太好吧。"

张启东说:"你们是担心我们的人品吗? 我们可都是有正经工作的大好青年!"

高灿宇说:"是啊,我们都是在外贸公司工作的。"

朴承俊说:"你们没听说过吗? 说要当万元户,就进外贸部;要想有进步,就去组织部;要想犯错误,就上宣传部!"

斗伊说:"那么说,你们都是万元户,我俩全是犯错误的。"

高灿宇说:"那你们是? ……"

林晓说:"我们是州歌舞团的,归宣传部管。道不同不相为谋,各走各的吧!"说着拉着斗伊就走到另一边去了。

张启东气得打了一下朴承俊的脑袋说:"你个白痴,那么老掉牙的顺口溜还拿出来显摆!你看看,被你气跑了吧?怪不得人家说你没女人缘呢!"

朴承俊说:"我怎么知道她们是歌舞团的呢?不过也是哦,身材那么好,肯定是跳舞的。"

高灿宇想了想,走到斗伊跟前说:"对不起,金斗伊。我同伴说话有点失当,他们那样说没有别的意思,只是想告诉你们我们都在正规的公司里工作。而且,我们是想诚心邀请你们等会上岸了一起去野炊,还是那句话,人多热闹嘛。"

斗伊看看高灿宇真诚的脸,确实也觉得人多了游玩起来更热闹,于是看看林晓说:"我答应喽?"

林晓看看高灿宇,又看看在那边眼巴巴等着她们点头的两个家伙,说:"答应就答应呗,谁怕谁啊!"

3.

日,外,图们江畔。

河岸边的草地上。

高灿宇、朴承俊、张启东、斗伊和林晓正饶有兴致地烧烤着东西,边上还放着啤酒饮料。

大家都喝了些酒,气氛开始融洽起来。

朴承俊兴致勃勃地喊:"现在请我们外贸公司的头号歌星高灿宇先生献歌一曲——"

高灿宇正在兴头上,也不推辞,爽直地说:"行,那我就在歌舞团的两位姑娘面前献丑了!"说着,面对江水放声唱了起来。他是个标准的男高音,唱得高亢而动情。

斗伊听着,似乎有些被感染了。

高灿宇唱完,一鞠躬说:"不好意思,请专家们点评。"

朴承俊和张启东都在拍手叫好,斗伊也拍了拍手,林晓鼓掌鼓得很起劲。

斗伊说:"你唱得很专业啊,学过吗?"

高灿宇有些得意,说:"我爸指导过一些,但更多的是遗传吧。"

斗伊说:"你爸是男高音?"

高灿宇说:"男高音不知道算得上算不上,不过他过去在公社的业余演出队干过,每趟出去演出,在其他演员换挡的当间儿,他就经常上去吼上一吼。听他说,当时他还是演出队的队长呢。"

斗伊说:"那你没想过要往这方面发展吗?"

林晓插话说:"是啊,你的嗓音条件那么好,我觉得我们团里的那个男独唱演员也不过如此嘛。"

高灿宇说:"这个作为业余消遣,偶尔吼上两嗓子没什么问题,但要把它当职业,好像没太大意义。"

斗伊说:"我们的职业就是跳舞,以你的意思,我们歌舞团的这些人干的都是没意义的事了?"

高灿宇说:"你别误会,我只是针对我个人而言。"

4.

日,外,图们江畔。

斗伊和林晓坐在江边的草地上欣赏着江上的风景。

高灿宇、朴承俊和张启东在一起喝着啤酒聊天。

高灿宇一直在注视着斗伊。突然,他的表情变得紧张起来,然后一个箭步冲上去,把林晓推到一边,拽住斗伊猛地拖了过来。高灿宇刚一松手,斗伊就羞恼地给了他一记耳光,因为高灿宇的胳膊刚好压住了斗伊的胸部。

其他人都看呆了。

斗伊说:"你干什么!"

高灿宇被打蒙了,指了指斗伊刚刚坐的草丛,没说出话来。

林晓在一边看到了什么,尖叫起来。

斗伊定睛一看,倒吸了一口冷气。一条小蛇从草地中游了出来,朝河边窜去。

斗伊看蛇不见了,这才缓过神来,忙对高灿宇说:"对不起,高灿宇,是我误解你了。"

高灿宇摸了一下被打的脸,说:"没什么。不过,金斗伊,我就是对你有什么企图,也不会当着朋友们的面,做得如此露骨的,对吧?"

5.

日,外,图们江。

太阳西斜,江面上波光粼粼。

几个年轻人仍然聚在一起。林晓和朴承俊,张启东已经打成了一片,聊得正欢。

斗伊因为之前误会了高灿宇,所以有些不好意思再跟他说话,显得有些落寞。

高灿宇走到斗伊跟前说:"金斗伊,对不起,我今天一天都表现得很莽撞,而且有时候还乱说话,请你不要太介意。"

斗伊说:"其实就像你一开始说的那样,我的表现也不好,很多事情过于斤斤计较了。大家一起玩,本来是很高兴的事,结果被我弄得那么尴尬。"

林晓插嘴说:"斗伊,那也不能怪你呀!他这人做事是莽撞了些。刚才我被他推的那一下,差点没撞到石头上。到现在脑袋还疼呢。"

高灿宇忙说:"是嘛,那真是对不起了!因为看到草丛里有东西在动,一时太紧张了,所以手上没轻重。"

朴承俊说:"我们灿宇动作虽然粗野了点,可出发点是好的。所以看在他救命之恩的份上,是不是该对他好点?"

林晓说:"那不过是条小蛇,而且也未必有毒啊!这么点事也称得上救命之恩?你们男人果然是好大喜功!"

张启东瞪了朴承俊说:"看吧看吧,又说错话了不是!你这个人怎么跟女人一样碎嘴?"

林晓说:"女人怎么碎嘴啦?你倒是说说看!"

高灿宇和斗伊看着那三人在那里斗嘴的情景,不由得相视一笑。斗伊的笑容是那么美丽可人，高灿宇看得有些发呆。

……

6.

夜，内，延吉市。

市歌舞剧院。

斗伊跟着英花走在通往停车场的走廊上。

手机铃声响，斗伊赶忙接手机。

高灿宇的声音说："金斗伊，花篮收到了吗？你不会觉得太俗气吧，我也想不出送什么别的会更好些。"

斗伊一笑说："谢谢。"

高灿宇的声音说："金斗伊，你能出来吗？"手机那头有别的叽叽喳喳的声音打断了一下，"我想请你吃夜宵，好不好把林晓姑娘也叫上？朴承俊他们也都在。"

斗伊看了看表，说："不好意思，现在很晚了。回去太晚的话我父母要担心的。我爸对我管教得比较严，下次吧。下次有机会，我们请你们吃饭。"说完，把手机关掉了。

英花回头看看斗伊，一笑说："那个送花的？"

斗伊不好意思地说："嗯。"

7.

日，内，延吉市。

浩玉民族服装有限公司。

正浩办公室。

郑雪梅、正浩和贞玉在办公室里。

正浩正在仔细地翻看一堆资料，贞玉也在旁边看。

郑雪梅说："怎么样，有没有兴趣？"

正浩没说话，但一边看资料，一边在思索。

贞玉说:"算了吧,这个我没什么自信,听听都跟做梦似的。而且,去参加这个展,肯定是要花很多钱的吧?"

郑雪梅说:"参展费由国家民委帮你们掏,其他的来回机票住宿我们外贸公司可以帮你们分担一些,毕竟我们是两家合作嘛。不过,服装的制作费,请模特,还有模特的化妆,展台设计那都要你们自己出钱了。"

贞玉说:"可这些都是最花钱的,那一年正浩非要给我办个服装展,还就在咱们延吉,最后算下来花了十几万呢!太厉害了!这次又是要到巴黎去办展,算了算了,我们不去了。"

郑雪梅说:"贞玉姐,不是我说你,设计服装方面你胆子可比这大多了!你不要那么小农经济嘛,那次服装展给你们拉来了多少订单?你忘了?加起来有上百万了吧?好些都是经过我们公司牵线的,我可都记着呢!这次是多好的机会呀,法国巴黎时装展,那是时装之都啊!当时民委给我来了个电话要我推荐一家公司,我想都没想就把你们公司给报上去了!能批下来就已经相当不容易了,你还在那儿往回缩。不跟你说了,正浩,你拿主意!"

正浩说:"好,我们参加!"

贞玉说:"正浩!"

正浩说:"参加,干吗不参加?雪梅说得没错,这么好的机会要是错过了,会后悔一辈子的。"

贞玉说:"那也不能自不量力呀。我做的那些衣服在国内在韩国本民族的人穿穿还说得过去,你要让那些金发碧眼的洋姑娘们穿,会笑死人的!"

正浩说:"洋姐凭啥就不能穿啊?中国的旗袍,她们不也穿得一个劲儿地?再说了,你要觉得老外穿得不合适,我们可以带自己的模特啊!"

贞玉说:"那得花多少钱啊!正浩,咱们再有钱也不能做那种离谱的事吧?"

郑雪梅说:"你们慢慢争吧,反正名额我已经给你们报上去了。我还有别的事,先走了。正浩,你可别拆我台噢!"

正浩说:"放心,肯定去!"

贞玉说:"正浩!"

正浩说:"我去送送雪梅。"

贞玉一屁股坐在椅子上,看着那些摊在办公桌上的服装展资料生闷气。

8.

日,外,延吉市。

浩玉民族服装有限公司。

郑雪梅走到停在门口的车旁边,回头看了看浩玉民族服装有限公司的办公楼和大厂房,感慨地说:"正浩,还记得当年你托我买缝纫机那会儿吗?"

正浩说:"当然记得。那台缝纫机还在家搁着呢,还能用! 我还准备把它当传家宝传下去。"

郑雪梅说:"看着你背个背架扛着缝纫机的背影,我气得两眼冒火,谁能想到你今天的金正浩,已经要把服装推广到顶级的国际巴黎服装展上去了,今非昔比呀!"

正浩说:"其实每次在最困难的时候,都有你在帮助我们,真的非常感谢。"

郑雪梅说:"说这种话就生分了。我说过,我身体里……"

正浩说:"我知道,你身体里流着我的血。但郑雪梅,我还是很想说,有你这样的朋友,是我金正浩今生最宝贵的财富。"

郑雪梅说:"可是金正浩,你却是我这一生中永远的遗憾。展会定在明年三月份,还有十个月的时间。我走了,你们好好准备吧。"说完,钻进小车里,驶离了厂区。

9.

日,内,延吉市。

浩玉民族服装有限公司。

正浩的办公室。

正浩送完郑雪梅回来,贞玉一见他就说:"正浩……"

正浩打断贞玉说:"贞玉,你不用说了,这个展我们一定要去!"

贞玉说:"为什么? 我觉得参加这种展没有任何意义。"

正浩说:"怎么没有意义?"

贞玉说:"不管是朝鲜服也好韩服也好,都只是一个民族的服装,适合的范围很小。我们花那么多的财力物力还有精力去张罗这场奢侈的展览,观看的对象都是对我们的文化和风俗一无所知的人。法国的时装展我又不是没在电视里见过,跟我们的东西根本就不是一回事。我们去也就只是穿着衣服走上一圈,让老外看看热闹,图个新奇,能有啥意义啊。"

正浩说:"民族的怎么啦? 有句话对你说是最合适的了,民族的就是世界的。去法国办展,来看的人可能是对我们的文化习俗一无所知,但我们可以给他们介绍啊! 通过你的服装,通过我们那些模特的表演,再准备一些介绍我们民族的资料,向他们展示我们的文化,我们的风俗,想办法让他们了解和欣赏我们,这怎么会是一件没意义的事呢?"

贞玉说:"可我真的不想参加。"

正浩说:"贞玉,我知道你是在担心什么,一个是你没自信,二是怕办完展览反响不好,那办展的钱就打了水漂了。其实贞玉,你没必要那么不自信。你设计的服装,一直在韩国销的很好,要不,洪吉龙的公司也不会一直跟我们合作这么多年。至于参展投入的资金,你可以换个角度考虑,我们就当是花了这么多钱,在法国巴黎打了一次广告! 这个广告的效果可比我们在市里州里的电视台上播广告要震撼多了!"

贞玉说:"可是,参加服装展就得设计服装吧,要准备那么多样式,那是需要时间的。"

正浩说:"来得及! 雪梅说了,展会在明年三月份举行。从现在开始,贞玉你就专心致志搞你的参展服装,其他的就不要管了。"

贞玉说:"那厂里怎么办? 厂里的活这么忙,你又老往外跑。"

正浩说:"会协调好的,老婆你就抓紧时间干吧! 雪梅把这么好的机会给我们,这是人家存心给我们面子,我们干吗要推掉?"

贞玉说:"那还不是给你面子?"

正浩说:"给我面子也就是给你面子。咱俩啥时候分开过了?"

10.

夜，内，延吉市。

陈志宏家。

陈志宏正一个人在吃晚饭，海玉把汤给他端上来说："怎么这么晚回来？"

陈志宏有些得意地说："卢老的书出版已经有十几年了，可到现在还有人来要这书。人家大老远跑来，我总得陪人家说说话吧，这不就晚了嘛。我现在越来越体会到当初废寝忘食翻译这书的价值了，值啊！"

海玉一笑，刚想说什么，电话铃响，海玉接电话。

11.

夜，内，延吉市。

陈志宏家。

海玉高兴地放下电话。

陈志宏从厨房间出来，解开身上的围裙说："谁的电话，打那么长时间？"

海玉一笑说："大哥的电话。文熙被上海复旦大学录取了，这真叫人高兴！文俊考的是同济，文熙又考进了复旦。志宏，我要回上海去！"

陈志宏说："什么？你又要回上海？"

12.

日，内，延吉市。

浩玉民族服装有限公司。

正浩正在指挥几个工人在腾一间大房间。

贞玉走过来说："正浩，这是在干吗？"

正浩说："给你腾工作室呀。"

贞玉说："哪用得了那么大呀，原先那间工作室不用得好好的吗？"

正浩说："不行！就这间我都嫌小了呢。这次你设计的服装量大，还要把所有的样服都挂起来。我们可以随时来看,去参加巴黎国际服装展,那是多大的荣誉啊。你光彩,我金正浩也跟着光彩。"

贞玉感动地说:"正浩,有你这样的鼓励和支持,我要再做不好,就对不起你了。"

正浩说:"谁让我是你的天呢!"

13.

日,内,延吉市。

浩玉民族服装有限公司。

正浩和贞玉还在忙着布置工作室,陈志宏匆匆赶来了。

陈志宏一见到正浩,就说:"正浩,你得帮我,海玉又要去上海了。"

正浩说:"去上海干吗?"

陈志宏说:"文熙、文俊不都考上了上海大学吗? 所以她也要去。"

正浩说:"两个孩子都大了,自己能照顾自己,当妈的跑去凑什么热闹,当保姆啊? 给人家笑话!"

陈志宏说:"她哪里是要去照顾儿子啊! 她是想再跑去上海发展。儿子嘛,正好也顺便照看照看。"

贞玉说:"她还不死心呀! 前两次的教训还没尝够吗?"

正浩说:"她也要你去?"

陈志宏说:"没有。这次是彻底把老公甩到一边儿了,她要自己去。"

正浩说:"怎么突然有这个念头了呢?"

正浩说:"你没劝她? 不是前两次不都失败了吗?"

陈志宏说:"正浩,我哪劝得住她! 贞玉,你也知道你妹妹,倔起来谁都说不过她。拧劲儿上来了,说她就不信她在上海站不住脚跟! 她还说,我海玉做事向来是说到做到从来没气馁两个字!"

正浩笑了,对贞玉说:"你看看,海玉和你是亲妹妹,脾气却跟我一样! 你做事就是缺这股子劲儿,事情还没做就气馁了。"

贞玉说:"还夸她呢! 为了去上海,什么都不顾啦!"

正浩说:"人活在世上不就是要这么一股子不达目的誓不罢休的劲儿吗?"

陈志宏说:"你的意思是支持她去?"

正浩说:"志宏,你找我是找错人了。上次我承认,我站在她那边儿是站错队了。可这次,我还是会支持她。因为现在条件成熟了,你们也不需要举家搬迁到上海。虽然两地跑是累点,可她是想在那边闯出个自己的天地。男人干事业,女人要支持! 女人要干事业呢,男人最好也别拖后腿。我就是这样。"

陈志宏说:"那她的歌舞厅怎么办? 总不至于让我去管吧。"

正浩说:"你当然不行,得另外找个人。"

陈志宏说:"自打尹东旭把歌舞厅转手给了海玉,到现在歌舞厅办成这个规模,那也是海玉的心血,怎么也得找个可靠的人吧。"

正浩想了想,笑了,说:"这儿现成的有一个!"

14.

日,内,延吉市。

州歌舞团排练厅。

斗伊刚刚排练完,准备换衣服。手机铃声响,斗伊看看电话,没有去接。林晓看见了,有些奇怪,说:"斗伊,干吗不接电话?"

斗伊说:"骚扰电话,不想接。"

林晓说:"我看看。"刚想去拿斗伊的手机,被斗伊迅速拿走放进了包里。林晓嘟着嘴说:"看看又怎么啦,肯定有鬼!"

斗伊说:"是不想接的电话,给你看什么? 看了你就要接,然后就会多出一堆事。"

林晓刚想分辩,自己的手机响了,她赶紧接电话,说:"对,是我。什么?哈哈……真的!"林晓看看斗伊,跑到一边去了。

斗伊白了林晓一眼,说:"还说别人呢,自己才有鬼。"

15.

日,内,延吉市。

州歌舞团。

大楼走廊。

斗伊换好衣服走出更衣室,林晓追了过来说:"走,中午请你吃饭。"

斗伊说:"干吗? 吃食堂不就行了。"

林晓说:"食堂的饭吃腻了,换换口味嘛。快走吧,人家等着呢!"突然觉得自己好像说漏了嘴,赶快捂住嘴,看看斗伊。

斗伊说:"果然,谁来的电话,老实交代!"

林晓说:"朋友啊,说菜点得太多,叫我一起去吃啊,最好再多叫一个人,那我当然要把你拉上了,谁叫你是我好朋友呢。"

斗伊说:"这种话我也能信啊? 是不是那个叫高灿宇的来的电话?"

林晓说:"不是,是朴承俊。"

斗伊说:"那不一样的,肯定是高灿宇授意的嘛,不去!"

林晓说:"斗伊,人家菜都点好了,就等我们去呢。"

斗伊说:"要是馋的话你自己去! 一天好几个电话每天都送花,一到演出就扛过来两个又大又俗的花篮,你看其他演员看我的眼神,就好像我是外星人似的! 我已经够烦的了。"

林晓说:"那说明你受欢迎嘛,你管人家怎么看你的。要是我每天都能收到花,我都乐颠了!"

斗伊说:"恶俗!"

林晓说:"有追求者人家开心都来不及呢,你干吗这种态度? 那个高灿宇哪里得罪你了?"

斗伊说:"物极必反你知道吗? 那家伙做得太过了就惹人烦!"

林晓说:"送花是俗了点,可哪有女人不喜欢花的呢?"

有人叫:"金斗伊!"

斗伊和林晓回头,一大捧花伸到她们面前。一个送货员嬉笑着拿出一张单子说:"金斗伊,请签收。"

斗伊看看花，看看单子，转身就走。

林晓赶紧草草地在单子上签完字，拿着花追了上来说："斗伊，你跟快递员较什么劲儿啊，他那也是在工作嘛！"

斗伊说："我就看不得他那张嘴脸。"

林晓说："人家天天来送，每次不都笑嘻嘻的？是你自己心里有事，看别人都像贼似的。"

斗伊说："你倒是说说，我有什么事?!"

林晓说："你是怕吃人家的嘴软，收了这么多的花，再去吃人家的饭，要是别人再多提点要求啥的，你就更不好拒绝了。"

斗伊说："他还想提什么要求？"

林晓说："咦，比如想跟你交往啊？"

斗伊说："这还用你说啊，送花请吃饭，下一步不就是这个吗？所以我才不去呢！"

林晓说："我看那个高灿宇小伙子挺帅的嘛，你讨厌他？"

斗伊说："不讨厌也不喜欢。"

林晓说："唉，斗伊，我知道你条件好，长得漂亮身材又好，家庭也够富裕。但你也用不着这么挑吧！当心挑成个老姑娘。"

斗伊说："老姑娘就老姑娘，反正我不想就这么轻易就范！"

林晓说："那怎么办呢？人家还在那里等呢。"

斗伊想了想，说："林晓，你去吧，你告诉他，今天我不去了，下次我单独请他吃饭。"

林晓说："怎么，改主动出击了？"

斗伊说："不！还他个人情，一了百了。"

16.

日，内，延吉市。

外贸公司办公室。

郑雪梅坐在办公桌前处理事务，高灿宇兴冲冲地敲门进来。

高灿宇说:"妈,你找我?"

郑雪梅抬头看看他:"嗯,怎么这么高兴啊?"

高灿宇说:"现在不能告诉你,等事情敲定下来我一定第一个给你知道。"

郑雪梅看看高灿宇,大概猜出了几分,一笑说:"行啊,最好第一个带回来给我见见。不过我相信你的眼光肯定不会差的。"

高灿宇说:"到底是妈你了解我,不过你放心,就算不是最漂亮也肯定是最出色的。"

郑雪梅说:"追女孩子可以,别耽误了工作。"

高灿宇说:"妈,什么事,你吩咐吧。"

郑雪梅说:"浩玉民族服装公司跟我们外贸公司合作参加巴黎时装展的事我就交给你们那一组负责了,不过具体事情最好是你亲自办,其他人我不放心。"

高灿宇说:"多谢老妈栽培。"

郑雪梅说:"少耍贫嘴,浩玉公司的老总可不喜欢嘴上不牢靠的家伙。"

高灿宇说:"我知道了。"

郑雪梅说:"那你今天跑一趟浩玉公司,一个是了解一下他们公司,另外一个就是跟他们的老总金正浩熟悉一下,因为以后你得帮他们做好后勤,服装面料辅料,还有其他的什么需要及时跟上,这是件大事,你千万别出什么岔子。"

高灿宇说:"是。"

17.

日,外,延吉市。

浩玉民族服装有限公司。

正浩走到停车场,钻进自己的小车正打算开车。

手机铃声响,正浩接电话,说:"行,我让他先去你们歌舞厅了。好,你们谈吧。"

正浩挂掉电话,倒车出停车位。正好外面有一部车驶进来,因为车道比较窄,两部车交错的时候挂了一下。前面的车停了下来,高灿宇从车里出来,赶忙跑到正浩的车前,查看车被擦伤了没有。

看正浩从车里出来,高灿宇一鞠躬说:"大叔,对不起,我没注意到你的车出来,是我莽撞了。"

正浩看看车也没什么事,说:"进了厂区,车速要放慢一些,你没看到厂门口的指示牌吗?"

高灿宇又一鞠躬说:"对不起,是我莽撞了。"

正浩看小伙子认错的态度那么诚恳,倒也没话说了。他看看高灿宇,发现不认识,说:"你不是这个厂的?"

高灿宇说:"我是外贸公司的,叫高灿宇。是营销科郑科长派我来的。"

正浩说:"哦,你是专门负责这次巴黎时装展的是吗?"

高灿宇说:"是。"

正浩点点头说:"希望你在工作上不要这么毛糙。负责设计这次服装展的设计师工作室在二楼靠左最末一间办公室,你去吧。"说完钻进车,开车走了。

高灿宇擦了擦汗,他大概已经猜出了对方的身份,有些懊恼地捶了一下自己的脑袋。

18.
日,内,延吉市。
浩玉民族服装有限公司。
贞玉的工作室。

高灿宇在用笔记本电脑登记贞玉手写的做服装需要的进口布料,以及各种辅料。外面天色开始变得有些昏暗,高灿宇看看表有些心神不宁了。

贞玉看看高灿宇,说:"高灿宇? 你还有别的事吗?"

高灿宇忙说:"贞玉阿姨,没事,我们继续。"

贞玉看了看桌上说:"好,没几页了,稍微用点心。"

高灿宇说:"是。"

19.

傍晚,内,延吉市。

浩玉民族服装有限公司。

贞玉的工作室。

制作服装所需要的进口材料已经登记完了,贞玉正在核对。

高灿宇心神不宁地时不时看看表,又看看窗外。

贞玉的眉头皱了皱,没有多说,只是用笔把高灿宇登记时打字打的几个错误改了一下,然后把那几页电脑打印的表格交给了高灿宇说:"行了,回去把这几处改一下,去韩国进这些原料的事请你们抓紧办,我这里急等着呢。"

高灿宇说:"是。"赶紧关机,把电脑和表格迅速塞到包里说,"那贞玉阿姨,我先走了。"

贞玉点头说:"辛苦你了。"

高灿宇一鞠躬,走出了工作室。

一出工作室,高灿宇拔脚就跑。

听着高灿宇在走廊上和下楼梯的噔噔噔的跑步声,贞玉摇摇头说:"我这里长钉子了吗? 逃得那么快。"

20.

夜,内,延吉市。

一家装修比较优雅的餐厅里。

斗伊在看表,眉头紧锁。

高灿宇急匆匆赶来,坐下说:"对不起,对不起,工作给耽搁了。"

服务员送上菜单,斗伊往高灿宇面前一推说:"点菜!"

高灿宇一愣,说:"斗伊,这饭还是……"

斗伊纠正说:"请叫我金斗伊。我说了,今天我请你吃饭。"

高灿宇说:"为什么?"

斗伊说："两件事，一是谢谢你上次郊游的时候拉的我那一把，还有我那记耳光，这饭算是感谢和赔罪；二是谢谢你每天送来的花和我演出后让人扛来的花篮，希望以后我再也不会见到这些恶俗东西，这让我在同事面前很难堪。请完这顿饭我们就算两清了，电话也请你不要再打了，我每天排练很忙，时不时地还有演出，所以不希望一天接好几个这种骚扰电话。"

原先满怀希望的高灿宇有些沮丧地说："斗伊……"

斗伊再次纠正说："请叫金斗伊。"

高灿宇说："好，金斗伊，郊游的那件事其实不算什么，是男人都会这么做。至于你那一巴掌，说真的，是女的也都会有这反应，我的动作肯定会让人误会的，所以你没必要道歉。每天的花还有演出后的花篮你要不喜欢，大不了我就不送。但吃完这顿饭就算结束了，电话也不许打，那是你的一厢情愿，在我这里可行不通。"

斗伊说："我一厢情愿？你行不通？你这算什么？强盗逻辑！"

高灿宇说："强盗逻辑是把自己的意愿强加于人，这其实就是你现在的做法。斗伊，……"

斗伊说："请叫金斗伊。"

斗伊说："如果你不愿意接受这种强加于人的做法，我很高兴，那就请便吧。"

高灿宇想了想，说："行，我点菜。"

高灿宇说："金斗伊，我请问，我有没有追求幸福的权利？"

斗伊说："当然有。"

高灿宇说："中国有句古话叫己所不欲，勿施于人。你有什么权力剥夺我的权利？"

斗伊说："我剥夺你什么权利了？"

高灿宇说："追求你的权利呀！"

斗伊说："那好，我也要行使我的权利！"

高灿宇说："什么？"

斗伊说："拒绝你的权利。"

高灿宇说:"你这种粗暴的拒绝,是不是太不礼貌了?"

斗伊说:"我就是出于礼节,才请你吃这顿饭的呀。"

高灿宇想了想,说:"行,我点菜。"

21.

夜,内,延吉市。

某餐厅雅座。

金斗伊看着高灿宇点的菜,似乎在想着什么。

高灿宇得意地说:"斗伊,噢金斗伊,菜点得还行吗?"

斗伊说:"是林晓告诉你的吗?"

高灿宇说:"什么?"

斗伊说:"这些我爱吃的菜都是林晓告诉你的吧。"

高灿宇一笑,说:"她只告诉了我你的口味,有些是我猜的。"

斗伊说:"你不用替她辩解,我知道她的毛病,为了点吃的就能把朋友出卖了。"

高灿宇说:"你不用这么损林晓,这事是我的不对,我确实威逼利诱了一下,不过她也没说多少,大部分都是我猜的,真的。"

斗伊说:"算了,别再说这事了,就算我交了个损友。酒杯举一下,希望不会再有下一次。"

高灿宇说:"是,下次我再也不迟到了。"

斗伊说:"你没听清楚我的意思吗? 我是希望我们下一次不会再碰面了。"

高灿宇说:"那怎么能行,你请我吃饭,我怎么也得回请呀! 这是最起码的礼节呀! 不然我还算是男人吗?"

斗伊说:"是男人的话就应该爽气地接受拒绝。"

高灿宇说:"可我觉得男人更应该坚持,不达目的决不罢休。"

斗伊说:"那要看是什么目的,动机不纯的目的就不叫坚持,那叫纠缠。"

高灿宇说:"追求自己喜欢的人怎么叫纠缠呢? 你真的那么讨厌我吗?"

斗伊说:"之前没什么讨厌不讨厌,可花送多了电话多了就觉得这人有点烦,等到今天单独待的这二十分钟里,突然又发现这人脸皮厚得够可以了。"

高灿宇说:"脸皮薄的男人会被你吓跑的。因为你太高傲,又孤芳自赏,还自以为是。"

斗伊说:"嚯,还都是好词啊!谢谢你的抬举。真希望你能让我一直这么下去,不要破坏我这种美好形象。"

高灿宇说:"金斗伊,看到你因为我生气的样子真可爱。"

斗伊说:"高灿宇!"

高灿宇说:"菜都快凉了,快吃菜吧。"

22.

夜,内,延吉市。

新阿里郎饭店。

一间雅间。

正浩、贞玉、银姬、崔明哲、海玉、陈志宏围在桌前吃饭。

正浩说:"银姬,今天你就不要出去招呼客人了,就当给自己放一回假吧。以后明哲出去管理歌舞厅,你就有得好忙了。"

银姬说:"是。"

崔明哲举起酒杯说:"银姬,我今天能放开来喝吗?"

银姬说:"我什么时候不让你喝了?"

崔明哲说:"自从那次事以后,你也没给过我压力,是我自己不敢喝,怕我喝了又管不住自己。今天我要跟正浩和志宏喝个痛快,喝完我就滴酒不沾了!"

正浩说:"你别给自己上紧箍咒,哪有男人不喝酒的!"

崔明哲说:"对,我就是要给自己上个紧箍咒,歌舞厅怎么管海玉都教给我了,不难,但得看自己有没有这个心,能不能定下性!所以,在我确认自己有信心能管得住自己之前,我绝对不喝一口酒。"

海玉说:"明哲,看来正浩哥没推荐错人,我相信你一定能管好。"

陈志宏说:"是啊,明哲。这么多年你一直在支持银姬搞事业,做得很好,我们都看见了。这次海玉要去上海跟孩子们一起干事业,我也得跟你一样,好好地支持一把!"

正浩说:"哎,这才对嘛! 夫妻之间就是应该相互扶持,相濡以沫,你看我和贞玉,就是个典范!"

23.

夜,内,延吉市。

某餐厅雅座。

斗伊说:"吃完了?"

高灿宇说:"是,吃得很愉快。"

斗伊说:"好,我埋单。"

高灿宇说:"请。"

斗伊说:"我说了,这次我请你是为了还人情,所以,不要拿我请你吃饭的理由再回请我,我不想再见到你。"

高灿宇说:"不见到是不可能的,因为每次你的演出只要在本市,我都会去看,不送花篮的话我就厚着脸皮本人去祝贺好了。还有,这次姑娘请客我一个大男人居然迟到,实在不应该! 太过意不去了,所以我一定得回请你。"

斗伊说:"高灿宇,你简直有点厚颜无耻了!"

高灿宇叹口气说:"没办法,谁叫我喜欢你呢。"

斗伊说:"当初郊游的时候我真不该答应你跟你们一起走。"

高灿宇说:"可我却很高兴当时打翻了你们的零食,让我有了这个机会认识你,这种经历会让我们回味一辈子的。"

斗伊说:"谁跟你回味一辈子啊! 那种经历只会让我痛不欲生。"

高灿宇说:"如果你肯接受我,让我们能继续发展,这段回忆只能增加我们的幸福感,成为我们共同生活的调味品。可如果你拒绝了我,那才会让你痛苦不堪,你能忍受这种错误吗?"

哦，阿里郎
O，ALILANG

斗伊说："天呐，我都快要疯了。"

高灿宇说："其实是我太疯狂，因为是我爱上了一个足以让我疯狂的女人。"

24.

日，内，延吉市。

州歌舞团。

排练厅边上的休息室。

斗伊和林晓背靠着背在休息。

林晓说："就这么完了？"

斗伊说："完了呀！到后来该说的不该说的话我全说了，而且说得那么狠。他再怎么厚脸皮也不至于死缠烂打吧！"

林晓说："我咋觉着哪里不对劲呢？"

斗伊说："哪里不对劲？"

林晓说："那天中午他请我还有朴承俊他们吃饭的时候，没少跟我掰乎他怎么对你的痴心，我总觉得这事没完，他肯定还有招。"

斗伊说："他有招我不怕，你别再给我后院起火我就感激不尽了。"

林晓说："其实我也没说什么呀，不过这家伙真用心！斗伊，你真的很讨厌他吗？"

斗伊想了想说："没见着的时候没觉着讨厌，可一跟他对上眼，心里就特别不舒服。"

林晓说："那不还是讨厌嘛。"

斗伊说："对，我就是讨厌他那副舍我其谁的嘴脸！"

门口有人叫："斗伊姐，门口有你的快递，我帮你拿来了。"

林晓说："看吧看吧，我说没那么容易甩掉吧！"

25.

日，内，延吉市。

| 588 |

州歌舞团。

休息室。

斗伊和林晓看着一个礼品纸包好的小方盒子发呆。

林晓说:"不送花了改该送这个了? 会是什么呢?"

斗伊摇摇头,说:"我不想打开。"

林晓说:"白送的东西干吗不开,又不是炸弹。"

斗伊说:"林晓别开! 我要直接退给他。"

林晓说:"我已经把纸撕破了。"

斗伊打了一下林晓的肩膀说:"手怎么那么快呀你!"气得背过身去。

林晓说:"我就这点优点! 拆吧拆吧。"林晓拆开包装纸,里面是个精巧的盒子,上面写着外文。

斗伊好奇地转头说:"是什么?"

林晓说:"哇,到底是外贸公司的……"

斗伊说:"是什么让我看看。"

林晓躲闪着斗伊说:"你不是要退回去吗? 那就归我了。"

斗伊说:"先让我看看是什么。"

林晓把盒子藏到怀里说:"反正你也没什么兴趣嘛。"

斗伊急了,说:"我又没见着是什么东西,怎么知道有没有兴趣呀!"

林晓继续躲着斗伊说:"送礼的人你不是没兴趣吗,那还对送的什么礼那么起劲儿干吗?"

斗伊一把从背对着她的林晓手里夺过盒子说:"又不是送你的,你那么起劲干吗!"斗伊打开盒子,盒子里有张卡片,下面是一格一格精致的手工巧克力。

林晓把头凑过来说:"这个高灿宇,不是成心想让你体型走样吗? 好家伙,这一盒子吃下去,得多少卡路里呀!"

斗伊说:"要你管!"

林晓说:"我帮你吃掉点吧。"

斗伊的手机短信铃声响了一下，斗伊打开手机，一条短信跳了出来，高灿宇的声音说："金斗伊，按照约定，我不送花了，也没打电话，这样可以了吧？"

斗伊看着短信，抿嘴笑了一下，还没放下电话呢，又一个短信发了过来。斗伊打开，高灿宇的声音说："金斗伊，饭我还是得请的，谁叫我上次迟到了呢！"

斗伊恨恨地关上手机，把巧克力塞到林晓怀里说："给你吃！胖死你。"说完就走出休息室。

林晓对着斗伊的背影说："国外最新的研究表明，巧克力是减肥的！斗伊你真的不吃啊！那就真的归我吃喽？好，开始瘦身！"

第二十七集

1.

夜,内,延吉市。

剧场。

化妆间。

演出结束,斗伊回到化妆间,英花过来帮斗伊卸妆。

斗伊说:"二姨,谢谢你。"

英花一笑说:"有什么好谢的,每次看你在舞台上表现得那么出色,我都特别地高兴。你把我编的舞中想表达的内涵全都释放出来了,我应该谢谢你,斗伊。"

斗伊不好意思地说:"二姨,你每次都夸我,你应该像二姨父那样,一有不对的地方,啪啪啪一拍手说,眼神呢? 跑哪里去了? 都出了咱延边啦! 你还想走出国门啊!"

英花笑了,说:"你姨父年轻的时候可没这么活泼,那时候一做错动作什么的,就是把人叫到办公室里去训话,嗓门可大了!"

门口有人敲门,说:"金斗伊,你的花篮!"说着有个人把花篮搬了进来。

斗伊眉头一皱,说:"怎么又送来了!"

英花看了看花篮上的附着的卡片,上面写着洪吉龙的名字,她轻轻叹了口气。

斗伊也凑过来看,发现不是高灿宇送的花篮,这才松了口气,说:"二姨,你认识这人吗? 他怎么老送花篮啊!"

英花说:"我上次不跟你说了嘛,是你爸的老朋友,十几年的合作伙伴。"

斗伊说:"那个韩国老板?"

英花说:"是。以前他不知道你是金正浩的女儿,后来从我这儿知道了,就特别喜欢看你的演出,经常来,每次看完就想表表心意。"

斗伊说:"哪儿是经常来啊! 我看这花篮每次演出都会送来,弄得团里那些人都以为他是我的追求者呢。"

英花说:"我得让你爸跟他说说,别送了。这确实很容易让人误会的。"

斗伊说:"那谢谢二姨了。"

英花说:"我记得每次演出完都有两个花篮摆这儿的,今天怎么就一个了? 对了,那个花篮是谁送的?"

斗伊脸一红,没说话。

英花猜出了七八分,说:"是追求者?"

斗伊说:"我也跟那家伙说了,别再送来了,恶俗!"

英花说:"你不喜欢这人?"

斗伊说:"也说不上不喜欢,就是碰到一块就吵,我跟他认识也是吵出来的。"

英花一笑说:"这叫不打不相识嘛。小伙子做什么工作的?"

斗伊说:"外贸公司的,是郊游的时候认识的。那个家伙唱歌唱得很好,都赶上准专业水平了。我问他跟谁学的,他说是跟他爸,他爸过去在公社演出队待过,据说还是个队长呢!"

英花的笑容凝住了,说:"他叫什么名字?"

斗伊说:"叫高灿宇。"

门外有人喊:"金斗伊,有人送东西来!"

斗伊应了一声走出化妆间。

英花陷入沉思,自言自语说:"高灿宇,高峻皓,演出队队长,难道是高峻皓的儿子? 不会这么巧吧。"

2.

夜,内,延吉市。

剧场后台。

斗伊目瞪口呆地看着面前将近一人高的绒毛玩具熊。

林晓和其他演员都好奇地围在玩具熊的旁边,这个摸摸哪个捏捏,嬉笑着议论纷纷。林晓羡慕地抱一抱绒毛熊说:"怎么这么可爱呀! 还软乎乎的,晚上抱着睡觉肯定很舒服。"

斗伊的手机响,有短信来。

斗伊把手机打开来,高灿宇的声音说:"抱着它的时候就想到我,祝贺你演出成功!"

斗伊立刻拨打高灿宇的手机,气恼地说:"高灿宇,你给我接电话!"

3.

夜,外,延吉市。

剧场外停车场。

高灿宇靠在车边,正高兴地看着铃声响个不停的手机。他接听电话说:"金斗伊,我就知道你会来电话的。毛毛熊喜欢吗?"

斗伊的声音很响,说:"高灿宇,你什么意思啊! 我不是说了不让你送了吗?!"

高灿宇说:"对呀,你不让我送花和花篮,我就没送了啊,你看我多讲信用啊!"

4.

夜，内，延吉市。

剧场后台。

斗伊躲在一个没人的地方在打手机，从这里可以看到后台里的情形。英花也出来看那只绒毛熊。

斗伊说："你的理解力有问题吗？你的智商还停留在小学水平吗？你是个头脑健全的男人吗？你把我的话当成什么啦？根本就不需要理会的闲言碎语吗？"

5.

夜，内，延吉市。

剧场停车场。

高灿宇说："我很理解你说话的内容，像送花这种讨好世俗女人的拙劣伎俩是打动不了我们高傲的斗伊小姐的芳心的。我已经读完了小学至大学的所有课程，而且工作四年，业绩良好，所以我相信我的智商发育应该没有在小学时就停止不前。我听说不管男人和女人，只要是在谈恋爱，头脑就会变得不太清晰，因为有句话叫作被爱情冲昏了头脑，我现在可能就属于这种症状。"

电话那头斗伊的声音似乎很大声，高灿宇夸张地把手机从耳朵边上挪开了一会儿，听那头停下来了，这才说："你说的所有话我都当作金玉良言在心里珍藏着，但是否每一样都得执行这得看我的意愿，偏巧我现在是有一些头脑发昏经常会做些冲动的事。斗伊，要是你觉得那礼物不够好，我下次一定改进。"

6.

夜，内，延吉市。

剧场后台。

英花看看围来观看绒毛熊的演员越来越多，剧院的人也探头探脑来看，叹了口气,叫斗伊说:"斗伊,把你的礼物搬到化妆间去吧。"

林晓赶紧说:"我来吧。"说着迅速抱着绒毛熊跑进斗伊的化妆间。

英花叫斗伊说:"斗伊,斗伊!"

斗伊无奈地挂上电话,走了出来。

英花说:"告诉你的那个追求者,以后不要再送这些稀奇古怪的东西到剧院来了,你看这乱哄哄的。"

斗伊小声地说:"二姨,我知道了。"说着转身往自己的化妆间走。

英花看看斗伊的背影,想要叫住她,可又打住了。她满腹心事地看着斗伊进了化妆间,门关住了。

7.

夜,内,延吉市。

剧场后台,斗伊的化妆间。

林晓一看斗伊走进屋,忙问:"斗伊,这个你也不喜欢吗? 那就送我得了。"

斗伊坐在椅子上,手捂着脑袋,突然"啊——"地叫了一声,说:"烦死了!"

手机的短信铃声响了一下,高灿宇又发短信过来了。

斗伊打开短信看,高灿宇的声音说:"对不起,斗伊,我做这一切都只是因为我爱你,如果你不喜欢,我真的很抱歉。我只是不甘心就这么从你的视野中消失,如果,我还没有被你讨厌到举起棍子就想把我砸死的话,请尝试着跟我交往吧,当你实在无法接受我的时候,我会全身而退的,我保证。"

林晓说:"是他发来的吗? 说什么?"

斗伊没有理她,回了一条短信说:"你让我考虑考虑。但请让我安静两天,谢谢。"

林晓看了看短信说:"啊? 明天吃不上巧克力了。"

8.

夜,外,延吉市。

剧院停车场。

高灿宇在看斗伊刚刚发来的短信,满脸的喜悦。

他转头看了看剧院,充满信心地说:"金斗伊,在你接受我以前,我是不会放弃的!"

9.

日,外,延吉市。

州歌舞团排练厅。

李珉基和英花正在为演员们排演新版的《千年阿里郎》。

斗伊在领舞时似乎有些精神不集中。英花和李珉基都注意到了。

李珉基拍拍手说:"好,今天就到这儿吧。我再给大家强调一下,这部《千年阿里郎》是我们州歌舞团的主打节目,是当年我们延边著名的歌舞编导金英善老师的遗作。现在排演的这个版本是我们团的编导也是金英善老师的学生许英花跟我共同改编的。我们准备把这台歌舞作为今年春节晚会的献礼节目推出去,意义重大,希望每一位团员都能集中精力,全力以赴!好,解散吧。"

斗伊和林晓正要走出排练厅,英花叫住斗伊说:"斗伊,你留一下。"

斗伊低着头来到英花和李珉基跟前,鞠了一躬说:"二姨父、二姨,我知道你们留我是为什么,对不起,我今天注意力不太集中,很多动作没跳到位,感觉也不对。"

英花说:"是因为谈恋爱的关系吗?"

斗伊摇摇头说:"不是,二姨,我还没谈恋爱呢。"

英花说:"你不是有一个追求者叫高灿宇吗?"

斗伊说:"二姨,他跟我什么关系都没有,怎么就谈上恋爱了呢!"

李珉基好奇地说:"斗伊,我听说这个人天天给你送花?前两天剧团演出,他给你送了个一人高的绒毛熊,弄得后台大乱呢。"

斗伊说:"他已经不送东西了,这两天我们也没联系。"

英花听了斗伊这话,表情一下子变得轻松了许多,说:"斗伊,要不是谈恋爱的关系,那是因为什么呀? 怎么状态那么差?"

斗伊说:"我也不知道,反正这两天空落落的,老是走神。"

李珉基对英花说:"可能是前段时间高密度的演出落下的后遗症,有时候太累了也会精神集中不起来的,好好休息两天就没事了。"

英花说:"那好吧,这两天尽快调整状态,老这样迷迷瞪瞪的可不行。早点回去休息吧。"

斗伊又一鞠躬,说:"对不起,让你们担心了。"

10.

日,内,延吉市。

州歌舞团。

更衣室。

正在换衣服的林晓看斗伊走进来,关切地问:"怎么,挨批啦? 我看你今天怎么有点失魂落魄的?"

斗伊说:"有那么明显吗? 我二姨和二姨父虽然什么都没说,可我心里突突的。"

林晓说:"反正看得出来你心里有事。不过话说回来,你已经两天没收到快递了! 哦,不对,今天是第三天,看架势应该不会再有人送什么东西来了吧。"

斗伊说:"还两天三天呢,你记得这么牢干吗?"

林晓说:"那盒巧克力我前天就吃完了,我昨天以为会再送来呢,结果没来,今天又没来。真的的,高灿宇这家伙怎么这么没耐性! 才碰了几个钉子呀就往回缩,电话不来,短信也没有,太没诚意了!"

斗伊说:"他不送东西不来联系我高兴还来不及呢,你少在边上煽风点火的。给你吃了一整盒已经够意思了,贪心不足!"

林晓说:"那个绒毛熊干吗不给我? 你又不喜欢! 我都央求你好几次

了,是不是因为太贵了不舍得给我啊?"

斗伊说:"去去去,人家又不是送你的,干吗要给你!"

林晓说:"吃饯药啦? 火气这么大。是不是连着三天没收到东西心里不舒服了?"

斗伊说:"烦不烦啊你! 别老拿他说事行不行? 我真怀疑他是不是把你买通了,有事没事就把他挂在嘴边上。我走了!"换好衣服的斗伊转身就要出门。

林晓说:"斗伊,我今天才发现你这个人忒虚伪。"

斗伊说:"你说什么! 这是朋友说的话吗?"

林晓说:"就因为是朋友我才这么说! 明明对人家有好感嘴里抵死不肯承认,明明喜欢人家送的东西非要装着不屑一顾,明明心里想人家送你东西说喜欢你,却关门闭户不让人家进来,你累不累啊你!"

斗伊说:"你胡说八道什么呀! 我什么时候对他有好感了? 什么时候喜欢他送的东西啦? 什么时候又想他了? 林晓,你透视眼啊! 少打着朋友的旗号在那里指手画脚!"

林晓说:"哼,这叫旁观者清! 自个琢磨去,我走啦。拜拜!"

斗伊气得跺了一下脚。

11.

日,外,延吉市。

州歌舞团大楼。

斗伊一个人走出大楼,心情显得很烦躁。走出大门刚没几步,一个人拦在了她面前。

高灿宇笑吟吟地看着斗伊。

斗伊说:"你来干吗? 不是说了不联系了吗?"

高灿宇说:"是啊,可两天的静默期已经截止啦,可以给我答复了吗?"

斗伊说:"答复什么呀?"

高灿宇说:"做我那位呀!"

斗伊说:"什么那位?"

高灿宇说:"嗯,对象、女朋友、Girl friend、准媳妇儿、预备役老婆,哪个好听就是哪个了!"

12.

日,外,延吉市。

州歌舞团大楼门口。

斗伊生气地在前面走,高灿宇紧跟着说:"斗伊,你别生气嘛。我只是想给你开个玩笑调剂一下气氛嘛。"

斗伊说:"不好意思,偏巧我是那种开不起玩笑的人!"

高灿宇说:"糟了,我忘了我们斗伊是高傲的天鹅了。那我向你道歉,下次我绝不再开这种低俗的玩笑。"

斗伊说:"下次? 我们有必要再见下次吗?"

高灿宇说:"为什么没必要? 为见你,我准备了好多节目,吃饭,喝咖啡,泡酒吧,唱歌,跳舞,噢,对了,你的专业就是跳舞,跳了整一天肯定累了。斗伊,我们去哪里?"

斗伊说:"你说得没错,我跳了一整天,累了,我要回家!"

高灿宇有点失望,但还是很殷勤地说:"那我开车送你。"

13.

日,外,延吉市。

州歌舞团大楼。

英花和李珉基走出大楼,英花突然停住了脚步,吃惊地望着一处。

李珉基不知所以,问:"英花,看什么呢?"他顺着英花的目光看到斗伊和一位小伙子走向停车场。

高灿宇打开车门,让斗伊上车。当他转到驾驶室一侧准备上车时,英花看清了他的脸。英花由吃惊转为震惊,心里喃喃地说:"真像! 难道真的是高峻皓的儿子?"

李珉基乐呵呵地看着前面的那一幕,对英花说:"这丫头,明明谈了朋友居然还瞒着我们。"他转头看看英花,觉得她神色不对,忙问:"英花,你怎么啦?"

14.

傍晚,内,延吉市。

某咖啡厅。

斗伊和高灿宇面对面坐着。

斗伊说:"不是送我回家吗,把我拉到这儿来干什么?"

高灿宇说:"我等了那么久才见到你,想多看你一会儿,顺便请你喝点什么。"

斗伊说:"有什么好看的,我又不会给你摆什么笑脸的。"

高灿宇一笑说:"可我会,我一见到你整个人都会变得很灿烂。"

斗伊忍不住想笑,说:"贫嘴!"

高灿宇看着斗伊绽开的那一点笑意,高兴地说:"我就是那种给点阳光就灿烂的家伙,幸福感来得很容易,但能让你笑还真是不容易。"

斗伊说:"你会意错了吧! 我笑是因为觉得你很可笑。"

高灿宇说:"我可没这么觉着,打你一看到我眼里就都是笑,你想见到我对不对?"

斗伊说:"见过脸皮厚的,可真没见过你这种没皮没脸的。我干吗想见你?"

高灿宇说:"因为你开始对我有感觉了,心里开始挂念我了。"

斗伊说:"我为什么要挂念你? 为了你送的那些俗得没边儿的花? 还是因为那盒巧克力? 还有那一人高的绒毛熊?"

高灿宇说:"不,因为你让我两天里面不要打扰你,那我就遵命消失了两天。可你发现那个你原本以为很讨厌的人突然变得很重要,你希望见到他,听到他的声音,或者是发来的信息,或者是他下一个送来的出乎意料的礼物。总之,这个人已经变得不那么讨厌了,你甚至觉得自己其实是有点喜欢他的,不是吗?"

斗伊盯着高灿宇看了半天,说:"跟你在一起谈话的时候,我突然觉得,在这个世上我最讨厌的——就是你!谢谢你的咖啡。"说完站起来就走。

高灿宇急忙站起来跟上说:"斗伊,我道歉,我知道我又说错话了是不?"

15.
夜,内,延吉市。
英花家。
英花坐在梳妆台前,默默地想着心事。
她开始回忆。
闪回:

夜,内,延边某公社。
高峻皓办公室。
高峻皓打开门,一把将英花拉进办公室,抱住英花就要亲她。
英花挣扎着……
门砰的一声被用力踹开,洪吉龙站在了门口。

夜,外,延边某公社。
林带边上的小路。
高峻皓、洪吉龙、英花走在小路上,突然从小路边窜出三个人,拖住洪吉龙就打。

英花刚要叫喊,高峻皓捂住她的嘴就往林子里拖。英花拼命挣扎着……

英花狠狠地咬了一口高峻皓捂着自己嘴的手。高峻皓痛地喊了一声,松了手。英花接着抓起一把雪使劲抹在高峻皓的眼睛上,从他身体下面爬了起来。刚逃了两步,又被高峻皓一把抓住。

洪吉龙拿着那根粗树干,满脸是血地奔了过来……

英花的泪涌了上来。她咬着牙对自己说："如果真的是高峻皓的儿子，那怎么办？"

16.
日，内，上海。
陈母家。
海玉在和陈母谈话。

海玉说："爸爸走的那天，我正在医院里生孩子。所以没法跟志宏一起来给爸爸送行，请妈妈您多原谅。"

陈母说："唉，都这么多年了，不提他了。你们走了后，我一直觉着亏欠你们的。不过还好，文俊十六岁那年根据上海政策落了户，在上海读完高中，大学，又进了那么大一家会计师事务所，这才让我有那么点安慰。"

海玉说："文俊这些年真是让您费心了。"

陈母说："我倒是没费什么心，都是他费心在照顾我。"

海玉一笑说："妈妈，志超兄弟还好吧？"

陈母叹口气说："你阿爸走了的那天，他来了。据说跟着别人一起做生意，结果做一笔赔一笔，到那会儿就已经把老本赔光了。前几年炒股票好像被套牢了，又把他那栋大房子也卖掉了，现在是租房子住，吃的是街道的低保。他现在倒是经常来看我了，也无非是揩点油，想我老太婆的退休金和你们寄来的生活费有点结余，能周济他点。"

海玉说："真没想到他现在混得那么惨。不过，生意不是像他那样做的。靠歪门邪道做生意，那是怎么也长久不了的。"

陈母说："唉！就是他，现在让我烦心啊！我听秀妍说，海玉你在延吉有一家很大的歌舞厅？"

海玉说："是，在延吉市里也是数一数二的歌舞厅了。这次我到上海来，就是想要再到上海来发展的。"

陈母说："噢，好的呀！那你也打算在上海开个歌舞厅吗？"

　　海玉说:"没有,我准备在上海搞一个大饭店,既有我们朝鲜族的歌舞,又有朝鲜和韩国特色的料理。"

　　陈母高兴地说:"喔哟,灵咯灵咯! 到时候我一定要去看看。"

　　17.

　　日,内,延吉市。

　　州歌舞剧团大楼。

　　排练厅。

　　排练结束,李珉基在做总结说:"大家表现得都很好,领舞值得表扬,有两段舞蹈发挥得非常出色,充分地掌握了舞蹈语言的内涵和韵味。好,今天先到这儿,散了吧。"

　　斗伊受到了表扬很高兴,走到李珉基和英花面前鞠了一躬,准备离开。

　　英花叫住斗伊说:"斗伊,你到我办公室来一趟。"

　　斗伊和李珉基看英花满脸严肃的样子都有些奇怪,互相看了看。李珉基冲着斗伊扬了扬下巴,意思是你快跟着去吧。斗伊只好忐忑不安地跟着英花走出排练厅。

　　在那里等着斗伊的林晓看着斗伊和英花离开,也有些莫名其妙。

　　18.

　　日,内,延吉市。

　　州歌舞团大楼。

　　英花的办公室。

　　英花说:"斗伊,告诉我你是不是在谈恋爱?"

　　斗伊说:"二姨,我没有啊。"

　　英花说:"怎么会没有? 昨天你姨父和我都亲眼看到的! 开车来接你的小伙子是不是那个叫高灿宇的?"

　　斗伊说:"是。"

　　英花说:"他做什么工作的?"

斗伊说:"我上次不是说了吗,他是外贸公司的。至于具体做什么我也不是很清楚,好像是某个科室的小组长什么的。"

英花说:"他的父亲叫什么名字?"

斗伊有点不高兴了,说:"二姨,我说过我没跟他在谈恋爱,更不知道他父亲叫什么!再说了,就算我要跟他谈,我也不会马上去问他的父亲是谁妈妈叫什么的呀。"

李珉基这会儿推门进来,一看这阵势也说:"英花,你这是干什么呀?斗伊谈恋爱,只要不影响工作就让她去嘛,这是好事呀。"

英花说:"我就是想知道那小子的父亲是谁!"

斗伊说:"二姨,我不知道高灿宇的父亲是谁!我也没打算跟高灿宇谈恋爱,那我就更不需要知道他父亲是谁了。你叫我来要是就问这事的话,那现在我可以走了吗?"

李珉基说:"斗伊,你先去吧。"

斗伊说:"二姨父、二姨,再见。"

李珉基见斗伊离开了办公室,忙到英花的身边问:"英花,你到底怎么啦?从昨天开始情绪就不对。究竟什么事,你跟我说。"

英花眼里的泪流了出来,说:"我怀疑追咱们女儿的那个高灿宇,他父亲就是过去演出队欺侮过我的那个队长高峻皓。当初我被他弄得好惨啊!如果真的是,我绝对不会让他们交往的!"

19.

日,内,延吉市。

州歌舞团大楼。

更衣室。

斗伊进了更衣室,林晓上前问:"怎么啦?刚李导演不是还表扬你吗?怎么转眼又被叫到办公室去了。"

斗伊说:"从现在起,不要和我说话,不要跟我提高灿宇,不要说任何跟他有关的一切事情!我脑袋都快炸了。"

林晓看着斗伊气急败坏的样子,委屈地说:"我什么也没说呀。"

斗伊在换衣服,手机铃声响了。斗伊腾出手接手机。

手机里传来高灿宇的声音说:"斗伊,下班了吗?我在楼下等你。"

斗伊恼怒地说:"高灿宇,你走吧,我不想见你。"

高灿宇说:"怎么回事?为什么突然这么说?把人一棍子打死也总得有个理由吧。"

斗伊说:"我们家里有人不希望我们交往。"

高灿宇说:"是谁?你父亲吗?"

斗伊说:"仅次于我父母的人。你别再问了,反正我是不会再跟你见面的。"

高灿宇说:"这个理由太牵强,我不接受!"

斗伊说:"随便你,我挂了。"

手机刚挂掉,铃声又响起来了。斗伊看了下手机,接电话说:"你别再打电话给我,以后你的电话我不会再接了。"

高灿宇的声音说:"我要见你,这种话你得当面跟我说。"

斗伊说:"既然不想跟你交往了,干吗非得见面说呢?你知道结果不就行了?我说了我不会见你的。"

高灿宇说:"可我要见你!我就在门口等,你不出来我就一直等下去!"

斗伊说:"随便你!"恨恨地摁下手机键,眼里满是泪水。

20.

日,外,延吉市。

州歌舞团大楼。

大楼里陆陆续续走出下班的人,高灿宇站在门口等着斗伊出来。

林晓从大楼里出来,高灿宇一见就迎了上去。

林晓说:"你别等了,她是不会见你的。"

高灿宇说:"为什么?我刚刚看到了点希望,怎么说不见面就不见面了呢?"

林晓说："我也不清楚。刚才斗伊被我们编导叫到办公室里谈话，一出来就成这样了。"

高灿宇说："你们编导不让斗伊谈恋爱？凭什么啊？编导还管到这方面来啦！"

林晓说："你火气也别往上蹿，我刚刚已经被火燎了一把了。我们编导是斗伊的二姨，导演是她的姨父，你明白了吧？"

高灿宇说："不明白！二姨怎么啦？她还能管到斗伊谈恋爱上来？这管得也太宽了吧！"

林晓说："我不知道，不过……"林晓的眼睛突然瞥到英花和李珉基正从大楼里出来，赶忙说："我走了，你好自为之。"说着匆匆走掉了。

高灿宇想叫住林晓，可他马上反应到即使叫住她也没用，只好转过身继续在门口等。

从大楼里出来的英花一看到高灿宇就径直朝他走来。李珉基想了想，跟了过来。

英花说："小伙子，你叫高灿宇吗？"

高灿宇一见英花，先是一愣，但很快就从英花的相貌上反应过来，一鞠躬说："我是高灿宇，您是斗伊的二姨？"

英花点头，说："你过来，我有话要问你。"

21.

日，外，延吉市。

州歌舞团大楼。

大楼附近的花坛边。

英花和高灿宇在谈话。

英花说："你在追求斗伊？"

高灿宇说："是。阿姨您怎么知道？"

英花说："你的父亲过去在红光公社演出队当过队长？"

高灿宇说："龙井的南山公社，现在是南山乡。"

英花的身子晃了一晃,她很快地稳定了自己说:"你父亲是不是叫高峻皓?"

高灿宇怔怔地看着英花,说:"是……您认识我父亲?"

英花没有回答,沉默了一会儿说:"高灿宇,你不要再追求斗伊了,而且绝对不行!"

高灿宇说:"能告诉我为什么吗?"

英花说:"回去问你的父亲。你说这话是许英花说的,我不相信他记不住我。"英花说完转身就走。

李珉基开着车过来,英花上车走了。

高灿宇呆呆地望着车子离开。

天色渐渐地昏暗下来。

22.

黄昏,外,延吉市。

州歌舞团大楼。

斗伊无精打采地走出大门,门外一个人突然蹿过来抓住了斗伊的手腕。

斗伊吓了一跳,扬起手就想打。

那人说:"金斗伊,是我!"

斗伊一看是高灿宇,说:"你怎么还在这儿?"

高灿宇说:"我说了,你不出来我就一直等下去,男人说话不作数算什么男人!"

斗伊说:"你等在这儿又能怎么样? 我说了,我们俩成不了!"

高灿宇说:"我不管你二姨跟我爸到底有什么过节,但他们是他们,我们是我们,现在是什么时代了,凭什么要我们为上一代的恩怨背黑锅?"

斗伊说:"你见过我二姨了?"

高灿宇说:"见了,跟你很像。她知道我爸的名字,叫我不要再追你了,还说绝对不行! 我问为什么,她说让我去问我爸。"

斗伊说:"那你干吗不去问?"

高灿宇说:"问当然要去问,但在这之前我必须得见你一面。"

斗伊说:"现在见着了,你可以走了。"

高灿宇说:"我还得问你一句话。"

斗伊说:"你说。"

高灿宇说:"金斗伊,你对我真的一点感觉都没有吗?"

斗伊看着高灿宇祈求的眼神,认真地思索了好一会儿,摇摇头含着泪说:"我不知道……"

23.

夜,内,延吉市。

英花家。

李珉基对英花说:"英花,我觉得你对斗伊的事干涉得太粗暴了。"

英花说:"不,你知道那个高峻皓对我的伤害有多深吗? 我一看到高灿宇就想起高峻皓那副蛮横霸道充满邪气的嘴脸,我怎么能让我的女儿嫁给这种人呢!"

李珉基说:"你不能把父亲的过错推到孩子身上。我看那小伙子的脸长得很正啊,没你说的那种邪气。"

英花说:"不,反正我是不会同意斗伊跟那小子交往的! 只要一想到他是高峻皓的儿子,还要和斗伊谈朋友! 我就浑身发冷。"

李珉基叹口气说:"斗伊不是说还没跟他谈吗? 就算是谈上了,我们也没法阻止他们啊。"

英花说:"为什么?"

李珉基手一摊说:"表面上我们还只是斗伊的姨父姨妈,有什么资格去阻止呢?"

24.

夜,内,延吉市。

正浩家。

正浩,贞玉和斗伊正在吃晚饭。

正浩问贞玉说:"怎么样? 外贸公司那边给你派来的助手还行吗?"

贞玉一笑说:"一个毛头小子,做事情虽然认真,可有时候就是让人有些不太放心。"

正浩说:"闯祸了吗?"

贞玉说:"没有,可有时候有点心不在焉的,尤其是下午,眼睛老瞅着手表,就好像是催着我下班似的,这一点我不太喜欢。"

正浩说:"是吗? 什么时候碰着了我要跟他谈一谈。这小子第一次上厂里来就把我的车给擦了一下,确实够毛毛糙糙的。"

贞玉说:"是嘛,雪梅怎么派这么个人来? 至少应该找个稳重点的啊!"

斗伊说:"爸、妈,我吃完了,我先进屋了。"

贞玉说:"斗伊,你今天怎么啦? 遇见什么不高兴的事了吗?"

斗伊说:"没什么,就是觉得挺累的。"

正浩说:"那就早点休息吧。不过斗伊,跳舞也是个耗费体力的运动,吃得太少营养跟不上也不行啊,当心明天在舞台上跳不动了。"

斗伊说:"我吃不下了。"

贞玉说:"那明天叫大婶早上给你做点你爱吃的补一补。"

斗伊应了一声进了屋。

25.

夜,内,延吉市。

斗伊的房间。

斗伊一进房间就倒在了床上。屋子的一角半坐着高灿宇送她的那只绒毛熊,斗伊盯着绒毛熊的眼睛。

斗伊脸上时而轻笑一声时而又是沉思状,美丽的眼睛里透出了一汪深情。

斗伊翻身坐起,打开手机上:"林晓,咱们聊聊吧。"

林晓说话的声音嗡嗡的,明显嘴里塞满了东西,说:"你说吧。"

斗伊说："你又在吃啊！你那体型迟早要走样。"

林晓的声音说："吃是我人生中最大的乐趣！不让我吃那比死还难受。到底什么事,快说吧！我喜欢的那个电视剧马上就要开始了。"

斗伊犹豫了一会儿,说："你出来吧！我们喝咖啡去。"

林晓："不要！咖啡和喜欢的电视剧是不对等的。如果是冰激凌屋那我还能考虑考虑。"

斗伊说："馋死猫！出来吧。"

26.

夜,内,延吉市。

高峻皓家。

高灿宇推门进屋。

高峻皓和郑雪梅都坐在客厅里看电视。

郑雪梅说："灿宇,饭吃过了吗?"

高峻皓板着脸说："怎么这么晚回来?"

高灿宇说："爸,我要跟你谈谈。"

高峻皓说："你怎么用这种口气跟你爸说话? 我的问题你还没回答呢!"

高灿宇说："我回来晚跟要和你谈的事情有些关系。所以请您回答我,爸爸您认识一个叫许英花的人吗?"

高峻皓先愣了一下,然后想起来了,有些不自然地说："许英花? 啊,我记得。怎么啦?"

郑雪梅一听到许英花的名字也有些吃惊,看着高灿宇。

高灿宇说："你跟她有什么关系?"

高峻皓说："什么……什么关系? 在红光公社,她是演员,我是演出队的队长,还能有什么关系! 你这小子,在胡问什么?"

郑雪梅说："这个许英花,家里是不是住在靠山屯?"

高峻皓说："好像是。雪梅,你也认识?"

郑雪梅说："我下乡插队,最先到的就是靠山屯。现在我想起来了,这许英花长得非常漂亮,舞也跳得非常好。儿子为什么问这话?难道你跟许英花有点什么关系?"

高峻皓说:"你们娘儿俩怎么啦?串通好的吗?许英花跟我有什么关系?"

高灿宇说:"我爱上了一个姑娘,可她的姨妈不同意我们交往,我问她为什么,她说让我来问你。"

高峻皓说:"问我?问我什么!"

郑雪梅说:"灿宇,你是说你爱上的那个姑娘是许英花的外甥女?她叫什么名字?"

高灿宇说:"她叫金斗伊,是州歌舞团的舞蹈演员"

郑雪梅呆了呆,说:"金正浩的女儿?这世界真小。"

高灿宇说:"妈,你认识斗伊的父亲?"

郑雪梅说:"岂止是认识,我还知道金斗伊是被金正浩夫妇收养大的。"她突然反应到什么,盯着高峻皓说:"高峻皓,你做过什么对不起英花的事吗?"

高峻皓急了,说:"你们这是干什么?审问犯人吗?"

郑雪梅说:"你儿子爱上了英花的外甥女,她却要阻止他们交往,而且这个佤女还是被英花的姐姐收养的。她告诉灿宇原因在你这儿。你倒是说说,是什么原因?"

高峻皓恼怒地说:"你到底在怀疑什么?我是那样的人吗?"

郑雪梅摇摇头说:"高峻皓,别看你现在是外贸公司的副把手,你在公社宣传队的传闻我也听过一些。演出队的事我不知道,可我也能猜出个大概。那时候的许英花年轻漂亮,舞又跳得那么好,我就不相信你没对她动过歪脑筋。"

高峻皓一拍桌子,说:"郑雪梅,你别在孩子面前诋毁我!"

郑雪梅说:"那你就在灿宇面前把事情说清楚,英花为什么要阻止灿宇跟金斗伊来往?"

高灿宇说:"爸爸,请告诉我斗伊的姨妈为什么这么恨你?"

高峻皓一时不知道该怎么说,狠狠地一擂桌子说:"混蛋东西! 我怎么会知道!"

27.
夜,内,延吉市。
正浩家。
斗伊走出屋子,对正浩和贞玉说:"爸、妈,我出去一趟。"
贞玉说:"有事吗?"
斗伊说:"嗯,跟林晓约好了碰头,很快会回来的。"
贞玉说:"别太晚了。"
斗伊点了点头,走了出去。
不一会儿,急急的敲门声响起。
贞玉打开门,英花冲了进来。
英花一下子跪倒在正浩面前说:"哥,请让我认女儿吧!"

28.
夜,内,延吉市。
正浩家。
英花突然跪在正浩面前说:"哥,请让我认女儿吧!"
正浩和贞玉都愣住了。
贞玉赶紧走上前把英花搀起来。
正浩说:"英花,发生什么事了吗?"
英花说:"我要让斗伊知道,她是我女儿,我是她的亲妈!"
正浩说:"这事我们不是早就答应你了吗? 你什么时候都可以告诉她! 但到底发生什么事了,你得告诉我们呀。"
英花说:"斗伊呢?"
贞玉说:"出去了。"
英花说:"肯定是去跟那个人约会了!"她的泪一下子涌了出来,说,"我不能再这样下去了,看着斗伊就那么一步一步被吸引到那样个人的儿子身边,我绝对不能接受!"

正浩和贞玉都很吃惊,正浩说:"斗伊说是和林晓那姑娘碰头,没说跟什么人约会呀。英花,你的意思是说斗伊谈恋爱了? 不过她这年纪,也该谈了。怎么啦?"

英花点点头说:"哥、嫂子,斗伊是在谈恋爱,我看得出来! 如果她是跟别的什么人谈我会很高兴,可偏偏和她交往的人,是我最厌恶最痛恨的家伙的儿子!"

正浩说:"你说的那个跟斗伊交往的人,是谁的儿子?"

英花说:"就是在红光公社演出队一直骚扰我想欺侮我的那个演出队长高峻皓的儿子! 我没法接受这样的现实,我的亲生女儿,居然跟一个我想起来就恨之入骨的人的儿子谈恋爱!"说着,伤心地哭起来。

正浩说:"所以你希望能以母亲的身份阻止她?"

英花点了点头。

正浩想了想,摇摇头说:"英花,我的意见是,孩子的个人问题,应该有他们自己的选择。现在是什么年代了,父母还要干涉,而且这种干涉会有效吗? 当然,你想认女儿,这是另一回事。"

英花有些歇斯底里地喊:"但我不允许! 哥、嫂子,你们得帮我!"

第二十八集

1.

夜,内,延吉市。

高峻皓家。

郑雪梅对高峻皓说:"这可真是蹊跷啊!你说你不知道,那姑娘的姨妈却说你知道!老高啊,这里面不会真有什么你说不清的原因吧?"

高峻皓说:"行,我说!我是演出队队长,她是个演员。就算我在那时候哪里得罪她了,她不愿意让她外甥女嫁到我们家来,那灿宇你就另找一个好了!这世上好姑娘多得是!"

高灿宇说:"可我这辈子就只爱这一个!"

郑雪梅说:"你听到了吗?灿宇就只爱金斗伊这一个姑娘,要是你不把事情原委讲出来,你的独生子这辈子的幸福就会被你的这个秘密给遮住了。"

高峻皓唰地一下站起来,说:"够了!我不跟你们在这里胡搅蛮缠,我睡觉去了!"

看高峻皓离开客厅,高灿宇有些着急,对郑雪梅说:"妈,你真的认识斗伊的姨妈?"

郑雪梅说:"是,不过不是很熟。可她爸爸妈妈却是我的好朋友,灿宇你应该见过的呀。"

2.

夜,内,延吉市。

某甜品屋。

林晓兴高采烈地看着面前的冰激凌,搓着手准备开吃。

斗伊说:"见过爱吃的,没见过你这种要吃不要命的!"

林晓说:"谁说我不要命了,没命怎么吃啊? 什么话,快说!"

斗伊说:"我好像爱上高灿宇了。"

林晓说:"是吧是吧! 嘴上抵死不承认,心里早就开始活动了! 你那两天失魂落魄的,这以为能瞒得了别人啊!"

斗伊说:"可是……我遇到了点阻力。"

林晓说:"什么阻力? 你爸妈不同意?"

斗伊说:"我爸妈还不知道呢。是我二姨,咱们的艺术指导。"

林晓一愣,说:"许老师? 她掺和进来干什么?"

斗伊说:"听二姨的话里,好像她跟高灿宇的爸爸有什么过节。"

林晓说:"那又怎么样? 是你谈朋友呀! 照理说你爸妈都不应该干涉,更何况许老师呢? 她也不过是你二姨嘛。"

斗伊说:"话是这么说,可是父母长辈的意见你还是得尊重啊!"

林晓说:"那他们也得尊重你呀! 粗暴地干涉你的恋爱自由就是对你的不尊重。"

斗伊说:"但他们终归是我的长辈,一个不被长辈们认可和祝福的爱情是很难走得长远的。"

林晓说:"啊哟,看不出你这人还真是婆婆妈妈的! 你要这态度,那还找我谈什么劲儿啊! 人活在这世上,就得按自己的想法活! 一天到晚看别人的脸色,累不累啊! 不跟你说了,我的冰激凌都快化了!"

斗伊叹了口气,说:"我也想按自己的想法活,可我又不是生活在真空里,不受别人的影响是不可能的。"

林晓说:"那高灿宇实在太可怜了,你要真的因为许老师的反对就把他拒之千里,那可枉费人家对你的一往情深哪!"

3.

夜,内,延吉市。

正浩家。

正浩说:"这件事拖得也太久了。英花,你随时都可以告诉斗伊她的身世,但有一点,你不能以阻止她跟那个小伙子的交往为目的告诉她这些。这样的话,可能会引起斗伊的反感。斗伊是个懂事理的孩子,但她也有倔强的一面。这件事处理不好的话反而会适得其反的。"

英花含泪点点头。

4.

夜,内,高峻皓家。

高灿宇垂头丧气地对郑雪梅说:"要是这样的话,那我就更没戏了。"

郑雪梅说:"怎么啦?"

高灿宇说:"我第一天去斗伊爸爸的厂区,就把他的车给剐了一下。那天我跟斗伊约好了一起吃饭,那是她第一次答应跟我再见面。所以,我在贞玉阿姨那儿工作的时候……有点心不在焉。估计都没给他们留下好印象。"

郑雪梅哭笑不得地说:"我看你这事有点悬,金正浩一家人都快被你们父子得罪光了。"

高灿宇说:"妈,你不是跟他们很熟吗?你帮我去跟斗伊的爸妈说一说吧。"

郑雪梅说:"说什么?说我郑雪梅的儿子看上了你们家女儿,请成全他们吧!可人家姑娘已经说不会跟你交往了,我瞎掺和什么?"

高灿宇说:"要不是她的英花姨妈突然插一脚,斗伊肯定会同意的!她说她的这个姨妈是她父母以外最亲近的人。我看得出,说这话的时候,她的眼神很痛苦。她并不愿意就这样拒绝我,我能感觉得出来。"

郑雪梅看看高灿宇,突然想起了当年自己追正浩的情景。她叹了口气说:"好吧,我帮你到她爸爸那儿去敲敲边鼓。可斗伊那儿还得你自己去努力了。"

高灿宇说:"谢谢妈!我知道你一定会帮我的!"说着,站起来朝郑雪梅鞠了一躬说:"妈,我真的很爱很爱斗伊,这种爱是从心灵深处涌出来的。而且,跟她在一起的那种幸福感是我过去从未体验过的。"

郑雪梅笑了笑,说:"早点休息吧,爱情还得有缘分,没有缘分,你再努力,也走不到一块儿。可要是你们俩真的有缘分,那就谁也拆不开的。"

郑雪梅看着高灿宇离开,眼神中带着深深的母爱,她是把高灿宇当成自己亲生的孩子一样。然后她又看看高峻皓卧室的门,一个人坐在沙发里沉思起来。

5.

日,外,上海市。

阿里郎饭店分店。

装修现场。

一个五六十岁的上海男人在门口张望,似乎在找什么人,工作人员问:"老先生,您找人吗?"

上海男人点头哈腰地说:"我想找你们的老板尹海玉女士。"

工作人员说:"您等一下,我帮你去叫她。"

6.

日,外,上海市。

阿里郎饭店分店。

海玉走出来,一眼就认出了陈志超,但陈志超的变化太大了,整个人显得非常猥琐和老相,跟过去那个西装革履很有派头的歌舞厅老板大相径庭。

海玉忙迎上去说:"志超兄弟,你怎么来了?"

陈志超有些感动地说:"海玉嫂子,你居然还能把我认出来!我过去的好些朋友都不认得我了。"

海玉说:"自己的兄弟怎么会认不出来。"

7.

日,内,上海市。

阿里郎饭店上海分店。

海玉的办公室。

陈志超一坐下就说:"海玉,我想到你的店里找一份事做,行吗?"

海玉一愣,说:"志超,你怎么会……"

陈志超说:"姆妈告诉我,说你的饭店马上就快开张了。我的事你可能已经知道了,现在是在街道里吃低保,还要靠姆妈接济。我也五十多岁的人了,不想一直这么下去,海玉,看在你是我嫂子的份上,随便给我个工作做吧。"

海玉说:"志超,这件事让我有点为难,我们在经营理念还有处事方式上有太多的差异,我没把握在这方面你能不能遵循我们的管理方式。而且饭店里具体负责管理的是秀妍,我只是个挂名的董事长。秀妍她是你的晚辈,你说她给你安排什么工作好呢?"

陈志超说:"什么工作都行,我也没有那么挑剔,我只要有口饭吃就行了。"

海玉想了想,说:"志超,这样吧。你经济上有困难,我能帮你的尽量帮你。但饭店里我实在是找不出合适的位置给你。"

陈志超面子上有些挂不住了,站起来说:"我陈志超虽然在生意上栽过跟头,现在也确实很拮据,但我也不是没骨头的人,嗟来之食我是不会吃的!本来我就不想来,不过我姆妈一定要我来找你,说不管怎样都应该试试。你要是觉得为难那就算了,我走了。"

海玉说:"志超,我……"

陈志超说:"不必送了,海玉董事长!"

陈志超有些气恼地走出办公室。

海玉坐了下来,显得有些烦闷。

8.

日,内,延吉市。

浩玉民族服装有限公司。

贞玉的工作室。

高灿宇战战兢兢地走进贞玉的工作室,一鞠躬说:"阿姨好。我给您送服装辅料来了。"然后又从包里拿出一份资料说:"贞玉阿姨,这个是我从网上下载的韩国那边最新的辅料样式,你看看有没有需要的,如果有,我会联系那边帮你进的。"

贞玉接过资料时看了看高灿宇,说:"高灿宇,这次你可用心多了。"

贞玉翻看资料时,高灿宇说:"贞玉阿姨,您是斗伊的妈妈吗?"

贞玉一笑说:"高灿宇,你爸爸叫高峻皓是吧? 以前当过红光公社宣传队的队长。"

高灿宇说:"是。贞玉阿姨,这很重要吗?"

贞玉说:"那要看对谁了?"

高灿宇说:"那对您重要吗?"

贞玉说"我现在没法回答你。但我只想告诉你,这件事情你得慢慢进行,太急的话只会给自己制造麻烦。"

高灿宇说:"贞玉阿姨,你不会反对我和斗伊交往吧?"

贞玉说:"这是我女儿的事情,那由她自己做主。"

高灿宇似乎得到了某种鼓励,忙一鞠躬说:"谢谢阿姨,我会好好干的。"

贞玉说:"好好干什么?"

高灿宇说:"工作呀! 所有您安排我的事我一定会努力做好的。"

贞玉一笑。

9.

日,内,延吉市。

浩玉民族服装有限公司。

走廊。

高灿宇刚一出门就遇见正浩往贞玉工作室这边走来,他赶忙上前鞠了一躬说:"金董事长,您好。"

正浩先是一愣,马上想起来了,笑着说:"外贸公司的毛头小子啊,在这里没再闯什么祸吧?"

高灿宇说:"没有。上次真是对不起了。"

正浩说:"回想起来,我们俩都有点责任。我出来得太突然,没看路况;你嘛,速度太快,两个凑到一块能不擦出点事吗?以后我们都得注意点。"

高灿宇说:"是。"

正浩说:"这儿的事办完了?"

高灿宇说:"是,办完了。"

正浩说:"高灿宇,我问你一件事。你是不是在追我女儿金斗伊?"

高灿宇说:"是。"

正浩说:"我要告诉你,不能追得太急了,这事跟开车一样!不能太急,把握住方向,慢慢来。听我的没错,啊?"

高灿宇忙说:"是。"

正浩走进贞玉办公室的门。

高灿宇回头看了看,抹了一把额头上的汗,轻轻地咕哝了一句,说:"天哪,爱一个人怎么会这么复杂这么难?"

10.

日,内,延吉市。

浩玉民族服装有限公司。

贞玉的工作室。

贞玉设计的服装已经挂满了一面墙,正浩搂着贞玉的肩正欣赏着这些作品,说:"唉,我老婆真是个天才! 你设计的服装既有朝鲜服的亮丽,又有韩服的优雅,还有自己独有的特色。我现在就有一个预感,这次巴黎举行的中国民族时装展,我们肯定会留下一笔浓墨重彩的!"

贞玉笑着说:"你跟你的那个挑担越来越像了。"

正浩说:"你是说陈志宏,我们哪点像?"

贞玉说:"说话都开始酸牙了,还不像啊!"

正浩说:"不是酸,是看到你的作品有信心!"

贞玉说:"正浩,你说斗伊的事到底怎么办?"

正浩说:"什么怎么办,英花要想认女儿随时都可以,我不是说过了吗?"

贞玉说:"不是! 是斗伊谈的那个朋友,就是高灿宇。英花不是坚决反对吗?"

正浩说:"不管谁反对,跟谁谈恋爱都是斗伊自己的事,让她自己做决定吧。"

正浩的手机铃声响,正浩接电话说:"哦,郑雪梅啊!"

贞玉看了正浩一眼,转身去做自己的事情。

郑雪梅的声音说:"正浩,如果不是很忙就出来一趟吧,有事要找你谈。"

正浩看看贞玉,说:"郑雪梅要找我,怎么办?"

贞玉说:"她找你,你什么时候请示过我? 装什么蒜? 去呗!"

11.

日,外,延吉市。

马路上,高灿宇在开车,突然想起了什么,把车停在了路边,拿出手机拨打电话说:"林晓吗? 今天你们是不是有演出?"

林晓的声音说:"是啊,你又想给斗伊送花啊?"

高灿宇说:"对,不过我想请你帮个忙。"

林晓笑着说:"你俩暗地里都互送秋波呢,还让我帮什么忙呀!"

高灿宇说:"别瞎说了。林晓,真的求你帮个忙,我会谢你的。你能不能让我混进你们剧场后台?"

林晓说："你想干什么？"

高灿宇说："这个你别问，能让我进去吗？还有个大箱子。"

林晓说："你不会是想把自己当礼物送给斗伊吧？"

高灿宇笑着说："那有点太夸张了，不适合中国国情。"

林晓说："那你到底想干什么？透点风给我我就答应你。"

高灿宇说："我想干一件特俗的事。"

12.

日，外，延吉市。

某咖啡馆。

正浩和郑雪梅坐在里面。

正浩说："什么事不能去我公司说，非跑这儿来？"

郑雪梅说："一个是因为这是件私事，当然得私下里说。另外一个是我觉得这事只有找你才说得明白。"

正浩说："到底什么事？不能让贞玉知道吗？"

郑雪梅单刀直入说："斗伊到底是谁的孩子？金正浩，别告诉我说你不知道。"

正浩一愣，说："雪梅，你干吗问这个？"

郑雪梅说："因为这事跟我有关系，而且是关系重大！"

正浩说："郑雪梅，你能不能说得明白点？"

郑雪梅说："金正浩，你是个无情无义的人！"

正浩说："我怎么无情无义了？"

郑雪梅说："你忘啦？我十几年前嫁给了外贸公司的副总高峻皓，那时他前妻留下了一个八岁的儿子，叫高灿宇！"

正浩回过神来，一笑说："我知道了，是你那个儿子的事吧？他不正在追我们家斗伊吗？"

郑雪梅说："对！我想问你，斗伊的亲生母亲到底是谁？"

正浩说："这个我不能告诉你。"

郑雪梅说:"为什么?"

正浩说:"这是别人的隐私,我怎么能随便告诉人呢?"

郑雪梅说:"斗伊是不是许英花的女儿?"

正浩说:"你问这个干什么?"

郑雪梅说:"我听高灿宇说,你的英花妹妹在极力地阻止灿宇和斗伊来往,我想知道是为什么? 而且,斗伊的亲生父亲又是谁? 难道斗伊会是高峻皓的女儿? 因为他们俩是兄妹,所以她要那么坚决地反对!"

正浩说:"雪梅,你想到哪儿去了! 斗伊跟高峻皓一点关系都没有。如果他俩是亲兄妹,高峻皓还会坐得住吗? 他也会反对的呀!"

郑雪梅说:"那她的亲生父亲是谁?"

正浩说:"郑雪梅,你是不是问得太多了?"

郑雪梅说:"可我一直不明白,英花为什么一知道灿宇是高峻皓的儿子,反应会那么强烈?"

正浩说:"这事你还真得问问你的那位老公去。"

郑雪梅说:"好吧,我会去问的。"然后喝了一口咖啡说:"金正浩,我身上流着你的血,我这辈子都不会忘记。所以每次你要求我帮忙,我都非常痛快地答应了。这一次,是我想求你一件事,希望你能帮忙。"

正浩说:"什么事?"

郑雪梅说:"不要干涉孩子们的正常交往,不管他们的上一辈之间有什么恩怨。如果他们真的相爱,棒打鸳鸯这种事应该不是你金正浩的做派吧?"

13.

日,内,延吉市。

浩玉民族服装有限公司。

贞玉的工作室。

贞玉问正浩说:"郑雪梅找你干什么?"

正浩说:"为她儿子的事来的。"

贞玉一时没反应过来,说:"她儿子?"

正浩说:"高灿宇是外贸公司高总高峻皓的儿子,她郑雪梅是高总的爱人,高灿宇当然是她儿子了。"

贞玉笑了,说:"天呐,你在说绕口令呢? 这世界还真小。她是来帮她儿子说情的?"

正浩说:"她让我们不要干涉高灿宇和斗伊的交往。"

贞玉说:"但英花绝对不会同意的。"贞玉看了一眼正浩说:"说实话,我也不同意。"

正浩说:"为什么?"

贞玉说:"一是因为他是郑雪梅的儿子,二是因为他是高峻皓的儿子。"

正浩说:"他们又都碍着你什么啦?"

贞玉说:"第一,我不愿意跟郑雪梅结亲家。第二,你知道那会儿把我赶出公社食堂的是谁吗? 高峻皓! 他跑来找我谈的话,说不把孩子送掉就走人,我也只好回了靠山屯。所以我不想同他们结什么亲家!"

正浩说"你说的两个理由,无非就是一个醋坛子,一个盐罐子。可高灿宇这小伙子还是挺不错的嘛,除了有点毛糙,其他你也挑不出啥毛病呀。"

贞玉说:"高灿宇当然还说得过去。但我说了,我不想同他们这个家结什么亲家!"

正浩说:"真是皇帝不急急太监。咱们家斗伊不还没正式跟高灿宇谈吗? 你们这是急什么呢?"

贞玉说:"要真谈上就麻烦了!"

正浩说:"我说了,跟谁谈恋爱都是斗伊自己的事,让孩子自个儿决定! 都瞎操心什么呀!"

14.

夜,内,延吉市。

剧院。

英花站在舞台幕布后往台下看。

舞台上斗伊在领舞,洪吉龙坐在台下望着舞台,眼里闪着泪花。

15.

夜,内,延吉市。

剧院。

后台,高灿宇穿着工作人员的服装从斗伊化妆间里面出来。

从台上下来的演员里有林晓,林晓朝高灿宇那里望了一眼,高灿宇做了个"OK"的姿势,迅速地从员工通道溜走了。

16.

夜,内,延吉市。

剧院。

舞台上,演员们在谢幕。

洪吉龙和观众一起站起来鼓掌。

英花看了看台下的洪吉龙,深深地叹了口气。离开了后台。

17.

夜,内,延吉市。

剧院。

斗伊和其他演员走进后台,她和其他演员相互拥抱,庆祝演出成功,然后才往自己的化妆间走去。

化妆间门口,一个花篮送到了斗伊面前。送花篮的人说:"斗伊小姐,你的花篮。"

斗伊看了看条幅,上面写着洪吉龙的名字。斗伊先是皱了一下眉,自语说:"不是说不送了吗?"但又很有礼貌地对送花篮的人一笑说:"就放在门口吧。"

斗伊推门进了化妆间。

18.

夜,外,延吉市。

剧院门口。

人们正往剧院外走。洪吉龙也跟着人群在走，但还是有些依依不舍地回头望望剧场里面。

英花叫住了洪吉龙说："洪吉龙，你每次演出都来剧院，我理解你的心情，你是想多看几眼女儿。可我不是跟你说过了吗？别再送花篮！别人，包括斗伊都会误解的。可你今天怎么又送了呢？"

洪吉龙说："我每次在台下看女儿演出，她在舞台上的表演是那么出色，我恨不得冲上台去大声喊，这位领舞的就是我的女儿！可我知道这是不可能的。我埋藏在心里的对女儿的爱，就像冰层下的图们江水，随时都有破冰的冲动。英花，我只能把这爱放置在花篮里，无论女儿能不能感受到，但至少能放在让她注视到的地方，这就足够了。要是不送，我心里总觉得不是滋味啊！"

19.

夜，内，延吉市。

斗伊一走进化妆间，脸上的笑容就消失了，显得十分的疲惫和沮丧。她低着头走到梳妆镜前坐下来，机械地摘下头上的装饰。斗伊突然注意到桌面上摆着一个很质朴的木盒子，她看了看，小心地打开盒子。这是个八音盒，一打开盖，里面的音乐就开始响起来，盒子里放着一朵金达莱和一张卡片，斗伊拿出卡片翻开看。

高灿宇的声音说："斗伊，你知道金达莱象征什么吗？它象征着意志，坚韧和不屈。我知道你不喜欢我送花给你，可我还是大着胆子做了这件违背你意愿的事。我想让你知道，我对你的爱就像金达莱一样的热烈，一样的不畏严寒，一样的质朴芬芳……"

斗伊抬起头，她在镜子里看到自己的眼里含着泪。这时，她突然注意到镜子里，她背后的墙面上……

斗伊站起来猛地在转过头，她面前的这堵墙铺满了金达莱，只在当中镂空的部分显出了几个字"我爱你金斗伊"，一个大大的心形圈绕着这几个字。

斗伊的眼泪涌了出来,她被感动了。

斗伊的手机铃声响了一声,她赶紧抹去泪,打开手机看,是高灿宇发来的短信。

高灿宇的声音说:"斗伊,如果你也爱我,我就在停车场等你。"

20.

夜,外,延吉市。

剧场外门口。

英花说:"很多事情我们明知道不可能,但为什么要给自己留一个虚假的希望呢?你送花篮的心意我能理解,可你的女儿呢?她并不知道你是谁,她只会误解你,时间久了还会反感你,到时候你该如何解释?"

洪吉龙说:"我不知道,我没法解释,我也知道我没资格认这个女儿!可是英花,我没有别的办法发泄这种挡也挡不住的父爱,有时候连我自己都难以自控,我生怕有一天我会……"

英花摇头说:"不可能。连我自己都在犹豫到底要不要告诉斗伊我是她的亲生妈妈,更何况你这个二十几年来从未在她面前露脸的亲生父亲。这是我们俩的孽缘,不应该影响到孩子。"

洪吉龙说:"英花,可是我……"

英花说:"洪吉龙,送花篮的事再也不要有了,再说斗伊也不喜欢,就到此为止吧。如果你想看女儿随时可以到剧场来,走吧,我送你。"

21.

夜,外,延吉市。

剧院停车场。

高灿宇站在车边焦躁地望着剧院方向,他有些忐忑不安,但眼神里还是充满自信。终于他看到了自己渴望见到的人朝这里奔来。

高灿宇高兴地迎了上去,一把将斗伊拥进自己的怀里。

斗伊先是吃了一惊,但很快幸福的笑容也开始在她的脸上呈现。

22.

夜，外，延吉市。

剧院停车场。

英花和洪吉龙走到停车场，洪吉龙的车开了出来。

洪吉龙钻进车里，看见英花在向他挥手，便也挥了挥手，然后对司机姜在京说："开车吧。"

英花看着洪吉龙的车驶离剧院。她转身正准备离开停车场，突然吃惊地看见前面高灿宇和斗伊抱在了一起。

英花一时间震惊，痛苦，愤怒一股脑地涌了上来，她走上前大声地呵斥说："你给我放开她！"

高灿宇和斗伊听到英花的声音，都吃了一惊，赶紧分开。

英花厉声说："怎么回事！"

斗伊低着头没说话。

高灿宇理直气壮地说："英花阿姨，我和斗伊在谈恋爱，就这么回事。"

英花说："我不是跟你说过了嘛，我不会同意你和斗伊交往的！"

高灿宇说："英花阿姨，我不知道你跟我爸之间有什么仇恨，可我和斗伊的交往是我们的事，应该和你们无关。"

英花说："斗伊，你呢！我反对也和你无关吗？"

斗伊说："二姨，我知道你关心我，一直待我好。我的成长还有现在都是你培养的。在我心里，你是仅次于我爸妈一样重要的人！可是二姨，我爱上高灿宇了。因为你的反对，我一度想不再见他，不再理会他。可我发现我做不到，因为虽然我嘴上不承认，可我心里已经爱上了他，放不下他了。二姨，如果你真的关心爱护我就请你不要阻止我们吧。"

英花说："不！我绝对不允许！我绝不让高峻皓的儿子碰我女儿！"

斗伊，高灿宇，英花全都愣在那里。

斗伊惊愕地对英花说："二姨，你到底在说些什么呀！就算你把我当成了你的女儿，也不应该这么激烈地反对我和灿宇之间的事呀。"

英花把心一横，说："斗伊，反正你迟早也要知道的，我今天就告诉你，你就是我女儿,是我亲生的女儿! 正浩哥和贞玉姐只是你的养父养母,作为你的亲生母亲,我有权利阻止你跟这个人的交往!"

斗伊一时不知道该说什么好,看看英花,再看看她身后的高灿宇,说:"二姨,你说的这事我还是不能相信。"转头看看高灿宇说:"灿宇,对不起,我要先回去了。"说完,谁也没再理迅速向停车场外走去。

高灿宇和英花同时喊:"斗伊!"

英花拦住高灿宇说:"这是我跟我女儿之间的事,请你离开这儿!"然后去追斗伊。

23.

夜,外,延吉市。

剧院前的街道。

斗伊在街上快速地走,一边走,一边掏手机拨通电话。

手机里正浩的声音响起说:"斗伊啊,演出结束啦? 有事吗?"

斗伊叫了一声说:"爸——"然后不由自主地泪水流了下来。

英花追上来喊:"斗伊! 斗伊!"

斗伊停下,哭着对英花说:"你不要过来! 我不相信你,我要问我爸问我妈,我不信你的话!"

24.

夜,内,延吉市。

正浩家。

正浩在接电话,表情突然变得很严肃。贞玉也预感到了什么,走了过来看着正浩。正浩说:"斗伊,你先冷静下来,听爸爸说好吗?"

斗伊哭泣的声音说:"二姨她说她是我亲妈妈,是真的吗?"

正浩很认真而且严肃地说:"是真的。"

斗伊说:"为什么现在要告诉我这个? 二十年你们跟她从来没有提过这事,就因为我爱上了一个她不喜欢的人的儿子,你们就非得合起伙来编出这种谎话阻止我吗？"

正浩说："你英花姨是你的亲妈妈，如果你想知道真相就好好听她跟你说。不管我们同不同意你跟高灿宇的交往，也绝不会用这种谎话来骗你！你爸爸我是这种人吗？你英花姨是这种人吗？"

电话那头沉默了一会儿，挂了。正浩放下电话。

贞玉紧张地问："怎么样了？到底怎么回事？"

正浩说："英花把她是斗伊亲妈妈的事给斗伊说了。"

贞玉说："斗伊反应很激烈吗？"

正浩说："可能英花说得时机不对，斗伊情绪是有点激动。"

贞玉说："那怎么办？我们要不要去？"

正浩说想了想，说："不，不用我们去。也许让她们母女俩单独说这件事更合适。"

25.

夜，外，延吉市。

布尔哈通河边的一条长椅上，英花和斗伊坐在那里，斗伊刻意离开英花很远的距离。

英花在叙述。

闪回：

日，内，公社。

演出队排练厅。

英花在示范舞蹈。高峻皓和洪吉龙都在旁边专注地看着，但一个是充斥着邪念，另一个却满含爱意。

夜，内，公社。

高峻皓办公室。

高峻皓欲对英花非礼，洪吉龙一脚踹开办公室的门。英花挣脱高峻皓逃出屋外,洪吉龙狠狠地揍了高峻皓一拳。

夜,外,公社。
林带边的小路上。
英花、洪吉龙和高峻皓走在路上,突然从路边窜出三个人围殴洪吉龙,英花被高峻皓拖进林带里。洪吉龙急了,抓起地上的枯树干疯狂地打跑了那三个人,朝高峻皓这里冲过来。高峻皓扔下英花逃走了。

夜,内,公社。
洪吉龙的宿舍。
英花和洪吉龙依偎在一起……

英花说:"那时,我和那个年轻导演都深深地爱着对方。也就是在那个晚上,我把自己给了那个年轻导演,我以为我们会从此长相厮守一辈子。可命运这东西真的是琢磨不定,没过几天,这年轻导演的母亲就来信了,要求儿子跟她一起去美国,因为他的外公需要他。那位年轻导演一开始不肯去,后来他母亲在信里以死相逼,他只好走了。我也以为,这段感情就这么结束了。可没想到,就是那个晚上,有了你。不管怎么说,未婚先孕是件很丢脸的事情。我一直提心吊胆地挨过了几个月的时间,看实在没办法了,就偷偷跑到了山里头,找了个没人认识我的地方把你生了下来。生下你第三天,我就把你抱给了你现在的妈妈我的贞玉姐。"

斗伊看着英花,沉默了一会儿,说:"二姨,你把我送给我妈妈的时候,她结婚了吗?"

英花说:"没有,她为了你,也吃了不少的苦。还差点跟你爸爸就是我正浩哥结不成婚。"

斗伊说:"那您不觉得愧疚吗?"

英花一愣,说:"怎么会不觉得,我一直觉得对不起贞玉姐,所以才……"

斗伊说:"我说的愧疚,不只是对我妈妈,还有我爸和我。"

英花看着斗伊。

斗伊说："你把刚出生三天的我扔给了同样是未婚的我妈妈。你把这件丢脸的事转嫁到了我妈妈身上，您觉得愧疚这是应该的！还有我爸爸，如果他真的因为这事不能跟我妈结婚的话，那你所做的事情就是一种罪恶！现在你告诉我这些，并不是因为真正的母爱，您只是不想让我和欺侮过你的那个人的儿子相爱！二姨，您跟我说的这些事情我可以相信，但我不能接受！我没法接受一个遗弃自己孩子的母亲，更不可能叫她一声妈妈。我的妈妈只有一个，就是现在疼我爱我无论多晚都会等我回家的妈妈。只有她才配我叫她妈妈！"

英花愕然。

26.

夜,内,延吉市。

高峻皓家。

郑雪梅对高峻皓说："老高,趁儿子不在,我们能开诚布公地谈一谈吗?"

高峻皓说："你想谈什么？还是许英花那事？"

郑雪梅说："是。我想知道你究竟对许英花做过什么？"

高峻皓说："什么也没做！你纠缠这件事情干什么？有意思吗?！"

郑雪梅说："你也不用发火,我知道你跟许英花之间没那种事,否则金正浩还不把你生吞活剥了。但你肯定干过些什么,不然的话英花也不会那么激烈地反对斗伊跟你儿子的交往。"

高峻皓说："那你想知道什么？知道了又能怎么样！"

郑雪梅说："知道了才能解决问题。再龌龊的事情也总有曝光的时候,如果你的事还没有到罪大恶极的地步,干吗要藏着掖着？拿出来晒晒,杀杀菌,不是蛮好嘛！"

27.

夜,内,延吉市。

正浩家。

斗伊走进家门，一直等候着的正浩和贞玉都急忙迎了上去。

斗伊看看正浩，又看看贞玉，一头扎进贞玉的怀里哭着说："妈——"

28.

夜，内，延吉市。

英花家。

英花失魂落魄地回到家，李珉基迎上去说："怎么演出一结束你跟斗伊就没影了？我等了半天没见你就只好先回来了。英花，你怎么啦？"

英花抱住李珉基失声痛哭说："她不认我！她不认我这个妈妈……"

李珉基明白了，说："你跟斗伊说了？"

英花哭着说："她说我认她不是因为母爱，只是看不得她跟欺侮过我的那人的儿子交往。她怎么可以这么说我！……"

29.

夜，内，延吉市。

正浩家。

贞玉搂着斗伊坐在沙发里，正浩满脸严肃地坐在对面。

正浩说："斗伊，你怎么可以这么说你的亲妈妈？"

斗伊说："我没办法不这么说她！如果我是她亲生女儿，她这么多年为什么不认？我自己的爸爸妈妈都从来没干涉过我感情上的事，她凭什么要来干涉我阻挠我？就因为她是我的亲妈妈，她就可以把自己的意志强加于我吗？我说了，我不是不相信她说的，情理上我能理解，可感情上我没法接受！"

正浩说："其实你英花妈妈想认你并不只是因为你和高灿宇的事，你们这事充其量也只是个导火索而已。"

斗伊摇头说："如果她真的想认我这个女儿，这么多年为什么不认？偏偏我恋爱了，她跳出来了，说是我亲妈妈，挡在我前面，就是不想让我爱上一个她不想我爱的人！"

正浩说："不是这样的。十几年前你英花妈妈就想认你，想把你接到家里去，好让他们家组成一个完整的家。可那时你年纪还小，我们怕把这事告诉你后，你会在心里留下阴影，影响你的成长。最后我们商量下来决定等你长大了成熟了，再告诉你，而且原本我们就打算这些天几个人一起告诉你这件事的经过。你英花妈妈只是在不恰当的时机说出了这个事实，那也是她急了。结果让你有了现在的这种感觉，好像她只是为了阻止你跟高灿宇谈恋爱才要认你的。"

30.
夜，内，延吉市。
英花家。
李珉基说："英花，你在这个时候说这些，斗伊肯定要误会你的。"

英花流着泪说："我不管！我要认我女儿，我不能眼睁睁地看着她往火坑里跳我却什么都管不了！"

李珉基说："什么叫往火坑里跳呢？那个高灿宇和斗伊是正常的男女朋友交往，你干吗要把他看得那么可怕呢？我知道你在他父亲那儿受过伤害，可不能把父亲的账算到孩子身上啊。"

英花摇头说："这个世界这么大，为什么一定要让那个家伙成为我们的亲家！我不愿意。"

李珉基说："可女儿的世界里说不定她只看中高灿宇这一个，你有什么办法？"

英花说："所以我才要认这个女儿，我要用母亲的立场阻止她！"

李珉基也有点生气了，说："英花，难怪女儿会这么说你，你认女儿的动机似乎有点问题！"

31.
夜，内，延吉市。

正浩家。

斗伊说："爸,妈,我知道二姨她待我很好,我有今天跟她是分不开的。我敬重她崇拜她,除了你们外,她是我最亲近的人。"说着,她的表情开始变得愤恨,"可是,知道了她是我的亲生母亲,她在我心目中的形象却陡然崩溃了!不是因为她曾经抛弃了我,而是她自始至终的这些自私自利的行为!她所做的每一件事情都只考虑到她自己,把我送给妈妈是为了逃避责任,想把我再要回去只是为了她的家庭完整,现在说要认我也只是因为她讨厌灿宇的家庭!无论她说出什么样的理由,我都没法接受她,在我心目中,我只有一个妈妈,只有一个!"说着抱住贞玉又哭了起来。

贞玉也流泪了,说："斗伊,妈理解你现在的心情。可是,你的英花妈妈真的很可怜。她发现怀上你的时候已经三个多月了,那时候要是想把孩子打掉,狠一狠心也就做了,可她舍不得。她跑到深山里,也有过想死的念头,可就是因为你,她才咬着牙又挺了过来。你不知道你那时候的英花妈妈,她生下你顶着多大的风险!"

斗伊咬着嘴唇,一脸"她那是自作自受"的表情。

贞玉叹口气,说："你亲外公,就是你现在叫爷爷的人,他要是知道你妈妈生下你的事,他会打死你妈妈的。她把你送给我真的是走投无路才这么做的。把你要回去,她虽然心里想,可从来没在我面前开过口,因为她觉得自己没资格把你要回去。可是你知道吗?你英花妈妈生下你以后,就不能再生孩子了。……"贞玉有些哽咽了。

正浩接着说："所以你英花妈妈现在的家庭是不完整的,你姨父一直很想从我们这里把你领回去,不只是让他们的家庭完整起来,他们还想弥补过去你妈妈亏欠你的母爱,尽到他们做父母的责任。这次你和高灿宇的事,你英花妈妈的反应是过度了点,可她是为了保护你!她是怕你在还没有完全了解对方的时候,就轻率地接受了对方的爱。因为高灿宇的父亲年轻的时候做过许多荒唐的事,所以她才会担心你也会碰上同样的人。"

斗伊说："灿宇不是那样的人!"

正浩说："高灿宇我见过他,他的妈妈是爸爸和妈妈的好朋友,好姐妹。

虽然你妈妈也不是很赞同你跟高灿宇的来往,但爸爸觉得,年轻人之间只有在交往的过程中才能相互了解。我们不会过多干涉你跟高灿宇的事情,但你也不要因为你英花妈妈反对你们的来往而过于苛责她,甚至不肯认她这个妈妈。斗伊,我们不会强迫你一定要表示什么,但血缘关系是割舍不断的。你早点休息,再冷静下来好好想想。"

第二十九集

1.

夜,内,延吉市。

高峻皓家。

高峻皓烦躁地说:"雪梅,这件事跟你一点关系都没有,你干吗一定要刨根问底呢?"

郑雪梅说:"我跟你结婚的时候,了解你的不多,很多时候也是不想了解。因为我觉得没这个必要,你的过去跟我一点关系都没有。可现在不一样,尤其是这件事,它关系到我儿子的幸福。灿宇虽然不是我亲生的,但自从他叫我一声妈妈起,我就已经把他当成了我自己的儿子!所以,高峻皓,你也不要逃避,该说的就说出来,我们找一个解决问题的办法!"

高峻皓说:"你叫我怎么说出口?我现在也是有身份有地位的人,年轻的时候就算我荒唐过,干过些不见光的事,可已经过去二十年了,非得把它翻出来吗?"

门砰的一声被打开了,高灿宇站在门口,说:

"不管过去多少年,坏事它终归就是坏事! 爸,既然你做过了就得负责,不能因为你自己做过的坏事让你儿子我给你背黑锅!"

高峻皓先是吃了一惊,接着脸红一阵白一阵,恼羞成怒地一拍桌子说:"你这孩子,怎么说话的! 你这是在跟你爸说话吗,啊?!"

高灿宇说:"那要看你配不配当我爸! 在我心目中,当爸爸的不一定非要是顶天立地的英雄,但也至少应该是个敢作敢当的男人! 爸,你这么藏头缩尾的,哪点像个父亲哪!"

高峻皓说:"你……你个浑小子,你居然敢这么骂我,"说着,一把抓起桌上的烟灰缸就朝高灿宇扔了过去,"你个逆子!"

郑雪梅想拦没拦住,高灿宇只微微偏了一下头,烟灰缸砸在门框上摔碎了,碎片崩回来擦破了高灿宇的脸,血立刻流了下来。

郑雪梅心疼地喊:"高峻皓,你自己做错了事,凭什么打孩子! 灿宇就算是对你不敬,骂了你,那也是你自己造成的。"说着,赶紧从桌上的纸巾盒里抽出几张纸巾,奔到高灿宇的旁边,捂住他的伤口。

高灿宇说:"爸,你是我爸,你打我天经地义。可是你做了坏事,你还是一样得负责!"

高峻皓气得都快说不出话来了,说:"我负责,我负鬼个责啊! 我承认,我是对许英花有过邪念动过手脚,可我又没得逞过! 现在你们逼着我负什么责!"

2.
夜,内,延吉市。
英花家。
李珉基搂着英花在宽慰她,说:"英花,算了,别再为这件事不依不饶了。只要斗伊能幸福,这不都是我们希望的吗?"

英花说:"可我怕她看错了人,我不想让她走错路,也不想让她到那种家庭里去!"

李珉基说:"如果我们的爱最后成了孩子的一种负担,那她就更不可能叫你一声妈妈了。她只会把你推得更远,让你更伤心。"

英花说:"我现在就已经够伤心了,我是被自己的女儿伤透了心……"英花又哭了。

李珉基叹了口气说:"顺其自然吧……就像你哥过去跟我说的,既然爱她,那就爱下去,就算是冰也有融化的时候。"

3.

夜,内,高峻皓家。

高峻皓、高灿宇和郑雪梅坐在沙发上。

郑雪梅在给高灿宇处理伤口,她把家用的小药箱合上,轻声地埋怨灿宇说:"你干吗不躲啊? 要真的砸着脑袋怎么办!"

高灿宇说:"只要我爸下得去这个手,我就不躲!"

高峻皓说:"我那是被你气的! 你个浑小子,就会帮着外人欺负你老爸!"

高灿宇说:"是你自己做了错事,怎么是我帮着外人呢? 要不是你以前得罪了斗伊的姨妈,怎么会有现在这事!"

郑雪梅说:"其实这事要解决起来也容易。让你爸去跟英花阿姨道个歉不就行了。"

高峻皓说:"我不去! 我又没对她干成过啥事,凭什么道歉? 门都没有!"

高灿宇喊:"爸!"

4.

日,内,延吉市。

州歌舞团排练厅。

演员们在排练舞蹈《千年阿里郎》。斗伊虽然排练得很认真,但却刻意地避开英花和李珉基的眼光。

英花几次想跟斗伊说话,但斗伊都冷着脸走开了。英花偷偷背过身去擦眼泪。

李珉基看在眼里，有些无奈地叹口气。

5.

日，内，延吉市。

州歌舞团附近的咖啡厅。

李珉基和斗伊面对面坐着，斗伊显得有些局促。

李珉基说："中午这点休息时间把你叫出来，就是想跟你说些心里话，我们交流一下。"

斗伊没吭声，低着头看着眼前的咖啡杯。

李珉基说："知道了你二姨跟你的真实关系后，看到我都不那么自然了。这我可以理解，太突然了是吧。"

斗伊说："二姨父，我不会叫二姨妈妈的，不管谁说都没有用！"

李珉基说："我找你谈不是说这个，我只想给你讲讲当初我追你二姨时候的事。说起来，可比高灿宇辛苦多了！你知道我追你二姨追了多少年吗？"

斗伊摇摇头。

李珉基说："八年！八年抗战才攻下了你二姨这么个坚固的堡垒。"

斗伊睁大眼睛看着李珉基，她觉得有些不可思议。

李珉基一笑，说："想知道为什么吗？就是因为你，和她钟爱的舞蹈事业！因为生下了你又不得已把你送给了别人，英花她忍受的痛苦和情感上的折磨早就超越了常人。你是她和深爱着的人的结晶，送走了你就意味着她把自己所有的爱的情感统统送走了，这时候的英花除了舞蹈一无所有。所以她那么执着地坚守着她的阵地，把自己所有的一切都奉献给了舞蹈事业。她就靠着这份专注来麻痹自己，封闭自己！虽然我第一眼见到她就爱上了她，可她却一直在逃避，在封锁，在拒绝。她认为自己是个不完整的女人，她在失去爱人的同时也失去了去爱别人的权力！她因为抛弃你而感到自卑，她甚至觉得自己根本不配得到幸福！"

听着李珉基的话,斗伊的眼睛开始湿润了。

李珉基说:"我爱英花,她越是躲避我我就越爱她。可是时间一点点在吞噬我的自信,我几乎都快失去了希望!斗伊,你知道吗?我这辈子最感激的人就是你的父亲金正浩。是他给了我继续爱下去的勇气,就是这份坚持最后打动了你的亲生母亲,她告诉了我你的事还有她过去的那些经历,她跟我说她不配得到我的爱。"李珉基的情绪变得激动起来,他大声地说,"可我觉得不是这样的!这世上没有人不配得到爱的!男人,女人,孩子,父母,每个人都应该得到一份属于自己的爱,无论是多是少,只要他活着,就应该去爱别人和得到别人的爱。所以,在知道了这些经历以后,我毫不犹豫地选择了去爱你的亲妈妈,也同样得到了她的爱。斗伊,请对你的亲妈妈宽容一点吧。宽容他人也是一种美德,何况是宽容自己的亲生母亲呢?"

斗伊的脸上淌满了泪水。

6.

日,内,延吉市。

浩玉民族服装有限公司。

贞玉的工作室。

高灿宇向贞玉和正浩深深地鞠了一躬。

正浩和贞玉对视了一眼,正浩说:"就算知道斗伊所有的家庭成员都反对你和斗伊交往,你也要坚持下去吗?"

高灿宇说:"是。我知道在你们的心中,我也许不是个完美的人选,我的父亲让你们不满,我本人也有不少的缺点,可我对斗伊的爱是真挚的。无论我在斗伊的心中还是斗伊在我的心中都是无可取缔的!我们的爱也许不够成熟,未来的路可能荆棘遍地,但如果我们两人是真心地相爱,那荆棘上也会开满鲜花来祝福我们,我相信这一点。"

正浩说:"光说漂亮话是没有办法取得女方家长的祝福的,你得拿出实际行动来。你们年轻人不是一直在追求浪漫的爱情吗?可在现实中,爱情也需要务实,需要自己去耕耘。我说过,你们年轻人之间的事我原则上不会干涉，你们两人成与不成都得靠自己。当然，斗伊亲妈妈的感情你们也得照顾到，得不到长辈们祝福的爱情是会很艰难的。"

高灿宇说："我明白，我也会向英花阿姨祈求的。我相信，我会打动英花阿姨的心的。"

正浩在沉思。

7.

日，内，延吉市。

州歌舞团排练厅。

李珉基一拍手说："好，今天就到这儿，解散！"

斗伊和林晓正走出排练厅。她们经过李珉基和英花的身边时，斗伊看看英花，犹豫了一下，最终还是没有说话，只是鞠了一躬就和林晓走了出去。

英花眼里的泪又涌了上来。

李珉基搂了搂她的肩安抚着她，意思是慢慢来不要着急。

8.

日，外，延吉市。

州歌舞团大楼。

高灿宇等在门外，一看到斗伊出来高兴地迎了上去。

斗伊看着高灿宇充满期待的眼神，正迟疑着，英花和李珉基也从门里走了出来。斗伊一看到他们，迅速挽着高灿宇的胳膊走下台阶。

英花看着他们的背影，冲动地想要叫住斗伊，被李珉基拦住了。

英花哭了，说："珉基，斗伊是在有意气我，为什么女儿就不能理解我呢！"

李珉基说："再等等，时间会改变一切的，只要我们努力了。"

9.

日，外，延吉市。

马路上。

高灿宇在开车,斗伊坐在副驾驶座上,两人都没有说话。

心事重重的斗伊似乎下定了决心,突然说:"灿宇,把车停下。"

高灿宇一愣,说:"怎么啦?"

斗伊坚决地说:"把车停下!"

高灿宇把车停在了路边。斗伊正要下车,高灿宇拉住她说:"斗伊,你这是干什么?"

斗伊说:"高灿宇,我们不要再交往下去了。"

高灿宇说:"为什么?"

斗伊说:"我不想再伤害我……二姨了。"

高灿宇看着斗伊沉默了一会儿,说:"那你就忍心伤害我,因为我是一个跟你毫不相关的人,是吗?"

斗伊没说话,咬紧了嘴唇。

高灿宇说:"你知道吗?我跟你的爸爸妈妈谈过我们的事。你爸问我,就算知道你们家所有成员都反对我们的交往,我还要坚持下去吗?我说是。也许我不是个完美的人,我们的爱情也不是他们心目中理想的爱情,可我一直会坚持下去。因为我知道我不是一个人在坚持,我能感受到你对我的情感不是无动于衷的,你爱上了我,也接受了我对你的爱。可是斗伊,你现在的话却比你一开始拒绝我更伤我的心!原本我们应该一起努力坚持我们的爱情时,你选择了临阵脱逃。你退缩到自己的堡垒里,眼睁睁地看着我被打得满身的窟窿!你为什么那么残忍呢?"

斗伊说:"可如果我们坚持下去,受伤害的是我至亲的人。这也一样很残忍啊?"

高灿宇说:"为什么我们的爱情就一定是一种伤害呢?我们维护自己的生活维护自己的爱情有错吗?长辈之间盘根错节的纠葛我们可以努力去化解去感动他们呀!没有经过任何的努力就放弃,这其实是一种逃避!这样只能给自己带来伤害,却不能从根本上解决问题。"

斗伊说:"这种问题,连他们自己都没法解决,你让我们怎么去努力?"

高灿宇说："事在人为，斗伊。请你不再跟我说分手的事好吗？我们努力争取吧！无论怎样都应该去试试，不去试又怎么能知道结果呢？还有，"高灿宇凝视着斗伊的眼睛，深情地说，"斗伊。你为了不伤害自己的亲人宁愿伤害我这个外人，在你的眼里我真的是个永远都可以最先被牺牲的人是吗？如果你真的这么想我没有办法，可我不会放弃你的，因为你伤害我的同时也在伤害你自己，这样我会心疼的。"

斗伊扑在高灿宇的怀里大声地哭了起来，说："灿宇，我真不知道我该怎么办才好……"

10.

夜，内，延吉市。

正浩家。

斗伊进门，脸上还有着泪痕。

贞玉说："斗伊，看看你的脸，眼睛都肿成这样了，妈看着也心疼啊！"

斗伊不说话，只是紧紧地抱住贞玉。

正浩说："女儿，爸想再跟你单独谈谈，去你屋吧。"

斗伊看看贞玉，贞玉说："去吧，这事妈不掺和。这个家男人是天。"

11.

夜，内，延吉市。

正浩家。

斗伊的房间里，只有正浩和斗伊。

正浩对斗伊说："从第一次你英花妈妈他们想把你要回去那天起，我就一直在想，我们究竟该用什么样的方式来告诉你这些呢？家庭会议？还是由我或你妈妈单独来跟你说。有句话说，计划不如变化快！这话一点都没错，现在这个状况确实让我们有点措手不及。可是，没办法，我们都得面对现实。"

斗伊说："爸，这样的现实让我觉得很心痛。"

正浩说:"因为什么心痛?"

斗伊说:"我的亲生妈妈是个只为自己考虑很自私的人,我的亲生父亲也是个不负责任的人,他们我都不想认也不愿意认!"

正浩说:"斗伊,那你就是个心胸狭隘的人!"

斗伊说:"爸!"

正浩说:"斗伊,人无完人。你是个成年人,应该能理解这句话的含义。不管是你的亲生父母还是我们,包括你自己,我们都没办法保证自己没有一两个缺点,有的人甚至更多。可亲生父母就是父母,女儿就是女儿! 这是个不容更改的事实,这就是现实! 为什么我们要等到你成人了,能真正独立思考问题解决问题时才决定要告诉你这个现实你知道吗? 就是因为只有这个时候你才能把很多事情综合起来看而不是割裂开来。每个人都有缺点,你不能把别人的缺点无限放大而扭曲了他原本的形象。你的亲生父母都是好人,善良的人,正直的人,你知道这些就足够了,为什么一定要揪住别人的错误不放呢?"

斗伊说:"他们最大的错误就是生下我!"

正浩说:"如果你是个错误,那么在我们的眼中你就是这个世界上最美的错误。"

斗伊看着正浩,她有些不明白。

正浩说:"因为你这个错误的存在,你的贞玉妈妈和我的人生拥有了很多美好和幸福;也因为你的存在,你的亲妈妈和珉基爸爸才有了依托和希望;还有那个高灿宇,不也在锲而不舍地追求你吗? 他追求的是什么? 不也是人生的幸福吗? 还有我们的舞台,你的存在让所有的观众都看到了一个很美的舞蹈精灵,也让他们得到了快乐和享受。斗伊,我们不要总是把眼光注视到痛苦和悲伤的地方,如果是这样,那人生不就毫无光彩了吗?"

斗伊说:"可是现在,我觉得我的人生是一片灰暗。我想努力走出来,可一想到自己可悲的命运,就又不知不觉地陷进阴影里了。"

12.

夜，内，延吉市。

英花家。

英花靠在床上，默默地流着泪。

李珉基为她倒了一杯水，说："英花，心放宽些，女儿会认你的，我向你保证。"

英花激动地说："你没看到吗？下班出来的时候，她和那个高灿宇……我忘不了她的眼神。那是在挑衅，是在示威，她根本不在乎我这个妈妈，她恨我！"

李珉基说："你想到哪儿去了？她只是一时的不理解你，哪里说得上恨呢？世上哪有恨自己父母的子女呢。"

英花说："当然有，因为她知道自己是个私生女，她觉得我根本就不该把她生下来！"

13.

夜，内，延吉市。

正浩家，斗伊的房间。

正浩说："斗伊，我知道你们搞艺术的人，内心都比较敏感，有时甚至有些脆弱。可你仔细想想，你从小到大的人生是灰暗的吗？天底下有几个孩子能像你这样一直生活在幸福中，没有遇到一点沟沟坎坎？我有时候都觉得我们给你的关爱呵护实在太多了，让你对人世间出现的那么一点点撞击都承受不了！你想不想知道你爸爸我金正浩的人生是什么样的吗？"

斗伊说："爸，你的事业不是一直都很成功的吗？"

正浩摇头说："那只是你能看到的一面，你爸的人生那才真正叫坎坷呢。"

跟随画面，正浩（画外音）说："在爸爸三岁的时候，你爷爷就在战场上牺牲了，奶奶一个人带着我和你银姬姑姑一起生活。六岁时，你奶奶也病死了，我们兄妹就成了孤儿。好在当时有两家人家抢着要收养我们，一个是你奶奶的姐妹英子妈妈,就是你妈妈和海玉姨妈的母亲;另一个是你爷爷的好朋友应灿爸爸,就是你英花妈妈和俊男叔的爸爸你现在的爷爷。就这样,我们组成了一个在旁人看来很复杂的家庭。这些孩子中,我最大,顺理成章地就成了大哥。尤其是在我十八九岁的时候,你英子奶奶过世了,你应灿爷爷又生了场大病,我就成了这三个家庭的老大,也担起了老大该担当的责任。那个时候,我面对的就是这样的现实。"

斗伊说:"爸,这都是你小时候的事,你从来没跟我们提过。我们也模模糊糊知道一些。"

正浩说:"在别人的眼里,你爸我的童年也许是很悲惨的,可我不这么看!虽然我和你银姬姑妈失去了父母,可我们获得了更多的爱。我七岁那年,因为英子妈妈家里经济困难,为了给我做件上学穿的新衣服,你海玉小姨闯了祸挨了英子妈妈的打。我一时着急,就不想去上学了。那次英子妈妈找了我一夜,早上我跪在她的面前请求她原谅,可英子妈妈含着泪用条子抽我。她说,我打你逼你上学,这是我当妈的责任,你上学求知识,为的是将来有出息,这就是你当儿子的责任! 从此,我这辈子就记住了责任两个字。"

14.

夜,内,延吉市。

高峻皓家。

高灿宇对高峻皓说:"爸,这原本就应该是你的责任,请你去给英花阿姨道歉吧。"

高峻皓冷冷地说:"你小子别啰唆,我是不会去的。你爸我这辈子就没向什么人低过头!"

郑雪梅说:"老高,你这种自尊有必要吗? 又不是做了什么光彩的事。"

高峻皓一拍桌子说:"我是个男人,还是个领导干部! 去向一个女人低三下四地请求原谅,像什么话!"

高灿宇说:"做错了事就该去道歉,去请求别人的原谅,这跟男人和女人有什么关系? 而且,不管是什么人,地位再高权力再大,有了错也得认!"

高峻皓说:"你小子听好了,那女人不想把女儿嫁给你是她的事,你要么就此拉倒,要么就另找一个,别在我这里死缠烂磨。我是不会向这个女人低头的!"

15.

夜,内,延吉市。

正浩家。

正浩对斗伊说:"后来我参加民兵培训去了部队,在部队里封闭式训练待了三个月。可回到家一看,整个家全都散了。你俊男叔犯了法进了监狱,你银姬姑姑跟你小姨海玉闹矛盾离家出走了,你海玉姨为了追寻自己的爱情跑去了上海,你英花妈妈就更不要说了,扔下了你就再也没有音讯。你贞玉妈妈因为带着你,也从公社机关食堂被赶回了靠山屯。你应灿爷爷和玉顺奶奶感到好凄凉啊!当时,爸爸面对的就是这种现实。可是斗伊,你爸爸在部队里最大的收获不是那些名誉和奖状,而是面对困境时学会了坚强!生活也许是千变万化让你应接不暇,人生也会有各种各样的艰难坎坷让你感到寸步难行,可是无论什么时候,都不能失去对生活的信心。"

斗伊看着正浩,眼里含着泪。

16.

夜,内,延吉市。

英花家。

李珉基对英花说:"斗伊已经二十岁了,也许她是个蜜糖里泡大的孩子,从小就不知道什么叫艰难痛苦。但她的思想是成熟的,只要给她一点时间,她绝对不会在这种问题上盘桓太久的。英花,你觉得失望伤心是因为你心里还是有一个心结,你怕女儿看不起你。"

英花说:"她是在嫌弃我,她不是说了吗?说我不配做她妈妈。"

李珉基说:"英花,我觉得你想歪了。斗伊生气不是因为这个,而是你对她和高灿宇的态度!斗伊是个有理智的姑娘,她不会那么盲目地接受别人的感情。现在你因为跟那个小伙子父亲的一段怨恨,强迫他们分开,这对斗伊她不公平!"

英花说:"那不是怨恨,那是仇恨!我还是不能接受,让我的一个仇人成为我的亲家!这太荒唐了!"

李珉基说:"如果你这样一味地执拗下去,那你就会失去女儿。是化解那段仇怨祝福孩子,还是永远地失去女儿的爱,你自己选择!"

17.

夜,内,延吉市。

高峻皓家。

郑雪梅对高峻皓说:"你觉得我们的要求过分吗? 你年轻时候干的那些荒唐事现在种下了苦果,可现在品尝苦果的是你的儿子,你的亲生儿子!你要让他搭上可能失去一辈子的幸福去维持你所谓的男人的自尊吗?!"

高灿宇说:"爸,我爱斗伊。我是个快三十岁的人了,我知道我在感情上需要怎样的人和应该怎样的付出。在斗伊之前,我从来没看上过哪个姑娘,即使是比斗伊更漂亮更温柔的我都没感觉。可看到斗伊的那一刻起,我就知道我感情的归宿在哪里了!爸,算我求你了好不好,为儿子做一件像一个父亲做的事吧!"

高峻皓说:"我之前不像个父亲吗? 你们不要以为说这种话就能叫我让步,我说了,我不会去道歉!她英花也不是个检点的女人,她的这个私生女也不配当我的儿媳妇!"

18.

夜,内,延吉市。

正浩家。

斗伊看着正浩说:"爸,其实你说的这些道理我都知道,可是我总是没法说服自己去接受这个现实。"

正浩说:"人往往是这样,看别人的时候能够清醒理智,可轮到自己,就会掺杂很多不该有的情感。爸爸的事业也许此刻看上去很成功，但其中的艰辛困苦都是你们看不到的。我除了要忙自己的事业，还得担当起这个大家庭的责任。人活在这个世上，就不得不去承担些责任，接受很多现实。逃避现实就意味着推卸责任，一个不想承担任何责任的人，他就没资格活在这世上。"

斗伊说："爸，你的意思是我在逃避现实推卸责任吗？"

正浩说："对！你的亲生母亲和亲生父亲，也许他们曾经做错过事，但他们一直在设法弥补这个错误。尤其是你的英花妈妈，她把自己所有的心血都倾注在了你的身上，包括你的珉基爸爸。你的亲生爸爸，虽然你没有见过他，可自从他知道你的存在后，一直在关注你，希望用他自己的方式来表达他的父爱。"

斗伊说："爸，你知道我的亲生父亲是谁？"

正浩说："你英花妈妈没有告诉你？"

斗伊说："没有，她只是说那人是她们演出队的导演，后来去了美国。"

正浩说："其实他一直都离你很近，那人，就是你的亲生父亲，他去了美国之后又去了韩国，现在他是你爸在生意上的合作伙伴。"

斗伊说："就是那个洪董事长？"

正浩说："对，他就是你的亲生父亲。"

斗伊说："怪不得他每次演出就给我送花篮来，可我不需要这种毫无意义的父爱！"

正浩说："怎么会毫无意义呢？父爱不会像母爱表达得那么直接，很容易就能感受到！过去他不知道你的存在，并不是不爱你，一旦知道了有你这个女儿，他对你的爱比你想象的还要深还要痛苦！"

斗伊说："我不认识这个人，他心里想什么我也不知道！如果让我接受珉基姨父成为我的父亲我没有二话，可是这个一直是虚无缥缈的亲生父亲对我来说根本就是不可思议！"

正浩说："没有哪一种感情是不可思议的，有因就有果。知道你是他女儿但他又不能认，他对你的父爱无处释放，他想为你做什么可你什么都不缺少,所以他只能选择这种方式来宣泄自己的感情!去看你的演出,去送你一个也许你并不在意的花篮,这些在毫不知情的你看来,也许是不必要的甚至是可笑的!可他一定要这么做,因为他是个父亲,他太爱自己的女儿了。"

斗伊说:"那您想我怎么做呢? 也要认他这个父亲吗? 他对我来说就是一个陌生人。"

正浩说:"再陌生总有一根线在牵着,那就是血缘! 这也是你不可逃避的现实。"

斗伊沉思了一会儿,说:"爸,我再考虑考虑吧。"

正浩说:"女儿,把心胸放开阔些,接受现实需要有勇气,也要有责任感。把一切都告诉你,并不是让你消极地躲在我们的羽翼下自怨自艾,我们希望你能更积极地面对生活,接受这个现实。这样你就会发现,你有比别人多一倍的母爱,有三个父亲在关注你的幸福,其实你的人生比别人拥有更多的色彩,不要身在福中不知福。"

19.

晨,内,延吉市。

高峻皓家。

高峻皓和郑雪梅正在吃早饭。高灿宇拎着一个箱子从房间里走出来。

高峻皓说:"你这是干什么?"

高灿宇说:"爸,我想离开这个家。既然你不肯做出让步,您又是我的父亲,我没资格开除你这个爸爸,没办法,只能我开除我自己。"

高峻皓勃然大怒说:"你这个不孝子,你这个混账儿子,居然为了一个女人背弃自己的家庭! 离开自己的父母!"

高灿宇说:"我说了,没办法! 我没法忍受您这样的父亲。死守着错不认,也不肯道歉,您的固执己见和您对自己所犯的那种错误毫无悔意的态度,真的让我觉得很失望!"

郑雪梅说:"我赞同灿宇的说法,你说你那时候做的是什么事! 女人受到这种伤害是最不容易忘记的。说实话,知道你曾经做过那种事,我也开始对你的人品重新有了认识，也许我当初同意和你结婚，的确是一个轻率的决定。"

高峻皓大声吼："好，你们都嫌弃我，那就都给我滚！滚出这个家，我也清净！"

郑雪梅把碗筷一扔，说："行，灿宇你等一下，我也走！"

20.
晨，内，延吉市。
州歌舞团排练厅。
斗伊来得很早，一边跟同事们打招呼，一边充满期待地等着英花和李珉基的到来。

21.
晨，外，延吉市。
州歌舞团大楼。
李珉基开车载着英花驶进停车场，英花下了车，慢慢地在前面走。
李珉基从驾驶室里出来，刚往前走了没几步，突然发现英花身子一软，摔倒在地。李珉基冲上前扶住英花喊："英花，怎么啦？"

22.
晨，内，延吉市。
州歌舞团排练厅。
斗伊和其他团员们都在等李珉基和英花的出现，排练厅里的气氛有些异样。
领队匆匆赶来说："大家都自行练习吧，导演和编舞今天不来了。"
斗伊忙走上前问："他们为什么不来了？有什么事吗？"
领队说："我也不太清楚，反正导演来过电话，说请一天假。"

23.

日,内,延吉市。

外贸公司。

高峻皓烦躁地在办公室里来回踱步。想了想,把门打开对秘书说:"去把郑科长给我叫来。"

秘书说:"是。"

24.

日,内,延吉市。

浩玉民族服装有限公司。

正浩在接电话说:"好,没什么就好。你叫英花把心放宽些,女儿一定会叫她妈妈的。"

正浩放下电话,在一边的贞玉关切地问:"英花怎么啦? 珉基妹夫在电话里怎么说?"

正浩说:"现在在医院里输液,不过医生说没什么大碍的。英花这是因为斗伊的事情太焦虑,再加上这两天又不好好吃饭,没休息好,身心太疲惫了才会突然晕倒。"

贞玉说:"英花也是,都等了那么多年了,还着急这一天两天的吗? 把自己的身体弄出个好歹来,斗伊会后悔一辈子的。"

正浩说:"我先给斗伊打个电话吧,让她去医院看看。"

电话铃声,正浩接电话,说:"郑雪梅? ……有事吗?"

贞玉不满地看了正浩一眼,说:"又是这个女人!"

正浩捂住电话说:"贞玉,别这样,你该适应这种现实了。刨去私人的这层关系,我们现在厂里的生产和销售能跟外贸公司分开吗?"

25.

日,内,延吉市。

某医院。

英花的单人病房。

英花躺在病床上,旁边挂着输液瓶。

英花说:"珉基,有这个必要嘛,非得输液?"

李珉基说:"你都快脱水了,还不输液啊!好了,安安静静地躺着,什么都别想。"

英花说:"可我想去上班,想去排练厅,想去看……"说着两滴泪顺着眼角流了下来。

李珉基说:"你看看你,你现在这样就是这么造成的!没事瞎想什么?想得太多就会把事情想得越来越糟。"

英花说:"我没法不想!"

病房外有敲门声,李珉基说:"进。"

26.

日,内,延吉市。

州歌舞团大楼。

斗伊急匆匆地走出大楼,在街口拦了部出租车坐了上去。

27.

日,外,延吉市。

通往医院的路上。

出租车内。

斗伊的手机铃声响,斗伊接电话说:"灿宇,什么事?"

高灿宇的声音说:"斗伊,我们见一面好吗?"

斗伊说:"灿宇,今天我没空。我二姨住院了,可能就是因为我。"

高灿宇的声音说:"斗伊,我突然有点害怕。"

斗伊说:"什么?"

高灿宇说:"我怕你又会把我牺牲掉。"

斗伊说:"我不知道,我没法给你承诺什么。灿宇,如果我二姨,不,我应该叫她妈妈,如果她还是坚持反对我们的话,我可能真的会这么做。但在此之前,我会努力让她接受你的。"

高灿宇的声音说:"那我们一起努力好吗?你等我,我这就到医院来。"

斗伊想了想,说:"那……好吧。"眼睛里含着泪。

28.

日,内,延吉市。

某医院。

英花的病房。

郑雪梅和高峻皓出现在病房里。李珉基不认识他们,说:"你们……"

英花转过头,看到郑雪梅时倒没觉得什么,只是有些奇怪。可目光落到高峻皓身上,一时有些愣怔,她没认出高峻皓来。

高峻皓对英花说:"许英花,你可能认不出我来了,我是高峻皓。"

英花仔细地打量着高峻皓,终于看出了些过去的影子。

高峻皓深鞠一躬,说:"许英花,对不起。我今天是为了我二十年前干的荒唐事向你道歉来了。我知道,这个错我认得太晚,那时候我太年轻……不,这不是理由,是我太卑鄙无耻了,但我也为了这事付出了我的代价。现在想想真的是很后悔,许英花,我那时伤害了你,请你多多原谅吧。"

英花一时不知说什么好。

郑雪梅说:"英花,请接受我老公的道歉吧。知道他过去对你干的事后,我曾经一度想跟他分开过,连我的儿子灿宇也提着行李离开了家,说是不能原谅这样的父亲。可是,父母终归是父母,不管他犯了多大的错。孩子也永远都是自己的骨肉,总是割舍不开的。灿宇他爸爸这次特意来给你道歉,很大程度也是因为自己的儿子。年轻时候做错的事,总不能让自己的孩子来偿还吧,你说呢?"

高峻皓说:"不,我来道歉,儿子是一部分的原因,更多的是我自己的意愿。死守着自己的错误……不,是罪恶……那不是个英雄,是个懦夫。我不能让儿子看扁我,我得为自己犯的错负责。"

英花没说话，泪水又流了出来。

郑雪梅看看英花，又看看高峻皓，叹口气，对李珉基说："那我们先告辞了，请你夫人好好养病吧。"

李珉基说："我送送你们。"

高峻皓忙说："请留步，请留步。"

29.

日，内，延吉市。

医院走廊。

斗伊和高灿宇急匆匆地在走廊上走，迎面碰上郑雪梅和高峻皓从英花的病房里出来。

高灿宇吃惊地说："爸、妈，你们怎么？……"

高峻皓气恼地对高灿宇说："臭小子，你爸我低头了，认错了！你满意了吧？"

郑雪梅说："在我印象中，你爸可从来没像今天这样给什么人低过头，这可全都是为了你！怎么样？现在他像个父亲了吧？"

高灿宇一鞠躬说："谢谢您，爸爸。"

高峻皓说："你小子要是今后不孝顺老子，我擂死你！"

高灿宇说："爸，你放心，我一定会好好孝顺您的。"

郑雪梅对站在旁边的斗伊说："斗伊，你没想到吧，我就是高灿宇的妈妈。"

斗伊鞠了一躬说："雪梅阿姨，谢谢你们。"

高灿宇给斗伊介绍高峻皓说："这就是我那个闯了祸的爸爸。"

斗伊没说话，只是向高峻皓一鞠躬，说："那我先进去了。"

郑雪梅点了点头。

高灿宇想跟进去，被郑雪梅拦住说："灿宇，你就别进去添乱了。"

30.

日,内,延吉市。

某医院。

英花的病房。

斗伊站在英花的病床前,英花没有看她,只是默默地把头转向另一边。

李珉基有些着急,说:"英花,斗伊来看你了,你怎么一点反应都没有呢?"

英花轻轻地摇摇头说:"她来看我只是同情我可怜我,我不需要她这样对我,不需要……"

李珉基有些埋怨地说:"英花。"

斗伊的泪水也涌了出来,她跪下说:"对不起,妈妈。那天我那么强烈的指责你自私的时候,我的内心也被自私自利的阴影笼罩着。您是我的亲妈妈,这是毋庸置疑的事实,我没有权利去否定它,拒绝它。虽然您曾经被迫放弃过做母亲的责任,但您却无时无刻不在关心我爱护我!我不该那样指责您,您是我的妈妈,从我一出生您就是!我正浩爸说,在这个世上永远无法改变的就是血缘。妈妈,我的亲妈妈,请接受我这个不孝女儿迟来的跪拜吧。"说着,向英花行了个大礼。

英花的眼泪唰地流了下来,她伸出了自己的双臂。

斗伊站起来扑进英花的怀里说:"对不起,妈妈。"

英花紧紧地拥抱斗伊说:"斗伊,我的女儿……"

31.

日,内,延吉市。

浩玉民族服装有限公司。

贞玉的工作室。

正浩走到正在工作的贞玉身边,贞玉抬头看他说:"正浩,我们要不要去看看英花?"

正浩摇头说:"现在不用,让她们一家好好享受这个美满的时刻吧。"

贞玉说："正浩，以后，斗伊要住到英花他们家里去吗?"

正浩说："让她去住上一段时间吧，"他看看贞玉的表情说，"斗伊也大了，迟早会搬出去住的，但又不是永远不回来了。"

贞玉把头靠在正浩胸前说："有什么舍不得的，我们不一直都是她的爸爸妈妈嘛。"

正浩轻轻吻了一下贞玉的额头，说："是啊，孩子们大了，以后也要开始有自己的生活了。可无论他们走多远飞多高，他们永远都是我们的儿女。"

32.

日，内，延吉市。

某医院。

英花的病房。

斗伊向李珉基行了跪拜礼，说："您是我妈妈的丈夫，就是我的父亲，请让我叫您一声爸爸吧。"

李珉基也被这突如其来的幸福弄得有些措手不及，说："英花，我不是说了吗，迟早有一天，我们会有一个完整的家的。"说着，眼泪也跟着掉了下来。

英花激动得满眼是泪。

33.

日，外，延吉市。

某医院门口。

高峻皓一家走出医院。

高峻皓长长地舒了口气。

郑雪梅说："怎么样? 去道个歉轻松了好多吧?"

高峻皓说："事情过去了那么多年，我以为自己早把这事抛在脑后了。可自打灿宇回来问我许英花的事后，我就没睡过一次好觉。一闭上眼，那些年的那些事就不停地在眼皮子底下晃，唉，往事不堪回首啊!"

高灿宇说："谢谢你爸爸，真的。"

高峻皓拍拍高灿宇的肩,说:"我该谢谢你的,儿子。"说完,径自朝他的车那边走去。

郑雪梅和高灿宇相互看看,郑雪梅说:"灿宇,我告诉你,你爸爸能下这个决定,有一个人起了很大作用。"

高灿宇说:"是谁啊?"

郑雪梅说:"是斗伊的爸爸金正浩。他跟你爸爸长谈了一次,金正浩对你爸说,是男人就去认错,为了你儿子,也为了你。要是你不去认错,那你就毁了你儿子的幸福,也毁了你家庭的和睦,就更毁了你自己!儿子会恨你,妻子不肯原谅你,你今后就会一直活在阴影里,永远见不到太阳。"

高灿宇高兴地竖起大拇指说:"我觉得斗伊的爸爸是这个!"

郑雪梅却遗憾地长叹了一声。

34.
夜,内,延吉市。
英花家。

李珉基和斗伊扶英花躺在床上,英花紧紧握住斗伊的手不放,说:"斗伊,今天不回去了吧,就睡在这里,妈想跟你多说说话。"

李珉基也说:"斗伊,你小时候睡的那屋一直留着呢,你妈妈一直在打扫那屋,很干净的,进去就好睡了。"

斗伊感动地说:"妈,我已经多久没在你家住了,你怎么还留着那屋?"

英花指了指胸口,说:"这里也留着呢,就等着你回来,我缺着的那一角才能完整起来。"

斗伊的眼泪在眼眶里打转,说:"妈,直到今天,我才真正理解了我爸说的那话,我比别人多一倍的母爱……真的,我感受到了!"

英花摸了摸斗伊的脸,感叹说:"这个日子我盼了这么多年,可差点就被我自己给毁掉。有什么比我女儿的幸福更重要的呢?你跟高灿宇的事就这样吧。"

斗伊说:"妈?"

　　英花说："我不会再阻止你们交往了，成不成就是你们自己的事了。至于高灿宇的父亲，"英花强忍着厌恶，"那个高峻皓，对于他的道歉，我还是无法接受，因为我是个女人……"

　　斗伊说："妈，我能理解你。但我真的很爱高灿宇……妈，谢谢你。不过我今天不能住在这里，我还要办件事，回去还得跟我爸爸妈妈说一声，明天我一定搬过来。"

35.

夜，内，延吉市。

某高级宾馆。

洪吉龙的房间。

　　洪吉龙推门进去，看到斗伊站在那里等他，不由得愣住了。

　　斗伊鞠了一躬说："您是洪吉龙先生吗？"

　　洪吉龙忙说："是，是是。金斗伊小姐，你怎么会？……"

　　斗伊说："洪吉龙先生，我之前从没见过您，只知道您是我父亲的朋友，生意场上的伙伴。您送的那些鲜花一直让我很困惑，虽然有人跟我解释了您的身份，可我还是不能理解您为什么一次又一次地送花给我。"

　　洪吉龙说："我只是，想表达一下……"洪吉龙沉默了，他觉得自己没法说出他想表达的内容。

　　斗伊说："我知道您想表达什么，前些天我刚刚知道您送这些花的含义。我跟您说实话，一开始我很排斥，甚至有些厌恶，您的出现让我一时迷惘不已，我真有些怀疑自己是否有必要存在在这个世界上。"

　　洪吉龙说："不，斗伊，你知道我从你父亲还有你英花妈妈那里得知你的存在，我有多幸福吗？我活了五十多年，突然发现在这世上我又多了一个亲人，还是个非常美丽非常优秀的孩子！那一刻，我几乎激动得快窒息了。是，我明白你的心情，我也没指望你会认我这个亲人。可是我，我对你的爱却源源不断地涌出来，因为无处宣泄，几乎把我的整个情感全部都淹没了。"

　　斗伊说："可是这些天突然出现的这些人和这些爱却让我眩晕，让我无所适从。"

洪吉龙说:"我知道,我知道。从你出生那天起,不不,甚至于当你在你母亲的身体里孕育的时候,我都没有尽过我该尽的责任。我是个不负责任的人,对英花是,对你也是。我太对不住你们了,见到你我都愧疚得想去死!斗伊,如果你愿意的话,我想请求你的原谅。"说着,就要给斗伊鞠躬。

斗伊忙阻止他说:"洪吉龙先生,天底下哪有向子女鞠躬的父母? 无论你们做错过什么,你们都是我的父母。尤其是您,虽然我们今天是第一次见面,可您还是我的亲生父亲。我今天来,就是来认您这个父亲的。"说着,跪下,向洪吉龙行了一礼说:"爸爸。"

洪吉龙的眼泪一下子冲出了眼眶,他也跪下了,紧紧地抱住斗伊说:"女儿,女儿! 请原谅我这个不负责任的父亲吧! 我没有资格让你叫我一声爸爸。"

第三十集

1.

日，外，延吉市。

布尔哈通河河畔。

洪吉龙和英花站在河边，两人都充满感慨地望着缓缓流动的河水。

洪吉龙说："对不起，说好了不再见面的，却又把你叫出来。"

英花淡淡一笑，说："斗伊去找你了？"

洪吉龙似乎心情还没有平复下来，有些激动地说："是，我到现在还不敢相信，昨天发生的是不是真实的，也许只是一场梦，对自己的奢望过于执着而陷入了一个无法被唤醒的梦境。"

英花说："不，那不是梦，那是一个比梦境还要美丽幸福的现实。"

2.

日，内，延吉市。

某餐厅。

雅座,高灿宇和斗伊坐在桌前,高灿宇笑嘻嘻地递上菜单。

斗伊说:"这是干什么? 下午我还要准备晚上的演出呢!"

高灿宇说:"只是我欠你的一顿饭,当然得偿还啊! 晚上有演出的话那我们就不喝酒了。"

斗伊一面翻着菜单一面说:"你还想喝酒呀! 大中午的请客,你让别人点什么!"

高灿宇说:"点什么都可以,只要是你爱吃的。"

斗伊说:"要是没我爱吃的呢?"

高灿宇说:"那我们就换一家。"

斗伊说:"你想干什么? 车轮战啊!"然后叫:"服务员,点菜!"

高灿宇满脸幸福地看着斗伊,斗伊瞪他一眼说:"干吗?"

高灿宇说:"跟你斗嘴真是件快乐而幸福的事。"

斗伊说:"是吗? 那我可要后悔了。"

高灿宇说:"后悔什么?"

斗伊说:"辛辛苦苦费了这么大劲儿,你不过就是想跟我斗嘴啊! 我可不想满足你这种嗜好!"

高灿宇突然站了起来隔着桌子俯身在斗伊脸颊上亲了一下,说:"点菜前先上甜点!"

斗伊脸唰地一红,赶紧左右看看,嗔怒地轻声叫:"高灿宇!"

高灿宇喊:"服务员,点菜!"

隔了一会儿,服务员还没有来。斗伊看着大堂里说:"大中午的,餐厅怎么这么多人啊? 服务员都跑哪去了?"

高灿宇说:"斗伊,我们结了婚还这么斗嘴好不好? 跟餐前小菜似的又酸又辣多有味啊!"

斗伊把菜单啪的一合,大声喊:"高灿宇!"

一个服务生迅速跑了过来,说:"两位,谁点菜?"

3.

日,内,上海市。

阿里郎饭店上海分店。

海玉的办公室。

陈志宏抱着一大束鲜花推门进来说:"海玉,提前祝贺你新店开张!"

海玉又惊又喜,说:"志宏,你怎么……不是说明天才到吗?"

陈志宏说:"这两天刚好上海外国语学院有个研讨会,邀请我参加,所以我就先来了。"

海玉把花放在桌上,紧紧地拥抱了一下陈志宏说:"老公,我想死你了!"

陈志宏说:"想死我了就跟我回去,干不干?"

海玉说:"你别给我下套,我这里的事业红火着呢!"

陈志宏一笑说:"还没开张呢就红火起来啦? 那么自信?"

海玉说:"那当然,我手下有精兵强将嘛! 明天晚上就让你见识一下什么叫红红火火!"突然想起来什么,说:"女儿呢? 没一起来?"

陈志宏说:"刚开学没多久,学习多忙啊! 我没让她来,气得在家哭鼻子了。"

海玉埋怨说:"那就让她来嘛,学习再忙又不在乎这一天两天。"

陈志宏说:"那怎么行,就因为老妈的饭店开张,请假跑到上海来玩? 说出去别的学生怎么看? 老师怎么看? 孩子不能……"

海玉说:"好,我知道了! 孩子不能宠着惯着,得让他们学会自立。"

陈志宏一笑说:"怎么,嫌我唠叨了?"

有人敲门,一位服务员开门说:"董事长,有人找。"

4.

日,内,上海市。

阿里郎饭店上海分店。

海玉的办公室。

海玉扶着陈母进屋,陈志宏说:"姆妈,你怎么来啦?"

陈母看到陈志宏也高兴地说："喔哟哟,儿子啊,来得早不如来得巧啊!海玉说你已经到上海来了,我还不信哩!"

陈志宏扶着陈母坐在沙发上,说："姆妈,你坐。最近身体好哦? 本来想今天晚上就看去你呢,你今天哪能跑到这里来啦?"

陈母看看海玉,叹口气说："还不是为了你的那个兄弟啊!"

陈志宏说："志超? 志超怎么啦?"

海玉一听陈母这么说,微微皱了一下眉。

陈母从手上拿的小包包里掏出个信封递给海玉,说："这个,是上次你让秀妍拿给我的,托我给志超,我们志超不要,说嗲来之食我不吃,他不想让自家亲戚看不起他!"

陈志宏看看信封,又看看海玉,说："海玉,到底怎么回事啊?"

海玉说："志超现在有困难,这也是我们的一点心意嘛。"

陈母说："真要有心就给志超在饭店里弄个工作做,塞点钱算什么? 虽然说人穷志短,可我们志超也是有自尊的人。"

海玉说："妈妈,请您不要生气。饭店也有饭店的规章制度,就这么塞个人进来,别的员工会有意见的。"

陈母说："有什么意见? 志超又不是外人,他是你们兄弟啊! 自家开得饭店不用自家人,说得过去吗?"

陈志宏明白了,说："姆妈,海玉也有海玉的难处。志超虽然是自己人,可饭店在经营管理上也有自家的规矩,随便破坏了,确实不太好。"

陈母生气了,说："怎么叫随便呢? 当初海玉你一个人跑来上海的时候,不是我们志超看你可怜收留了你嘛? 据说当初工资也给你开得老高的! 做人要有良心啊。"

海玉说："妈妈,那时候志超收留我,是因为我能帮他赚钱,情况是不一样的。"

陈母说："是不一样! 那时候我们志超有钱,看你没饭吃就给你找了个饭碗。现在轮到你们发达了,他没饭吃了,你们倒不肯给他饭碗了! 你怎么知道志超不能帮你们赚钱? 那你让他也试试呀!"

海玉说:"可是,目前没有合适的岗位。"

陈母说:"怎么会没有?哪怕拉个黄鱼车去进货那也是个活啊!"

海玉说:"对不起,妈妈。这个还牵扯到饭店的管理方面,随便安插一个亲戚进来,在管理方面就比较困难。"

陈母说:"自家人只有好说话的,哪有不好管理的?"

海玉说:"就因为自家人好说话,所以才不好管理。饭店里的规章制度放在那里,普通的员工如果犯了错误,教育也好,请他走人也罢,都可以按制度办事。可是小叔子,我没法说,也没法做,这样下去别的员工肯定有想法,人心就会变得涣散,这样对饭店的发展不好。"

陈母生气地说:"你不要找理由!不就是个饭店嘛,下面的员工不都是听饭店老板的,哪有你说得那么复杂?是不是人一有钱心就会变,怎么一碰到这种事马上就变了一个人似的?推三阻四的,好像躲避瘟神似的?"

陈志宏也说:"海玉,有句话说,叫网开一面。志超的事能帮上忙就尽量帮,不要太严肃了,啊?"

海玉说:"妈妈,因为这是公事,是关系到饭店的人事管理,所以我必须得很严肃地处理。如果这件事网开一面的话,那就意味着更多的事情会漏到这个网里来,那样的话对饭店以后的经营不好。妈妈,我还是那句话,志超兄弟经济上有困难,我们会尽可能地帮他,但到饭店工作的事还是先搁一搁吧。"

5.

日,内,延吉机场。

机场大厅。

正浩和银姬正在办登机手续。

银姬一笑说:"哥,这回我们海玉可在上海站住脚了。"

正浩说:"岂止是站住脚,她已经扎根在那儿了。"

6.

日,外,上海市。

阿里郎饭店上海分店。

饭店有一千多平方米,中间是一个大舞台和大堂,四周是包厢。上面印着朝鲜族的装饰和歌舞画像,还有延吉民俗博览会的吉祥物,一头欢快的小鹿。墙壁上有一些民俗摄影和壁挂,店里还摆设有石磨、打糕、石槽、木槌、春米捣、压面机等。音箱里放着朝鲜族的歌曲。

饭店开张,高朋满座。海玉正在招呼前来庆祝的客人们。正浩、银姬、陈志宏、陈母、陈志超坐在主桌上。

7.

日,内,延吉市。

浩玉民族服装有限公司。

贞玉在工作室里忙碌。

8.

日,内,延吉市。

浩玉民族服装有限公司。

厂房里,工人们有的在裁剪,有的在缝纫,有的在绣花机前操作,一片繁忙的景象。

突然有人冲进车间喊:"赶快,着火了! 在库房那边!"

工人们立刻慌乱起来。

9.

日,内,上海市。

阿里郎饭店上海分店。

饭店里已经座无虚席。

海玉一拍手,喊:"上菜!"

在欢乐的乐曲声中,服务员身着改良过的色彩艳丽的朝鲜服,穿梭在各餐桌和包厢之间。

舞台上,海玉开始主持歌舞表演,她首先声情并茂地高歌了一曲,长鼓敲响,穿着朝鲜族传统服装的少女翩翩起舞,外面鞭炮齐鸣,场面十分的热闹。

10.

日,外,延吉市。

浩玉民族服装有限公司。

高灿宇开着车给贞玉送服装辅料,他远远地看到厂房方向有浓烟,赶紧加快了车速。

映入高灿宇眼中的是一场大火,公司厂房那栋长条子的两层楼建筑浓烟滚滚,火势正由西向东蔓延。

周围的人正用水盆水桶灭火,也有的拿着灭火器,但杯水车薪,毫不起作用。

高灿宇赶紧停下车,向厂房奔去。

这时他看到有一个人从东头爬上了屋顶,那是俊男,他用自来水接的橡皮水管在灭火,但火势仍然在往东蔓延。

高灿宇从西面奔进厂房直接上了二楼。

11.

日,内,延吉市。

浩玉民族服装有限公司。

贞玉的工作室。

贞玉在忙着搬房间里那些已经设计好的服装,浓烟已经飘进这个房间了。

高灿宇冲了进来,二话不说就开始帮贞玉抢搬东西。

12.

日,内,上海市。

阿里郎饭店上海分店。

大厅里热闹非凡,歌声、音乐声、笑声、杯盘交错声在大厅里此起彼伏。

正浩和银姬在接受来宾们的祝贺,饮酒,谈话。

13.

日,外,延吉市。

浩玉民族服装有限公司。

俊男还在燃烧的厂房顶上拖着水管灭火,浓烟开始向他包围了过来。

贞玉在下面喊:"俊男,快下来! 危险——"

俊男一面扑打着蹿过来的火苗,一面坚持用水管浇火,火势似乎延缓了些势头。

消防车的警笛声由远而近。

突然一个大的火苗蹿了起来,猛地扑向俊男。俊男一个趔趄,摔倒在房顶上,晕了过去。

消防车赶到了。

云梯架起来,一位消防员把俊男从屋顶上背了下来。

14.

日,内,上海市。

阿里郎饭店上海分店。

海玉也上了主桌。银姬说:"海玉,辛苦了!"说着给她敬了一杯酒。

正浩说:"海玉,我也敬你一杯!"

坐在陈志宏边上的陈母,脸马上就拉了下来,重重地把筷子放到桌上。陈志宏赶忙拉了拉陈母,低声说:"姆妈,别生气,这事我们慢慢说。"

正浩注意到了,喝完酒坐下的时候问陈志宏说:"怎么啦? 大妈不高兴?"

陈志宏说："我姆妈想叫海玉在饭店里给我弟弟志超安排个工作。海玉不肯，闹得蛮僵的。"

正浩看了看闷着头喝酒的陈志超，说："海玉为什么不肯？"

陈志宏说："正浩，这事你别管。海玉说得也有道理，让我弟弟在饭店打杂什么的，她确实不太好安排也不好管理。"

陈母听见了，故意大声地叹了口气，说："唉，嫂子是董事长，可居然没有小叔子的一口饭吃，世道怎么这样了呀！"

陈志宏说："姆妈！"

陈母含泪说："志宏，那是你亲弟弟呀！你总不能看着他活活地饿死呀！"

陈志宏说："姆妈，你不觉得志超给自己惹的麻烦还不够多吗？他要是在这饭店里再弄出点事……"

陈志超猛地把杯子往桌上一放，说："我杀人放火坐牢了吗？哥，你太小看人了！"

陈志宏说："你那点事也不小，对饭店经营来讲那也是生死存亡的大事！"

陈志超说："那都是哪辈子的事了！我承认我做生意不地道，轧歪道，可你不能让我拿这种错误背一辈子吧？再说了，我要求又不高，给个饭碗就行，连这你们都不肯吗？"

正浩想了想，说："海玉，我跟你商量一下好吗？"

陈志宏说："正浩，我就知道你会插手！他这样会给海玉惹麻烦的。"

正浩说："志宏，我说你是个小男人吧！你妈妈和弟弟都这么说了。再说，干得好，干下去，干得不好，炒鱿鱼！很简单的事，干吗弄得那么复杂？不就是给个饭碗吗？"

陈母说："就是！哪有试都不试就把人给关在外面的？"

正浩说："海玉，给你志超兄弟安排个工作。"

海玉说："哥，你是让我破坏饭店的规矩吗？"

正浩说："规矩是人定的，不能因为死守着规矩就没有了人情味。海玉，给志超兄弟安排个工作没什么难的,你无非就是担心不好管理。他是你兄弟,你怕有些话不好说有些事不好管。这事就请志超兄弟表个态怎么样?"

陈志超说:"既然我愿意干饭店里的工作,自然要守饭店里的规矩。如果我干得不好,你就炒我鱿鱼好了。"

正浩说:"听到没有? 总得给人一个机会去试一试,不试怎么知道不行呢? 再说你第一次来上海的时候,走投无路也是志超兄弟收留了你,我们不能忘本。"正浩的手机铃声响了起来,正浩拿起手机对海玉说,"海玉,设法给志超兄弟安排一下吧。大哥作担保! 行了吗?"

海玉想了想,把手中那杯酒一饮而尽,说:"知道了,哥。"

正浩接手机说:"是,等一下,这里太吵了,我换个地方接。"

15.
日,内,上海市。
阿里郎饭店上海分店。
一个僻静的所在,正浩在接电话,脸色变得很震惊,沉默了一会儿,说:"损失大吗?"

贞玉在那一头哭着说:"厂房基本上是毁了,就只有东头那两间房保存了下来。人员方面倒是没什么事,咱们十几年前买的那台电脑绣花机也是完好无损的,多亏了俊男……"

正浩问:"那你的工作室呢? 你设计的服装呢?"

贞玉说:"灿宇来得及时,都帮我抢出来了,衣服完好无损,就是沾了点焦灰。"

正浩说:"俊男现在怎么样?"

贞玉说:"俊男他醒来第一句话说什么你知道吗? 他说,嫂子,那台电脑绣花机没事吧? 正浩哥说了,这台机器是咱们厂的命根子!"贞玉在那一头已经泣不成声了,说,"正浩,我那时候对俊男真的是……"

正浩说:"不说这些了,我尽快赶回来的!"

16.

日,内,上海市。

阿里郎饭店上海分店。

正浩回到主桌,陈母高兴地拉住正浩说:"海玉答应了,让我们志超做采购,明天就上班! 正浩啊,真是谢谢你呀,来,大妈和志超都敬你一杯。"

正浩说:"行,大妈。志超兄弟,机会别人可以给,但能不能把握住全靠自己! 来,我们喝!"

敬过酒后,银姬悄悄问正浩说:"哥,你那个电话怎么打了那么长时间,家里那边有事吗?"

正浩说:"嗯,是有点事,我得提前回去了。不过这顿饭我一定要吃完,你们饭店的开张大喜嘛! 来,银姬,海玉,我祝你们的饭店红红火火,生意兴隆!"

17.

夜,外,延吉市。

浩玉民族服装有限公司。

正浩看着被烧毁的厂房,脸上的表情很严峻。

贞玉在边上说:"正浩,怎么办? 厂房和大部分机器全都毁了。"

正浩说:"什么怎么办? 从头再来嘛! 旧的不去,新的不来! 我正准备重新盖个新厂房呢。"

贞玉说:"哪来那么多钱哪?"

正浩说:"钱会有的。不是那台电脑绣花机还完好无损吗? 你设计的准备参加巴黎时装展的服装不也好好着呢嘛! 这是天意,说明我们的事业会更加兴旺发达的!"

18.

夜,内,延吉市。

正浩家。

斗伊赶回家来。

斗伊说:"爸、妈,着火的原因找出来没?"

正浩说:"主要是仓库那边电线的线路老化引起的。这也是个教训!以后在电路上马虎不得。"

斗伊说:"爸、妈,让我干点什么?"

正浩说:"别的忙你们都帮不上,今晚就帮老爸把屋子调整一下,我的书房腾出来。"

贞玉说:"干吗?"

正浩说:"腾出来给你做工作室。"

贞玉说:"现在这种状况,你还想着那个服装展啊?"

正浩说:"越是这种状况就越是要抓紧时间,这次巴黎的服装展就是我们厂的希望,绝不能放弃!"

斗伊说:"爸,那就我那间屋子吧,现在我不是住在英花妈妈家嘛,屋子空着干吗? 就给妈当工作室,搬起来也容易。"

贞玉说:"你们都别争了! 搬什么搬哪? 我现在哪有心思做呀!"

正浩笑着说:"你看你,还真不如年轻人的承受力强! 眼下咱们这个服装公司虽然遭了难,但事业还得继续,该重新开始的就得从头再来,想办法打个翻身仗! 贞玉,现在就全靠你去参加巴黎服装展的这一着棋了! 我们全家总动员,全力支持你! 浩玉民族服装有限公司能不能打翻身仗,就全依仗你了!"

贞玉说:"正浩,你是在说笑吗? 参加服装展是需要大笔资金的,光一个头饰预算下来就要三万! 更不用说请模特,化妆师……算了算了,巴黎服装展不参加了! 我们当务之急就是要把服装厂赶快建起来,尽快恢复生产。要是把这些钱都用在这次展会上,那厂子怎么办?"

正浩说:"这个你就不用操心了! 船到桥头自然直,你尹贞玉就专心致志搞你的设计做展会用的服装,需要什么打电话给高灿宇,让他们外贸公司帮你准备。厂里的事有我和文熙呢!"

斗伊说:"妈,你不是常说吗? 男人是天,我们家两个大男人都在这里,天塌不下来的!"

19.

夜,内,延吉市。

阿里郎歌舞厅。

崔明哲正帮着整理照明灯,有两个人在下面蘑菇,一个人说:"明哲,你已经好久没跟我们一起去喝酒了!难得那么多人聚在一块儿,你就跟我们去吧。"

崔明哲说:"不去!要喝,等歌舞厅关了门我再去。"

另一个人说:"你开什么玩笑,等你关张都几点了?谁还等你那么晚呀!"

崔明哲说:"现在是我上班时间,上班时间喝酒,违反规章制度。"

一个人说:"喂!这歌舞厅谁说了算啊?你不是老板吗?老板喝酒谁管得着啊!"

崔明哲说:"就算我是老板,也不能随随便便破坏自己的规矩!再说了,喝酒误事!我既然是这里的一把手,责任重着呢,你们别在这儿蘑菇了!要真想跟我一起喝酒,那就等我下班,哪怕是喝到天亮,我都奉陪。反正现在,你们别想把我拉走!"

另一个人说:"这家伙,还真是人模人样像个人物了!"

有员工喊:"老板,电话!"

20.

日,外,延吉市。

已接近黄昏,延吉机场。

银姬和崔明哲匆匆走出机场。

银姬说:"叫你办的事弄好了吗?"

崔明哲说:"银行一开门我就赶去了,这是存折。"说着拿出一本银行存折给银姬。

两人钻进车里,银姬又从包里拿出一张银行卡放到折子里,说:"现在就去吧。哥也是,这么大的事在上海一句口风都不给我透!"

崔明哲说:"你的分店刚开张,他肯定是不想让你分心。"

银姬说:"可这也太见外了!"

21.

傍晚,内,延吉市。

正浩家。

银姬把存折和银行卡推到正浩面前说:"哥,你以后别这样了! 我是你妹,怎么着也应该在第一时间知道这消息。"

正浩一笑说:"现在你不是已经知道了嘛,还提前从上海赶回来。"

银姬说:"因为上海的分店刚开张,我也拿不出更多的钱,这些就帮你跟嫂子暂时渡渡难关吧。"

正浩说:"妹妹,我知道你会给我送钱来的。所以我收下,但我得给你打张欠条。"

银姬说:"哥,你怎么又来了! 我还怕你不还呀?"

正浩说:"我搞的是事业,不是只吃碗饭。搞事业的钱怎么能让妹妹你拿呢? 所以欠条一定得写!"

崔明哲拎着两瓶酒推门进来说:"银姬,让正浩写吧,要不写的话他连酒都不肯喝我的了!"

正浩说:"还是明哲更明白我的心思! 贞玉,弄两个菜! 我和明哲喝两杯。"

贞玉无奈地说:"唉,你们男人哪,真是天大的胸怀,这种时候还喝得下酒!"

崔明哲说:"嫂子,这才叫男人!"

银姬也站了起来说:"嫂子,走,我帮你。"

22.

傍晚,内,延吉市。

英花家。

斗伊的房间。

斗伊在接电话。

英花敲门进来说:"斗伊,你去吗?"

斗伊说:"妈,你们先去吧,我过会儿就来。"

英花看看电话,笑了笑,把门关上。

斗伊对电话说:"灿宇,真的谢谢你。"

高灿宇的声音说:"我妈说我是你们家的毛脚女婿,我那时要跑得慢一点可就成了跛脚女婿了!"

斗伊说:"又开始贫嘴了是不? 你这个人就见不得夸!"

高灿宇的声音说:"才温柔两句,怎么又开始大嗓门了。"

斗伊说:"不跟你啰唆了,快点来接我!"

高灿宇说:"你再等等,我爸让我去公司拿点东西,马上就到。"

23.

夜,内,延吉市。

正浩家。

陈志宏走进正浩家,看到正浩,明哲正在喝酒。

陈志宏说:"嚯,金正浩,你好心情啊! 还有心思在这儿喝酒?"

正浩说:"不喝酒干什么? 让我去跳布尔哈通河啊? 来! 坐下陪我们喝两杯。"

银姬端菜出来,一见陈志宏便说:"志宏妹夫,你不是要开会吗,怎么也回来了?"

陈志宏说:"会议结束马上冲到机场,正好赶上,跟你差一个航班。"说着坐在桌前拿出一个银行存折扔到正浩面前说:"这是海玉给我的,说里面的钱全借给你们,打个借条吧。我知道不打借条,你是不肯收的。"然后对银姬说:"银姬,给我拿个杯子来呀。"

银姬说:"好,这就来。"

陈志宏看着正浩给他斟酒,说:"对,这种时候不能让这么个灾难给压趴下了,这酒该!"

24.

夜,外,延吉市。

英花家门前的街道,高灿宇把车停了下来,斗伊上了车。

斗伊说:"怎么这么久? 干什么去了?"

高灿宇说:"我爸妈给你爸准备了一点小意思,让我去拿。"

斗伊说:"你们家的钱我可不能让我爸妈收,不然在你面前就会觉得欠你似的。"

高灿宇说:"不是钱,是一份合同。"

斗伊说:"什么合同?"

高灿宇说:"你爸的厂遭了难,资金流动上面肯定有困难。从今天签了这份合同起两年期间,你爸公司通过外贸公司进的货,所有货款可以晚三个月支付。"

斗伊说:"真的? 太棒了!"说着突然在高灿宇脸上亲了一下。

高灿宇手一抖,车方向偏了一下。高灿宇说:"金斗伊,下次再有这种突发事件能不能打声招呼? 出了车祸我可就乐极生悲了!"

斗伊笑着说:"知道了,下次再不了。"

高灿宇说:"这会儿我有准备了,能不能再来一下?"

斗伊说:"做梦吧你!"

25.

夜,内,延吉市。

正浩家。

正浩、崔明哲、陈志宏在餐厅里坐着喝酒。

英花和李珉基走了进来。

李珉基一见这场面就说："好！就该这么潇洒！贞玉嫂子，也给我拿个杯子来。"

贞玉把酒杯拿给李珉基，英花把贞玉拉到一边说："贞玉姐，这两张银行卡你们拿着，不多，但你们不能拒绝。"

贞玉说："正浩说了，来支援我们的，都收！但有一点，得打借条，不然就拿回去。"

英花说："行，我正浩哥就这脾气。"说着把卡塞到贞玉手里。

26.

晨，外，上海。

阿里郎饭店上海分店。

陈志超开着一辆三轮摩托驶进饭店后院。厨房里的人出来帮忙卸货。

天气闷热，陈志超不停地用毛巾擦着汗。

一个员工探头出来说："陈师傅，经理找你。"

陈志超说："好，我马上去。"

27.

晨，内，上海市。

阿里郎饭店上海分店。

财务室。

海玉在看财务报表。

陈志超进来说："海玉，你找我？"

海玉说："志超，昨天晚上财会在核对饭店进货的账单时，发现你交上来的账单有出入。你想想看，有没有什么东西买了漏记的？"

陈志超说："没有！我也搞过经营，也记过账，这方面绝对不会有错的。"

海玉说："可是，少了一块五，怎么也对不上。"

陈志超想了想，想起来了。他犹豫了一下说："天气太热，买菜的时候别人给了我一瓶矿泉水,是不是这个没记上?"

海玉说:"怪不得账对不上了。"

陈志超有些挂不住了,气恼地说:"那我补上。"

海玉说:"我先帮你补上吧,志超,下次你得注意点。"

陈志超摇摇头,有些不满地走了出去。

28.

日,内,延吉市。

正浩家。

董强和姜彩英来到正浩家。

董强问正浩说:"损失很惨重吗?"

正浩说:"只要人员没有伤亡就算不得惨重!还记得我们从韩国淘回来的那台电脑绣花机吗?完好无损!我们贞玉设计的服装也都在。其他的厂房机器货物,只要有钱就都买得回来盖得起来,这都不算事。旧的不去新的不来嘛!一切都会重新开始的,而且会比从前更好!"

董强说:"你可真是够乐观的!"说着拿出一张支票说:"我开了这么一笔钱,可以买机器设备用,借给你的,利息按银行利息算,收下吧。"

正浩一拍董强的肩膀说:"你借我的钱我当然得收。"

董强说:"我的服装店,现在可以算在延吉市最大的民族服装店了。你是这儿最大的民族服装厂,没有你供货,我的店也撑不下去,唇亡齿寒嘛。"

29.

日,内,上海市。

阿里郎饭店上海分店。

陈志超在走廊里生闷气,一看海玉走出财务室转身就走。

海玉想叫住他,想了想,也转身离开了。

30.

日，内，延吉市。

洪吉龙来到正浩家。

正浩说："洪董事长，你怎么来了？"

洪吉龙说："朋友遇到不幸，我怎么能袖手旁观呢？"

正浩说："灾后就是福，没什么！"

洪吉龙说："我昨天想了一夜，这样吧，你盖厂房的钱，我来掏，算我的投资。"

正浩说："你要是借我钱，给我盖个厂房，我接受，到时候只要还钱就行，哪怕是用货抵债也行！怎么样？"

洪吉龙说"你这个金正浩啊！行，我不强求你，你怕我在你厂里有投资，将来会被我牵制？"

正浩说："不错。"

洪吉龙说："那就算我借你的！到时用货来还。"

正浩说："谢谢你的理解。"

洪吉龙说："那我明天就飞韩国，尽快把钱给你打到账上。"

31.

晨，外，上海市。

阿里郎饭店上海分店。

陈志超发动三轮车正准备出去，海玉走了过来。

海玉说："志超，你等等。"

陈志超说："嫂子，你有事？"

海玉拎着一个保温袋，里面沉甸甸的，递给陈志超说："这里面是一壶大麦茶，我给你冰镇过了。还有，配料间的那个小房间里放着几箱饮料，还有个冰柜，每天都会补充的。那是专门给员工们准备的，你想喝的时候就到那里面拿，不用到外面买。"

陈志超说："那就谢谢嫂子了。"

海玉说:"不用谢。昨天我跟财会说了这事,叫他专门拨出来这笔钱用作员工们的饮料费,至于这大麦茶,我觉得比那些瓶装饮料好,我们那里夏天都喝这个,解暑降温嘛。你要喝得惯,冰柜里有,喝完自己倒就行了。"

陈志超点点头,开动三轮车驶出饭店后院,心情一下子似乎好了许多。

32.

日,内,延吉市。

正浩家。

头上绑着绷带的俊男来到正浩家。

正浩说:"俊男,你来啦。快坐! 我和贞玉都要好好地谢谢你。"

俊男说:"哥,你说过,那台机器是厂里的命根子。命根子,就得用生命去保护。"

贞玉忙给俊男倒了杯水说:"俊男,你快坐吧! 来,喝水。"

俊男说:"谢谢嫂子。"然后怯怯地从口袋里掏出一本存折,放在桌子上说:"哥,这里没几个钱,给厂里也添不了个啥。但这是我十几年存下的钱,也是我的一份心意,哥,你就收下吧。"

正浩感动地说:"俊男,谁借给我钱,我都可以不收。但你借给我的钱,我得收! 俊男,你有出息了。这是我人生中感到最欣慰的事!"说着,泪就流了下来。

贞玉也在一边哭了。

33.

日,外,延吉市。

浩玉民族服装有限公司。

旧厂房已被拆除,新的三层楼的大厂正在加紧施工。正浩戴着安全帽在施工现场检查质量。

34.

日,外,延吉市。

浩玉民族服装有限公司。

新厂房已经建成,工地上在拆脚手架。

35.

日,内,巴黎。

巴黎中国民族服装展。

T型台上,模特穿着朝鲜服在展示。

贞玉,郑雪梅在T台后紧张地观看着。

服装展示中还有伴舞和长鼓舞。

台下掌声雷动,贞玉和郑雪梅在台后互相拥抱,眼里含着泪。

36.

日,外,延吉市。

浩玉民族服装有限公司。

一块裹着红绸布的招牌正在往厂门口挂,俊男在指挥。

正浩站在那里看着,眼里充满了希望。

37.

日,内,巴黎。

巴黎中国民族服装展。

贞玉在台上领奖,台下的郑雪梅和观众们一起在鼓掌。

38.

日,外,延吉市。

浩玉民族服装有限公司。

红绸布被拉开了,"浩玉民族服装有限公司"的新招牌呈现在新的厂房门口。

鞭炮齐鸣,锣鼓喧天,服装厂的开张典礼正在举行。

贞玉抱着奖杯和证书走下车,正浩和她拥抱,周围的人掌声雷动。

正浩说:"你人还没到,订单就像雪片一样飞来了。"

贞玉说:"正浩,这是你的功劳。"

正浩说:"我只是扶了你一把,主角还是你!"

39.

日,内,延吉市。

浩玉民族服装有限公司。

正浩陪着市领导,还有董强、洪吉龙、高峻皓、郑雪梅还有一些外宾在参观工厂。

工人们有条不紊地在流水线上操作着。

几台电脑绣花机正在运作,摆在最前列的就是那台劫后余生的电脑绣花机。

成衣车间,贞玉等人在检查质量。

来宾们点着头,脸上都是满意和喜悦。

40.

日,内,延吉市。

正浩家。家里洋溢着过年欢乐的气氛。

许应灿和玉顺穿着朝鲜族的传统服装坐在桌前。

几家人依次在向两位老人行大礼。

英花和李珉基行过礼后,英花说:"爸、妈,今天是大年初一,晚上我们州歌舞团有一台歌舞晚会,让正浩哥带你们去看看好吗?这台歌舞是你们女婿珉基导演的,里面有几段舞是女儿我编的。"

41.

夜,内,延吉市。

剧院。

舞台上挂着欢度春节的横幅。

在台下的观众席上,可以看到正浩、贞玉陪着许应灿和玉顺夫妇,还有银姬、崔明哲、俊男、洪吉龙、高峻皓、郑雪梅、高灿宇等人。

台上主持人说:"今晚,我们州歌舞团向大家奉献一台新的歌舞节目,叫《千年阿里郎》,请大家欣赏。"

歌舞开始。

在热烈的歌舞中,镜头转到了上海。

42.

夜,内,上海市。

阿里郎饭店上海分店。

海玉在台上唱歌,穿着鲜艳的朝鲜族服装的姑娘在伴舞。

大堂上和包厢里坐满了顾客。

在一个包厢里坐着陈志宏、陈母、陈志超。

陈志超悄悄对陈母说:"姆妈,这次嫂子在上海把脚跟给站稳了,饭店的生意越来越好。嫂子从昨天开始,还给我加了工资,我现在是饭店里的正式员工了。"

陈母高兴地说:"咯好,咯好!"

43.

夜,内,延吉市。

剧院。

台上是热烈动人的歌舞。

台下,高峻皓和洪吉龙坐在了一起。

高峻皓说:"洪吉龙,以前的事,我已经跟英花道歉了,在这里,我也给你道个歉吧！看在孩子们的份上，请你原谅我过去的行为。”

洪吉龙看看高灿宇，再看看台上的斗伊说：“英花已经原谅你了？”

高峻皓说：“这个……我知道，作为女人，她肯定无法原谅我那时的行为，不过，她还是同意我儿子跟斗伊交往了。这就可以了，我还能再奢望什么呢？”

洪吉龙叹口气说：“那就让孩子们幸福吧。”

高灿宇鞠躬说：“谢谢洪董事长。我一定会让斗伊幸福的。”

正浩在一边说：“有句话叫作相逢一笑泯恩仇，过去的事就让它过去吧。”

洪吉龙点点头，缓缓伸出了手。高峻皓握住洪吉龙的手说：“谢谢，谢谢。”

台上斗伊在领舞。

台下玉顺看着斗伊对许应灿说：“看来人老了，真是不中用了，台上明知道是斗伊，我怎么老觉得像看到英花在跳舞啊！”

许应灿说：“你个老眼昏花的，怎么还提这茬？”

正浩一笑说：“爸、妈，你们知道斗伊是谁的孩子吗？”

许应灿说：“不是你跟贞玉的吗？”

正浩说：“我是说斗伊的亲妈，你们知道是谁吗？”

许应灿说：“谁？”

正浩说：“就是英花！所以斗伊就是你们的亲外孙女。”

玉顺说：“你看，你看，打小我就说是嘛！”

许应灿说：“咋呼什么！这又不是什么光彩的事！再咋呼我打烂你的屁股！”

玉顺说：“啊哟，啊哟。骂来骂去就只会骂这么一句。我看你一辈子也就这么点出息。”

许应灿说：“什么这么点出息，你看看我认的这个儿子。正浩，把这么一家子都支撑起来了！连俊男也出息了。”

正浩说：“爸、妈，不全是的。大家也都支撑了我。这次厂子受了灾，全

685

靠大家帮的忙，才这么快恢复了生产。这也应了咱们中国的一句老话，叫家和万事兴。"

台上，斗伊开始旋转。

台下掌声雷动。

舞台上欢乐的歌舞，斗伊在旋转……

在斗伊的旋转中，在热烈的歌舞场面里，由小而大推出了三个字"全剧终"。

2009年1月3日于延边延吉市考世茂酒店一次修改完成。
2009年2月2日于延吉市考世茂酒店二次校稿完成。
2009年6月18日于上海锦秋花园修改完毕。
2009年6月30日完稿于新疆奎屯。